LORD OF MYSTERIES

爱潜水的乌贼 著

诡秘
FACELESS
之主

6

无面人
下

NEWSTAR PRESS
新 星 出 版 社

**图书在版编目（CIP）数据**

诡秘之主. 6, 无面人. 下 / 爱潜水的乌贼著.
北京：新星出版社, 2025.4（2025.9重印）. — ISBN 978-7-5133-5839-2

Ⅰ. I247.5

中国国家版本馆CIP数据核字第2025M4Z457号

## 诡秘之主6 无面人·下

爱潜水的乌贼 著

责任编辑　李文彧　　　　　**特约编辑**　刘兆兰
装帧设计　罗智超　江馨华　　**策划编辑**　方剑虹　雷　栋
责任印制　李珊珊

出 版 人　马汝军
出版发行　新星出版社
　　　　　（北京市西城区车公庄大街丙 3 号楼8001　100044）
网　　址　www.newstarpress.com
法律顾问　北京市岳成律师事务所
印　　刷　凸版艺彩（东莞）印刷有限公司
开　　本　685mm×980mm　1/16
印　　张　22
字　　数　400千字
版　　次　2025年4月第1版　2025年9月第3次印刷
书　　号　ISBN 978-7-5133-5839-2
定　　价　52.80元

# BACKLUND

## THE HOPELAND

# FACELESS 目录
## CONTENTS

It's the worst of times,
it's the best of times.

我们可能已经踏入一条无法离开的、首尾相接的河流。

# 第一章
## CHAPTER 01
### ✦ "太阳" 的故事 ✦

白银之城。

戴里克·伯格就像一头被困在室内的野兽，略显焦急地在房间里来回踱着步。

他觉得首席对自己的汇报不够重视，担心那些不知受到了堕落造物主什么影响的探索小队队员在解除隔离后，会对这座在黑暗里已延续了两千五百八十二年的城市造成毁灭性的伤害。

在这样的处境下，他迫切地想得到意见，得到相当了解堕落造物主的"倒吊人"先生、"正义"小姐他们的意见 —— 这是他最期待塔罗聚会召开的一次。

再等等，再等一段时间，如果"愚者"先生还不召集，我就直接向祂祈祷……戴里克试图让自己冷静下来，但绕圈的步伐却没有丝毫迟缓。

突然，他看见了漫无边际的灰雾，听到了那救世主般的声音："准备聚会。"

戴里克霍地松了口气，较为谨慎地坐到床沿，躺了下去，假装自己准备因疲倦而睡一会儿。默数完略显急促的一千次心跳，他又等待了一阵儿才被虚幻的深红光芒吞没。

此时此刻，戴里克的房间异常安静，窗外划过天空的闪电一道接一道，让黑暗远离了这片大地。

忽然，他床头的角落里，黑色蠕动、伸展，化成了人形！这黑影飞快攀高，静静地俯视起戴里克。

黑影仔细观察了几十秒，没什么收获地缩了回去。

角落里，阴影如常，毫无变化。

无边无垠的灰雾一如既往地弥漫于脚下，身前的青铜长桌斑驳着锈绿却不显腐朽。"太阳"戴里克最先看见的是坐在对面的"正义"小姐和"魔术师"小姐，传入他耳朵的则是那熟悉的、轻快的问候声："下午好，'愚者'先生。"

"下午好……"笼罩在灰雾里的克莱恩轻轻颔首，看似悠闲地回应着"正义"小姐和其他成员的问候，实则忙碌于操纵"世界"，让他表现得像是真人。

昨天陪迈克记者采访完已是晚餐时间，克莱恩在外面找了家费内波特风格的餐厅，被辣得主动要了杯荒漠啤酒。

吃饱喝足回家后，接下来的时光里，他没再出门，或学习《秘密之书》，或自己准备食物，让每次去东区都会产生的沉重情绪消解了不少。

不知不觉间，下午来临，他将心思转移到了塔罗聚会上。

打完招呼，"正义"奥黛丽忍耐住了好奇又激动的情绪，没急着询问卡平事件背后的真相是什么。

"愚者"先生也许不会回答，但不问又怎么会知道祂想不想回答呢？唔，希望祂提出等价的要求，我尽量去满足……奥黛丽环顾一圈，观察起其他成员的状态。

作为一名"读心者"，她很快就发现了一些异常：咦，"太阳"很焦急啊，前探索小队队长的事情出现意外了？遇到阿蒙了？还有，佛尔思处于想问又不敢问的状态……她应该是看见报纸，从塔罗牌猜到卡平之死是我们塔罗会做的，但却疑惑于"皇帝"牌代表谁……她似乎对"愚者"先生更加敬畏了，这是遭遇了什么？"倒吊人"先生的心情很不错，他的魔药已经消化完毕了……他好像在期待着什么……"世界"先生还是那副阴沉内敛的样子，很难读出他现在的想法，真是"观众"途径的克星啊……

"太阳"戴里克没有意图掩饰自己的焦急情绪，但又未直接请教各位塔罗会成员。他很清楚，开场这段时间属于"愚者"先生，除非没有那个什么罗塞尔的日记。

没必要着急，已经开始聚会了……如果"愚者"先生心情好，也许会解答一些问题……戴里克如是宽慰着自己。

"倒吊人"阿尔杰则侧过头望向上首，谦卑地开口道："尊敬的'愚者'先生，我搜集到了三页新的罗塞尔日记。"

日记？罗塞尔日记？"魔术师"佛尔思一下竖起了耳朵。

克莱恩微笑着回应道："你想用它们换取什么？"

望了"愚者"先生手边倒盖着的那张纸牌一眼，"倒吊人"阿尔杰压抑住满腔的热切，道："我想知道您旁边那张牌是什么。"

这我知道……"正义"奥黛丽眼眸半转，下巴微扬，愉快地将目光投向了斜前方，投向了支撑穹顶的一根石柱。之后，她迅速收回了视线，准备欣赏"倒吊人"先生听到答案后的反应。

"魔术师"佛尔思则隐约明白了一件事情——用所谓罗塞尔日记，可以从"愚者"先生那里换取某些问题的答案，说不定还能兑换物品！

"罗塞尔日记？是罗塞尔用独特符号书写、别人根本看不懂的那些笔记？它们竟然是日记？'倒吊人'的语气很笃定，而'愚者'先生没有反驳……

"我遇到过好多，但都因为不感兴趣，未曾买下。啊，对，奥黛丽小姐那里有不少！她是这方面的狂热爱好者！可是，可是，她那只狗在上周，不，也许是上上周，我记不太清楚了，总之，它把许多图书和笔记都咬碎了，其中就包括所有的罗塞尔大帝日记！"

突然而来的惊喜和随之涌现的失望充满了佛尔思的心灵，让她想要抬起双手，捂住耳朵，大声尖叫——不这样不足以表达她此时的心情！

我讨厌狗！"魔术师"佛尔思恨恨地想道。

"倒吊人"的要求颇有些出乎克莱恩的预料，但对他而言，这属于最容易完成的那种。于是，他低笑了一声道："可以。你希望所有人都能听到，还是只自己知晓？"

"倒吊人"阿尔杰毫不犹豫就回答："只自己知晓。"他可没有无私奉献的精神。

克莱恩笑了笑，屏蔽了其余成员的感官。

这让"正义"小姐非常委屈，她正等着看"倒吊人"先生又错愕又震惊的表情。

这种感觉就像自身做了一件了不起的事情，虽然不会主动宣传，但却很期待别人知道后的反应。但现在，可恶的"倒吊人"剥夺了我这种快乐！奥黛丽在心里嘀咕了一句。当然，我很清楚对方的要求是绝对正当的，可我早就知道答案了啊……她抿嘴想道。

此时，克莱恩悠闲地将那张亵渎之牌翻转，立了起来，让"倒吊人"能直接看见上面穿黑甲、戴皇冠、着披风的罗塞尔。

这位大帝的肖像时常能见到，"倒吊人"阿尔杰并不陌生，当即就认了出来，而更为重要的是，纸牌之上还有明晃晃的标识——序列0："黑皇帝"！

果然！是传闻里罗塞尔大帝制作的那副藏着神之途径的纸牌，是所谓塔罗牌原型！序列0，"黑皇帝"……这张对应的是"律师"途径的成神之路？"愚者"先生一直搜集罗塞尔的日记，看来就是为了从里面寻找那副纸牌的线索，这才几个月的时间，祂就已经拿到了一张……阿尔杰又惊又喜，又振奋又激动。

霍然之间，他莫名觉得塔罗会的前景无比光明。之前，他只是慑服于"愚者"先生的神秘和强大，对参与塔罗会仅抱着交换情报和物品的目的，但现在，他开始遥想罗塞尔大帝的纸牌被"愚者"先生一一搜集到后，自己和其他成员能够获得的好处。到时候，塔罗会也许将变成最强大的隐秘组织！"倒吊人"阿尔杰不由得展望起未来。

这时，克莱恩慢悠悠地说了一句："亵渎之牌。"他旋即解除了屏蔽。

刚一恢复感官，"正义"奥黛丽立刻将视线投向了"倒吊人"，透过模糊的影像，她隐约读出了对方残留的震惊、喜悦与向往之情。

就该这样……奥黛丽顿时获得了极大的满足。

亵渎之牌……果然与亵渎石板有关……"倒吊人"阿尔杰低头沉思了几秒，开始具现新得到的三页罗塞尔日记。

很快，那三张黄褐色的羊皮纸来到了克莱恩的手中。他状似随意地垂下目光，不快不慢地阅读起来。

3月15日。我果然是主角，仅凭一些考古线索和民俗传闻，就在迷雾海边缘的奥拉德克群岛附近找到了一艘所罗门帝国遗留的幽灵船，古老的黑王座号！它真是拉风啊！

上面还有一些古代书籍，包括一份指向某个无名小岛的藏宝图，那是某位败退后离开北大陆的所罗门帝国大贵族最后的定居点，他遗留的一切都在那里！

这个宝藏必将属于我！

3月19日，经过反复的考虑和衡量，我最终决定出海远航一次。在此之后，我就要进入王国陆军担任军官，很难再有这样的机会。

爱德华兹和格林他们愿意随我在那片充满迷雾的海洋里冒险。

其实，我也不是单纯地为了宝藏，我还想验证一个问题。从太阳到红月，从天空中星星移动的轨迹到春夏秋冬的交替，种种迹象和不同数据都证明我所在的这个世界应该是一个星球，既然这样，它不该只有南北大陆。从各种数据推断，南北大陆所占面积加起来都不到这个星球的百分之十，其他地方难道只是海洋、只有群岛？北大陆西边是迷雾海，东面是苏尼亚海，我怀疑这两大海洋的尽头还有别的大陆，就像狂暴海的尽头是南大陆一样。

说不定我能发现一个全新的大陆：西大陆！

出发吧，大航海家罗塞尔·哥伦布·麦哲伦·古斯塔夫，去验证你的猜想吧！

大帝年轻的时候真是莽啊，光凭一张不知道是真是假、不清楚藏着什么危险的藏宝图，就敢出海远航。不，他年老之后一样的莽，亵渎之牌就是证据……克莱恩忍不住腹诽了两句。

这一页日记和之前看过的一页似乎能联系在一起，中间顶多隔了一两页别的日记，所以克莱恩大致能肯定，罗塞尔在这次远航里，因为迷路，找到了一座位于安全航道外的原始岛屿，上面有不少超凡生物。这个过程中，他还用"天启四骑士"和"海贼王"的梗捉弄了追随他出海的格林和爱德华兹等人。另外，格林，这个被罗塞尔称赞为"我们之中最聪明者"的人，在发现那座原始岛屿后变得越来越奇怪，最终死在了迷雾海上。

说起来，这个世界是星球的观点现在已经得到了广泛认同，并被天文学所证实……克莱恩翻到了第二页日记。

> 4月18日，我在黑王座号那些古代典籍里发现了"西大陆"这个名词！真的有西大陆！
>
> 可是，哪怕在第四纪，在所罗门帝国，在神灵还行走于大地之上时，西大陆也仅是传闻。
>
> 据说那里是精灵的故乡，涉及那位叫作苏尼亚索列姆的古神。但问题在于，精灵们最终困守的是苏尼亚岛，之后散落于各个深山和大海之上的各个岛屿，从来没有他们试图返回故乡的传说。
>
> 总之，迷雾海的尽头可能存在西大陆，存在精灵的故乡……那苏尼亚海的尽头呢？真的有一个东大陆？它藏在神话典籍的哪些只言片语里？莫非它就是虚无缥缈的神弃之地？
>
> 继续往前吧，罗塞尔，你就要抵达目的地了！

西大陆，东大陆……罗塞尔猜测后者可能是神弃之地……对了，"倒吊人"先生曾经说过，许多极光会成员在苏尼亚海上寻找真实造物主的"圣所"，而他怀疑"圣所"就是神弃之地……这和罗塞尔大帝的想法有些接近……这个世界还有很多很多秘密啊……克莱恩目光下移，看向这一页最后的几小段。

> 4月20日，种种迹象表明，我们即将抵达一处陆地——并非岛屿的陆地！迷路还有这种好处？难道我会发现所谓西大陆？
>
> 4月21日，我看见了深渊。

深渊？罗塞尔看见了深渊，是神秘学意义上的深渊吗？克莱恩瞳孔微缩，急忙翻页。可第三页日记看得他怀疑人生，怀疑自己多年受过的中文教育。

上面大量充斥着以下语句：啊日胡饥饿请了人府邸内。

这……克莱恩一下明白过来，这页应该是后人伪造的罗塞尔日记，他们根据原有的"符号"，自己胡乱拼凑出了一堆句子。

这个瞬间，克莱恩就像看见了乱码，很有诅咒那些造假者的冲动。他很想确认，罗塞尔日记上提到的"深渊"是不是"万恶源头""堕落之地""恶魔居所"等名词指向的那个深渊。

真正意义上的深渊，是神灵也会被腐蚀的宇宙暗面，应该像灵界那样独立于现实世界才对，至少《秘密之书》和我之前在值夜者小队接触的典籍都是这么记载的……如果不是真正的深渊，那大帝想说的"深渊"又指代什么？克莱恩反复思考都得不到解释，心里极为不爽，就像一直追更的小说断更在了最关键的时候。

一眼扫过，他平复了下心情，让日记消失在了手里。

"你们可以开始了。"坐在青铜长桌最上首的克莱恩轻笑了一声。

"倒吊人"阿尔杰当即侧过头，望向"太阳"，不甚在意般地问道："你从那个探索小队前队长口中打听到什么了吗？"

"太阳"戴里克本来急着询问堕落造物主的事情，但听见"倒吊人"的问题后，还是老老实实地回答道："他死了。"

"他死了？""正义""倒吊人"和"魔术师"同时表示了自己的诧异。这个转折他们还真没有预料到，毕竟那位探索小队的前队长已经被关了好几十年，一直没出什么问题，谁能想到才讨论完他的事情，他就死了！

此时此刻，除了"愚者"先生，唯有阴沉内敛的"世界"保持了原本的状态。

"太阳"戴里克点了下头道："嗯，我返回白银城之后，本来想按照'倒吊人'先生的建议，从那个探索小队前队长口中打听更多的事情，结果他突然出现在我背后，问我是不是在找他。"

听到这里，"正义"奥黛丽顿时小小地吸了口气。虽然"太阳"明显不具备讲好故事的能力，但对方简简单单的描述依然让她有一种深夜看恐怖小说的感觉，似乎自己的背后如今也站了那么一个人，也在问"你找我吗"。

"魔术师"佛尔思则又恐惧又兴奋，就跟小时候听母亲讲鬼故事时的状态一样，明明已经害怕得捂住了耳朵，却还是张大着指缝，让声音能够传进脑海里。

这个桥段可以写进小说里！佛尔思思考着。作为一名畅销作家，她有着出色的职业本能！

"倒吊人"阿尔杰见多识广，下意识就问道："你们白银城针对失控者的地牢没有封印？彼此之间没有阻隔？我记得你上次说过，那里有一件很强力很神奇的物品作为核心。"

"有的，但不知道他为什么就来到了我的房间，而且已经完全失控，脑袋从中间裂开，不断流着液体，身上出现了许多裂缝，每一道裂缝就是一张嘴巴。""太阳"戴里克随口描述着当时的场景。

"那你是怎么活下来的？怎么从他，不，它手上逃脱的？""魔术师"佛尔思很有身临其境的感觉，这也是"正义"奥黛丽关心的问题。

"倒吊人"阿尔杰的反应却和她们截然不同，他若有所思地低语道："将只有失控前兆的你放在一个这么危险的家伙隔壁，这不符合逻辑。看来你们白银城的高层，六人议事团的成员在有意识地让人接触那个家伙，看能否从他那里套取到更加有用的信息，并观察他相应的变化。所以，你被哪位长老救了？"

戴里克的嘴巴一点点张开，只觉得"倒吊人"先生似乎亲眼看见、亲耳听到了当时发生的一切。

只凭我描述的情况，他就能猜到真相，好厉害！"太阳"戴里克敬佩地回答道："是的，正如你说的那样，首席及时出现，利用那件神奇物品解决了失控者。"

察觉到"太阳"的尊敬和佩服，"倒吊人"阿尔杰轻笑了一声："这是显而易见的事情，只要自身的见识足够，就能轻而易举地看出。"

我就没有想到……"正义"奥黛丽略显郁闷地想。

我就没有看出……"魔术师"佛尔思颇感羞愧地捋了下自己的头发。

我没有往那方面想……"世界"重复着"愚者"先生的叹息。

说到这里，阿尔杰微皱起眉头，语速缓慢地问道："你说你刚回归没多久，那个探索小队前队长就失控了？他过去几十年都没有失控，在你回归后却失控了？"

提问的同时，"倒吊人"抬头望了"愚者"先生一眼，见祂平静悠然，没有一丝一毫的异常，心情瞬间就稳定了下来，刚才涌现的不安尽数化为了疑惑：阿蒙家族号称"渎神者"，难道，那个人发现了塔罗会，发现了这灰雾之上的秘密，但又被"愚者"先生轻松解决了？

"太阳"戴里克认真地点头道："我猜测了两个原因，一个是由于我选择了'太阳'途径，而你之前说阿蒙家族是远古太阳神后裔；另一个是他察觉到了'愚者'先生在拉我参加聚会，于是出现了某种变化。最终证实是后者。"

"怎么证实的？""倒吊人"阿尔杰不留空隙地追问道。

有人察觉到"愚者"先生拉人参加聚会？真的有人能够察觉？好可怕……不愧是"渎神者"……"正义"奥黛丽又诧异又震惊。她忍不住望了青铜长桌最上首一眼，旋即被"愚者"先生镇定淡然的态度安抚了内心。

只是一件小事而已，对"愚者"先生来说，这只是一件小事……奥黛丽欣喜又释然地想着。

原来还是有人能发现塔罗会的召集……果然，那么多条途径，那么多个序列，总有能针对这件事情的非凡能力……但对现在的我来说，这是极坏的事情……我还是太弱小了，必须尽快提升序列……"魔术师"佛尔思一时惊讶一时惶恐。

"太阳"戴里克如实描述道："那个失控者被首席解决的时候，我看见了阿蒙的影子，应该是他。他长这个样子。"

征求"愚者"先生的同意后，戴里克具现出了一个光幕，上面描绘着阿蒙的形象：身穿黑色古典长袍，戴着同色尖顶软帽和水晶制成的单片眼镜，宽额头、瘦脸庞、黑眼珠、黑卷发……

"你们见过他吗?""太阳"戴里克饱含期望地问了一句。

"倒吊人""正义""魔术师"和"世界"同时摇了摇头。

戴里克不再纠结此事，继续说道："阿蒙的影子也被首席借助神奇物品消灭了，留下了一条半透明的虫子。首席告诉我，那只是阿蒙的一个分身……他把之前安排我住在隔壁的原因解释了一遍，确认我没有问题后，就让我自行回家。

"我有点害怕，不知道阿蒙还会有什么后续举措，所以刚回到家里，就开始向'愚者'先生祈祷……"

"等一下。""倒吊人"阿尔杰皱眉打断了"太阳"的话语，"你说你刚经历了这么一场又诡异又可怕的事情，就被首席放回家了? 而你刚回到家里，没做别的事情，就开始向'愚者'先生祈祷?"

"是的。""太阳"戴里克略感茫然地回答。

这有什么问题吗? 他觉得"倒吊人"先生的态度颇为古怪。

"正义"奥黛丽隐约觉得"太阳"的处理有些不对，但短时间内又没想出不对在哪里，只是相信换作自己，肯定不会这么做。

而此时此刻，"魔术师"佛尔思已捂住了自己的脸孔。

太不谨慎了……曾经的我也是这个样子，代价就是用掉了手链上的石头，开始承受满月诅咒……这位畅销小说作家在心里叹息道。

"倒吊人"阿尔杰再次看了"愚者"先生一眼，见祂依然没什么表示，遂勉强放松了下来，握拳抵了下嘴鼻道："你和那诡异的阿蒙有了交集，你认为首席只是检查一遍，就会对你彻底放心? 如果真是这样，那个探索小队前队长就不会被关在地牢整整四十二年。以我的经验，首席肯定在暗中派人监控你，而你毫无疑问已经把自己的特殊之处暴露出来了!

"不要怀疑这一点，如果连首席都不谨慎，你们白银城根本没法儿在那样恶劣的环境下延续到今天。"

这……"太阳"戴里克眼睛逐渐睁大，越来越觉得"倒吊人"先生真有见识，说得很有道理!

我，我被首席发现了异常? 所以，他听到我的汇报才是那样的态度? 怎么办? 怎么办……戴里克一下变得又紧张又惶恐。

看出他的忧虑，"倒吊人"阿尔杰"呵"了一声："不过你暂时也不用太担心，我刚才仔细想了想，你们白银城的首席即使发现了你的异常，应该也只会怀疑你被阿蒙附身了，被他污染了，不会想到塔罗会的事情。你还有时间，还能慢慢想办法解决这个问题。"

"太阳"戴里克平静了一点,老老实实地说道:"那个时候我确实被阿蒙附身了。"

"什么?""倒吊人"阿尔杰脱口而出，差点离开座位，摆出战斗姿态以防意外。

"正义"奥黛丽和"魔术师"佛尔思也一下变得紧绷，唯有阴沉的"世界"仅是表现出了诧异。

戴里克被"倒吊人"先生的反应吓了一跳,忙补充道:"这是'愚者'先生发现的，在我祈祷之时。"

说话间，他具现出了当时"愚者"先生传递来的画面:戴黑色尖顶软帽和单片水晶眼镜的阿蒙虚幻地缠绕在了他的灵体上，就像一条蟒蛇的鬼魂。

这让"正义"和"魔术师"两位女士看得发自内心地颤抖了一下,"倒吊人"则连忙追问道:"后来呢?"

"后来'愚者'先生教导了我一个仪式，通过那个仪式，祂派遣祂的天使净化了阿蒙的分身。""太阳"戴里克对事实不增不减地回答道。

"天使?""倒吊人"愕然望向了青铜长桌最上首。他旋即发现自己这动作太过突兀、不够恭敬,忙又低下了自己的脑袋。

"天使?""正义"奥黛丽一时有些茫然。

短暂的茫然后，奥黛丽迅速想明白了"太阳"在说什么——他说"愚者"先生派遣祂的天使，净化了阿蒙的分身!

天使!"愚者"先生派出了一位天使!"愚者"先生果然有天使作为侍者!每一位天使都至少有序列2的实力……虽然这是理所当然的，是我早就预料到的事情，但依旧让人激动，因为它终于被证实了!而只有神灵，才能驱使天使!奥黛丽兴奋得眼眸流光，忍不住遐想起"愚者"先生的天使是什么样子。

不知什么时候，我才有幸遇上……她望向青铜长桌最上首的目光里满是崇拜和热切。与此同时，她的灵感告诉她一贯阴沉的"世界"先生也因震惊坐直了身体，这让她莫名有些得意。

"魔术师"佛尔思则回想起了之前遭遇的那件事情，她明明只是请求"愚者"先生帮忙干扰占卜，结果却看见一位十二翼大天使降临，用翅膀笼罩住了自己的灵体。果然是天使……漆黑翅膀，十二对羽翼的大天使……而这果然也是"愚者"先生的常规操作，随意就派遣一位天使帮聚会成员解除危难……佛尔思忽然就不敢抬头注视悠闲地坐在青铜长桌最上首的那位先生了。

虽然她还只有序列9，虽然她没受过完整的神秘学教育，但她已在不同的非凡圈子里混了三年，某些事情即使不刻意打听，也会传入她的耳朵，这里面就包含了很重要的一条：不可直视神。过去的佛尔思对这句话印象不深，可此时此刻的她却突兀地感觉这是真理，是从无数血泪教训里总结出来的真理。

天使？"愚者"先生身边果然有天使！"倒吊人"一阵惊惧，又莫名激动，以至于身体都微微战栗。

之前告诉我们尊名，回应祈求和仪式，都间接表明了"愚者"先生等同于神灵，但这终究还是差了些直观的证据，而现在，天使出现了！天使的存在本身就足以说明很多事情！其中，最为重要的是，天使代表着最直接的威慑！"愚者"先生对现实世界并非没有影响力啊……哪怕不通过眷者，祂也能让自己的威严辐射一定的区域……阿尔杰瞬间想了很多，既为自己之前的浅薄冒冷汗，又感觉未来充满光明。

紧接着，他琢磨起了"太阳"话语里的细节："愚者"先生没直接让天使降临，反而先教导了"太阳"一个仪式，通过那个仪式，祂才派遣天使净化掉阿蒙的分身，这中间绕了很大一个圈子……这是否表明"愚者"先生要影响现实世界，必须突破不少阻碍？这和我之前判断祂处于被封印、被拘束的状态吻合……但或许是神弃之地有特别之处？"愚者"先生之前没有这样的表现，是因为祂脱困了一点？祂在逐渐脱困吗……

坐在"愚者"位置的克莱恩慢悠悠地环视了一圈，明显察觉到了"正义"小姐的尊崇和热切，察觉到了"倒吊人"先生的惊恐和激动。

以前不都是把我当成神灵看待吗？为什么听到天使的事情，还会有这种表现？看来侧面的证明始终比不上直接展现的威慑啊……以后要是有新成员质疑我，我就提前做好准备，让"世界"跳出来大放厥词，然后我随手一指，将他干掉，杀鸡儆猴……等事情平息，再重新捏一个"世界"……克莱恩的思绪逐渐发散。

"太阳"戴里克不是很能理解"倒吊人"先生、"正义"小姐他们的反应，在他看来，一位神灵，一位伟大的存在，有天使侍奉不是很正常的事情吗？

他等待了几秒才道："阿蒙的分身被净化后，我咳出了一条小虫，和之前地牢里那条一模一样，你们知道它是什么吗？"

在"愚者"克莱恩的帮助下，"太阳"顺利具现出了一条半透明的小虫，上面有十二道透明的圆环。

"正义"奥黛丽和"魔术师"佛尔思好奇地望了过去，同时摇了摇头，示意自己根本没见过，也没听说过类似的小虫。

十二道圆环……《秘密之书》上，类似的象征符号都与时间有关啊……阿蒙家族是远古太阳神的后裔，而在古老的年代里，人们都相信太阳与时间是存在关联……这勉强算是一个解释，能从两方面得到印证……不过，为什么现在的永恒烈阳只是不灭之光、秩序化身、契约之神、商业守护者，却不再涉及时间领域……克莱恩为维持"愚者"的形象，没急于回答，只是噙着笑容，目光温和。

"倒吊人"阿尔杰思索了一阵道："它应该是阿蒙制造分身的载体。在神话传说里，有一种虫子和它的外形类似，都有十二道透明的圆环，叫作时之虫，不过，从来没有人见过时之虫，不少人怀疑，这其实是一种序列魔药的名称。"

时之虫……和我的猜测很贴近嘛……虽然这只是在某些教会内部中层及以上非凡者里面流传的神话故事，但信息本身也是具备不小价值的。"倒吊人"先生就这样讲出来，让所有人听到，是因为他已经获得了报酬，已经从小"太阳"那里了解到了许多重要情况吗？克莱恩听得一阵感慨一阵好笑。

时之虫……阿蒙制造分身的载体……"太阳"戴里克似乎解开了不少疑惑。他好奇地问道："它能用来做什么？我是指死掉的它。"

"我不知道。"在"太阳"相信和尊敬的目光下，"倒吊人"阿尔杰突然有些惭愧。

这时，坐在青铜长桌最上首的"愚者"平缓开口道："某些仪式的主材料。"

这是克莱恩根据《秘密之书》的内容推测的，不过他丝毫不担心自己会说错，因为这几乎无法证伪。

没有找到需要时之虫的仪式，只能说明你们见识还不够多！克莱恩悠然地补了一句，在心里。

某些仪式……"正义"奥黛丽等人瞬间浮想联翩。

"谢谢您，伟大的'愚者'先生。""太阳"戴里克半起身行了一礼，接着将话题导入了那件关系白银城存在与否的事情，"探索小队回来了，我是指'牧羊人'洛薇雅长老率领的那个探索小队。他们完成了对堕落造物主半毁灭神庙的探索，回到了白银城，而我发现我熟识的几位队员，性格都出现了一定的变化。"

"他们被真实造物主污染了。""倒吊人"阿尔杰毫不犹豫地用笃定的口吻指出。

真实造物主？"正义"奥黛丽忍不住看了青铜长桌最上首一眼。她记得非常清楚，真实造物主曾经被"愚者"先生的眷者破坏过降临之事，自己之前还猜测自家塔罗会的首领要做"邪神克星"。

"真的吗？"戴里克不愿意相信般反问了一句。

"倒吊人"语气不见波澜地说道："你详细描述一下他们的变化。"

"感觉人还是那个人，但和以前有了很大的不同，乐观的变得低沉，笑容灿烂的只剩下礼貌性的微笑……""太阳"戴里克将自己发现的所有异常都讲了一遍，包括"牧羊人"洛薇雅长老状态突然好转的事情。

"倒吊人"阿尔杰斟酌着说道："情况可能比你想象的还要严重，被污染是最好的一种可能性。他们如果已经发自内心地信仰真实，呃，堕落造物主，那才麻烦，无法再挽救。不管怎么样，他们的性格、想法和观点都会扭曲，变成隐性的疯子，你可以从这方面入手，让六人议事团的其他成员发现不对。"

"我已经报告过了，可首席似乎不是太相信我。"戴里克略感委屈，声音低沉地开口道。

"魔术师"佛尔思忍不住叹息了一声："那是因为你们的首席怀疑你被阿蒙附身，正试图谋划对白银城不利的事情。"

"那我该怎么办？就算我告诉他们堕落造物主的存在，他们也不会相信我吗？""太阳"戴里克焦急地问道。

"倒吊人"沉吟了两秒道："其实，你们那位首席此时应该也开始关注'牧羊人'和那个探索小队的成员了。你们白银城能延续到现在，是因为高层最基本的警惕心还是有的，他们不会放过每一个可能存在的威胁。唯一的问题是，他们对这件事的重视程度肯定还不够，甚至不如对阿蒙的在意程度。"

不等"太阳"开口，他又斟酌着说道："也许可以利用这件事情，洗掉你身上的嫌疑……你找个机会，让某个探索小队队员表现出最彻底的异常，并和他发生冲突，这样一来，六人议事团的其他成员就能发现不对，提高重视程度。

"而与此同时，你把疑似虫子的东西交出去，就说冲突之中，你突然变得恍惚，不知道发生了什么事情，只隐约听见有人在喊'真实造物主'，等清醒过来，已经咳出了那条虫子。

"涉及邪神，很多办法和能力是不能使用的，你们的首席会符合逻辑地猜测阿蒙的分身与真实造物主遗留的精神污染发生了冲突，最终消亡，成了死掉的虫子。之后，他对你的监控肯定会降低不少，你再安分一段时间，嫌疑就彻底没有了。"

为什么"倒吊人"先生在这方面很熟练……"正义"奥黛丽嘴巴微张地想着。

"太阳"戴里克听得眼睛发亮，只觉"倒吊人"先生果然值得信赖，想出了这么好的办法！

"那我该怎么让那个探索小队的队员表现出最彻底、最异常的状态？"他连忙追问道。

"倒吊人"阿尔杰一下沉默，过了好几秒才开口："我不知道。"他旋即又补了一句，"如果有真实造物主相关的物品就好了……"

唰的一下，"正义"奥黛丽望向了青铜长桌最上首的"愚者"先生。

"正义"小姐为什么看向自己，克莱恩非常清楚：了解兰尔乌斯事件的对方，肯定以为自己和真实造物主明里暗里有许多争斗，自己掌握着相应的物品实属正常，物品数量甚至可能还不少。

从逻辑的角度来看，她的想法没有任何问题，而实际上，几次三番和真实造物主打交道的我也确实有符合描述的物品……克莱恩在心里喟叹了一声。

帮不帮小"太阳",对他来说不存在疑问。白银城所在的神弃之地有诸多怪物,能搜集到不少南北大陆已经相当稀少的非凡材料,而且,他们的历史未曾中断过,也没被哪位神灵、哪个教会扭曲过,最直观地呈现着大灾变前的故事和秘密,里面蕴藏着不少价值极高的知识。无论是从塔罗会首领的立场出发,还是单纯地只考虑利益,不到完全没有希望的地步,克莱恩都不打算放弃小"太阳",放弃白银城。

不过,有的话语不适合"愚者"先生说。

就在"正义"奥黛丽用期盼的眼神看着笼罩于浓郁灰雾后的"愚者"先生时,一直沉默的"世界"开口了:"我有一件蕴含着真实造物主精神污染的物品。"

他指的是"秘偶大师"罗萨戈遗留的"全黑之眼"。

"蕴含真实造物主精神污染的物品?""倒吊人"阿尔杰边思索边组织着语言,"这或许能帮到'太阳',那些思维和观点都已经被扭曲的探索小队队员,一旦感应到真实造物主的精神就在旁边,大概率会当场出现异变。"

"世界"望向"太阳",声音嘶哑着笑了一声:"小家伙,我可以把那件物品借给你,但你又能付出什么作为报酬呢?"

看见希望的"太阳"戴里克脑子转得飞快,一下想起了前面聚会时的事情,连忙说道:"我可以帮你搜集人皮幽影的特性、千面狩猎者的脑部异变垂体、千面狩猎者的血液之一,也会尝试着得到去除物品内失控者精神污染的办法,先获得哪个,就以哪个作为报酬。"

这里面,人皮幽影相对更容易遇到,属于黑暗深处各种怪物里较可怕的那种。

而戴里克此时此刻考虑的不是价值是否等同的问题。虽然在平时,借一次被真实造物主污染的物品明显不如他提出的那一个个条件,但于目前这种情况下,对方开什么样的高价,他都可能咬牙接受,所以,还不如主动展现诚意。

"世界"轻轻颔首:"很好,我会请'愚者'先生帮忙,将它借给你。"

说话间,他具现出"全黑之眼"的外形,并补充道:"它相当于一位序列5的非凡者,如果你把它弄丢,必须做出补偿。还有,等这件事情一完结,立刻还给我。"

这就是克莱恩以"愚者"身份无法说出的话语——堂堂一位神灵级的隐秘存在,如果开口闭口都是"补偿"和"记得还我",那位格就从高空跌落到地面了。

另外,克莱恩还考虑到了存在于将来的隐患:"全黑之眼"等物品是他在现实世界里使用过的,要是他之后拉入了知晓此事的新成员,对方便能从这点上确认一些事情。所以,夏洛克·莫里亚蒂等于"世界",明显比夏洛克·莫里亚蒂等于"愚者"要好很多。

实力不匹配位格,就只能战战兢兢、如履薄冰、如临深渊……"愚者"克莱恩无声感叹了一句。

见"愚者"先生没否定"世界"的请求，也未开口指出这个交易有问题，戴里克欣喜地松了口气，连忙答应了所有的要求。

与此同时，"正义"奥黛丽也由衷地为小"太阳"感到高兴。

"倒吊人"阿尔杰想了想，缓缓吐了口气，斟酌着对"太阳"说道："不要太乐观，具体怎么做必须把握好。首先是挑选时机，不能让自身陷入险境，最好只有一个探索小队队员在场，而白银城其他居民不少，或者他们都处在被关押、被封印的状态里……你要提前用灵性之墙封闭那件物品所在的容器，不让人直接察觉，这样才能将事情的进展掌控在自己手里……另外，你还得考虑事后怎么隐藏那件物品的问题，不能让六人议事团发现它，否则你洗脱不了嫌疑……"

这么好骗的家伙要是死了，我就很难再得到神弃之地的情报和古老年代里的秘闻了……"倒吊人"不觉得自己提供帮助有什么问题。

在他的言传身教下，"太阳"戴里克渐渐有了一个完整的计划，并厘清了需要注意的几个关键点。

"谢谢你，'倒吊人'先生，谢谢，谢谢你们。"他诚恳地向塔罗会成员们表达了自己的感激，这让"正义"奥黛丽有一种做好事的满足感。

"太阳"的事情就此告一段落，目睹了全部经过的"魔术师"佛尔思忽然有了想法。她撩了下微卷的长发道："我想知道'学徒'途径属于哪个家族？我愿意用《灵界见闻》其中一个章节做交换。这虽然被认为是狂想者的呓语，但根据我几次进出灵界的经历，它里面有不少描述是真实的。"

《灵界见闻》就是安丽萨太太遗留的神秘学笔记之一，里面的内容逻辑混乱、荒诞不经，仅是阅读它都会让人变得暴躁。但因种种缘由，身体三次进出灵界后，佛尔思发现这本笔记记录的也许不是呓语。

《灵界见闻》？"愚者"克莱恩身体微微后靠，操纵"世界"抢在"倒吊人"回答前开口："我知道答案，并可以免费赠送你一些相应的消息。"

他很清楚，"倒吊人"也能回答"魔术师"的问题。

有竞争就是不好，都要搭配赠品了……克莱恩默默地腹诽了一句。

"好的。"佛尔思一阵喜悦，她发现塔罗会确实比之前参加过的其他非凡者圈子要高端不少，许多困难的问题都能在这里得到解答。

这时，"世界"声音低沉沙哑地问了一句："你希望只自己一个人听到答案，还是所有人都可以？"

"魔术师"佛尔思考虑了几秒，出乎"正义"奥黛丽等人预料地说道："就这样讲吧。"

在她看来，自己这个问题的答案对别人几乎没什么帮助，让他们知道了也没关系，而要是"世界"先生有所遗漏，或描述得不够完整，刚好其他人又知道对应的内容，那自己就能用同样的《灵界见闻》章节来寻求补充。她认为这更加重要。

"世界"不怎么惊讶，声音低哑着说道："在第四纪，'学徒'途径被亚伯拉罕家族掌握，后来流入了与他们长期联姻的塔玛拉家族。在第五纪，也就是当前纪元，灵知会也有'学徒'和'戏法大师'魔药配方，被广泛认为与亚伯拉罕、塔玛拉家族有关。当然，也有人怀疑灵知会其实是魔女教派伪装的。"

考虑到"魔术师"小姐已经遇上了亚伯拉罕家族，克莱恩又操纵"世界"道："据说亚伯拉罕家族长期承受着血脉诅咒，不得不以分散居住的形式规避危险。"

血脉诅咒？"魔术师"佛尔思的眼睛瞬间睁大，想到了自己的际遇。

安丽萨太太的丈夫属于亚伯拉罕家族，那位劳伦斯先生也属于亚伯拉罕家族？所以，她才说只要不是这个家族的人，就不会被诅咒……但是，但是我用了那串手链，它属于亚伯拉罕家族？佛尔思再次被后悔的情绪噬咬起心灵。

"倒吊人"阿尔杰和"正义"奥黛丽也是第一次听说亚伯拉罕家族血脉诅咒的事情，各自有所联想，短时间内无人开口。

过了一阵，"魔术师"佛尔思深深地吸了口气道："感谢你，'世界'先生，你解开了我心中最大的疑惑。《灵界见闻》的第一个章节，我将在结束聚会后，抄录一份献祭给'愚者'先生。'愚者'先生，可以吗？"

"魔术师"是亚伯拉罕家族的后裔？难怪她可以让身体进出灵界……应该是拥有对应的神奇物品……"倒吊人"霍然望向了对方。

佛尔思是亚伯拉罕家族的？她出生在能追溯至第四纪的古老家族？"正义"奥黛丽仿佛在思考般地点了下头。

得到"愚者"先生肯定的答复后，"魔术师"佛尔思放松了下来，求购起非凡材料食灵者的胃袋和深海枪鱼的血液。可惜"太阳"这段时间没有外出，也就没有收获，而"倒吊人"只是提了一句，说深海枪鱼的血液有线索了。

"风眷者"的魔药配方同样还无人获得，"正义"奥黛丽则未急着求购"心理医生"的配方，因为她即将加入心理炼金会。

克莱恩本想将"狼人"非凡特性和"生物毒素瓶"之一卖掉，可考虑到后者与灵体状态的搭配程度，考虑到成员目前的财政状况，又暂时放弃了这个打算。

交易部分迅速结束，聚会来到了各自提供见闻的交流阶段。

"正义"奥黛丽缓慢地环视了一圈，噙着浅笑道："上周，在贝克兰德发生了一件有趣的案子，主角被称为侠盗'黑皇帝'。"

"黑皇帝"？正漫不经心地听着"正义"小姐讲述的"倒吊人"突然抬头，目光都下意识地变得锐利。他刚刚才知道,"愚者"先生手边那张牌是罗塞尔大帝制作的亵渎之牌之一,牌名正是"黑皇帝"!

这和"愚者"先生会不会有什么关系?"倒吊人"阿尔杰快速地瞄了青铜长桌最上首一眼,旋即低下了脑袋。如果真是"愚者"先生的眷者做的,这件事情肯定不简单……阿尔杰认真地倾听起"正义"小姐后续的描述。

早就从休那里知道这件事情并有所猜测的"魔术师"佛尔思也悄然打量了"愚者"先生一眼,想从这位隐秘存在的反应窥见事情的真相,可是,浓郁灰雾中的"愚者"平静如同往常。

同样没有收获的"正义"奥黛丽顿了顿,继续说道:"遇害者是富豪卡平,许多传闻指认他是贝克兰德最大的人口贩子。侠盗'黑皇帝'潜入了他的别墅,夺走了他的生命,并解救了被关押在地牢里的众多无辜少女。卡平的尸体被发现时,上面盖着一副塔罗牌,脸部是'审判'和'皇帝'。"

她没提保险柜的事情,因为她觉得这无关紧要。

盖着塔罗牌?这是我们塔罗会的行动标识?等一下,人口贩子?"倒吊人"阿尔杰敏锐地捕捉到了一个词组。他若有所思地转向青铜长桌最上首,谦卑地询问道:"'愚者'先生,卡平与殖民地奴隶失踪事件有关?"

后者是风暴教会下发给他的任务,他曾经锁定了一个叫作巴伦的嫌疑人,并请求在贝克兰德的"正义""魔术师"和"世界"帮忙留意。所以,一听到"人口贩子",阿尔杰就下意识地相信这与南大陆好些部落凭空蒸发、苏尼亚海诸多群岛上不少奴隶逃亡的现象存在一定的联系,他认为只有这种似乎藏着某些秘密的事情才能让"愚者"先生感兴趣。

当然,不排除是"愚者"先生的眷者自主完成的行动,眷者不可能每件事情都等待安排,就像一个被操纵的人偶……"倒吊人"阿尔杰如是想道。

卡平与最近一段时间内的殖民地奴隶失踪事件有关?仔细想想,不排除这个可能啊,他的别墅内足有四名非凡者,这本身就不正常……他这种富豪就算请得到非凡者做保镖,也顶多一个序列7加两个序列8或序列9的配置,而当时那个赫拉斯,算上神奇物品,相当于序列5的强者了……克莱恩被"倒吊人"的话语提醒,一下想到了很多,觉得事情隐隐约约能串起来。

不过,他无法肯定自己的猜测,只能直接跳过"倒吊人"的问题,轻笑一声道:"我的眷者在这件事情里做了些微不足道的贡献。"

果然!"正义"奥黛丽眼眸晶亮地在心里欢呼了一声。

果然……这是我在现实里遭遇的第一件与塔罗会相关的事情……"魔术师"佛尔思半是欣喜半是感叹。

"倒吊人"阿尔杰则认为"愚者"先生的话语间接证明了自己的猜测：卡平这个人口贩子绝对不简单，否则不至于让一位隐秘存在的眷者出手，而不简单的人口贩子与不简单的奴隶失踪事件大概率有某种关联。

不等"正义"小姐开口，"愚者"克莱恩手指轻敲古老长桌的边缘，语气悠然地补充道："他在这件事情里收获了两位非凡者的遗留特性，希望能尽快卖出去。那两份遗留特性一个对应序列8的'治安官'，一个对应序列7的'审讯者'。"

"治安官""审讯者"……这不是奥古斯都家族掌握的"仲裁人"途径吗？只有王室成员、古老贵族和军方才有可能获得……卡平的背后是他们中的一方？不排除是费内波特王国卡斯蒂亚家族的可能性……"倒吊人"阿尔杰微皱眉头，愈发觉得奴隶失踪事件不那么简单。

"正义"奥黛丽的想法和他差不多，她完全没想到卡平别墅内的非凡者竟然是"仲裁人"途径的。掌握相应配方的势力不可能和卡平这个人口贩子勾结在一起啊……奥黛丽微抿嘴唇，又疑惑又迷茫。

"治安官"？"魔术师"佛尔思知道好友休在为这个序列积攒魔药材料的费用，忙坐直身体，不解地问道："'愚者'先生，什么是非凡者的遗留特性？"

这和我预料的反应不一样啊，不是应该直接问多少金镑吗？也是，我好像没和"魔术师"小姐说过非凡特性守恒和不灭定律……克莱恩略微愣了一下，旋即斟酌起了语气。

而就在这个时候，"正义"奥黛丽主动开口道："'愚者'先生，我可以解答这个问题吗？相应的报酬由她直接给您。"

她和佛尔思是朋友，因为担心"愚者"先生不肯再分享那方面的知识，所以自告奋勇。

"没问题。"克莱恩微笑着回应道。

"正义"小姐总是能急我所急啊……他在心里感慨了一句。

呼，"正义"奥黛丽无声地舒了口气，转而面对佛尔思，故意没用贵族发音和专有词语道："你想知道答案吗？你愿意付出什么作为报酬？"

"魔术师"佛尔思毫不犹豫就点头道："当然！"

她望向被灰雾笼罩的人影，恭敬地询问道："'愚者'先生，我可以用《灵界见闻》另外的章节做报酬吗？"

她专门强调了"另外"，是因为她知道给"世界"先生的《灵界见闻》章节必须先献祭给"愚者"先生，而能随时浏览的知识似乎不具备交易的价值。这不是说她怀疑"愚者"先生这种神灵级的大人物会偷看，只是觉得换一个章节更显诚意。

某些时候，大人物在意的仅仅是你的态度……佛尔思从不少小说里看过类似的话语。

靠住椅背的克莱恩用不甚在意的口吻回应道："可以。"

"谢谢您，'愚者'先生。""魔术师"佛尔思难以遏制地露出了笑容。她直觉地认为，自己将接触到一些隐秘的、高层次的知识！

"正义"奥黛丽则彻底放心，浅笑着说道："在超凡世界里，有这样一个定律，记住，是定律。在相近途径内，非凡特性总量守恒，不会减少，不会增加，只会从一样事物转移到另一样事物，只会从一种形态转化为另一种形态。

"所以，非凡者死亡后，他的特性会析出，等同于魔药的主材料。只要知道对应的辅助材料，就能以此调配出该序列的魔药。唔，失控者遗留的除外，那有太多的隐患，只能做器物。"

非凡者死亡后，他的特性会析出，等同于魔药的主材料？这个瞬间，佛尔思脑海内就像有闪电划过，让她一下明白了很多事情。原来安丽萨太太给我的遗物是她自己的非凡特性……原来每个非凡者在别人眼里，都等同于行走的材料……真是黑暗啊……佛尔思的双拳猛然紧握，只觉超凡世界从本质上就写满了疯狂。

不过，她并没有因为自己是服食安丽萨太太遗留的非凡特性晋升而感觉恶心，这反倒让她有一种淡淡的温馨感。

失去母亲之后，认识休之前，安丽萨太太是对她最好的人，对佛尔思来说，能继承对方的遗物，让她始终与自身同在，不失为一种悲伤却温暖的体验。

"原来是这样，非凡特性守恒和不灭定律……也就是说，身为'治安官'的非凡者遗留的特性等同于那份魔药的全部主材料？"佛尔思求证般地多问了一句。

"是的。"奥黛丽也想到了休。

"魔术师"佛尔思当即起身，对俯视着一切的那位神秘存在行礼道："'愚者'先生，能请您的眷者多保留一阵'治安官'对应的非凡者遗留特性吗？我想买下它，但我的钱暂时还不够，再给我一周的时间，好吗？"

"可以。"克莱恩摆出一副"我根本不关心此事"的态度。

佛尔思松了口气，忙又问道："您的眷者希望以此得到多少金镑？"

序列8对应的非凡材料每件在三百镑左右……克莱恩微笑道："六百镑。"

报完数字，他立刻转移了话题，以此显示自己毫不在意序列8层次的遗留特性。

他环顾一圈，具现出几张羊皮纸道："这是部分罗塞尔秘密符号的含义，算是免费的知识，以便你们更好地搜集日记。"

这些含义包括数字部分和年月日部分，克莱恩之所以要教导塔罗会成员这些知识，是怕他们之后再买到假货。

仅从日期部分，就能排除绝大部分假冒产品……克莱恩在心里轻笑了一声。

"正义"奥黛丽等人异常惊喜，没想到最后还能有这样的收获。虽然他们已经发现羊皮纸上的秘密符号是最简单的那些，但他们都相信这是一个良好的开端，有了第一次，就有第二次，第三次！

几人又交流了一阵后，克莱恩语气平和地说道："今天的聚会就到这里结束吧。"

"遵从您的意愿。"奥黛丽、阿尔杰等人同时起身，各自行礼。

一道道深红光芒随之消散，灰雾之上的古老宫殿再次恢复了宁静，只余下克莱恩独自一人坐在属于"愚者"的那张高背椅上。

…………

返回现实世界后，佛尔思坐到书桌前，出神地想了一阵亚伯拉罕家族相关的事情，对那几本神秘学笔记上提到的只言片语有了全新的理解。

"原来是这样……难怪安丽萨太太不愿意将她丈夫和她自己的死讯告知劳伦斯先生……这么想想，亚伯拉罕家族还真是可怜和悲哀啊……"佛尔思自语了几句，从一堆普通杂书里翻出了那本《灵界见闻》，准备抄录第一和第二个章节。

为此，她进行冥想，调整了呼吸，务求让自身处于最好的状态，否则，仅是抄录《灵界见闻》的内容，都会给她带来躁狂和混乱。

这些单词明明没有灵性，可一旦组合起来描述那些荒诞不经的场景，就仿佛有了影响人情绪的能力……每抄录五分钟就休息五分钟，我可不想因此失控……佛尔思拿出小巧精致的怀表，将它摆在了书桌斜前方。

…………

白银城，伯格家。

戴里克醒了过来，眼中是照亮了一切的闪电倒影。

他环顾四周，没感觉自己在被监控，但"倒吊人"对之前事件准确的推理和沉稳自信的态度，让戴里克相信他的猜测肯定没有错。戴里克相信此时此刻，必然有某位或某几位能力特殊的非凡者在暗中窥视自己。

"而且，'愚者'先生没有否定……"戴里克翻身起床，习惯性地活动了下身体。

这个过程中，他的脑海内迅速浮现出了"倒吊人"的一些分析和建议："到现在为止，还没人找你，没把你关进地牢，这就说明你们的首席和其余六人议事团的长老更倾向于观察，希望从两千多年来遇见的第一个白银城外的活人阿蒙身上找到让整个白银城脱离遗弃之地的办法。所以，在你没做太出格事情的前提下，他们肯定不会贸然惊动你，免得被阿蒙发现异常。

"这样一来，他们在监控时必然不会靠得太近，至少在你清醒时不会靠得太近。正因为如此，他们大概率没发现你已经咳出了那条时之虫，他们后续的反应也间接证明了这点。

"同样，他们应该只能观察到你在举行什么仪式，却无法弄清楚你祈求的对象是谁。换作是我，肯定会怀疑这和阿蒙有关。

"基于以上的理由，你可以光明正大地完成请求赐予的仪式，事后全部推到阿蒙身上。当然，你必须装得足够谨慎足够小心，并为在一切结束后接受'精神分析师'等不同序列非凡者的检查做好准备。这件事情，你可以祈求'愚者'先生帮忙……"

根据"倒吊人"的建议，戴里克绕桌子走了两圈后，小心翼翼地关上了窗户，点燃了蜡烛，布置起请求赐予的仪式。

…………

灰雾之上，巍峨古老的宫殿内。

克莱恩正闲着没事地目视支撑穹顶的石柱，觉得这根据自己意念而来的建筑颇像雅典神庙。这是因为我自身的潜意识？他思绪发散地想着。

就在这时，"太阳"对应的深红星辰大放光明，迅速荡开涟漪，凝聚出一扇虚幻神秘的大门，而整个灰雾之上，少许力量被撬动，如水流淌。

听见那层层叠叠的祈求声，克莱恩低下脑袋，看向那只"全黑之眼"。

希望小"太阳"不要弄丢它，否则"世界"先生只能跟着壮烈牺牲了——正因为有"全黑之眼"，不是"秘偶大师"的克莱恩才可以暗中操纵"世界"，让他表现得有血有肉。一旦失去这件物品，为免"魔术"穿帮，他只能让"世界"去死。

感慨之中，克莱恩蔓延灵性，带动流淌的灰雾力量涌向那扇虚幻的大门，将大门硬生生地推开了一道缝隙，并稳固了传输的通道。

紧接着，他将"全黑之眼"放进一个铁盒内，丢了神秘大门的缝隙里，状似随意地说了一句："不要直接触碰里面的物品。"

做完这一切，他没在灰雾之上过多停留，因为他知道小"太阳"没那么快找到行动的机会，因为他不知道"魔术师"小姐什么时候才能抄录完《灵界见闻》其中的两个章节。

灵性舒展，克莱恩的身影霍然消失在灰雾之上。

…………

白银城，伯格家。

戴里克刚看见祭台上多了一个铁黑色方盒，就听到了"愚者"先生熟悉的声音："不要直接触碰里面的物品。"

不要直接触碰……戴里克老实记下了这个提醒，决定不打一点折扣地执行。

感谢完"愚者"和"世界"先生，结束掉请求赐予的仪式，他异常小心地打开铁盒，审视起里面的物品。

那是一只没有瞳孔的全黑眼睛，仅是看到，就让戴里克有了精神混乱、思维变慢的感觉，他的耳畔更是出现了隐隐约约、不够真切、似乎有点疯狂的呓语声。

猛地打了个寒战，戴里克合上铁盒盖子，拿起纯银匕首，用制造灵性之墙的方式将铁盒彻底封闭。然后，他将铁盒放入了衣物内侧的暗袋里，别上飓风之斧，出门而去，直奔训练场。

那些探索小队队员还未解除变相的隔离，不过戴里克也没想着今天就行动。他谨遵"倒吊人"先生的教导，打算先观察具体情况，然后耐心等待机会。当然，如果遇上了大好良机，也必须果断出手。

进入训练场，戴里克绕着探索小队所在的区域转了一圈，看见他们正三三两两地聚在一起，小声地交流着什么。可一旦发现有人注视，他们就会立刻停止，沉默地站在那里，时而走上几步，仿佛刚从黑暗深处爬出来的活尸。

如果我现在就解除灵性之墙，让"世界"先生那件物品的感觉往外扩散，他们会有什么反应？同时扭头，一起望向我？

戴里克想象了一下在场所有人齐刷刷地转头，冷漠无情地看着自己的场景，竟莫名有了一些难以言喻的恐惧。

他吸了口气，告诉自己要耐心，要等待，不能慌乱。

…………

白银城，圆塔顶部，属于首席的房间内。

闭目养神的"猎魔者"科林·伊利亚特猛地睁开眼睛，望向阴影深重的墙角。

一道人影扭曲着从那里立了起来，轻微摇晃着，用被金属摩擦过一样的嗓音道："首席阁下，戴里克·伯格又举行了一次仪式。根据我的观察，那应该是请求赐予的仪式，和我们平时的献祭仪式很像，但不同的是，他获得了回应，并被赐予了一个铁黑色的方盒。里面具体有什么，我无法看到，但有一种很邪异、很危险的感觉。"

说到这里，那阴影急切地恳求道："首席阁下，这肯定是那个神秘人指使的，我们必须采取行动了，不能再放任不管！否则，戴里克·伯格迟早会召唤来邪神或类似的存在，毁灭掉整个白银城！"

科林的表情变得异常凝重，他站了起来，缓缓踱步道："再等一阵。直到现在为止，我们都无法弄清楚那个自称阿蒙的神秘人的目的，不明白他发现白银城后，却只派一个分身过来在地下监牢耐心地待了四十二年的目的。

"如果只是单纯地想毁灭我们，他不会有这些让人无法理解的举动。

"再等等，这也许藏着我们的希望，末日灾难来临时活下去的希望！"

他话音刚落，窗外一道闪电划过，照亮了整个漆黑的天空，照亮了阴暗的房间。

接近傍晚，克莱恩才等到"魔术师"小姐的祈求，通过献祭仪式获得了《灵界见闻》的前两个章节。

当他坐在属于"愚者"的位置，悠闲地翻开抄录而成的笔记，一行行阅读时，愕然发现自己逐渐变得有点狂躁。

这是什么情况？那些单词明明没有灵性，纸张更是普通，不可能是封印物，怎么会影响到我的精神状态？而且，我正处于灰雾之上，连真神的影响都能隔断的灰雾之上……克莱恩皱起眉头，身体往后一靠，仔细回想起《秘密之书》里与类似现象有关的内容。

没过多久，他大致明白了缘由：当具体描述某些存在时，哪怕只是纯文字性的内容，也会影响到阅读者的思绪和精神！

其中，最为可怕的是与真神相关的记载。一本详细讲解某位神灵的书籍，会让每一名阅读者都变得疯狂或三观扭曲，让非凡者直接失控是大概率事件！

而《灵界见闻》这本笔记来源于亚伯拉罕家族的某位先祖，他记录了自身遨游灵界时遇到的种种奇闻逸事。

第一个章节里，他描述了灵界之中的光，认为那七道颜色不同的纯净光芒蕴含着不同领域的无穷知识，旅行者无论在灵界哪个地方，都能看到它们覆盖于高处。而更加让人惊讶的是，这七道神奇的光芒是活的！它们就像徘徊于该处的各种灵体一样，是活的！

在神秘学领域，许多密契仪式指向的目标其实就是那七道净光，通过与它们秘密契合，能获得一定的知识。所以，不少神秘学专家称呼那七道净光为"师父"或"老师"。

对此，那七道净光似乎很高兴，还拉着不少灵界生物，成立了一个专门教导人知识的秘密组织——净光兄弟会！

第二章

CHAPTER 02

✦ 新手 ✦

第二个章节里，那名亚伯拉罕家族的旅行者记录了自己遇上"黄光"威尼坦的经历。

借助灰雾之上神秘空间的力量，克莱恩迅速恢复了良好的精神状态，继续阅读起《灵界见闻》的第二个章节。

笔记的主人、亚伯拉罕家族的旅行者声称自己漫游到灵界深处时，遇上了一名身穿柠檬黄长袍的老者。那老者的身体呈现半透明的状态，与周围的灵界生物异常相似，但态度却出人意料地和善。

亚伯拉罕家族的那名旅行者和老者交流了一阵，意外得知对方竟然是覆盖灵界最高处的七道净光之一的"黄光"威尼坦所化。

威尼坦告诉亚伯拉罕家族的那名旅行者，自己的特质是理性与适应，是占星领域的象征，对应宝石则是祖母绿。他相当忧虑地提到了一则来自他自身的预言："注视从星空投来，大地将四分五裂，世间的一切都会不复存在。"他认为这是两百年内就会到来的最终末日，万灵万物都无法幸免。

亚伯拉罕家族的那名旅行者对此没什么感觉，未曾多问，反倒请教起该怎么解除自身家族血脉诅咒。

"黄光"威尼坦告诉他，从某种意义上来说，这确实是诅咒，但和神秘学里的诅咒有截然不同的本质，解决的办法在未来，在一名得到隐秘存在帮助的"学徒"手中。他还告诫了亚伯拉罕家族的那名旅行者，诅咒解除之日是亚伯拉罕们真正劫难来临的开端。

至于是什么劫难，他说自己也不清楚，认为这涉及了神灵层次的伟大存在。

在《灵界见闻》第二个章节里，笔记的主人还提到了"黄光"威尼坦说的另外一件事情——净光兄弟会的主宰。

那七道净光时常会进入现实世界，通过不同的方式化为人类，教导人们相应的知识。从第五纪以来，各个领域的导师级人物有不少是它们的化身，比如近千年来最伟大的占星家、确凿地证明了当前世界是星球的迪·福斯曼就是"黄光"威尼坦的人类化身。笔记的主人据此提出了一个猜测——在不少领域都堪称导师的罗塞尔·古斯塔夫也许就是哪道净光的化身。

不，他不是……如果你真要这么想，那他大概是一道绿光吧……克莱恩抬手揉了揉额角。

根据这一点，他判断笔记的主人不会是太古老的非凡者，而从对方没称呼罗塞尔为"大帝"来看，这次灵界旅行应该发生在罗塞尔担任执政官，或者刚称帝、还未得到广泛认同的那段时间内。当然，不排除亚伯拉罕家族的非凡者拒绝承认图铎之外的皇帝。

一名能遨游灵界的旅行者，这序列不低啊，而如果他是高序列强者，"门"先生早就被解救出来，所谓血脉诅咒早不复存在了，所以笔记的主人是序列5非凡者，或者是有神奇物品帮助的序列6……亚伯拉罕家族虽然衰败了，但也不弱……

为什么"黄光"威尼坦的预言和魔女教派、极光会宣称的某些东西极为类似，最终末日必将到来？从我刚才推算的时间点来看，距离末日只有二三十年了？克莱恩皱眉想道。

罗塞尔成为执政官在1173年，如今是1349年11月，相距一百七十六年，而"黄光"威尼坦当时预言的是两百年内，考虑到克莱恩推算的只是区间，距离末日二十四年到五十年都有可能——罗塞尔称帝是1192年，被刺是1198年。

虽然《灵界见闻》前两个章节并没有什么实用的知识，但却彻彻底底开拓了他的眼界，让他知晓了灵界不少情况，知晓了七道净光和净光兄弟会的存在。

原来之前晋升时、转化为灵体状态时、举行相应仪式时能看见的那一道道位于极高处、蕴藏着无数知识的纯净光华是灵界的"净光"，而且它们还是活的，有自己的思想……真是奇妙啊……

《灵界见闻》这两个章节也不是完全没有实用性的知识，至少让我知道了"黄光"的真名是威尼坦，知道了威尼坦对应的宝石是祖母绿，知道了许多细节性的东西，我可以据此设计出一些指向它的密契仪式……不过暂时也没什么用……克莱恩沉思片刻，合拢那本抄录的笔记，返回了现实世界。

比起通灵"黄光"威尼坦，他还有更加重要的事情。

克莱恩拿出信纸，提起钢笔，给发明家雷帕德写了封信，询问脚踏车的专利审批到了哪个环节，为什么还没成功，是否需要这边找一位律师帮忙——随着"魔术师守则"的确立，距离魔药的彻底消化已不超过两个月，他必须尽快为晋升序列6"无面人"攒够相应的非凡材料费用。

这里面，"太阳"可能会因"全黑之眼"免费提供一件，但另外一件依然得克莱恩自己想办法。据他所知，序列6对应的非凡材料基本都在一千五百镑以上，往往还有价无市。除开两件主材料，辅助材料里还有千面狩猎者的血液、深海娜迦的头发这两种异常稀少的富含灵性的事物，价格同样不"美丽"。

真是赚钱困难，花钱容易啊……"狼人"非凡特性和"审讯者"非凡特性能卖出去就好了，一苏勒一便士都不能浪费……克莱恩弄好信封，贴上了邮票。

他无须去数，都知道自己现在共有多少钱：六百二十四镑纸币加五枚1镑面额的金币，再加七苏勒钞票和一些铜便士。

对了，还有"魔术师"小姐和休小姐将为"治安官"非凡特性支付的六百金镑，希望她们能尽快凑够钱……克莱恩默默地祝福了那两位女士。

…………

"你说你新加入的一个非凡者圈子里有'治安官'魔药的两件非凡材料，而且价格很公道，一共只要六百镑？"休睁大眼睛，叽里呱啦地反问道。

她刚从东区回来，为了调查最近谁打听过卡平的事情。

"是的，那是一个非常有信誉的卖家，唯一的问题是考核非常严格，我短时间内没法带你加入那个圈子。"佛尔思说着完全真实的话语。

"真好！"休没去怀疑好友，激动地走了两步，突然，她的表情垮塌了，"可是，我的钱不够……"

佛尔思嘴角抽动了一下道："你现在有多少金镑？"

"算上这次委托的初期报酬三十镑，一共三百一十镑，还差一半！"休抓了抓自己的金色短发，"我想想，想想我能去哪里借到三百镑……银行不会给我这种赏金猎人贷款，那些高利贷商人要的利息又太多了……也许可以找奥黛丽小姐？"

她知道佛尔思最近买下了"戏法大师"魔药配方，花了足足四百五十镑的事情，所以压根儿没想着向佛尔思借钱。

"为什么我们都这么贫穷？"佛尔思忍不住叹息了一声，"奥黛丽小姐最近很少出来，似乎在忙别的事情，向她借钱不一定及时，呃……我们可以先找格莱林特子爵，如果来不及，我帮你垫付。我还有四百三十镑，够了。"

休眨了眨眼睛，猛地低下头，嗓音沉闷地说道："佛尔思，你真好。等我晋升为'治安官'，我就能赚到更多的钱了！"

佛尔思笑着摇了摇头："所以，今天你来收拾房间，怎么样？"

白银城，戴里克离开训练场，回到了自己家里。

他刚才已经询问过那些探索小队队员什么时候可以解除隔离，得到了"今天闪电平缓时"这个答案。

坐到古旧的木桌旁，戴里克再次推敲起预定计划，并记起了"倒吊人"先生的一句提醒："如果没有合适的、可以为你作证的观众，那你不妨利用监控你的非凡者。"

可我怎么知道什么时候会被监控……"倒吊人"先生说得很笃定，但不够详细……戴里克泛起了不少疑惑，但又找不到确认的办法。

他虽然很不好意思再祈求"愚者"先生，请教祂这个问题，但考虑到这关系着白银城的存亡，又鼓起了勇气，嗓音压得很低地诵念起"愚者"的尊名，并简单描述了自己遇到的困难。

过了一阵，他看见了无边无际灰雾中央的"愚者"先生，听到了言简意赅的回应："触碰铁盒内的物品，不超过三下心跳，提前做好准备，注意黑线的源头。"

这么简单？戴里克惊喜地感谢了"愚者"先生。他调整了下姿势，悄然将手伸入了衣服内侧的暗袋。

随着灵性之墙被解除，戴里克的手指顶开了铁盒，小心地往内探去。突然，他触碰到了一件冰冷的物品，眼前顿时浮现出一根根黑色的、虚幻的细线。与此同时，他脑海内嗡的一下，似有虚幻的嘶吼正疯狂灌入耳中。

戴里克的身体猛然抽搐，眼泪鼻涕同时因痛苦而流了下来。他险些忘记了自己要做什么，但幸运的是，他视线所及正是虚幻黑线汇聚之处。

那阴暗的角落里，似乎有一道影子！

戴里克当即收回了手，就像摸到了一块烧红的烙铁。他顺势躺了下去，如被闪电劈中般一抽一抽的；他的嘴巴根本合不拢，不断有唾液滴下。

过了几十秒，戴里克才缓了过来，重新关好铁盒，用灵性之墙将它封闭。他站起身，喝了口冰凉的冷水，已然知道现在就有人在监控自己。

过了不知道多久，戴里克忽然听见了咚咚咚的敲门声。

"谁？"他略显茫然地问道。

外面传来一道蕴含笑意的声音："我，达克。探索小队已经解除隔离了，你不是很想知道我们这次的经历吗？"

达克？戴里克脑海内一下浮现了对方的形象：个头中等，身材微胖，以力量见长，是个乐观开朗、笑容灿烂的少年，与自己是通识教育课的同学和巡逻小队的队友。但这次探索堕落造物主半毁灭的神庙归来后，他就变得深沉，对谁都只是微笑。

一回忆起达克·瑞金斯的变化，戴里克就不寒而栗，遍体皆生凉意。他怎么突然来找我？刚解除隔离，不是该回家吗？瞬息之后，戴里克心里泛起了诸多疑问。

霍然间，他想到了一个可能性："洛薇雅长老知道了我怀疑他们已经出现异变，所以派达克过来解决我？"

　　戴里克先是一惊，涌起满腔的恐惧，旋即觉得这似乎、好像、大概也不是坏事。"倒吊人"先生说，"如果没有合适的、可以为你作证的观众，那你不妨利用监控你的非凡者"，而现在，监控人就在那个角落里，达克如果突然袭击我，必将暴露出他们有问题的事实！这样一来，就算不使用"世界"先生那件物品，也能让事情顺利进行下去！

　　呼，戴里克扭头望了眼窗外。此时此刻，闪电的频率已降至最低，一两分钟才有一道划过天际照亮半空，整个白银城大部分时候都处在深沉的黑暗里。

　　如果只是一个人在家，戴里克不会翻找出蜡烛点燃，他喜欢静静地躺在床上，漫无边际地想着各种事情。当然，他知道这其实较为危险，如果没有光亮稍微驱散黑暗，哪怕在白银城内部，也可能突然出现怪物。不过戴里克本身是"祈光人"，自带一定的光明属性，倒是不用太害怕类似的事情发生。

　　咚咚咚！达克又敲了三下门，似乎在催促主人。

　　他以前不是这样的，他很有礼貌……戴里克忽地有了强烈的悲哀情绪。

　　他从木盒内拿出一根蜡烛，摆到了桌子中央，然后一搓手指，制造出了一朵金黄色的火焰。那火焰点燃了蜡烛，让房间内充满昏黄但温馨的光彩，并伴有丝丝刺鼻的香味 —— 白银城的蜡烛主要由怪物身上提炼出来的油脂制成，因来源不同会有不同的味道。

　　深吸了一口气，戴里克带着强烈的戒备走到门边，打开了大门。

　　"你怎么这么慢？"达克微笑着问了一句。

　　"找蜡烛。"戴里克回应道。

　　他没敢把后背留给对方，采取了并肩而行的办法，与这位同学兼队友一起走回了桌子旁边，各自坐下。

　　"刚晾干的杜姆果，要来一些吗？"达克从腰间取下一个小布袋，微笑着问道。

　　杜姆果是白银城极为稀少的零食之一，来源于一种叫杜姆血藤的植物，这种生物不需要光照，靠吸取腐烂尸体的养分而生长，有一定的攻击倾向，属于较为常见的弱小怪物。每根杜姆血藤都会结出许多拇指大小的黑色果实，可直接食用，脆而香，但它们无法填饱人类的肚子，无法提供必要的营养，只能作为日常的消遣，一次巡逻获得的功勋就可以兑换好几大袋。

　　"不，不用。"戴里克谨慎地摇头。

　　"好吧。"达克从小布袋里倒出一堆黑色果实，拿起一颗，塞入嘴里，咬得啪嗒作响。

　　戴里克想了想，主动询问道："你们在那座神庙的地下部分遇到怪物了吗？"

达克停下了咀嚼，笑着回答道："遇到不少，但都不怎么厉害，很容易就被我们清除了。那里毁灭了很久，厉害的怪物应该早就离开了。"

他顿了一秒，勾起嘴角道："我们在神庙底部发现了一些奇特的植物，它们像是通识课里记载的蘑菇，长得特别鲜艳，让人一看就充满食欲。经过确认，它们可以直接食用，能给人类带来灵性的提高和体魄的变强，如果搭配烤制的怪物，会散发难以想象的香味。"

说话间，他从另一个小布袋内拿出了一个巴掌大小的蘑菇状事物，这东西的柄把洁白如玉，伞盖鲜红晶莹，并点缀着一个个暗金色的斑点。

仅是看到这植物，戴里克就忍不住吞咽了口唾沫，似乎自己已经饿了好几天。那美丽的蘑菇状事物在昏黄烛光的照耀下，无时无刻不流转着诱人的色泽，分外勾动人的食欲，让人难以把持。

"给你一个。"达克热情地笑道。

"好，好……"戴里克几乎想当场上手，直接拿起那蘑菇状的植物塞入口中，但最终还是忍耐了下来，勉强张嘴道，"我明天试一试。"

达克没有多说，将那蘑菇推到戴里克的面前，自己则继续啪嗒咬食着杜姆果。

戴里克费了极大的力气，才让目光从蘑菇上移开，艰难询问道："这次探索有什么发现吗？"

"有！"达克停止了吃零食的动作，拿着一颗黑色杜姆果，非常严肃地回答道，"我们发现了许多壁画，连贯的壁画，你还记得神庙内的那座雕像吗？"

"嗯。"戴里克瞄了眼蘑菇，点头道，"一个巨大的十字架，上面钉着个倒吊的赤裸男子，它的表面还被刻意涂抹了不少血迹。"

达克转动了下手里的杜姆果道："新发现的壁画告诉我们，神庙的修建者相信那座神像代表的是创造一切的主、全知全能的神。他们认为主没有抛弃这片大地，而是在大灾变来临时，帮我们背负起了绝大部分的罪孽，于是从正立变成了倒吊，从自由行走变成了钉在十字架上，并代替我们流血。

"神恩如海，我们不是被遗弃的人，反倒是被宠爱的眷者，没有主背负罪孽，代替我们流血，白银城早就毁灭了，人类早就不复存在了！"

可是，在外界，在"倒吊人"先生、"正义"小姐他们所在的鲁恩王国，根本没有诅咒，没有极端的黑暗，没有黑暗深处的种种怪物……我们不是被眷顾的人……戴里克在心里默默地反驳了一句。

"如果那是真的，我们只要改变祭祀时的一些符号和相应的尊名，就能重新获得主的回应……"达克滔滔不绝地描述着神庙底部的壁画，说着自己的猜测，而戴里克发现自己越来越难以抗拒那蘑菇的诱惑了。

不，不能吃！如果吃了，可能就会和达克他们一样，被堕落造物主彻底污染，成为狂热的信徒，即使有监控者，也不会发现问题……戴里克一阵惶恐，觉得自己必须做点什么来摆脱当前的处境。赶走达克，并把蘑菇还给他？可是，这就等于放弃机会了……

机会……戴里克的目光下意识地投向了静静燃烧的昏黄烛火。

"我去给你倒杯水。"他在心里快速过了一遍与"倒吊人"先生讨论好的计划，沉稳地站了起来。

达克一边点头，一边将手中那颗拇指大小的黑色杜姆果丢入了口中，啪嗒之声清脆回荡。

戴里克倒水之时，故意放慢动作，低下脑袋，诵念起了"愚者"先生的尊名，并于末尾道：

"您忠实的仆人祈求您的注视，

"祈求您收下他的奉献，

"祈求您打开国度的大门。"

呜！房间内突然刮起一阵烈风，自然的力量在咒文的影响下产生了明显波动。

与此同时，刚拿起一颗黑色杜姆果的达克猛地抬头，望向侧对自己的戴里克："发生了什么事情？"

戴里克没有回答，一手按住飓风之斧，一手伸入暗袋，解除了铁盒外层的灵性之墙，那隐隐约约的呓语和邪恶堕落的感觉开始模糊，微弱地往外散发。

戴里克的视线异常戒备地投向了达克，只见这名同学兼队友的表情霍然变得阴沉，蓝色的眼眸内有丝丝鲜红在凸显，而他手中的杜姆果奇怪地褪去了外表的黑沉，染上了略显苍白的肉色。

那不是杜姆果，那是一截指头，血淋淋的指头，人类的指头！摆在桌上的那堆杜姆果是一截截人类的指头！

鲜艳的蘑菇也变了一个样子，不再那么美丽，不再流转让人食欲旺盛的光泽，它是一层带着黑色短发的染血头皮！

达克盯着戴里克，张开了嘴巴，嗓音阴冷而飘忽："你在做什么……"

…………

贝克兰德，明斯克街15号。

已经钻入被窝，置身温暖世界的克莱恩一听见疑似来自小"太阳"的祈求声，就奋力起床，制造出灵性之墙，然后逆走四步，进入灰雾之上。

坐到属于"愚者"的位置上，他没急于审视小"太阳"的请求，而是让"黑皇帝"牌、裁剪的纸人等物整齐地摆放到了面前的青铜长桌上。

根据"倒吊人"的构想,"太阳"刺激那些探索小队队员异变的场景将处于献祭仪式里,这样一来,等事情收尾,就能相当简单地让"世界"借的那件物品消失在现场,死无对证,之后再将所有的问题推给阿蒙!而"愚者"先生克莱恩当时无可无不可地答应了小"太阳"简化仪式,只做关键步骤的请求。

此时,他等待着仪式的前置部分完成,以便做出响应。

…………

白银城,伯格家。

看着那张带有黑色短发的染血头皮,戴里克霍然想到了它刚才的样子。那是一朵美丽又诱人的蘑菇,自己险些就控制不住,将它吞入肚中。而达克想请自己吃的杜姆果,咬动时会发出啪嗒脆响的杜姆果,竟然是一截截血淋淋的、表皮略显苍白的人类指头!

这个瞬间,戴里克的胃部出现了剧烈的痉挛,发酸的液体随之涌到了喉咙处。他忍耐住呕吐的冲动,用公鸭嗓快速唱出了一句歌词:"神啊,求您的国度降临在这里,仇敌必将散去,信徒必得欢喜!"

这歌声透出了些许温暖与神圣,戴里克只觉身体的所有不适尽数平复,灵性变得充沛而活泼。他的勇气,他的力量,他的敏捷,都在这段歌声里得到了显著提升——这就是序列9"歌颂者"的非凡能力。

达克盯着低声歌唱的同学兼前队友,表情愈发阴沉,说话的感觉愈发不像人类:"你身上的是什么东西……你身上的是什么东西?你身上的是什么东西!"

突然,达克的衣物被撑起了一道道条形凸出,就像下方塞了一窝毒蛇,正在不断游走和蠕动的毒蛇。

嗖嗖嗖!一根根血淋淋的肉条穿透了那黑色紧身衣物,表面还带着有体毛的粗糙皮肤。那根根肉条往外舞动着,让达克如同一只血色的软毛刺猬!唰的一下,那些肉条奔涌向了站在原地的戴里克。

戴里克也是见识过不少怪物的巡逻队队员,面对这种情况并没有太多的慌张,他腰部一拧,手臂抬起,挥下了早就握在掌中的飓风之斧。

噗!飓风之斧劈在了几根血淋淋的肉条上,直接将它们砍断,让它们掉落于地。可是,因为现在是白银城的夜晚,这一击没能带来闪电,更多的血色肉条疯狂涌来,将飓风之斧缠了一圈又一圈,死都不放开。

眼见武器抽不回来,戴里克眼中霍然有纯净光芒亮起,就仿佛有两轮小小的太阳降临于房间内,而他已将另外一只手虚握着抵在了嘴鼻前,做出祈祷的模样。

无声无息间,一道燃烧着火焰的明净光柱凭空而落,打在了缠绕成团的血色肉条上。达克难以忍耐地发出了一声惨叫,诸多血色肉条随之变得焦黑,断裂落地。

它们挣扎跳动着，如有生命。

这些血色肉条内部蕴含的不再受原主掌控的灵性渐渐与献祭仪式咒文撬动的自然力量融合，汇聚出越来越高涨的淡红"波浪"。这"波浪"投入了昏黄的烛火中，让后者猛然膨胀变大，形成了一扇虚幻而神秘的大门。

那根蜡烛上，早就被戴里克描绘了象征"愚者"的隐秘符号——这是提前做好的准备，这一切构成了步骤简单但要素完整的献祭仪式！

咔嚓！座椅碎裂声之中，达克带着挥舞的血色肉条扑向了戴里克，眼中没有恐惧，没有紧张，只有最纯粹、最炽热的渴求。

而这个时候，灰雾之上的克莱恩做出了回应。

伴随着不够真实的吱呀之声，那扇有着诸多奇异花纹的虚幻大门裂开了一道缝隙，缝隙的后面是一片深沉的黑暗，黑暗之中有无数难以描述形体的透明影子。这些影子的上方，覆盖着七道蕴藏着无穷知识般的不同颜色的纯净光华，而在那道道光华之上，是无边无际的灰白雾气，是一座俯视着灰雾的古老宫殿。

霍然之间，一道影子从阴暗的角落里蹿出，一下就覆盖到了距离自身最近的达克身上。在达克周身挥舞的那些血色肉条尽数被漆黑黏稠的"液体"包裹住了，他整个人变得像是一只钻进了不透明袋子的猫。

那影子并未停止动作，在地上急速延伸，涌向已闪避到另一个位置的戴里克，并厉声高呼道："停止！你要做什么！"

作为一名监控者，他原本的打算是先旁观变化，记录下相应的异常情况，等局面变得不可收拾，再出手制止各有诡异之处的双方。可他看见那扇布满奇异符号和标识的虚幻大门裂开一道缝隙后，却被里面深沉、神秘、高威严的场景震慑，下意识地认为这与恐怖的邪神有关，只好一边发出通知，一边匆忙行动，试图强行打断戴里克向那位神秘存在献祭的尝试。

然而，戴里克早就确定了他的位置，为自身选择的区域是远离他的那一端，所以，要想控制这位被神秘人阿蒙附体的少年，监视者"阴影"只能先行绕过或控制达克·瑞金斯。而他的选择是后者，因为达克明显出现了异常，将背部留给对方是愚蠢的举动。

抓住这个机会，戴里克从衣物暗袋里掏出了那个铁盒，用力扔向了烛火幻化出的虚幻大门，扔向了那道呈现着神奇景象的裂缝。随着铁盒消失在那里，布满奇异符号和标识的大门哐当一声合拢了，随之飞快消失。

这个时候，戴里克牢记"倒吊人"先生的叮嘱，故意扭曲了脸上的肌肉，狰狞着迎向了那道"阴影"。

在被"阴影"覆盖前，他突然发出了剧烈的咳嗽，咳得伸手捂住了嘴巴，咳得倒在了地上。漆黑的"影子"蔓延了过来，将他完全包裹。

房间内恢复了安静，但地上多了两个巨大的黑色"蚕蛹"。

过了一阵，漆黑黏稠的液体缩了回去，重新凝聚成了一道阴影。

随着"蚕蛹"的消失，戴里克和达克的身影再次呈现。前者倒在那里，陷入了昏迷，手中却掉落了一条有十二道透明圆环的古怪小虫；后者已变成一团血肉，蠕动着，嘶吼着，即将发动攻击。

面对这种情况，那名监控者只好分出部分力量，再次用影子般的黑色液体包裹住了异变为怪物的达克·瑞金斯。

望了一眼散落于地的苍白指头和带着黑色短发的染血头皮，监控者不由自主地吸了口气，用自身的非凡能力操纵外面的阴影，形成潮汐般的波动，以此再次通知圆塔内的首席。

做完这件事情，他才认真审视起戴里克的情况，看见了那条半透明的古怪小虫。

"这……阿蒙藏在戴里克体内的分身死了？"监控者颇为诧异地低语了一句。

他回想起达克的古怪，回想起那可怕的异变，回想起完全看不出来有任何问题的"蘑菇"和"杜姆果"，隐隐约约有了个猜测：阿蒙也许和污染达克的幕后主使是死敌，为了破坏对方的图谋，哪怕失去一个分身也在所不惜。

戴里克去训练场观察探索小队和向首席举报他们，这两件事情都是阿蒙在不暴露自身的前提下做的尝试；而污染达克的幕后主使也隐约发现了戴里克的古怪之处，于是派达克来控制对方，染血的头皮和手指头就是达成目的的道具。

想到这里，监控者忽然有些认同首席的担忧：最终的末日或更大的灾难真的要来了，所以白银城才会连续遭遇诡异之事，连续遭遇躲于黑暗深处不知道究竟是什么东西的隐秘存在。


圆塔，首席房间内，那道"阴影"将事情的经过原原本本描述了一遍。

头发花白、脸有伤疤的科林·伊利亚特安静听完，轻轻颔首道："戴里克，或者说阿蒙确实提前做好了准备。刻有象征符号的蜡烛，能让达克暴露问题的邪异物品，借口倒水做出的低声祈祷，以及最后送走那件物品的献祭仪式，都说明整件事情在按着他的计划发展。

"两个问题。第一，蜡烛上那个隐秘的象征符号究竟指向谁，阿蒙还是他背后的神灵？第二，阿蒙为什么宁愿不要这个分身，也要让探索小队的异常暴露？因为他和帷幕后的那位是死敌？那他在白银城安静待了四十二年究竟是为了什么？

"难道他预知了这件事情，所以才特意与之前那支探索小队相遇，并让分身寄宿于他们体内，以破坏帷幕后那位的图谋？这四十二年的等待为的就是这一刻？"

听到首席的问题，那"阴影"监控者忽然恍然大悟地说道："也许真是这样！首席阁下，你想想，为什么阿蒙耐心等待了四十二年，却于戴里克关在他隔壁后，突然让于德尔失控？因为预言里的时间即将到来，他急着换个能自由行动的寄生对象破坏帷幕后那位的图谋！"

"确实……我们之前只想着戴里克有什么异常，没考虑时间点的问题。"白银城首席科林若有所思地回应。

"阴影"监控者当即道："首席阁下，请立刻控制这次探索小队的所有成员，他们绝对有问题！还有……洛薇雅长老，她有不小的可能性也被污染了！"

科林微皱眉头道："在你汇报这件事情之前，甚至在达克出门前，洛薇雅就来找过我，告诉我，她怀疑这次探索小队的成员们被什么东西污染了，建议暗中做一定的监控，必要时可以让他们值守哈维克长老那座倒立的陵寝。"

哈维克是白银城前任首席，为自己修建了一座深入地底的陵寝。之后，他住到了里面，越来越少出现。最终，大门关闭，再也无法被打开。

"洛薇雅长老早就提过异常？"阴影"监控者愕然反问。

得到首席肯定的答复后，他半是疑惑半是放松地低语道："洛薇雅长老没有问题就好……"

"……我已经派人去控制那些探索小队的队员了，但我们也不能忽视另外的可能性。"首席科林吐了口气道，"让艾芙洛过来，我要和她一起审问戴里克·伯格。"

幽暗无光、坚固结实的房间内，假装昏迷的戴里克·伯格猛地翻身站起。他的飓风之斧已经被人拿走送去检查，衣物的各个口袋也被清空，没留下任何物品。

戴里克吸了口气，沉稳地环顾一圈。他眼中霍然有两道小太阳般的光芒亮起，让房间内的所有事物一一映入了他的眸子。

这里的摆设只有一桌两椅，除此之外，就是有奇异花纹的石制地板。桌子之上摆着半截用过的蜡烛，这属于白银城各个房间的标准配置，因为一旦黑暗持续久了，真的可能突然出现怪物。

戴里克没再犹豫，坐了下来，伸手拿起了那半根蜡烛。紧接着，他又掰又扯，将蜡烛分成了三段，一段占据原本的四分之三，两段共享剩下的四分之一。

经过戴里克的调整，这三截蜡烛的烛蕊全部凸显了出来。

啪！他手指一搓，制造出一朵金色的火焰，点燃了那三根蜡烛——位于最上方的两根代表"愚者"先生，剩下那根象征戴里克自己。

做完准备，戴里克没再按照正常的流程燃烧草药粉末、滴入药剂精油，而是直接往后一靠，非常小声地诵念出了"愚者"的尊名，并迅速进入了冥想状态。

他一遍又一遍地诵念着，单调而重复，仿佛在不断地催眠自己。

借着冥想的帮助，戴里克进入了一种心智沉睡而灵性发散的古怪状态，整个人既浑浑噩噩，又保持着奇特的清醒，精神不断往上飘散，越来越高 —— 这正是"人工梦游"，而得到"愚者"先生许可的戴里克可以简化一些非必要的步骤。

…………

灰雾之上，巍峨古老的宫殿内。

把玩着"全黑之眼"的"愚者"克莱恩忽地看见象征小"太阳"的深红星辰膨胀出光芒，凝聚成人形虚影，而神秘空间的力量随之被撬动了少许。

见此情状，他不由得松了口气，因为这意味着小"太阳"已经完成了相对更危险的前期事务，只剩最后的"收尾工作"。

克莱恩没有耽搁，当即放下"全黑之眼"，拿起了"黑皇帝"牌。

他的层次、他的位格瞬间变高，让灰雾之上被撬动的力量一一臣服。然后，他抓起一张纸人，手腕一抖，扔了出去，扔向了"太阳"对应的深红星辰。

那纸人与如水流淌的力量交汇，飞快膨胀成了一个有十二对漆黑羽翼的巨大天使。天使穿透深红的光芒，与小"太阳"的虚影重叠在了一起。它无声无息地燃烧了起来，不到一秒就化为了灰烬。

到了这一步，克莱恩已经没办法再影响白银城的局势，至于自己的"天使"替身能否帮助小"太阳"顺利通过接下来的询问和探查，他也没有绝对的把握，只能在心里暗叹一声：做完该做的事情，努力完该努力的方面，就只能等待命运的安排了，希望是个好结果。

…………

迷迷糊糊间，戴里克看见一位天使带着遮蔽苍穹的气势降临于身前，并用那十二对漆黑的羽翼将他层层包裹。他猛地清醒过来，眼中是静静燃烧的三朵烛火。

由衷地感谢完"愚者"先生，戴里克结束仪式，熄灭了总共只占原本四分之一的那两根蜡烛。然后，他拔起它们，于掌中制造出金黄而明净的火焰。

滴答，滴答，那两根蜡烛飞快熔化，"泪水"不断下落，或掉在剩下那根蜡烛上，或围在它的旁边。

随着烛蕊彻底燃烧殆尽，桌子之上只剩下一根蜡烛，它比原本矮了一些，但不是非常明显，似乎只是燃烧得较为久了点。

处理掉剩下的痕迹，戴里克熄灭了最后那朵昏黄的烛火。他沉默着坐直，怔怔地望着前方，许久没有任何动作。

他担忧六人议事团反应不够快，让那些探索小队的队员拿着"蘑菇"和"杜姆果"污染更多的白银城居民；他害怕首席等人在其余地方找到另外的线索，让自己的准备落空；他痛恨着那些藏在黑暗深处，总是携带强烈恶意的外来者，包括阿蒙，包括堕落造物主；他内疚于自己躲避了这次探索，却没有提醒达克他们，让他们变成了被污染的怪物；他痛苦于亲手除掉了一位称得上是朋友的同学——虽然他没看见达克最终的下场，但他相信异变成那样的对方已经等于死亡。

复杂而混乱的情绪里，戴里克不知道自己等待了多久，并于中途重新点燃了那根蜡烛。

终于，他听见了封印被解除、房门被打开的声音。

扭头望去，他借助昏黄的烛火，看见一名头发绑成长辫且垂到背心的黑裙女子走了进来。

"艾芙洛女士。"戴里克下意识地喊了一声。

艾芙洛容貌清秀，眼角却已有了些许皱纹。她微笑颔首，回应了戴里克，随即脚步轻快地坐到了对面。

"你有什么想说的吗？"她柔声问道。

戴里克本能地抬头，望了过去，忽然发现对方的眼眸不知什么时候变成了淡金色的竖瞳。思绪瞬间恍惚，戴里克似乎进入了一种梦游的状态。

艾芙洛调整了下烛火，让昏黄的色泽彻底映在对面少年的脸上。她淡金色的竖瞳愈发漠然，就像一个没有感情的观众。

突然，那淡金色的竖瞳内有一圈又一圈的微弱光彩虚幻地生成，似乎组成了一个旋涡，构建了一个迷宫。

浑浑噩噩中，戴里克觉得自己飘荡了起来，置身于无穷的黑暗和鲜明颜色里。就在这时，他猛然清醒，只觉那种梦游般的状态被什么事物巧妙地接了过去。

他看见了莫名摇曳的昏黄烛火，看见了坐在对面，眼眸淡金而竖立的艾芙洛，角落的阴影里，则走出了头发花白的首席长老科林·伊利亚特。

对首席点了下头后，艾芙洛柔和地问着戴里克："你这段时间做了哪些事情？"

戴里克牢记教诲，保持着刚才那种状态："我不知道，我一直很迷糊，就像在做梦，只偶尔才清醒……"

他回答的同时，"猎魔者"科林眼中凸显出了两个墨绿色的复杂符号。

艾芙洛继续问道："你知道自己和达克·瑞金斯发生了冲突吗？"

"我只记得我和他在战斗……我好像看见了一个倒吊在十字架上的男人，看见了一个戴着尖顶软帽和水晶眼镜的男人。对，我在地牢里见过他……他开口说过话，微笑着开口说话……"戴里克讲述着编了很久的故事。

艾芙洛看了眼首席，追问道："他说了什么？"

"我记不清楚了，只能回忆起一点……他笑着说，堕落造物主，真实造物主……

牧羊人……"戴里克险些没能控制住内心的激动情绪。他冒这么大的风险，就是为了将"堕落造物主"这个名字和"牧羊人"有嫌疑的事情告诉首席！

"堕落造物主……真实造物主……和神庙底部那些壁画的内容很契合。"科林轻轻颔首，皱眉低语道，"牧羊人……"

"之后呢?"艾芙洛的声音异常温柔。

戴里克"迷糊"着回答道:"之后他们碰撞在了一起，有好多的光，好亮的光，我就醒了，一直咳嗽……"

科林眼中的墨绿色符号一直没有消退，示意艾芙洛询问一些细节性的东西。

戴里克有所选择地做出回答，早就考虑过的那些按照剧本讲，范围之外的则推给阿蒙，说自己想不起来了。

最后，艾芙洛问道:"你那把斧头是从哪里来的? 你的'太阳'途径魔药配方从哪里来的?"

"斧头是从地下交易市场里买的，那个人蒙着脸，只能看出性别是男……'太阳'途径的魔药配方是我父母遗留给我的，在一次探索里发现的……"戴里克没有一点心虚地说道。

这些属于一直存在的疑点，"倒吊人"猜题时就认为它们必然会出现，所以让戴里克反复预演过该怎么作答。

白银城的地下交易市场虽然属于半公开的，但同样有人因为种种理由做出掩饰自己身份的尝试，这就为戴里克提供了最好的解释。

艾芙洛认真听完，侧过头对"猎魔者"科林道:"他没有撒谎，没可能撒谎，我借助了'荣耀冠冕'的力量。"

科林点了点头道:"这样的状态下,他也没有呈现出邪恶、堕落、被污染的痕迹。"

发现这些东西是"猎魔者"的特长能力，而作为高序列的职业，"猎魔者"最强的一点是可以掩盖自身的行动和意图，让能够预知危险的目标无法察觉。所以，每一位"猎魔者"都是"恶魔"的克星。

思考了一阵，科林起身离开房间，对外面角落里的"阴影"道:"等下就放戴里克离开。暂时认为他没有问题，但暗中再进行一段时间的监控，阿蒙能弄出两个分身，就有可能弄出第三个。"

"是，首席阁下。"那"阴影"尊敬地回应道。

等到戴里克"清醒"，审问室内已经无人，只留下了他可以自由离开的话语。

他悄然地松了口气，迈步走向外面，心里则想着"倒吊人"先生的叮嘱:"不能就此放松，麻痹大意，暗中的观察肯定还会持续一段时间，否则你们的首席就是不合格的!"

"嗯，最近都不能诵念'愚者'先生的尊名了……"戴里克边无声自语，边沿着盘旋的楼梯往下行走。

走着走着，他突然看见了一道熟悉的人影，那是身着紫纹黑袍、容貌艳丽大方的"牧羊人"长老洛薇雅。

洛薇雅淡灰的眼眸扫过戴里克，脸上露出了一抹柔和的微笑。

…………

回到属于自己的房间内，洛薇雅表情淡漠地走至书桌前，摊开了一张皮革制成的纸。她左掌捏住右手食指，啪地将指头扯断，但血液却没有丝毫滴落，似乎全被吸聚在了表面。

拿着这截指头，洛薇雅在纸上画出了一个复杂的符号，那是由半个象征隐秘的无瞳之眼和半个象征变化的扭曲之线组成的符号。

仔细审视了一遍，洛薇雅用这张纸包裹住断指，塞入口中，咬得啪嗒作响，然后尽数吞咽了下去。她只剩四个指头的右掌忽有血肉在伤口处蠕动，并迅速长成了新的食指——略显苍白的食指。

洛薇雅低下脑袋，看着自己的手掌，小声吐出了一个单词："愚者?"

…………

贝克兰德，一个宛若神殿的地下室内。

A先生身穿带兜帽的黑色长袍，安静地跪坐于倒吊的巨人神像前，许久没有动作。忽然，他侧了侧耳朵，似乎在倾听什么。

短暂的停顿后，A先生猛地抬起双手，用左掌啪地扯断了右手食指。他将那截血淋淋的指头塞入口中，如吃零食般咀嚼出了脆响。

咕噜！A先生喉头蠕动，将咬碎的指头吞入了腹中，他的身体霍然颤抖，似乎正被无形之人抓着摇晃。在这样的状态里，A先生右手前伸，用伤口流下的血液在地面书写出一个个单词。

那些单词并非能撬动自然力量的巨人语、巨龙语，也不是用于祭祀的赫密斯语，而是最普通最平常的鲁恩文。

鲜红的色泽飞快凝聚，那一个个单词拼凑成了几段话语。

> 找到:
> 不属于这个时代的愚者，
> 灰雾之上的神秘主宰，
> 执掌好运的黄黑之王。
> 眷者和信徒，在贝克兰德。

随着"神启"内容的结束，A先生停止了颤抖，伤口处蠕动着长出了一截全新的手指。

他埋低脑袋，仔细看着自己刚写下来的话语，嘴角在阴影里一点点翘起。

"唯服从您的神谕！"A先生谦卑地匍匐于地，似乎又找到了存在的意义。


白银之城，圆塔上部。洛薇雅走到窗前，俯视着黑暗里的点点烛火，神情逐渐变得柔和。

不知过了多久，她听到了笃笃笃的敲门声。

"首席阁下？"洛薇雅轻巧地转身，微笑着问道。

房门无风自动，向后敞开，外面站着的正是"猎魔者"科林·伊利亚特。他披着棕色外套，腰间有一条镶满暗格的皮带。

"洛薇雅，探索小队队员的异常已经被证实。"科林平铺直叙道，"作为队长，不管你有没有问题，都必须去地牢里待七天，接受'荣耀冠冕'的洗礼。你应该很清楚，这是规矩。"

洛薇雅没有丝毫愤怒，平静地笑道："我知道，我已经做好了在地牢待很久的准备。等到结束，如果你们还不放心，我可以接受任何安排。"

说话间，她已走向门口，面对面越过了"猎魔者"科林。科林沉默着转身，跟在她的斜后方，沿着盘旋的阶梯一步步往下。

行至一半，两人听到了撕心裂肺的哭声和喊声。

"又开始了吗？"洛薇雅表情略显迷茫地问道。

科林点了点头，声音沉哑地回答："嗯，这是我们逃不出的宿命……"

此时此刻，圆塔中层，一个大厅内。探索小队队员和他们额外污染的几位白银城居民正被宛若实质的神圣光彩压在原地，无法动弹，就仿佛背负了一座巨山。

一对四十来岁、皮肤偏黑的夫妇各自拿着一把有复杂花纹的直剑，走到了一个二十岁出头的年轻人面前。

那个年轻人的身体已经崩溃，像是一摊肉泥，但他的脑袋却完好无损，只是长出了一条条血色的细须。

看见那对夫妇过来，他惊恐地喊道："爸爸，妈妈，你们要做什么？不是说好今晚一起吃烤铁蝎吗？爸爸，妈妈，我给你们抓了好多铁蝎……"

那对夫妇不忍地侧过头望向了一边，但手里的直剑却高高地举了起来。噗噗两声之后，那年轻人停止了哭喊，先是抽搐，接着彻底失去了生命的迹象。

另外一边，一个十来岁的女孩也举起了有复杂花纹的直剑，流着眼泪刺向了她的姐姐。

那个躺在地上的女子忽然笑了一声，语气柔和地说道："今天以后，你就要自己生活了，不要再天真了……"

那女孩顿时哭得视线模糊，手中的直剑停在了半空。但是，一只强而有力的手掌按在了她的手背处，猛地往前一推。

噗！

女孩怔在了那里，似乎什么也听不见，什么也看不到。

这就是笼罩在白银城每个人身上的古老诅咒，必须亲手杀死自己的血亲，才能阻止他在死后变成又可怕又诡异的恶灵。

所以，哪怕达克已经完全异变为怪物，且被不知名的存在污染，不具备审问的价值，"阴影"监控者也没敢当场杀死他，而是努力控制住他，将他带回圆塔，等待他的父母。否则，事情会变得更加麻烦。

那些同样被污染的探索小队队员此时正接受着两千多年来不变的处理，虽然谁也不知道这种状态下的他们死后是否还会异变，但没人敢赌一把。

幸运的是，白银城人口不算太多，又困居一地，在高层一代代的安排下，彼此间有血缘关系的人不少，即使血缘关系必须限制为三代以内，也能找出好些。

正因如此，编排巡逻小队名单时，负责的非凡者得首先考虑成员的血缘因素，防止意外情况发生。

对于探索小队，要求没那么严格，因为他们的任务往往深入黑暗，与白银城相隔极远，即使死亡，即使异变，也影响不到大家的安危。

一旦哪个居民不再有三代以内的血亲，那他将受到严格的监控，只要他出现重病或明显的衰老，就会立刻被送入黑暗的深处，远离白银城。

先前被隔离在地牢的前探索小队队长于德尔异变时，圆塔内其实有三位长老在，但最终出手的只能是现任首席科林·伊利亚特，否则他们只能尝试封印于德尔。

因为，于德尔是科林嫡亲的哥哥。

"牧羊人"洛薇雅和"猎魔者"科林沉默着进入了圆塔最底层，在几位"黎明骑士"的陪伴下，来到了地牢的深处。

很快，两人停在了一间牢房外面，那些"黎明骑士"则散布于远处。

洛薇雅未有异常，不快不慢地走进了只有一张床、一张桌子、一截蜡烛的房间。

金属大门关闭前，她转过身体，用淡灰色的眼眸望向"猎魔者"科林，平静地说道："首席阁下，您曾经告诉过我，白银城居民远离这里，死在黑暗深处时，不会立刻异变为恶灵，得等待好几天，所以，探索小队其余队员有充足的时间拉开距离。"

科林点了点头，表示确实如此。

洛薇雅闭了闭眼睛，露出带着些许悲伤的笑容："在两个月前的一次探索里，有名队员死在了我面前。我假装与其他队员失散，在那里等了五天，可他都没有异变为恶灵。"

"猎魔者"科林沉默地看着她，什么也没说，直到金属大门哐当一声合拢，封印随之成型。


灰雾之上，古老宫殿内。

克莱恩等待了一阵，见象征小"太阳"的深红星辰没什么异变，终于松了口气。

应该是成功了……他揉了揉额角，用灵性包裹住自身，坠回了现实世界。

刚感觉到身体的存在，克莱恩就品尝到了寒冷的滋味。他打了个喷嚏，赶紧解除灵性之墙，重新钻入了被窝。

可悲的是，他的被窝已经变得冰凉。

还好进入灰雾后，我的身体受到了一定程度的保护，否则明天怕是要感冒……克莱恩裹紧被子，感叹了一声。现在这种状态，让他想起了上辈子听过的一句俏皮话：取暖基本靠抖。

在被窝重新温暖起来前，他只能漫无边际地发散思绪，考虑各种各样的问题。

咦，我最近好像没什么太紧迫的事情了，"魔术师守则"总结完成，即使不再挑战不可能，只做正常的"表演"，新年前后也能按部就班地消化掉魔药。我接下来的主要安排也就是搜集"无面人"魔药的非凡材料，积攒相应的金钱，但这个急也急不来……克莱恩脑海里紧绷的弦渐渐松弛下来，他忽然有了休息两三天的想法。

随着被窝回暖，克莱恩不知不觉地睡着了，等到醒来，恰好听见教堂的钟声连敲了八下。他伸出手臂，感受到了外面的寒冷，又默默地缩了回去。

今天好像又降温了……没什么急着要做的事情，似乎可以睡个懒觉……他心态放松地重新闭上了眼睛。可只赖了一会儿床，他就听见了肚子的咕噜声，感受到了下腹的鼓胀。

人生真是处处面临艰难的选择啊……克莱恩嘟囔了一句。

努力对抗那两种感觉十来分钟后，他终于放弃，猛地掀被起床，冲去了隔壁的盥洗室。

换好衣物，洗漱完毕，他下到一楼，翻出食材，准备做费内波特面。

这一次，他不打算用买来的肉酱，想试一试前两天才做好的肉臊 —— 这是他根据记忆里的味道，仔细挑选配料炒制成的肉臊。

虽然由于两个世界的某些食材始终有点不同，难以真正还原味道，但克莱恩尝了之后，觉得还是不错的。

没过多久，他就吃上了拌调味酱和肉臊的费内波特面，觉得这真是一个美好的上午。秉持着这个世界的传统，他边吃边翻看起报纸，最先确认了"智慧之眼"老先生还没刊登广告。

基于昨晚的那些想法，克莱恩决定今天娱乐一下，于是考虑起是听音乐会，还是听歌剧、看戏剧。

西区、希尔斯顿区、乔伍德区不少音乐厅的门票至少要六苏勒，如果遇到知名音乐家，甚至会以镑计。针对平民的专业音乐厅，门票要六到九便士，开放给东区有闲钱的贫民的则只要一便士……克莱恩翻看着相应的资料，以挑选出今天的娱乐项目。

就在这个时候，他听见了门铃的声音。

谁啊？克莱恩猛地抬头，望向门口。

他觉得现在的自己得了一种病，害怕门铃响的病，就和在地球时害怕手机有电话进来的症状一模一样。

放下报纸和杂志，看了眼调料都没剩下什么的空盘，克莱恩起身走向了门口。还未握住把手，他已然知道外面的人是艾伦医生。

你都不用上班的吗？克莱恩嘀咕了一句，伸手打开了房门。

"上午好，艾伦，今天的雾气是灰色的。"他堆着笑容道。

艾伦还是那副冷淡的表情，但却多了几分焦急与惶恐。他推了推金边眼镜，顾不得打招呼，直截了当道："夏洛克，我又做梦了！又梦见威尔·昂赛汀了！"

啊？克莱恩险些愣在那里。

这不对吧？正品千纸鹤在我这里，在灰雾之上，而我折的千纸鹤在值夜者那里，你带着一只值夜者折的劣质千纸鹤都能继续梦到威尔·昂赛汀？这不科学，不，这不神秘学……克莱恩一下变得严肃，当即反问道："还是之前那个梦？"

"不，这次没那么吓人。"艾伦反倒镇定了一点，"我梦见了格林墓园，你知道格林墓园吧？"

"知道。"克莱恩言语简洁地回答道。

他在格林墓园的外面抓到了一群跳灵舞的学生和一个"菜"得不行的神秘学爱好者考普斯蒂，并从后者那里拿到了另外一个可以召唤信使的铜哨。

艾伦吸了口冷空气，继续说道："我梦见了格林墓园外的树林，梦见了一棵腰部脱掉了一圈皮的桦树，威尔·昂赛汀就坐在这棵树下面，静静地看着我。"

"然后呢？"克莱恩追问了一句。

艾伦摇了摇头："到这里，梦境就结束了。"

真是一件奇怪的事情……难道艾伦医生做梦和那只千纸鹤无关？不，如果无关，就不会出现调换千纸鹤后梦境随之改变的情况，而且我也在灰雾之上利用那只千纸鹤占卜过，得到了相应的启示……克莱恩斟酌着道："这已经不在我的理解范围内，艾伦，你找我是想做点什么？"

艾伦呼出的热气在空气里飘散为白雾："我想去格林墓园外面看一看，就现在，就白天，你能保护我吗？我会支付委托费用的，一镑。"

现在去探索梦里出现过的场景？白天应该不会遇上什么太诡异的事情……克莱恩想了想道："我可以接这个委托，但我建议你在此之前先去教堂一趟，将梦境告诉你熟悉的那位主教。"

艾伦"嗯"了一声，旋即有些疑惑地说道："为什么你总是建议我去教堂？我知道，你以前解释过，以非常符合逻辑的方式：如果有神奇的力量，能一直主导人类世界的教会必然是拥有最强神奇力量的势力；如果没有，那去教会至少能得到心理安慰和相应的人脉资源。可是，一件不算太奇怪的事情，你为什么也建议我去教堂？"

克莱恩考虑了两秒，一本正经地回答道："我是一名侦探，能接触到很多不同寻常的事情，所以明白教会的特殊之处，也明白什么时候什么情况该向他们求助。"

"真的吗？"艾伦听得面色凝重。

克莱恩顿时翘起了嘴角："开玩笑的。艾伦，放轻松点，我先去换件衣物，呃，还有清洗餐具。"

他没穿厚外套就在门口和艾伦聊了半天，身体被阴冷的寒风吹得有些发僵。

而趁此机会，克莱恩去了盥洗室，到了灰雾之上，占卜了一下这个委托的危险程度，得到了几乎不存在风险的结论。

如果收获很危险的启示，他的打算是借黑夜女神教会赖掉委托。


希尔斯顿区，繁星教堂。

"夏洛克，你为什么不请女仆？作为大侦探，你足以负担好几个仆人的费用。"艾伦一边领着克莱恩进入黑夜女神教会在希尔斯顿区最大的教堂，一边疑惑地问道——这是他在马车上就想询问的事情，但一直没找到机会切入这个话题。

克莱恩叹了口气，语气沉重地说道："艾伦，我给你讲个故事。曾经有一名侦探，他雇了两名女仆、一个厨师、一名助手，过得相当不错。但有一天，他接手了一起案件，成功锁定了那个凶手。

"那凶手是个非常野蛮、非常凶残的人，他带着报复的想法，潜入了那名侦探的家里。侦探是个格斗专家，最终只受了点轻伤，但他的仆人却因此死掉了两个。

艾伦，你明白了吗?"

"我明白了。"艾伦的语气里带着明显的同情，"夏洛克，原来你还有这种经历。"

不，主角和我没有任何关系，这只是我刚编出来的故事……我总不能直接告诉你，我涉及许多奇奇怪怪的神秘事件，家里时常会有不可告人的秘密，能不请仆人就最好不请……克莱恩目视前方，长长地叹息了一声。

他房间的清理工作主要由斯塔琳·萨默尔太太的女仆负责，每周两次，只做最基本的打扫，一次一苏勒。

说话间，两人已然步入繁星教堂的大厅。

这里秉承着黑夜女神教会一贯的风格，昏暗、宁静、烛火稀少。

大厅的最前方是铭刻着黑暗圣徽的圣台，上面用自发光的明珠镶嵌出了繁星，用红色的宝石组成了绯红之月，剩余地方全为漆黑的夜色。一眼看去，那里星星点点，绯红照人，格外神圣。

但克莱恩觉得这不如廷根市圣赛琳娜教堂的设计。那个大厅一片漆黑，只正前方有光明透入 —— 从一个又一个拳头大小的圆孔里。那让人仿佛直接看见了星空，让人发自内心地产生敬畏之情。

不过，那样的设计也存在一个问题，到了晚上，效果就没有了……克莱恩随意找了个位置坐下，摘掉了半高丝绸礼帽，靠好了黑色硬木手杖，而艾伦继续沿着过道前行，直奔告解室寻找那位主教。

坐在这样的大厅内，看着周围专心祈祷的信众，克莱恩的内心突然一片宁静。

说起来，我才第三次进女神的教堂……他自嘲地笑了笑。


凛冬郡，宁静教堂内。伦纳德·米切尔穿上黑色风衣，戴好红色手套，进入了属于高级执事克雷斯泰·塞西玛的房间。

"恭喜你，正式成为一名红手套，愿女神庇佑你。"塞西玛在胸口画了个绯红之月，他依然用高高竖着的领口遮住了嘴巴。

"赞美女神，这是我的荣幸。"伦纳德抬起右手，顺时针点了四下。

塞西玛没有多说，直入正题："根据你自己的请求，我把你放入了索斯特小队，他是一名'安魂师'，有属于自己的神奇物品。你需要的非凡武器，我也已经吩咐人帮你准备好。

"你们最近主要负责一起'恶魔'召唤案件，并兼顾一些线索的搜集，比如，连续发生在贝克兰德的与塔罗仪式有关的事情。"

"是，塞西玛阁下。"伦纳德对此并没有任何意见。

这将是我复仇的开始……他在心里默默地说道。

西区，格林墓园外围。

克莱恩陪着艾伦医生在附近的林子里走了很久，时不时被掉落的灰白尘埃弄得咳嗽几声。

"也许并不存在那样一棵树，梦境的事情不可能完全反映在现实里。"找到最后，艾伦自己都有些不确定了。

还好，我擅长找东西……克莱恩用手杖指了个方向道："我们再往那边看一看，做最后的努力。"

"好。"艾伦喘了口气。

两人走了一阵，艾伦突然顿住脚步，指着斜前方道："那里，那里！"

十几米外，一棵腰部脱了一圈皮的桦树安静立在那里，仿佛正等待着两人。

"它和我梦里的一模一样。"艾伦非常肯定地说道。

克莱恩略有些警惕地笑笑道："可并没有威尔·昂赛汀。"

艾伦靠近那棵桦树，皱眉看了一阵，忽然指着树根旁边道："威尔·昂赛汀当时就坐在这里，他有只手正指着下方的泥土！"

指着下方的泥土？克莱恩立于旁边，低头看着那片几乎没有枯草的地方："你想挖开它？"

艾伦点了点头："已经找到这里，总要确认一下有什么。夏洛克，你去墓园借两把铁铲。"

"还是我留在这里，你去墓园。我担心会发生意外。"克莱恩谨慎地说道。

"好。"艾伦没有推辞，当即离开了树林。过了一阵，艾伦挥撒金钱，带着三把铁铲和一名守墓人回来，开始尝试挖掘。

克莱恩挖着挖着，忽然闻到了些许较为熟悉的味道，而随着表面泥土的分开，下方的事物渐渐暴露了出来。

那是一具已经高度腐烂的小孩尸体！他的皮肤和血肉就跟快融化了一样，鼻子与嘴巴里则有许多虫子爬进爬出。

当！艾伦手中的铁铲落下，砸在了一块石头上。他指着那具尸体的双腿，嘴唇疯狂翕动却说不出话来。

克莱恩忍着恶心，仔细望去，发现那小孩尸体的左腿明显缺了下半截。

与此同时，艾伦后退两步，跌坐在了地上，嗓音发尖地喊道："威尔·昂赛汀！威尔·昂赛汀！"

那是威尔·昂赛汀的尸体！

死了？威尔·昂赛汀死了？而且似乎死了有一段时间了！这会不会是假的？克莱恩又惊又疑地看着那具小孩尸体，心中霍然冒出了诸多想法。

在他的认知里，威尔·昂赛汀属于自带特殊之处的小孩，可能与"怪物"途径的序列1"水银之蛇"有一定的牵扯。

他玩的占卜游戏，他随口的一句"医生，你的运气会变差欸"，就让艾伦倒霉了很久；他折的千纸鹤，能让艾伦的星灵体在灵界被定位、被灌输人为制造的启示；他的行踪，就算克莱恩在灰雾之上也只能窥见一二，难以得到有效的结论……这样一个小孩，怎么会莫名其妙死了？在艾伦医生做梦前就死了？他的亲人呢？

克莱恩微眯眼睛，忍着强烈的恶心，仔细审视起那具高度腐烂的尸体，发现周围的泥土里有一些撕碎的塔罗牌。他的灵性直觉告诉他，眼前的尸体大概率就是威尔·昂赛汀。

还真是让人震惊、让人费解啊……我得回头去灰雾之上确认下威尔·昂赛汀是不是假死……等等，这和我有什么关系？我早就决定不深入掺和这件事情了，免得被什么"水银之蛇"给缠上，这也许比封印物0-08还可怕……克莱恩猛地回神，对被吓傻的守墓人和被吓得快崩溃的艾伦医生道："报警！"

"好，好！"守墓人先是一愣，接着迭声回答。然后，他拿着铁铲，转身跑向树林之外，快得就像后面有个活尸在追他。

果然只是个普通人，一点也不谨慎，这种情况下，不是该提防周围的人有歹心吗？把背后暴露出来，很容易被人一铁铲拍上去啊……克莱恩瞄了守墓人的背影一眼，叹息着摇了摇头。

他在廷根市值夜者小队的时候，看过不少案件卷宗，发现许多受害者就是这么被同伙给坑了的。

想到这里，克莱恩走至艾伦医生旁边，弯腰伸手道："没什么需要害怕的，他都已经死了。"

"……就是已经死了才让人害怕。"艾伦平静了一点，没接受克莱恩的搀扶，自己爬了起来。他的黑色长礼服已沾满了泥土，看得克莱恩莫名有点心疼。

我这人就见不得值钱的东西被损伤……他在心里感慨了一句。

见艾伦还有些惊慌，克莱恩笑笑道："这种时候，向你信仰的神灵祈祷有不错的效果。"

"是吗？"艾伦愣了一下，在胸口顺时针点了四次，低声诵念道，"比星空更崇高，比永恒更久远的黑夜女神，您虔诚的信徒祈求您的眷顾……"

反复低语中，他慢慢地缓和了下来，不再像刚才那么恐惧。

克莱恩顺手也在胸口画了个三角圣徽，无声自语道："蒸汽与机械之神啊，你一点也不虔诚的信徒祈求你的眷顾……"

说话的同时，他忍不住自嘲一笑，怀疑自己可能会当场被雷劈死。

不过，闪电和雷霆属于风暴之主，不在蒸汽与机械之神的领域内……克莱恩颇为轻松地想道。

过了二十多分钟，两人坐到了附近警局的审讯室内。

录口供的时候，克莱恩坦然地告诉那些警察，自己只是一个接受委托的私家侦探，对发生了什么并不清楚。艾伦医生则详细描述了自己的梦境，以及挖掘出尸体的原因。

克莱恩看得出来，那些警察根本不信，但他们出去转了一圈后，立刻改变了态度，表示艾伦医生和莫里亚蒂侦探没什么嫌疑，只需要在口供上签个字就可以离开了。

艾伦对此颇为惊讶，克莱恩却一点也不觉得奇怪。这明显是有值夜者出面了，他让医生提前去繁星教堂找主教的好处体现了。

临出警局前，克莱恩毫不意外地看见了一道较为熟悉的身影，那是之前进入他梦境的值夜者。

这位可能是队长的值夜者依然穿着灰色风衣，一看就比克莱恩扛冻，他蓝色眼眸一扫，没有半点异常地就从克莱恩脸上移开了视线，假装自己只是一位普通的高级督察。

同样假装自己只是一个普通私家侦探的克莱恩推了下眼镜，戴好半高丝绸礼帽，和艾伦医生一起离开警局，上了马车。

吩咐自家车夫先去明斯克街后，艾伦转头看向克莱恩："夏洛克，你觉得事情会到此为止吗？"

"如果那具尸体真是威尔·昂赛汀，你应该不会再受到困扰了。"克莱恩顿了顿道，"艾伦，这段时间内，你另外感觉到过古怪吗？不管在什么事情上。"

艾伦认真想了想，摇头道："没有。"

"这值得庆贺！"克莱恩吐了口气，微笑着说道。

对他来说，威尔·昂赛汀的事情就这样结束是最好的。虽然克莱恩在灰雾之上折的那只千纸鹤不会暴露什么，且事后的占卜是没什么问题，但他终究还是有些担心哪位值夜者突发奇想，借此找到一些线索。而如今，随着威尔·昂赛汀死去，这个案子也许很快就会走入死路，被放进卷宗里，暂时宣告结束，只要没有新情况，就不会再有谁关注。

艾伦放松下来，转而疑惑道："坦白讲，我不认为我的口供具备太强的说服力，那些警察为什么最终选择相信？"

"我也不知道。"克莱恩故意装傻道，"我还以为我又得让我的律师来领我回家，不，保释我回家。"

艾伦少见地勾了下嘴角道："夏洛克，在进警察局这件事情上，你似乎有非常丰富的经验？"

克莱恩笑了一声，深沉地回答道："这是每一位私家侦探的宿命。"


就在克莱恩和艾伦于格林墓园附近被带进警察局的时候，佛尔思·沃尔穿着一袭黑色典雅长裙，头戴垂下了细格网纱的黑色软帽，走入了那座略显寂静的墓园，找到了属于安丽萨太太的坟墓。

她和休在一个小时前已经去皇后区找过格莱林特子爵，得到了对方愿意借款四百镑且不收任何利息的答复。格莱林特子爵唯一的要求是两位非凡者陪他参加A先生将于今晚召集的聚会，保护他的安全——他急着搜集到皇冠水母的毒液结晶，以完成"药师"魔药的调制。

成年独角飞马的角已经由奥黛丽从家族宝库里找到，以做生物学实验的名义弄了一根出来，这有效抵消了她的部分债务。奥黛丽还提出了一个附加条件，那就是让格莱林特子爵借助尼根公爵的几个孩子，确认对方宝库里那个巨龙标本是否属于千面狩猎者，确认里面是否还有光点闪烁。

搞定借款后，佛尔思没急着向"愚者"先生祈求，以尽快完成交易，因为那太过迅捷，会让休直觉地认为不对，从而产生怀疑。

趁着空闲，佛尔思换了身衣物，租赁马车来到位于西区郊外的格林墓园。

知道非凡特性不灭与守恒定律后，佛尔思已然明白自己成为"学徒"的魔药主材料是安丽萨太太遗留的非凡特性，她相当于继承了对方的力量。所以，她难以遏制地想来这里一次，在安丽萨太太的墓碑前放一束花，说一声谢谢。

此时已初冬，绝大部分花朵早就凋零，但佛尔思依然买到了一捧素雅的鲜花。这是玻璃温室培养出来的花朵，价格颇为昂贵。

感谢罗塞尔大帝的发明……佛尔思在心里由衷地说了一句。

据她所知，贵族们在冬日宴会上用的那些花朵，大部分来自玻璃温室，少量则是从南方温暖地区直接用飞空艇送来的，这就超过了普通中产能够承受的范围。

站在黑色的墓碑前，佛尔思深深地看了几眼那张属于安丽萨太太的照片，弯腰放下鲜花，轻声说了一句："谢谢。"

她旋即站直身体，闭上眼睛，安静地回忆起往事。

就在这时，她听见了一道略显苍老的嗓音："你真是一位又善良又好心的女士。"

佛尔思睁眼侧过头，发现那位来自亚伯拉罕家族的劳伦斯先生不知什么时候也出现在了这里，手中同样拿着一束淡雅的鲜花。

"不，这不是善良，也不是好心，安丽萨太太曾经给失去母亲的我带来一段难以忘怀的温馨时光。"佛尔思真诚地说道，她的眼睛突然有些润湿。

劳伦斯只是眼角有些皱纹，边放下鲜花，边叹息道："这说明你重视情谊。"

随口闲聊了几句，佛尔思准备告辞，劳伦斯正挥手示意，突然剧烈咳嗽了起来。咳咳咳！他咳得双脚发软，咳得倒在了地上，似乎随时会窒息而亡。

作为一名正规学院毕业的医生，佛尔思毫不犹豫就转身回来，蹲了下去，展开急救。

一番忙碌后，劳伦斯的情况终于稳定了下来，他擦干净嘴角的唾液，微笑着对佛尔思道："女士，能送我回旅馆吗？"

"没有问题。"佛尔思搀扶着对方起身。

劳伦斯望着前方，眼睛略有些失焦，他轻咳一声，半是悲凉半是自嘲地笑道："我的生命也许已经走到尽头了……"

# 第三章

## CHAPTER 03

### ✦ 追查"邪教" ✦

西区，卡尔彭萨旅馆。

佛尔思搀扶着劳伦斯进入他的房间，让他靠躺在了床上。

这是一个较为豪华的旅馆，除了盥洗室，每个地方都铺着厚软的灰黄色地毯，墙上则挂着一幅幅知名油画的仿制品。

劳伦斯喘了口气道："感谢你，沃尔小姐，请原谅一个将死之人无法行礼。"

"不，劳伦斯先生，你的问题已经缓解，作为一名曾经的执业医师，我可以毫无疑问地告诉你，你还能够活下去。等你休息一会儿，我们就去诊所或者医院。"佛尔思宽慰着对方。

劳伦斯笑笑道："我的身体状况我自己很清楚，你不需要安慰我，而且我是位业余占星师，我已经预感到我将死在贝克兰德，死在这个旅馆内。"

除开表面的修饰，他说的全部都是真话。他本身就年近八十，早不是当初那个健壮、精神的小伙子，若非序列魔药带来了一定的身体素质方面的提升，他也许已经被安葬在了哪个墓园。

本来劳伦斯觉得自己还能活个十年，谁知遭遇了前"旅行家"布提斯掀起的叛乱，在极光会手里受了较为严重的伤，他剩余的子孙也全部死在了那场灾难里，这给了他极大的打击，让他险些没能缓过来。而他到贝克兰德寻找两位兄弟及他们的后裔，又只收获了对方早已逝去的消息，这给他的精神再次造成了创伤。

种种事情加在一起，劳伦斯明确感受到自己的生命已走至尽头。他最初的打算是再去劳博罗和安丽萨的墓前献一束花，接着立刻返程，与家族长老会的其他成员见面，交代后事，但年迈之人的状况，真是说不行就很快不行了。

不等佛尔思开口，劳伦斯艰难地从半敞开的衣物内侧口袋里取出了一个巴掌大小的笔记本。

那笔记本的硬纸外壳呈铜绿色，给人一种非常古老的感觉，它的表面用古弗萨克语书写有一段话：我来到，我看见，我记录。

劳伦斯将那笔记本放在胸前的被子上，吸了口气道："沃尔女士，如果我死在这里，你能帮我把它送到普利兹港吗？"

"劳伦斯先生，你不会有事的。"佛尔思强调道。

与此同时，她下意识瞄了眼那个笔记本，发现它并不厚，里面共有三种纸张：一种呈现被烤干烤脆般的焦黄色，数量非常稀少；一种如同黄褐色的羊皮纸，数量中等；一种就是普普通通的白纸，数量最多。

劳伦斯笑得很吃力地说道："我是说如果。沃尔女士，你会帮忙吗？"

"普利兹港并不远，连旅行都算不上，如果需要赶时间，在有蒸汽列车的情况下，我甚至能半天走个来回。"佛尔思点头道。

劳伦斯舒了口气，精神似乎恢复了一点："我死后，你等十分钟，从我的尸体上取走一件发光的物品，将它和这本笔记一起送到普利兹港渔民协会的多里安·格雷手里。我的钱夹和里面的四十二镑现金是我给你的报酬与感谢，我这身衣物就陪伴我一起变成灰烬吧。"

"不，你不需要给我任何东西。不，你不会有什么问题的，劳伦斯先生。"佛尔思诚恳地说道。

劳伦斯仿佛没有听见她在说什么，自顾自地低语道："也许多里安还会给你另外一些奖赏，不过这取决于你自己的想法……我相信你，从安丽萨的事情上就能看出你是一个好姑娘……"

他忽然清醒过来，对佛尔思道："沃尔女士，能去一楼给我提瓶开水吗？服务生不知道什么时候才过来。"

"没有问题。"

佛尔思并未多想，拿上开水瓶，走出了房间。走了几步，她突然觉得不对，因为手里的水瓶沉甸甸的，明显还有不少存货。

佛尔思正待返身询问，猛地察觉到房间里有强烈的灵性波动。

这是……佛尔思先是怔在那里，旋即明白了劳伦斯先生的意图：随着死亡临近，他明显感觉到身体状态开始不对，害怕因此失去控制，变成一个怪物。他要作为人类死去，而不是怪物死去，所以他选择了自己结束生命——这是一位非凡者最后的体面。当然，如果变成怪物，他所有的安排都会随之落空。

想到这些，佛尔思一阵黯然，在外面等待了近十分钟才推门而入。她看见劳伦斯没有声息地躺在床上，似乎一下苍老了很多，身旁则放着一枚眼睛大小的"钻石"。窗外的光芒照入，在那"钻石"之上不断折射，形成了美丽如同星辉的场景。

呼……佛尔思吐了口气，认真检查了一遍，发现劳伦斯的死因竟是最普通的心脏骤停。

乔伍德区，明斯克街15号。

回到家里的克莱恩休息了一会儿，去了灰雾之上，打算占卜一下威尔·昂赛汀的事情。

他让那只千纸鹤从角落的杂物堆里飞出，落在面前的青铜长桌上，然后取下了缠绕于袖口的黄水晶吊坠。

左手持握灵摆的同时，克莱恩借助冥想调整好状态，回忆起在墓园外的树林里看见的一幕幕场景。有的细节他未必注意到了，但他的灵性肯定不会有疏漏，这次的占卜主要就是利用这点，并依靠灰雾排除干扰。

做完准备后，克莱恩具现出新的羊皮纸，写下了占卜语句：威尔·昂赛汀已彻底死亡。

紧接着，他将千纸鹤压在占卜语句旁边，让黄水晶吊坠险些触及那些单词。

进入冥想状态，完成灵摆法的所有步骤后，克莱恩睁开眼睛，看向结果：那黄水晶吊坠在做逆时针转动，速度颇快，幅度不小。

这表示否定，这表示威尔·昂赛汀没有彻底死亡！

这……克莱恩又愕然又觉得这似乎在意料之中。他想了想，重新换了条占卜语句：那具尸体是威尔·昂赛汀的。

这一次，灵摆给予了肯定的启示，那具尸体确实属于威尔·昂赛汀！

克莱恩隐约有了个想法，再次写下新的占卜语句：威尔·昂赛汀的尸体会复活。

一阵平心静气的忙碌后，克莱恩看到了启示：逆时针旋转，速度极快。这说明威尔·昂赛汀的尸体不会复活，也就是不会尸变！

看来是威尔·昂赛汀主动或被动地抛弃了之前的身体，用另外的方式存活着……这件事情与"水银之蛇"有关？克莱恩尝试着占卜其他内容，但都收获了失败的结果，这里面包括"威尔·昂赛汀目前的状态"。

不过他用梦境占卜法重复以前的占卜，询问"威尔·昂赛汀现在的位置"时，依然获得了相似的画面：黑乎乎的房间，哗啦啦的流水声。

但这次给人的感觉似乎有了点不同。

算了，没必要浪费时间了，我又不准备掺和……克莱恩收起灵摆，准备返回现实世界。

通过刚才的占卜和之前的种种事情，他对威尔·昂赛汀隐约有了一个猜测，但无法证实 —— 他怀疑威尔·昂赛汀是另一位"水银之蛇"！

作为序列1，"水银之蛇"并不唯一，最多可以有三位同时存在！

执掌命运的"水银之蛇"，自然可以通过千纸鹤简简单单就定位艾伦星灵体的位置，制造虚假的启示给对方，并毫无疑问地具备一言改变某个人命运的能力。

威尔·昂赛汀不知为什么变得虚弱，正承受着第二位"水银之蛇"的威胁，他所做的一切，都是为了摆脱对方。

至于他们之间冲突的理由，答案很简单——没有序列0的时候，能同时存在三位序列1；而一旦有了序列0，就不会有序列1！

对于这句话，"黑皇帝"魔药的配方说明了真正的含义。那份配方的主材料之一是两位"弑序亲王"的非凡特性，而"弑序亲王"正是"黑皇帝"途径的序列1！

作为一名序列1，要想晋升序列0，必须拿到同一途径另外两位序列1的所有非凡特性！

正是有了这样的猜测，克莱恩愈发不敢掺和威尔·昂赛汀的事情。

如果我的推断是正确的，那就是货真价实的"神仙打架"，惹不起惹不起……克莱恩灵性一坠，消失在了灰雾之上的古老宫殿内。


皇后区，一栋在这里不算起眼的房屋内，A先生召集的非凡者聚会如期进行。

佛尔思和休换了一身装束，陪着戴上铁黑面具的格莱林特子爵进入大厅，随意找了个位置坐下。

格莱林特子爵在聚会正式开始前，抢先把自己的需求写给了侍者，并向女神祈祷，希望之后有人回应。

佛尔思与往常一样慵懒，并少有地戴上了兜帽，用阴影遮住了脸庞。她正回想着劳伦斯先生的事情。

那枚眼睛大小的"钻石"是什么，佛尔思非常清楚，那是对方遗留的非凡特性，但她暂时无法确认那属于序列几。那册笔记本，她随手翻了翻，发现里面许多纸张还空着，而写有内容的部分充斥着各种奇异的、古怪的、神秘的象征符号和魔法标识，完全超出了她的知识范围。

是什么并不重要，重要的是，我得遵守承诺……佛尔思告诫了自己一句。

这时，坐在单人沙发上，兜帽夸张的A先生沙哑着开口了："我有一个任务。帮我寻找一些信仰所谓'愚者'的人。"

啊？佛尔思一下从自己的思绪里回神。

"愚者？"参加A先生聚会的非凡者们或自我咀嚼着这个单词，或与同伴们交头接耳，讨论是否遇见过有类似信仰的人。

"什么时候出现这样一个邪教了？"有人疑惑着低语道。

这个时候，A先生让旁边的侍者举起了一块黑板，上面用鲁恩文写了几行单词：

"不属于这个时代的愚者，

"灰雾之上的神秘主宰，

"执掌好运的黄黑之王。"

众人审视黑板的过程中，A先生用沙哑到让人颇不舒服的嗓音道："不要用赫密斯语念出上面的内容，巨人语、精灵语、巨龙语和古赫密斯语更加不行。甚至不能用它们书写对应的描述，否则大概率有可怕的事情发生。

"帮我寻找那些信仰'愚者'的人，当然，他们也可能追随'灰雾之上的神秘主宰''执掌好运的黄黑之王'，只要获得一点线索，就立刻告诉我，我给予的报酬将丰厚到超乎你们想象！"

"这描述……听起来是个了不得的存在啊，类似的称呼我只在七神的典籍里见过！"某个聚会成员惊叹出声。

他的同伴则摇头道："许多邪教信奉的对象也会有相仿的描述。"

"真是邪教组织？"另外的聚会成员听到他们的讨论，愕然脱口道。

"应该是。一般而言，我们召唤的灵界生物，或许也会有这样的三段描述，但其中一段必然是'谁谁谁的眷顾'或者类似'独属于谁谁谁的什么'，不会是这种形式！"一位精通神秘学的聚会成员给出了理论依据。

他们热烈交流的同时，佛尔思几乎傻在了那里。

这不就是"愚者"先生的尊名吗？虽然是用鲁恩文描述的，但我毫无疑问可以肯定！A先生怎么会想着找"愚者"先生的信徒？这是极光会的意图？佛尔思脑海内乱糟糟的一片。

她知道A先生是极光会的成员，是因为之前因蒂斯大使贝克朗遇刺事件中，某"恐怖组织"高调宣布对此事负责。

短暂的错愕后，佛尔思下意识就审视起自身，担心被人发现自己已经是塔罗会的成员，某种意义上的"愚者"眷者。

我只是按照那张纸上的古赫密斯文念出了"愚者"先生的尊名，就被拉入了灰雾之上，完全没人知道这件事情，根本不怕调查……但那张写有"愚者"先生尊名的纸是有来源的，它藏在我们从格莱林特子爵那里借来的书籍中……佛尔思念头急闪。

"不属于这个时代的愚者……这不是我在那张纸上看到过的描述吗？我甚至梦见了一个邪灵！"与此同时，休也记起了那件让她心有余悸的事情，但长久的赏金猎人经历让她没有暴露什么异常。

紧跟着，她顺势往前追溯，思考起纸张的来历：它藏在《鲁恩王国贵族史》的夹层里……《鲁恩王国贵族史》是我从格莱林特子爵的书房中借出来的……

霍然之间，佛尔思和休的脑海内同时闪过了一个人的名字：格莱林特子爵！

而这个时候，格莱林特子爵正望着那块黑板，饶有兴致地自语道："这尊名很少见啊，但听起来就非常厉害！"

话音刚落，他疑惑地左右打量，对佛尔思和休道："你们为什么这样看着我？"

"没什么没什么。"休和佛尔思同时高频率地摇头。


晚餐之后，一栋装饰典雅的房屋内。

奥黛丽带着金毛大狗苏茜，在心理学老师伊思兰特的引领下，进入了客厅。这是上周就说好的"学术"聚会。

她的女仆、她的保镖全部留在了这里，而她则和苏茜一起走向宽敞的起居室。

起居室内，不知是为了营造气氛，还是别的什么原因，一盏盏煤气壁灯未被点亮，房间的光明全靠茶几、橱柜上的几个镀金灯架托着的一根根蜡烛提供。

奥黛丽还没来得及仔细观察环境，就看见一位穿灰色燕尾服的三十来岁绅士迎面过来。

"这位是这里的主人，斯蒂芬·汉普雷斯先生，家具商人。"长发及腰的伊思兰特介绍道。

她正准备讲奥黛丽的身份，汉普雷斯却呵呵笑道："伊思兰特，不要说话，给我一个猜测的机会。"

他有两撇修剪得很整齐的小胡子和一双迷人的深棕色眼睛，显得非常温文尔雅，不像家具商人，倒如同大学讲师。

认真打量了奥黛丽几眼，他微笑道："伊思兰特只说过你是她的学生，呵呵，我认为你是一位有修养的贵族小姐，而且不是那种虚有其表的类型，你毫无疑问地不用担心生活质量的降低……你有点激动，你很好奇，你相对单纯，富有爱心……当然，最明显的一点是你非常漂亮，就像一个天使！"

他最后开了句玩笑，接着以手按胸，弯腰鞠躬道："欢迎你，美丽的天使小姐。"

你说的都对，不愧是心理炼金会的成员，不过你观察出来的都是几个月前的我，都是我刻意表现出来的自己……奥黛丽又惊讶又愕然地开口了："汉普雷斯先生，你之前就认识我吗？"

她没让惊愕的表情在脸上过多停留，因为类似的情绪本身就属于刹那间的反应，不可能持续太久，一旦谁惊讶达到好几秒，那就说明他的表现很可能是假装出来的。

奥黛丽最初也没有注意到这一点，但观察别人"演戏"久了，自然而然就总结出了不少规律。

"不，我到现在也不认识你，这只是一位心理学爱好者的基本素养。"汉普雷斯轻笑了一声。

他话音未落，奥黛丽已完成了自己的观察，并结合周围的环境，做出了相应的判断：他的衣着打扮、他的房屋陈设，都说明他是一个很在意自身体面的人……他左手戒指上那颗蓝宝石看起来不小，实际品质却很一般，且没有象征符号和魔法标识……他的经济状况不像表现出来的那么好……他很虚荣……他刚才虽然很热情，但站立的姿势、双脚的指向、情绪颜色的变化，都说明他还有不少顾虑，相当戒备……他真心诚意地夸赞了我的长相，却不像是男性在看女性。他脸上有护肤品的痕迹，眉毛肯定画过，手艺比不上我的化妆女仆索丽雅，但要好过我……他身上的香水是"迷茫"，我只见女性用过……唔，他喜欢的应该是男人，而且他扮演的是相对弱势的那方……"

与此同时，奥黛丽熟练地表现出了自己的向往："汉普雷斯先生，我真想拥有你这样的观察力。"

说话间，她噙着浅淡的笑意，在汉普雷斯和伊思兰特的引领下，与起居室内其余七八个人一一打招呼。

这些神秘学与心理学的双重爱好者有的是没落贵族的后裔，有的是大学副教授，有的是富豪的孩子，比如，有个年轻人的父亲正是贝克兰德最出名的百货商店菲利普百货商店的老板。

接下来的交流里，奥黛丽基本只听不说，说也是开口问问题，充分表现了自己的好奇和向往。

这次"学术"讨论中，伊思兰特、汉普雷斯等人故意提及了以太体和心智体，提及了灵界与集体潜意识，并给出了一些相对独特的观点，让奥黛丽逐渐弄清楚了平时积累的部分疑难问题。

等到结束，走出那栋房屋时，奥黛丽望了身旁的伊思兰特一眼，略显天真地问道："伊思兰特老师，我，我什么时候才能在心理学领域像汉普雷斯先生一样，一样优秀？"

伊思兰特勾起嘴角，微侧脑袋，看着她道："很快。"


夜里，正准备进被窝的克莱恩又一次来到灰雾之上，颇有些困倦的他旋即被"魔术师"小姐告知的消息震得清醒无比。

极光会知道"愚者"了？知道我的尊名了？真实造物主锁定我了？克莱恩猛然坐直，如临大敌。

他迅速否定了最后那个猜测。如果真实造物主确实锁定了他，A先生早就已经上门收取瓦斯计费器里的铜便士了，来的甚至可能还有一位圣者。

也就是说，他们只知道"愚者"和相应的尊名，知道线索在贝克兰德……谁泄露的消息？克莱恩皱起眉头，仔细回想。

很快，他发现了一个可能性。最近就小"太阳"诵念过我的尊名，而且是在和被真实造物主污染的探索小队队员有交集的时候……他举行了献祭仪式，现场应该有"愚者"对应的象征符号，并且呈现出了灰雾之上的古老宫殿……所以，真实造物主察觉到了"愚者"的存在，并确定我就是之前亵渎，不对，骚扰，也不对，窥视祂的家伙……

还有，小"太阳"当时用了"全黑之眼"，里面蕴含着真实造物主的精神污染……祂通过这个，明确了我的眷者或信徒出没于贝克兰德？以后不能把"全黑之眼"带出去了！

大致明白了问题所在后，克莱恩又陷入了一个困境：A先生在一个不算太私密、相对比较开放的非凡者聚会里悬赏寻找"愚者"的信徒，是脑子确实不够用，还是故意"钓鱼"？唉，极光会都是偏执的疯子，脑袋都差不多坏掉了，根本没法推测他们的真实意图！这就是所谓"只要我疯了，你就肯定猜不出我在想什么"？

灰雾之上，巍峨宫殿静静屹立。克莱恩手指很有节律地敲击着青铜长桌边缘，专心思考起自己面对极光会和A先生的威胁该采用什么样的对策。

在难以弄清楚对方真实意图的情况下，他本能地有了个想法——举报A先生！举报非法集会！

克莱恩可以很简单地从"魔术师"小姐那里知道A先生召集聚会的地点，从而隐蔽地向值夜者、代罚者或者机械之心举报！

一位极光会的神使绝对能引起官方足够的重视！到时候，A先生恐怕都无法保全自己，更别说去追查"愚者"的信徒。

但问题在于，这肯定会牵连一批无辜的非凡者，而且克莱恩怀疑这就是A先生直接悬赏"愚者"信徒的理由。他也许早就安排好后路，一旦被人举报，就可以清楚无误地确认之前那次聚会里有"愚者"的人。至于具体是谁，这并不重要，A先生和极光会的疯子们绝对干得出来有抓错无遗漏的事情！

而非凡者只要落到他们手里，绝大部分人没法再隐瞒住秘密——极光会，或者说以真实造物主为代表的"牧羊人"途径最擅长的就是污染他人。当非凡者三观彻底扭曲，发自内心地信仰起真实造物主时，还有什么事情是能够保密的？

如果不是没有别的办法，最好不要举报……克莱恩身体往后靠向椅背，收敛住纷乱的思绪，重新梳理起整件事情。

想着想着，他忽然发现了一个问题：这个世界上根本不存在"愚者"的信徒和眷者，就连塔罗会的成员都只有寥寥几位，并且没人对外透露过相应的情况！

也就是说，极光会根本找不到相应的线索……没什么好担心的嘛……唯一的坏结果就是，"愚者"在真实造物主那里挂上号了，被一位邪神时刻惦记着的感觉不是那么好受，但基本不会影响到其他方面……克莱恩若有所思地点了点头。

他考虑得很清楚，整件事情仅有的破绽是他曾经拿古赫密斯文书写的"愚者"称号做过不记名账户的密码，但随着献祭和赐予仪式被证实能用，这个账号已经废弃很久，早就被人遗忘。这从最近一个半月来，没人再因抄录密码而被克莱恩关注，就可以推断出具体情况。

如此一来，那些接触过密码但又明显不了解神秘学的银行职员不可能再对谁透露这件事情，而那些非凡者顶多用鲁恩文询问，就算找对了人，对方也无法将鲁恩文描述的内容与古赫密斯文密码联系在一起。

要是有谁抄录下来，我第一时间就能知道，从而做出有效应对。再说，即使被人发现了密码的问题，也难以追查到夏洛克·莫里亚蒂，我每次都采用了一定的手段，"正义"小姐存钱的时候也足够小心……

嗒嗒嗒的轻敲声里，克莱恩放松下来，轻笑道："你们以为'愚者'有很多眷者、很多信徒，因此必然存在诸多难以磨灭的线索？错，大错特错，'愚者'的信徒和眷者只有一个，那就是我自己！"

说到这里，他忍不住自嘲一笑道："这好像不是什么值得骄傲的事情……"

最近得谨慎一点，不打"愚者"的旗号……克莱恩自我提醒了一句，转而回应起"魔术师"小姐的祈求。他调整了下姿势，嗓音低沉和缓地说道："不用在意。"

不用在意……佛尔思得到了一个既让她诧异又觉得理应如此的答案：在"愚者"先生的眼里，极光会只是一群蚂蚁！

佛尔思再次低诵尊名，好奇地询问了一句："尊敬的'愚者'先生，极光会信仰着哪位存在？"

旋即，她看见"愚者"先生坐在灰雾中央的高背椅上，姿态悠闲地说道："真实造物主。"

真实造物主……佛尔思眼睛猛地睁大，瞬间明白了A先生突然寻找"愚者"信徒的缘由：白银城那个"太阳"少年借助塔罗会的帮助，成功揭穿了探索小队的异常，挫败了真实造物主的图谋！

这件事情的背后，是"愚者"先生和真实造物主的对抗和斗争啊……佛尔思没敢再多问，赶紧将今天遇见亚伯拉罕家族成员的事情简单讲了一遍，并提及了劳伦斯的遗嘱，提及了那本奇特的笔记和对方遗留的非凡特性。

"尊敬的'愚者'先生，我该怎么做？"她不太自信地请教道。

怎么做？"魔术师"小姐的运气很不错嘛……为什么我就没遇到过这种好事……克莱恩低笑着回应道："按照你心里最真实的想法去做。"

他丝毫不担心普利兹港渔民协会的多里安·格雷会危害到"魔术师"小姐，因为他知道对方的手链上还有两颗石头，还能进行两次灵界传送。

我心里最真实的想法？佛尔思若有所思地低下脑袋道："我明白了，谢谢您，'愚者'先生。"

她决定明天就去买蒸汽列车车票——乘坐这种交通工具，从贝克兰德到普利兹港只需要一个小时出头，甚至可能还不到。

汇报完所有事情，佛尔思请求举行献祭和赐予仪式，得到了肯定的答复。于是，她用六百镑现金换到了"治安官"非凡特性。

拿起由铁黑、暗红和银白三色组成的小孩拳头状的物品，看着那美丽的灵性光彩，佛尔思又是欣喜又是感叹。

休早就凑齐辅助材料了，她很快就能晋升序列8……而我还不知道什么时候才能成为"戏法大师"……希望"倒吊人"先生他们能尽快帮我找到相应的非凡材料……休一直在无意识地扮演仲裁人，倒是不用担心她对序列9魔药的消化，但变成"治安官"后该怎么办呢？向"愚者"先生申请，用一定的代价换取扮演法……或者直接建议她混入警察队伍？

…………

斑驳长桌的最上首，克莱恩看着面前厚厚的现金，仔细数了几遍。

这样一来，我就有一千二百三十镑了，还差大约三百镑就能凑够一件序列6非凡材料需要的钱。当然，一千五百镑只是这类材料最底线的价格，实际交易价格往往比这个贵不少……最近还能从哪里弄到钱？自行车专利一下来，就出手一部分股份？对了，我差点忘记塔罗会的特殊之处了，"狼人"的非凡特性暂时没法在贝克兰德卖，以免被玫瑰学派的高序列强者发现，但可以拿去别的地方卖啊！下次聚会就让"世界"出面，委托"倒吊人"先生在苏尼亚海上兜售这件物品，以相应的提成作为报酬。扣掉一切花费，"狼人"非凡特性至少能给我带来一千镑，一件序列6非凡材料的钱就完全够了。克莱恩迅速有了思路，心头一下安定下来。

他比较可惜的是，休小姐看起来也没什么钱，成为"治安官"后，即使她能迅速消化掉魔药，也得很久才能买得起"审讯者"对应的非凡特性，而"魔术师"小姐要是被亚伯拉罕家族看中，他后续的"占星人"魔药配方就卖不出去了。

这真是让人遗憾啊……克莱恩叹息一声，回到了现实世界。


周三清晨。

克莱恩没有因为真实造物主的惦记和极光会的追查而失眠，他一觉睡到天亮，愉快地出门买了个迪西馅饼做早餐，而迪西馅饼毫无疑问是需要配甜冰茶的。

在享受美味、翻看报纸的时候，他发现了恩斯特商行的广告，知道了明晚将有"智慧之眼"老先生召集的非凡者聚会。

这次可以求购相应的非凡材料了……不过那里大概率没有，有也只是深海娜迦的头发这些辅助材料……克莱恩认真思考起自己能从哪些渠道搜集材料。

他摊开左手，屈指默数道：塔罗会的内部，包含小"太阳"、"倒吊人"先生、"正义"小姐他们各自的渠道；"智慧之眼"老先生的聚会；保镖小姐和马里奇，但最近尽量不要联系他们；还有……还有，对了，吸血鬼埃姆林·怀特，他不是说过可以写信请教一些强大的血族吗？这就是人脉资源啊！

想到这里，克莱恩立刻决定今天去丰收教堂蹲守埃姆林·怀特。

虽然极光会没什么可能追查到他，但还是给了他一定的紧迫感，让他想要尽快搜集好非凡材料，等魔药一消化掉，就迅速晋升序列6。

上午十点，大桥南区，月季花街。身穿双排扣长礼服的克莱恩摘掉半高丝绸礼帽，缓步走入了丰收教堂。

一眼望去，他就看见了宛若巨人的乌特拉夫斯基神父和穿褐色教士袍的埃姆林·怀特，后者正在那里擦拭烛台，一副心已经死了的麻木模样。

还真是巧啊……等等，他不会整天都待在这里吧？直到夜里才回家？克莱恩随意找了个位置坐下，而整个教堂内的信徒不超过五个。

埃姆林·怀特也看见了他，直接放下抹布，走了过来，坐到了他的旁边。

这吸血鬼的表情一下变得生动，下巴微扬，"嘿"了一声："突然来这里，是有事情想找我帮忙吧？"

克莱恩侧过头看了埃姆林·怀特一眼，没去破坏这里的安宁气氛，刻意压着嗓音低笑了一声，反问道："缺钱吗？"

这话刚一出口，他就觉得自己似乎在问对方是否知道"安利"。

埃姆林先是略显愕然，旋即嗤之以鼻道："不要用金钱侮辱高贵的血族！"

克莱恩顿时"呵"了一声，目视前方高大魁梧的乌特拉夫斯基神父，状似随意地说道："据我所知，那些手工精湛的人偶可不便宜，甚至能称得上昂贵，尤其是与人等高的那种。"

"……"埃姆林嘴巴张开，试图反驳，但最终没能成功。

沉默一阵，他轻咳两声，故作不在意地开口道："告诉我吧，你究竟想让我帮什么忙？我不是一个喜欢猜谜的血族。"

克莱恩没有看身旁的吸血鬼，自顾自地微笑道："我有位朋友快要晋升了，需要搜集相应的非凡材料，不知道你是否能帮得上忙？"

"你在怀疑一位血族的能力？"埃姆林·怀特傲慢地说道，"即使我没有，也能写信询问那些更加高贵的阁下。"

这就是我想要的……克莱恩当即语速极快、叽里呱啦地回应："千面狩猎者的脑部异变垂体以及它的血液一百毫升，人皮幽影特性，深海娜迦的头发五根，只要能拿到这里面任意一种，我都会支付报酬给你，视价格而定，价格越便宜，给你的报酬越多。"

他故意把辅助材料的分量报得多了一些，免得出现损耗。

听到这完全不磕巴的话语，埃姆林·怀特顿时有一种掉入了对方语言陷阱的感觉。他平复了下心情道："超凡材料的报酬至少一百镑，辅助材料至少十镑。虽然我不清楚你要的东西究竟处在什么层次，但我相信它们肯定不会便宜，也不会常见，否则你不可能来找我帮忙。"

很聪明嘛……克莱恩笑笑道："成交！"

这个瞬间，埃姆林·怀特深刻地怀疑起自己索要的报酬太少了。于是，他又补了一句："侦探先生，你有解除心理暗示的线索了吗？"

克莱恩见圣坛前的乌特拉夫斯基神父正专心祈祷，遂侧过头瞄了吸血鬼一眼道："我有个最简单的办法。"

"什么？"埃姆林·怀特红眸一亮。

"打败乌特拉夫斯基神父，抢走他的'心魔蜡烛'。"克莱恩嘿嘿笑道，"你和你父母会合之后，应该具备足够的实力了，三位血族还怕赢不了一个'黎明骑士'？"

埃姆林嘴角抽动了一下，表情随之垮掉："输了，打不过……我的父亲和母亲差点也被抓起来，那根'心魔蜡烛'非常邪异……"

原来你们已经试过了……差点一家都改信大地母神……

三位血族都没赢过乌特拉夫斯基神父？有"心魔蜡烛"和"采血器"辅助的乌特拉夫斯基神父这么恐怖？或者说吸血鬼太弱了？可是，所有的传闻都认为吸血鬼的实力颇强……克莱恩若有所思地说道："那你可以写信请更加高贵的阁下们帮忙啊，你们血族里面应该不缺乏强者才对。"

埃姆林·怀特表情麻木地回答道："他们拒绝了。"突然，他满是希冀地看向克莱恩，"你能赢乌特拉夫斯基神父吗？或者说，你那位朋友能打赢他吗？"

获得"太阳胸针"和"生物毒素瓶"，且消化了不少魔药后，我本来是觉得灵体状态的我能赢乌特拉夫斯基神父的，但你刚才的描述让我不敢肯定，"心魔蜡烛"真的那么邪异？这种封印物一看就很克制灵体啊……克莱恩摇了摇头："不行。"

他迅速转移了话题："你们血族那些高贵的阁下为什么会拒绝你的请求？对他们来说，这应该只是帮一个简单的忙。"

埃姆林·怀特的脸色一下变得像是冷却的灰烬："他们说，乌特拉夫斯基神父是大地母神的眷者，他们不希望直接与他发生冲突，正在研究别的解除心理暗示的办法，比如去苏尼亚海、迷雾海、狂暴海深处，寻找那些隐居很久的巨龙。"

他笑得比哭还难看地补充道："等他们研究出来，找到心灵领域的巨龙，也许我已经是大地母神的忠实信徒了……我现在越来越觉得生命可贵，丰收可喜。"

大地母神的眷者？乌特拉夫斯基神父是大地母神的眷者？难怪他能有那么多神奇物品……这么看来，身为强势海盗的他突然改信大地母神不是那么简单的事情啊……克莱恩先是感叹，旋即一阵后怕。他刚才差点就答应埃姆林·怀特的请求，尝试打败乌特拉夫斯基神父。

如果输了，我说不定也会被关进地下室，强制拘禁；要是赢了，那又得罪一位神灵了……不，根本赢不了。大地母神的眷者肯定有相应的底牌，当初要不是乌特拉夫斯基神父压制着分裂出来的人格，我多半都击败不了他……克莱恩明智地没再深入聊这个话题，再次直视着最前方的乌特拉夫斯基神父的身影道："你可以尝试着找一个叫作心理炼金会的组织。"

否则你只能等待我们塔罗会的"正义"小姐成为"心理医生"，到时候，也许你已经舍不得脱离大地母神的信仰了……克莱恩默默地补了一句。

于他而言，如果埃姆林·怀特也能加入心理炼金会是最好的事情，这样一来，如果"正义"小姐在那个组织内遇到状况，他能有另外的资源帮忙，不用总是召唤"愚者"、眷者、信徒三位一体的自己。

"心理炼金会？没听说过。"埃姆林不屑地摇头，"肯定是刚出现的隐秘组织。"

"这个组织出现有一两百年了，最少。"克莱恩否定了他的说法。

"对生命悠久的血族来说，一两百年就等于刚出现没多久，那些高贵的阁下睡一觉也许就过去一百年了。"埃姆林·怀特骄傲地说道。

不等克莱恩开口，他目光转向前方，清了清喉咙道："你知道怎么联络那个组织吗？"

克莱恩本想说廷根市疯人院有位叫作达斯特·古德里安的医生是心理炼金会的成员，但话到嘴边，又缩了回去。

被真实造物主惦记上的我，还是不要和廷根的人与事扯上关系，这存在一定的暴露风险。而一旦暴露，以极光会的疯狂程度，肯定不会放过班森和梅丽莎……克莱恩微微摇头道："我只是听说过这个组织，你可以写信询问其他血族。"

埃姆林·怀特一阵失望，不再提这件事情，侧过头看了看克莱恩，"嘿"了一声："我猜你那位即将晋升的朋友就是你自己。"

克莱恩不甚在意地望着前方，悠然回答道："恭喜你，答对了。"

"……"埃姆林·怀特当场愣住，这和他预料的反应完全不同！

察觉到他的变化，克莱恩低笑道："怀特先生，其实最适合你的职业不是'药师'，而是'演员'。"

埃姆林先是一怔，旋即傲慢地抬头道："我是一个有深度的、高贵的血族，不会依靠长相谋生。"

你以为我在夸你英俊？克莱恩慢悠悠地起身，笑笑道："不，我的意思是，你很有喜剧天赋。"

在埃姆林·怀特表情凝固的时候，他挤到走廊上，丢下了一句话："别忘记委托。"


普利兹港，白橡树大街。

佛尔思·沃尔一早就乘坐蒸汽列车抵达了这个王国最大也是最重要的港口，并预订好了返回的内河航运船票——这相对便宜不少。

呼吸着空气里弥漫的大海味道，佛尔思看见不少码头工人行色匆匆。

每当旺季，这个港口就会涌入许多临时工人，以求得到相对不错的报酬。许多居住在贝克兰德东区的贫民也会因此结伴往东南而来，靠双脚走过六十多公里的距离，这就和他们参与啤酒花的采摘工作一样。

这里的道路比贝克兰德不少街区宽阔，空气质量也不错，但相对肮脏了不少……佛尔思四下打量，找到了位于一栋陈旧小楼内的渔民协会。没有什么波折，她很简单地就在一个办公室内见到了多里安·格雷。

这位先生身材中等，却有着夸张的臂膀，头发则梳理得相当整齐，与协会大部分人鸟窝般的发型截然不同。

这应该也是位亚伯拉罕……佛尔思简单说明了来意，将劳伦斯留下的遗书和奇怪的笔记本、钻石般的非凡特性一起递给了对方。

多里安表情复杂地接住这些物品，先行打开了遗书。

仔细阅读之后，他抬起脑袋，蓝眸诚恳地望向佛尔思："赞美你的好心和守信，沃尔女士，你为安丽萨、为劳伦斯提供的帮助，我会永远铭记。你能收下我的感谢吗？我想请你共进午餐。"

"没有问题。"佛尔思正愁开船前的时光怎么打发。

多里安当即安排她在旁边的休息室等待，并提供了红茶与点心，报纸与杂志。

返回办公室后，这位先生略有疑虑地打开一个暗柜，取出了一件物品，那是一个纯净中闪烁璀璨光芒的水晶球。

多里安拉上窗帘，让办公室变得一片昏沉，然后坐了下来。他左手托着那个水晶球，右掌虚触顶部，来回抚摸，口中则不断低语，宛若呢喃。

渐渐地，水晶球内的点点璀璨光芒越来越亮，越来越明显，就仿佛夜晚星空投下了倒影。常常用来确定命运走向、人生轨迹的那些星星一个接一个浮现，形成了一个立体的星盘，并掺杂着许多疑似象征符号的灵界启示。

多里安·格雷终于停下动作，埋头审视。

没有撒谎……事情的轨迹确实是这样的……她似乎还能给亚伯拉罕家族带来一定的改变，乐观的改变……

水晶球的光芒渐渐变暗、熄灭，多里安站了起来，心中已然有了决定。

午餐时分，四翼鸟餐厅内。佛尔思面前摆放着一条切段油炸并撒上了迷迭香的鱼，它表皮脆香，肉质鲜美，没有细刺，相当美味。

唯一的问题是，厨师的审美非常古怪，竟保留着两只鼓出的鱼眼，并依靠摆盘技巧，让它们同时望着上方，似乎在诉说对死亡的不甘。

这……佛尔思推倒鱼头，切下鱼尾，遮住了朝上的那只眼睛。

这时，多里安·格雷边动刀叉，边状似不经意地说道："安丽萨很喜欢神秘学，对此有一定的研究。你收拾她遗物的时候，是否看到了相应的书籍、笔记或物品？"

"有一些笔记和书籍。"佛尔思坦然地回答道，"我因此成为神秘学爱好者，但让人遗憾的是，有的内容我完全看不懂。"

比如那本《灵界见闻》，不仅荒诞不经，而且逻辑混乱、言不达意，即使能强迫自己读下去，并有规律地抚平焦躁，也难以记住里面的内容，看过就会忘记，更别说理解了……佛尔思在心里补了一句。

多里安微微颔首，哈哈笑了一声："那你可以请教我，我同样是一位神秘学爱好者，相对精通的那种。"

"真的吗？那真是太好了！"佛尔思配合着说道。

见她确实有兴趣，多里安当即将话题往神秘学引导，时而提及灵界，时而讲述自身冥想的体验——早有准备的他在进入餐厅时，就故意挑了偏僻安静的位置，不怕两人聊天的内容被周围的顾客听到。

午餐最后，多里安主动提议道："我一直不知道该怎么表达我的谢意，但现在终于不用烦恼这个问题了，呵呵，虽然劳伦斯给了你报酬，但我认为这不足以匹配你的善良、好心和守信。

"沃尔女士，你在神秘学领域有什么问题都可以写信来问我，这是我微不足道的感谢。"

"这正是我希望得到的。"佛尔思没有拒绝。

从刚才的交流中，她能明显看出多里安·格雷拥有扎实、成体系的神秘学知识，不愧是古老的亚伯拉罕家族的成员。而这方面也算是佛尔思的短板，她虽然掌握了不少非凡世界的常识，但那都来源于几本不算深入的书籍和笔记，以及各种聚会上、各种遭遇里听来的、体会到的零散话语，不够全面，不成体系，多有缺陷。

听到对方的回答，多里安举起杯子，笑笑道："希望有一天，我们也能拥有神秘而非凡的能力。"


贝克兰德北区，圣赛缪尔教堂。

一队穿黑色风衣、戴红色手套的人进入了地下区域，为首者是个四十来岁的男子，五官轮廓柔和，两鬓头发深长。他头戴浮夸的标准礼帽，手提一根镶金的黑色直杖，安静地跟在前方引路的值夜者背后，进入了一个颇为宽敞的房间。

房间内有一个个书架，摆放着诸多卷宗，一位罩着黑色长袍、涂着蓝色眼影和腮红、有妖异美感的女子悠闲地坐在高背椅上，并未起身迎接 —— 她正是前"通灵者"戴莉。

"索斯特，你们需要的资料都在那里。"戴莉用下巴示意靠门边的桌子。

被称为索斯特的中年男子笑笑道："戴莉，你怎么会被派来看守这里？你应该负责更加重要的事情。"

"不，这是我自己的想法，我需要沉淀一下，多翻看些资料。"戴莉低笑了一声，"这是为了更好地前行。人类是一种脆弱的生物，需要一定的平缓期，没人能总是处在峰顶，一刻不停地享受刺激和愉悦。"

"你的风格真是一直没变，可惜的是，你从来不给我机会。"索斯特顿时失笑。

戴莉认真摇头道："很显然，你并不了解我，我现在的爱好更加猎奇了。如果你能变成一具腐烂的尸体，或者裸露出白森森的骨头，那我肯定会对你充满兴趣。"

她转而望向站在索斯特身后的一位红手套："伦纳德，你怎么会选择加入他的队伍？这个家伙又大又傲慢又没有胆量，一直幻想他喜欢的女士会主动躺到床上等他，坦白地讲，也许这就是'梦魇'的，特点？"

说到梦魇的时候，戴莉明显停顿了一下。

伦纳德无奈地回应道："戴莉女士，这是塞西玛阁下的安排。"

"这样啊……看得出来你很赞同我对索斯特的看法。"戴莉嗓音带着些许沙哑地给出了结论。

伦纳德一时竟不知该怎么解释。

还好"安魂师"索斯特并未在意戴莉的说法，自顾自地走到堆满资料的桌前，拿起一份卷宗翻看。伦纳德等人旋即围了过去，模仿起自家执事的动作。

长久的纸张翻动声里，索斯特随口问了一句："最近贝克兰德有什么新的情况？你认为值得关注的。"

戴莉眼眸微动，想了想道："几位和我们合作的非凡者都传递来消息，说最近有不少人在寻找一个信奉'愚者'的组织，并给出了相应的尊名……"

用鲁恩语描述完"愚者"的尊名后，她轻笑一声道："我似乎看见了一个全新邪教的诞生，当然，也许是哪位老朋友的化身。索斯特，你有什么看法？"

索斯特认真地思考了一下道："没有，我完全没听说过类似的组织。"

就在这时，伦纳德从卷宗里抬起脑袋，沉吟着说道："这会不会和我们追查的两起塔罗仪式有关？'愚者'是塔罗牌的最初，是最重要的主牌！"

戴莉愣了一秒，若有所思地点头道："你这个想法很有意思……"

"但这没有任何证据，属于纯粹的猜测，连推理都算不上。"索斯特不太认可地说道。

伦纳德露出一丝笑容道："罗塞尔大帝说过，大胆假设，小心求证。"


希尔斯顿区，克拉格俱乐部。

从丰收教堂离开后就直奔此地的克莱恩刚进入大厅，就看见马术教师塔利姆·杜蒙特坐在僻静的地方，不知在思考什么。见午餐还要等待一会儿，克莱恩靠拢过去，笑着打了声招呼："中午好，塔利姆，你似乎又遇到难题了？"

塔利姆猛地惊醒，连忙摇头道："没，没有。"

你仿佛做了什么亏心事？克莱恩嘀咕一句，坐了下来，转而笑道："可惜艾伦和迈克不在，否则我们又能有一个愉快的下午了。"

塔利姆跟着露出了笑容："他们都很忙，空闲很少。"

不等克莱恩开口，他环顾左右道："夏洛克，有位大人物听我提到你的事迹后，对你很感兴趣，想见一面，你是否愿意？坦白地讲，这真是让我羡慕，这是非常难得的机遇。"

我能有什么事迹？帮玛丽太太捉奸？陪迈克记者去妓院？即使几次前往过东区，也没做出什么了不得的事情啊……你顶多也就知道我在连环杀人案里有一定贡献，并通过提供咨询帮艾伦医生解决了噩梦的问题……克莱恩听得一阵迷糊。

过了两秒，他忽然明白了缘由。

肯定是那位大人物询问塔利姆是否认识什么优秀的侦探时，他只能想到我，于是主动为我添加了一些听起来就很厉害的描述，比如连环杀人案里，位于幕后的真正破案者；玛丽太太前夫伙同情妇转移考伊姆公司财产的案件中，行动力强、嗅觉敏锐、出手精准的大侦探……这就是商业互吹啊……克莱恩暗自感慨道。

他斟酌了下道："塔利姆，很抱歉，作为一名侦探，我有自己的原则，那就是尽量不掺和涉及大人物的事情。上层舞台中一个小喷嚏般的摩擦，就很可能给我带来难以承受的灾难。我不会给自己打上标签，所以我不会去见那位大人物。"

这其实是克莱恩做侦探前就想好的注意事项。一旦与上流社会有了牵扯，就容易被人刨根究底，在成为"无面人"前，他可不想承受这样的风险。

"……你很理智。"塔利姆沉吟着说道，"那位大人物预料到了这种反应，他认为这样的侦探更值得信任，所以他希望你接一个委托，不会涉及上流社会的委托。"

"什么委托？"克莱恩问道。

塔利姆呵呵笑道："就是你和迈克讨论的卡平事件。那位大人物对里面用塔罗牌做象征的组织很感兴趣，他说类似的案子不止这一起，希望你找到相应的线索。"

什么？又让我查自己？克莱恩差点怀疑这是对方在故意试探他。

用塔罗牌做象征的组织确实很有趣，我也这么认为，但我并不想出卖我自己……对了，卡平的事情明显不简单，他足足有四位非凡者保护，背后肯定存在一个不小的势力，查这件案子和卷入上流社会的倾轧有什么区别？呃，这不是夏洛克·莫里亚蒂该知道的事情……克莱恩露出思索的表情，斟酌着说道："想找到一个神秘的组织并不容易，而且非常危险。"

塔利姆对他的回答似乎早有预料，呵呵笑道："夏洛克，不需要你去冒险，那位大人物的意思是希望你能多留意、多搜集相应的情报或者传闻。这里是五镑现金，是他给你的活动经费，即使你未收获任何有价值的消息，也不会让你返还；而一旦你拿到了有用的线索，他将逐条付钱，并报销你在整个过程中的花费。"

这么好的条件？那位大人物很看重这件事情啊……他是和卡平背后的势力有关系，还是希望找到以塔罗牌为代号的神秘组织帮他做事？

报销……真是好久没有听到有人对我承诺这种事情了……对方话都说到这种程度了，一位私家侦探要是还拒绝，那就显得太可疑了……而且调查自己这种委托，明显应该掌握在自己手上……克莱恩犹豫了几秒道："好的，我尽力。"

他没有客气地接过了塔利姆递来的五张1镑面额钞票，打算隔一两周就提供一条似是而非的线索。

极光会不是要找"愚者"吗？"愚者"明显属于塔罗牌啊！希望那位大人物一路追索，除掉A先生……克莱恩心里逐渐有了些想法。

圣赛缪尔教堂的地下，"安魂师"索斯特召集齐队员，商量接下来要做的事情。

他望了眼墨发绿瞳的伦纳德·米切尔，半是询问半是考校地开口道："如果交给你负责，你打算怎么调查那两起塔罗仪式相关的案件？"

伦纳德抬手梳理了下头发，微笑道："第一，按照之前那个思路，反向去追查寻找信仰'愚者'的人或组织，他们也许知道点什么；第二，重查前面两起案子，将牵涉进来的所有人全部放入名单，不管有没有嫌疑！之后再依靠'梦魇'的能力逐个询问，逐个排除。魔鬼也许就藏在细节里，藏在看似不可能的人身上。"

索斯特呵呵笑了一声："我翻看过卷宗，这两起案子涉及的人非常多，各自居住在不同的地方，想要重新排查一遍，相当困难。而且里面有的人本身就是活跃在地下世界的非凡者，很懂得隐藏自身，我们根本没有办法掌握他们的行踪，如果按照你的想法调查，需要的就不只是我们一个小队，教会至少得再投入五位序列7的值夜者和相应的辅助人员。"

"我们负责的重点是召唤'恶魔'的案子。"另一位红手套提醒了伦纳德一句。

伦纳德没有恼怒，低笑了一声："我知道，我只是提供意见，至于采不采用，采用到什么程度，由索斯特队长决定。"

他顿了顿，露出疑惑的表情："我很不解，为什么那两起塔罗仪式相关的案子优先级并不高，前者都涉及邪神企图降临的事件了，比单纯的召唤'恶魔'不知严重多少倍。"

索斯特端起咖啡喝了一口，慢悠悠地回答道："值夜者人手有限，所以对案子必须有一定的优先级划分，而以塔罗牌为代表的那个隐秘组织，目前为止都未对我们表现出明显的恶意，他们的行动从某种意义上来说，反倒帮助了我们。比如，破坏了真实造物主的降临；比如，让我们知道了卡平这个人口贩子不简单，背后藏着很大的秘密。"

说到这里，他勾起嘴角道："也许他们还能帮我们查出更多的不好的东西。当然，必要的调查是肯定得有的，谁也无法保证那个隐秘组织将来不会与我们为敌。"

"我明白了，索斯特队长，我们重点讨论召唤'恶魔'的案子吧。"伦纳德诚恳地说道。


贝克兰德的冬日总是与壁炉和雾气分割不开，时间就在这样又阴冷又灰蒙的感觉里飞快流逝。似乎只是一个转眼，距离新年就还剩半个月了。

克莱恩熄灭掉壁炉里的木炭，在深红色羊毛背心外面套上了双排扣呢制大衣。

近三周前，雷帕德终于拿到了脚踏车的专利，开始寻找合适的第二轮投资者，蒸汽动力车大亨弗兰米·凯奇对此表示了一定的兴趣。经过几次接触，三方约在今天做最后的谈判。

而这一个多月里，克莱恩过得波澜不惊，借助查案按部就班地、不厌繁琐地消化着魔药，如今距离彻底完成就差一次较大的主动"表演"了。

如果没有太迫切的事情，也可以不去冒险，再有一个月，也差不多了……克莱恩思绪发散地从衣帽架上取下了那顶半高丝绸礼帽，并用刷子和手帕抚平着褶皱，去除着灰尘。

兰尔乌斯遗留的那个徽章指向1月4日，他并没有一定要去参加的想法。

这段时光里，塔罗会依然按照每周一次的频率进行着，克莱恩得到了几页罗塞尔早期日记，见证了对方从只会幻想不敢付诸行动的"弱鸟"变成主动狩猎的花花公子。除此之外，他几乎没有别的收获。

"狼人"非凡特性虽然通过"世界"交给了"倒吊人"代卖，但涉及千镑以上金额的生意，明显不是那么容易达成的，而"狼人"被诅咒的特点也让不少有意者望而却步。

不过前几天的塔罗聚会上，"倒吊人"告诉"世界"，说他联络上了一位蒸汽教会的"工匠"，对方明显有点心动。

希望这周能够搞定……"倒吊人"先生需要的"风眷者"配方还没有一点线索……克莱恩收拾好随身物品，拿上手杖，戴牢帽子，走出了房门——"风眷者"魔药配方属于序列6，不是那么容易遇上，"倒吊人"阿尔杰等了一个多月，也未能听到好消息。

"正义"奥黛丽经受长久的观察和考验后，终于得到了心理炼金会的认可，她向"愚者"先生汇报，说自己这周应该就能正式加入那个隐秘组织，希望提前得到庇佑，以免出现意外。为此，她准备之后搜刮心理炼金会至少十页罗塞尔日记奉献给"愚者"先生，不需要任何报酬。

至于尼根公爵宝库内的巨龙标本，她已证实就是千面狩猎者，但问题在于，那只是单纯的标本，没有相应的非凡特性，也没有流淌的血液。

她欠"愚者"先生眷者的两千镑，则要到明年2月左右才能偿还。因为她在新年那场舞会正式成年后，虽然能得到一部分财产的支配权，但还是要受到父母的监督，无法随意变卖财产，而且，她还差格莱林特子爵最后的尾款，所以，必须得有充足的时间来隐蔽地筹集。

"魔术师"佛尔思通过"倒吊人"的帮忙，终于弄到了深海枪鱼的血液，为此支付给了对方三百二十镑，她的存款随之降低至一百二十镑。为了弥补损失，为了食灵者的胃袋，她开始疯狂赶稿，新书迅速成形，讲述了一个集冒险、爱情、游记、风暴、海盗诸多元素于一体的故事。

她和多里安·格雷的通信一直没有中断，对方最近更是表示要来贝克兰德拜祭安丽萨、劳博罗和劳伦斯。

"太阳"戴里克按照"倒吊人"的建议，没有表现出一点异常，继续日常巡逻，继续积攒功勋，不尝试任何仪式。每次塔罗聚会时，他都会熟练地假装睡觉，暂时未暴露任何问题。平时他也会间歇性补眠，以免某些事情出现规律，被人怀疑。

据他介绍，"牧羊人"洛薇雅长老并没有于七日后离开圆塔底部，至今仍被关在那里，原因不明。

极光会A先生对"愚者"信徒和眷者的寻找，在克莱恩有意低调的情况下，没能得到任何有价值的线索。而知晓了"愚者"尊名的那些非凡者，都明白不要随意诵念这种东西，不到绝境，他们肯定没有勇气向一位疑似邪神的存在祈祷。

埃姆林上次说有相应材料的线索了，也许很快就能确认，但问题在于，我现在钱不够啊……克莱恩无声咕哝了一句，提着手杖，走到了于尔根律师的门口。拉响门铃后，他主动地、本能地退了两步。

没过多久，大门打开，多丽丝老太太精神矍铄地张开双臂，要给克莱恩一个热情的拥抱。

"噢，你上次介绍的那位医生真是太棒了！我的身体近十年没有这么健康了！"多丽丝见侦探先生站得较远，只能收起手臂，转而用话语表达自己的欣喜和感觉。

克莱恩又好笑又无奈地叹了口气："多丽丝太太，你已经第九次说这样的话了。"

他看见黑猫布罗迪蹲在后面的衣帽架顶端，看似摇摇欲坠，却一直保持着平衡。我也行……克莱恩自我评估了一番。

"是吗?"多丽丝老太太疑惑地反问。她旋即把这个问题抛到了脑后，笑眯眯地道："来找于尔根的吗?"

克莱恩顿时露出笑容："是的。"

谈判这种事情肯定得请专业的律师帮忙。


圣乔治区，萨奇街。

克莱恩和于尔根刚走下马车，就看见发明家雷帕德门口停着一个庞然大物。它通体呈铁黑色，有三组十二个轮子，顶部如船舶般高耸着烟囱，里面正飘散出残留的烟雾。

这是一辆克莱恩曾经在杂志和街道上见过的蒸汽动力车，它被民众描述为"行走在陆地的铁甲舰"，拥有相当夸张的身躯。如果不是最近二三十年才建成或重修过的街道都会被它占据路面，它不会给马车留下什么空间，所以只能在某些区域、某些地方才能看到这种交通工具。

这时，有玻璃窗的沉重车门被打开，两道身影走了下来。

其中一位正是克莱恩之前见过的蒸汽动力车大亨弗兰米·凯奇。他有着四分之一的弗萨克帝国血统，眼睛的蓝色很淡，身材高大却已经发胖，嘴里则叼着烟斗。

他旁边那名男士穿着厚重的黑色呢制大衣，缠了条灰色的围巾，长相没什么特色，属于最常见的黑发加棕眼，但却给人莫名的亲切感。

"嗨，莫里亚蒂侦探，你真准时，这是我的律师兼合作伙伴帕切科·道恩。"

说话间，蒸汽动力车内又下来两个膀大腰圆的壮汉，一看就是弗兰米的保镖。

真不职业啊，不是应该自己先下来，然后再帮老板开门吗？克莱恩咕哝一句，微笑着问了声好，旋即介绍了自己的律师于尔根。

等待雷帕德开门的时候，他随口闲聊道："凯奇先生，这种蒸汽动力车受欢迎吗？会有很多人喜欢吗？"

弗兰米·凯奇笑道："那些自认为体面的人说它太野蛮、太粗糙，而普通人又买不起，只有我这种机械与蒸汽的狂热爱好者才愿意购买。"

"主要也是很多街道太狭窄。"克莱恩宽慰了一句。

弗兰米·凯奇是他找来的投资者，并非雷帕德的功劳。他在克拉格俱乐部打牌的时候，有意提了这件事情，马术教师塔利姆当即就说弗兰米喜欢类似的发明，可以介绍大家见个面，认识认识。

这让克莱恩非常感慨，俱乐部果然是发展人脉的好地方，真正加入进来的成员最看重的永远不是免费的食物、酒水和活动场地。

"哈哈，这确实是一个原因。随着人口越来越多，城市越来越大，马车肯定会被淘汰，因为它太慢了，现在这个世界追求的是效率！"弗兰米很有信心地说道。

他旋即露出笑容："而且我已经拿下了一笔来自军方的订单，他们希望我做出一定的改进，就像罗塞尔手稿上提到的那样，增加铁甲防弹，安装履带，以便于在简易道路上也能行驶。另外，再加上一根粗大的炮管，这将是全新的战争利器。"

罗塞尔手稿……克莱恩无声叹了口气，一时不知该说点什么，直到雷帕德终于打开大门。

接下来的讨论里，主角是于尔根和帕切科。两位律师时而针锋相对，时而和自己雇主商量条款，毫无准备的发明家雷帕德则在旁边发呆，只有别人问到他时，才阐述下自己的意见。

最终，三方达成了协议：弗兰米投资一千镑，占据百分之二十的股份；克莱恩和雷帕德的股份随之等比下降，一个占百分之二十八，一个占百分之五十二。

与此同时，弗兰米会以一定的溢价从克莱恩手里再收购百分之十八的股份，为此他将花费一千镑，并且是税后。同样，他将以五百镑的税后价格从雷帕德那里买下百分之九的股份。

经过这样的交易，弗兰米成为新建立的贝克兰德脚踏车公司最大的股东，占据百分之四十七的股份。他将负责后续的工厂化和推广销售，而公司的账上将有他投资的那一千镑——这是初始启动资金。

雷帕德是第二大股东，有百分之四十三的股份，工作是协助完成批量化流水线生产。

克莱恩只剩下百分之十的股份，属于纯粹的财务投资。

而他卖掉股份得到的一千镑也让他的个人财富激增到了两千两百三十五镑，差不多有底气购买一件"无面人"的主材料了——作为私家侦探，他这一个多月里还在继续接受委托，日常开销完全不需要动用存款。

还得给于尔根律师五十镑的报酬，只剩两千一百八十五镑……回头还得感谢下塔利姆……克莱恩念头一闪，落笔签字，盖上了印章，然后起身与弗兰米、雷帕德握手道："合作愉快。"

弗兰米掏出黄金怀表看了一眼，呵呵笑道："正常来说，我们应该一起去用个午餐，庆祝协议的达成，但有位大人物正等着我，真是抱歉，以后还有很多机会。"

大人物，又是大人物……是塔利姆背后那个？被我用一些指向极光会的假消息报销了不少费用的那个？克莱恩忽然有点心虚，连忙笑着说没什么，不用在意。

出了雷帕德的家，上了一辆马车后，于尔根忽地微皱眉头道："夏洛克，你答应得太爽快了。"

"为什么这么说？"克莱恩疑惑地反问，他甚至不知道于尔根指的是哪件事情。

于尔根严肃地说道："谈股份转让的时候。根据你的描述，以及弗兰米的表现，我可以想象到脚踏车光明的市场前景。虽然现在只是一个发明，整体估值不高，五千镑是不错的价格，但你应该保留更多的股份，这样才能在将来有更好的收益。我原本以为你只会卖百分之八，并且有信心谈到五百镑，结果你竟然答应了百分之十八。即使只有五百镑，你也几倍地收回了最初的投资，不应该这么急。"

因为我急着用钱……不过刚才我确实答应得太爽快了，一点犹豫也没有，这可是大金额交易啊，不太正常……克莱恩回忆之前的场景，心里也有了些疑惑。

难道我不知不觉被弗兰米或者那位帕切科律师影响了？他们之一是非凡者？幸好价格还是比较正常的……克莱恩一边思索，一边对等待解答的于尔根道："快要新年了……"

他根本没想好怎么解释，所以随便先找了个开头。对方如果是聪明人，就会顺着这个开头自己联想并完善理由，不需要他再过多描述。当然，这是针对聪明人的招数，普通人则会追问道"所以呢""究竟是什么""发生了什么事情"。

于尔根律师很显然是个聪明人，见克莱恩沉默，遂点了点头道："我明白了。"

你明白了什么？我自己都还没想好……克莱恩指着前方的蒸汽地铁站点道："我在这里下车，要去找位线人。"

…………

极有威势的蒸汽动力车轰鸣着前行，坐在前排的弗兰米摇下窗户，吐了个烟圈，对身旁不太起眼的帕切科律师道："你刚才用了自己的能力？"

"只是被动地有点激发。"帕切科微笑道，"我的能力最适合的不是这样的场景，我更喜欢面对政府雇员、公司职员。"

弗兰米轻轻颔首道："我只是提醒一下，这种情况没必要用能力，不要耽误了大事。"

"我明白。"帕切科声音低沉地回应道。

…………

东区，一家廉价咖啡馆。克莱恩抵达的时候，老科勒已经等待在了那里。

他取下围巾，摘掉帽子，坐到老科勒对面，掏出一沓1苏勒的纸币递给对方道："下周的活动经费加上次消息的奖励，总计一镑。"

他最近给奖赏给得相当爽快，因为已经找到了报销对象。

老科勒的脸色明显比以前红润了不少，有些不好意思地接过现金道："我上次给的消息好像不是太重要……"

"不，重不重要只区别于在谁眼里，很多你认为微不足道的事情，也许就是别人赚钱的源头。"克莱恩笑着解释了一句，又问，"这周有什么情况？"

老科勒拿住那沓钞票，边往衣兜里塞，边思索着说道："和之前一样，很多人还在找'愚者'的信徒，哈哈，怎么会有人信'愚者'？这并不是什么好称呼。"

克莱恩嘴角微动了一下道："他们有进展吗？"

极光会还真是锲而不舍啊……克莱恩无奈地想道。

"没有，根本没有那样的人。"老科勒摇了摇头，转而说道，"最近有人在组织罢工，找过我好几次，说是要争取更合理的工作时间和薪资报酬。"

这是这个时代很正常的事情，但又可能导致颇为严重的后果……克莱恩若有所思地说道："你注意下谁在组织这件事情，但不要太急切，安全第一。"

"好的。"老科勒清了清喉咙道，"这几天许多黑帮打手和赏金猎人在找一个人，不知道为什么，应该是有人给出了悬赏。"

"在找谁？"克莱恩觉得天气寒冷，端起咖啡喝了一口。温热的液体滑过他的食道，暖和了胃部。

老科勒想了下道："一个叫作阿兹克·艾格斯的男人。"

阿兹克·艾格斯……阿兹克·艾格斯？克莱恩将视线从咖啡杯上抬起，看向对面的老科勒。

这不是阿兹克先生的全名吗？他怎么会突然被人悬赏？因斯·赞格威尔？克莱恩依靠"小丑"的能力，故作不经意地问道："说过是什么样的人吗？"

老科勒回忆着说道："好像有拜朗血统，曾经是，是个大学讲师。"

# 第四章

## CHAPTER 04

## ✦ 欲望之战 ✦

似乎有拜朗血统……大学讲师……确实是阿兹克先生，而非同名同姓……克莱恩凭借老科勒提供的信息，基本确认了被悬赏者是疑似死神后裔的阿兹克。

那问题来了，究竟是谁或者说哪个组织在找阿兹克先生？以复活死神为终极目标的灵教团？喜欢当幕后黑手的因斯·赞格威尔？

不太像后者，因斯·赞格威尔有封印物0-08，能让目标按照自身的描述行动，通过一连串巧合达成想要的目的，他完全没必要再借助黑帮成员和赏金猎人找阿兹克先生……等等，如果这本身就是封印物0-08的安排呢？因斯·赞格威尔发现自己被阿兹克先生盯上了，但又没把握于战斗里获胜，于是借助0-08让阿兹克先生与某个势力产生冲突，希望用间接的手段除去敌人，而这次的悬赏就是那个势力发布的……很有可能！

不过也不能排除灵教团。阿兹克先生为了复仇，也许和他们进行了一定的接触，但双方在复活死神等事情上出现了重大分歧，最终导致决裂……

克莱恩瞬间想到了两个可能和相应的缘由。

他端起咖啡喝了一口，然后对老科勒道："你帮我打听一下是谁发布的这个悬赏任务，以及具体的价格。如果合适，也许我会顺便留意一下。"

"没有问题。"老科勒并不觉得克莱恩的要求有什么不对。

从某种意义上来说，私家侦探和赏金猎人没有本质上的区别，唯一的不同在表现形式上。前者连捉奸、找猫、帮人遛狗这种小事都会做，并且喜欢推理胜过动武。

等老科勒讲完别的见闻，克莱恩按照值夜者的教程，简单地教导了对方一些套话的技巧，以及个别场景中的应急处理方案。

"我该去码头了，感谢您，莫里亚蒂侦探，你让我又拥有了美好的生活！"老科勒拿起桌上的破旧软帽，真心诚意地道了声谢。

在他看来，侦探先生不仅为自己提供了一份报酬丰厚的工作，还教导了许多有用的东西，即使对方将来不再需要线人，这些技巧也足以让他于东区勉强生存下去，尤其在他年纪越来越大、越来越干不了重活之后。

美好的生活？在我看来，你目前具备的是一个人最基本的生活……目送老科勒走出廉价咖啡馆后，克莱恩坐在那里怔怔出神。

这是他来到贝克兰德后，第一次从别人口中听到朋友的名字，而且也是第一次有可能把握因斯·赞格威尔的行踪！

之前三个多月里，尤其是杀掉兰尔乌斯后，克莱恩的主要目标一直是消化魔药，提升自己。因为他很清楚，自己和多半已经是高序列强者的因斯·赞格威尔有着难以弥补的差距，复仇不可以急切，尤其那仅是想想就让人不寒而栗的封印物0-08，更使他连靠近和调查的想法都没有。

廷根市黑荆棘安保公司内发生的一幕幕场景重新跃入了克莱恩的脑海，那双锃亮的皮鞋清晰得就像在他的眼前。

克莱恩后仰起脑袋，缓缓吐了口气，拿上围巾和帽子，走出了那家廉价咖啡馆。

希尔斯顿区，一栋有些陈旧的房屋外。克莱恩走下马车，按了按帽子，直奔大门处，这里是艾辛格·斯坦顿的家。

这位大侦探前几天写信给克莱恩，邀请他过来做客，讨论一起杀人案。克莱恩因为忙着脚踏车项目的融资问题，委婉地回信说最近没空，以此表示拒绝，谁知艾辛格·斯坦顿并没有在意，说案件步入了死巷，短时间内不会有什么突破，他非常乐意等待夏洛克·莫里亚蒂侦探的来访，非常期待一场迸发智慧火花的交流。

克莱恩只好先占卜出宜于拜访对方的日期，挑选了谈判后最近的那个日期，也就是今天下午，并回信与对方敲定了此事。

叮当，叮当。克莱恩拉了两下门铃，退后一步等待。

过了十几秒，房门吱呀一声打开，艾辛格大侦探的助手微笑道："下午好，莫里亚蒂侦探，斯坦顿先生正在起居室等你，你是要喝咖啡还是红茶？"

这位助手身材瘦削，戴着金边眼镜，显得既文质彬彬，又有专业素养。

克莱恩抬头看了他一眼道："红茶吧，少加柠檬片。"

"没有问题。"助手引着克莱恩进入客厅，指了指起居室的门道，"不好意思，我们的仆人都是临时性的，今天他们刚好休息，只能麻烦你自己过去。"

克莱恩微微点头，迈步走到了一楼的起居室外面。他抬手敲居室房门的同时，忽然觉得有点不对：我来拜访斯坦顿先生是提前几天就定好的事情，怎么会恰好遇到临时性仆人全部休息？

克莱恩眯了下眼睛，伸手掏出了一枚铜便士。

就在这时，起居室的门因敲击而后敞，打开了一道不大不小的缝隙。

瞬息间，似乎有什么封印被解除，浓烈的鲜血味道传了出来，钻进了克莱恩的鼻端。他的视线内，起居室中那把安乐椅倒翻在地，沾染着不少暗红的血液，一本书籍落于旁边，封面朝上。

只是晃了这么一眼，克莱恩就仿佛看见了凶杀案的现场。那本图书的名字随之映入了他的瞳孔——西维拉斯地区的恶魔传说。

"恶魔"……克莱恩正要有所动作，起居室内突然刮起了一阵烈风，克莱恩一把拉上房门，快速往后退。

哐当！克莱恩看清楚了起居室内部的完整景象：壁炉里的木炭早已燃烧殆尽，不再有红光显露；茶几、沙发、椅子、橱柜等物品倒的倒，碎的碎，似乎见证了一场激烈的战斗；地毯和墙壁上有不少血迹，并伴随大量的焦痕，但现场找不到一具尸体，甚至连残肢都看不见。

斯坦顿侦探出事了？克莱恩猛地退后一步，打算先脱离这里。

可几乎是同时，他感觉自己被人锁定了。有个不知道藏在哪里的人正冰冷地、无情地注视着他！一旦他的应对出现错误，立刻就会遭遇致命攻击！

这算什么"宜于拜访艾辛格·斯坦顿"？我对启示的解读出问题了？克莱恩没敢轻举妄动，但他也没有太紧张和慌乱，已经历过不少战斗和"表演"的他，知道这个时候最应该做的是冷静。

哒，哒，哒，艾辛格·斯坦顿的助手端着个托盘走了过来，托盘上面摆放着锡制茶壶和两个白釉瓷杯。

助手先生看到起居室内的场景，愣在了原地。他望向克莱恩，表情突然充满恐惧，一词一顿地说道："你，杀了，斯坦顿，先生……"

他每吐出一个单词，脸上的肉就会掉落一块，鲜血淋漓。等到话语说完，他唰的一下四分五裂，变成了碎尸，就像他一直如此，一直是这个状态，只是刚才被缝合起来了一样。

当！咔嚓！锡壶和白釉瓷杯同时落地，或滚动或飞溅，红茶茶水则迅速浸湿了附近的地面。

克莱恩没有动，就那样看着这一切发生。因为他感觉自己依然被注视着，那制造了这一切的家伙似乎正等待着他做出行动，然后从他的背后扑上来，咬断他的脖子。

不知过了多久，无声又诡异的僵持里，克莱恩看见艾辛格·斯坦顿家的大门被打开，一群穿黑白格制服的警察冲了进来。

他们发现了地上既恶心又恐怖的碎尸，当即拔出各自的左轮，同时指向了起居室门口的克莱恩。

面对一个个黑乎乎的枪口，克莱恩却放松了下来。那无言的、仿佛拿枪抵着他后脑勺的注视在这个瞬间消失不见了！

克莱恩举起双手，无奈地笑道："在看见我的律师前，我什么也不会说。"

贝克兰德警察厅希萨克局，被铐在自来水管道上的克莱恩再一次看见了于尔根律师。

"我会陪同你接受审讯。"于尔根的表情没有一点异常，似乎莫里亚蒂侦探就该出现在这里。

克莱恩叹了口气道："这真是一个悲剧，这个时候我应该在考虑晚上吃什么，而不是和板着脸的警官聊天。"

他今天最庆幸的一点是，因极光会的追查和玫瑰学派高序列强者的关注，自己什么非凡物品都没有携带，唯一的左轮手枪则在他"魔术"般的表演下，轻松瞒过了来搜身的警察。

进了审讯室，不等警官询问，他就将自己收到艾辛格·斯坦顿的信，应约前来讨论一个案子的事情原原本本地讲述了一遍。

"稍后我们会和于尔根律师一起去你家里取这些信，希望它们还在。"负责审讯的警官转而问道，"你和艾辛格·斯坦顿侦探是怎么认识的？"

克莱恩毫不犹豫地回答道："因为之前那起连环杀人案……"

说到这里，他忽然愣了一下。他想起了一件事情，他一直怀疑那只"恶魔"犬背后还有个主人，并曾经在"恶魔"犬被击杀的现场发出冷哼声。

对了，斯坦顿大侦探遇袭前看的书是《西维拉斯地区的恶魔传说》……难道"恶魔"犬的主人经过一段时间的蛰伏后，展开报复行动了？而斯坦顿侦探则是警方记录里所提到的提供主要线索或者说想法并领取了悬赏的人！克莱恩迅速有了个猜测。

想到"恶魔"犬主人这个可能性后，克莱恩立刻改变了策略，将自己与艾辛格·斯坦顿因连环杀人案结识的过程非常详细地讲述了一遍。另外，他还主动提及了艾辛格·斯坦顿组织一批侦探调查连环杀人案并成功拿到部分悬赏的事情。

"在那件委托里，我虽然只是给出了一些想法，嗯，用私家侦探行业的专业术语来讲就是，提供了咨询意见，但依然被斯坦顿先生认为贡献最大，所以我拿到了最多的赏金。"克莱恩最后总结道。

负责审讯的两位警察唰唰记录下这些情况，并询问是否有人能证明以上内容，克莱恩给出了斯图亚特、卡斯兰娜等私家侦探的名字和地址。

"非常好，莫里亚蒂先生，你的回答足够详尽。"一位警官停下钢笔，转而问道，"你今天在艾辛格·斯坦顿的家里待了多久？我是指从进入到被我们发现。"

克莱恩略作思索，未去征询于尔根律师的意见，直接回答道："两到三分钟的样子。"

他说的是真实的个人感觉。

另一位警官挑眉道："附近多位居民能够证实你在下午两点十分左右进入艾辛格·斯坦顿的家，而我们抵达现场的时候是下午两点二十八分，也就是说，你在房屋待了十八分钟左右，而不是两到三分钟！这么长的时间里，你究竟在做什么？为什么不离开、不报警？"

过了十八分钟？克莱恩霍然皱起了眉头。他感觉自己和无声注视他的那位僵持了顶多一分钟，怎么就过去了足足十八分钟？

是那种被盯住的奇怪感觉弄乱了我对时间的把握，还是别的什么原因？这是对方的非凡能力？如果真是"恶魔"犬的主人，他最少也有序列6，大概率是序列5……

克莱恩疑惑沉思时，于尔根身体前倾，准备指责警察的询问涉嫌诱导。这不是很充分的理由，他只是想以这种方式打断审讯节奏，让刚才那个明显不利的问题有所延后。

就在这时，克莱恩抬手揉了揉额角道："我刚才说的全部是真实的，在我个人的感觉里，我进入艾辛格·斯坦顿侦探的房屋只有两到三分钟。"

说到这里，他强调了一下："嗯，在我的个人感觉里。"

两位警官对视一眼，落笔记录下了这点。

短暂的安静后，刚才发问的那位警官说道："那十八分钟里，某位外出回来的仆人拉响门铃，结果无人应答，于是他通过凸肚窗往内看了一眼，看见了满地的尸块和站在起居室门口的你。他非常恐惧，疯了般跑到警局报案，许多路人和部分居民能证实这点。"

克莱恩没理会于尔根律师的眼神示意，自顾自地摇头道："我没有听见门铃响。"

两位警官再次对视一眼，未做任何评论，只是单纯地记录。

他们又就别的细节提出了一些问题，没有做过任何事情，不心虚、不愧疚的克莱恩全部如实回答。

临到末尾，他忍不住关心了一句："找到艾辛格·斯坦顿侦探了吗？我看起居室内没有尸体，他应该还活着吧……"

一位警官用钢笔杵了下桌面道："这也是我们很疑惑的一点，整栋房屋只有起居室内有打斗的痕迹，而且窗户紧闭，很多天未曾打开过，你知道的，这在贝克兰德的秋冬季很正常。

"袭击者和艾辛格·斯坦顿先生却奇怪地离开了那个房间，不知道去了哪里。我们在房屋其他地方和周围一带没有找到任何线索，甚至连血迹都未发现。"

不等克莱恩开口，他自问自答道："你肯定想说起居室房门和房屋大门，但是，许多人证实，附近没发生过追逐的情况，也没人挟持人质或带着尸体离开。"

也许事情真实发生的时间在半夜呢？也许他们会穿墙呢？克莱恩在心里默默地提供着别的可能性，并无声地祈祷了一句："愿女神庇佑艾辛格·斯坦顿侦探逃过厄难。"

黑夜女神是厄难和恐惧的女皇。

审讯完毕，克莱恩被铐到了一个小房间内，警察部门则派人跟着于尔根律师去明斯克街15号提取信件证物。

一直折腾到傍晚时分，克莱恩终于被允许保释，金额五十镑。

"这比上次贵多了，一般的私家侦探很难在短时间内拿出这么多现金。"出了希萨克警局大门，克莱恩拢了拢呢制大衣的领口，对于尔根律师抱怨了一句。

于尔根还是那副专业、正经的表情："上次情况对你有利，而这次许多疑点都指向你。"

他边招呼出租马车停下，边严肃侧过头，看了克莱恩一眼："夏洛克，我是你的律师，你回答警察的问题前，最好和我有一定的交流，即使只是眼神。不要自己觉得没问题就随便开口，没经过训练的普通人很容易在言语上留下把柄。"

这……我已经习惯自己编故事，自己解决问题……克莱恩回想起刚才的情景，干笑了两声："好，我会注意的。"

于尔根未再多说，登上了马车。克莱恩坐到他的对面，思考起艾辛格·斯坦顿侦探被袭击这件事情。想着想着，他突然听见了肚子的咕噜声。

已经过正常晚餐时间半个小时了……克莱恩掏出金壳怀表，按开看了一眼。他不打算再浪费精力准备食物，开始考虑有哪家餐厅值得期待。

这时，于尔根抬了下眼皮道："我已经让我奶奶准备了三人份的晚餐。"

"这怎么好意思？"克莱恩怔了一下，旋即笑道，"多丽丝太太的手艺总是令人向往。"

两人回到乔伍德区明斯克街时，天色已经全黑，煤气路灯的光芒甚至比半空若有似无的红月更加明亮。

在于尔根律师家蹭了顿晚餐，"撸"了把猫后，克莱恩于寒冷潮湿的空气里踱步回到了15号那栋房屋外面。他习惯性地翻了下信报箱，取出了一份刚送来没多久的《贝克兰德晚报》。

克莱恩拿着报纸，开门进屋，刚放好手杖，突然觉得有点不对。他的"占卜家"灵性直觉告诉他，有陌生人进过自己家！

是先前来取证的警察？克莱恩警惕地四顾，忽地发现茶几上放着一封信。

那里本应该只有报纸！

克莱恩时刻防备着袭击地进入客厅，靠近了茶几。整个过程里，周围安静无声，没有丝毫异常现象。

低头审视了那封信几眼，克莱恩先掏出黑色手套戴上，然后才将它拿起拆开。

信封里是一张薄薄的信纸，展开之后，立刻有暗红的颜色映入克莱恩的眼眸，淡淡的血腥味随之萦绕于他的鼻端。

那信纸之上，凝固的血液书写着一行单词：

你们都要死！

这……真是"恶魔"犬的主人？他在报复让他手下身亡的相关人等？真是欺软怕硬啊，怎么不直接找负责清除行动的值夜者强者？克莱恩心中一紧，瞬间闪过了诸多想法。

不过他很快就否定了自己的抱怨。复仇先从能对付得了的人开始是最正常的选择，就像他来贝克兰德几个月，始终没想过找因斯·赞格威尔，却追着兰尔乌斯不放一样。

再次环顾一圈后，克莱恩渐渐觉得这件事情有些让人迷惑：用这么张扬的方式报复，不怕被官方强者蹲守吗？这是他的魔药扮演要求？或者说，因为艾辛格·斯坦顿侦探逃脱，他知道自己已无法隐蔽地——清除目标，只能换个办法？但这个办法也没什么意义啊！

还有，在斯坦顿侦探家的时候，他明明已经锁定我，始终注视着我，为什么不动手？他难道还会顾忌我这么一个普通的私家侦探？

不，这绝不可能……他知道我是非凡者？有可能，因为万能钥匙的迷路副作用，我和"恶魔"犬直接碰过面，它看见过我的样子和身形，虽然当时我做了一定的伪装，但并不知道"恶魔"能不能看穿这个……也许，那件事情后，它用了某种方式呈现给它的主人看……

但是，我当时连"恶魔"犬都打不赢，只能狼狈地逃窜，他有什么好顾忌的？除非，他还顾忌着别的事情，比如因受伤隐藏在附近的艾辛格·斯坦顿？他非常张扬地写信给我，是认为我这个野生非凡者肯定不敢寻求官方的帮助？

克莱恩带着满脑子的疑问检查起房屋，一路来到二楼。当他打开卧室房门的时候，又有一封信跃入他的眼帘。

这封信静静地躺在书桌上，似乎已经等待了很久。

克莱恩拿起拆封，轻轻展开，看见了一行暗红血色勾勒出的单词：

**你是下一个。**

下一个……真嚣张啊……克莱恩忍不住感叹了两句。

就在这时，他忽然心有所感，抬起脑袋，望向窗外。

对面是几栋二层的房屋，各自亮着灯光，煤气路灯的辉芒映照在它们的外墙上，形成了一个个明暗交错的区域。

突然，那些区域内的阴影蠕动扭曲，组成了一个穿笔挺燕尾服的黑色影子。

这影子抬起右手，比出枪形，对准克莱恩点了一下。旋即，它收回手臂，吹了吹"枪口"。紧跟着，它无声无息向后一倒，重新化作无数不连接的阴影。


负责明斯克及周围街区的莱斯警察分局内。

克莱恩与送他出门的警官握了握手道："这起恐吓信事件肯定与之前那起连环杀人案有关，当时的组织者、大侦探艾辛格·斯坦顿先生已经在今天下午遭遇袭击，请你们务必重视！"

那位警官收回手道："莫里亚蒂先生你放心，我们肯定不会忽略你提出的可能性，并会立刻向上面汇报。"

"真是太感谢你们了。"克莱恩戴上帽子，走出了大门。

看到两封恐吓信和疑似"恶魔"犬主人的挑衅后，他毫不犹豫就拿着证据到最近的警察分局报了案，并暗中希望事情尽快转交给代罚者或机械之心小队，让自己置身于官方强者的保护中。

虽然他现在没有一定要保留侦探身份的理由，完全可以放弃明斯克街15号这个住所，换一个地方，换一个身份，但他怀疑这也许就是恐吓信书写者的目的：借助野生非凡者不敢曝光的畏惧心理，逼自己趁夜转移，然后在这个过程里，抓住机会发动攻击。

其实，我报案的途中也很适合下手……之前我在家里的时候也一样……那个家伙另有图谋啊……克莱恩既疑惑又谨慎地返回了明斯克街。

他刚走下马车，就借助沾染着些许雨水的煤气路灯看见自家门口有个人影在徘徊。

克莱恩先是心中一凛，旋即放松下来，因为他认出了那位访客是谁。那是留着络腮胡、身材中等偏瘦的私家侦探斯图亚特，自己的崇拜者。

也不能大意……万一"恶魔"的后续有类似"无面人"的能力呢？克莱恩握紧手杖，缓步靠近，然后试探着喊了一声。

斯图亚特侦探猛地回头，带着几分紧张、几分慌乱地说道："莫里亚蒂先生，我收到了一封恐吓信，上面的内容是'你们都要死！'。"

"你也收到了？"克莱恩颇感意外又觉得在情理之中地脱口而出。对方是连环杀人案时艾辛格·斯坦顿召集的侦探之一。

斯图亚特的眼睛陡然睁大："你也收到了？"

"是的。"克莱恩郑重地点头。

而且不止一封……他默默地补充了一句。

"这该怎么办？我先去找过斯坦顿先生，结果听说他被人袭击了，我赶紧就来找你。哦，感谢神的庇佑，我差点就提前离开了！"斯图亚特脱口而出。

克莱恩指了指大门："我们先进去再说。"

进了客厅，他借口去盥洗室，赶紧去灰雾之上做了两次占卜，一是确认斯图亚特是否为本人，二是"询问"今晚有无较大的危险，结果全部得到了肯定的启示。也就是说，斯图亚特不是敌人变化的，而今晚有不小的危险。

当然，那危险也许不会爆发在克莱恩面前，有可能在暗中就被谁消泯了。

这就是占卜的局限性，只能获得一定的启示，无法涵盖全部，无法得到精准的答案。而这种神秘领域的局限是无法靠排除法、二分法等技术手段解决的。

回到现实世界，克莱恩按了下抽水马桶的机械按钮，在哗啦的水声里洗手，然后拉开了房门。

"斯图亚特，你要咖啡还是红茶？"克莱恩表面不见一点慌乱地问道。

斯图亚特站了起来，摇头道："不，我们应该先讨论问题。虽然我以前也收过不少恐吓信，但没有一次能和今天相比，他肯定是用鲜血写的！我的直觉告诉我，他肯定会付诸行动，而且具备那个能力！对了，斯坦顿先生被袭击也是他做的吧？"

"我认为是这样。"克莱恩沉稳地说道，随即坐了下来，"这应该和之前那起连环杀人案有关。你、我和斯坦顿先生唯一的、共同的交集就是这起案子。"

斯图亚特的反应略有点过激啊……被斯坦顿先生遇袭吓到了？与此同时，克莱恩仔细地观察着对方。

被他的态度感染，斯图亚特平静了不少，重新坐下，思索着说道："好像真是这样……"

他话音未落，房间内突然回荡起叮叮当当的声音——有人拉响了门铃。

斯图亚特顿时抖了一下，仿佛惊弓之鸟。

克莱恩微皱眉头看了他一眼，起身走向门边。他刚握住把手，外面的景象已然浮现于他的脑海。

来者是穿着灰呢大衣的卡斯兰娜侦探和她的助手、红发女孩莉迪亚，以及其他几位看起来颇为眼熟的男子。

都是那次被斯坦顿先生召集起来的私家侦探……果然……克莱恩略一回想，便已认出了来访者们。他发力拉开房门，同时退了两步。

眉毛浓密、脸颊肌肉略有点下垂的卡斯兰娜望着克莱恩和他身后的斯图亚特，没有寒暄，直截了当地说道："我们都收到了同样的恐吓信，你们应该也是吧？"

"嗯。"克莱恩郑重地回应。

卡斯兰娜毫不遮掩吐了口白气道："我们都被斯坦顿先生召集着参加了那起连环杀人案的调查，这是唯一的共同点。"

"我也这么认为。"克莱恩指着屋内道，"进来再说。"

看着六名私家侦探陆续入内，克莱恩飞快地分析起"恶魔"犬主人的意图：弄得这么大，很快就会引来官方非凡组织的高度关注，说不定会有半神半人的强者于附近蹲守，他还怎么报复？

他纯粹只是挑衅，让军方和三大教会的非凡者不得不派人保护这么多私家侦探，既分散他们的力量，也让他们疲于奔命，还不敢疏忽，以便他报复当时动手的主要目标？这个过程里，说不定还有机会干掉几位官方非凡者……

而对私家侦探们的行动，将会在很久以后才展开，等到防备松懈后……当然，如果在这样的试探里出现机会，他也肯定不会放过……

对于能预知危险的"恶魔"们来说，这是相当有利于发挥自身特点的办法。但三大教会加军方和王室，强者众多，封印物众多，甚至不乏半神半人的存在，不乏0级和1级封印物，那个"恶魔"犬的主人敢肯定没有能克制他这方面特点的能力或物品？

不，他必然不敢。

官方非凡势力，尤其值夜者、代罚者、机械之心都是对抗"恶魔"不知已多少年的组织，在第四纪，甚至更古老的第三纪，都不会缺乏类似的事迹。那个"恶魔"犬的主人顶多也就是序列5，只要出一点状况，甚至不出问题，都可能被半神或恐怖封印物撕碎，他为什么还敢做这样的尝试？或者说，他单纯只是戏弄官方组织，并不行动，一次又一次……

嗯，还有一个可能，他借助恐吓信让超过一半的目标聚集在一起，利用正规组织彼此制衡又程序化、官僚化的倾向，打一个时间差……

艾辛格·斯坦顿先生遇袭的事情肯定已经移交给负责希尔斯顿区超自然事务的

机械之心，但上次杀死"恶魔"犬的主要是值夜者，双方在一些细节上肯定不会交流得那么详细……

嗯，也可能按照斯坦顿先生的信仰分配……他信仰哪位神灵呢……我好像一直都不知道，也没看出来……

总之，这么多私家侦探，分别住在不同区，拥有不同信仰，管辖权的划分是一件让人头疼的事情，而联合行动也没那么容易达成。

此时此刻，接手并暗中保护着我们的应该只是两到三组官方非凡者，顶多到执事一级，且没动用太厉害也太危险的恐怖封印物，半神半人的高序列者也没那么快将目光投向这边，这就会给"恶魔"犬主人机会。

虽然三到四组官方非凡者绝对能围死一位甚至不止一位序列5，但他只要把握好时机，还是有不小可能在事后顺利脱离的。

只是二三十秒的时间，克莱恩就推测出了两三种可能性，并分别给出了初步的判断。

联想到"今晚有不小危险"的占卜结果，克莱恩若有所思地点了下头，关上房门，进入客厅，对或坐或站的侦探们道："你们报警了吗?"

这里差不多聚集起参加那次讨论的半数人员了……他环顾一圈，于心底默默道了一句。

卡斯兰娜代替其他人回答："有的报了警，有的试图去找斯坦顿先生或熟悉的朋友，最后我们就这样彼此聚集在了一起，商量着来拜访你这位大侦探。"

克莱恩轻轻颔首，故意说道："大家不用太紧张，寄恐吓信的人应该是想为那个连环杀手复仇，但他只有一个人，最多还有一到两个同伴，而我们有足足八位侦探，且都擅长格斗和射击，为什么要害怕他呢?

"另外，当时被斯坦顿先生召集起来的远不止我们这些人，收到恐吓信的也肯定如此，只是没有遇上你们，也没有来拜访我。"

听到他这些话，卡斯兰娜和她的助手莉迪亚脸上露出了疑虑的表情，似乎有什么事情不敢确定了。

另一名侦探则吸了口气道："莫里亚蒂先生，也许正如你说的那样，我们不必怕他。但他是黑暗里的阴险毒蛇，谁也不知道他什么时候会发动袭击，无法提前防备，而且他还可能伤害我们的家人。"

"家人?"

"噢，我的妻子!"

"不，我的小天使!"

侦探们顿时出现了剧烈的情绪波动，反应有些夸张。

站在克莱恩身后的斯图亚特更是瑟瑟发抖，又害怕又愤怒。

"不，我不要这样……"他喃喃低语着，情绪接近失控。

就在克莱恩和卡斯兰娜试图安抚他们时，斯图亚特突然拔枪，瞄准了克莱恩的后脑！他的眼神一片涣散，情绪似乎已彻底炸开。

斯图亚特举枪瞄准的同时，早有戒备的克莱恩已然察觉，与对方动作几乎不分先后地往前一倒，扑向了地面。

乓！情绪明显失控的斯图亚特扣动了扳机，子弹擦着一位私家侦探的侧脸打到了墙上，钻了进去。

唰唰唰，其余侦探应激性地拔出了各自的左轮手枪，似乎看谁都是敌人，场面一片混乱。

其中，斯图亚特和一位私家侦探脸庞涨红，青筋暴凸，眼睛里燃烧着恐惧与愤怒交杂的火焰，就像变成了所谓"恶魔"。

就在这时，卡斯兰娜低吼了一声："停止！"她声音不大，却饱含威严，让在场每个人皆浑身一颤，不自觉地想要遵守。

场面短暂安静下来，但众人的情绪却似乎未有实质性的好转，克莱恩则已翻滚至另一个方向站起，手里拿着属于自己的左轮手枪。他思绪急转，顾不得藏私，打算依靠幻觉能力让几位访客冷静下来。

叮叮当当！

突然之间，门铃乍响。几名私家侦探猛地打了个激灵，眼神中有了几分清明。清脆的门铃声就像一盆冷水，浇在了他们的头顶。

斯图亚特看着自己手中的左轮，茫然地低语道："我刚才在做什么……"

官方非凡者出手了？克莱恩松了口气，提着左轮手枪，靠近大门。

他刚握住把手，脑海内已自然呈现出门外之人的模样。那是两鬓斑白、脸庞瘦削、戴着猎鹿帽、身穿黑大衣的艾辛格·斯坦顿。这位大侦探的脸色有些苍白，左臂近肩膀位置被垫得高起一块。

他果然没事！克莱恩先是一喜，旋即变得慎重——他还记得"秘偶大师"罗萨戈变成相熟警察来"诈"门的事情。

克莱恩手指紧贴扳机，拉开了大门，并退后了两步。

艾辛格·斯坦顿微笑着对他点了点头："感谢你今天下午的拜访，否则受伤的我可能没法继续和那个'恶魔'捉迷藏，你拯救了我的生命。"

这……难道"宜于拜访艾辛格·斯坦顿"的正确解读是，今天下午去找他，能帮助他摆脱危难？那后面几天的"宜于拜访"呢？错开凶杀案现场，不被怀疑？克莱恩瞬间有些啼笑皆非。

他没有放松警惕地让开了道路："究竟发生了什么事情？"

"等下说。"艾辛格忽然压低嗓音，笑了一声，"难道你希望当着斯图亚特他们的面讨论非凡者相关的话题？"

所以你就如此自然地和我提非凡者？也是，我能和那个"恶魔"犬的主人僵持超过十分钟，这足以说明我并非普通人……而且我之前还提供了故意指向"恶魔"化动物的咨询意见……克莱恩不动声色地落后了艾辛格·斯坦顿两步。

一看见这位大侦探，卡斯兰娜和她的助手莉迪亚顿时松了口气，斯图亚特等私家侦探也露出安心的表情。

"斯坦顿先生，你没事吧？"他们纷纷问道。

艾辛格稍微动了下左臂道："受了点伤，但不是太严重。好了，大家不要紧张，事情很快就会过去，警察们正在附近的黑暗里等待那个家伙。"

"是因为那起连环杀人案吗？"

"锁定嫌疑者了吗？"

"他会不会伤害无辜者？"

"……"

私家侦探们争先恐后地问道。

艾辛格右掌下压道："不要急，我会详细地、如实地告诉你们。不过，在此之前，有几个问题我需要找夏洛克和卡斯兰娜了解一下，我们先到起居室里待几分钟。"

他长久积累的威信让侦探们没有反驳，各自坐了下来。虽然还是不够放心，但已没有了焦躁不安、情绪随时失控的问题。

进了起居室，关上木门，克莱恩看了眼密闭的房间，忽然想到了一件事情：这种环境非常适合用"生物毒素瓶"类型的物品！

咳……克莱恩清了清喉咙，走到对面，打开了玻璃窗。他依然没放松对艾辛格·斯坦顿的戒备，甚至不认为卡斯兰娜就绝对值得信任。

艾辛格环顾一圈，直接把克莱恩的安乐椅占了，然后呵呵笑道："我年纪大了，还是喜欢这么坐。"

克莱恩坐至单人沙发上，再次问道："斯坦顿先生，究竟发生了什么事情？"

艾辛格看了茶几后的卡斯兰娜一眼道："我们都是非凡者，我就不讲解常识性的概念了。"

"非凡者？"卡斯兰娜先是望向克莱恩，继而看了看艾辛格，略有点诧异，但又不是太意外。

原来你也是非凡者啊……怎么当初被一个弱小的鬼魂给难住了，甚至都没看出问题在哪里……嗯，也许是不擅长对付幽影、怨灵类生物的序列……克莱恩在心里回应了卡斯兰娜目光中的含义。

艾辛格笑笑道："我曾经去伦堡留学四年，在那里接触到了超凡世界，并且成为知识与智慧之神的信徒。回到贝克兰德后，我与军方，与黑夜女神教会、蒸汽与机械之神教会逐步建立了不错的关系，但还是不敢真正地暴露身份，因为代罚者肯定会把我当作邪教徒清除。在这件事情上，其他官方组织不会直接帮我，因为那等同于和风暴之主教会开战。不愧是暴君的教会。"

"暴君？"克莱恩随口问道。

艾辛格拿出烟斗，却只是嗅了嗅烟草味，道："这是我们教会内部对风暴之主的称呼。好了，我先说回今天的事情。袭击我的人，给你们寄恐吓信的人，就是之前那起连环杀人案凶手的主人。呵呵，你们应该知道那个凶手是一只'恶魔'序列的黑狗，尤其夏洛克，你最先指出'恶魔'可能是动物。"

克莱恩笑了笑，没有否认，也没有承认。卡斯兰娜同样只是交握起双手，什么话也没说。

艾辛格顿时摇头失笑："你们不用担心，我不是执法者，而作为知识与智慧之神的信徒，我在贝克兰德无法传教，无法正式建立组织，只能借助你们和类似你们的人帮忙。"

也就是说，你可以帮我们背锅？克莱恩在心里调侃了一句。

艾辛格见他们依然没承认，继续说道："那只'恶魔'犬的主人是序列5的强者，呃，据我所知，'恶魔'途径的序列5叫作'欲望使徒'，能利用和操纵每个人的情绪和欲望，诱使他们堕落。

"面对'欲望使徒'的时候，绝对不能有太强烈的情绪波动，不能出现太明显的欲望，否则立刻就会被他远程控制，或埋下种子，或直接催化。这会让人暴露出诸多问题，逐渐堕落，或在关键时刻情绪失控，无法反抗……这只是'欲望使徒'的部分非凡能力，我在和他的战斗里确认了这方面的事情。"

听到这里，克莱恩霍然明白了对方放恐吓信并做出挑衅动作的一个原因：他想激怒目标，让目标的情绪出现剧烈的波动，从而达成埋下堕落种子或催化情绪，让它失控爆发的目的！这会让他后续的袭击变得轻松和容易！

还好我是见过且经历过不少事情的非凡者，当时只有戒备和谨慎……斯图亚特他们应该就是看到恐吓信的时候，出现了较为明显的情绪变化，于是被"欲望使徒"埋下了种子……刚才要是未能及时稳住他们，场面就会从内部变得混乱，让周围的官方非凡者来不及反应，给"欲望使徒"留下充足的机会……

我之前在艾辛格·斯坦顿家感觉时间过得缓慢，是由于突然冒出的警惕、紧绷、戒备等情绪被放大了？

克莱恩回想之前，一阵庆幸。

"原来是这样……"卡斯兰娜也似乎明白了很多事情。

艾辛格揉了揉额角道："我就差点被他操纵，因此受了伤，之后利用一件神奇物品在房屋内和他捉起了迷藏，直到夏洛克来访，三方出现僵持，才获得喘息的机会。"

"我那可怜的助手，本来还期待着新年回伦堡参加弥撒仪式。"说到这里，他长长地叹了口气。

"等到警方来临，我趁机逃走，之后借助河水摆脱了追踪。"艾辛格补充了一句，转而说道，"夏洛克，卡斯兰娜，你们打算怎么应对？"

卡斯兰娜沉默片刻道："斯坦顿先生，你有什么建议？"

艾辛格说道："先接受官方的保护，让'欲望使徒'不敢行动，并希望他很快被抓住或击杀。如果那个想法未实现，官方不可能一直派人保护我们，那我们只有两个选择：一是在他们的帮助下，改变自己和家人的身份，换个地方生活，但没人能保证'欲望使徒'发现不了；二是直接加入相应的官方组织，成为外围成员，这同样会有身份和住所的改变，但更加安全。"

加入相应的官方组织？机械之心？或者去伦堡、马锡等地方，加入知识与智慧之神教会？那我不是成三姓，不，三家信徒了？克莱恩莫名有种荒谬感。

他若有所思地请教道："没有别的办法了吗？"

与此同时，卡斯兰娜的表情未见变化，不知在想什么。

艾辛格·斯坦顿摩挲着烟斗道："有，那就是我们联手，制造机会，尽快找出并拖住'欲望使徒'。当然，最完美的结果是，直接击杀他。"

面对艾辛格·斯坦顿的提议，克莱恩并没有太大的反应，他望了眼紧闭的起居室房门道："据我所知，'恶魔'能在我们行动前就预知到危险，甚至能确定危险的来源，从而做出有效的应对，我们很难找到并拖住他。"

艾辛格轻轻颔首道："是，确实是这样，但这并不是没有办法解决。"

"什么办法？"卡斯兰娜当即问道。

艾辛格微笑道："我和他正面战斗过，也见识了他这种预知危险的非凡能力，所以初步弄清楚了它的优点和缺陷。'恶魔'确实能提前察觉危险，甚至能提前很长一段时间，只要我们做出针对他的计谋并付诸实际行动，那他就会有相应的预感。当然，那必须确实能危害到他。"

不，真实情况是，不同种类的"恶魔"在这方面的能力强度是不同的，有的也许只能提前十几二十分钟察觉……克莱恩在心里默默地反驳了一句，但并没有说出口。

艾辛格继续说道："这种预知能力的缺陷在于，它只能察觉到危险来源于谁，来源于哪里，无从知道具体的细节，这就给了我们可以利用的机会。"

"什么机会？我不认为我们能让一个可以预知危险的'恶魔'落入我们的陷阱。"卡斯兰娜不太相信地问道。

克莱恩也在旁边点头附和。

当然，我能利用灰雾来欺瞒那个"欲望使徒"，让他无法提前太久察觉危险，但问题在于，我怎么可能在别人面前暴露灰雾的秘密……克莱恩无声地补了几句。

艾辛格呵呵一笑："正常来说确实不行，但非凡世界总是充满各种不可思议。我是'阅读者'途径的序列7'守知者'，也可以叫作'侦探'，我坦白地告诉你们，是展现合作的诚意。在这种情况、这种环境下，我认为坦诚比其他要素更加重要。"

只有序列7？一个序列7竟然能从"欲望使徒"手中逃脱？看来斯坦顿先生有强力的神奇物品啊……克莱恩恍然大悟地调整了一下坐姿。

"'守知者'可以克制'恶魔'预知危险的能力？"卡斯兰娜身体前倾地问道。

"不。"艾辛格笑笑道，"但我有一枚戒指，它来源于'阅读者'途径一位失控的序列6，它能让我辨识、看清、记住和模拟见过的所有非凡能力。当然，面对的非凡能力越强，失败的概率越高。哈哈，在我们教会有一句格言，全知意味着全能。"

这怎么听起来那么耳熟……尤其是那件物品的描述……克莱恩正要展开回忆，便看见艾辛格·斯坦顿拿出了一枚光彩亮丽的戒指。那枚戒指镶嵌着诸多细碎的钻石，它们共同簇拥着一枚碧绿如同人眼的美丽宝石。

仅是看到这枚戒指，克莱恩就一阵眩晕，似乎脑力消耗过度。

这，这不是封印物2-081吗？艾辛格·斯坦顿是"智慧之眼"老先生？克莱恩愕然上移目光，望向坐在安乐椅上的大侦探。

那枚戒指正是"智慧之眼"向他炫耀过，并在非凡者聚会里使用了好几次的封印物2-081！

"智慧之眼"……这代号听起来就和知识与智慧之神教会有关……克莱恩利用"小丑"的能力控制住表情，不动声色地打量起艾辛格·斯坦顿。

最终，他发现这位大侦探的某些轮廓确实和"智慧之眼"老先生吻合，但在许多细节上又有很大不同。

伪装能力很强啊……借助了2-081的能力？克莱恩大致有了判断。

这时，他自然而然地想到了一个场景：如果斯坦顿先生说"大家合作对抗'欲望使徒'，最重要的是坦诚，我已经描述了我的序列和神奇物品，轮到你们了"，那我该怎么说？默默地拿出从他手里买来的"太阳胸针"？到时候，他是不是会来一句"好哇，原来是你小子啊"！

克莱恩浮想联翩之际，卡斯兰娜看着艾辛格·斯坦顿展示的戒指，有些羡慕又有些疑惑地问道："你想模拟什么能力对抗那个'欲望使徒'对危险的预知？"

艾辛格勾起嘴角，轻笑了一声："'恶魔'对危险的预知能力。"

这一刻，他就像一只毛发斑白的狐狸。

啊？这也行？克莱恩一时没想明白怎么操作。

看见他和卡斯兰娜疑惑的样子，艾辛格笑着解释道："第一步，也就是我们正在做的，谋划一个能切实危害到'欲望使徒'的方案并付诸行动。第二步，'欲望使徒'察觉到危险，并知道了危险来源于我们，来源于这里。第三步，作为一个'恶魔'，在不提前准备的情况下，有些本能是他无法改变的，他的第一反应肯定是扼杀危险或报复我们，并会有一定的身体变化，之后他才会考虑当前情况是否适合反击，是否该选择远离。第四步，模拟出'恶魔'预知能力的我察觉到'欲望使徒'的威胁，把握到危险来源于哪里，也就是他当前所在的位置。"

这……神操作啊……克莱恩差点被惊到。

不过后续呢？"欲望使徒"一发现问题，立刻就会逃跑啊，我们根本来不及追赶……他旋即冒出了新的疑惑。

艾辛格分别看了两人一眼，微笑道："根据我的推断，他现在肯定藏在周围。他再能远程操纵别人的情绪，也是有距离限制的，而他刚才引导了斯图亚特等人情绪失控。我逃脱追踪后，之所以等到现在才过来，是因为在和值夜者、机械之心和军方商量方案。他们各自派出了两到三个小队，负责着周围一定的区域，这些区域分别有自己的代号，呵呵，这都是'欲望使徒'提前就能预料到的处理方式，即使察觉到危险，他也会认为正常。

"我一确定他的位置，就会立刻通知官方非凡者，他们将迅速封锁相应的区域，层层包围上去。"

"但问题在于，我们怎么通知官方非凡者？如果不能在几秒钟内完成这件事情，'欲望使徒'就逃走了。当然，刚才行动失败后，他可能已经远离。"克莱恩思索着说道。

"如果是这样，我们也没有别的办法。没有任何方案是绝对完美的，只能等待某件封印物的启用准备完成。到时候，'欲望使徒'也许已经远离贝克兰德，但随时可能重返。"艾辛格解释了两句。他旋即拿出了一个巴掌大小的金色物品，它的外形神似缩小的电报机，可又有一个喇叭。

"这是件封印物，能让我的声音同时在五千米范围内响起。"艾辛格微笑着介绍道，"它的负面影响是，一经启用，周围五千米内的声音会全部传入使用者的耳朵，持续很久。当然，我能模拟一种非凡能力来减弱这种影响。”

卡斯兰娜认真地听完，微皱眉头道：“既然有官方非凡者，你似乎没必要找我们合作？”

艾辛格小心而慎重地戴上了封印物2-081，诚恳地说道：“为了不提前惊动‘欲望使徒’，距离我们最近的这片区域内，官方力量是空白的。如果目标真在这里，就需要我们三个人彼此帮助，尽量拖延住他。”

“我没有问题。”克莱恩略一思索就答应了下来。

卡斯兰娜也点头道：“斯坦顿先生，这其实不需要你解释这么多，我们为了自己也会选择合作的。”

“哈哈，解释就是谋划的一部分，而达成协议意味着行动即将开始……”艾辛格半闭起了眼睛。他戴在右手的那枚戒指上，碧绿的宝石则闪烁出了幽蓝近黑的光芒。

忽然，艾辛格·斯坦顿站了起来，表情凝重地指着上方：“他就在这里，就在楼上！”

克莱恩和卡斯兰娜同时起身，一个准备打出响指，点燃二楼的火柴，直接跳跃上去；一个则跟随艾辛格，奔向门口。

他们都没想到“欲望使徒”这么大胆，之前的行动失败后竟然还敢留在附近，留在明斯克街15号！

也许我们讨论对付他的方案时，他正在楼上冷冷地注视着这一切！克莱恩霍然冒出了这么一个想法。

就在这时，他看见卡斯兰娜的眼睛突然通红，右手成拳，啪地打向了艾辛格·斯坦顿的背心！

这……克莱恩瞳孔收缩，一下明白了很多事情：“欲望使徒”之所以没逃走，是因为他还有布置！他还在某个人心里埋有堕落的种子而未催化，那个人就是卡斯兰娜！是这里仅有的三位非凡者之一！

刚才那次不成功的、轻松被化解的骚动，目的其实是放松众人的警惕，等到关键时刻，他再让卡斯兰娜情绪失控！“欲望使徒”最大的目标依然是艾辛格·斯坦顿。

真狡猾啊……克莱恩啪地打出响指，却只是制造出一枚空气子弹，射向卡斯兰娜的空气子弹。与此同时，他大声喊道：“小心！”

艾辛格也是经验丰富，没管是什么情况，直接就往前扑倒。

可卡斯兰娜却无视了子弹，任由它击中自己的手臂，任由血花飞溅。砰！她连拳带人，撞上了艾辛格的后背。

咔嚓！克莱恩听到了骨头断裂的声音，而双方接触的位置是脊椎。

咔嚓！克莱恩看见艾辛格·斯坦顿的背部明显凹陷了下去，只觉自己的脊椎也隐隐生痛。

扑通！本就往前倒的艾辛格跌在了地上，似乎痛得瞬间失去了知觉。

打出那一拳的卡斯兰娜则站在原地，眼神茫然地喘着气，额头上尽是冷汗，未继续攻击。她就像刚从一场情绪导致的漫长噩梦中醒来，全身的力气已完全消失在了之前的爆发里。

呼、呼，卡斯兰娜身体摇晃，即将软倒。

克莱恩眼睛一眯，两步赶了上去，冲到了艾辛格·斯坦顿的身旁。他半蹲下去，试图搀扶对方。

趴在那里的艾辛格痛苦地喊道："快逃！不要管我！"

很显然，他不认为瞬息间一个人重伤、一个人失去力量的三人组还能拖住"欲望使徒"，所以让克莱恩立刻外逃，与官方非凡者会合，否则三个人都将死在这里。

与此同时，艾辛格艰难抬起右手，试图对外面使用某些非凡能力，以此让稍远处的官方非凡者们注意到里面的异常。

至于那个有喇叭的微型"电报机"，早就因艾辛格的倒地飞到了墙边。

克莱恩的脸上现出犹豫，正要做出决断，就看见黏稠的黑色液体从天花板上流淌而下，迅速凝聚成了一道漆黑的身影。那身影似乎被黑色帘布完全包裹着，只有一双冷酷的蓝眼暴露在外。

一看到他，克莱恩就仿佛看见了生灵最强烈的那些情绪和欲望：恐惧、愤怒、贪婪、嫉妒、饥饿、色欲等。

"欲望使徒"没有浪费辛苦营造出来的局面，第一时间就进入了起居室。

这个时候，侦探三人组里，卡斯兰娜因情绪的爆发而虚脱，艾辛格·斯坦顿脊椎严重受创，基本失去了战力，只有克莱恩完好无损。

但是，除了左轮手枪和非凡子弹，他的所有神奇物品都在灰雾之上，而对面是一位序列5的"欲望使徒"，一位有能力培养"恶魔"犬的强者！

就在这个时候，克莱恩的嘴角微微翘起。

他放置于艾辛格背后伤口处的右手猛地一抹，让那明显的凹陷诡异地转移到了侧方，转移到了一根肋骨上！

"魔术师"最神奇的非凡能力之一，伤害转移！它能让伤口在本人身上转移一次，化重伤为轻伤，但无法将伤害移到别人身上和物品上！

克莱恩刚才一见到艾辛格·斯坦顿受伤，就已想好了后续的对策：先假装没有办法，让"欲望使徒"现身，接着转移大侦探的伤口，让他只剩肋骨骨折的轻伤。

这个时候，克莱恩相信艾辛格会同步对付"欲望使徒"——这是人类最本能的垂死挣扎。如此一来，"欲望使徒"即使发现情况不对，也来不及脱离接触了。等克莱恩完成"治疗"，与大侦探联手，就能缠住目标，拖延到官方非凡者抵达！

几乎是同时，艾辛格本来指向外面的戒指表层浮现了充满生机的绿意，他的身体迅速被淡淡的光华笼罩，伤口因此飞快复原，他肋骨的骨折一下治愈了。

这位大侦探刚才的痛苦是真的，但束手无策是假的！

然而，这与克莱恩的帮助重叠了。

本待动手的"欲望使徒"看到这一幕，眼睛陡然睁大，身形霍然顿住。未受到纠缠的他当即转身，奔向了窗口。

这个过程里，他的身体迅速垮塌，变成了黏稠的黑色液体。那液体渗入地面，浸入墙壁，瞬间消失不见。

克莱恩抬起的右手则只来得及打出一个响指，空气子弹穿过敞开的窗户，射到了外面，打得火星四溅，可"欲望使徒"却已彻底消失不见。

跑得真快啊，一点犹豫都没有……你还是不是"恶魔"啊……这后面麻烦大了……克莱恩嘴角抽动了一下，转头望向旁边翻身站起的艾辛格·斯坦顿。

这位大侦探正好也看向他。

"你会治疗？"

"你会治疗？"

两人同时开口，问出了同样的问题。

彼此对视一眼后，艾辛格摇头苦笑道："想不到竟然是我预设的陷阱让他逃掉。"

说话的同时，他的戒指浮动出了微光，本人则四下观察，确认"欲望使徒"已经远离。

艾辛格旋即解释了两句："今天下午我是没机会模拟类似治疗的能力，后来我认为能借此预设一个陷阱，让'欲望使徒'因我重伤而现身，所以故意把伤口包扎得很夸张。"他指了指左臂近肩膀处的垫高痕迹。

"果然，这派上了用场，但我没想到你也能处理重伤，结果……"艾辛格轻轻地叹了口气。

结果两人都把"治疗"伤势放到了首位，没有谁去纠缠"欲望使徒"，对方一发现不对，立刻就远远逃走了。

不管是我，还是斯坦顿，都有"欲望使徒"不知道的底牌或布置，想借此坑他一把，谁知反倒互相抵消，放走了目标……这就是所谓正正得负？克莱恩无奈地笑道："这是因为我们不够了解对方，配合不够默契。"

"不，是我的错。"艾辛格诚恳地说道，"看见你没有逃跑或戒备地防御，反而过来帮助我时，我就应该推理出你不慌乱、你有底气、你有办法。可惜，戴着这枚戒指的时候，我的大脑一直处于高负荷运行的状态，难以在额外的事情上思考太多。"

2-081这封印物还有被动降智的效果啊……克莱恩笑笑道："斯坦顿先生，这不是讨论谁负责任的时候，'欲望使徒'已经逃走，我们得考虑后续该怎么做的问题了。"

艾辛格边摘下那枚戒指，边转向起居室门口道："官方非凡者快抵达了，我去外面安抚斯图亚特他们，然后商量一个办法出来。你是和我一起，还是先做自己的事情？"

官方非凡者……之前斯坦顿先生提到了值夜者、机械之心和军方……千万不要是熟人啊……嗯，我的灵性直觉没有示警，应该不是……斯坦顿先生这是让我有机会收拾收拾，处理好敏感物品，免得被不友善的官方非凡者找麻烦啊……

克莱恩瞬间闪过了诸多想法，思索着问道："斯坦顿先生，你刚才计算'欲望使徒'的位置时，他正在哪里？"

艾辛格想了想道："你的卧室，坐在你的桌子前。"

真嚣张啊……克莱恩指着门外道："我去那里检查一下，看是否有痕迹残留，如果能掌握'欲望使徒'真实的模样，对他的追捕肯定会简单很多。其他的事情就麻烦你了。"

"好。"艾辛格走到一边，搀扶起了虚弱无力的卡斯兰娜。

看到这一幕，克莱恩忽感滑稽：刚才讨论了那么多，做好了准备并埋下了陷阱，结果还是没能拖住"欲望使徒"，弄成了现在这副样子……意外总比准备多啊……所以"魔术师"才只是序列7……

出了房间，克莱恩直奔二楼，走进了自己的卧室。里面的布置没有丝毫改变，就连椅子和桌子的距离都与之前没什么区别，但克莱恩却仿佛看到了一个被漆黑液体包裹的人影——他坐在那里，直视着前方，耐心又平静地等待着时机。

不愧是"冷血者"……克莱恩望向凸肚窗的玻璃，觉得也许能占卜一下它映照过什么。

"恶魔"途径非常擅长犯罪，应该没那么容易留下线索……不过可以到灰雾之上试试……克莱恩检查了一圈，开始烧掉一些随手做的神秘学笔记。

他处理好没多久，就看见几位陌生人上到二楼。

为首者是个脸庞线条刚硬的男子，但有一头蓬松、乱糟糟的略显倔强的褐发。他手里拿着一面花纹奇异的古老银镜，镜子的两边有黑色宝石装饰成"眼睛"。

"你好，莫里亚蒂先生，我是蒸汽与机械之神教会的伊康瑟·伯纳德，我能检查一下这里吗?"

克莱恩颔首道:"没有问题。"

他旋即客气了一句:"是否需要我跟在旁边,随时回答一些问题?"

"好,麻烦你了,斯坦顿先生提到过你的情况。"伊康瑟露出一抹笑容道。

他身后跟着几位队员,对克莱恩的态度各不相同,有的无视,有的好奇,有的带着不低的敌意。

我的情况?斯坦顿先生究竟是怎么介绍我的,编了一个什么样的故事?克莱恩思绪急转,跟在伊康瑟身旁,再次进入卧室;其余官方非凡者则两人一组,分别负责二楼不同的区域。

"这就是'欲望使徒'坐过的地方?"伊康瑟指着书桌前的椅子道,他明显已经询问过艾辛格·斯坦顿。

"是的。"克莱恩坦然地回答。

伊康瑟没再多说,拿起那面银镜,用右手轻抚了表面三次。稍加停顿,他沉声开口道:"尊敬的阿罗德斯,我的问题是,之前坐在这里的'恶魔'长什么样子?"

四周的灯光忽然变得深邃,似乎染上了雨后的氤氲,银镜表面则有奇异的水光闪现,汇聚成了一幕场景:一个覆盖着黏稠黑色液体的人坐在椅上,背对窗户,面朝睡床。

紧接着,画面改变,房间角落的穿衣镜隐约映照出了那道黑影的侧脸,同样被"漆黑"遮掩的侧脸,但依稀能看出些许轮廓。

"欲望使徒"的颧骨很高,有一双冷酷的蓝眼。

# 第五章
## CHAPTER 05
## ✦ 阿罗德斯 ✦

　　瞄到银镜内浮现的画面，克莱恩顿时露出思索的表情：这镜子很厉害嘛，而且还有自己的名字，似乎是活着的封印物……这种东西的危害性不一定太大，但封印的难度很高，不是特殊情况，很少拿出来使用。这位叫作伊康瑟·伯纳德的机械之心成员看来地位不低，应该是个执事，而且本身也不简单……

　　占卜能做到的极限，差不多就是那面银镜刚才呈现出来的结果，哪怕我去灰雾之上，也不会有更好的收获。"欲望使徒"的样子没法确定，符合高颧骨、蓝眼睛条件的人，在贝克兰德不知道有多少……"

　　克莱恩想法纷呈间，银镜内呈现出来的画面迅速消退。

　　接着，一个个鲜红如血的单词勾勒于镜面：

　　根据对等原则，轮到我提出问题了。如果你撒谎或回答不出，将接受我安排的任务或者被惩罚。

　　克莱恩看得挑了下眉毛：这是真心话大冒险镜？有点意思……

　　如同血液流动的单词缓缓变化为新的字母、新的语句：

　　红光的真名？

　　红光？净光兄弟会的首领之一？灵界高处那七道光芒之一？克莱恩认真地想了想，发现自己不会答，他只知道一个"黄光"威尼坦。

　　伊康瑟喉咙蠕动了一下，额头逐渐有汗。短暂的静默后，他沉声说道："纳尼得斯！"

　　错误。镜面上的血红单词再次有了变化，任务，还是惩罚？

　　伊康瑟的脸上有着明显的挣扎，他最终吐了口气道："惩罚。"

　　话音刚落，一道银白的闪电就凭空产生，劈在了伊康瑟的头顶上。伊康瑟的头发直直竖起，身体砰的一声倒了下去，些许黑色的烟气随之冒出。

　　而那面镜子却没有跟着他落地，反倒自行飘浮了起来，降落于桌上。

　　过了两秒，伊康瑟颤颤巍巍地扶椅站起，然后坐在那里，边抖动边喘气。

克莱恩无言地看着这一切，好半天不知该做什么反应。

稍微舒缓了一点的伊康瑟看着他，勉强挤出笑容道："你应该听说过什么，什么是封印物，也应该知道它们都存在一定的负面影响。"

"是的。"克莱恩看着伊康瑟立起来的头发，忽然明白了他之前的发型为什么那么蓬松、乱糟糟，显得那么倔强。

克莱恩忍不住说了一句："其实你可以自己一个人问，没必要当着我的面。"

"呼，这面镜子的要求是，必须有人旁观。"伊康瑟还在颤抖。

它可真有灵性……克莱恩上前两步，来到桌旁，颇为好奇地仔仔细细打量了那面银镜几眼，发现这活着的封印物除了花纹奇异、有两只眼睛般的装饰，没什么特殊的地方。

伊康瑟侧对着他，抖动着"呵"了一声："你也可以向它提问，我们不介意的。"

"不，我没有这个想法。"克莱恩哪会和类似笔仙的家伙玩"真心话大冒险"。说话间，他试着触摸了一下那面银镜的边缘。

触感冰冷，金属的感觉……克莱恩刚冒出这样的想法，就看见那面古老的银镜微微颤抖了两下。它上面迅速浮现出白色的单词：

**您忠实的、谦卑的仆人阿罗德斯为您效劳。**

啊？克莱恩一阵茫然，接着不动声色地远离了书桌。

这是什么情况？这镜子刚才还非常冷酷地和人玩"真心话大冒险"啊……怎么转眼就变成了这个样子？克莱恩又好笑又疑惑。

他迅速根据已有的信息做出了一定的猜测：银镜知道"红光"的真名，似乎和灵界有一定的关系……而灰雾之上那片神秘空间好像也和灵界有所牵扯，至少自己召唤自己时，我穿过大门就能看见疑似灵界的地方……这个叫阿罗德斯的镜子察觉到了灰雾的气息？

想法闪烁间，克莱恩看见伊康瑟缓了过来，重新站起，拿住了那面古老的银镜，而房间内另外两名队员也结束了自己假装什么也没看见、漫无目的地搜索的行动。

一番检查后，克莱恩告别伊康瑟等人，找到了重回起居室的艾辛格·斯坦顿。

"接下来怎么做？"他直接询问道。

艾辛格表情郑重地回答："先让斯图亚特和他们的家属搬到一起居住，方便保护，不过这只能是短期的办法。我和你，以及卡斯兰娜，正常活动，接受暗中的保护，希望能尽快找出那个'欲望使徒'。你是蒸汽与机械之神的信徒吧？"

"是的。"克莱恩一边回答，一边在胸口画了个三角圣徽。

与此同时，他有些哀叹，接下来一段时间，他只有在盥洗室才敢进入灰雾之上了。

皇后区，霍尔伯爵家的豪华别墅内。

奥黛丽看了眼墙上造型典雅的壁钟，忍着紧张和激动，缓步坐到了梳妆台前。她等下就要去心理学老师伊思兰特的家，踏出成为心理炼金会正式成员的关键一步，而在此之前，她要计算好时间向"愚者"先生祈求，请祂提供帮助。

这次应该能看见天使吧？奥黛丽饱含期待地想着。她平静了几秒，双手交握，抵在嘴鼻前，低声诵念起"愚者"的尊名。

…………

明斯克街15号，克莱恩正站在客厅，看着终于冷清下来的场景，一阵唏嘘。

对他来说，"欲望使徒"带来的仅仅是危险，而于斯图亚特等人而言，还有生活的改变。

希望能尽快解决……这么多非凡者，这么多封印物，总有什么能克制"恶魔"途径……思绪纷呈间，克莱恩突然听到了虚幻层叠的祈求声。

应该是"正义"小姐……他早有准备地环顾一圈，若无其事地走向了盥洗室。

反锁住盥洗室房门的时候，他忍不住在心里感叹了一声："我的生活也被改变了一点啊……"

"欲望使徒"的威胁解除前，接受着机械之心保护的他只能尽量少去灰雾之上。下周举办塔罗会的时候，得精简流程和内容，不过再怎么压缩，十几分钟还是要的。嗯，便秘是很正常的事情，谁规定了非凡者就不能便秘？

克莱恩苦中作乐地逆走四步，进入灰雾之上。

接下来，"正义"奥黛丽按照教导，举行简单的仪式，进入了"人工梦游"状态。

而克莱恩看见她呈现于深红星辰内的模糊身影后，按部就班地进行着操作。先是用灵体包裹住"黑皇帝"牌，接着拿起剪裁手艺提升后制作的纸人，将它抖了出去。没有意外，纸人汇聚灰雾之上被撬动的力量，化作了一个有十二对漆黑羽翼的巨大天使。

奥黛丽看到那神圣威严的天使降临于面前，用羽翼将自身层层包裹，好半天都说不出话来。

这就是天使，"愚者"先生的天使……而且还是十二对羽翼的大天使！这和神话典籍里的描述一模一样……这也是我们塔罗会的天使！奥黛丽看着天使的身影飞快淡化、消失，突然觉得对方异常亲切。

她欣喜地、激动地、虔诚地感谢了"愚者"先生，然后叫来女仆，吩咐她们做外出的准备。

克莱恩则笑着回到客厅，望着墙上被子弹打出的孔洞陷入了沉思——是挂幅廉价油画遮掩，还是修补一下、粉刷一下？

希尔斯顿区，第七大道，伊思兰特的家中。

奥黛丽让女仆和保镖全部留在客厅，自己带着金毛大狗苏茜，跟随主人进入了起居室。

起居室内，早有另外两人等待于此，一个是由诺玛夫人介绍奥黛丽认识的心理学家希尔伯特·阿鲁卡尔德，一个是之前心理研讨会的召集者斯蒂芬·汉普雷斯。

此时此刻，虽然已经是晚宴时分，但房间内却只点了一根普通的蜡烛。那根蜡烛摆在茶几的中央，轻微摇晃着昏黄的焰火，驱散着起居室内的黑暗。

彼此问候完，肤色偏棕、有几分南大陆血统的希尔伯特望了金毛大狗苏茜一眼，但并未开口说话。

奥黛丽歉意地笑笑道："有它在，我更有安全感。"

苏茜也用无辜的眼神看着希尔伯特。

"我能理解这种心理，请坐。"希尔伯特微微一笑，坐到了茶几另一面的沙发上。汉普雷斯和伊思兰特也各自找了位置坐下。

等到奥黛丽坐好，希尔伯特挑了下烛芯，让光芒明亮了一点。他隔着烛光，看向奥黛丽："现在你诚实地回答我，你确实想加入心理炼金会吗？"

他的眼睛在烛光的映照下似乎染上了些许金色，瞳孔的深处则隐约有另一个眼眸，竖着的眼眸。

奥黛丽忽地一阵恍惚，接着就清醒了过来，轻轻地颔首道："是的。"

希尔伯特再次问道："你会故意伤害心理炼金会吗？"

他的语气带着几分奇异的诱导，似乎只要被问者做出肯定的答复，就会不知不觉地认同、发自内心地遵循。

"不会。"奥黛丽非常理智地回答。

几个问题后，希尔伯特、伊思兰特等人同时舒了口气。前者笑着问道："你还有什么事情想说？"

奥黛丽犹豫了一下，展现了自己的坦诚："我曾经在某个非凡者聚会上买到了'观众'配方，我，我已经是'观众'。"

那个非凡者聚会就叫塔罗会……奥黛丽在心里自豪地想道。

奥黛丽知道自己正被某种非凡力量影响着心灵和精神，只是因为有"愚者"先生提供的天使祝福，才神奇地摆脱了那种状态，所以决定稍微交代一点事情，以小秘密麻痹对方，隐瞒住更关键的东西，并换取到更大的信任——她称呼之前天使降临，用羽翼层层包裹自身的行为为"祝福"。

她之所以这么做，不是因为不相信天使，而是觉得自己能观察对方，对方同样也能观察自己。

虽然她始终藏在暗处，不被当成非凡者看待，表现得正常一点就不会引起怀疑，但她还是愿意更重视心理炼金会成员一点。毕竟对方都是专业的，而她只能算半进入这个圈子，经验不够丰富、处事不够全面，很可能在某些自身未发现的地方暴露一定的问题。既然如此，不如趁这个机会"坦白"，彻底打消心理炼金会部分成员的疑虑。

听到奥黛丽的回答，伊思兰特和汉普雷斯都短暂地露出了惊讶的表情，有那么一瞬间，他们怀疑起了自己的能力。

希尔伯特却勾起嘴角，微微一笑，没有任何异常的反应。

他满意地点头，嗓音柔和地说道："你的诚实让人赞赏。还有别的事情要说吗？"

奥黛丽故作恍惚地摇了摇头："没有了。"

希尔伯特想了想，又问了几句："你是在哪个非凡者聚会买到'观众'配方的？从谁手里买到的？你调配魔药的材料又是从哪里得到的？"

奥黛丽眼眸微转，做出回忆的表情："那个非凡者聚会的信息参与者必须保密，我无法看到卖'观众'配方的人长什么样子，但从他的言语谈吐可以判断，他应该是风暴之主的信徒。"

听到这里，希尔伯特轻轻颔首，似乎想起了什么事情。

奥黛丽继续说道："我的'观众'魔药材料大部分是从我家宝库里找到的，剩下的材料来源于和几位朋友的交换。"

两份"观众"魔药……她默默地补了一句。

大部分是从自家宝库里找到的……希尔伯特、伊思兰特三人咀嚼着这句话，一时竟无法言语。

过了几秒，希尔伯特对伊思兰特、汉普雷斯点了点头，示意自己没有问题了。得到同样的回复后，他眼中染上的些许金色飞快褪去，眸子里的竖瞳也迅速淡化。

希尔伯特又弄了下蜡烛的芯，让火光忽有跳跃。

瞬息间的明暗交替里，奥黛丽发现影响自身的诡异力量霍然消失不见。她收敛住恍惚的神情，改用疑惑和探究的表相。

"没想到你已经是'观众'了。"希尔伯特轻笑了一声。

"啊？"奥黛丽适时表现出了自己的诧异和慌乱。

知道什么情况该有什么样的情绪和反应，知道什么样的情绪和反应该有怎样的细节表情和肢体动作，是"读心者"的基本功。

希尔伯特含笑道："不用紧张，我们不介意这件事情，刚才是最后的考察。祝贺你，通过了所有的考验，现在，你就是我们心理炼金会的正式成员了。"

"好吧……"奥黛丽犹豫了下笑道，"感觉就像做了一场梦。"

她旋即站起，提着裙摆，对希尔伯特等人行了一礼，并盈盈浅笑道："我们现在是同伴了。"

　　一名身份高贵、容光照人的少女如此客气，伊思兰特等人立刻就坐不住了，同时起身，还了一礼。

　　双方重新坐好后，希尔伯特组织了下语言道："奥黛丽小姐，我现在正式为你介绍一下心理炼金会的情况。"

　　"好。"奥黛丽含笑道，"直接称呼我的名字就行了。"

　　希尔伯特点了点头，后靠身体，跷起右腿，交握双手道："最初的心理炼金会只是一个爱好者的研讨会，他们都相信心灵拥有无穷的力量和无穷的神奇之处。后来，这个研讨会得到了一份藏宝图，找到了赫密斯留下的遗迹。"

　　"赫密斯文的赫密斯？"奥黛丽饶有兴致地问道。

　　"对，他是人类最早的神秘学大师之一，活跃于黑暗的第二纪，他创造的古赫密斯语拥有直接与自然力量共鸣的神奇特性。那个时候，人类只是巨人的仆从和奴隶。"希尔伯特满是崇敬地说道。

　　他轻轻吐了口气道："心理炼金会的第一批成员从遗迹里找到了很多东西，发现赫密斯是一位心灵领域的神秘学大师，他研究的对象就是第二纪统治着天空的巨龙，准确的描述是心灵一族的巨龙。他留下的资料表明，心灵巨龙们在这个领域已经走出很远，拥有了等同神灵的成就。"

　　我知道，空想之龙安格尔威德就是一位古神……奥黛丽略有点自得地想着。

　　希尔伯特叹息道："那些资料奠定了我们心理炼金会的研究基础和方向。我们认为心灵拥有众多的秘密，每一个都藏在很深邃的地方，难以把握。呵，请原谅我用'深邃'这个形容词，在我看来，这是最合适的词语。对那些秘密的探索，稍有失误，就会让自身受到难以弥补的伤害。奥黛丽，你要记住，这方面的事情必须谨慎。"

　　等奥黛丽点头后，他继续说道："如果我们能弄清楚心灵的奥秘，那一方面可以挖掘出潜藏于意识深处的力量，完成很多神奇之事；另一方面则能影响甚至掌握别人的心灵。达到这种程度后，前方就是集体潜意识汇聚的海洋，那是我们最向往的地方。当然，集体潜意识这个描述不够准确，我更喜欢称呼它为'所有生物的心灵世界'，它与灵界有着隐晦而奇妙的联系。"

　　"如果能掌握这个心灵世界，会有什么样的非凡能力？"奥黛丽适时表现出了自己的好奇和在这方面的浅薄。

　　希尔伯特笑笑道："你应该注意到了现实世界里的一些奇妙现象。当我们希望得到某件物品时，它会恰好出现；当我们想要拜访某个朋友时，他会恰好敲门；

当我们渴望某件事情发生时，它会恰好在同一刻开启。

"你也许会说这是巧合，但有的时候，巧合太多了。我们的研究表明，这样的巧合很多时候源于不自觉的、神奇的心灵影响。

"当你能掌握心灵世界，也就是集体潜意识化作的那片海洋，你就能掌握'巧合'，让偶然出现的奇妙现象变成你心灵的回音，到这个时候，想让它出现它就出现。"

"这，这真是太神奇了。"奥黛丽之前听"太阳"提过噩梦之龙的可怕，但对方解释得远没有希尔伯特详细。

希尔伯特轻笑一声道："以我们的层次，还是不要讨论这么高深的问题比较好，那很容易迷失自己。我继续介绍心理炼金会。

"发现遗迹标志着组织建立。最开始的成员原本希望保持之前单纯的学术讨论状态，但他们遇到事情总会需要帮助，在缺少物品和研究材料时同样如此，所以，心理炼金会慢慢有了规章，蜕变为了真正的隐秘组织。

"不过，和其他隐秘组织相比，我们的结构和关系依然相当松散。"

"这正是我喜欢的。"奥黛丽表态道。

希尔伯特讲解完主要规章，最后总结道："等你层次高了，就能见到其他成员，我现在把序列8'读心者'的魔药给你。"

果然准备了"读心者"魔药……奥黛丽既庆幸又骄傲。

看到那瓶光彩迷幻的魔药后，她犹豫了下道："我想回去再服食。"

还有点不信任我们，还要做确认……希尔伯特解读出了奥黛丽的想法，微笑着回应道："好。以你的表现，喝下'读心者'魔药不会有什么问题。"

奥黛丽绽放笑容，感谢了一声，然后试着问道："你们能把'心理医生'的魔药配方给我吗？我想提前搜集材料，不浪费时间。"

……别人加入心理炼金会，除了希望得到配方，不就是为了从组织内部申请到相应的非凡材料吗？哪有人毫不在意地说"我想自己先提前搜集"的？希尔伯特、汉普雷斯等人望着语气平常的少女，一时竟说不出话来。

隔了几秒，希尔伯特才勉强笑道："我先帮你申请一下。正常来说这需要功勋，而功勋来自我们分配的任务、你做出的研究贡献，和搜集到的新资料、新物品。"

"好的，我会努力去做。"奥黛丽轻快地说道。

离开伊思兰特的家后，她一路安静，没怎么说话，直到进入房间，短暂打发走贴身女仆安妮等人，才侧过头对金毛大狗笑道："苏茜，你的魔药有了！"

可惜，阿尔弗雷德找来的七彩蜥龙没能派上用场，只能拿去换钱了……奥黛丽在心里感慨了一声。

苏茜看着那瓶"读心者"魔药,欢快地摇起了尾巴。她的脖子上,被奥黛丽好玩般地挂了副金边眼镜。

希尔斯顿区,艾辛格·斯坦顿的家里。克莱恩应邀来共享早餐,除他之外,还有卡斯兰娜。

吃了口松软的土豆饼,克莱恩赞美道:"斯坦顿先生,你的厨艺非常棒。"

两鬓斑白的艾辛格笑笑道:"这是伦堡那边的特色,而对知识与智慧之神教会的非凡者来说,多才多艺是共有的特征。往上的序列6就叫'博学者',它对应的魔药相当容易让人失控,直到现在我也没有把握晋升。"

"博学者"……这个序列听名字就有点强啊……"阅读者"途径的序列7叫"守知者"或"侦探",属于偏知识掌握和推理能力的职业,顶多再附带不错的格斗和器械使用能力,算不上厉害。但到了序列6,似乎一下有了质变,尤其在超凡战斗领域,更是如此……看来每条非凡途径在高序列以下,都有这么一个节点,但并不会固定在序列几,比如,"占卜家"途径的节点就是序列7"魔术师"……

克莱恩喝了口热咖啡,没多去打探别人的序列秘密,转而笑道:"斯坦顿先生,你似乎很放松,一点也不紧张和担心。"

艾辛格未直接回答,放下刀叉,拿出烟斗道:"不介意吧?"

其实我比较介意,不过贝克兰德的污染和雾气已经这么严重,再吸几口二手烟也不会更差……克莱恩摇头微笑道:"这有助于你思考?"

"更准确地说是习惯。每天早餐后,我都习惯这样。"艾辛格弄好烟斗,深深地吸了一口。

随着烟气被吐出,他叹息道:"恐惧、紧张和担心并不能帮助我们面对威胁,既然如此,为什么不稍微轻松一点?大脑会因此更加活跃,我的助手就是太容易担心,才遭遇了这场致命的灾难,唉……"

艾辛格看了卡斯兰娜一眼,继续说道:"而且我们的对手是'欲望使徒',太过强烈的情绪是必须被压制的。"

说到这里,他轻笑了一声:"最重要的是,我们并非没有办法锁定'欲望使徒'。"

"什么办法?"卡斯兰娜将最后一片培根放下,认真地问道。

艾辛格抽了口烟斗,自嘲般笑道:"讨论类似话题的时候,我还是更喜欢安乐椅。'恶魔'们除了有危险预感,并不擅长占卜和预知,所以,'欲望使徒'要想查清楚主要的复仇目标有哪些,必然会主动地调查情况、搜集消息。否则他怎么可能知道一批私家侦探在连环杀人案里做出了贡献,怎么可能准确地锁定你们和我?

"这个过程中,他肯定会和许多人打交道,即使做了伪装,也会留下一定的痕迹，再结合机械之心那边给出的模糊影像，就能形成线索了。

"同样，他要袭击我，得弄清楚我住在哪里，进出和作息的规律是什么，有没有强力的官方非凡者保护我，这就需要不短时间的观察和相应的打探，同样得与其他人、与固定的场所发生交互。呵呵，一旦有了交互，就会存在线索。

"我很喜欢的一句格言是'凡走过，必留下痕迹'。"

我知道这句话，罗塞尔大帝说的……克莱恩露出笑容。旋即，他有些唏嘘，因为这是他在这个世界第二次听人提及这句话，上一次，他还在廷根。

脸颊肌肉略有下垂的卡斯兰娜则叹了口气道："不愧是大侦探，我就没有想到这些事情，你的观察和思维能力让我敬佩。"

艾辛格微笑着回应道："每个人都有自己擅长的领域，若是论单纯的格斗，我会被你击败一次又一次。夏洛克应该也想到了我刚才讲的那些事情，他同样拥有出众的观察和推理能力，是个优秀的侦探。"

其实你刚才侃侃而谈的时候，我莫名都有些惭愧……克莱恩挤出笑容道："不，你是名副其实的大侦探，而我与你还相差很远。"

"你真是一个谦虚的年轻人。"艾辛格感慨了一句。他笑了笑，转而说道："接下来我们就从这些方面入手，你们必须得动用自身的资源和消息渠道了。"

除开塔罗会相关，我在贝克兰德的资源和渠道有足足三分之一来源于您老人家……克莱恩强行笑着回应道："好的。"

"智慧之眼"那个非凡者聚会外，他还能找到的资源只有马里奇和莎伦小姐、吸血鬼埃姆林·怀特和乌特拉夫斯基神父。

有机械之心暗中保护我，莎伦小姐和马里奇就得直接排除……埃姆林那个吸血鬼倒是可以去见一见，他现在算大地母神的半个信徒，被乌特拉夫斯基神父庇护着，不会遭遇官方非凡者的定点清除……克莱恩瞬间就想好了之后的方向。

卡斯兰娜沉默几秒道："没有问题。"

克莱恩将剩余的奶油抹到最后一点吐司上，不急不慢地咀嚼后咽下，然后才开口问道："斯坦顿先生，你之前似乎提到过某件封印物的开启，它是否能帮助我们对付'欲望使徒'？"

"是的，上次那只'恶魔'犬被找到、被围住，它的作用至关重要。"艾辛格坦然回应道，"它的代号是1-42。"

1-42？1级封印物，高度危险，可有限利用，即使贝克兰德教区，也只能保存一到两件……克莱恩脑海内瞬间闪过了相应的描述，颇感兴趣地问道："它是什么样的物品？有什么能力和负面影响？"

艾辛格笑道："这是黑夜女神教会的机密，我并不清楚。我只知道，它原本不在贝克兰德，因为那起连环杀人案才被紧急送来。据说，它是一件银色的全身盔甲，上面染着小片干涸的暗红血液，曾经直接导致一个小城的毁灭，因它而死亡的人超过十万。"

"诅咒盔甲？"克莱恩用命名的方式反问道。

艾辛格吐了口烟气，神色凝重地摇头道："也许不是诅咒，有人称呼它为'疯狂的盔甲'或'嗜血的盔甲'。我们教会内部曾经猜测过，它表面染的鲜血有可能来自更久远年代的神灵。

"刚被发现时，它没有任何异常之处，只是被当成单纯的古董，被人贩卖，被人收藏。但随着时间的推移，与它接触过的那些人相继死去，死状极其恐怖，近乎被分尸。再之后，以它为圆心，死亡往外扩散，不再需要接触就有人死去，一个小城因此而毁灭。这件事情发生在第五纪初期，后续的处理由值夜者负责。"

不愧是知识与智慧之神教会的非凡者，了解的历史和超凡事件足够多……克莱恩暗赞了一声。

卡斯兰娜则有些担忧地问道："它会给我们带来危险吗？"

"黑夜女神教会肯定找到了正确的封印办法，但于我们而言，能不接触，就尽量不要接触。"艾辛格半是宽慰半是提醒地说道。

早餐之后，克莱恩和他进入了之前发生过战斗的那间起居室，卡斯兰娜则先去了盥洗室。

望着她的背影，克莱恩若有所思地说道："她似乎是'仲裁人'途径的非凡者？"

"你的观察力果然出色。"艾辛格坐到了安乐椅上。

克莱恩边走向单人沙发，边疑惑着低语道："这条途径被王室、军方和古老贵族们严格把持着，外界很少有配方和材料出现，卡斯兰娜有这方面的背景？"

艾辛格笑笑道："很显然。但到了这种程度，她都没有主动提及相应的事情，就说明确实有些不方便说的原因。"

他目光含笑，望着克莱恩，言外之意似乎在说：你不也一样？

克莱恩干笑两声，坐了下来。

等了片刻，卡斯兰娜来到起居室，继续与克莱恩、艾辛格讨论"欲望使徒"的事情。就这样说着说着，她的神色忽然变得黯然，感叹出声道："这次是我卷入过的最危险的事件，我不知道我最后是否能活下来。如果，如果我被'欲望使徒'杀死，我希望我的墓碑上能有这么一句话——

"她有一个伟大的母亲。"

卡斯兰娜声音渐低，她那刚硬、不好相处的感觉里多了几分温柔。

艾辛格深有同感地点头道："这同样是我面对过的最危险的敌人。"他旋即笑道，

"如果我因此死亡，而你们还活着，是否愿意帮我把遗物送到伦堡，送到知识圣殿？"

……不要疯狂立"Flag"！克莱恩嘴巴半张，不知道该怎么阻止眼前两位侦探。

"没有问题，但我希望永远没有这一天。"他竭力化解道。

艾辛格看了他一眼，颇为好奇地问道："夏洛克，你呢？如果你被'欲望使徒'杀死，你有什么心愿想要别人帮你完成？"

……复活我！克莱恩叹了口气道："我希望能安葬在风光不错的墓地，尸体最好是完整的，洒有圣水，铺满鲜花……"

他这段话的核心意思是：不要火葬！

三人同时沉默了一阵，直到外面传来叮叮当当的门铃声。

来者是机械之心那位叫作伊康瑟·伯纳德的执事，他的头发倔强地挤出了帽缘，让轮廓线条深刻而阳刚的他有着几分难以描述的凌乱感。

这一次，他没有拿那面叫作阿罗德斯的诡异银镜，不知将对方塞到了哪里。

如果有机会，我倒是不介意用一下那面魔镜，看看我"忠实的、谦卑的仆人"会给出什么样的反应……克莱恩油然想道。

伊康瑟没有进门，立在那里，看着侦探三人组，声音低沉但语速极快地说道："有'欲望使徒'的线索了！"


西区，爱德华街，6号。

伊康瑟·伯纳德按了按黑色礼帽，指着喷泉水池后方的房屋大门，对克莱恩、艾辛格和卡斯兰娜道："我们反向排查了消息和资料泄露的各个渠道，结合描绘出来的侧脸轮廓，以及，以及魔镜另外提供的帮助，初步锁定了一个嫌疑对象。"

说到魔镜的时候，你明显停顿了一下，也不知道用什么代价才换取到想要的答案……克莱恩察觉出伊康瑟语气中的问题，莫名有点同情对方。

"就是这栋房屋的主人？"卡斯兰娜几乎能确定地反问道。

艾辛格·斯坦顿则环顾一圈，仿佛在思考般说道："选择直接通知我们过来，是因为你们找到了另外的佐证？"

"是的，这栋房屋主人的肖像画可以证明一些事情，呵，他从不照相。"伊康瑟坦荡地回答道，"另外，周围的居民曾经在附近见过一条黑色的大狗，很多次。"

"这基本可以证明目标就是那个'欲望使徒'。"说到这里，艾辛格忽然失笑，"抱歉，我们太心急了，让你都没有机会介绍嫌疑人。"

伊康瑟边绕过喷泉水池走向房屋正门，边语速颇快地说道："这栋房屋的主人叫帕特里克·杰森，一家小银行的主要股东，据他的邻居们描述，他是一个开朗、热情、乐观的中年男子，一直没结婚，但应该有情妇，好几位。"

"以他在的阶层来看，他雇的仆人数量严重不足，每次举行晚宴或舞会，都需要额外从大都市帮助家庭仆人协会请一批临时的侍者。对此，他的解释是，他的睡眠有问题，太多的仆人会破坏他需要的安静。"

"看得出来，他有许多秘密需要隐藏，所以不敢雇太多的仆人。"艾辛格半开玩笑地说了一句。

一个仆人都没雇的克莱恩略有点心虚地说道："也许只是因为他的财政状况不像大家认为的那么好。"

"对，这是不能排除的因素。"艾辛格踏上台阶，来到正门前。

伊康瑟则看了克莱恩一眼，似有所醒悟地说道："你不雇仆人，只让房东的女仆每周做两次临时性的打扫，就是为了掩盖自身是非凡者的秘密？"

在我所有的秘密里，这是最小的那个……克莱恩故意苦笑道："是的。"

说话间，伊康瑟伸手推开了正门，一阵难以形容的恶臭从里面飘了出来。

"腐烂的味道……"艾辛格瞬间做出判断。

伊康瑟喊过来一名机械之心小队队员："卡尔森，有什么发现？"

那位叫作卡尔森的非凡者戴着一副镜片很厚的眼镜，面露复杂的神色道："我们在这里找到了很多尸体。地下室的水泥里、厚厚的墙壁中、花园杂草茂盛的地方，藏着一具又一具尸体，最早的可能要追溯至十几年前，最迟的则是几天前还活着的那些仆人。他们有的只剩下白骨，有的才腐烂了一点。执事，这里就像是人类屠宰场！"

他说话的同时，后面有机械之心的成员和被精心挑选出来的警察抬出一具又一具尸体。那些尸体有的被完全肢解，舌头、手指、胃袋、眼睛等凌乱地摆在一起；有的则只是一堆白骨。

"看来贝克兰德很多失踪案会因此告破。"艾辛格捏了捏鼻子，叹息道。

克莱恩看到一条差点被拖至地上的肠子，吐了口气，转头审视起房屋各处。

机械之心成员卡尔森则又喃喃低语了两句："杰森给仆人们开的薪水很高，给的假期也很多，周围住客的仆人都非常羡慕……杰森的厨师还承诺他的孩子，这周会回家一次，带他去马戏团看表演……"

"真是恶魔啊……"卡斯兰娜微微动容。

环顾一圈，克莱恩收敛住情绪，郑重地问道："房屋的摆设为什么这样简陋？作为一名银行家，哪怕拥有的银行不大，杰森也应该有名贵的瓷器、出色的油画、奢侈的壁钟、上好丝绸制成的各种物品，为什么现场看不到这些？嗯，他家具用的木头还是很好的。"

卡尔森望了伊康瑟执事一眼，得到对方表示同意的颔首后才说道："可以明显看出，杰森为了这次的报复筹划了很久，陆续卖掉了房间内值钱又不太显眼的物品，甚至同意了巴伐特银行对自身产业的收购。在杀掉仆人后，他加快了套取现金的速度，卖出了油画等事物，似乎很清楚自己肯定会被找到，没有抱侥幸心理。行动前，他在这里只剩下房屋、家具和一个身份，大量的现金、贵重金属和珠宝首饰不知道被他转移到了哪里。"

听完卡尔森的描述，克莱恩脑海里霍然冒出了几个形容词：冷静，理智，疯狂！

"一个真正的'恶魔'。"艾辛格评价了一句，旋即推理道，"他头脑很清醒，做事很冷静，但又有强烈的疯狂趋向和冒险精神，这符合之前两次行动表现出来的特点。"

"所以，我们得提防他的冒险？"克莱恩敏锐地把握到了话语里的重点。

"是的。"艾辛格凝重地点头。

接下来，几位侦探在房屋内展开搜索，找到了不少可以证明帕特里克·杰森有问题的证据，也看见了那幅挂在起居室内的肖像画——上面是一个颧骨高耸、蓝眼带灰、五官普通、头发整齐后梳的中年男子，没有任何特色。

就在这时，伊康瑟进来，对克莱恩等人说道："我们在一个密室里找到了一些物品，确认帕特里克·杰森曾经尝试召唤过更加强大的恶魔，但不知为什么没能成功。而那些物品也证实了他的身份，他是贝利亚这个恶魔家族的成员，他的真名应该是杰森·贝利亚。"

贝利亚家族？克莱恩不感意外地点头。

"在古老的第四纪，崇拜恶魔的人类势力就形成了一个松散的联盟，叫作'拜血教'。这个组织内部分化很严重，诺斯、安德雷拉德、贝利亚三大恶魔家族鼎足而立，他们的先祖都曾经接受过来自深渊的馈赠。他们崇拜一个叫作'宇宙暗面'的邪神，认为祂是深渊的主宰，是必将侵蚀和腐化整个现实世界、整个广袤宇宙的灭世者。"艾辛格为野生非凡者克莱恩和卡斯兰娜介绍了几句。

伊康瑟摇头补充道："一个分化严重的组织如果没有最终分裂，融合与统一是不可避免的趋势。各种情况和传闻表明，至少从一千年前开始，贝利亚和安德雷拉德家族就逐渐衰弱，最近几十年更是成为诺斯家族的附庸。嗯，贝利亚家族的标志是五芒星和羊角抽象符号的结合。"

不管怎么样，贝利亚依然是一个积累深厚的、异常古老的家族，难怪杰森能额外培养一条"恶魔"犬。唉，这是一方面的原因，另外一方面的原因是，他开银行，哪怕不大……在第二纪，对应宇宙暗面的古神是恶魔君王法布提，两者之间是否存在什么联系？克莱恩一阵叹息一阵好奇。

反复搜查后，三名侦探和机械之心成员只能确认帕特里克·杰森·贝利亚就是那个"欲望使徒"，但无法找到对方目前的位置。

克莱恩借口找人帮忙，拿走了杰森在召唤恶魔仪式里使用过的一块手帕，打算有机会到灰雾之上占卜——杰森很好地处理了他经常接触的那些东西。

没过多久，伊康瑟找到他们，表情凝重地说道："值夜者要带着那件封印物过来，我们先离开。"

"好的。"艾辛格和卡斯兰娜同时回答道。

至于克莱恩，早就在心里举双手双脚赞成。

出了杰森那栋占地面积颇大的别墅型房屋后，克莱恩回头望了一眼，表情逐渐变得凝重。他略带疑惑地说道："我认为有个问题不对。"

"什么问题？"卡斯兰娜连忙追问道。

克莱恩斟酌着说道："提前卖掉了银行，卖掉了产业，卖掉了许多值钱物品，说明杰森事先就已经准备好舍弃当前的身份和生活，如果只是单纯为'恶魔'犬报仇，他的动机无法支撑这样的行为。"

"也许他和那只'恶魔'犬有非常深厚的感情呢？夏洛克，大概你不这么认为，但我真的见过将宠物当成家属的人。"卡斯兰娜不认可地说道。

旁边的艾辛格郑重地道："不，夏洛克说得很对。卡斯兰娜，你知道'恶魔'途径序列8的古称叫什么吗？"

卡斯兰娜露出了思索的表情，她似乎听过，但不能第一时间想起。

就在这时，克莱恩用低沉的嗓音帮她回答道："'冷血者'。"

"冷血者"……卡斯兰娜咀嚼着这个名称，一下明白了莫里亚蒂和斯坦顿两位大侦探刚才为什么要那么说。

看到她的反应，克莱恩指着另一个方向道："我们分头行动，从自身渠道入手。"

得到艾辛格和卡斯兰娜肯定的答复后，他匆匆离开，但没有急着到大桥南区找埃姆林·怀特。

他要先去希萨克警局，取回那五十镑保释金——他已经被证明没有任何问题，艾辛格·斯坦顿和官方非凡者都给出了相应的证词。


帕特里克·杰森·贝利亚的房屋正门突然被打开，一群穿着黑色呢制大衣的值夜者小跑入内。他们的神情警惕又戒备，仿佛面临着极端恐怖的敌人。

噔、噔、噔，一具银色的全身盔甲走了进来。它给人的感觉异常沉重，各处细节都遵循着古老的风格。它左肩斜着往下腹的区域，则沾染着一片泼洒式的、无法被清洗的暗红血迹，再配合其余地方的溅射式红点，构成了一幅很有妖异美感的画面，如同独特而华丽的装饰。

"安魂师"索斯特掏出怀表看了一眼道:"换人。"

银色全身盔甲停了下来,抬手掀起面甲,露出了里面的穿戴者。那是一位墨发碧瞳、颇为英俊的男子。

"伦纳德,二楼主卧盥洗室已经准备好热水,不要耽搁时间,否则你就只能回归女神的怀抱了。"索斯特叮嘱了一句。

"是,索斯特队长。"伦纳德·米切尔在其余值夜者的帮助下脱掉了沉重的银甲。

戴着红手套的他没有寒暄,没有犹豫,直奔二楼,找到了还蒸腾着雾气的浴缸。

唰唰唰,伦纳德飞快地脱光衣物,躺进了热水里,连鼻子都没有露出。他的皮肤迅速变得通红,就像煮熟的龙虾,表面则渐渐有伤痕般的诡异银纹沁出。

那些银纹如同纯净的刀剑光芒般不断往外扩散,融入了热水。也就十几秒的工夫,蒸汽消失了,热水表面甚至凝出了一层薄而透明的浮冰!

直到银纹全部发散干净,伦纳德才翻身坐起,大口喘气。

他微侧脑袋,如在倾听什么,接着压低嗓音道:"老头,你知道1-42的来历吗?"

他脑海内当即响起了一道略显苍老的声音:"你越来越不礼貌了。我并不知道那套奇怪盔甲的来历。"

不等伦纳德再问,他"嘿"了一声:"但我大概认出来了那片鲜血的主人。"

"是谁?"伦纳德好奇地问道。

那略显苍老的声音低沉说道:"大灾变前的一位古神。"


大桥南区,月季花街,丰收教堂。

克莱恩刚踏入安静的祈祷厅,就看见乌特拉夫斯基神父和吸血鬼埃姆林·怀特一前一后、一高一矮地坐在椅子上,双手十指交触,掌心虚含,摆在嘴鼻前。这是大地母神教会专有的祈祷姿势。

此时此刻,埃姆林·怀特神情温和而安宁,完全看不出来之前的傲慢和烦恼。

克莱恩微动嘴角,默默地在胸口画了个三角圣徽。

他随意找了个位置坐下,等到祈祷结束,才走至埃姆林·怀特的身旁,笑着说道:"今天的你格外虔诚。"

"什么?"埃姆林一下惊醒,脸色惨白地自语道,"我做了什么,做了什么……"他声音渐低,似乎已经回忆起了自己刚才的所作所为。

"也许不是什么坏事。"克莱恩用毫无说服力的话语宽慰了对方一句,旋即坐至吸血鬼的旁边。

"我并不想听见别人这么说,虽然我自己也觉得抗拒感越来越弱了……"埃姆林黑沉着一张脸,用略带哭丧意味的嗓音道,"可是,我不想背叛月亮!"

克莱恩没继续刚才那个让吸血鬼伤感的话题，随口问道："你们血族崇拜的是原始月亮，还是代表月亮的某位神灵？或者说，两者可以画等号？"

"都有。"埃姆林微抬起下巴，"对于正统血族来说，当然是信仰代表月亮的那位神灵，祂叫莉莉丝，是我们血族的始祖，一位古老的神祇；而人类变成的血族，更倾向于崇拜原始月亮。正常情况下，两者可以等同，但某些时候并不重叠。"

"人类变成的血族？"克莱恩对埃姆林·怀特能说出莉莉丝这位第二纪古神的名字并不意外，反倒更在意所谓人类变成的血族。

这就是阿兹克先生提过的"吸血鬼"序列？他默默地想道。

埃姆林表情略显复杂地说道："对，这分两种，一种由强大血族给予初拥转化而来，一种是服食对应魔药变成的。后者是我们最憎恨的敌人。"

"为什么？"克莱恩隐约猜到了答案。

埃姆林咬牙回答道："他们魔药的主材料就是我们的血源精华。"

果然……克莱恩忍不住侧过头，上下打量了埃姆林几眼。

被他看得有点莫名紧张的埃姆林哼了一声："你已经是非凡者，你没法再转换途径了！"

我只是第一次看见行走的，不，活着的，不，能说话的非凡材料……不过，从某种意义上来说，每一位人类非凡者也是这样的材料……克莱恩原本只想在心里随意调侃一句，但迅速泛起了强烈的悲哀。

这时，埃姆林看了眼正仔细擦拭生命圣徽的乌特拉夫斯基神父，压低嗓音道："我找到两种你要的材料了。"

"是什么？"克莱恩没去掩饰自己的欣喜。

埃姆林流畅地回应道："千面狩猎者的脑部异变垂体和它的血液，对方的要价是，前者两千镑，后者一百毫升三百镑，总计两千三百镑。"

两千三百镑……克莱恩脱口而出："能便宜一点吗？"

拿回保释金后，他目前所有现金总计两千一百八十五镑。对于中产阶层来说，这已经是相当充裕的存款，有的人也许一生才能攒到这么多钱，但克莱恩却发现这还不够……

"不能，如果不是我，他原本想要两千八百镑。按照约定，你得额外支付我一百五十镑的报酬，总计两千四百五十镑。"埃姆林摇头说道。

看了眼克莱恩的表情，他忙又补了一句："现在这个时代，巨龙稀少罕见，除了生命悠长的血族，你很难在别的地方找到类似的非凡材料，即使有，也会更贵。"

还差两百六十五镑……辛辛苦苦攒了这么多钱，即将全部清空，而且还不够……希望"倒吊人"先生尽快把"狼人"的非凡特性卖出去……接下来还有人皮幽影的特性和深海娜迦的头发，不会比这便宜多少……小"太阳"那边还无法确定情况，得安分守己一段时间。他欠我的报酬，最好还是用去除神奇物品内失控者精神污染的办法来偿还，这比较隐蔽……克莱恩瞬间念头纷呈，只觉窗外的光亮都暗淡了不少。

他深深地吸了口气道："好。但交易得延后一段时间，我最近惹到了一个家伙，正被官方非凡者保护着，你应该不希望那位卖家被关到教堂地底吧？"

而且我还得凑集剩余的资金……克莱恩微仰脑袋，看向教堂的穹顶。

"官方非凡者？"埃姆林·怀特吓了一跳，猛地站起，左顾右盼。

克莱恩瞥了他一眼道："不用在意，你现在是大地母神教会的神父，拥有合法的身份，而且乌特拉夫斯基神父会庇护你的。"

"我不是……"埃姆林的否认异常无力。

他重新坐了下来，突发奇想道："那些官方非凡者能解决心理暗示这个问题吗？"

"也许可以。"克莱恩险些失笑，"但那样一来，你大概率会变成黑夜女神、蒸汽与机械之神、风暴之主的信徒。当然，你也可以选择成为军方特殊部门的一员，他们或许会派你去国外做间谍，勾引哪位贵族夫人。"

"我只喜欢人偶和纯净美丽的少女！"埃姆林当即强调道。

看得出来，你有点心动，但只有一点……克莱恩转而问道："你认识贝利亚家族的人吗？在贝克兰德的。"

"贝利亚？那个崇拜恶魔的疯子家族？不，他们本身就是恶魔！"埃姆林愕然脱口，"你找他们做什么？"

克莱恩无奈道："我得罪的就是他们的一员，帕特里克·杰森·贝利亚，因为一起连环杀人案。你帮我在你的圈子里打听一下他最近的下落和认识的熟人，如果有确切的消息，我会给你报酬的，这视情报的重要程度不同而不同。"

这都是可以拿给值夜者、机械之心和军方报销的……克莱恩放松地想着。

埃姆林若有所思地点头："你竟然敢招惹一个真正的'恶魔'。等你有了他的确切消息，他就会知道你将对他造成严重危害。"

"没关系，我有官方非凡者保护。"克莱恩不甚在意地回答。

埃姆林一时无言，隔了几秒才道："好，我试一试，消息的报酬最低二十镑。"

敲定这件事情后，克莱恩没再停留，起身走向了教堂大门。他满脑子都是接下来该怎么凑钱的问题。

"魔术师"小姐的新书已经出版，应该有一笔不菲的保底稿费，后续还有版税，也许可以向她推销"占星人"魔药配方。可是，她"戏法大师"的魔药材料都还没凑齐……"正义"小姐加入了心理炼金会，我也没配方能卖给她，向她出售知识？"狼人"的非凡特性也就一千两三百镑的样子，可能还会更低……难道要出一件神奇物品？或者想办法把埃姆林·怀特弄成"愚者"的信徒，以去除心理暗示为代价收取奉献……对了，帕特里克·杰森·贝利亚携带着大量的现金、珠宝和贵重金属，如果能找到他，也许能分一笔！

思绪纷呈间，克莱恩走出教堂，看见了昏暗的天空和稀薄的雾气。他轻叹一声道："缺钱啊……"

回到明斯克街，克莱恩拿着厚厚的一沓报纸，走入了盥洗室，摆出长期"抗战"的姿态。

他要去灰雾之上，借助杰森那块手帕占卜对方的下落！

克莱恩从衣物暗袋里抽出一张纸人，随手一抖，化作替身。他让那替身坐到马桶上，手拿报纸，蒙蔽他人，自己则借此躲到阴影里，逆走四步，进入灰雾之上。

这一连串的操作比魔术还魔术！

恢宏古老的宫殿内，克莱恩坐到青铜长桌最上首，让帕特里克·杰森·贝利亚的手帕具现于面前 —— 这只是投影，但也能用来占卜，前提是手帕未离开他现实世界的身体。

在廷根市占卜"变异的太阳圣徽"时，克莱恩借助的就是投影。那个时候的他还不懂得自己召唤自己的仪式，无法将有灵性的物品带到灰雾之上。

当然，用投影和用本体占卜，效果上还是有不小差距的，所以能用本体的时候，克莱恩都尽量使用本体。但他现在正被官方非凡者保护着，举行仪式没那么方便。要是被人发现他白天蹲马桶还要点根蜡烛，那就麻烦大了。

如果确实能占卜出帕特里克·杰森·贝利亚这个"恶魔"的下落，只是启示不够清晰，那我就冒次险，召唤自己，把手帕带上来……克莱恩咕哝了一句，具现出羊皮纸和圆腹钢笔，写下了占卜语句：帕特里克·杰森·贝利亚目前的位置。

正常来说，依靠一块对方只在某次仪式里使用过的手帕，是无法占卜目标行踪和下落的，因为联系不够紧密，且有太多的干扰，比如，很容易招惹到仪式指向的那位"深渊大公"。但对克莱恩而言，干扰是可以排除的。所谓"深渊大公"顶多就是个高序列的"恶魔"，并非深渊的化身宇宙暗面，而他灰雾之上这片神秘空间招待的对象是永恒烈阳、真实造物主等神灵，差一点的也是至少天使级的"门"先生，并且至今没有翻船。

至于联系不够紧密的问题，只能得到灰雾一定加成的克莱恩也无法解决。他只能试一试，碰个运气，也许他成为这个领域的高序列圣者后，才有相应的把握。

理论上是可以的，毕竟举行仪式的时候，身、心、灵状态最为统一，也最容易与外界交感……如今勉强算是神秘学专家的克莱恩低语一句，握住手帕和书写有占卜语句的羊皮纸，身体往后靠住了椅背。

他迅速进入冥想状态，并不断默念"帕特里克·杰森·贝利亚目前的位置"。

七遍之后，克莱恩沉沉睡去，来到了梦境世界里。

灰蒙蒙的天地中，无数画面不断闪烁，彼此间断，极为发散。

很快，一幅画面变得清晰，并占据了克莱恩的视界，让他似乎进入了那个梦。

梦境中，灯光昏暗，书桌暗红，一道人影立在凸肚窗前，眺望着外面的花园。花园内有玻璃拼成的棚子，里面朵朵玫瑰绽放，在12月的寒冷中鲜红欲滴。

那人影的模样被投影到了窗上，是个身材中等、褐发微卷、棕眸冰冷的男子，外表年龄也就三十来岁。

这……我不是在占卜帕特里克·杰森·贝利亚的位置吗？这是谁，感觉有点熟悉啊……克莱恩一阵疑惑，但未做思考，任由灵性继续保持发散的状态，仿佛在漫游某个神秘世界。

他的迷惑刚落，那男子就转过身体，走向了房间的一角，那里摆放着两个颇大的皮制手提箱。

男子蹲了下去，打开其中一个箱子，里面整整齐齐地码着一沓又一沓钞票、压着一根又一根金条。露在外面的钞票全是十镑面额的，金条则都散发着迷人的光彩。

那男子从手提箱的暗袋里抽出了某样物品，随手一抖，将它展了开来。

这是张略显苍白的人皮！完完整整的人皮！

男子快速脱光自己，将人皮套到了身上，只是十来秒的时间，他就变成了颧骨高耸、蓝眸带灰、头发整齐后梳的帕特里克·杰森·贝利亚！

到这里，画面霍然破碎，克莱恩睁开了眼睛。

难怪杰森敢冒险，原来这十几年里，他一直披着一张人皮，从未暴露过真正的模样……不愧是冷静又疯狂的"恶魔"……克莱恩忍不住感叹了一句。

杰森将自己的肖像画留在房屋里，并未让艾辛格等人有所怀疑，因为周围的居民都见过他，清楚他的长相，即使没有画像，以官方组织非凡者们的能力，也足以还原出来一幅，效果甚至可能比照片更像照片，所以，杰森也就没必要、没动力去毁掉类似的东西，这是非常好理解的事情。

谁知道，他在这最正常不过的地方还预留了诱导！如果按照肖像画去寻找，即使值夜者有封印物1-42，也没那么容易锁定目标……而且，他两次行动时，都利用自身的能力遮掩住了脸庞。谁能想到，被严密隐藏和保护的脸庞竟然是假的？克莱恩从杰森的身上品出了狡诈的味道。

克莱恩揉了揉额角，开始回想梦境占卜中看见的画面。

一个有玻璃温室的房屋，这个特征相当明显，类似的建筑在贝克兰德不会太多！但问题在于，我该怎么上报？我刚对机械之心说出这件事情，杰森肯定就已经察觉到危险，警惕地开始伪装、转移……

直接找有封印物1-42的值夜者？遇到熟人怎么办？我可不想变成骨灰，被撒到塔索克河里……而且也不能急着上报，我刚刚才展开行动，不可能那么快就从消息渠道获得反馈……那家伙真的带着大量的现金和珠宝，整整一箱子的钞票啊……总体价值说不定会超过五万镑……"

克莱恩思绪翻飞，好一会儿才平静下来，决定先等待两天，再通过合适的办法将获得的启示告知负责此事的值夜者。

占卜告一段落，他回到现实世界，解除掉替身，自己蹲到了马桶上。

下午时分，准备出门的克莱恩随手扔了个硬币。这一次，他得到的启示是，此时此刻不宜出门。

"出去会有危险？"克莱恩毫不犹豫，重新坐回了客厅。

过了二十多分钟，他听见门铃轻响，发现是艾辛格·斯坦顿来拜访自己。

"斯坦顿先生，你有收获了？"克莱恩颇感欣喜地问道。

艾辛格指了指门厅后方："我们进去再说。"

"好的。"克莱恩让开了道路。

分别坐在相对的两组沙发上后，艾辛格拿着自己的猎鹿帽，吸了口气道："那个'欲望使徒'又出现了。"

见克莱恩保持着沉静，他满意地点头，继续说道："有两位侦探的家属不愿意被保护，觉得自己不会被牵连，所以留在了外面。今天午餐时，他们被发现死在了各自的办公室内，一个是太过恐惧，吓死了自己；一个则非常兴奋，耗光了最后的精力。他们太固执了，不愧是暴君的信徒，但这样一来，代罚者就正式介入了。据说，几大教会和军方的高序列强者都将目光投了过来，把'欲望使徒'的事情摆在了最近最重要的位置。"

"你是希望我不要外泄你知识与智慧之神信徒的身份？"克莱恩反问道。

"侦探之间说话果然轻松。"艾辛格微笑着颔首。

"没问题。"克莱恩先做出承诺，转而说道，"我有些消息渠道不便于暴露，如果之后从那里反馈来价值颇高的情报，我希望你帮我转告值夜者，并保守秘密。"

至于为什么是找值夜者，而非机械之心，他相信自己不用说得太明白，以斯坦顿大侦探的智慧，用脚趾头都能想清楚。

艾辛格先是答应了克莱恩的请求，接着疑惑道："你告诉我，也等同于让杰森提前察觉。"

"希望能找到好的规避办法吧……也请你帮忙多想一想其他可能性，你那枚戒指应该能模拟不少非凡能力。"克莱恩坦然地回应。

"好。"艾辛格没再多说。

他沉吟几秒，掏出烟斗嗅了一口道："'欲望使徒'今天的行动，让我的一个猜测被证实。呵呵，也是你之前想到的问题。"

"他的主要目的不是复仇？"克莱恩听懂了对方的话语。

艾辛格前倾身体，郑重地说道："既然杰森已经过了'冷血者'这个阶段，就表明他肯定会变得冷血，不可能为那只'恶魔'犬做到这种程度。

"夏洛克，你看，到现在为止，贝克兰德所有的官方非凡势力都被调动了，就连高序列强者也将更多的关注转移到了这件事情上，这种时候，杰森如果想对付另外的、真正的目标，是不是会容易很多？"

克莱恩略一思索，沉声回应道："很有道理！"

交流了一阵，艾辛格继续去找卡斯兰娜，克莱恩抛了次硬币后，按照预定计划出门，前往克拉格俱乐部。他们都暂时未对官方非凡者透露自身的猜测，害怕因此对杰森造成危害，使他放弃行动。

刚进入克拉格俱乐部，克莱恩就在大厅内遇上了外科医生艾伦。

"好久不见。"他笑着打了声招呼。

"最近太忙了。"艾伦友善地回应，只是习惯性地保持冷淡的表情，"而且我妻子最近怀孕了，我又要做爸爸了。"

"祝贺你！什么时候的事情？"克莱恩随口问道。

艾伦想了想道："最近才确认的，应该有一个多月了。"

"一个多月？"克莱恩先是一怔，旋即望向对方的眼睛。

"对，一个多月前。"艾伦推了推鼻梁上架着的金边眼镜，做出肯定的答复。

一个多月前？不就是你被威尔·昂赛汀有关的噩梦困扰的时候吗？克莱恩又是惊讶又是疑惑，但并未让情绪表露于脸上。

瞬息之间，他联想到了自己做的两次占卜：威尔·昂赛汀正处在一个黑暗的房间内，外面有流水哗啦的声音。

难道那是羊水或者血液的表征？克莱恩心中一凛，忽地恍然大悟。

再看向艾伦医生时，他的眼神已颇为复杂。他怀疑对方妻子怀的是威尔·昂赛汀，一条"水银之蛇"！

在神秘学的象征符号里，水银之蛇首尾相接，自己吞噬自己的尾巴，暗含命运循环的意味……威尔·昂赛汀为了避开敌人，主动地、提前地、隐蔽地开启了新循环？克莱恩根据目前掌握的知识做着猜测。

艾伦医生完全没察觉到他竭力掩盖的异常，微笑着说道："他一定会是个可爱的家伙，等他出生，我会举办一场宴会，庆贺他的到来。夏洛克，到时候不要拒绝我的邀请。"

"也许是她。"克莱恩笑着回应了一句。

坦白地讲，他有些好奇，想看看新生的"水银之蛇"究竟处在什么状态。

不过他也有些畏惧和担心，毕竟"水银之蛇"是"怪物"这条命运途径的序列1，并牵扯到了对神灵之位的争夺，谁也无法确定后续会一片坦途，安稳幸福。

对艾伦医生而言，也不知是幸运还是不幸……威尔·昂赛汀是否善良是一方面，另一条"水银之蛇"会否发现是另一方面……而威尔·昂赛汀目前也没做什么事情，告知值夜者似乎有点残忍，我一直能理解野生非凡者……先安静地旁观发展、不掺和、不利用是最好的选择……也许是我解读错误，想得太多了呢？也许威尔·昂赛汀根本就不是什么"水银之蛇"！也许艾伦医生夫人怀的孩子很正常！克莱恩一下闪过了诸多想法。

"她？那就更好了。"艾伦颇为期待地说道。

克莱恩思索着又问了一句："你最近还做噩梦吗？"

"偶尔，但都是正常的噩梦，不再有威尔·昂赛汀。夏洛克，感谢你的开导。"艾伦诚恳地说道。

不不不，这才不正常，作为一名"键盘强者"，我有限的心理学常识告诉我，后续偶尔梦见威尔·昂赛汀才是正常的事情，这属于受刺激后的标准反应。既然对方给你造成了这么大的困扰、留下了如此深刻的印象，那肯定会被映射入梦境里，所以，正确的变化是你偶尔还会梦见威尔·昂赛汀，但梦境已不太清晰，甚至刚起床就已忘记具体的内容，只知道有那么一回事……克莱恩对自己的判断又笃定了一些。

就在这时，他听见了呜呜的声音。

他下意识地望向大厅之外，只见半空的昏暗阴云被狂风吹散，淡黄色的稀薄雾气随之被清扫一空。没有树叶的枝丫摇摇摆摆，大风拖出了一道明显的痕迹，直奔东南方向。

几秒之后，一切恢复了正常，平静如初。

# 第六章
CHAPTER 06

## ✦ 玫瑰之下 ✦

"贝克兰德的冬天很难看见这种大风,至少我没有任何印象。"艾伦也望着窗外,感慨了一句。

这不是正常的风……发生了什么事情?克莱恩压住疑惑,找借口去盥洗室做了次普通的占卜,未得到有效的启示。

他暂时将此事抛诸脑后,准备去地下靶场练枪。

可这个时候,穿红马甲的侍者穿过了温暖如春的大厅,来到他的身边,恭敬地说道:"莫里亚蒂先生,您的朋友找您。"

"谁?"克莱恩略感愕然地反问道。

"伊康瑟·伯纳德先生。"红马甲侍者回答道。

那位经常被动"理发"的执事……他忽然找我做什么?有新发现了?克莱恩当即走到了俱乐部的接待大厅。

伊康瑟按了按被蓬松头发顶起的帽子,迎了过来,压低嗓音道:"代罚者找到帕特里克·杰森·贝利亚了。"

"怎么找到的?"克莱恩半是惊讶半是好奇地问道。

根据他占卜获得的启示,帕特里克·杰森·贝利亚始终披着张人皮,他真正的长相和气息不是被占卜出的那样,不可能这么容易被找到!

伊康瑟环顾一圈道:"我不清楚,我刚收到这个消息。"

他指了指门外树上停着的一只洁白小鸟,那小鸟正悠闲地用喙清理着自己的羽毛。

不等克莱恩再问,伊康瑟大致描述了事情的经过:"代罚者找到线索,确定了杰森的下落,但这个'恶魔'提前察觉到了危险,抢在包围合拢前强行杀掉两位代罚者逃走了。这让风暴教会的高层非常愤怒,'神之歌者'艾斯·斯内克亲自进行了追赶。刚才你应该看见了一场狂风,那就是他造成的,他是风暴教会贝克兰德教区的大主教,也是整个风暴教会的枢机主教之一。"

听起来很正常，但感觉很奇怪……按照艾辛格先生和我的猜测，这也能理解为杰森这个"欲望使徒"在引开高序列强者……克莱恩斟酌着问道："确定被发现的是帕特里克·杰森·贝利亚吗？"

伊康瑟的表情一下变得凝重，语气颇为古怪地回答："我试一试。"

他示意克莱恩跟着自己外出，上了一辆停靠在街边的宽敞马车，里面还有两位机械之心成员。

伊康瑟吸了口气，从衣物内侧特制的口袋里取出了那面花纹妖异的古老银镜。

做完前序工作，他脸色黑沉地说道："尊敬的阿罗德斯，我的问题是，帕特里克·杰森·贝利亚目前的位置。"

四周光芒忽然扭曲，仿佛雨后的灯火，银镜之内则迅速浮现出一幕场景。那是一艘扬起了风帆的内河航船，颧骨高耸、蓝眸带灰、头发整齐后梳的帕特里克·杰森·贝利亚按着鸭舌帽，竖起大衣领口，匆匆忙忙、遮遮掩掩地进入了船舱。

"他果然要逃离贝克兰德！'神之歌者'好像就是往码头区赶去了……"一位机械之心的女性成员恍然大悟地说道。

这暴露得也太容易了吧？克莱恩则满是疑惑。

伊康瑟没去在意这些，将所有的注意力都放在了银镜表面。

这一次，镜面上只有回答问题这个选项，回答错误或撒谎的人将遭遇可怕的惩罚。

很快，镜面勾勒出了一个个鲜红如血的单词：**如果你喜欢的男人浑身长满疙瘩，或是蜕掉表皮，只剩血肉，或是变成怪物，但能交流，你还会喜欢他吗？**

好羞耻的问题……等等，男人？克莱恩险些侧过脑袋，望向伊康瑟。

伊康瑟缓缓地吐了口气道："会，但我将亲手杀掉他。"

**很诚实。**银镜表面浮现出了新的单词组合。

这问答游戏简直是公开处刑啊……克莱恩很想伸手掩住脸孔。

他看了看另外两位机械之心的成员，他们没有异常，或者说假装没有异常。克莱恩犹豫着说道："我总觉得太容易了，或许那不是真的帕特里克·杰森·贝利亚？"

"但帕特里克·杰森·贝利亚指向的就是他。"伊康瑟打算将银镜收起。

克莱恩想了好几秒，组织着语言道："不，我真正的意思是，我们必须抛弃固有的一些判断。我们要找的是那个'欲望使徒'，不是帕特里克·杰森·贝利亚，两者不一定就完全等同，这是我作为侦探必须提出的一点。"

…………

国王大道上，一辆豪华马车离开了王国议院。

马车上铺着地毯，摆有躺床、沙发和桌子等家具，就像一个移动的房间。

穿着深蓝色海军上将服的本代尼根公爵帕拉斯正端着水晶打磨成的杯子，喝着鲜血般的奥尔米尔葡萄酒。

他边品尝美酒，边思索着说道："邀请霍尔伯爵明天来做客，我想和他谈谈提高工厂工人报酬、改善他们劳动时间以及修订《济贫法》的事情，这都是他最近极力推动的议案，他应该很有兴趣。呵，黑夜教会怎么突然关心起这方面的事情？

"邀请的时候，可以先向霍尔伯爵透露我希望讨论的事情——对选举人的财产进行限制是必须的，不能降低要求，否则那些驱使着大量工人的家伙必将占据更多的议席。还有，将最近对无效选区的攻击压下去……"

唰唰唰，旁边的秘书飞快地记录着尼根公爵的吩咐。

说完之后，尼根公爵叹了口气道："我这么做，也是为了贵族的地位，但我们之中没用的家伙越来越多了，甚至有不少人欠着那些富豪的钱。"

这时，马车没有往皇后区方向拐，直奔前方而去。

作为国王之外最大的土地贵族，尼根公爵有不少情妇，但在风气相对保守的鲁恩王国，这是容易被政敌攻击的地方。所以，即使贵为公爵，他去情妇那里的时候也得偷偷摸摸，但这似乎给了他更多的乐趣。

今天他要去最近两三年最宠爱的那位情妇处，一位刚满二十岁的少女。

拿出一瓶用木乃伊尸粉调制成的药剂喝下，尼根公爵忍不住摸了摸脖子上悬挂的饰品，那是一个深蓝色的、拇指大小的海螺。

它是风暴教会在上次齐林格斯刺杀事件后专门为尼根公爵提供的神奇物品，只要尼根公爵一吹响它，圣风大教堂内的"神之歌者"艾斯·斯内克就能听到动静并锁定位置。

为了保护自己，尼根公爵甚至将几位情妇的住所更换到了乔伍德区——距离圣风大教堂不远的地方。

马车缓缓行驶，来到了一栋极为奢华的房屋前，一眼望去，花园内有个玻璃温室，里面开满了鲜红的玫瑰。

…………

克拉格俱乐部外面的马车内。

"'欲望使徒'不一定等于帕特里克·杰森·贝利亚？你认为我们有被误导的可能性？"伊康瑟听完克莱恩的话语，并未嗤笑、不屑或轻视，反倒很认真地和他讨论起问题。

不错的执事……不过也可能是经常使用那面叫作阿罗德斯的魔镜的原因，再差的脾气、再尖锐的个性都会被磨平……克莱恩暗赞一声，诚恳地点头道："这是我个人的观点，出于谨慎的心理。要想验证很简单，向魔镜询问那个'欲望使徒'的位置，而非帕特里克·杰森·贝利亚的位置。"

伊康瑟压了下帽子道："有道理。"

他的表情再次变得凝重，目光随之望向了掌中的魔镜。

"伊康瑟执事，如果你在这里问出什么线索，那个'恶魔'肯定能够察觉。"克莱恩在旁边提醒了一句。

"也是。"伊康瑟侧过头对两位队员道，"你们继续暗中保护莫里亚蒂先生，即使那个'欲望使徒'来袭，你们三人联手也足以抵挡很长一段时间，而附近还有军方人员。"

"是，执事！"两名机械之心成员毫不犹豫地回答道。

伊康瑟当即离开，赶往值夜者所在之处，也就是艾辛格·斯坦顿周围。

"神之歌者"被调开，女神教会的封印物也已经出动……"欲望使徒"真要有什么行动，肯定就在今天下午……希望能赶得及，希望那面魔镜给出正确的答案……但这样一来，我就没机会掺和，没法亲眼看见那个危害着大家的"恶魔"死去，没法接触他装满钞票、金条、金币和珠宝首饰的手提箱……克莱恩一阵唏嘘、一阵失落地望着伊康瑟的背影。

但克莱恩旋即就恢复了心情。这样也好，至少不用我冒险，我可以安安稳稳地解除这次的危难。而且机械之心肯定不会亏待我，真要是成功了，我的观点和建议必然起到非常重要的作用，并且我本人是蒸汽与机械之神的信徒，根据几大教会的风格，应该会分一笔收获给我……在以五万镑为前提的情况下，怎么都不会太少……

想到这里，克莱恩忍不住还是有些遗憾，但他不会就此冒险掺和。

"魔术师"不做无准备的表演！

还是太紧凑、太仓促了，根本没给我规划的时间……克莱恩对两名机械之心的队员点了点头，走下马车，重回克拉格俱乐部，并有备无患地让侍者帮他开了间休息室。


希尔斯顿区，艾辛格·斯坦顿的客厅内。

伦纳德·米切尔拢了下自己略显不羁的黑发，遵循索斯特队长的吩咐，在其他值夜者的帮助下，艰难地穿戴上了那套染着大片鲜血的银色全身盔甲。

他拉下面甲，让碧绿的眼眸藏于幽邃的黑暗里，然后伸出戴着银白金属手套的左掌，接过了伊康瑟递来的魔镜。

在蒸汽与机械教会内部，这面银镜的代号是2-111。

"它只是2级封印物?"索斯特略感诧异地问道。

伊康瑟点了下头:"对,它的危害性,不高。"说到后面,他语气里突然多了几分咬牙切齿的感觉。

"也就是说,其他方面全部达到了1级封印物的标准?"索斯特若有所思地问道。

伊康瑟警惕地瞧了他一眼:"只是某些方面。"他不肯透露更多的信息。

这个时候,伦纳德用右手轻抚起银镜的表面,客厅内霍然变得安静。三遍后,他声音低沉地开口道:"尊敬的阿罗德斯,我的问题是,袭击艾辛格·斯坦顿的'欲望使徒'目前在哪里?"

整栋房屋陡然一暗,就像有乌云恰好飘过附近。银镜表面流淌起水光,迅速凝聚出了一幅略显模糊的画面:那是一栋豪华的别墅型房屋,窗户之前就是一大片花园。花园中央,有玻璃温室,里面开放着一朵又一朵鲜红欲滴的玫瑰。玻璃温室往上,还能看见薄雾之后的苍白太阳。

"就在贝克兰德!"艾辛格·斯坦顿立刻根据视角和太阳在天空中的位置等信息计算出了画面所呈现的地点在哪里。

"这和之前问帕特里克·杰森·贝利亚的位置答案完全不同!我们被误导了!"伊康瑟沉声说道。

"安魂师"索斯特吐了口气道:"真是狡猾啊。那被'神之歌者'追捕的帕特里克·杰森·贝利亚又是谁?唉,来不及讨论了,我们先从画面信息圈出大致的范围,然后立刻展开行动。我怀疑那个'欲望使徒'接下来就会制造大事件!"

这时,叫作阿罗德斯的银镜已散去画面,转为浮现单词。

它要求伦纳德·米切尔回答一个问题,如果撒谎或者不愿意作答,将遭受严重的惩罚。

伦纳德莫名有些紧张,将平时的吊儿郎当收起,安静地等待着问题。

几秒之后,他看见鲜血般的单词发生变化,一个接一个地成形:你身上是否寄宿……

问题刚完成一半,伦纳德的瞳孔就已急速收缩,他背部绷得很紧,额头冷汗狂冒。如果不是有那套染血的银色盔甲遮掩,别人已经能发现他的异常变化。

就在这个时候,他左掌莫名地抖动了一下。

银制的魔镜忽有轻颤,鲜红的单词诡异地、隐蔽地染上了些许绿色,若不是一直盯着镜面且全神贯注,很难发现颜色有了细微到极点的改变。

那一个个单词继续蠕动着,改变了之前的问题:你身上是否存在不能告诉别人的印痕?

"是的,那个印痕存在于我的回忆里。"伦纳德语气平稳地回答道,但他位于染血银甲内的身体却有种高度紧绷后突然放松的疲惫。

这镜子太危险了……竟然直接就察觉了！还好，过了这么久，老头恢复了一点……他嘴唇发干地想着。

索斯特掏出怀表，按开看了一眼，对染血银甲内的伦纳德道："还有时间，你来主导接下来的行动！"

"是，索斯特队长。"伦纳德暗中吐了口气。

…………

码头区，贝克兰德船坞，帕特里克·杰森·贝利亚进入了预定的舱房。

他望向窗户外面，观察起弥漫着淡薄雾气的天空，默算着时间。

过了一阵，他快速取下帽子，脱掉衣物，然后伸手一拉，扯去了表面那层人皮，而人皮之下竟然是个容颜艳丽的女子，三十出头，眉眼深邃，并非克莱恩在梦境占卜里见到的那名褐发棕瞳的男子！

这女子拿出衣物，有条不紊地穿戴上，迅速成为妩媚迷人的尤物。最后，她从行李箱底部翻找出了一个拳头大小的石制雕像，用蜕掉的那层人皮将它紧紧裹住，并打了个死结。

做完这一切，内河客船已行驶出一段距离。她打开窗户，将帕特里克·杰森·贝利亚的人皮连同石制雕像一起扔向河面。

扑通！绑着重物的人皮急速下沉。

那女子拍了拍手，关上窗户，提着行李箱，换了个预备好的舱房。她坐到新舱房的窗户旁边，肘部支桌，双手托脸，悠闲地望着外面。

不知过了多久，她看见半空有狂风刮来，吹散了薄雾。她的嘴角随之勾起，笑容灿烂。

…………

乔伍德区，圣风大教堂不远处的一栋豪华别墅型房屋内。

腰部臃肿、眼眸灰蓝的帕拉斯·尼根熊抱住了迎上来的情妇，那是一个脸上还带着几分纯真的美丽少女。

跟在他身边的有两人，一个是身穿黑色燕尾服的中年男子，褐发蓝眼，没什么表情，正是风暴教会提供的非凡者护卫，一位序列6的"风眷者"。另外一个则是尼根公爵的秘书，他是个身材瘦削、眉清目秀的金发年轻人，看起来文质彬彬、沉稳内敛，最大的缺点是发际线已经超越自身年龄地后退了。

至于其他护卫，或者说安保人员，则分散在房屋之外。

上到二楼，那位"风眷者"抢在尼根公爵进入卧室前，进去快速检查了一遍，而尼根公爵的秘书则负责搜索周围的房间。确认没有问题后，他们对尼根公爵点了点头，示意他可以继续了。

"我的情绪都快平静下来了。"尼根公爵半开玩笑地说了一句。

他的情妇则很开心地回应："那样我们就能好好聊天了，我很想听你讲你在海上的那些事情。"

"希望你最后会有那个精神。"尼根公爵拥着情妇进入卧室，用脚后跟关上了房门。

他的秘书和"风眷者"则分别进入了两侧的房间，没有丝毫松懈。

…………

这栋房屋的阁楼内。

一个穿着深色大衣的男子坐在陈旧的椅子上，半闭着眼睛，不知在感应什么，时而微笑摇头。

他褐发微卷，棕眸冰冷，正是克莱恩在梦境占卜里见过的那位！而他脚旁的皮箱则已少了一个。

"真是勇猛啊，这么强烈的欲望……这不符合我对他的判断，看来服食过相应的药剂……这真是太配合了……呵呵，他们怎么想得到帕特里克·杰森·贝利亚是两个人……"那男子微仰脸孔，如在陶醉。

"快到了……就是这个时候！"

他右手突然一握，仿佛紧紧攥住了谁的心脏！

…………

窗外玻璃温室反射着苍白太阳的光芒，鲜艳欲滴的玫瑰花哪怕在稀薄的雾气里也是那样的显眼。

卧室内的尼根公爵似乎找回了年少时跟着父亲和长辈在广袤土地上骑着马匹驱赶猎犬、追逐野兽的感觉。

终于，他攀到了顶峰，四周都仿佛变得异常安静。

就在这个时候，他脑海内突然嗡了一下，只觉那种愉悦、那种舒爽猛地爆开，不断爆开，没有极限、没有终点地一次又一次爆开。

尼根公爵腰部连抖，眼前一片空白，大脑失去了想法。他的心脏难以负担地剧烈跳动起来，就像一台压力超限了不知多少的蒸汽锅炉，随时随地会炸毁，随时随地会有滚烫的雾气往外喷薄。

换作普通人或者身体素质不算强的非凡者，此时肯定已经心肌梗死、大脑出血，当场倒毙，但尼根公爵最终还是挺了过来，只是双目失神、嘴角流涎、浑身无力地倒向平躺着的情妇。

分别在两侧房间戒备的"风眷者"和公爵秘书同时察觉到了灵性的异常和神

秘的味道。前者的四周忽地刮起狂暴的劲风，卷着他撞向墙壁，哐当一声将墙壁破开一个大洞，进入了卧室；秘书则直奔神秘的源头——这栋房屋的阁楼！

沿途之上，他不闪不避，但走廊里装饰用的花瓶等物却似乎有了自己的生命，以巧妙的姿态纷纷避开了他；而他沿着楼梯跳跃着跑向阁楼时，木制的地面如同在自动上行，仿佛在助他一臂之力。

仅仅三四秒的工夫，这位文质彬彬、眉清目秀的金发年轻人就已进入阁楼，看见了一道坐在陈旧椅子上的身影。

那身影通体覆盖着黏稠的黑液，就像人类心灵深处所有丑陋欲望和剧烈情绪的集合，那是甘愿卖出绞死自己绳索的贪婪，那是同类也不想放过的饥饿，那是不受限制的色欲。

这就是行走在地上的"恶魔"！

身材瘦削的秘书没有任何表情变化，也未直接发动攻击，而是望着对方，向后伸手，礼貌地关门。

砰！阁楼的木门被合拢了。整个房间霍然有种被完全封锁的感觉，似乎里面的人不费力破除，根本离不开这里。这一瞬间，"关上大门，密封房间"这个概念似乎被篡改成了"封印此地，隔绝内外"！

"欲望使徒"动了，他身形膨胀变大，长出了一对巨大的、冒着淡蓝火舌的蝙蝠翅膀，一个个散发着浓烈硫黄味道的火球随之成形，接二连三地轰向了尼根公爵的金发秘书。

那秘书伸出戴白色手套的左掌，猛地一个握紧，并半转腕部。

轰隆！轰隆！轰隆！那一个个火球不再遵循直线或抛物线原则，猛地向着四周散射，混乱得就像某位植物学家提出的微小粒子的不规则运动。它们有的轰到了墙上；有的打中了天花板；有的落在文弱秘书的身旁；有的则倒退回去，险些炸伤"欲望使徒"本人。

整个阁楼一片狼藉，到处都是破碎和焦黑的痕迹，就连房屋都随之震动了两下。但是，"密封"这里的神秘力量，或者说被篡改的规则还未被破坏，四周的墙壁、陈旧的木门和有着灰尘的屋顶只是摇摇欲坠，却始终未坠。

"欲望使徒"并未因刚才的失败而沮丧，也未因对方情绪平稳、欲望内敛、无法操控、无法催化而慌乱，他咖啡色的眼眸里忽有岩浆般的火红跃起，凝聚成金发秘书的样子，口中则吐出了一个满是污秽和恶臭之意的恶魔语单词："死！"

几乎是同时，戴着金边眼镜的秘书瞳孔一缩，摊开左拳，用掌心对准了那位"欲望使徒"。霍然之间，他的身影出现了分化，一道是文质彬彬、身材瘦削的他本人，一道是被"欲望"黑液覆盖的影子，两者飞快交替，时而重叠。

"死!"污秽之语回荡于阁楼内。

秘书先生闷哼一声,后退了两步,分化的身影随之消散。他的体表、他的脸上当即浮现出大块大块的锈红痕迹,就像一个放在潮湿地方许多年的铁人。

咳咳咳!他剧烈咳嗽,吐出了一团团凝成块状、长满铁锈的血液,他体表的那些痕迹则跟着慢慢被抖落。

咳咳咳!"欲望使徒"也在咳嗽,也咳出了凝聚成块、布满锈迹的鲜血,覆盖着他全身的黏稠黑液一下稀薄了很多。

他污秽之语的效果似乎有一半被尼根公爵的秘书转移到了他自己身上!

…………

卧室之内。

"风眷者"扶起了尼根公爵,并将那位美丽的情妇踢向另外一边,以防对方是来袭者的同伙。

他之所以不去帮助秘书先生,是因为他很清楚他的职责只有一个,那就是保护尼根公爵!而类似的情况下,必须提防敌人不止一个!

这时,尼根公爵稍微缓和了一点,但实力颇为强大的他依然手脚发软,身体空虚,精神萎靡,根本没办法使用自身的非凡能力。他示意"风眷者"摘下他脖子上的海螺项链,并将那件物品凑到他的嘴边。

尼根公爵吸了口气,猛地吹出,吹进了那满是奇异花纹的小巧海螺里。

哗啦啦!低沉的潮水声荡开,向着圣风大教堂飞快涌去。

"以大主教阁下的速度,他很快就能赶到!"风眷者"先是宽慰了尼根公爵一句,接着背起尼根公爵,走近窗户,跃向下方。

他要与外面的公爵卫队会合,里面还有两三位低序列的非凡者。

尼根公爵喘息着说道:"抓,一定要抓住活的,或者,灵体……我要知道究竟是谁!"

上次是海盗将军齐林格斯来刺杀,这次则是一位序列5的陌生强者,尼根公爵自问最近没和谁的关系发展到这种不死不休的程度,因此格外恼怒、格外愤恨。

他要查出幕后主使,动用所有资源撕碎对方!而这一切的前提是能从刺杀者身上找到线索。

七八秒后,公爵卫队大部分人涌了过来,将帕拉斯·尼根和"风眷者"围在中间,围在花园前方。

"就在这里等待,并防备敌人。"风眷者"下达了命令。

按照正常的处理流程,他应该保护着公爵尽快离开刺杀现场,赶往圣风大教堂这个安全之地,但他不清楚是否还有别的敌人,害怕路上遭遇伏击。而最为重要的是，他担心与来援的"神之歌者"艾斯·斯内克错开，从而陷入更危险的境地。

一秒，两秒，三秒……时间不断流逝，房屋时有颤动，里面的战斗似乎进入了白热化的阶段。

"大主教为什么还没来？"喘息平复的尼根公爵略显惊慌地问道。

以对方的飞行速度，应该快要抵达了才对，可是，圣风大教堂方向，薄雾没有一点被吹散的迹象。

"风眷者"高度戒备，犹豫着说道："也许，也许大主教，大主教……"

他最终没有说出大主教可能不在圣风大教堂这句话。

就在这时，尼根公爵那位美丽的情妇走到了二楼卧室的窗户前，眼神迷茫地露出凄美的笑容。

紧接着，她纵身跃下，故意用脑袋着地，撞在了水泥砌成的地面上。

砰！让人牙酸的声音后，那漂亮的脑袋裂开了不小的缝隙，鲜血汩汩流出。

她无力地翻滚了几圈，最终脸部朝上。她的双眼彻底失去了焦距，凝固的表情中充满疯狂和害怕。

看到这一幕，公爵卫队的许多成员都难以遏制地生出了恐惧之情。

就连尼根公爵本人，在斯内克大主教迟迟未到的情况下，也有了情绪近乎崩溃的感觉。

"走！离开这里！"虚弱的他本能地喊道。

"风眷者"正在庆幸自己刚才没有心软，抢先就踢开了那个情妇，否则公爵当场就可能会被杀害。此时，听到那充满恐惧的吩咐，他心头突然咯噔了一下。

阁楼内，激战中的"欲望使徒"霍地液化，变成诸多黑影，满地乱窜。

借此避开金发秘书的攻击后，他于另一个方向重新凝聚成形。然后，他望着敌人，抬起右臂，嘴角微微勾起。

"不！"金发秘书的眼睛一下发红。

刹那之间，"欲望使徒"握紧了拳头。

这栋豪华房屋外，尼根公爵惊恐的情绪猛地爆开，直冲他的大脑，钻进了血管，覆盖了神经。他听到了什么东西破碎的声音，只觉后脑一片温热。

而与此同时，公爵卫队好几位成员变得惊慌失措，纷纷抬起手中特制的左轮手枪或步枪，向着中间就是一阵乱射。

乒！乒！乒！"风眷者"抢先一步，抱住尼根公爵，滚倒于地，一片片尖锐如刀的无形之风则凭空产生，割断了那几位护卫的喉咙。

扑通，扑通，那几个护卫捂着喉咙，在沁出的鲜血里缓缓倒地，而尼根公爵的身体抽搐了几下后却不再动弹了。

他被自己的恐惧夺去了生命。

如果他不是序列6的非凡者，他的恐惧甚至能将他分尸。

当然，如果不是已经变得极端虚弱，他也不会有这么剧烈的情绪；就算有，也不会因此而直接死亡。

但这个世界上没有如果，保守党首领、国王之外最大的土地贵族、本届首相的哥哥、序列6的非凡者、货真价实的大人物帕拉斯·尼根公爵，就这样死了。

附近玻璃温室内的玫瑰则依然盛开。

阁楼内，金发秘书明显察觉到了什么，情绪再也难以控制。他脑海内变得一片空白，焦急地奔跑往外，自行打开了密封房间的门。

两秒之后，他反应过来，再次转身，却已不见了那道覆盖黑液的身影和角落里的手提箱。


"欲望使徒"飞快地离开别墅，按照预定的路线撤离现场。

就在这个时候，他眼前似乎出现了一片浓郁的血色海洋。

曾经披着帕特里克·杰森·贝利亚人皮的"欲望使徒"当即停了下来，惊疑不定地环顾四周。直到现在，他才隐约察觉到危险的来临。

他正位于一座花园的边缘，里面因寒冬而草木凋敝，露出了黑褐色的泥土。右侧的街道上，工作日下午的行人本就不多，此时行人零零星星地路过，他未曾发现异常。

"欲望使徒"眼中忽然映出了一抹银色，一具全身盔甲从花园的另一头走了过来。它左肩斜着往下的位置染着一片凝固血迹，透出妖异的美感。盔甲本身则似乎非常沉重，每一步都让地面出现了轻微晃动。

刚看到这具染血银甲，"欲望使徒"就有呼吸不畅的感觉，仿佛遇到了最为可怕的天敌。

怎么会来得这么快？他们这么快就识破了我的伎俩？"欲望使徒"恢复平静，恢复冷血，全神贯注地感应起染血银甲内那位非凡者的情绪和欲望。

然而，让他绝望的是，那具银甲完全阻隔了他的非凡能力。他就像触摸到了一块石头，触摸到了没有穿戴者的冰冷盔甲！

"欲望使徒"不得不抬起右手，张开巨大的蝙蝠羽翼，带着些许蓝色的火焰随之飞快凝聚。

就在这时，他右手虎口处银光一闪，拇指唰地掉落于地，切口整整齐齐。

唰、唰、唰，银芒闪烁间，"欲望使徒"剩余九个指头同时断掉，他提着的行李箱也啪的一声砸在了地面上。

"欲望使徒"的瞳孔顿时收缩如同针尖，当即鼓动背后那一对巨大的蝙蝠羽翼，往另一个方向飞快地逃跑。他脚底的影子不知不觉地缩了起来，藏于一点。

"欲望使徒"刚跑了两步，无数银芒突然从他体内迸发，就像盛开的烟火。

覆盖他体表的黏稠黑液如雨点般落地，他的小臂、胳膊、肩膀、肋骨、脖子等部位断口平滑地散了开来。啪啪啪，"欲望使徒"苍白染血的大肠、蠕动的胃袋和收缩又鼓起着的心脏全部掉落，散落一地。他立足的地方，鲜红的血液最为浓厚，越往四周越是呈溅射状，共同构成了一朵美丽的死亡之花。

一位序列5的强者，一位刚刚完成不可能的刺杀"欲望使徒"，就这样毫无反抗之力地被分尸了。

这就是1级封印物。

这就是曾经让超过十万人失去生命的封印物1-42！

穿戴着那可怕盔甲的伦纳德·米切尔艰难地上前两步，打量了满地的碎尸一眼，拔高音量道："他还没有彻底死去！"

他顿了顿，补了一句："不同的'恶魔'有不同的特点，这个'欲望使徒'的特点是影化，他刚才抛弃了自己的身体，只留下影子。"

"安魂师"索斯特一边吩咐部分值夜者和机械之心成员不要让普通人靠近，一边打量现场，倾听着伦纳德的话语。他掏出怀表，按开看了一眼，表情凝重地问道："只有十分钟了，够吗？不要逞强！"

"没问题！1-42已经锁定了他，我感受到了它的兴奋。"伦纳德说道。

索斯特张了张戴着红手套的五指，对另外的值夜者道："你们带着热水，紧跟伦纳德，一有问题，立刻替换他，就地挖掘'浴缸'！还有，留下印记，我和其他队员会很快跟上。"

噔、噔、噔，染血的银甲开始奔跑追赶目标，看似沉重，却快得不可思议。

索斯特目送这几位红手套离开，转而望向伊康瑟："伯纳德执事，你带领机械之心剩下的成员去那栋房屋，看守住公爵的卫队和现场活着的其他人。"

"看守？"伊康瑟下意识地反问了一句。

索斯特凝重地点头道："'欲望使徒'怎么能确定公爵会在今天去那栋房屋，甚至精确到了一个时间节点，从而非常恰当地提前引开了'神之歌者'？"

伊康瑟瞬间醒悟："你是说公爵卫队某个成员或者公爵所信任的某位人士是'欲望使徒'的同伙？"

否则对方的时间不可能把握得这么好！所谓行动也就不存在成功的可能性！

"只能说，这个理由的概率最大。不排除'欲望使徒'背后隐藏着一位预言大师。"索斯特不再多说，领着第二批值夜者，循着印记，增援前面的队友。

伊康瑟沉着脸庞，率领剩余的机械之心往尼根公爵情妇的住所返回。

他抬头望了眼稀薄雾气后面的苍白太阳，知道整个贝克兰德，乃至整个鲁恩王国、整个世界的局势都会因今天的事情而改变。

…………

黑暗的下水道内，一道影子正贴着石墙底部往某个方向飞快游走。

他要借助那染血盔甲高大沉重、不方便在下水道某些狭窄区域活动的特点，甩开对方！

而这影子每前行一段距离，就会停顿下来，僵在那里。

"欲望使徒"漆黑的表面连续鼓胀凝实，似乎要长出新的血肉，但却由于缺乏材料，根本没可能成功。他发出痛苦的喘息，感觉这种状态下的自己随时可能堕入失控的地狱。

他缓和了一阵，顾不得降低这个问题的危害性，继续亡命奔逃，害怕那具可怕的染血银甲已悄然追至身后。

…………

克拉格俱乐部内，克莱恩进入休息室，拿着报纸走到了马桶旁边。

他担心"欲望使徒"提前逃走，为自己、为艾辛格·斯坦顿和卡斯兰娜等无辜的私家侦探留下隐患，所以准备去灰雾之上再做次占卜，确认对方目前的情况，从而采取有针对性的策略。

重复之前的流程，用纸人代替自己的克莱恩坐到属于"愚者"的位置，具现出帕特里克·杰森·贝利亚的手帕，占卜对方当前的位置。

灰蒙蒙的梦境天地里，克莱恩看见了没有光亮的下水道，看见了一道活着的影子，看见对方似乎要填充成血肉之躯却总是失败，看见他蜕下了一些细小的黑色粉尘。

视角随之拔高，来到了地面区域，显露出一座高耸的教堂。

圣风大教堂……克莱恩睁开轻闭的双眼，把握住了"欲望使徒"的情况：对方真的没有被抓住，但好像受了重伤，状态非常不对，并透着几分奇诡！

他的行李箱也不见了……应该是受伤的时候丢弃了……克莱恩略一思索，利用占卜的方式回想起了贝克兰德地图，并让它具现在眼前。

同样，他还弄出了一份贝克兰德下水道的粗略布局图。

曾经充分利用下水道的他一直在搜集类似的资料，重点是东区、贝克兰德桥区域和自身所在的乔伍德区。经过努力，他早就完成了第一阶段的目标，弄清楚了下水道网络的主要布局。若再想细化，那就需要非常漫长的坚持，有的时候，克莱恩甚至想潜入贝克兰德市政厅，直接偷看相应的设计图。

根据两份地图和之前梦境占卜里看见的画面，克莱恩发现"欲望使徒"贝利亚没有往塔索克河方向逃遁，而是反其道而行之地直奔希尔斯顿区，似乎想穿过这里，进入皇后区那片有人工湖的地带。

　　"也就是说，他离我越来越近了……"克莱恩心中一动，忽然有了一个想法。

　　虽然我无法确定他会从哪条下水道路过，但我可以结合占卜的方式来判断方向……他受了重伤，状态非常奇怪，对占卜方面的干扰变得极弱，距离不远的情况下，不是没办法找到他，毕竟我曾经见过他真实的样子，且把握到了些许气息……寻人，我可是专业的……必须做点什么，不能让他就这样跑了！时间上来得及！

　　确认危险程度后，克莱恩下定决心，返回了现实世界。他拿出蜡烛，快速布置起仪式，自己召唤自己，自己响应自己。

　　没过多久，盥洗室内多了个穿黑色全身盔甲、戴漆黑王冠、着同色披风的身影，正是灵体化并携带了"黑皇帝"牌的克莱恩。

　　他还包容了"太阳胸针""生物毒素瓶"等神奇物品，务求万无一失。

　　接着，他隐入空气里，从另一个方向离开了克拉格俱乐部。

　　此时的克莱恩可以飞行，所以速度极快，但又不会荡起风声，因为他是灵体。

　　他"刮"过一株树木，带走了一根枯枝。

　　以曾经见过的帕特里克·杰森·贝利亚的真实样子，以自身记住的些许气息和那块手帕为媒介，克莱恩使用卜杖法，并结合布局图，迅速确定了对方经过的下水道。

　　钻入那漆黑恶臭的地方，克莱恩以最快的速度通过了大量狭窄的区域，进入一段较为宽敞的地带。暗河流淌，四周弥漫着混杂的味道，他时不时调整方向，紧追帕特里克·杰森·贝利亚。

　　…………

　　"欲望使徒"又差点失控，忙停顿下来，紧贴潮湿的墙壁和冰冷的管道，努力收束心里的嗜血和杀戮欲望。

　　呼、呼，那薄薄的影子有所起伏。

　　就在这时，他猛然转头，望向刚才经过的地方。

　　漆黑的盔甲和黑色的皇冠首先映入了他的眼帘，勾勒出一道威严至极的身影。那身影的背后，没有重量般的披风随着身影的前行轻轻晃动。

　　…………

　　"就在附近！"一具染血的沉重银甲顺着铁梯，从入口爬进了下水道。

　　…………

沟渠内污河流淌，下水道里没有亮光，正常人行走于这里，必须提着马灯，才能看清楚必要的情况。

但对灵体状态的克莱恩而言，这都不是障碍，一切早已映入他的眼帘。所以，"欲望使徒"发现他的时候，他也发现了"欲望使徒"。

没有开口，没有犹豫，他直接就张开嘴巴，发出了无声的尖啸。

这是直接伤害灵魂的攻击！

"欲望使徒"刚要有所动作的身体猛然顿住，就像被谁给予了沉重一击。影子般的他体表掉下了大片的黑色，如同在抖落沾染了最深沉欲望的雪花。

这个瞬间，本就重伤的"欲望使徒"险些昏迷了过去。没有了实质身体支撑的他，在这样的攻击里就仿佛狂风中的烛火，摇摇晃晃，随时可能熄灭。

他的影子霍然散开，化成漆黑的液体，向着四面八方流淌，让人不知道究竟该追逐哪一道。

而就在这时，克莱恩背后的黑暗里突然蹿出来一道阴影，猛地扑向了前方！

那些已算不上黏稠的黑液仅仅是"欲望使徒"用来混淆对手注意力、方便自己突袭的道具！

克莱恩似乎完全没有反应过来，任由那影子扑到了自己身上。

然而，"欲望使徒"却忽地打了个寒战，仿佛接触到了最阴冷、最冰寒的东西。那影子迅速变得缓慢，似乎已被"冻"得僵硬。

他清楚怨魂幽影都有自带的冻僵效果，但没想到这头戴黑暗皇冠的家伙能让同属于灵体的自己也遭受影响。

这是一种完完全全的位格压制！

对于这样的结果，克莱恩早有预料。他半转过身体，伸出右手，按在了僵硬影子的头部。

接着，被漆黑盔甲遮掩住的暗金色"太阳胸针"闪过了微光。

"欲望使徒"察觉到了危险，感受到了末日的来临，想要反抗，却暂时无能为力。

一道明净神圣的光芒凭空产生，落在了影子的头部，笼罩住了他的身体。

四周霍然被照亮，黑色的影子竭力挣扎，却不断消散，只是眨一下眼睛的工夫，他就已变得异常稀薄，自身的灵性内充斥的尽是烈阳洒落的光辉和不甘心的疯狂呐喊。

克莱恩没给他喘息的机会，又召唤来了一道纯净明亮的圣光。

宛若白昼的感觉维持了两秒，"欲望使徒"便倒在地上，失去了生命的气息。他的身体依然保持着影子的状态，薄薄的，仿佛没有厚度。

这个刚刺杀了一位公爵的序列5强者就这样死了，连遗言都来不及交代。

与此同时，克莱恩看见了对方饱受打击即将消散的灵。

非凡特性还要等一阵才能析出……要不要模仿莎伦小姐，附体影子，加快进度……但我不会那个技巧啊……克莱恩考虑起接下来该怎么做的问题。

忽然，他感觉地面在微微震动。依靠灵性直觉，他望向了之前路过的地方。

一具高大沉重的银色盔甲飞奔而来，左肩斜着往下的区域，染着大片凝固的血液。

封印物1-42……克莱恩心中一紧，毫不犹豫地包裹住"欲望使徒"的灵，结束了召唤。

他原本的打算就是即使没来得及解决"欲望使徒"，只要有官方非凡者赶到，也立刻返回，将后续的事情交给对方。

穿戴染血银甲的那位红手套刚看见一道戴漆黑皇冠、着同色披风的身影，就发现对方无声无息地消失了，没有留下任何痕迹。

他微眯眼睛，认真审视起对方刚才的位置，找到了失去生命的"欲望使徒"。

"清除线索，毁灭证据？"他低沉地说了一句。

噔、噔、噔，后面的红手套相继赶到。

…………

返回灰雾之上后，克莱恩没急着通灵，而是直接离开那片神秘空间，进入了现实世界的身体内。

他熟练地收拾起蜡烛等仪式物品，很快就去除了最后一丝痕迹。

做完这一切，他再次制造替身，逆走四步，来到灰雾之上那座古老的宫殿内。

在这里，他可以像真正的"通灵者"那样直接与残存的灵沟通，无须再向谁祈祷，甚至不需要仪式辅助。这一点，他在通灵"秘偶大师"罗萨戈时就已经验证过了。

考虑到"欲望使徒"贝利亚的灵接受了净化，随时可能消散，克莱恩准备先询问相对更重要的情报。

至于"恶魔"途径的魔药配方，他打算放到最后才考虑，反正他就算获得，也不打算变卖，免得培养出几个冷血的连环杀手来。

望着褐发棕瞳、眼神空洞的"欲望使徒"，克莱恩蔓延灵性，开口问道："你究竟在图谋什么？"

"欲望使徒"与外界的联系完全被隔断，只能浑浑噩噩地回答："刺杀尼根公爵。"

尼根公爵……又是他？谁这么想他死？克莱恩略感愕然地问道："成功了吗？"

"成功了。""欲望使徒"平静地回答，没有额外讲述别的事情。

这种状态下，问什么就只会回答什么。

可怜的尼根公爵，风暴之主也无法庇佑你……克莱恩在胸口画了个绯红之月。他没试图了解细节，直接问道："谁指使你的？"

是当初委托"飓风中将"齐林格斯的那个组织吗？克莱恩回想着之前的刺杀事件。

"欲望使徒"语气不见波澜地说道："一个组织，最隐秘也最古老的那个组织，绝大多数非凡者都不知道它的存在。它的成员据说有各个领域的大人物，也许各个教会和各国军方的某些高层就是他们中的一员。"

很耳熟啊……难道是罗塞尔大帝加入的那个隐秘组织，掌握着第二块亵渎石板的那个古老组织？克莱恩心中一动，道："他们向你许诺了什么报酬，竟然让你愿意放弃经营了十几年的身份？"

"欲望使徒"嗓音略有变化地回答："一张亵渎之牌，'深渊'牌！"

亵渎之牌？罗塞尔制作的二十二张亵渎纸牌之一的"深渊"牌！这多半对应着"恶魔"途径，难怪这个"欲望使徒"愿意为此付出人生前面十几年积累的所有东西……那里面有着他成为高序列强者的希望！这种程度的报酬简直比任务有价值多了！

不过，"飓风中将"齐林格斯应该不会被这样的报酬吸引才对，除非，除非那个组织还有另外一张他需要的亵渎之牌，或者别的什么物品……

如果真是罗塞尔加入的那个神秘组织，搜集到几张亵渎之牌很正常……就算没有，他们也还掌握着亵渎石板……

克莱恩先是一惊，旋即不解地问道："他们为什么要对付尼根公爵？"

"欲望使徒"的灵又淡薄了不少，语气空洞地说道："我不知道，我只考虑要不要接这个任务。"

"那你听说过什么吗？"克莱恩追问道。

"欲望使徒"还是那种没有起伏的状态："我听说他们的主旨是复活，或者说唤醒真正的造物主。他们干涉着历史的进展，让它符合自身的需要，以此在某个节点完成目标。如果时代的潮流不像他们预计的那样，他们就会竭力扭转这个趋向。除此之外，他们就只是安静地旁观、冷漠地旁观，也许几十年、几百年都不会有一次行动或委托……"

真正意义上的隐秘组织……符合罗塞尔描述的暗中操纵世界大势的特点……又和最初的那位造物主扯上了关系……克莱恩见"欲望使徒"的灵体行将消散，忙又问道："那个组织的名称是？该怎么联络他们？"

"欲望使徒"没有感情地望着前方，身影飞快地崩解消散。

而在彻底消失前，他回答了刚才的问题："他们的名称是，黄昏隐士会。"

有着玻璃温室的那栋房屋内。

身材瘦削，戴着金边眼镜和白色手套的秘书先生脸色阴沉地坐着，神情里蕴藏着深切的悲痛。

"你的姓名是什么？序列几，哪条非凡途径的？"伊康瑟执事郑重地问道。

金发秘书用低沉的嗓音缓慢地回答道："洛克哈德·西亚卡姆，序列5。至于我属于哪条非凡途径，你可以向军情九处申请查看我的档案。"

"好。"伊康瑟转而问道，"公爵是每周都会固定一个时间过来吗？"

"不，他不是一个喜欢按照日程表做事的人，被齐林格斯刺杀后，更是这样。今天之前，没人知道他今天会到这里来，我也是上午在议院才听说的。"洛克哈德·西亚卡姆认真地回答道。

伊康瑟道："如果你们之中存在一个间谍，你认为是谁，你有怀疑的对象吗？"

洛克哈德思考了几秒，摇了摇头。

伊康瑟又问了当时战斗的细节，大致掌握了具体的过程。他见洛克哈德脸色苍白，受伤不轻，于是礼貌地起身，先去调查公爵卫队的其他人。

目送这位机械之心的执事离开后，洛克哈德吸了口气，步伐沉重地来到尼根公爵的尸体旁。

这位大贵族已不复刚才的赤裸，但脸上残余的依然是极度的惊恐。

深深看了尼根公爵的尸体好几秒，洛克哈德悲伤地低语道："抱歉。"

这时，背对所有人的他嘴角忽然微微翘起。他异常平静地在心里补了一句：这是时代的选择……

…………

西区，希望街9号，首相官邸。

阿古希德·尼根站在宽大的桌子后面，神情凝重地望着对面的霍尔伯爵："伯爵阁下，我的秘书应该已经告知你发生了什么事情，你是我在这个时刻想到的第一位贵族。"

这位保守党大佬、现任内阁首相一下苍老了好几岁，高瘦的身材似乎有些承受不住噩耗地略微前倾，以至于要用双手撑住桌面，但他的眼神依然锐利，态度依然冷静。

留着两撇漂亮小胡子的霍尔伯爵叹息道："很遗憾听到这个消息，这让我非常震惊。我正想于最近几天拜访公爵阁下，讨论我们都很关心的那几个议案，谁知道，他竟遭遇了袭击……"

被深刻的法令纹和发福状态破坏了年轻时英俊模样的他先表示了哀悼、悲痛和感同身受，接着收敛住情绪道："公爵阁下已经身亡，比起哭泣和愤怒，我们更需要谨慎和冷静，只有这样才能处理好后续的事情，不让王国这列沉重的蒸汽列车冲出轨道。”

“这也就是我第一时间找你的原因。其他贵族只会呼喊神明，害怕得浑身发抖，并表示无法接受，要求立刻严惩凶手，找到幕后主使。在他们看来，处于重重保护下的公爵都会被刺杀，更何况他们？”阿古希德首相沉声说道，“这是很正常、很自然、可以理解的反应，但并不是我们需要的反应。”

霍尔伯爵点了下头，转而问道：“凶手是谁？动机是什么？”

“一个伪装成银行家十几年的‘恶魔’，真正的‘恶魔’。对了，你的巴伐特银行刚收购了他的产业。”阿古希德语气没什么变化地陈述道。

“帕特里克·杰森·贝利亚？”霍尔伯爵立刻想起了对方的姓名。

这起涉及银行的收购案正是他批准的。

阿古希德首相并未指责对方，思索着说道：“他有序列5，却突然抛售产业，丢弃掉经营了十几年的身份，冒着极大的危险刺杀我的兄弟。据此，我们可以做出有力的猜测，他受到了某个人或某个势力的指使。

“可惜的是，他被人杀死在了逃亡的路上，连灵体都被带走了。据值夜者汇报，是那位侠盗‘黑皇帝’做的。”

“牵扯到一个极端隐秘的组织，而我们短时间内查不清楚这件事情？”霍尔伯爵反问了一句。

“是的，那个侠盗什么痕迹都没有留下，我们只能从之前几个月里接触过杰森的人入手，这必将耗费许多时间，而且未必有结果。”阿古希德给出肯定的答案。

霍尔伯爵踱了两步道：“国王陛下是什么态度？”

“悲伤，但没有具体的想法。”阿古希德回答道。

霍尔伯爵皱眉想了想道：“既然这样，重要的不再是幕后主使是谁，而是我们想借这件事情达到什么目的。

“如果想要战争，想重启殖民地的争夺，那就告诉民众，指使帕特里克·杰森·贝利亚的是弗萨克帝国，并给他们编一个详细的过程，出示一些看上去是那么回事的证据。在过去几百上千年里，我们北方的这位邻居总是担任类似的角色，我想大家应该都已经习惯了，不会质疑。野蛮人做出这种事情是非常、非常、非常正常的。”

“而且民众恐惧着他们。”阿古希德首相没什么笑意地扯了扯嘴角，“但是，我们正在实行一系列的变革，最早得明年下半年才能稳定下来，才会拥有发动战争的能力。”

霍尔伯爵沉吟着说道：“那就找一个大家都可以接受的对象。侠盗‘黑皇帝’

太神秘，他背后的隐秘组织更是如此，要是就这样公布出去，肯定会引起极大的恐慌。人们总是害怕未知的、不够了解的事物。

"嗯，极光会怎么样？他们前几个月才刺杀了因蒂斯那个色情狂，再做出什么事情都不会让人意外。他们的名声足够差，而且他们的情况已经被报纸杂志反复讲了几遍，甚至成了许多小说的恐怖元素和经典反派。而且，这能有效打消别人对我们的怀疑——总有人认为之前的刺杀事件是我们委托极光会做的。

"还有，趁打击恐怖组织、非法组织的机会，清理一下贝克兰德。这里隐藏了太多危险的家伙。"

阿古希德"嗯"了一声："极光会是个不错的对象……先以他们为目标，等到明年，我们做好了准备，再公布调查结果，指控驱使极光会的是弗萨克帝国。我想没人会在意恐怖组织和北方野蛮人的辩解。"

霍尔伯爵愣了一下道："这比我的想法更进一步。"

阿古希德不再多说，站直身体道："我现在去面见国王陛下。"

说到这里，他望了霍尔伯爵一眼："你也要注意安全，我们还没有弄清楚那帮人刺杀我兄弟的动机。

"哼，风暴教会已经同意更换贝克兰德教区的大主教，斯内克总是在关键时刻迟到！风暴的信徒总是那样暴躁、易怒、顽固、自大，容易被人调动！"

"不要存有偏见，比如卢尔弥就很有智慧。"霍尔伯爵先是低笑一声，旋即在胸口点了四下，"谢谢，女神会庇佑我的。"


黄昏隐士会……听起来很有格调啊……返回现实世界的克莱恩起身按了下抽水马桶的机械按钮。

哗啦啦的流水声里，他走出盥洗室，思考起刚才通灵获得的情报。

他怀疑黄昏隐士会就是罗塞尔大帝加入的那个古老组织。

为了所谓历史进程找人刺杀尼根公爵，这听起来有点荒谬啊，但又好像有些道理……他们的目标是复活，或者说唤醒最初的那位造物主？这和白银城的理念有些接近，小"太阳"他们从不相信创造一切的主已经逝去，只接受祂遗弃了那片地域的说法，一直试图得到祂的回应……

克莱恩来回踱步，发散着自身的思绪。

不知过了多久，他突然听见咚咚咚的敲门声。

外面不是克拉格俱乐部的侍者或女仆，而是克莱恩之前见过的一位机械之心的成员，戴着厚重眼镜的卡尔森。

"你怎么进来的？"克莱恩故意问道。

卡尔森见他确实在房间里，神情明显放松了下来。见周围没人，卡尔森笑道："作为一名非凡者，总有各种各样的办法。"

他收到伊康瑟执事传递来的消息，知道了"欲望使徒"的死讯，然后来确认我的情况。而我的表演还算成功，"大变活人"没有被揭穿，成功隐瞒了过去……克莱恩心头微动道："你的表情告诉我，有好消息？"

"是的，帕特里克·杰森·贝利亚已经被杀死，你安全了，不用再接受我们的保护了。"卡尔森如实说道。

这样的反馈里，克莱恩觉得体内的魔药似乎又加快了消化的速度。他又惊又喜地反问道："确定？"

"确定。"卡尔森给出肯定的答复。

"这真是太好了！"克莱恩欣喜地说道。

卡尔森看了他一眼，由衷地称赞道："你的侦探直觉和逻辑思维给了我们最重要的帮助，执事在信上说，事后会隐秘地给你一笔赏金，大概一千镑。"

一千镑……还不错啊，很慷慨嘛！不过，就算杰森行李箱下面的那些钞票都是5镑、1镑面额的，就算他的珠宝首饰不是太贵重那种，总共也差不多有五万镑吧……大气污染调查委员会的玛丽夫人，算上考伊姆公司股份的价值，也顶多达到这样的身家……

嗯，杰森那个披上人皮负责引开"神之歌者"的同伙多半带走了一部分，剩下的估计就两三万镑，但这还是一千镑无法比拟的，真是让人遗憾啊……不能这么想，也许杰森的同伙提前带走了所有的财物……克莱恩一阵失落一阵喜悦。

而机械之心给予赏金的行为更加证明了他这段时间"表演"的成功，他觉得自身距离彻底消化"魔术师"魔药只剩一步。

"这是我应该做的，毕竟被威胁到的人是我。"克莱恩堆着笑容道。

他并不担心杰森的同伙之后会报复，因为这次的报复也只是一个幌子，更为重要的是，到时候他肯定已经序列6了。

卡尔森推了下眼镜，斟酌着说道："夏洛克，你也是神的信徒，我们希望和你建立良好的关系，以后你遇到什么事情，搜集到什么情报，都可以告知我们。"

这是发展我做机械之心的线人啊……我又有一个报销的渠道了……克莱恩一本正经地在胸口画出三角圣徽："没有问题。"

不再被"机械之心"保护的克莱恩在克拉格俱乐部内待到了晚餐之后，接着才乘坐马车，慢悠悠地返回明斯克街15号。

他习惯性地打开信报箱，看见了一封新的来信，没有贴邮票。

这封信是艾辛格·斯坦顿大侦探下午拜访未果后留下的。

……我从机械之心那里听说了你给出的建议，你的敏锐和严谨让人震惊，如果不是你已经成为非凡者，我甚至认为"阅读者"才是最适合你的途径。

你是我见过最擅长推理的年轻人！

克莱恩站在客厅内，就着煤气壁灯的光芒看完了艾辛格留下的信。

这次的表演没有新奇的地方，按部就班，重复之前，甚至没发挥太大的作用……但胜在观众足够多，而且都是位于我身边的观众，让我直接获得了反馈……克莱恩拿着信纸，忽然心有所感。

他半闭上眼睛，只觉体内有什么东西在飞快崩解、碎裂、消散，只觉四周出现了诸多虚幻的星辰，只觉那些璀璨彼此间有很微弱的吸引。

1349年的最后一个月，他的"魔术师"魔药终于消化了。

第七章

CHAPTER 07

✦ **新的一天** ✦

夜晚的煤气路灯照亮了湿漉漉的地面，时不时有辆马车驶过，溅起些许水滴。

贝克兰德位于王国中部，距离苏尼亚海只有几十公里，常年多小雨，7月最高气温才二十八摄氏度，冬季最低则在两摄氏度左右，很少有机会跌到零点，甚至跌破，但这不妨碍人们在这里感觉寒冷。即使习惯了在冰天雪地里生活的北弗萨克人，有时候也承受不住那种能穿透衣物和血肉的潮湿阴凉。

克莱恩站在未点燃壁炉的房间内，立于凸肚窗后，望着外面安宁静谧的场景，只觉身、心、灵都异常轻松。

只要凑齐材料，调配出魔药，他立刻就能晋升序列6，成为"无面人"。

"魔术师"魔药彻底消化了……"欲望使徒"被我亲手终结，没能逃掉……极光会对"愚者"信徒的寻找还在死路打转……除了阿兹克先生不知被哪个势力追索的事情和魔药材料相关的问题，我暂时没有任何困扰了……克莱恩前倾身体，呵了口气，看着它在窗上凝出一层白雾。

他之所以要冒险去堵截"欲望使徒"，就是担心对方还有别的布置，甚至借此顺利摆脱官方非凡者的追踪，到时候，提供了关键意见的自己或许就会被记住，于事后被报复——作为"冷血者"，"恶魔"不太可能冒险为同伴复仇，但这不代表他们不会因自身险些死亡而选择泄愤。

这次的行动确实是必要的，说不定黄昏隐士会的人会在某个地方接应"欲望使徒"。等到"欲望使徒"逃掉，没有相应情报的我，也许就只是按照防备序列5来准备，认为晋升了"无面人"就不会有太大的危险，然而，"欲望使徒"很有可能借助"深渊"牌提供的信息和黄昏隐士会的帮助晋升为高序列！这样的发展，光是想想就让人后怕……正义的补刀是不可或缺的……克莱恩检视着今天下午的事情，从中总结经验和教训。

欣赏了一阵夜景，他转而走回沙发位置坐下，思考起接下来的安排。有了机械之心给的赏金，千面狩猎者的脑部变异垂体和血液就能买下来了，深海娜迦的头发需要的钱也足够了——这种材料在海上应该比较容易搜集到，可以让"倒吊人"先生帮忙。唯一的问题就是人皮幽影的特性……不过就算有线索，金镑也还不够……

想到这里，克莱恩忍不住无声自嘲：从本质上来说，我不是特别爱钱的人啊，就是正常喜好而已。在廷根的时候，我一直鼓励梅丽莎消费，一直撺掇她和班森请女仆，也是觉得不管怎么样都尽量不要亏待自己。每次有隐秘行动，也是安全第一、小心为重，不会被财富影响心智。但为了复仇，必须提升序列，而提升序列又必须购买昂贵的非凡材料，只能一便士一苏勒地积攒，能省就省……

他忽然缩了缩肩膀，觉得客厅的阴冷让不以身体素质见长的"魔术师"有些战栗，于是，他决定直接洗澡，钻入被窝，在床上阅读书籍。

还有三四个小时就该睡觉了，没必要再点燃壁炉啊……克莱恩叹息一声，站了起来，走向二楼。

蒸汽教堂地下区域，伊康瑟翻看完记录的所有口供，端起咖啡，喝了一口。

平静了几秒钟，他拿出那面叫作阿罗德斯的古老银镜。

卡尔森瞄了一眼，有些好奇地问道："执事，如果问尊敬的阿罗德斯数学上的未解难题或者经典的悖论，它会给出正确的答案吗？"

"大部分时候，它会直接拒绝；如果它认为你存在恶意，甚至可能直接给你一闪电，或者让你承受绝对不想面对的诅咒。"伊康瑟叹息道，"它是活着的封印物，有极高的智慧，不是死板地遵守规则的差分机，使用它的时候最好不要抱着钻漏洞的想法。"

卡尔森看了看周围的队员，好心提议道："执事，我来帮你问吧，我没有需要隐瞒的事情。"他挺直背部，摆出坦然诚实的姿态。

伊康瑟苦涩地笑道："没必要，该知道的都知道了，我已经不再害怕类似的问题。而且，尊敬的阿罗德斯偶尔也会问相当深奥的问题，以你的身体状况，后续的惩罚不是那么容易承受的。"

说完，他先握了握拳头，接着才伸开五指，轻抚了银镜表面三次。

微妙的氤氲中，伊康瑟声音低沉地开口道："尊敬的阿罗德斯，我的问题是，指使'欲望使徒'刺杀尼根公爵的是谁，或者说哪个势力？"

银镜短时间内竟未出现变化，好一会儿才浮动水光，勾勒出一幅油画般的场景。那是太阳即将落下的平原，广袤的田地上洒满了淡金色的余晖。

"这是什么意思？"卡尔森等机械之心的成员你看我，我看你，完全无法理解，即使他们之中就有"窥秘人"途径的非凡者，对解读启示并不陌生。

"黄昏？生命走向终点的象征？信仰死神的教派或者相信末日的疯子？"有位"窥秘人"斟酌着说道。

卡尔森附和点头："我认为是后者。"

伊康瑟没去理睬他们的讨论，因为阿罗德斯的问题已经浮现：**你最喜欢什么颜色的内裤？**

伊康瑟的脸突然涨红，只觉头顶仿佛在冒烟。他非常艰难地吐出了一个单词："红色。"

房间内突然变得异常安静，卡尔森等人故作无事地望向了角落。

伊康瑟虚脱般地坐下，抓了抓蓬松的头发，准备问第二个问题。

卡尔森不忍地说道："执事，让我试一试吧。"

"……尽量不要进入惩罚环节。"伊康瑟终于点头同意。

卡尔森非常自信地模仿起执事的动作，轻抚了银镜表面三次，其他成员则又重新围了过来。

"尊敬的阿罗德斯，我的问题是，'欲望使徒'的合作者有哪些？"

水光浮动，影像变化，银镜表面最先呈现出了一名女子的背影，身材极为出色；接着是一个模糊到极点的人，只能勉强从穿着打扮初步判断是个男性。

"果然还有一个合作者，这应该就是出卖了尼根公爵情报的人！可惜，对方做了一定的处理……"卡尔森环顾一圈道。

他认为自己没有什么不可告人的秘密，对后续的提问不需要在意。

这一次，阿罗德斯给出的选择是，问题、任务或者惩罚。

卡尔森毫不犹豫地说："问题！"

银镜表面飞快地勾勒出了一个个鲜血淋漓的单词：**你每天都靠手来解决？**

卡尔森嘴唇翕动，只觉耳朵迅速变得滚烫。

这虽然是他认为很正常的事情，但当着这么多队友和上司的面给出答案，还是让他有一种想把脸埋到地上的冲动。

"是……"他非常小声地回答。


圣赛缪尔教堂底部。

涂着蓝色眼影的戴莉将一沓文件扔到了"安魂师"索斯特面前："你们要的涉及塔罗牌的所有案件资料。"

"比我想象的少。"索斯特略感诧异地说道。

戴莉"嘿"了一声："这只是索引。"

伦纳德见状，用戴红手套的右掌抚摸了下嘴唇道："索斯特队长，为什么我们不深入调查与帕特里克·杰森·贝利亚发生过接触的人，并与之前两起案件做对比？这里面很可能就藏着那个以塔罗牌为象征的组织的线索。"

"尼根公爵是风暴之主的虔诚信徒，代表着风暴教会在政坛的利益，代罚者们肯定会疯狂地寻找真凶，我们没必要掺和，否则反而容易与他们产生矛盾。我们查一查其他涉及塔罗牌的案件，说不定会找到新的线索。当然，我们必然会因此四处奔波，但这就是红手套的职责。"索斯特微笑着解释道。

伦纳德点了点头："我明白了。"

而他的脑海内，那略显苍老的嗓音却啧啧笑道："值夜者竟然就这样错过了，那个人身上有'黑皇帝'的味道，真正'黑皇帝'的味道！"

…………

圣风大教堂内。

戴着黑色软帽的"神之歌者"艾斯·斯内克银眸一扫，对挑选出来的代罚者精英们说道："虽然我即将离开贝克兰德，但这是枢机会议的决定。你们接下来的任务只有一个，那就是调查尼根公爵被刺杀案。经过申报，你们有权动用1级封印物，必须弄清楚是谁在针对我们！"

站在最前方，戴着改良型船长帽的一位中年男子当即率领众人，以手握拳，轻击胸口道："遵命，枢机主教阁下！"

他身材精瘦，长相没什么特点，但脖子上有一个锚形青黑文身。

…………

皇后区，霍尔伯爵家的豪华别墅内。

奥黛丽看着自己开门进来的苏茜，压低嗓音道："爸爸他们在讨论什么？"

发现霍尔伯爵很晚才回来，并且表情异常凝重后，她立刻派金毛大狗苏茜溜进去旁听。

"尼根公爵被刺杀了。"苏茜顺腿关门道。

"啊？"奥黛丽一下怔住，怀疑自己听错了。

虽然她已经经历过一次针对尼根公爵的刺杀，但从来没想过这位极有权势的大贵族真的会因此死掉。

"真的。"苏茜给出肯定的答复。

奥黛丽顿时有些茫然，觉得不够真实。这样一位大贵族，这样一个有血有肉、能说能笑还赠予了自己一个庄园的公爵就这样死掉了？霍然间，她体会到了成人世界的残酷和冰冷。

"是谁做的？"奥黛丽下意识地问道。

"一个序列5的'恶魔'。"苏茜语速颇快地回答，"不过他已经被灭口了，被那个什么侠盗'黑皇帝'。"

"啊?"奥黛丽再次愕然。

怎么会是侠盗"黑皇帝",怎么会是"愚者"先生的眷者?祂上次才帮助我解决了尼根公爵被刺杀的危难啊!这完全矛盾!

奥黛丽当即吩咐苏茜再去旁听,自己则反锁住房门,坐到床边,向"愚者"先生祈祷。

诵念完尊名,并讲述了尼根公爵被刺杀的事情后,她抱着极大的信任问道:"您的眷者在现场吗?"

过了一阵,她看见了无边无际的灰雾,听到了属于"愚者"的嗓音:"是的。他在寻找指使'欲望使徒'的那个组织。"

果然不是"愚者"先生安排的!祂让眷者阻击齐林格斯,也是为了那个幕后的组织?奥黛丽放松下来,好奇地问道:"那是什么组织,竟然能得到您的关注?"

一秒之后,她听见"愚者"先生古井无波地回答:"黄昏隐士会。"

黄昏隐士会……这是什么组织?我怎么从来没听说过?"倒吊人"先生给我讲解各个势力常识的时候,也没有提到哪怕一点……奥黛丽又是愕然又是迷惑,随即发现眼前灰雾淡去,"愚者"先生居高临下的身影已消失不见。

她眼睛微转,迅速有了猜测:这个叫作黄昏隐士会的组织听起来比极光会、生命学派等地下势力更加神秘、更加不为人知啊,以至于见闻丰富、知识渊博、与风暴教会有密切关系的"倒吊人"先生都不知道它的存在……

而他们谋划的行动直接指向了王国的大贵族,全世界最有权势的那小撮人之一……他们或许是超凡世界最深处的观察者、真正的操纵者,影响着南北大陆的局势,难怪会被"愚者"先生关注……

上次"倒吊人"先生请求祂的眷者帮助一事之所以能够成功,不是因为承诺的报酬足够丰厚,而是"愚者"先生本身就在针对黄昏隐士会……这个组织就和我们塔罗会一样神秘啊……

奥黛丽莫名有点激动,这淡化了尼根公爵遇刺身亡带给她的冲击。

"知道黄昏隐士会存在的非凡者肯定不多,而我就是其中之一,而我们塔罗会就在针对他们!"奥黛丽站了起来,走到全身镜前,她的下巴因微抬有了个异常美丽的弧度。

望着镜中的碧眼少女,奥黛丽慢慢地平静了下来,第一次因兴趣之外的要素产生了迫切提高自身序列的想法 —— 严密保护下的非凡者尼根公爵都会被刺杀,更何况只是普通人的爸爸。虽然从宝库的情况可以判断,家里肯定有不少非凡者,而且女神教会还会提供额外的保护,但是,这依然无法让人放心,尼根公爵的卫队不比这差……加油，奥黛丽，尽快提升到序列7、序列6，隐藏在暗中，做爸爸、妈妈、哥哥们的最后防线！"

…………

罗思德群岛首府，慷慨之城。

幽蓝复仇者号又一次路过这里，停泊于港口，让水手有放纵和发泄的机会。

阿尔杰·威尔逊则换上绣有风暴花纹的长袍，来到这座岛屿最大的教堂——海浪教堂。它风格古典，广泛运用石柱和拱券，并有一个高耸的大穹顶和两座钟楼。

在殖民初期，那些开拓者往往没时间建立教堂，这给他们带来了极为严重的后果。身处部落、丛林、古老建筑包围中的他们，即使已经征服了当地，也经常会神秘地死去，没有原因地死去，大片大片地死去。这种引发了极大恐慌的情况在各大教会的教堂被修建起来后，才逐渐减少，变成偶尔才发生的事情。

立在教堂门口，阿尔杰没急着进去，而是透过高处狭窄窗户照入的光芒，审视里面阴暗神秘的氛围，以及那一簇簇照亮人类活动区域的温暖烛火。

几秒之后，他步入大祈祷厅，握右拳，击左胸，对面朝自己的主教道："风暴与你同在！"

"风暴与你同在！"那位主教以同样的姿势回应了他。

不等阿尔杰开口，海浪教堂的主教就拿出了一份电报："你来得正好，枢机会议下达了命令，看完再做祈祷。"

"什么命令？"阿尔杰边伸手接过，边随口问道。

主教表情凝重地说道："尼根公爵被刺杀了，枢机会议让所有代罚者和教士留意侠盗'黑皇帝'相关的情况，以及涉及塔罗仪式的全部事件。"

"侠盗'黑皇帝'？"阿尔杰充分表现了自己的诧异。

他已经知道，那位"黑皇帝"是"愚者"先生的眷者。

主教郑重地颔首道："刺杀尼根公爵的是一个序列5的'恶魔'，但这个'恶魔'在逃亡的路上被侠盗'黑皇帝'杀死了，这和刺杀公爵失败的'飓风中将'齐林格斯下场一样。"

不仅仅是外在表现形式一样，就连本质也相同……杀掉齐林格斯的同样是"愚者"先生的眷者，另一位眷者……真正想要尼根公爵死亡的是"愚者"先生？不对，如果真是祂，上次就会提醒齐林格斯，让他小心"正义"小姐，不至于当场败露身份……"愚者"先生注视的是刺杀事件背后隐藏的真相，注视的是那位真正的凶手？会是谁，或者说哪个组织，让"愚者"先生如此重视？阿尔杰瞬间联想到很多事情，并做出了初步的判断。

他低头看向电报，发现教会为了尼根公爵被刺杀之事成立了专门的调查小队，每个队员都是代罚者里面的精英。

我要不要申请加入，随时把握动向？阿尔杰一时有些犹豫。

最终，他还是决定遵循原本的规划，低调发展。


新的一天，克莱恩睡到自然醒，慢悠悠地起床，洗漱下楼。

他没急着准备早餐，而是习惯性打开房门，沐浴着薄雾，从信报箱里取出今天份的报纸。

"什么东西？"忽然，他发现报纸里夹着一个厚厚的信封，分量不算太轻。

捏了捏表面，克莱恩脑海里一下闪过了钞票的油墨清香——他的灵性直觉告诉他，里面是不菲的现金。

他小心拆开，抽出了那一沓金镑，经过点数，确认一共有一千镑钞票。

"是机械之心给的赏金啊……这就是他们所说的隐秘给予？他们怎么就这么放心，就这样放在信报箱里？要是被偷了怎么办？"欣喜中的克莱恩忍不住埋怨了一句。

有了这笔钱，又不再被机械之心暗中保护的他，就可以去找吸血鬼埃姆林·怀特，完成之前那笔交易了！

用完早餐，克莱恩立刻穿上大衣，戴好帽子，拿起手杖，夹了份报纸出门。

前往公共马车站点的时候，他看见房东斯塔琳·萨默尔太太在指挥女仆将行李箱装入门前的马车。

"上午好，萨默尔太太。"克莱恩微笑着打了声招呼。

斯塔琳矜持一笑，回以问候。

她的精神状态好像恢复了……也不知道之前遭遇了什么事情……克莱恩好奇地问了一句："你们这是要去哪里？"

"快新年了，玛丽提前给了卢克假期，我们打算去迪西海湾迎接新的一年。"斯塔琳主动说道，"唉，那里的几个城市，我们都去过了，有名的滨海小镇也一样，我们这次准备到费内波特那边，塞维亚城的风景据说非常不错。"

克莱恩很配合地回应道："真是让人羡慕啊。"

"你呢？莫里亚蒂侦探，你打算去哪里过新年？"斯塔琳微笑着问道。

我大概率留在本地……对了，得准备工具，修补之前被斯图亚特打出孔洞的墙壁……克莱恩嘴角上翘道："回间海，那里的冬天有不一样的味道。"

斯塔琳的笑容愈发明显："希望以后的新年能在迪西海湾遇到你。"

大桥南区，月季花街，丰收教堂。

刚看到穿黑色呢制大衣的夏洛克·莫里亚蒂侦探进来，正仔细擦拭烛台的埃姆林·怀特就露出了笑容。

他理了下头发,昂首走了过去,压低嗓音道:"有帕特里克·杰森·贝利亚的情报,有位血族认识他。"

"我也有他的情报。"克莱恩微笑着将拿着的报纸递了过去,头版头条就是:昨天,尊贵的尼根公爵被刺杀,真正的"恶魔"肆虐大地。

标题之下则是对昨天那起刺杀事件的详细描述,指出凶手是一名叫作帕特里克·杰森·贝利亚的银行家且被当场击毙,而恐怖组织极光会宣称对此事负责。

之前看到这些新闻的时候,正在吃早餐的克莱恩险些喷出牛奶。

他最初以为极光会的A先生脑袋坏了,这种事情也要抢着承担,但仔细想了想,觉得这更接近于官方的掩饰。

如果黄昏隐士会真是罗塞尔大帝加入的古老组织,那他们应该非常敌视极光会,毕竟他们憎恶着真实造物主……克莱恩忽然闪过了这么一个想法。

埃姆林表情茫然地反复看着报纸,不敢相信地开口道:"也就是说,我得到的情报没用了?"

"理论上是这样。"克莱恩同情地看了吸血鬼先生一眼,"不过,官方组织还在调查帕特里克·杰森·贝利亚背后的主使者,你的情报如果指向这个方面,应该还是能卖得出去。"

至于克莱恩本人,当然是不想再掺和这件事情。

"没有……他只是认识帕特里克·杰森·贝利亚,知道他的一些爱好。"埃姆林叹息道。

看到他的反应,克莱恩好笑地问了一句:"你平时不看报纸的吗?"这么大的事情到现在才知道!

埃姆林奇怪地瞥了他一眼:"为什么要看报纸? 我很忙的。"

忙着在丰收教堂做清洁,忙着回家陪那些人偶,忙着想办法骗血喝……你真是新时代的吸血鬼啊……克莱恩张了张嘴巴,以"小丑"的能力强行压制住了即将发出的笑声。

他没去调侃埃姆林·怀特,认真地说道:"我已经筹够买那两种材料需要的金镑了,你什么时候能把材料给我?"

听到克莱恩的问题,埃姆林·怀特吓了一跳,仔细打量着对方道:"你比我想象中富有。"

他原本以为夏洛克·莫里亚蒂至少得一周才能筹够两千四百五十镑。

"我已经攒了很久的钱了。"克莱恩叹息着回答。

埃姆林若有所思地点了点头:"做私家侦探这么赚钱?"

"这只是一个方便行动的身份，如果没遇到大的悬赏，一年也就赚两三百镑。"克莱恩坦然地说道。

埃姆林瞄了他一眼，故作不经意地问道："那你实际是做什么的？走私军火？偷盗富豪的金库？对序列7及以下的非凡者来说，能很快攒到两千多镑的事情并不多，他们大部分都游走在违法犯罪的边缘。"

你一个吸血鬼和我谈违法犯罪？看起来你对赚快钱颇为向往啊……克莱恩笑笑道："接一些比较危险的任务，如果你不害怕死亡，也可以尝试。"

埃姆林闭上了嘴巴，好半天才道："傍晚的时候来找我，我带你去卖家那里。"

真是一只"从心"的吸血鬼……克莱恩正要答应下来，忽然觉得有些不保险。

万一那个卖家见财起意呢？万一他根本没有相应的非凡材料，就是想骗人过去劫杀呢？埃姆林·怀特可以信任，他介绍的卖家就未必了……得找个借口去灰雾之上做次占卜，确认下危险程度……嗯，没必要这么复杂，有个更好的办法……

思绪纷呈间，克莱恩侧过头看向埃姆林："不，你自己去。我预付你一千镑，你将那两件材料带到丰收教堂来，经过确认，我再支付尾款。我想那位卖家应该能接受这种方式，这能看出一位高贵血族的信用度。"

被这么捧了一下，埃姆林不知不觉就抬起了下巴："这种交易方式并没有问题。"

说到这里，他"嘿"了一声："你害怕那边不讲信用？在丰收教堂里面，你就能安心了？"

"当然，一位身高超过两米二、肌肉异常结实的大地母神眷者站在旁边，谁都会有安全感。"克莱恩微笑着指了下乌特拉夫斯基神父，"能对付他的，也不会在意两三千镑的财富。"

埃姆林脸色一暗，哼了一声道："你就不担心我私吞那一千镑预付款？"

克莱恩悠然地望着前方道："为什么要担心？你每天都会回到这里，很容易就能被找到，而一只活着的吸血鬼即使拆开卖掉，也不止一千镑。"

埃姆林被戳到痛处，恼怒地低语道："血族！明白吗？血族！还有，不要用'只'这个量词！"

克莱恩轻笑一声，没再说话，等待对方平静下来。

"就按照你要求的方式交易。"终于，埃姆林伸手揉了揉额角。

克莱恩当即拿出上午才收到的那个信封，将它和里面厚厚的一千镑现金一起递给了对方："晚上八点，这里见。"

埃姆林数了数里面的钞票，确认无误后，警惕地偷瞧了乌特拉夫斯基神父一眼，压低嗓音道："私家侦探先生，经常接触各种情报和消息的你，是否听说过一个叫作'愚者'的邪神？"

邪……邪你……克莱恩险些在心里爆粗口。他表情如常地回答道："最近有很多人找'愚者'的信徒，你也想加入他们的行列，索取相应的悬赏？"

埃姆林叹了口气道："不，我只是在考虑，要不要向这个邪神，或者邪灵祈求，请祂帮助我解除心理暗示。你知道的，流传出来的有祂具体的尊名，只要转化成赫密斯语、古赫密斯语，就有可能获得响应……你对祂有什么了解？祂会给信徒带来多大的危害？是否会强制改变信徒的观点？"

虽然目标指向的是我，但我还是想说，吸血鬼同学，你这是病急乱投医啊……克莱恩感觉非常复杂地说道："'愚者'很神秘，到今天为止，除了你已经知道的那些消息，没谁清楚祂详细的情况，比如神职涵盖范围，比如相应的祈祷仪式。让我疑惑的是，这种情况下，你为什么不考虑你们吸，呃，血族的始祖，古神莉莉丝？只要仪式正确、祭品恰当，祂应该会帮你解除心理暗示的。"

埃姆林身体微微后靠，直视着前方，好几秒没有说话，似乎一下变得深沉了。

短暂的安静后，他声音低缓地说道："在大灾变之前，始祖就已经很少回应祈求了，只有特殊的一些事项，才可能得到祂的帮助，这里面不包括解除心理暗示。"

在白银城的传说里，代表月亮的古神莉莉丝已经被重新苏醒的造物主收回权柄，或者更早一点就在某次神战里陨落了……那么，偶尔回应血族祈求的是谁？原始月亮？克莱恩故意追问道："那还有原始月亮可以祈求，不少地下非凡者的仪式都借助了祂的力量。"

这主要指"巫王"及相应的生物……克莱恩在心里补充了一句。

埃姆林嘴唇翕动，却未能发声，脸上多了几分难以言喻的恐惧之情。

隔了许久，他才凝重地说道："我怀疑原始月亮是哪位邪神或者高位'恶魔'假扮的，向祂祈求的人，大部分会一点点发生改变，变得残忍，变得疯狂，并且充满繁衍的欲望。而剩下的那些，以血族为主，大概率会当场失控，变成真正的怪物。

"曾经有位厉害的血族，因危险而尝试祈求，结果变成了只知道交配和生殖的肉块。她和牛、羊、马、老鼠，甚至植物、石头，生下了一个又一个奇异的后代，每一个都相当于开创了新的怪物种族。幸运的是，她很快就被清除了，她的后代也一样。"

原始月亮这么危险？《秘密之书》里完全没提过啊……卡拉曼巫王已经被祂腐蚀了思维？还好，我都是模仿和改编，祈祷的对象是自己……克莱恩被埃姆林·怀特的描述吓得心跳加快，这让他深刻体会到了七神之外的隐秘存在确实不那么值得信赖。

我除外……他叹息了一声。

这时，埃姆林苦涩地笑道："如果'愚者'带来的负面影响没那么大，向祂祈求也不是不能考虑的事情。"

唯一的影响就是，你将为此支付一定的报酬……克莱恩为了维护自己表现出来的形象，只能轻拍埃姆林的肩膀，于自己胸口画出三角圣徽："向不清楚情况的隐秘存在祈祷，是非常危险的。既然这样，你还不如从七神里面挑选一个比较喜欢的信仰，他们又不会影响你日常的生活，也不会让你丢弃人偶。"

"如果实在没有别的办法……"埃姆林突然发现自己比想象中更加平静。

克莱恩没再停留，挤至走廊，往丰收教堂外行去。望着外面雾蒙蒙的天空，他开始思考接下来要做什么事情。

毫无疑问，他当前的重心在攒钱和寻找材料。

小"太阳"那边再稳一稳，免得又被怀疑，就让他之后用去除失控者精神污染的办法来抵扣承诺的报酬……深海娜迦的头发可以委托给"倒吊人"先生，人皮幽影的特性则要靠自己……埃姆林·怀特和"智慧之眼"斯坦顿老先生那边，一个多月都没有相应的消息，得换个渠道了……嗯，这么久了，玫瑰学派的高序列强者应该没再严密监控勇敢者酒吧那边了，傍晚过去转一转，看能否联络上莎伦小姐和马里奇……克莱恩迅速有了想法。

而为了去勇敢者酒吧，他得先前往东区，到黑棕榈街额外租下的那个一居室房屋内更换工人服装。

想到这里，他走向了对面的公共马车站点。


西区郊外，格林墓园内。

头戴黑色纱帽的佛尔思·沃尔安静地走在多里安·格雷这位亚伯拉罕家族成员身旁，陪他去给劳伦斯、安丽萨等人扫墓献花。

无声前行中，她的思绪全在食灵者胃袋这种非凡材料上。

她知道自己已经消化掉"学徒"魔药，只要得到食灵者胃袋，就能成为"戏法大师"，但始终没有相应物品的线索，而最有希望帮助到她的"太阳"则因为之前的事情，不敢举行仪式，不敢邀请朋友猎杀食灵者。

为了尽快提升，往摆脱满月诅咒的方向更进一步，她甚至向"愚者"先生祈求，请对方的眷者帮忙寻找材料。这个过程里，她把自己新书出版、即将收到保底稿酬的事情透露了出来，以证明自己有充分的购买能力——她并不担心现实身份被"愚者"先生知道，因为她认为"愚者"先生肯定很清楚。

僻静、安宁、森冷的环境里，佛尔思和多里安停在了劳伦斯的墓前。

看着那张死后才拍的遗照，读着那句"他是个好老师"的墓志铭，多里安·格雷沉默良久，好半天才叹了口气道："真是讽刺啊……"

"为什么?"佛尔思诧异地反问。

她之前听劳伦斯提过他是间海郡康斯顿城的公学教师，所以才用了这样的墓志铭。

"这和你没有关系，是我们家族的事情。"多里安自嘲一笑，弯腰放下了鲜花。

直起身体后，他目视前方，突然开口道："佛尔思，你想成为非凡者吗? 我信里描述的那种。"

多里安·格雷的问题并没有让佛尔思诧异，这一个多月的信件往来已经让她有了心理准备，为此还专门在塔罗会上请教了经验丰富的"倒吊人"先生，学习到了该用什么样的表情和反应去面对才算正常。

"真的有那种非凡者?"佛尔思"愕然"反问。

多里安轻轻点头："有。"

他环顾一圈，见附近没人，于是走到一株叶子落光的树木前，将手按在了上面。

多里安的身影突然模糊，仿佛变成了水中倒映出的画面。等到清晰，他已然出现在那株树木背后，姿势未变。

"神啊! 这真是，真是太神奇了!"佛尔思牢记"倒吊人"先生和"正义"小姐的教导，嘴巴呈半圆形张开，惊呼出声道。

多里安走了回来，微笑着再问："你想成为这样的非凡者吗?"

"……想!"佛尔思略一沉默，"激动"地回答。

终于要成为亚伯拉罕家族的外围成员了，以后很多事情会变得轻松不少! 她心里充满了由衷的喜悦。

多里安笑了一声，沉下表情，郑重地再问："你愿意成为我的学生吗?"

佛尔思频频点头："愿意!"

多里安欣慰地吐了口气，旋即自嘲道："我并不是一个好的老师，甚至教出了……呵，没必要再提以前的事情了，总之你不要抱太大的期待。"

经过这段时间的考虑，他决定吸取以前的经验和教训，不把亚伯拉罕家族的事情告诉佛尔思，只将双方的关系处理成单纯的老师和学生，这样就不用担心对方会觊觎家族仅剩的那几件超强神奇物品。

"不，您对神秘学知识的讲解非常棒，真的，格雷先生，不，老师。"佛尔思赶紧确定下双方的关系。

多里安望向墓碑，摇头吐气道："我本来不打算再教导学生，但你高贵的品格感染了我。如果不出意外，今天我就能给你对应的魔药。"

"今天?"佛尔思颇感意外地反问道。

她去贝克兰德站接多里安·格雷的时候，发现对方只提了一个很小的皮箱，勉强够装下一套换洗衣物，没有任何证据表明他携带了非凡材料。

难道他在贝克兰德有自身的资源渠道，属于亚伯拉罕家族的资源渠道？佛尔思隐约有了猜测。

她原本计划的是，依靠双方分处两地的不便，将得到的"学徒"魔药非凡材料卖掉，然后告诉对方自己成功晋升为非凡者了，这样她既能得到不菲现金，也可以规避重复服食"学徒"魔药，不得不再花一段时间消化的可悲结果。

"是的。"多里安没有过多解释，指了指另一个方向，"我们先去看看劳博罗和安丽萨。"

一番凭吊后，两人离开格林墓园，返回了佛尔思和休租住在乔伍德区的房屋。

而这一个多月来，已晋升"治安官"的休为了偿还背负的沉重债务，每天都早出晚归，努力拿到每一份能获得的赏金，所以，临近中午时，她毫无疑问地不在家。

"有安静的房间吗？"多里安神态轻松地四下看了看。

"很多。"佛尔思引着新晋老师进入一楼起居室。

多里安绕着这个房间走了一圈，确认了环境，然后吩咐佛尔思点燃一根掺杂了深红檀香的蜡烛，他则关好房门，拉上了窗帘。昏黄摇曳间，他走到蜡烛前方，拿出了两瓶色泽如水的精油和一些常见的草药粉末。

举行仪式？不是应该点三根蜡烛吗？佛尔思好奇地旁观，没有贸然开口，仿佛被这种氛围给震住了。

做完仪式的前面部分，多里安后退一步，表情严肃地改用古赫密斯语道：

"我！

"我以我的名义召唤：

"遨游于上界的奇特灵体，喜爱音乐的虚空生物，多里安·格雷·亚伯拉罕的契约伙伴。"

呜！起居室内突然刮起了风，风里带着哭泣的颤音，摇摆的烛火随之染上了幽蓝的色泽。一圈圈光芒飞快荡开，似乎形成了一扇在正常概念之外的大门。一团半虚幻半真实的圆球状事物从光圈底部飞了出来，它通体呈乳白色，周身没有眼睛、鼻子、手臂和腿脚等东西，只在表面裂开了一道疑似嘴巴的缝隙。

多里安露出明显的笑意，张开嘴巴，轻哼起一首有民俗风味的摇篮曲。那"圆球"顿时左右摇摆，显得极为惬意。

一曲哼完，多里安将手伸了过去："马尔莫斯，把我前天寄存在你那里的物品给我。"

那"圆球"上下跳了跳，身体猛然鼓胀，"嘴巴"张得极大。然后，它吐出了两件光彩奇异的非凡材料。

还能这样……佛尔思看得一愣一愣的。

多里安接住"学徒"魔药的主材料，中断了召唤，结束了仪式。

他转头对佛尔思笑道："即使在灵界，马尔莫斯这样的虚空生物也非常稀少，正常情况下的召唤无法指向它们，必须有一位序列足够高的长辈进入灵界，经过长期的寻找，与它们中的一个订立契约，才能让后裔以对应的名义完成召唤。"

"而虚空生物过来之后，可以重新订立契约，让它们与自身紧密连接，不再受别人召唤。"

"原来是这样……听起来很有意思！"佛尔思发自内心地说道。

她难以遏制地向往起未来。如果不考虑满月诅咒，不考虑普通非凡者受到打压、时刻面临危险的情况，探索这奇妙的世界真的是一件非常美好的事情……希望有一天，我也能真正地遨游灵界……

多里安轻笑着回应道："马尔莫斯最大的作用是，可以把很多物品吞入肚子里而不对它们造成任何伤害，这就相当于一个移动的、隐秘的、几乎不会被别人找到的仓库。

"当然，不能存放太多，它的肚子是有限的。还有，它不喜欢没有音乐天赋的人，会拒绝与类似的人签订契约。"

还好，至少我会弹七弦琴……佛尔思刚松了口气，就被多里安吩咐着找来了一口铁黑色的炖锅。

看着对方在那里调配魔药，她的表情看似没有变化，心里却在疯狂祈求着意外发生。

我不想再喝一次"学徒"魔药啊！那会浪费很多时间！早知道这样，我就坦白一点，诚实一点……现在才说，已经来不及了。格雷老师应该占卜过，却被干扰了结果，坦白就意味着我背后肯定有强者存在，有人指使……思绪纷呈间，佛尔思看到多里安转身，递过来一瓶冒着咕噜气泡的魔药。

"喝下它，你就能成为非凡者。"多里安用一种平淡却极有诱惑力的口吻道。

接着，他宽慰了佛尔思一句："不用担心，有我在这里，不会出现问题。"

"嗯！"佛尔思咬了咬牙，接过"学徒"魔药，一口喝了下去。与此同时，她心里闪过了一句话：诚实是最可贵的品质……

马车停在了东区外，克莱恩提着手杖，戴着礼帽，从相对没那么差的街区进入了贫民窟。前行一阵，他看见两道熟悉的身影从前面还算整洁的公寓出来。

她们都是少女，一个十七八岁，一个十五六岁，正是浆洗女工丽芙的女儿弗莱娅和黛西。后者曾经遭卡平手下绑架，因"黑皇帝"事件被解救。

黛西也发现了克莱恩，当即露出灿烂的笑容："中午好，莫里亚蒂侦探!"

克莱恩微笑颔首，略感诧异地问道："黛西，你不是去了公立初等学校吗?"

经过迈克·约瑟夫等记者的呼吁，加上黑夜女神教会的推动，贝克兰德市政府用卡平的地产建立了一个慈善基金，专门帮助曾经因卡平而受到伤害的女性和家庭。黛西一家借助这个机会，从治安环境很不好的破旧公寓搬到了东区边缘，她们的房子从一个房间变成了两个房间，将"洗衣作坊"和睡觉吃饭的地方分了开来。另外，黛西还获得了进入公立初等学校读书的补偿，每周三便士的学费和相应的餐补由慈善基金负责，这让她非常高兴。

克莱恩之所以奇怪，正是因为公立初等学校只有周日才休息，黛西这个点不应该出现在这里。

"学校很近，我趁中午休息，回来帮弗莱娅将清洗后晒好的衣物送到客人家里。她和妈妈两个人忙不过来。"黛西坦然地回答道。

她去读书造成的最直接的影响就是丽芙和弗莱娅每天能够浆洗的衣物减少，家庭收入明显下降，要不是迈克记者帮忙她们申请慈善基金的补贴，她们根本维持不了现在的生活。

所以，弗莱娅毫无疑问地没有了进入公立初等学校的可能性，在黛西和克莱恩谈起学校的事情时，她眼中流露出难以掩藏的羡慕和痛苦。还不到十八岁的她只能这样静静地看着妹妹去学校。

克莱恩注意到这个细节，故意提醒了黛西一句："你确实应该知道你妈妈和弗莱娅很辛苦，要好好对待她们。"

黛西认真地点头道："我想过了，等稳定下来，就趁晚上和周日把白天学到的知识教给弗莱娅，我做她一个人的导生!"

弗莱娅的眼睛忽然眨了眨，忍不住低下了脑袋。

"很好，这样很好。"克莱恩称赞了一句，心情不错地与两姐妹告别，转向另外的街道。

到黑棕榈街换好工人衣物后，他刚离开租住房间所在的公寓，就看到一名衣着陈旧的中年男子凑了过来，慈眉善目地问道："先生，你听说过原初的造物主吗?"

原初的造物主? 克莱恩愣了一下，旋即想到了老科勒之前给的情报 ——最近有人在东区、码头区和工厂区宣扬对最初造物主的信仰，认为祂并没有真正逝去，认为祂存在于每个人体内，存在于每件事物之中，只要全心全意地侍奉祂、赞美祂，不仅死后可以得到救赎，进入祂的天国，当前的生活也能获得极大改善，比如，每天都有嗞嗞冒油的肉吃。

这与极光会的变种造物主理论非常接近，所以克莱恩当时就判断是那个隐秘组织做的。克莱恩认为，他们经过兰尔乌斯事件后，开始重视广大的贫民。

他们已经发展得这么嚣张了，路上就拉人传教？克莱恩斟酌着回答："听说过。"

那衣着陈旧的中年男子顿时露出笑容："那你知道末日将要来临的事情吗？知道原初的造物主将建立地上圣所庇护信众吗？"

有那么一瞬间，克莱恩想顺势接受传教，慢慢打入极光会的外围组织，搜集相应的证据和线索，报复对方寻找"愚者"信徒的举动。但仔细考虑之后，他觉得这太危险了，仅靠自己一个人又累又麻烦又不一定有成效。最终，他决定把当前这种现象举报给机械之心，让官方组织来处理！

想通了这个问题，克莱恩瞬间沉下表情道："不知道，也不想知道！"

他迈步前行，甩开对方，无视了中年男子的呼喊。

离开东区的路上，他仔细观察，发现许多因纺织机改进、码头进入淡季而失业的工人三五成群聚集在一起，聆听着不明身份者的安抚和教导。

对东区、码头区和工厂区的调查，前两个月就做完了，三大教会和议院怎么还没有具体的措施出来？他们对这边的重视度肯定有所提高，不会发现不了现在这种情况啊……想放长线钓大鱼？这，这很容易就玩脱啊！克莱恩一边腹诽，一边按了按头顶的鸭舌帽，走出东区，直奔贝克兰德桥区域。

中午时分的勇敢者酒吧刚刚开门，几乎没什么酒鬼，只有在附近忙碌的工人会进入这里，要一份简陋的午餐。

克莱恩混迹在他们之中，花费十便士点了个夹猪肉香肠的燕麦面包和一杯南威尔啤酒，显得非常富有。

他慢条斯理地填饱肚子，喝光啤酒，才看向酒保："卡斯帕斯·坎立宁在吗？"他打算顺便补充点普通弹药。

酒保瞥了他一眼："你似乎很久没来了？卡斯帕斯死了，据说是晚上睡觉的时候不安分，裹得太紧，把自己给捂死了。呵呵，我不太相信会有这种事情发生，我只在鬼故事里听过类似的情况，但那些黑白狗是这么说的。"

黑白狗指穿黑白格制服的警察。

被自己的棉被捂死？这听起来很神秘学……是那个玫瑰学派的高序列强者因为一直找不到莎伦小姐和马里奇，选择了杀人泄愤？高序列强者的位格呢？照这么看，卡斯帕斯也联络不上莎伦小姐他们了……也许他们已经离开贝克兰德……

卡斯帕斯对超凡世界的危险预料得还是不够充分啊，换作是我，根本不会重返勇敢者酒吧，早就带上积攒的钱，换个城市换个环境了……不过正常情况下，高序列强者也不会专门对付这种普通人，顶多强制通灵的时候不去考虑是否有后遗症……不愧是放纵欲望的玫瑰学派，高序列强者居然能做出这种事情……克莱恩感到诧异，但又很同情那位黑市武器商人。

酒保擦拭着杯子，继续说道："如果你想买些物品，现在有新的商人。"

"谁?"克莱恩随口问道。

"'老头'，就在三号桌球室。"酒保头也不抬地说道。

克莱恩当即起身，慢悠悠地踱向了那熟悉的地方，敲响了虚掩的房门。

"进来。"一道声音传了出来。

这嗓音有点耳熟啊……克莱恩推开木门，望向里面。

站在球桌旁的是个年纪不算太大的男孩，他穿着老旧的大衣，戴着棕色的圆顶帽子，有双鲜红的眼睛，正是克莱恩初到贝克兰德时认识的伊恩。克莱恩还因他委托的泽瑞尔侦探失踪案，卷入了第三代差分机手稿争夺事件，不得不花费大价钱请极光会的A先生杀掉因蒂斯驻鲁恩王国大使贝克朗·让·马丹。

"是你，莫里亚蒂侦探?"伊恩吓了一跳。

他嘴上刻意贴了两撇胡须，让自己显得老成。

克莱恩笑着进入桌球室，顺手关上房门道："好久不见。"

对伊恩出现于这里并成为黑市武器商人的事情，他最初是颇为诧异的，但旋即就想到了一些细节，觉得这在情理之中。

克莱恩能找到勇敢者酒吧和卡斯帕斯·坎立宁，正是源于伊恩的介绍，这个大男孩在附近必然有一定的人脉!

"是啊。"伊恩收敛住惊愕的表情，嘟囔道，"我去普利兹港混了两个月，发现那帮家伙又野蛮又凶狠，对小孩子也没有一点谦让和爱护，只好回到贝克兰德，重新做擅长的事情。后来遇上卡斯帕斯死亡，就决定转行。"

不等克莱恩开口，他又补充道："侦探先生，我一直记在心里，我还欠你两个要求。"

没必要解释这么多，我也不在乎你过去做了什么，虽然我一直觉得你从军情九处逃出来这件事情有些可疑，但并不是太在意……克莱恩拿起一根球杆，比画了下姿势道："除了做地下武器交易，你似乎还在贩卖情报?"

"是的。"伊恩非常坦然地回答，"你想知道什么事情? 免费。"

很豪爽嘛……因为之前的事情对我有愧疚之情? 克莱恩推出球杆，击向母球，让一颗红球准确地落入了中袋。

他没有客气，直起身体道："最近很多都在找'愚者'的信徒，有很多悬赏，你有什么消息?"

伊恩仔细想了想道："没有。我甚至怀疑'愚者'究竟有没有信徒，居然没人能找到一点线索。"

这就是所谓大炮打空气……克莱恩无声自嘲，转而问道："另外，还有一个悬赏，有人在找一个叫阿兹克·艾格斯的大学导师，我想知道是谁发布的这个悬赏，好确认要不要掺和这件事情。呵，寻人非常浪费时间。"

伊恩没直接回答，环顾了一圈，压低嗓音道："军情九处。"

军情九处？不是灵教团……看来真是因斯·赞格威尔的安排，让阿兹克先生与军情九处发生了冲突？也许因斯·赞格威尔让他知道了某个不该知道的秘密？克莱恩脑海内瞬间闪过了一系列的想法，最终笑笑道："看来我不必担心悬赏是假的了，但我很害怕那个阿兹克·艾格斯是因为掌握了什么秘密才被军情九处追踪，那样一来，也许拿到悬赏的那天就是我生命最后的时光。"

伊恩摊了下手："这我就不清楚了，但你可以只提供线索。"

"不错的建议。"克莱恩没再多问，花费五苏勒补充了一些普通子弹，旋即离开了勇敢者酒吧。

上了出租马车，望着窗外阴沉的天气，他忽然有些唏嘘。

卡斯帕斯·坎立宁死了，也就意味着莎伦小姐和马里奇会放弃这个据点。只能单方面联络的我很难再找到他们……除非他们遇上困难需要帮忙，或者到了对付地下遗迹里那个恶灵的阶段，否则，我应该见不到他们了。

虽然算不上朋友，但也合作了两次，他们是我能以非凡者身份，无须遮掩脸孔交往的熟人。这么一来，类似的人就少了足足两个，要不是刚经历了"欲望使徒"事件，就只剩下埃姆林·怀特这只"奇葩"吸血鬼可以让我不做伪装地交流神秘领域的情况了。还好，还好……

无声感叹之中，克莱恩耳畔忽然响起了一道虚幻飘忽的声音："你有什么事情？"

克莱恩瞬间寒毛耸立，等看清楚面前坐着的是谁后，才松了口气，无奈地笑道："莎伦小姐，你总是这样不知不觉地出现吗？"

穿哥特式宫廷长裙、戴黑色小巧软帽的莎伦此时正静静地坐在马车车厢另外一边，脸色一如既往地苍白。

"下次我会敲窗。"莎伦没有情绪起伏地点了点头。

她没再重复之前的问题，就那样安静内敛地看着克莱恩。

冷不丁敲窗？这同样很吓人啊……克莱恩没急着提人皮幽影的事情，转而问道："那位高序列强者走了？"

"对。"莎伦吐出一个单词。

克莱恩稍微松了口气，提醒了一句："也可能是陷阱。"

说到这里，他想起一事，忙又补充道："我看完《秘密之书》了，并从另外一些渠道得到了相应的消息——向原始月亮祈求很容易出问题，最好不要尝试。"

"好。"莎伦没问为什么。

她停顿了一秒，嗓音飘渺地说道："原始月亮和被缚之神疑似死敌。"

因为可以互换序列？或者别的什么理由？克莱恩若有所思地将话题导入正轨："莎伦小姐，你知道哪里有人皮幽影的特性吗？"

宛若人偶的莎伦平静地听完，点了下头："知道。"

知道？克莱恩一喜，连忙问道："在哪里？"他心里已经做好了给"咨询费"的准备。

莎伦坐在那里，没有多余的动作，就像会说话的人偶一样道："马里奇参加的一个聚会里，曾经有人发现了一座古代贵族的陵墓。他们探索了外围，没敢深入，但他们发现了人皮幽影活动的痕迹。他们希望招募一支足够强大的队伍，完全发掘那座陵墓，平分里面值钱的物品。"

在彼此都不算熟悉的非凡者聚会里寻找帮手，双方拿什么来保证对方可信？万一根本没有陵墓，只是一个预设的陷阱呢？克莱恩念头闪动，配合着问道："他们成功了吗？"

"成功了。"莎伦言语简洁地回答。

这……克莱恩暂时没去追究细节，压着嗓音，避免被马车夫听到："然后呢？"

"然后，他们再也没有出现过。"莎伦平静地描述道，"其中一位成员是马里奇的朋友，他也在这件事情里彻底失踪了。"

不等克莱恩再问，她继续用那虚幻飘忽的嗓音道："马里奇找到了他朋友的一些物品，我用占卜的方式追踪至白崖镇，在斯特福德河拐弯处发现了一个隐蔽的陵墓入口，马里奇的朋友就在里面，但已经死去。"

"你进去了？"克莱恩脱口而出。

"没有，用另外的办法确定的。"莎伦略作解释，"那座陵墓让我感觉很危险，我没有尝试探索。"

说到这里，她用蔚蓝的眼眸直视着克莱恩道："如果没有序列4的非凡者或相应程度的封印物做帮手，最好不要深入那座陵墓。"

连你都觉得很危险，我不需要去灰雾之上占卜，也能知道究竟有多么可怕……克莱恩垂下目光，望着车厢的地板，想了几秒道："知道是哪个古代贵族的陵墓吗？"

莎伦没有停顿地回答道："他的姓氏是，阿蒙。"

阿蒙？分身寄宿于小"太阳"体内，险些潜入灰雾之上神秘空间的那个阿蒙所在的家族的成员？克莱恩用"小丑"的能力控制住眼皮的微跳，疑惑地问道："确定吗?"

这个瞬间,他脑海内已然浮现出一道身影 —— 身穿黑色古典长袍,戴着同色尖顶软帽,宽额头、瘦脸庞、黑眼珠、黑头发,戴着一块水晶制成的单片眼镜。

莎伦淡金色的头发映着窗外穿透薄雾的光芒,就像一幅大师描绘的油画,她平淡如常地说道:"根据初次探索收获的物品,聚会里一位擅长古代历史的成员判断,陵墓的主人属于第四纪的图铎王朝,家族名称是阿蒙。"

真是第四纪的"渎神者"家族啊……这个家族并没有如亚伯拉罕们那样被诅咒困扰,也不像安提哥努斯家族那样直接就被某位神灵的教会毁灭了……

根据那位阿蒙在白银城表现出来的强大和特殊之处,这个家族的情况也许可以用查拉图来类比 —— 都隐秘地传承着,都有高序列,甚至有达到天使位阶的强者存留,都保守着某些至关重要的秘密,比如神弃之地的"坐标"……

这样一个家族遗留的陵墓,危险可想而知,说不定那位阿蒙还会借助某些变化,从遥远的神弃之地投来目光……不能用中低序列者的情况来推测半神半人的可怕……

克莱恩没沉思多久,就否定了自己去探索阿蒙家族陵墓的可能性。他略感失望地抬头望向莎伦:"只有那里有人皮幽影吗?"

莎伦摇了摇头:"不。"

"嗯?"克莱恩眼睛一亮,摆出倾听的姿态。

莎伦嗓音没有变化地说道:"我参加的一个聚会里,有非凡者承诺,只要有人能完成她给出的任务,她就满足对方任意一个合理的要求,材料方面的限制是'高序列以下'。"

"也就是说,高序列以下任意一种非凡材料,她都能给予?"克莱恩脑海里浮现的第一个想法就是:吹牛的吧?

即使是黑夜女神教会,也得是圣堂,也就是宁静教堂,才具备这种可能性!而其中很多材料并不需要常备,因为根本用不上。

面对克莱恩的质疑,莎伦平静地回应道:"她是一位高序列强者。"

高序列强者?难怪……这都是各大教会、各个隐秘组织的高层了,即使本身不属于哪方,也会吸纳成员,建立起属于自己的势力!不过,高序列以下任意一种非凡材料的承诺,也肯定有水分啊……克莱恩一时念头纷呈。

莎伦言简意赅地补充了一句:"她说过,某些材料需要一定的周期。"

这才对嘛!克莱恩颇感兴趣地问道:"她给出的是什么任务?"

莎伦一直坐得端庄而笔直:"调查侠盗'黑皇帝'的真实身份。"

……克莱恩相信,如果这一刻他在喝水,肯定已经控制不住地喷向了对面。

我招谁惹谁了，怎么被一位高序列强者盯上了？他先用中文在心里喊了一声冤，接着快速地分析起可能的对象。

黄昏隐士会的成员？因为侠盗"黑皇帝"杀掉了"欲望使徒"贝利亚？

极光会的成员？他们从卡平事件现场留下的塔罗牌联想到"愚者"，从而决定调查侠盗"黑皇帝"？

三大教会和军情九处的成员？单纯为了弄清楚卡平事件的真相？

每个都有可能，每个都无法排除啊！克莱恩没表现出异常，斟酌着问道："她为什么调查侠盗'黑皇帝'的真实身份？"

"没人知道。"莎伦用最简洁的言语回答道。

克莱恩思索了两秒，组织着语言道："她是什么样的人？我想知道应不应该接这个任务。"

莎伦沉默两秒，似在回忆。接着，她描述道："女性，一米七以上，身材比例很好，栗色长发，有所伪装，爱穿黑色皮靴，只偶尔参加聚会，最早出现于两个多月前。"

爱穿黑色皮靴，女性，高序列强者……这三个关键词连在一起，顿时勾动了克莱恩某段记忆！

他去王国博物馆窃取"黑皇帝"牌时，在还原的罗塞尔大帝书房内遇到了一位手段神秘而又诡异的高序列强者，对方只露出了穿着黑色皮靴的双脚。等到他借助灰雾之上的力量逃离，又因为"万能钥匙"的副作用直接撞上了"恶魔"犬，不得不大喊救命时，他以夏洛克·莫里亚蒂的身份再次见到了那位女性半神。

她？她怎么会找侠盗"黑皇帝"？她确认盗走亵渎之牌的窃贼是一个灵体，知道灵体携带并包裹住"黑皇帝"牌会出现怎样的变化，于是锁定了特征吻合的侠盗"黑皇帝"？克莱恩迅速想到了一个很具备说服力的可能。

唯一让他不解的是，对方怎么知道自己拿走的是"黑皇帝"牌，而不是别的什么牌，比如"深渊"牌、"太阳"牌？

除非她就是冲着那张亵渎之牌来的，已经提前调查清楚那是"黑皇帝"牌……嗯，莎伦小姐说，她两个多月前才首次参加聚会，这符合以罗塞尔展览为目标的特征……之后偶尔参与，没离开贝克兰德，或者说定期返回贝克兰德，就是为了寻找夺走"黑皇帝"牌的敌人……克莱恩思绪急转，微微一笑道："我会帮她留意的，希望能有收获。"

这一辈子都不会有收获！他在心里毫不犹豫地补了一句。

莎伦几乎难以察觉地点了下头，没再说人皮幽影有关的事情。

很显然，她只有那么两个线索，但这也比吸血鬼埃姆林·怀特和"智慧之眼"艾辛格·斯坦顿的圈子强多了。

克莱恩缓缓地吐了口气，掩去心里的失望，以寒暄的姿态关心了一句："你和马里奇没再受诅咒困扰了吧？"

"深红月冕只有一个。"莎伦平静地回应。佩戴"深红月冕"的人能免除满月的影响，是"异种"们梦寐以求的物品。

也就是说，一个没事，一个照常……被满月影响时，马里奇会近乎疯狂，莎伦小姐则会失去力量，看来是马里奇在使用……克莱恩若有所思地转移了话题："你们找到解除'怨魂'史蒂夫遗留非凡特性里失控者精神污染的办法了吗？"

他就随口问一句，并没抱太大的希望，心里认为，还是"太阳"同学那边比较有把握。

"没有。"莎伦就像在说别人的事情。

也许将来我会卖这个办法给你们，希望你们已经攒好了金镑……克莱恩"嗯"了一声，忽然不知道该聊什么事情了。

他停顿几秒，才开口问道："白崖镇在哪里？"

"贝克兰德郊外，大桥南区以南。"莎伦相当简洁地回答道。

她再次看向克莱恩的眼睛："没有别的事情了？"

"没有。"克莱恩先是摇头，旋即又问了一句，"我可以将那座陵墓的事情告诉别人吗？"

"可以。"

莎伦穿黑色宫廷长裙、戴小巧软帽的身影迅速变淡，消失在了马车车厢内。或许是为了隐藏自己，她从来没有喷香水的习惯，只留下再次变得空荡的环境。

# 第八章

CHAPTER 08

✦ 讣告 ✦

晚上八点，丰收教堂。

重新换回正常装束的克莱恩借按压礼帽边缘的动作，悄然环顾了一圈，然后才步入大厅，走向右侧站在三排烛火前的埃姆林·怀特。

那吸血鬼脚边放着一只黑色的手提箱，它的表面似乎覆盖着一层灵性之墙。

察觉到夏洛克·莫里亚蒂进来，埃姆林先是一喜，旋即露出警惕的神情。他弯腰拿住手提箱，向斜后方退了几步，更加靠近了正专心祈祷的乌特拉夫斯基神父。

这是怕我强抢非凡材料啊……克莱恩停在三米开外，微笑着说道："先让我验证一下是不是我需要的那两件材料。"

埃姆林·怀特伸手梳理了下头发，将皮箱提至胸前，啪的一声解开了暗扣。

灵性之墙随之破碎，化作一阵轻风穿过祈祷大厅。早就开启灵视的克莱恩当即看见了阵阵奇异绚烂的光芒，那是诸多非凡特性绽放的灵性光彩。

皮箱内有两个小盒子，一个由白锡制成，花纹繁复，古朴厚重；一个则是纯粹的纸盒。

埃姆林单手托着黑色的皮箱，打开了银白但略显暗淡的锡盒，里面的物品仿佛剥掉外壳的胡桃，呈黄棕色，有大脑纹路般的凸起和凹陷。

随着烛火的摇曳，它不断变化着外形，时而灰白，长出褶皱；时而深棕，光滑至极；时而两色交杂，勾勒出一张没有五官的面孔。

一看到它，克莱恩就感觉已彻底消化融入自身的魔药力量有些许异动，就像磁铁遭遇了异极。他以"小丑"的能力控制住身体，压下了这种彼此吸引的感觉，心里已然明白，那就是货真价实的千面狩猎者脑部变异垂体。

看来罗塞尔大帝在日记里的猜测确有可能，同一途径的高序列物品会间歇性地、无意识地吸引中低序列的非凡者来到它的附近，且有彼此聚合在一起的倾向……虽然千面狩猎者的脑部变异垂体距离高序列还很遥远，不会有那种奇妙的吸引力，但本身聚集的非凡特性已经足够多，加上我也消化掉了序列7的魔药，两者在距离足够近的情况下，就出现了类似的征兆……

我以前没有察觉，一是相应的非凡材料品阶低；二是自身的实力差，序列不够……对了，每次消化完魔药，我周围都似乎会出现一片虚幻的星空，里面有许许多多的璀璨，它们彼此间互相牵引，试图靠近……这也许就是同一途径内非凡特性聚合定律的图景，而且"质量"越大，引力越强……那么，相邻途径的非凡特性会符合这个定律吗？

克莱恩表情不变地回想起了罗塞尔日记里的记载，并结合自身三次消化魔药的体验，大致确定了某条定律的存在。

埃姆林·怀特戒备地瞄了他一眼，快速合拢锡盒，转而揭开旁边的纸盒。

纸盒的内部垫着密密麻麻的棉花，中央躺着一个能装两百毫升液体的玻璃瓶，里面一半空着，其余地方则流淌着能随光线变化调整自身颜色的黏稠液体。

"还有问题吗?"埃姆林关上了纸盒。

"我再确认一下。"克莱恩掏出一枚金币，让它在指缝间旋转跳跃，金币仿佛有了属于自己的生命。

铮! 金币弹起，又落了下来，摊于克莱恩的掌心。

这一次，人像朝上，表示肯定。

克莱恩轻轻点头，从衣物的不同口袋内分别掏出了一沓又一沓钞票，有面额10镑的，有5镑的，也有1镑的。

"一千四百五十镑。"克莱恩将那些现金堆高，放到了旁边的桌椅上。

"退后几步，不，五步!"埃姆林谨慎地喊了一声。

克莱恩笑着抬了抬双手，向后连退五步。

埃姆林小心翼翼地靠拢过去，检查了一下那堆现金里是否有白纸。略作点数，他将手中的皮箱扔向了交易对象。

克莱恩吓了一跳，身手敏捷、判断精准地接住了皮箱。他害怕玻璃瓶摔碎，让千面狩猎者的血液渗透出来。

而埃姆林·怀特趁这个机会，收拢钞票，快步退到了乌特拉夫斯基神父的旁边。他这才松了口气，认认真真地检查起金额和真伪。

看到这一幕，克莱恩不由得回味起刚才的画面，忽然有些羞愧 —— 他和埃姆林把好好的大地母神教堂弄得就像犯罪交易现场一样……

确认好两件材料的状况后，克莱恩啪地打了个响指，让衣兜内特意分出来的火柴燃起，让陡然升腾的赤焰将自身包裹。

等到火焰回落，他已消失不见。

因为常常在丰收教堂与埃姆林·怀特见面，他如今并不介意被乌特拉夫斯基神父知晓他就是帮助对方清除黑暗人格的那位非凡者，甚至觉得这还能攀上点交情。

正在点数的埃姆林抬头看到这一幕，足足愣了两秒。他嗫嚅着嘴巴，小声自语道："我的皮箱……我的锡盒……"


被煤气路灯光芒照亮的街道上，一辆马车碾过层层水洼，向着皇后区的边缘地带前行。

佛尔思已将自己有了老师并重新服用了一份"学徒"魔药的事情告诉了好友休·迪尔查。

确认她没有失控的迹象后，休望了眼窗外比自己高不少的煤气路灯，疑惑道："我一直很奇怪，为什么是以材料的形式保存，而不是魔药？你的老师完全可以预先调配好魔药带过来，不用现场再忙碌。"

佛尔思淡淡地笑道："我向他请教过这个问题，他说，主要有两个原因。一是不同的非凡材料还有不同的用途，调配成魔药就没有办法再灵活使用了；二是非凡特性固化时可以一直保存，变成魔药后却不行，除非有特殊的隔离技巧。"

"为什么？"休诧异地问道，"这又不是一般的药剂和非凡武器，灵性会不断流散衰减。"

佛尔思没有开心的情绪，却不得不保持微笑："不是特性流失的问题，而是非凡材料一旦变成魔药，不仅人类可以吸收，其他生物乃至没有生命的材料也可以，只是相对会缓慢很多。比如，我用玻璃瓶存放魔药，看起来没什么问题，但也许过上几天，那个玻璃瓶就能将魔药完全'喝'掉，变成特殊的神奇物品，甚至可能会因此开启一定的智慧。当然，我老师讲，这种情况副作用很大，形同失控者的遗留特性。七大教会和某些隐秘势力掌握了特殊的隔离技巧，但相当麻烦，不会用到中低序列的魔药上。"

"真是神奇啊！"休由衷地感慨道。

她又望了外面一眼，压低嗓音道："快要抵达了。"

她和佛尔思是来参加A先生召集的非凡者聚会的。

佛尔思心如刀割地笑道："希望能有食灵者的胃袋。"

她的老师多里安·格雷离开前教导了她扮演法，并给了她一份"戏法大师"的魔药配方，让她试着自己寻找非凡材料。格雷吩咐她，如果等到"学徒"魔药消化完还没有凑齐，就写信请他帮忙。

这让佛尔思陷入了一种迷茫的状态里——我之前花大价钱购买"戏法大师"的配方和扮演法究竟是为了什么？到目前为止，塔罗会对我作用最大、最不可替代的是"倒吊人"先生和"正义"小姐教导的注意事项，以及'愚者'先生对占卜的干扰，否则我早就被老师发现了问题，没法成为他的学生……唉，就当是为满月诅咒被抵消付出的代价……

念头转动间，佛尔思突然瞄到A先生进行聚会的那栋房屋出现了明显的垮塌，很多地方甚至还有焦黑的痕迹。

这里有过一场激烈的战斗……谁在对付A先生？官方组织？佛尔思当即对休做出暗示，并吩咐起外面的车夫："不是这里，再前面两条街道。"

《极光会据点被发现，恐怖组织遭遇沉重打击》——第二天早上，克莱恩刚翻开报纸，就看见了这条新闻。

"祝A先生死在这次围剿里。"他庄重地在胸口画了个绯红之月。

他已经将昨晚交易得到的千面狩猎者脑部异变垂体和血液扔到了灰雾之上，务求不会丢失。

哪怕我死了，它们也不会丢……克莱恩非常放心地叉了片培根咀嚼。

经过昨晚那场交易，他的现金重新跌回一千镑以下，只剩七百三十五镑，也就能买下深海娜迦的头发，无力再兼顾人皮幽影的特性。

既没有更好线索也没有钱的克莱恩在家里休息了整整一个上午，等用过午餐，才穿戴整齐出门，直奔贝克兰德桥区域。

他之前和机械之心的卡尔森约定，有什么情报就去靠近西拜朗船坞的幸运儿酒吧找对方；如果消息特别重要，且对方不在，则直接去杠杆教堂。反正夏洛克·莫里亚蒂不是什么隐秘组织的成员，不需要谨慎行动。

午后的幸运儿酒吧并没有多少客人，克莱恩一眼就看见了坐在吧台角落里孤独喝酒的卡尔森。他走了过去，敲了下桌子，压着嗓音举报："东区很多人在传播原初造物主信仰。"

卡尔森喝着纯麦芽酿成的酒，不置可否地回答："我知道了。"

果然……克莱恩转而笑道："我有一个关于第四纪贵族陵墓的线索。"

"啊？"卡尔森顿住端酒杯的动作，愕然侧过头望向克莱恩，并下意识地推了推厚重的眼镜。

可是，他发现夏洛克·莫里亚蒂侦探并未描述后续，反倒看向好几步开外的酒保，悠然地笑道："一杯南威尔啤酒。"

看到泛着洁白细腻泡沫的南威尔啤酒被放至夏洛克·莫里亚蒂的面前，卡尔森终于醒悟过来。

等酒保远离这边，他压着嗓音问道："你想要什么？"

克莱恩端起酒杯，喝了一口，用几秒的时间品味了一下苦涩之后奔涌而出的麦芽香气和淡淡的回甘。

"干杯!"他侧过头望向卡尔森,微笑着举了下杯子。

卡尔森毫不犹豫就摇头拒绝了他的邀请,并嘟囔道:"你的是啤酒,我的是烈性蒸馏酒,并不适合干杯。"

克莱恩本来也只是做个样子,他再次抿了口南威尔啤酒,目视前方,呵呵笑道:"我要的很简单,我并不清楚陵墓里面会有什么,所以,只能较为含糊地描述。嗯……我希望能从你们探索陵墓的收获里挑选一件。我并不贪心,这不会涉及高层次的物品,哪怕真有,我也不敢索取。

"如果你们什么也没有找到,或者那里只有高层次的事物,那我什么都不要。当然,我相信后一种情况发生时,你们肯定不会吝啬给我一笔现金,符合我贡献的现金。"

昨天从莎伦小姐那里知道阿蒙家族陵墓的事情后,他就有了大致的方案。

第一个方案是,吹响铜哨,联络阿兹克先生,与对方联手探索陵墓。

不过,这个方案有许多潜在的问题:一是还在寻找记忆的阿兹克究竟恢复了多少实力,克莱恩并不清楚;二是阿兹克正被军情九处追寻,贸然联系,很容易给对方和他自己带来麻烦;三是克莱恩大概率会因此重新进入封印物0-08的视线。当然,他考虑过借助灰雾来完成联络和探险的可能性,但在灰雾之上吹响铜哨根本召唤不出信使这点就死死卡住了他后续的设想。

更为重要的是,克莱恩暂时还不敢,也不想把灰雾之上的秘密暴露给身份未明的阿兹克·艾格斯。

所以,他最终选择了第二个方案,那就是利用线人的身份,将情报上交给机械之心,并索取相应的、合理的报酬。

若论高序列强者的数量,还会有比七大教会多的势力吗?

据克莱恩所知,黑夜女神教会有近十位高序列强者,也就是说,十三位大主教加九位高级执事有接近一半达到或超过了序列4,这还没计算女神的眷者、执掌教会的那位教宗冕下。

蒸汽与机械之神教会在这方面即使有所不如,也不会相差太多,他们贝克兰德教区的大主教霍拉米克·海顿就是位高序列强者。

而这种积累丰厚的正统教会,对中序列的事物不会非常、非常、非常地看重,克莱恩认为自己有机会谈出一个合理的"价格"。

简单来说,第二个方案的核心要素就是:有困难,找组织!

听到克莱恩开出的价码,卡尔森愣了一秒,脱口问道:"你不是神的信徒吗?"

我心里住着的一直是女神……克莱恩在胸口画了个三角圣徽:"正是因为信仰

神，我才把这个消息告诉你们，而不是通过斯坦顿先生透露给值夜者。神说，愿自强者便让他强大。只有我变得更强，拥有更多的金钱，才能接触更多的渠道，掌握更多的资源，从而为你们提供更好、更有效的情报。"

为了说服机械之心，他上午特意翻了翻之前买回来装点门面的《蒸汽与机械圣典》，找出了几句符合需求的神灵语录并认真地背了下来。

卡尔森一时竟无法反驳，呆在那里，忘了喝酒。

克莱恩见状，忙又补了一句："而且这有利于你们建立和谐高效的新时代线人关系。只要你们对外宣传我因此获得的报酬，以及你们信守承诺、绝无反悔的行为，我相信其他线人肯定深为感动、大受激励，拼尽全力也要为你们搜集到有用的情报。当然，我希望宣传的时候用我的化名。"

卡尔森听得一脸呆滞，端起酒杯，咕噜喝了一大口，险些被呛到。

"咳，夏洛克，真实的你和之前我印象里的你完全不同。"他感叹了一句。

他记忆里的夏洛克·莫里亚蒂侦探，擅长分析和推理，极为冷静，极为客气，并充满正义感地为他们提供了非常有效的意见，是神的杰出信徒。

而现在的对方……

克莱恩喝了口啤酒，低笑了一声："每个人都有不同的面，以单独的面代替整体就很容易犯错，这是推理时必须注意的问题。"

卡尔森平复了片刻，站起身道："我没有权力答应类似的要求，我会立刻汇报上去，你在这里等待一会儿。"

"好。"克莱恩招手喊来酒保，加了份炸薯格。

等他慢悠悠地吃完食物，喝掉啤酒，机械之心的执事伊康瑟·伯纳德就带着卡尔森返回了酒吧。

"你的要求没有问题，但必须附加一点，那就是有很强副作用和诅咒效果的物品不在可供挑选的行列。"伊康瑟环顾一圈，见周围没什么人，遂沉声说道。

我要的是材料……克莱恩当即笑道："好！我冒昧再问一句，这是你个人的决定，还是上层的回应？"

"我有权做出这样的决定。"伊康瑟用帽子压了压自己蓬松的头发，"不过因为事情涉及第四纪的贵族陵墓，我给大主教拍了电报，他在回电里没有反对。"

"好的。"克莱恩再次画了个三角圣徽，"我现在就将情报告诉你们。"

伊康瑟下意识地摇了摇头。他向左右看了看，指着一个桌球室道："我们进去再说。"

这个总是被那面叫阿罗德斯的镜子"公开处刑"的执事还是很老练的嘛……克莱恩咕哝一句，跟着伊康瑟和卡尔森进入了桌球室，并确保了左右两个房间没有人。

克莱恩停顿几秒，斟酌着说道："事情是这样的，有非凡者在白崖镇斯特福德河的河湾处发现一个隐蔽的陵墓，并探索了外围，找到了一些物品。事后，他们招募人手，做更进一步的探索，结果再也没有人回来。你们到那里仔细找一找，肯定能发现相应的痕迹。"

伊康瑟认真地听完，追问道："确认是第四纪的贵族陵墓吗？"

"外围的那些物品可以证明是图铎王朝阿蒙家族的成员。"克莱恩如实回答，并提醒了一句，"死在里面的非凡者并不弱，而且数量不少，我认为这个陵墓不是高序列以下能够探索的。"

"阿蒙……"伊康瑟本能地微皱起了眉头。看得出来，身为执事的他有权限知道一些古代秘辛。

不等克莱恩再次强调，他抬起目光道："我们会先搜集相应的资料再采取行动。第四纪的贵族陵墓非常危险，你不要把这个情报再告诉其他人，更不要自己去探索，否则你和你的朋友只会失去生命。"

如果我敢，我就不会坐在这里了。克莱恩自嘲一笑道："我的信誉一直很好。"

达成交易，目送伊康瑟和卡尔森离开后，他戴上帽子，慢悠悠地走向了幸运儿酒吧门外。

对于第四纪的大贵族，对于阿蒙家族，机械之心还是很谨慎嘛，他们至少得准备好几天才会展开行动吧……

谨慎……克莱恩随意发散的思维突然定格在了一个单词上。

他想起了另外一件足以称得上谨慎的事情：罗塞尔加入疑似黄昏隐士会的古老组织后，在本身以中文书写的秘密日记里，竟然一直没有提及对方的名称，每次都是用相应的特征来代指。

这是一个谨慎到让人产生怀疑的现象！

为什么罗塞尔大帝不敢提那个组织的名称，哪怕用中文也不敢？这和他日记里什么都敢记的风格截然不同……他在害怕什么、在担心什么？

难道只要说出或书写下黄昏隐士会的名称，不管用什么语言，都会被他们知晓？他们之中的某位成员或者拥有的某个封印物有类似的能力？克莱恩浮现出一个猜测，但无从证实，除非他愿意冒险去尝试。

先假定为真，而我没有被他们感知，是因为通灵"欲望使徒"是在灰雾之上，告知"正义"小姐也是在借助灰雾回应祈求时……嗯，马上又到周一了，我得在塔罗会上提醒下"正义"小姐，让她不要说出或记录下黄昏隐士会这个名称，至于理由嘛，给她一个眼神，让她自己领会……克莱恩很快有了后续的安排，大踏步离开了幸运儿酒吧。

他见时间尚早，直接乘坐马车去了克拉格俱乐部，打算在那里消磨下午时光。

刚进入大厅，他就看见了马术教师塔利姆·杜蒙特。这位贵族后裔坐在角落里，拿着杯猩红的葡萄酒，脸色红润、精神亢奋地品着。

"塔利姆，你的心情似乎很不错。"克莱恩笑着打了声招呼。

塔利姆呵呵笑道："因为新年即将来临。"

说完，他颇为兴奋地问道："夏洛克，你知道真正喜欢一个人的滋味吗？"

克莱恩露出假笑："……很抱歉，我还是单身。"

"那真是太遗憾了。好啦，我得去忙了。"塔利姆喝光剩下的酒液，起身挥手道。

"对了，谢谢你介绍的弗兰米·凯奇先生。"克莱恩想起脚踏车项目的投资，诚恳地道了声谢，"最近你什么时候有空？我想请您带我品尝贝克兰德的美食。"

"新年后吧。"塔利姆戴上帽子，笑眯眯地走向接待厅。

这家伙进入恋爱的季节了？克莱恩忍不住嘀咕了一句。他刚转过身体，走了几步，忽然听见了扑通的重重跌倒声。

克莱恩猛地回头，看见塔利姆·杜蒙特倒在地上，左手死死地按着心脏位置，身体不断抽搐着。

这……克莱恩几步赶了过去。

可这个时候的塔利姆已口吐白沫，失去了生命最后的气息。

只是几秒的工夫，刚刚还满面春风的他就变成了一具死尸。

这不是克莱恩第一次看见熟悉的人死在面前，但却是最为突然、最没有前兆的一次。他的脑海内似乎还残留着塔利姆·杜蒙特刚才询问他真正喜欢一个人的滋味时的表情，那是一种潜藏着兴奋和炫耀，却又碍于某些因素不能直接分享，必须小心翼翼的生动表情。

太快了……正常的疾病不会这么快导致死亡！克莱恩表情沉重地轻叩牙齿，开启了灵视。

他单膝着地，蹲了下去，看见塔利姆·杜蒙特的气场和情绪颜色在飞快消失，而被紧紧捂住的心脏位置则有丝丝缕缕的黑气如蛇般缠绕，并渐渐变得暗淡。

类似诅咒的非凡手段？克莱恩瞬间做出了初步的判断。

这个时候，穿红马甲的侍者和附近的黑白裙女仆奔跑而至，惊恐地看着地上眼睛圆圆睁大、嘴角残余白沫的死者。

克莱恩闭了下眼睛，沉声吩咐道："去附近的警局，告诉他们这里有人死了。"

"是，莫里亚蒂先生。"红马甲侍者当即往门外跑去，慌张得连外套都忘了穿。

一道道目光的注视下，克莱恩没去检查塔利姆的随身物品，也没试图拔下几根头发，以便无人时尝试占卜。他的身份已经算半官方半地下，完全可以借助机械之心的力量来进行后续调查，没必要做孤胆英雄。

想到和塔利姆·杜蒙特多次玩牌的场景，想到对方介绍的委托者和投资人，想到那个让自己记挂了许久才有答案的言情故事，克莱恩忍不住长长地、缓缓地叹了口气。

谁是谋杀塔利姆的凶手？塔利姆究竟得罪了哪位擅长诅咒的非凡者？看他今天的表现，他应该处于一种很幸福、很安定的状态，完全没有招惹到可怕人物的自觉……一个个疑问在克莱恩脑海内闪过，却又因为他不够了解塔利姆·杜蒙特而缺乏产生灵感的土壤。

等到警察来临，他作为目击证人，接受了询问，耽搁了不少时间。

直至这一切完成，克莱恩才有机会离开希尔斯顿区，再次前往贝克兰德桥区域的幸运儿酒吧。

卡尔森依旧在那里喝酒，只是将纯麦芽酿造的烈性蒸馏酒换成了色泽金黄泛着泡沫的啤酒。

克莱恩抬起右手，半捂半捏了下嘴巴，靠拢过去，轻敲桌面道："你的工作就是每天在这里喝酒？"

卡尔森吓了一跳，侧过头看见是夏洛克·莫里亚蒂才放松下来："你……又有什么事情？"

这样的反应让人很熟悉啊……克莱恩无声叹息，凝重地说道："有个涉及非凡者的案子。"

卡尔森当即四下张望，发现此时的幸运儿酒吧已有不少客人，他们或端着酒杯大声嚷嚷，或跃跃欲试地想去拳台较量一番。

"走，玩一局桌球。"卡尔森推了下厚重的眼镜，拿着啤酒走向了一间空着的桌球室。

克莱恩紧随其后，并熟练地关上了房门。

"你的酒量似乎很不错。"他先随口说了一句。

"不，我只是喝得慢。"卡尔森放下酒杯，拿起了球杆，接着，他莫名地补了一句，"而且我最近想一个人待着。"

我不关心这个问题……克莱恩抿了抿嘴唇道："我在希尔斯顿区的克拉格俱乐部遇到了一起死亡事件，死者是我的朋友，一个贵族后裔，马术教师。他平时身体很健康，最近精神状态也非常不错，但刚才却猝死在了我面前，看起来像是突发心脏疾病，但我的灵视告诉我，他也许是受到了诅咒。"

"你擅长灵视？"卡尔森下意识地反问了一句。

斯坦顿先生究竟给我编造了什么具体情况？成为机械之心的线人后，他们都没有询问过我是哪条途径、哪个序列的非凡者，也没有打听我的来历和出身……当然，让线人保留一定的、属于自身的秘密，也是官方组织常常采用的策略……克莱恩坦然地回应："是的，那位死者的胸口有一些飞快变得暗淡的虚幻黑气。"

"确实可能涉及诅咒，涉及非凡者。"卡尔森未再多问，缓缓点头道，"希尔斯顿区……这在我们机械之心的管辖范围内。"

在贝克兰德的西北区域，也就是这个大都市的核心区域，皇后区、乔伍德区归属代罚者，西区、北区属于值夜者，希尔斯顿区和贝克兰德桥区域则被机械之心管理着。

说到这里，卡尔森望向克莱恩，求证道："你那位朋友信仰哪位神灵？"

仔细想了几秒，克莱恩有点犹豫地回答："风暴之主。"

"风暴之主的信徒……只有他一个死者？"卡尔森皱眉问道。

"对。"克莱恩给出肯定的答复。

卡尔森摩挲着球杆的顶端，吐了口气道："我们无权接手，这是代罚者的领域。不过我会把你提交的情报转达给他们的。"

在鲁恩王国，超凡事件的管辖权原则是先按信仰划分，如果涉及多个教会多位神灵的信徒，则以管辖范围来定。

克莱恩对此并不陌生，无意为难卡尔森，诚恳地说道："谢谢，希望他们能尽快找到真正的凶手。"

卡尔森端起放在旁边的酒杯喝了一口道："那是一位贵族后裔，代罚者肯定会重视的。"

停顿一秒，他打量着克莱恩，声音低沉地说道："我很难相信你才来到贝克兰德三个多月，似乎已经在这里建立了广泛的人脉，拥有众多的资源。"

"有的人天生擅长这个。"克莱恩摇头自嘲，告辞离开。

他返回到明斯克街时，天色已经彻底黑了下来，煤气路灯被工作人员相继点亮。

虽然和塔利姆·杜蒙特的交情算不上深厚，但他也是克莱恩差不多每周都会遇到一次的熟人，是隔三岔五就会聚在一起打牌的朋友。而且塔利姆相当热情，一直在吹捧莫里亚蒂大侦探，并身体力行地给克莱恩介绍了委托和投资。他的逝去同样让克莱恩感觉悲伤，充满对命运的无奈。

除此之外，他还有着不少的愤怒，对诅咒者杀人的愤怒。

希望能弄清楚究竟是怎么回事，希望代罚者不要因为尼根公爵被刺一案而人手不够……克莱恩叹息一声，走下马车，向自家大门行去。

这个过程里，他发现隔壁萨默尔家没有灯光。

看来他们在前往迪西海湾的路上了……这就是贝克兰德的新年气氛？而我完全没有感觉……克莱恩一时有些唏嘘。

带着这样的情绪，他早早睡去，在七点的钟声里醒了过来。

为了转换心情，克莱恩决定今天尝试下自制蛋糕。

"用过早餐就去买材料。"他低语一句，喝起牛奶，随手翻看报纸。

很快，他在《塔索克报》上看见了一则讣告。

> 爱子塔利姆·杜蒙特因突发心脏疾病于12月18日死亡，他的葬礼将于12月21日上午九点整在皇冠墓园举行，特此讣告。

在北大陆，因尸变等缘由，已形成了一个古老的传统，那就是人死后会尽快下葬。当然，前提是不缺这方面的钱。

突发心脏疾病？这就是最终的调查结果？还是说代罚者故意麻痹真凶？克莱恩皱起眉头，无从判断。

也许可以去灰雾之上占卜一下这是否为代罚者的陷阱，但大概率会出现失败的结果，毕竟我既没有随身物品，占卜也不是针对我自己……他吸了口气，沉静下来，有条不紊地填饱了肚子。

之后的尝试没有出乎克莱恩的预料，他只好离开明斯克街，乘车前往希尔斯顿区，拜访艾辛格·斯坦顿。

这位大侦探走在温暖的室内，指着前方道："夏洛克，要来一份早餐吗？我厨师的手艺并不比我差。"

"不，我已经用过早餐了。"克莱恩摇头谢绝了好意。

艾辛格停下脚步，随意地问了一句："你打算去哪里过新年？我准备回，不，去伦堡。"

"还没有最后确定，也许是间海。"克莱恩敷衍道。

"那里的风景原本很不错，可惜煤铁资源丰富，航运也相当发达。"艾辛格理了下领口，摸了摸口袋里的烟斗，"你似乎有些焦急？"

"斯坦顿先生，我有件事情想咨询你。"克莱恩顺势把塔利姆·杜蒙特的死亡、自己的灵视结果、向机械之心提供意见的经过和今早的讣告完完整整讲述了一遍。

当然，他隐瞒了自己已成为机械之心线人的事情，只说为了朋友，找到了"欲望使徒"案件里认识的官方非凡者。

"你认为这是代罚者的陷阱吗？"他最后问道。

艾辛格拿着烟斗，沉吟着说道："我一直都努力地避开代罚者，对相应的情况不够了解。我会托人打听一下，如果有消息，就写信告诉你。"

"好的，谢谢你。"克莱恩诚恳地行礼。

到了晚间，他收到了艾辛格专程派人送来的信，信上只有一句话：

> 这个案子不是代罚者处理的，王室以塔利姆·杜蒙特是贵族后裔的名义，将案子要了过去。

"王室……"克莱恩拿着艾辛格·斯坦顿派人送来的信，无声自语了一句。

他抬头看见窗外阴雨滴滴答答地下落，煤气路灯散发着一圈又一圈安静的光晕。客厅之内，茶几整洁，几沓报纸摆在一角，四周没有半点声音。

克莱恩坐在沙发上，身体略微前倾，沉默了许久。

过了近十分钟，他吐出浊气，摇了摇头，动作缓而重地将手里的信扔进了垃圾桶。

他慢慢站起，没有表情地往二楼行去。

而垃圾桶内来自艾辛格·斯坦顿的信却悄无声息着了火，并迅速燃起，化为黑乎乎的灰烬。

周一上午，克莱恩站在洗漱镜前，用右手拇指和中指分别按住两侧太阳穴，略微用力地揉了揉。做完这一切，他拧开龙头，埋下身体，捧起冰冷的自来水泼向面部，在一阵寒战里洗完了脸。

重新变得精神的他挂好毛巾，走向一楼，简单地弄了个单面熟的煎蛋配夹黄油的吐司。当然，还有一杯加了些许柠檬片的红茶，既解渴，又消腻。

用完早餐,悠闲地翻看剩余报纸时,克莱恩突然听见门铃发出叮叮当当的声音。

谁？新委托？难道机械之心已经探索完阿蒙家族的陵墓？不，没这么快……克莱恩犯了嘀咕，放好餐巾和报纸，慢悠悠地走向大门。

握住把手的时候，他脑海内自然而然地浮现了门外来客的样子：那是位穿戴得一丝不苟的中老年绅士，衬衣雪白笔挺，厚厚的灰蓝色马甲完美收住了肚子，长款的燕尾服线条分明，没有一丝瑕疵。

这位绅士穿着双锃亮的皮鞋，完全看不出走过阴雨和泥泞的痕迹。他戴着双白色线织手套，两鬓掺杂了几根银色的发丝，脸部法令纹深重，浅褐色的眼眸严肃到不含一丝笑意。

不认识……克莱恩嘟囔一句，打开了房门。

"请问，您找谁？"他礼貌地问道。

那中老年绅士摘下帽子，按在胸口，用最标准的姿态行了一礼："我是一名管家，代替我的主人来邀请您，夏洛克·莫里亚蒂先生。"

"我认识贵主人吗？他找我是为了什么事情？"克莱恩简直满头都是雾水。

但这个时候，他已经注意到水泥道路对面停着辆马车，外壳黑深厚实，窗户内侧装有帘布，一看就不是普通的货色。

低调里透着奢华……克莱恩凝目一瞧，忽然发现车厢的显眼位置有一个纹章。那纹章的主体是一把竖直向下的剑，剑的柄部则有一个红色的皇冠。

这……审判之剑……代表王室奥古斯都家族的审判之剑！克莱恩心中一凛，大致明白了管家的来历。

或许他还是较为强大的非凡者……克莱恩在心里做出猜想。

专业而严谨的管家并未在意他的审视，露出礼貌性的笑容道："您和我的主人并没有见过面，但应该称得上认识。您一直在向他提供以塔罗牌为象征的那个组织的线索，而他也支付了您需要的金钱。"

果然，是塔利姆提到过的那个大人物。我一直在用似是而非的假消息骗经费，甚至把老科勒那里需要报销的费用都转嫁了过去……这下不好拒绝对方的邀请了啊，尤其塔利姆还死了……克莱恩沉吟了两秒道："贵主人找我过去，是为了塔利姆的死？"

"是的，塔利姆是他的朋友，他为他的死亡感到悲伤和迷惑。而他听说，您当时就在现场。"老管家吐词清晰地说道。

不，我没有……克莱恩下意识地就想要否定，但最终还是只能点头："对，我看着塔利姆死在了我的面前。"

"真是一件让人悲伤和遗憾的事情。"老管家语气真诚地说道，"您愿意接受我主人的邀请吗？"

我还有理由拒绝吗？那样显得非常可疑！说不定会被你当场格毙……克莱恩望着对方道："我上午正好没有事情。"

"好的，莫里亚蒂先生，请。"老管家略微弯腰，伸出戴白手套的右掌，指向水泥道路对面的那辆马车。

唉，一直避免接触大人物，结果还是因为塔利姆的死亡不得不去面对他背后的那位……也不知道会不会因此引来关注或更多更深入的背景调查……我得提前做好预案，随时准备着放弃这个据点的这个身份……还有，尽快拿到人皮幽影的特性和深海娜迦的头发，尽快晋升为"无面人"，那样一来，我抗风险的能力何止翻倍！克莱恩换上外套，戴好帽子，走向那辆有王室纹章的马车时，已经想好了后续的一些事情。

这时，老管家携带的仆人帮他打开了车门。

踩着厚厚的棕黄地毯，看着存放有红葡萄酒、白葡萄酒、香槟、朗齐、黑兰德的木柜和一个个水晶打磨的杯子，克莱恩一时有些拘束，找了个靠窗的位置坐下——朗齐指纯麦芽酿造的烈性蒸馏酒，有很多种类，比如水手们最爱喝的"烈朗齐"，而现在柜子里的那几瓶明显是高档货；至于黑兰德，则是指混杂了其他谷物发酵的烈性蒸馏酒，和朗齐一样，都属于鲁恩特色。

看着马车驶过湿漉漉的街道，克莱恩随口问了一句："到皇后区吗？"

"不，我的主人在皇后区郊外的红蔷薇庄园等您。"老管家没有隐瞒。

看来是王室的庄园……克莱恩想了想，微笑着再问："您现在可以告诉我贵主人的身份了吧？"

老管家本就挺直的腰背愈发笔挺，下巴有所抬高："他是'立国者''保护者'的后裔，他是'强势者'的子孙，他是国王陛下的第五个孩子，拉斯廷伯爵，埃德萨克·奥古斯都王子殿下。"

原来是三王子，倒数第二小的那个王子，不过也有二十一二岁了……克莱恩回忆起在克拉格俱乐部的见闻和报纸杂志上偶尔出现的描述。

马车驶过一条条街道，先从有人工湖的地带绕行，再往西北方向行驶，花费了一个多小时，终于抵达一座占地面积极广的庄园。

庄园门口，克莱恩接受了两位穿白色长裤、红色军服的士兵的检查，并未隐藏腋下枪袋和左轮手枪的存在。

他相信埃德萨克王子周围肯定有人能看出自己携带着枪支，若自己一味想靠幻术欺瞒，很容易弄巧成拙。

反正王子知道我是一名私家侦探，他的手下肯定不会因为我非法持枪就将宾客扭送至警察局……克莱恩眼睁睁地看着士兵拿走了枪袋和左轮，并被告知出来时领取。

又经过两重检查，克莱恩跟随老管家绕过主屋，来到一片有丘陵、有水流的宽广区域。这里唯一的缺点是，草木早就因隆冬而凋敝，一片荒芜。

哒哒哒，几匹马从远处奔了过来，停在前方。

一位穿白色长裤、高筒黑靴、修身衬衣和深色骑手服的年轻男子敏捷地下马，走了过来，其余人等则紧跟在他身旁。

他取下保护头部的盔状帽子，微笑着对克莱恩道："终于见到你了，莫里亚蒂大侦探。"

看到他，克莱恩顿有眼前一亮的感觉，不是因为他长得多么英俊，而是因为他很像印在5镑钞票上的亨利·奥古斯都一世。

埃德萨克•奥古斯都同样有一张圆润的脸庞和一双狭长的眼睛，但一点也不严肃，反倒始终带着笑意，年轻而朝气。

"我之前并不知道委托我的是王子殿下您。"克莱恩弯腰行了一礼。

埃德萨克拿着马鞭，在掌心掂了掂，呵呵笑道："我听说了你在连环杀手和'欲望使徒'两起案子里发挥的重要作用，塔利姆的推荐确实不错。唉，谁能想到，前几天还和我一起赛马的他就这样离开了人世，前往了暴风和闪电的国度。"

从立国以来，奥古斯都家族就一直信仰风暴之主。

不等克莱恩接话，他沉下表情道："对塔利姆死亡之事的调查并没有经过我，莫里亚蒂先生，我希望你帮我找出真相。"

王室其他人给出的结论？你的两位兄长？一上来就是这种程度的倾轧，我承受不住啊……还有，王子殿下，你的风格真直接……克莱恩叹息道："虽然很遗憾，但我还是想说塔利姆是因为突发心脏疾病去世的。"

"是吗？代罚者那边传来过消息，说某位叫作夏洛克•莫里亚蒂的大侦探指认塔利姆的身上有诅咒的痕迹。"埃德萨克王子轻笑了一声。

克莱恩只能苦笑着回应："王子殿下，您应该知道我的行事原则，我还想再活五十年。"

"塔利姆难道不是你的朋友？"埃德萨克王子当即反问道。

克莱恩正不知该怎么回答，忽然有女仆从主屋过来，快步靠近王子，压低嗓音说了几句话。

埃德萨克顿时板起了脸孔："告诉她，不能出去！"

说完之后，他踱了两步，严肃的表情缓和了下来，蓝色的眼眸里多了几分柔软和无奈："但我允许她离开房间，在庄园里随意走动。"

眼前的这一幕顿时让克莱恩想起了塔利姆•杜蒙特讲过的那个言情故事：他身份高贵的朋友爱上了一名平民女子，非她不娶，这在贵族顶层圈子里是绝对不被允许的事情。塔利姆为此很烦恼，险些雇凶杀人，但最终他说服了那位女子，让她主动离开了他的朋友。

难道这个故事的主角就是埃德萨克•奥古斯都？各方面的情况都很吻合啊！身为王子，娶一名平民，在当前这个时代，简直是离经叛道的行为。鲁恩立国以来，奥古斯都家族直系成员的配偶是且只能是贵族女子。

听刚才话语里透露出来的意思，埃德萨克又把那个平民女子找回来了？而且，还给予了她禁足的惩罚？真爱啊……仅是瞬间，克莱恩脑海里就有一个霸道王子与可怜"小白花"的故事成形。他放空目光，欣赏起前方的隆冬风景。

"现在并不是它真正的模样，等到春天，绿草发芽，你将见到一片最高规格的高尔夫球场。"埃德萨克王子打发走女仆，扬起马鞭，指着四周道。

"高尔夫?"克莱恩反问的同时已然想清楚了答案。

埃德萨克王子示意护卫和随从们远离，只让老管家和克莱恩跟在身边。他边漫步于荒芜的平地上，边呵呵笑道："对，高尔夫，这是真正属于贵族的运动，大部分杂志和报纸的主人都很难有机会参与。虽然我并不喜欢罗塞尔，但不得不承认，他的奇思妙想给了我们一个足够有趣的世界。如果你能弄清楚塔利姆的死亡原因，这里将随时向你开放。"

果然是罗塞尔……克莱恩轻轻地吐了口气。

见他没有回应，埃德萨克王子自顾自地继续感慨道："罗塞尔这个人各方面都值得学习，但他对待感情的态度让我恶心。当然，这是大多数因蒂斯贵族的共性和风格，也是他们迷恋奢华、生活糜烂的根源。"

埃德萨克望着前方水流缓而少的小溪，用一种超越年龄的成熟口吻道："百分之九十九的人都不是罗塞尔那样的天才，要想获得成功，建立起伟大的事业，必须弄清楚自己真正想要什么，为此愿意付出怎样的代价，并绝不回头地、坚定地走下去。"

说到这里，他语气转缓，自嘲般笑道："今年之前，我一直认为我很喜欢霍尔伯爵的女儿，她有完美的容貌、优雅的举止、丰厚的财产、显赫的家族以及非常有权势的父亲，这是一位王子无从挑剔的婚姻对象。但是，我现在明白了，真正吸引我的、让我连做梦都想拥有的是一种独特的气质，以及因阅历而产生的深邃心灵。

"呵，我不是说霍尔伯爵家的那位小姐没有气质，但那不是我想要的、欣赏的、喜欢的。"

王子殿下，你现在的语气、态度和表情，与塔利姆生前近乎一致……你可别猝死在我面前啊，那我跳进塔索克河也洗不清身上的嫌疑了……而且这种事情听多了，很容易就会被灭口，你是想把我绑上你的战车吗……克莱恩有点害怕。

他清了清喉咙，主动岔开了话题："王子殿下，以您的身份和地位，肯定不会缺乏下属，有的是人愿意为您调查塔利姆的死亡，您为什么一定要找我?"

埃德萨克摇头低笑道："作为一名王子，有多少权势就有多少的不自由，很多事情是不能让身边的人去做的，太多的目光注视着我。你是一位有能力、有头脑的大侦探，而且和塔利姆有不错的交情，当时也在现场，我不认为还有谁比你更加合适。放心，如果真有什么问题，我肯定能保证你的安全。"

这种承诺就像盥洗室里的厕纸……克莱恩忍不住腹诽了一句。

埃德萨克王子已经将话说到了这个份上，他觉得自己要是再拒绝，就很可能离不开红蔷薇庄园了，只好叹息道："其实，对于塔利姆的死亡，我和您一样愤怒，但现实让我只能保持平静。"

埃德萨克露出一抹微笑道："你需要我提供什么帮助？"

"塔利姆的头发、血肉任选其一，再加他的随身物品。"克莱恩提出了要求。

"好，之后我就让人把这些东西送到你家里。"埃德萨克当即答应了下来，然后好奇地问道，"只有这些？"

克莱恩没有客气："等有了初步的方向，我才能知道需要什么样的帮助。王子殿下，您最好给我一个联络方式。一个侦探总是前来这座庄园，肯定引人怀疑。"

埃德萨克点了点头，早有准备般说道："我会让人隐秘地租下你隔壁的房屋，也就是明斯克街13号，需要联络的时候，你就写一封拜访新邻居的信件，投入信报箱。

"至于酬劳，你应该知道，我不是一个吝啬的人，哪怕最终没有结果，只要你做出了贡献、承担了风险，也会有相应的收入。如果你确实查清楚了真相，我会给你一笔足以让你养老的报酬。"

这位王子殿下很雷厉风行嘛，养老，那至少三千镑以上了……克莱恩感叹道。

"好的，愿塔利姆的灵在暴风与闪电的国度得到了安宁。"他弯腰行了一礼。

埃德萨克轻轻颔首，吩咐老管家道："你带莫里亚蒂侦探出去，并送他回明斯克街。"

都不留我用午餐啊？这对待宾客的态度是不是太傲慢了？当然，距离中午还很久是主要原因……克莱恩无声调侃了两句。

他跟着老管家一路外行，来到庄园门口，领回了枪袋、左轮手枪和子弹。


明斯克街15号内，克莱恩站在凸肚窗前，目送那辆有着王室纹章的马车远去。

真要深入调查，夏洛克·莫里亚蒂随时可能暴毙……现在说不定都有人在盯着我了。嗯，暂时还不会，毕竟我还没有展开行动……克莱恩微皱眉头，静静站立。

此时此刻，他对晋升"无面人"有着前所未有的迫切。

不能光等待机械之心探索阿蒙家族的陵墓，也得继续在其他渠道尝试购买人皮幽影的特性，毕竟谁也不知道机械之心会准备多久，万一超过一个月，甚至超过半年呢？这不是没有可能，先派人守住入口，再慢慢搜集对应的资料，务求万无一失，是相当不错的策略，可那样一来，我等不起啊……克莱恩念头纷呈，拿定了主意。

到了下午两点四十五分，他携带报纸，进入盥洗室，积极地准备起这周的塔罗聚会。

三点整。

深红而虚幻的光芒腾起，奥黛丽·霍尔心情不错地环顾了一圈。

昨晚，她终于得到了梦寐以求的序列7"心理医生"魔药配方，此时依然残留着那种兴奋、激动和踏实、安定混杂的感受，而心理炼金会并未要求她立刻做出贡献，称这是预支给她的。

他们充分相信奥黛丽小姐拥有出色的"偿还"能力。

没有新的成员……"正义"奥黛丽站了起来，将目光投向青铜长桌最上首，虚提裙摆，行了一礼："下午好，'愚者'先生。下午好……"

她轻快而愉悦的嗓音打破了灰雾之上亘古不变般的寂静，让心情原本有些压抑的克莱恩也暂时摆脱了外界的困扰。他轻轻颔首，回应了几位成员的问候。

重新坐下的时候，奥黛丽又将其他成员的身影纳入眼帘，并与之前观察到的画面组成了动态的场景。

"倒吊人"先生行礼之外，悄然打量了"愚者"先生一眼，带着不明显的好奇，然后，他望向"世界"先生，有所期待……也就是说，与风暴教会关系匪浅的他知道了尼根公爵被刺杀案的详细经过，了解到侠盗"黑皇帝"的出场，对这件事情幕后隐藏的真相有了探究的欲望……"世界"先生委托他代卖的"狼人"非凡特性看来已经有了结果，他很可能还找到了人皮幽影的特性和深海娜迦的头发两种材料之一……

"太阳"的情绪很稳定，并带着几分轻松，这说明他认为白银城对他的监控已经解除……他依靠什么做出的判断？重新被编入所谓探索小队？

佛尔思放松之中有点抑郁……她通过了那位亚伯拉罕家族成员的考验，成了对方的学生，但却被迫接受了一些对自己不利的事情？

"世界"先生与往常一样阴冷深沉……也许我得到序列7，甚至序列6，才能把握住他的情绪变化和心思想法……

唔，"愚者"还是那样神秘、强大、无从揣测。

一连串的念头划过了"正义"奥黛丽的脑海，她望向灰雾笼罩中的身影道："尊敬的'愚者'先生，我新得到了三页罗塞尔日记。"

这是她从心理炼金会那里索要来的抄本。因为昨晚才提及，时间较为仓促，伊思兰特只来得及给她三页。

"你想要什么报酬？"克莱恩微笑着问道。

奥黛丽真心诚意地回答："就当是您之前解答我那个疑问的报酬，可以吗？"

说这句话的时候，她莫名有点炫耀的心情——"倒吊人"先生你们都还不知道黄昏隐士会的存在呢！

呼，真是羡慕啊，"正义"小姐不知在私下又请教了什么难题……我回去就写信给老师，问他那里有没有罗塞尔的日记。不，对外得说"笔记"……"魔术师"佛尔思顿时有了渴望和动力。

在"倒吊人"狐疑的目光中，克莱恩不甚在意地点了点头："可以。"

奥黛丽很快具现出了三页黄褐色的日记，将它们传递给了"愚者"先生。

克莱恩接过一看，只见第一页就写道：

1月13日，稳定地联络上了"门"先生。

就在克莱恩拿起日记的同时，奥黛丽又补了一句："'愚者'先生，还有十页日记会在之后陆续给您，这是为您之前提供庇佑支付的报酬。"

她把私下里的承诺重复了一遍，免得"愚者"先生以为自己遗忘了这件事情。她刚才之所以先抵扣黄昏隐士会的消息，是因为想先彻底了结一笔"欠账"，并带有些许炫耀的心情。

为提供庇佑支付的报酬……"魔术师"佛尔思咀嚼着这几个单词，忽然发现自己遗漏了很重要的问题——在亚伯拉罕家族的事情上，"愚者"先生是派遣了天使帮我干扰占卜的！我也应该支付报酬……完了，我竟然完全没有想到这点……我还以为和其他的仪式一样，结束就彻底结束了……佛尔思一时有些惶恐。

正常的仪式魔法里，祈求神灵或对应存在帮助时，都会提前奉献祭品，燃烧取悦目标的精油纯露和草药精华，等同于提前支付好了报酬。而在与"愚者"相关的仪式里，很多步骤可以省略，代价也能在事后才付出，甚至不用给，这就让习惯了前者的佛尔思下意识地就只是道了声谢。

她忙望向青铜长桌最上首，诚恳地说道："尊敬的'愚者'先生，您对占卜的干扰极大地帮助了我，我也会尽快搜集十页罗塞尔日记给您。"

看到"正义"小姐和"魔术师"小姐的表现，"太阳"戴里克·伯格恍然大悟，找到了充分表达自己感激之情的方式。

可是，白银城没有那个所谓罗塞尔大帝的日记……呃，"愚者"先生对历史很感兴趣，我要多翻阅类似的资料和文献……戴里克念头一转，向高踞上首的"愚者"先生做出了承诺。

"倒吊人"旁观着这一切，对"愚者"有天使作为侍从的事情再没有丝毫怀疑。

任何组织里，都要有个类似"正义"小姐的角色啊……榜样的力量是无穷的……凭空多了不少"债权"的克莱恩在心里欣喜地感慨了两句。

作为高高在上的"愚者"先生，他一直不好意思直接提报酬，而且始终认为，顺手帮一下自家组织的成员是正常、合理的事情，完全不必弄得太市侩，所以，他也就没操纵"世界"做相应的表演以提醒众人。

当然，"正义"他们自己愿意支付报酬，克莱恩也是不会拒绝的。

"好。"他微笑着点头，重新将目光投向了手里的日记。

1月13日，稳定地联络上了"门"先生。

这位迷失在黑暗深处、被困于风暴之中的强大非凡者，并没有急切地催促我完成那复杂又困难的仪式，帮助他回归现实世界。

他似乎已经明白，必须拿出足以打动我的事物，而不是给予虚无缥缈的三个愿望，就能让我考虑是否要冒潜藏的、极大的风险去救他。

"门"先生暂时没提这方面的事情，反倒饶有兴致地聊起了我"发明"的塔罗牌。呵呵，"发明"这个单词肯定是要打上引号的。从这一点可以看出，"门"先生确实可以在特定的时候以特定的方式接触现实世界，从而观察到很多事情。

交流"月亮"这张牌的时候，我想到了查拉图提过的一件事情。他说生命学派崇拜月亮，而不是更进一步的黑夜女神。对，后面半句是我加的！

我就这个问题请教了"门"先生这位第四纪的强者，他轻笑了两声，同样没做正面的回答，但比起那个遮遮掩掩、藏头露尾、让人想打的"占卜家"，他坦率了很多。他告诉我，如果要在塔罗牌里挑一张来代表黑夜女神，他不会挑"月亮"牌，他的选择是"星星"牌！

这就很有意思了，我追问道，"月亮"牌真正的主人是谁？他的回答愈发玩味。

他笑着说，"月亮"牌目前没有主人。

如果我没有理解错，他的意思是，"月亮"途径的顶端是空着的，序列0那个位置是空着的！这不对啊，不是有原始月亮存在吗？看到这里，克莱恩一下冒出了这么个想法。

对于"月亮"牌不代表女神的事情，他早就有所预料。无论生命学派的信仰、吸血鬼们的态度，还是《秘密之书》上的记载，都隐隐约约指出了一个问题，"黑夜"不等于"月亮"。相较而言，吸血鬼始祖莉莉丝和原始月亮更像这个途径的序列0。

根据白银城的历史课，莉莉丝很可能已经陨落在黑暗的第二纪元，但是原始月亮是直到今天依然有人信仰、并做出过回应的存在。当然，向祂祈求的人最终下场都不会怎么好……"门"先生为什么说"月亮"目前没有主人？从《秘密之书》上可以看出，第四纪的时候，原始月亮也是始终存在的……克莱恩险些皱眉。

很快，他大致有了三个猜测：一是"门"先生了解的不够多，不知道隐秘的原始月亮，但这种可能性很低；二是所谓原始月亮其实是某位神灵的马甲，本质上并没有占据"月亮"途径的序列0位置；三是原始月亮可能是"月亮"途径的序列1或相应的封印物假扮的。

还有一个可能性，是"月亮"途径的"唯一性"在自行回应。克莱恩思考着。

"黑皇帝"牌描述的序列0魔药配方里，最重要的非凡材料其实不是序列1的全部特性，而是某种被命名为"唯一性"的东西，不同途径有不同的唯一性。

真神唯一！

除了第一个猜测，其他的可能性都不小……"月亮"途径会是哪一条非凡途径？克莱恩翻到第二页日记，幸运地发现这和上一页是连通的。

我继续追问，"门"先生却怎么也不肯多说了。呵，他想以此吊我的胃口，让我解救他？没门！

我隐藏住好奇，转而调侃"门"先生对真神不够尊重。他悠然，对，悠然地回答我，这就是第四纪大贵族对神灵的态度。

这家伙太能装了！不过，我对第四纪的大贵族确实很感兴趣，顺势问了下去。

"门"先生告诉我，在图铎王朝，有五大贵族——亚伯拉罕、安提哥努斯、阿蒙、塔玛拉和雅各，每一个家族都能被称为"天使家族"，拥有极其可怕的实力。

"天使家族"，仅是这个名字就能说明很多问题，真是让人向往啊！"门"先生说，第四纪的天使家族并不止这五个，还有一直忠诚于所罗门帝国的查拉图和索罗亚斯德家族，特伦索斯特王朝的奥古斯都、索伦、艾因霍恩、卡斯蒂亚家族，隐秘活动的安德雷拉德、贝利亚家族，以及比天使家族更进一步的、源于真神的魔女家族。

原来第四纪最后的赢家是特伦索斯特王朝，但他们的皇室去了哪里？奥古斯都、索伦这四大天使家族瓜分了北大陆。

正如"门"先生上次所言，第四纪的顶级强者数量超乎我的想象，不过，他们大部分都已经被埋葬在了历史的尘埃里，就连索伦家族也已经衰败，被我推翻。再过一千年两千年，或许奥古斯都等家族也将不复存在，唯有那些真神，看起来会永远照耀现实世界。

虽然第四纪有神灵陨落，但应该也只是极少数，这让我想到了一句话，以前看网络小说时记下的一句话，改一改就能用在这里：不成真神，终为灰烬。

交流的时间结束了，"门"先生"掉线"了，他真像一个固定时间放风的囚犯，而他知道的也确实足够多，他刚才提起查拉图家族时，口吻里竟有淡淡的轻蔑。

我或许得维护一下与"门"先生的关系，在蒸汽教会、查拉图、那个隐秘而古老的组织外，再留一条后路。

狡兔何止三窟！

罗塞尔大帝最后挣扎的时候，也只是想到了那个疑似黄昏隐士会的组织，完全没提"门"先生，这中间似乎发生了什么事情……

原来鲁恩王室奥古斯都家族的祖上那么阔，竟然是天使家族，不过他们效忠的特伦索斯特王朝的皇室为什么就那样消失了……克莱恩一下联想到了几件事情，愈发想拨开笼罩在第四纪历史上空的迷雾，看清楚它最真实的模样。

这也是他身体原本主人的最大爱好。

也许，那个有两张并排主座和一个恐怖恶灵的地下遗迹会帮我解答很多问题……克莱恩沉下目光，将日记翻到了第三页。

# 第九章

◆ **探索** ◆

6月2日，贝尔纳黛帮我捶背了！

生个女儿确实好，知道关心老父亲。虽然我一眼就能看穿她想得到什么，但至少她愿意做个样子，而且做得不错。

我问她想走哪条非凡途径，她说还没有想好，但很喜欢"为所欲为，但勿伤害"这句格言。

6月3日，我又见到了弗洛朗，他和以前有了很大不同，就像换了个人。不，他还有着原本的记忆和一些鲜明的、标志性的性格，这足以说明他就是本人。

他究竟经历了什么事情，竟有了这么大的变化？

也许可以用一个比喻来相对准确地描述，某些怪物是肉体上的缝合怪，他则是精神上的缝合怪。

6月5日，得到了一本古老的典籍，里面竟然提到了原初魔女的名字，非尊名那种！

祂叫奇克，这是男性的名字啊。

这古籍是假的吧？

奇克？难道原初魔女以前也是个男的？克莱恩险些抬手捏自己的下巴。

他曾经有过一个猜测，认为就是原初魔女这个邪神存在，才导致"刺客"途径从序列7开始，会变异为女性并固定下来。谁知道罗塞尔的日记表明，原初魔女最开始也许同样是男性。

这能说明两个问题，一是原初魔女并非天生的神灵，是靠着魔药才登上序列0的位置；二是这条途径纯阴性的变化是蕴含在非凡特性里的。

罗塞尔曾经推测过非凡特性守恒定律的真相，怀疑所有的非凡特性都来源也只来源于最初的那位造物主，所以总额固定，不会增加……假设为真，这是否表明那创造一切的主包容一切，阴性、阳性、中性一体……而"魔女"途径就是纯粹阴性的代表？当然，那本古籍可能确实是假的……今天的罗塞尔日记信息量很大啊……念头闪烁间，克莱恩让日记消失在了自己手里。

"你们可以开始了。"他微笑着对"正义""太阳"等人道。

"倒吊人"阿尔杰当即望向"世界"："你的'狼人'非凡特性卖出去了，一位工匠支付一千二百镑拿走了它，根据约定，我将得到其中两百镑。还有，我找到了深海娜迦头发的线索，一根一百镑，而你一共是要五根，如果你对这个交易没有疑问，那我就尽快完成。"

克莱恩在"狼人"非凡特性的事情上承诺的分成比例较高，是因为他知道"倒吊人"为此付出的精力和承担的风险，都胜过吸血鬼埃姆林·怀特。

此时，他略一思索，就操作"世界"回应道："没有问题，你尽快给我五根深海娜迦的头发和五百镑现金。"

这样一来，就只剩下人皮幽影的特性了，我的金镑也增加至了一千二百三十五镑，两者还不够匹配。如果不想等待机械之心对阿蒙家族陵墓的探索，那我得再有五百到一千镑的样子才能在遇到材料时直接买下……克莱恩下意识地就寻思起自己还有什么物品或者知识可以换成金钱。

当然，前提条件是，交易的对象有能力支付报酬。

听到这里，"正义"奥黛丽幅度很小地举了下手，未作什么隐瞒地说道："我求购三种材料，镜龙的眼睛一对，它的血液五十毫升，以及长者之树的果实。"

"正义"小姐拿到"心理医生"魔药的配方了啊……克莱恩瞬间做出判断，"倒吊人"也得到了类似的结论。

"我会写信询问我的老师，希望他那里有这些材料之一。"佛尔思想了想道。

"太阳"戴里克跟着点头道："我也会留意的，被腐蚀的镜龙并不少见，长者之树也是。呃，在白银城，还有'精神分析师'留下的非凡特性，不过，很难通过交易得到，也容易被怀疑。"

"精神分析师"就是"心理医生"的古称。

他们的交流传入了克莱恩的耳朵，他随即操纵"世界"，让假人先生阴沉嘶哑地开口道："我会在我的圈子里问一问。对了，继续帮我寻找人皮幽影的特性。"

"好。""正义"奥黛丽颇有自信地转头望向对面，"'倒吊人'先生，你需要的'风卷者'魔药配方，我同样会留意。"

她已经加入心理炼金会，背后多了个隐秘组织支撑，在那里，很多材料或许不再匮乏，只要付出足够的代价，就能获得。

"魔术师"佛尔思则重复道："我会写信询问我的老师。"

目睹这样的发展，克莱恩心中颇感欣慰，经过长久的努力，塔罗会终于开拓出了心理炼金会和亚伯拉罕家族两个大渠道，许多事情将变得简单。

"世界"低笑一声道："你们的回答让我充满希望，但你们也要注意保护自己，以尽量不引人怀疑的方式进行。"

"'世界'先生，你很少说这么多话。"奥黛丽浅笑着回了一句。

有点得意忘形了，一时没注意"世界"原本的人设……克莱恩立刻弥补，让"世界"声音低沉地笑道："你们已经变得足够有价值，我希望类似的交易能维持到很久很久之后，所以，才提醒你们一句。"

"谢谢。"奥黛丽优雅致意。

这时，"太阳"戴里克犹豫了下道："我也会尝试一下，最近我已经完成了好几次巡逻任务，没有任何异常。"

很好……克莱恩暗道一句，让"世界"闭上了嘴巴。

短暂的沉默后，"倒吊人"阿尔杰若有所思地看向"正义"小姐："我想知道尼根公爵被刺杀案的细节，你需要什么报酬？"

为什么是问我？作为与风暴教会关系密切的人士，你不是应该已经充分了解这起案子的具体情况了吗？奥黛丽先是一愣，旋即想明白了"倒吊人"先生的意图。

他想问的是驱使"欲望使徒"的那个组织或势力，但又不好直接请教"愚者"先生，认为这太唐突，有质询的意味，所以，绕了个圈子，通过问我来打开话题，柔和地将重点转移至想知道的事情上……他清楚我是贵族小姐，理应关注尼根公爵被刺杀案，不愁我不会回答……"倒吊人"先生真是老练啊……"正义"奥黛丽微勾嘴角道："不，不需要报酬，彼此之间免费交换各自所在区域的常识性情报难道不是我们塔罗会的宗旨？"

只有这样，我们塔罗会才能飞快发展壮大！她很有主人翁意识地想道。

"你的话语让我羞愧。""倒吊人"阿尔杰愣了两秒，以手按胸，略倾身体道。

被浓郁灰雾笼罩着的"愚者"克莱恩则在心里干笑了几声。

奥黛丽轻抿嘴唇，斟酌了下语言道："'欲望使徒'借助特殊的场景，以自身引爆激烈情绪和欲望的能力，完成了对尼根公爵的刺杀，并以重伤为代价，突围成功，潜入了下水道。等到值夜者追上他，他已经死去，现场还有侠盗'黑皇帝'。这位先生并不是为了灭口而去，他的目标是委托'欲望使徒'的那个组织。"

"那个组织？"就在"倒吊人"疑惑自语时，青铜长桌最上首的"愚者"克莱恩无声赞了"正义"小姐一句，顺势望向对方，状似随口地提醒道："在外界，不要提那个组织的名称，也不要写下来。"

"为什么？"奥黛丽颇感愕然地脱口而出。

克莱恩后靠住椅背，语气平缓地回应："凡有言，必被知。"

凡有言，必被知……"正义"奥黛丽下意识望向"愚者"先生，只觉对方隐于灰雾之中的模糊眼睛仿佛在强调什么。

"愚者"先生的意思是，只要不在祂的神国，不是与祂对话，提到或者写下黄昏隐士会的名称，就会被他们利用某种方式或某件物品感应到……应该是这个意思……真是极端隐秘、极有位格的组织啊！某种程度上，甚至比七神的教会还可怕……而"愚者"先生，而我们塔罗会，在追寻他们的踪迹……奥黛丽觉得自己一下明白了很多事情，当即挺了挺腰背道："谨遵您的吩咐。"

凡有言，必被知……一个连名称都不能提及的隐秘组织？我完全不知道的强大组织？这就是驱使"欲望使徒"背后的势力？"愚者"先生在派遣眷者寻找他们？这个世界高层次的情况，果然比我想象中更加复杂，有着更多无从猜测的秘密……"倒吊人"阿尔杰微不可见地颔首，内心又震撼又激动。

这个时候，他有一种冲动，想付出报酬，从"愚者"先生处换取到那个组织的名称。

可仔细想了想，他又觉得没这个必要。虽然了解高层次的情况有利于他完善对未来的规划，并在某些情况下发挥重要作用，但目前只是中序列底层的他基本没可能接触到那个神秘组织相关的事情，他当下更迫切的需求是"风眷者"的配方和材料，必须为此积攒足够的财富。

等晋升成功，再找机会请教"愚者"先生……"倒吊人"阿尔杰记下了这件事情。

"魔术师"佛尔思听得略显迷茫，什么"欲望使徒"，什么"凡有言，必被知"的组织，都和她从报纸上了解到的内容截然不同。

一位公爵被刺杀的背后果然有许多秘密、许多暗流……可惜啊，似乎不能把那个组织的名字写下来，否则用它做之后小说的反派，肯定非常经典……还欠十页日记，还有食灵者的胃袋没买，这种高端的事情暂时没必要花钱去了解……呃，塔罗会上流通的隐秘和知识简直多于A先生的聚会十倍啊，甚至不止！佛尔思按捺住了一位作家的好奇心。

至于"太阳"戴里克，反正不知道谁是尼根公爵，也就无所谓刺杀他的究竟是谁。他沉默内敛地坐着，安静得就像在上课。

黄昏隐士会的事情告一段落后，"魔术师"佛尔思环顾一圈,试探着问道："女士,先生们,你们有办法解决同层次非凡特性积累太多的问题吗?"

"倒吊人"阿尔杰看向"魔术师"佛尔思，反问道："你被迫喝了第二份'学徒'魔药？"

为什么你直接就猜出来了，就和当场看见一样……佛尔思不太自在地清了清喉咙道："是，就当是吧……你们有什么解决的办法？需要我用什么事物交换？"

"倒吊人"阿尔杰偷偷地望了"愚者"先生一眼，见他没什么表示，遂平缓低沉地回答："不需要报酬，因为肯定无法满足你的需求。"

不等"魔术师"和"正义"小姐发问，他随口解释了一句："高序列强者可以自主决定是否将非凡特性遗传给后代，以及遗传多少；序列6和序列5会自然地遗传给后代一部分，且不受自身控制，虽然每一次都不会太多，不会影响自身的实力，但如果你的孩子数量足够，依然能让你倒退。"

"这样的孩子天生就拥有较高的灵感和一定的、不完善的非凡能力？""正义"奥黛丽恍然大悟，明白了某些特殊人群的来源。

"倒吊人"点了下头："对，他们等于半个序列9，拥有固定的特性，如果想成为非凡者，只能选择对应的途径。当然，类似的人并不绝对来源于遗传，还可能是受到了神灵的眷顾或恶灵的侵蚀，有不少因素能造成同样的影响。还有，高序列强者的孩子，也许生下来就有序列5的层次，这是极少数可以越阶提升且不太容易失控的办法。"

"原来是这样……"奥黛丽心满意足地叹息。对她来说，了解更多的神秘知识是比得到好看的裙子或首饰更加享受的事情。

"魔术师"佛尔思也有所明悟，追问道："那序列7、序列8和序列9的非凡者呢？"

"理论上来说，他们的非凡特性不会遗传给后代，但这并不绝对，如果出现非凡特性超量的情况，同样有概率遗传。也就是说，你怀上并生下一个孩子，就能有效降低体内的魔药残余，不，一个或许无法成功，三个四个才把握更大。"

三个四个？佛尔思简直目瞪口呆。

克莱恩早就从罗塞尔的日记里知道了这些常识，此时忍不住想到了一个笑话——"魔术师"小姐，以后你可以对你的孩子说"你是喝魔药送的"！

虽然听"倒吊人"先生的意思，怀上孩子的瞬间，负担就能减少，但生一个孩子差不多得用十个月。不，不止，总不能只生不管吧……掌握了扮演法的情况下，就算后续发展变得艰难，两个月内也绝对可以重新消化掉多余的魔药，或许还要不了这么久，毕竟只是起始序列……佛尔思勉强笑道："我明白了，最好的办法依旧是靠扮演来消化。"

"倒吊人"阿尔杰给出肯定的答复："在序列7及以下是这样。"

后续魔药动辄消化一年半载、两三年甚至五六年的时候，生孩子或许是更简单的方案……他在心里补了一句。

场面安静了几秒，两位女士都在消化刚才获得的知识。这是她们第一次知道，生孩子原来还有这样的用途。

而对"太阳"戴里克来说,这都是常识,他调整了下坐姿道:"我又被安排探索任务了。"

"探索哪里?""倒吊人"阿尔杰侧过头问道。

"还是那座半毁灭的堕落造物主的神庙。"戴里克神情不算凝重地回答。

这听起来有一定的安全保障啊……"正义"奥黛丽没有插话。

"倒吊人"思考了两秒道:"'牧羊人'长老还在地牢里?"

"是的,这次的探索由首席率领。""太阳"未作任何隐瞒。

"这样一来,危险程度比上次降低了很多,可以试一试。""倒吊人"阿尔杰又忍不住望了"愚者"先生一眼。

未能从对方模糊眼神里读出任何意思的他继续对"太阳"戴里克道:"这应该是彻底解除监控前对你最后的考察。之前你传递出去的信息是,阿蒙与堕落造物主是死敌,他们不惜暴露自身,也要破坏对方的图谋。这次前往堕落造物主神庙探索的过程里,只要你不表露出异常,六人议事团就基本可以认定你不再受阿蒙的影响。"

"倒吊人"先生真有经验,就好像他在谋划这次行动一样……"太阳"戴里克牢牢记住,转而问道:"除了这一点,我还需要注意什么?"

青铜长桌最上首,安静旁观般的"愚者"开口了:"血肉,呓语。"

克莱恩只给出了两个单词,剩下的让塔罗会成员们自行领悟——这就是大人物的风范。

"倒吊人"认真地思索了几秒,对感谢过"愚者"先生的"太阳"道:"具体来说就是,不该看的别看,不该听的别听,不该吃的别吃,不该接触的不要接触。"

"哪些属于不该看、不该听的?""太阳"戴里克不解地问道。

"倒吊人"沉下嗓音道:"进入神庙后,所有的一切都属于这个行列。"

"那我该怎么探索?"戴里克愕然地反问。

"倒吊人""嘿"了一声:"不是还有其他队员吗?不是还有首席吗?"

果然是"倒吊人"先生的风格……"正义"奥黛丽下意识地想要伸手捂脸,但刻在骨子里的教育和习惯让她知道这样的动作并不优雅,于是强行改变手的动作,捋了下垂落的发丝,将它们拨到了耳后。

"……""太阳"戴里克觉着这样的方法有些不能接受。

注意到他的反应,"倒吊人"阿尔杰暗骂了一声后道:"我的意思是,你听首席的吩咐,只做他让你做的事情,其余时候,绝对不要自己拿主意。"

"我明白了,谢谢你,'倒吊人'先生!""太阳"瞬间变得轻松。

呼,阿尔杰吐了口气,转头看向对面的女士:"'正义'小姐,我想知道尼根公爵身亡后，贝克兰德的政局变化。"

奥黛丽回忆了下最近直接或间接听到的消息："尼根公爵的死亡让上议院出现了分裂，虽然他的长子即将继承爵位，成为上院议员，但威望不足以平息纷争。近十位上院议员联名提议，让新获得爵位的贵族也有机会得到固定的议席。

"简单来说就是，让那些通过政治捐款、慈善捐献并购买相应土地而被敕封为贵族的人成为上院议员。"

听到这里，"倒吊人"阿尔杰笑了一声："拥有一定家族历史的贵族们不是最鄙视这种靠不正常途径得到敕封的家伙吗？他们最大的骄傲、最后的荣光不是可以世袭的、固定的上院议席吗？"

没有理会"倒吊人"不经意间的嘲讽，"正义"奥黛丽平静地解释道："当你有几万镑、十几万镑，甚至更多的债务时，你也会做出同样的选择。"

欠钱对很多贵族来说，不是致命的威胁，但他们的债主可以到法庭申请用他们的土地抵债，而没有了爵位所需的最低限度的土地后，他们的贵族身份就会摇摇欲坠。

"然后呢？""倒吊人"阿尔杰没再纠结刚才的问题。

奥黛丽大致描述道："这样的争执让许多议案被搁置，包括但不限于提高工人报酬、改善劳动时间和修订《济贫法》等事项。让人欣慰的是，政府雇员统一考试还在稳步推进，没有停止，对贝克兰德大气污染情况的调查也在深入。"

"短时间内，不会有战争……""倒吊人"低语一句，转而与其他成员交流别的情况。

担心在盥洗室待太久会引人怀疑的克莱恩于他们告一段落后，宣布了本次塔罗会的结束。

…………

回到房间，奥黛丽没急于起身，先安静地梳理了下自己之后要做的事情。

她望着面前的镜子，把玩着耳垂上的饰品，噙着浅笑，无声自语道："明天下午就有心理学课程，可以告诉伊思兰特小姐，我在一个非凡者圈子里遇到了求购人皮幽影特性的人，他承诺给出异常丰厚的报酬，不知道心理炼金会有没有兴趣……还有，罗塞尔的日记和'风眷者'的配方不能忘……嗯，得尽快搜集到'心理医生'的材料。奥黛丽，你不能偷懒！苏茜都序列8了，不能被它追上！"

…………

佛尔思在房间内来回踱了几步，终于下定了决心，拉开了椅子。

她找出信纸和钢笔，酝酿了近一分钟，开始给多里安·格雷写信。

她描述了偶然知道的人皮幽影特性和"风眷者"魔药配方需求，表达了自身对罗塞尔笔记的好奇。

…………

罗思德群岛首府，慷慨之城。

阿尔杰·威尔逊走出旅馆，向着一个隐秘的地下交易市场行去。

他的目标是深海娜迦的头发，如果那里有人皮幽影的特性，他也不会错过。

缺钱啊……克莱恩坐在客厅里，再次哀叹了一声。他还差不少现金才能保证后续有人皮幽影特性时，能直接买下。

克莱恩想了很久，考虑起要不要找另外的渠道把"审讯者"遗留的非凡特性卖掉，不再等待休小姐重新变得有钱。

过了不知多久，叮叮当当的门铃声打破了下午的安静。

拜访者是位穿着墨绿色邮差制服的男子，他讨好地对克莱恩笑了笑："是夏洛克·莫里亚蒂先生吗?"

"对。"克莱恩隐约猜到了对方的来意。

拜访者当即抬起右手，递来一个用黑色纱布层层缠绕而成的巴掌大小的事物："您的包裹，麻烦签收一下。"

克莱恩故意表露出自身的疑惑："正常情况下不是应该给我一张单子，让我自己去对应的邮局领取吗?"

鲁恩王国的邮政系统完美复制于因蒂斯的，就连缺点都照抄了不少，凡是不能被直接塞进信报箱的邮件，不管是什么，他们都会只给取件单，让收件者自己忙碌。

"……哈哈，因为比较贵重，所以必须亲自送到您的手里。"那邮差愣了一下道。

看来你不够专业，不是真正的邮差……克莱恩未再多问，接过包裹、钢笔和单子，唰唰唰签收完毕。

关上大门，回到客厅，他没急于拆包裹，而是掏出枚金币，杂耍般将它弹向了半空。

啪! 克莱恩接住金币，低头看了眼是人像还是数字。

数字朝上，表示否定，没有潜藏的危险……克莱恩微微点头，收起金币，摸了摸衣物口袋里的纸人，小心翼翼地拆解起包裹。

一层又一层的黑色纱布被打开后，里面的事物清晰地呈现于他的视线内。包裹里面分别是色泽淡金、花纹典雅的怀表，染着暗红血液的手帕，绑在一起的七八根棕色短卷发和一沓便签。

塔利姆的随身物品、头发、血肉、日常记录，全部齐了……埃德萨克王子做事的效率很高嘛，这都还没到晚上……克莱恩看着茶几上摊开的那些东西，忽然觉得此时此刻有许多道目光在注视着自己。

一个古老的、传承两千年以上的天使家族，底蕴绝对超乎想象，卷入王室的倾轧真是随时随地都有可能被碾成粉末……也许我现在已经被监控……我必须表现得足够平庸，足够没用，才能保证自身的安全……克莱恩早已想好了该怎么做，不慌不忙地检查起怀表、手帕和头发。

这个过程中，他的灵性直觉未给予任何警示，未阻止他进行占卜。

心里有了点底后，克莱恩就在客厅内，抽出信纸，拿起钢笔，写下了占卜语句：塔利姆·杜蒙特真正的死因。

他表现得大方而坦荡，似乎没想过此时会被监控。

拿起卷发和手帕，克莱恩边默念占卜语句，边往后抵住沙发靠背，眼眸颜色转深地进入了冥想。

七遍之后，他来到梦境世界，看见了熟悉的克拉格俱乐部大厅。随即，他再次目睹塔利姆·杜蒙特紧抓住心脏位置，表情扭曲地倒下。

"这样的启示表明，塔利姆确实死于突发的心脏疾病……"克莱恩睁开眼睛，小声自语了一句。

他皱起眉头，露出疑惑、不解和思索的表情。

他用不同的占卜语句反复试了几次，得到了相同的结果。

他起身踱步，来来回回了好几遍。

他握拳打了下自己的头，似乎在愤怒自己水准不够，没法帮朋友追查出真凶。

最终，他颓丧地坐下，久久不动，在昏暗的房间内就仿佛一具石像的剪影。

差不多了，不能用力过猛……要是没人监控，我刚才就是在和空气斗智斗勇……克莱恩自嘲地摇头，起身走向了厨房。

晚餐之后，他似乎又振奋了精神，仔细阅读起那沓便签上记载的内容，这包括塔利姆死亡当天和之前几天做过什么事情、见过什么人。

塔利姆家里，红蔷薇庄园，克拉格俱乐部，康纳德子爵的府邸……没有任何异常的地方……克莱恩拿起削好的铅笔，画了多个圆圈，标记出了接下来几天要拜访的地方和要询问的目标。

做完这一切，他长长地叹了口气，没什么信心般收拾物品，洗漱睡觉。

红月被层云遮掩的半夜，克莱恩突然睁开眼睛，醒了过来。

他翻身下床，慢悠悠地开门，进入隔壁的盥洗室，用纸人替身隐藏住了本体。

接着，他逆走四步，来到灰雾之上，坐至属于"愚者"的位置。他的眼神已然变得清明，不再有颓废、沮丧、悲观等情绪。

克莱恩从旧衣物改做的睡衣暗袋里取出了染血手帕的投影。

他之前收拾物品的时候，就借助"魔术师"的非凡能力，将手帕隐蔽地抽了出来，藏于身上！

吸了口气，克莱恩具现出纸笔，写下了与最开始没有区别的占卜语句：塔利姆·杜蒙特真正的死因。

身心平静而宁和地默念七遍后，他拿着纸张和手帕，往后靠住椅背，于寂静空旷的古老宫殿内沉沉睡去。

灰蒙、支离、虚幻的世界里，克莱恩看见了与之前截然不同的画面。

呈现于他眼前的是一个随手雕成般的、巴掌大小的木偶，眼睛、鼻子和嘴巴一应俱全。这木偶的身上有几滴暗红的血液，为它染上了些许妖异的色彩。

一只手伸了过来，这手的皮肤白皙细腻、光滑有致，五指修长纤美、骨肉均匀。

最引人注意的是，这手的小指之上戴着枚镶嵌蓝宝石、造型别致的戒指。

啪！那只手的食指被虚幻黑焰缭绕着，点在了木偶的心脏位置。

无声无息间，画面破碎了，克莱恩从梦境中醒转。

他最初的判断没有错，塔利姆确实死于诅咒！

但问题在于，都占卜到了诅咒那一刻的画面，为什么没有展现全景？灰雾之上这片神秘空间是可以排除干扰的啊……克莱恩一时有些疑惑。

正常来说，得到的启示太抽象，太容易误读，是他自身占卜水平有限的问题，是想要占卜的事情难度太高的问题，与灰雾无关，这他可以理解。但刚才明明已经清晰地呈现出咒杀前后的场景，却只局限于很小的部分，没有提供相对更有效的启示，就颇让人不解了。

以前……有没有类似的情况呢？克莱恩从自己的经验里挖掘着原因。突然，他一下坐直，想起了相仿的经历。

在廷根，他占卜几次巧合背后的真正原因时，出现过类似的情况！那时候，他清楚地看见了有红烟囱的房屋，却无法触及房屋内的因斯·赞格威尔和封印物0-08！

这，这是有0级封印物层次的东西或人在对抗灰雾的力量？克莱恩猛地眯起了眼睛。

不，不一定，还有其他可能性，得再确认一下！他努力平复了下心情。

至于怎么确认，难不倒经验丰富的他。方法很简单，那就是再做一次同样的占卜。

如果获得的启示画面未变，那就表明事情没那么可怕；要是占卜不再成功，则说明目标或目标身边的某样东西能在某种程度上对抗灰雾，就像0-08一样！

深深地吸了口气，克莱恩表情平和地重复起之前的占卜：

"塔利姆·杜蒙特真正的死因。

"塔利姆·杜蒙特真正的死因。

"……"

他靠着椅背，低声诵念，眼眸颜色逐渐转深。梦境之中，他所见是一片朦胧的、破碎的灰雾，再没有木偶和手指。

唰！克莱恩挺直腰背，神情异常凝重。

"塔利姆究竟牵扯到了什么事情？"他皱眉自语了一句。

接下来该怎么做，他再没有疑问，那就是消极怠工、敷衍塞责，先糊弄埃德萨克王子一阵，再告诉他确实调查不出真相。

呼，这个世界真可怕，一不小心就会接触到极其恐怖的东西……克莱恩暗叹一句，不敢再停留，飞快地返回了现实里的盥洗室。


周二上午九点，皇冠墓园。

克莱恩穿着黑衬衫、黑马甲和黑色呢制大衣，捧着花费十二苏勒买来的鲜花，站在人群的边缘，表情沉重地看着塔利姆·杜蒙特的棺材被抬了过来，看着死者接受安魂，一点点地被埋入土中。

这个过程里，塔利姆的母亲眼睛红肿，几次欲要开口，却泣不成声。他的父亲头发花白，神情憔悴，仅是站着都有点颤颤巍巍的感觉。

场景映入眸子，克莱恩微仰脑袋，闭上了眼睛。

等参加葬礼的人相继离开，他才走了过去，弯下腰部，将手里的素白鲜花放置于同类鲜花之上。

对不起……他在心里默默地道了一句。

站直身体，退至一边，准备离开时，克莱恩发现记者迈克和外科医生艾伦靠拢了过来。

"真是让人遗憾啊，我完全没想到塔利姆竟然，竟然会，唉……"迈克表情沉痛，未能说完。

一贯冷冷淡淡的艾伦摘下眼镜，擦了擦眼角，低声叹息道："他是一个热情的家伙，不该有这样的结局。"

"是啊，他本来有希望摆脱他爷爷留下的坏名声的。"克莱恩附和了一句。

就在这时，他看见一道穿厚重黑裙、戴遮脸面纱的女性身影走向了塔利姆的坟墓前方，手里同样捧着一束白色的花朵。

克莱恩不甚在意地移开了视线，只剩余光瞄着那边。

那女子弯腰放花，露出了戴黑纱手套的左手。她左手的小指位置，一颗蓝色的宝石隐隐约约地呈现了出来。

克莱恩的头皮一下发麻。

他整个人都在发麻。

类似的感觉并不陌生，颇有经验的克莱恩立刻借助"小丑"的能力，控制住了脸部的表情和身体的轻微战栗。他柔和但不急促地将视线收回，让刚才的随意一瞥没有表露出过多异常。

"唉，塔利姆是如此年轻，他甚至还没有结婚，没有孩子。"克莱恩顺势感叹了一句。

他之所以这么说，是因为这句话能让他看到献花女子时的微妙反应有足够合理的解释——从与塔利姆有一定关系的女性联想到了对方的婚姻和家庭情况，联想到了朋友是英年早逝，于是悲不自胜。

"是啊，其实以他的年纪，四五年前就应该结婚了。可惜的是，他祖父的事情给他留下了极为强烈的心理阴影，他一直排斥着婚姻，直到最近才有好转。"记者迈克附和着叹息道。

这个时候，状似正常的克莱恩背后就仿佛有一根根荆棘在深深地、缓慢地插入他的皮肤和血肉，让他的精神高度紧绷。

那名左手小指戴蓝宝石戒指的黑裙女子直起身体，沉默地环顾了一圈，然后在两名侍女的陪同下，安静地离开了塔利姆的坟墓，向着远处渐行渐远。

呼……克莱恩无声地松了口气，他背后被刺着的感觉迅速化为了冷汗。

她究竟是谁，为什么要来墓前献花？塔利姆的恋人？可是，没财没势没身份没地位的塔利姆怎么可能会和一个涉及0级封印物或同层次半神的可怕人物有恋情？这又不是小说！

而且，应该就是她利用诅咒杀死了塔利姆……背后的水好深……克莱恩表情沉静地听着记者迈克和外科医生艾伦讲述塔利姆的往事。

他迅速发散开思维，觉得这件事情上最让人困惑的一点是，一个没钱没势没身份没地位没实力的普通人的死亡，竟然会涉及0级封印物或同层次的强者，这简直不可思议！

但这并不是孤例，类似的事情在我周围还有一起……克莱恩忽然有所联想，望向了外科医生艾伦——这个普通人的家里很可能藏着一条序列1"水银之蛇"！

顺着这个思路，克莱恩回忆起穿越过来的近五个月时光，愕然发现自己竟然不知不觉与多位半神、多件恐怖封印物有了实质性的牵扯。

刚才那个杀死塔利姆的女子，"水银之蛇"威尔·昂赛汀，"渎神者"阿蒙，王国博物馆内手段神秘的女性，玫瑰学派的高序列强者，0-08，1-42，因斯·赞格威尔，"变异的太阳圣徽"，安提哥努斯家族笔记，疑似死神后裔的阿兹克·艾格斯先生，"门"先生，黄昏隐士会……一个个名字在克莱恩的脑海中浮现，每数出一个，都让他想倒吸口凉气。

他沉下心灵，仔细思索道：这还没算位居这些之上的真实造物主和永恒烈阳……严格来说，我自己也能排入这个行列，毕竟是因黑占卜而来，掌握着诡异灰雾的异世之魂……这难道就是罗塞尔之后的又一个时代的风口浪尖，所以半神们、恐怖封印物们才会纷纷进入现实生活……

克莱恩念头闪烁间，心情沉痛的记者迈克和外科医生艾伦相继告辞，他也不快不慢地离开了墓园。

就在他四下张望，寻觅哪里有出租马车的时候，一辆熟悉的马车从隐蔽的地方驶了出来，停在了他的面前。虽然黑色车厢上的纹章被技巧性地做了遮掩，但克莱恩还是一眼就认出这是埃德萨克王子的马车。

无声无息间，车门打开，头发梳理得一丝不苟的老管家下来，礼节性地做出了请的手势："王子殿下在等你。"

"好。"克莱恩没有半点心虚，进入了宽敞温暖的车厢内。

埃德萨克王子穿着深蓝色的大衣领外套，胸前是一条条金色绶带般事物组成的装饰，这让他看起来异常高贵。

他摩挲了下钻石领针，狭长的眼睛带有几分叹息："就连参加朋友的葬礼，我也受到限制，不能直接到场，只能远远旁观，只能派人替我献花。这就是王室的不自由。"

"如果塔利姆的祖父没有丢掉爵位，您应该是不用避忌什么的。"克莱恩顺着埃德萨克王子的手势坐到了对面。

埃德萨克端起殷红如血的奥尔米尔葡萄酒道："唉，我原本打算找机会帮塔利姆的父亲恢复一定的爵位，可惜……"

他没有深入这个话题，转而问道："夏洛克，你收到那个包裹了吗？"

"收到了。"他问什么克莱恩答什么，绝不做过多的描述。

埃德萨克轻轻颔首道："有什么进展吗？"

"我利用塔利姆的头发、血肉和随身物品做了几次占卜，但得到的结论都是他死于突发的心脏疾病。"克莱恩用没有感情色彩的平缓叙述的口吻，疯狂暗示着"我序列不高""我水平有限""我虽然擅长占卜但对方更加强大""我肯定调查不出真相"等意思。

埃德萨克露出难以掩饰的失望表情，叹了口气道："之后你打算怎么调查？"

"从塔利姆死前几天接触过的人和去过的地方入手。"克莱恩按照预案回答道。

埃德萨克看了眼老管家："这肯定少不了威逼审问和金钱收买，嗯……给夏洛克一百镑做调查经费。"

"是，王子殿下。"老管家从衣兜里掏出了早就准备好的一沓钞票。

直接给一百镑做经费？克莱恩再次感受到了埃德萨克王子的慷慨。

"我会努力调查的。"他接过那一百镑现金，直接揣入了口袋里，没去细数。

"希望我们能让塔利姆安息。"埃德萨克王子紧握右拳，轻击左胸。他边说边侧过头望向窗外，望向不远处的皇冠墓园。

他对塔利姆还是有几分情谊啊……克莱恩暗自叹息，被老管家引领着离开了马车。

…………

皇后区，霍尔伯爵家的豪华别墅内。

奥黛丽看着面前长发及腰的心理学教师伊思兰特，假装谨慎地左右看了看。

她随即压低嗓音道："伊思兰特老师，我最近参加了一个新的非凡者聚会，里面有人在高价收购人皮幽影的特性和'风眷者'魔药配方，唔，不同的人。这应该都是中序列的事物了吧？听起来很有意思。啊，对，你们感兴趣吗？"

伊思兰特怔了一下，沉吟几秒道："我回去问一问。"

"好。"奥黛丽轻快地回应，就像只是单纯地觉得类似的中序列交易有趣。

伊思兰特收回注意力，认真地说道："奥黛丽小姐，虽然你已经是序列8的非凡者了，但你没接受过正式的神秘学教育，对'观众'和'读心者'的许多应用技巧，以及相应的理论基础也不够了解，从今天开始，我将引导你逐渐成为真正的非凡者。"

"这正是我希望的。"奥黛丽真心诚意地说道。

蹲在她脚旁的金毛大狗苏茜也愉快地摇起了尾巴，似乎在替主人高兴。

…………

打定主意消极怠工的克莱恩乘坐马车，回到了明斯克街15号。他开门进屋，刚要摘掉帽子，动作忽然凝固。

他的灵性直觉告诉他，有陌生人进过客厅，进过房间！

这……几乎没有掩饰啊……算是一种警告？有警告总比没警告好……克莱恩立在门厅，沉默了好一阵子。旋即，他转身出门，乘坐出租马车前往蒸汽教堂。

这座教堂的烟囱和钟楼高耸着，前者代表蒸汽的力量；后者之上悬挂复杂的钟表，象征机械的美感。

此时既非周末，又不是中午和晚上，教堂大厅内只有稀稀拉拉的信徒在安静地祈祷。

克莱恩坐至靠过道的位置，靠好手杖，摘下帽子，对着最前方的圣徽，装模作样地祈祷了十分钟。接着，他拿上东西，沿着过道抵达圣坛，对站在旁边的主教道："我想忏悔。"

"好，神在注视着你。"面容慈和、两鬓苍白的主教当先走向了侧面的告解室。

克莱恩紧随其后，关上了房门。他坐到椅子上，隔着木板对主教道："我忏悔，我面对危难，没有坚持原则，选择了退缩。"

"你当时的想法是什么？"主教柔声问道。

克莱恩当即把塔利姆的死亡、自己的怀疑、对机械之心的提醒、埃德萨克王子的委托，以及自己在占卜后未能获得想要的答案和面对王室倾轧时发自内心的退缩之情，原原本本地描述了一遍。

他之所以不直接找卡尔森，是担心自身不仅被敌方注视着，还被埃德萨克王子的人暗中观察着，一旦明确说出敷衍和怠工意图，说不定会遭遇另外的厄难。而蒸汽教堂是蒸汽与机械之神教会贝克兰德教区的总部，是他们三大圣殿之一，没人可以窥视这里。

克莱恩打算的是借助蒸汽教会传达出自己真实的想法，避免被卷入更深层次的冲突。

简单来说就是，遵从心的意愿。

主教安静地听完，语气不变地回答："你的选择是人类的本能，神不会责怪你的。你回去吧，神会庇佑你的。"

这就好……克莱恩听懂了暗示，安静地离开了蒸汽教堂。

站在外面的街道上，看着薄雾弥漫的天空，他无声叹了口气：尽快提升吧。


闪电划破天际，照亮了漆黑的城墙。

戴里克·伯格背负皮制的囊袋，手提飓风之斧，与近十名队友一起站在门洞之外。抬眼望去，他看见城墙石缝间的黑土干硬得掉渣，却长出了一丛丛顽强的杂草，它们细密飘荡，如同人类的头发。

就在这个时候，他听到了轻微的脚步声，忙收回视线，望向城门。

闪电与黑暗的交替中，一道高大的身影慢慢走了过来，背后交叉携带着两把内敛的直剑。

紧跟着，他苍白凌乱的头发、沧桑幽邃的眼眸、扭曲深刻的陈旧疤痕、常年不变的棕色外套和亚麻色衬衣，相继映入了戴里克等人的眼眸。

来者正是白银城六人议事团首席，科林·伊利亚特，一位强大的"猎魔者"。

戴里克问好后，下意识地将目光投向了首席的腰间。那里有一条分成许多格的皮带，每一格里面都插着金属制成的不同小瓶，这是一位"猎魔者"经验丰富和实力强大的表征。

戴里克以前听父母提过，"猎魔者"擅于发现不同怪物的弱点，辨识各种材料的用途，并能在特有的冥想模式下针对前者、借助后者调配制作出相应的神奇药剂、圣膏、精油和特殊印记，然后，通过服食、涂抹、使用这些物品，达到克制目标的效果。

从某种意义上来说，经验丰富、见识广博、准备充足、反应敏锐的"猎魔者"是绝大多数怪物的克星，他们腰间金属小瓶的数量和种类就代表着他们的阅历。

当然，这只是"猎魔者"拥有的一部分非凡能力，仅靠这些，他们是无法被称为"半神"或"圣者"的。

科林环顾一圈，确认所有队员已经到齐，遂声音低沉地开口道："点灯，出发。"

两位队员当即点燃了灯笼内的蜡烛，让昏黄的光芒迷迷蒙蒙地透过极薄的皮革照了出来。

在闪电频率较高的"白天"，于白银城内是没必要使用蜡烛的，因为每隔两三秒就有光照，且周围的怪物已经被肃清了一遍又一遍。可一旦离开白银城，进入黑暗深处，就必须时刻保持光照，否则只要闪电在某一阶段没跟上，造成了超过五秒的无光环境，那队伍就大概率会遭遇某些怪物的袭击。

激烈的战斗并不是最可怕的，让戴里克记忆犹新的是他父母讲过的一个故事。

某一次，他们在探索黑暗深处时，因为前一阶段与腐蚀活尸潮的战斗，蜡烛没能及时更替，于是不得不承受长达八秒的深沉幽暗。等到闪电重临、烛光再现，他们愕然看到原本的八位队友只剩下五个，另外的三人无声无息、不知不觉地消失了，从此再也没有出现过。

吸了口气，戴里克握紧飓风之斧，走在队伍中间，跟随首席往预定的方向前行。

一道闪电乍亮，种满了黑色长草的平原田地宛若阴森油画般呈现了出来。

由十位非凡者组成的探索小队，走在满是嶙峋碎石的道路上，深入了那一片片黑草中。

闪电平息，浓郁的黑暗瞬间回卷，险些将他们完全吞没。

昏黄的烛光穿出皮革，微弱地、摇晃地坚守着周围区域。

东区，油腻的廉价咖啡馆内。

克莱恩按照之前的约定，找到了正在给吐司涂抹人造奶油的老科勒。他瞄了眼对方摆在桌上的皱巴巴的香烟，笑了一声道："新买的?"

"不，以前的，一直没再抽过，但始终会带在身上，偶尔拿出来嗅一嗅。呵呵，这会让我想起那段流浪的生活，那时候，我真觉得自己随时可能死掉。"老科勒的语气中略带后怕之意。

克莱恩拿出提前换好的二十苏勒零钱，边坐下边推给对方："上次的情报我很满意。"

不等老科勒谦虚，他扭头望向柜台："一条燕麦面包，两片吐司，一块黄油，一份土豆炖牛肉，一便士的茶水。"

"莫里亚蒂先生，您昨天没吃晚餐？"老科勒拿着钞票，愣了一下。

克莱恩摇头笑道："我接下来会很忙碌，也许没时间用午餐。"

他要假装自己很积极很认真，毕竟拿了埃德萨克王子一百镑的经费。

老科勒没有多问，边警惕地向四周看，边将钞票塞入了衣兜，说到："您上次让我打听的事情有结果了，阿兹克·艾格斯的悬赏来自几个黑帮的老大和某些情报贩子。嗯，我不知道是谁委托他们的，接触他们很难。"

军情九处嘛……克莱恩点了点头："足够了，不需要再深入，那太危险了。"

老科勒松了口气，转而说道："前两天有人在金斗篷街的廉价旅馆里，见到了疑似阿兹克·艾格斯的家伙，据说和悬赏单上的照片基本一致。"

克莱恩心头一凛，不惊反笑："然后呢？难道我刚准备争取这个悬赏，事情就结束了？"

"然后？有了线索，不少赏金猎人很快就赶了过去，但什么都没发现。呃，他们说，那个房间有打斗的痕迹。"老科勒努力回忆着自己搜集到的消息。

情报肯定会先给军情九处……这是阿兹克先生和他们有了一番暗中的较量？不知道是什么结果……克莱恩看了眼端着餐盘过来的老板，故作沉吟地对老科勒道："你等下带我去金斗篷街，也许我能发现些线索。"

此时已过了东区的早餐时间，廉价咖啡馆内客人极少。

"好。"老科勒毫不犹豫就答应了下来。

"一共十六又二分之一便士。"老板将克莱恩要的早餐放到了桌上，土豆里的牛肉不多，但炖得很烂，一看就是提前准备好的，那浓烈的香气勾得老科勒不由自主地吞咽了口唾沫。

付了钱后，克莱恩拿起叉和勺，对老科勒道："继续。"

"已经没什么人在找'愚者'的信徒，除了几个固执的赏金猎人……不少失业的纺织女工，包括一些男性工人，离开了东区……"老科勒一条条说着。

"什么？"克莱恩吞下牛肉，抬起脑袋，"离开了东区？"

"应该是找到了别的工作，具体去了哪里，我打听不出来。"老科勒如实回答。

"他们的家人不知道？"克莱恩追问道。

"有的是带着失业家人一起离开；有的是本身就没有家人，从外地来贝克兰德寻找活计。"老科勒早就做了一定的调查。

从对象的选择来看，这事有问题啊……克莱恩先行记下，继续边用餐边听老科勒讲述这段时间内东区发生的事情。

约定好下次碰面的时间后，他放下餐具，擦了擦嘴，拿起帽子道："去金斗篷街。"

金斗篷街唯一的廉价旅馆内，老板收下两便士费用后，领着克莱恩和老科勒走向了疑似阿兹克·艾格斯之人住过的房间。

"这段时间很多赏金猎人来，嘿嘿，让我赚了不少，所以都保持着原样。"老板用钥匙打开了房门，指着里面道。

克莱恩一眼望去，看见了倒伏的椅子和散落于各处的碎布，除此之外，再没有别的打斗痕迹。

借助相当高的灵感，克莱恩将目光投向了床底。

凝视两秒，他走了过去，弯腰拍了下床面。

噗，些许灰尘飞起，一只浅黑色的老鼠从床底蹿了出来。它看似正常，没有任何问题，但克莱恩的灵视中，它的气场颜色却只剩下黑绿。

老鼠转了个弯，爬上墙壁，让腹部暴露在了克莱恩眼前。那片柔软的地方，血肉发绿，流着脓液，可以直接看见里面同样腐烂的内脏。

克莱恩若有所思地收回视线，对完全没注意老鼠的老科勒道："阿兹克·艾格斯的悬赏被收回了吗？"

"没有。"老科勒肯定地摇头。

克莱恩又审视了一遍，往外迈步道："走吧，没什么有价值的线索。"

明斯克街15号。

在外面"忙碌"奔波了一天的克莱恩早早躺进被窝，进入了梦境世界。

时而连续、时而支离的片段浮游般掠过，克莱恩忽然清醒，知道自己在做梦。

有什么力量入侵了我的梦境……克莱恩维持着刚才迷蒙的状态，不经意地打量起四周。

他发现自己正置身于郊外，到处是肥沃的田地。一条河流从远处奔来，在前方的山崖旁绕了个弯。

那山崖的一面光秃秃的，显出纯粹的白色的岩石，远远望去，有种异常圣洁的美丽。河湾处，近十位带着各种器物、身穿黑色大衣或深色夹克的男男女女围绕在一个隐蔽的地下入口旁，其中就有克莱恩的熟人，伊康瑟·伯纳德。

白崖镇……斯特福德河湾……机械之心……他们在探索阿蒙家族的陵墓了？可为什么场景会出现在我梦里？克莱恩一阵疑惑。

就在这时，他看见河流表面水光浮动，迅速勾勒出了一行白色的单词：

您忠诚的仆人阿罗德斯向您报告探索的情况。

……克莱恩嘴巴微张，短时间竟说不出话来，脑海里则有声音在回荡：你说你好好一面镜子做什么"二五仔"？

瞬息之间，克莱恩切换至"愚者"那种俯视一切、高深莫测的状态，轻轻颔首道："不错。"

他前方的河流开始奔腾，白色的单词蠕动着改变，重新成形：

以下就是您忠实的仆人阿罗德斯记录的探索过程，您随时可以选择加快，或者跳过某些场景。

这一句话凝固了两秒钟后，画面陡然拉近，克莱恩一下来到了伊康瑟·伯纳德的身边，却无人发现他。

他环顾四周，只觉附近都是活生生的人、活生生的景物，没有半点虚假的感觉，让人感觉异常地身临其境。

还能加快或者跳过某些场景……阿罗德斯这面镜子的本体其实是虚拟现实类家庭影院吧……克莱恩忍不住吐槽了一句。

他再次审视机械之心的成员们，发现为首者是位穿白色牧师袍、戴神职人员软帽的老者，面容异常地慈祥，表情沉静而温和。

"大主教阁下，所有人都准备好了。"伊康瑟凑近那位老者，行了一礼道。

大主教……这就是蒸汽与机械教会贝克兰德教区的大主教，半神半人的霍拉米克·海顿？机械之心确实慎重，没有大意……

说不定他们还携带了一件1级的封印物，并且提前做过占卜，毕竟他们掌握了"窥秘人"途径。还好，我基本可以确定灰雾的反占卜或者说干扰占卜能力，是像亵渎之牌那样，让结果呈现最正常、最自然、最不会引人怀疑的一面，否则也许会暴露某些事情……

不过我和莎伦小姐见面的场景有一定的概率被再现，因为这对我自己来说，不是什么有危害的事情，就看"怨魂"干扰占卜的本能是否可以影响机械之心的尝试了。

等等，机械之心大概率是依靠阿罗德斯，以它刚才和之前的表现看，顺手打个马赛克讨好我也不是不可能的事情……克莱恩有所明悟地想着。

这时，霍拉米克·海顿在胸口画了个三角圣徽："开始行动，神会庇佑我们的。"

近十位非凡者陆续向下，克莱恩紧随其后，完全没有"快进"。

他一直对机械之心中低序列的战斗方式感到好奇，打算趁这个机会见识一下。另外，半神半人真正出手是什么样子，阿蒙家族陵墓内隐藏着什么秘密，也是他非常关注的事情。

黑色大理石打磨成的阶梯历经一两千年时光的冲刷，依然保持着足够的硬度，没有一点被腐蚀的迹象。机械之心的成员们沿着它一路来到地底，看见了极具第四纪特色的不对称石柱和刀劈斧砍般的花纹。

那些柱子分立于一条宽阔道路的两侧，前方是一扇巨大的、沉重的、对开的深灰色石门。石门已经裂开能让两人并排出入的缝隙，里面一片幽深。

机械之心的成员们没急于进去，而是提着照明效果不错的马灯，在外围区域仔细搜索了一圈，没发现什么有价值的物品。

"按照预定方案，第一组做初步清理。"伊康瑟征得大主教同意后，按了按头顶的帽子，将蓬松的发型又压了下去。

清理？旁边的克莱恩咀嚼起这个单词。

就在他疑惑之时，最为健壮、最为魁梧的两位机械之心的男性队员各自放下了背上的黑色长条盒，将它们打了开来。

长条盒内，一个是结实厚重的铁黑色炮管状物品，上面铭刻着密密麻麻的诡异花纹；一个是复杂精美的奇特枪支，有淡金色的弹链插入其中。

那两位队员之一扛起那炮管状的物品，脚步沉重地走到了石门敞开处。另一位机械之心的成员端起奇特的枪支，挂好弹链，跟在后面，略微慢了两步。

两人对视一眼后，前者扛着的炮管状物品迅速发亮，勾勒出带着喧嚣、炽烈的印记和花纹。

轰！一个宛若微缩太阳般的金色火球从铁黑色炮管内飞了出去，飞进了漆黑与幽暗里。

轰隆！大地微微震颤，猛烈的光芒从缝隙往外冒出，端着炮管的机械之心成员身体明显沉了一下，双脚有所颤抖。

轰隆！轰隆！轰隆！他连连动用那非凡武器，让金色炮弹一发接一发地射向了不同的位置，炸得陵墓摇摇晃晃却没有尘埃散落。

他稍有平息，端着奇特枪支的队员往前踏了两步，扣动了扳机。嗒嗒嗒嗒嗒嗒！机枪扫射般的声音响起，一枚接一枚的淡金色子弹飞出，净化着黑暗深处的危险。

……这不就是我一直想要的"炮火洗地"效果吗？而且用的是净化子弹、驱邪炮弹之类的超凡消耗品……好奢侈！这就是机械之心的战斗方式？克莱恩看得眼睛圆睁，嘴巴微张。

一阵狂轰滥炸后，伊康瑟在轰隆隆的回声里拔高嗓音道："第二组做后续清理。"

还有……克莱恩觉得自己已经有些麻木了。

第二组同样是两位队员，他们使用的是不同皮革制成的卷轴。他们以简短的方式念出咒文，激发卷轴，将它们丢向了里面。

石门之后的建筑忽然被柔和纯净的光芒笼罩，一滴滴淡金色的神圣雨点哗啦啦地落下，将范围内的所有事物"清洗"了一遍。

克莱恩木然地看着这一幕，忽然觉得有些荒谬：等等，你们不是来考古的吗？你们不是专业的"考古学家"吗？用这种方式清理，不害怕陵墓直接垮塌吗？

他念头闪烁间，第二组清理完毕，向伊康瑟喊道："执事，和预想的一样，建筑结构没有被破坏。"

他们显然有所准备。

"好，继续前行。"伊康瑟下达了命令。

克莱恩走在中间，通过石门，只见地上有一团又一团的污迹和碎片，让人根本辨别不出曾经活跃于这里的怪物都是什么品种，也猜测不出曾经预设于此地的机关会有什么作用。

这样几波"洗地"下来，只要没有提前避开，高序列以下的非凡者都扛不住啊……克莱恩再次深刻领悟了什么叫"暴力美学"，什么叫"简单粗暴，不讲道理"。

接下来的过程里，刚才的场景反复呈现，机械之心的队员们顺利挺近，探索了一个又一个区域，时而收获一些开始聚集的非凡特性。

"没有壁画……"眼见主墓室在望，蒸汽与机械教会大主教霍拉米克·海顿却停了下来，疑惑自语。

算半个历史学家的克莱恩也有同样的不解。

正常来说，一个贵族成员的坟墓里，或多或少都有表明其生前地位和荣耀的事物。而当坟墓变为陵墓，甚至陵寝，拥有足够大的空间时，用壁画来讲述主人的一生是很常见的事情。这在更加古老、更加蒙昧的年代里也不罕见，甚至是最普遍的手段 —— 人类最先学会的是画画，而非文字。所以，一个第四纪的大贵族陵墓内，居然没有类似的壁画，确实有些古怪。

听到大主教的疑问，伊康瑟当即吩咐队员们两人一组地散开，搜索附近，寻找相应的痕迹。

旁观着这一切，克莱恩忍不住有点想"快进"，想直接看到结果。

就在这时，他发现左侧角落里的两位机械之心成员忽然变成了三个！其中一个和伊康瑟·伯纳德长得一模一样，头发蓬松到顶高了帽子。

这……克莱恩先是一怔，旋即有了猜测。

他念头刚现，"伊康瑟"走向离他最近的队员。

"有发现吗？"他清了清喉咙，压低嗓音道。

那队员警惕地转身，见是伊康瑟执事，顿时放松了下来。

"没有……"他话音未落，眼前的"伊康瑟"突然变成一张人皮，罩在了他的身上。

那苍白的人皮紧紧地裹住那名队员，脸部开始勾勒出五官轮廓，这个过程没有多余的声音，没有任何异动被引发。

霍然之间，人皮之下透出了道道光芒，宛若太阳初升时的光芒！人皮当即变得半透明，受到灼烧般飞快地腾空而起。

一根黑色的鞭子随即抽来，打在了它的身上，让它的动作明显变得缓慢。

这样的战斗里，缓慢就是"原罪"，一件件非凡武器、一张张燃烧的卷轴、一枚枚淡金的子弹相继而至，将那人皮淹没。

绚烂的光芒之后，无数灰烬落下。

它们皆闪烁微光，缓慢地、奋力地开始聚拢。

果然是人皮幽影……克莱恩将目光投向了刚才遭遇袭击的机械之心成员。

这男子扯了下领口，扯出了一个护符，上面有诸多与太阳相关的象征符号和魔法标识。

"幸好大主教让我们戴上了这些东西！"他提着马灯，由衷地赞叹了一句。

克莱恩这才发现，他的领针有黑夜安宁的意味，他的指环带着风暴的躁烈，他的皮带给人实质性的力量感……

虽然不全是神奇物品，大部分属于符咒饰品和非凡武器，效果很快就会衰减，但也都价值不菲啊！不是"工匠"或者富豪类非凡者，根本弄不到这么多……这就是机械之心的战斗风格吗？烧钱……克莱恩猛然有种被打击到的感觉，呆了好久才恢复过来。

这个时候，人皮幽影的特性已聚集成形，它就像一颗硕大的钻石，有无数的截面在反射光芒，而每一个面上都映照了不同的脸孔。那些脸孔密密麻麻、层层叠叠，让人眩晕。

我就差它了……克莱恩一阵欣喜。

机械之心处理好收获，继续寻找壁画，但没有发现任何痕迹。

他们只好再次集合，向着通往主墓室的甬道走去。

# 第十章

CHAPTER 10

✦ **晚安，无面人** ✦

又是一番狂轰滥炸后，进入主墓室的甬道展现在了机械之心诸位成员的眼中。

地面到处都是碎渣，另一颗映照人脸的钻石状非凡特性静静地躺在右侧墙壁的底部，与其余两件发光的物品交相辉映。

整条甬道，包括两侧墙壁和顶部石板，都出现了坑洼，但有一样东西完好无损——它是悬挂于前方七八米外的一个画框，色泽棕黄，木头纹理明显，暂时只露出侧面。

不需要别人提醒，在场的所有非凡者都看出了它的古怪。

这时，一直没什么大动作的蒸汽与机械教会大主教霍拉米克·海顿上前一步，嗓音柔和地说道："它应该就是资料记载里属于阿蒙家族的'幽灵画框'，只要走进它的范围，被它映照到，灵体就会瞬间脱离血肉，成为一张肖像画，被永远地封印在它的里面。在这样的状态下，即使画像更替，也没有办法解救被封印的人。如果被封印的时间太久，身体已经死亡，哪怕掌握了正确的解除封印的办法，灵也会很快消散。"

说话间，霍拉米克一步一步前行，靠近那个奇怪的画框。

克莱恩下意识地有些担心，不敢去旁观半神半人对抗封印物的具体过程，但他迅速就醒悟了过来，自己只是在看魔镜阿罗德斯提供的全息影像，有什么好害怕的？很正常，很正常，这就和看恐怖片和玩黑暗类游戏的即时感受一样……克莱恩自我开解了一句，加快脚步，跟上了霍拉米克·海顿。

半神半人的大主教很快就走到了那个需要被封印的神奇物品的映照范围内，穿白色牧师袍、戴神职人员软帽的身影一点点地映入了画框表面的玻璃。

玻璃……第四纪就有玻璃了？好像是这样，至少第五纪的历史里一直有玻璃，且没提过是谁发明的……克莱恩饶有兴致地等待起半神半人与封印物的"战斗"。

霍拉米克的上半身完整地在"幽灵画框"内呈现了出来，但他的双眼却没有失去神采！

他与画框中的自己面对面地走向了画框，画框内的身影出现波动，仿佛一直在往内收缩，却无法成功。

霍拉米克停了下来，拿出早就准备好的、几乎不透光的大块黑布，盖向了"幽灵画框"。画框颤动了几次，最终还是被黑布彻底遮挡，归于平静。

霍拉米克似乎没受到任何影响，轻松取下"幽灵画框"，用黑布完成包裹，在背后打了个结。

这……这不神秘学……不是说好会将灵体吸进画框，变成肖像画吗？怎么大主教一点事情都没有……这是半神半人的特殊之处，还是另有原因？克莱恩一阵疑惑，上下审视起霍拉米克·海顿，没发现丝毫异常的地方。

眼睛有神，表情慈和，血肉充盈……可惜不在现场，否则可以开灵视研究一下……克莱恩收回目光，就在原地等待着伊康瑟等机械之心成员过来。

霍拉米克将"幽灵画框"交给一位队员，自行往前，走向了甬道尽头的主墓室入口。

那里有一扇充满刀削斧砍般花纹的黑色石门，中间镶嵌着一个灰白色的圆盘，盘的表面分成十二格，有一根黑色的指针，就像外界的钟表。但是，那些格子并没有均匀地分配盘面，有大有小，极为不协调，而且每个格子都有一半涂抹着阴影。

"阿蒙家族的纹章。"霍拉米克大主教略微介绍了一句。他没具体解释纹章的象征意义，因为这里只有执事级的伊康瑟·伯纳德有资格知道。

克莱恩则依靠自己的神秘学积累，尝试着做出解读：圆盘、十二格、指针的组合明显代表着时间，与阿蒙分身消亡后留下时之虫这点吻合；本应均分圆盘的十二格大小不等，笼罩着一定的阴影，是否表明阿蒙家族是时间的暗面？他们"渎神者"的称号又体现在哪里？

克莱恩思绪转动间，霍拉米克大主教什么防护都未做地推开了那扇石门。

石门沉重地后敞，露出一个极为宽敞的墓室，墓室正中央有高台垒起，上面摆有一具深黑色的棺枢。四周的墙壁上有一个个铁色的灯架，托着一根根还在静静燃烧的白色蜡烛。所有的烛火都没有摇曳，安静得仿佛只是定格的画面，完全没有经历过一两千年时光冲刷的痕迹。

从石门往棺枢的直线路程上倒着一具具尸体，他们或穿黑色呢制大衣、戴半高丝绸礼帽；或一身普通工人打扮，并配了顶鸭舌帽，一看就是最近几年才进入这里的人。

之前招募帮手的那批非凡者？他们是怎么通过前面区域的？人皮幽影等怪物明显还活着啊……克莱恩带着满脑子的疑问，凝目望向了那些尸体。

这一看，他顿时有些被吓到。那些尸体个个都白发稀疏、皮肤干皱、斑纹明显，如同八九十岁的老者，他们的身上没有明显的伤口，似乎就是活生生老死的，且刚死没多久，还未来得及腐烂。

很显然，不会有这么多年迈的非凡者来探索陵墓，就算发现这里的人已经老朽，招募帮手时也会尽量挑选年轻力壮的……这里有古怪！克莱恩再次环顾四周。

他迅速联想到了阿蒙分身留下的时之虫，联想到了石门上有时间含义的阿蒙家族纹章。

让人迅速老去是阿蒙家族的非凡能力之一？时间的暗面、时间的漏洞……难道让别人飞快老去的同时，阿蒙家族的成员会重现青春，获得更长的生命？等等，这些非凡者轻松闯到这里，也许就是墓主人有意放纵，他要掠夺别人的时间来维持自身的存在……克莱恩有所猜测地望向了高台上的那具黑色棺椁。

这个时候，霍拉米克·海顿这个半神半人的强者抬起左手，往下一压道："你们停在这里。"

"是，大主教阁下。"伊康瑟等人毫不犹豫就回答道。

作为官方组织的成员，他们都阅读过大量的超凡事件卷宗，知道在类似的情况下必须绝对服从高序列者的意志，绝对不能擅作主张、逞强行事，否则死都不知道是怎么死的。

霍拉米克往前望去，目光停在了高台底部倒扣着的一个画框上。他表情未变地迈开了脚步，不快不慢地往前行走。

一点准备都不做？半神半人的特点就是"莽"？克莱恩看得颇为错愕，他似乎已经能够想象霍拉米克牙齿掉光、白发凋零、皮肤干皱、迅速苍老的样子。

一步，两步，三步，原本正常的霍拉米克忽然抖了一下，体内有让人牙酸的尖涩摩擦声传出。他的步伐开始变慢，他的动作有些僵硬，他的皮肤明显变干。

这有些不对……不是正常人类的苍老状态……刚才的摩擦声是怎么回事？克莱恩在心里嘀咕了一句。

四步，五步，六步……霍拉米克身上传出撕裂的声音，有东西哐当一声掉在了地上。

克莱恩下意识地望去，看见了一个齿轮，满是锈迹的齿轮！

霍拉米克继续前行，身上时而掉下东西，有生锈的螺丝钉，有熔化又凝固的蜡块，有发黄的骨头，有松弛的弹簧……他身影越来越单薄，摇摇晃晃，随时可能瓦解。

这，就和机器人一样……呃，用这个时代的术语来说就是，像活着的人偶……克莱恩突然间有所明悟。他记得老尼尔死前说过，大地母神教会的序列4擅长"生命炼成"，"通识者"途径对应的序列也勉强地能够办到，而霍拉米克就是"通识者"

途径的高序列强者！

我面前的霍拉米克不是真正的他，只是炼制的人偶，刚才"幽灵画框"之所以无效，就是因为人偶根本没有灵体！真正的霍拉米克应该还在很远的地方……不愧是半神……

克莱恩恍然大悟之际，大主教走到了高台前，屈起膝盖，弯下腰背，将倒扣着的画框翻转了过来。

正常来说，探索有超凡因素的陵墓时，都要避免将类似的物品摆到正面，但霍拉米克这次却做出了相反的选择。

随着画框翻转，封闭的陵墓内突然有风刮起，吹散了无形的禁锢和沉默。铁色灯架上的一根根蜡烛迅速开始燃烧，变得异常明亮，但很快就走到了生命的尾声，熔化殆尽；地面那一具具苍老的尸体则飞快腐烂，弥漫出恶臭。只是几秒钟的时间，主墓室就变得昏暗，仅剩机械之心的成员们提着的马灯勉强照亮前方。

霍拉米克拿起地上那个画框，摇晃着沿阶梯向高台登去。

他来到黑色棺椁前，伸出右掌，用力一推。

嘎吱的摩擦声里，沉重的棺材盖子裂开了一道缝隙，似乎根本没有被钉上。

霍拉米克低头看了一眼，嗓音未变地说道："没有尸体。"

画面随之拉近，克莱恩看见棺椁内部空空荡荡，仅在底部铺着一层淡金色的软垫，垫子上绣有一条身具十二道圆环的虫子。

这时，霍拉米克转过了身体，手中拿着的画框随之映入了伊康瑟等人眼中。

只是瞄了一眼，克莱恩的目光就突然凝固了。

那是一幅肖像画，画的是一位嘴角含笑的年轻男子。他黑眼睛、黑卷发；他宽额头、瘦脸庞；他挂着水晶单片眼镜；他戴着黑色的尖顶软帽。

阿蒙！

阿蒙……克莱恩在心里念出了这个单词。

他原本以为出没于神弃之地白银城的"渎神者"是阿蒙这个古老家族的后裔，通过继承先祖们的遗留，一步步走到了半神位阶。谁知道，对方很可能活了两千年以上，是阿蒙家族最鼎盛时的成员！

老古董啊……他没事给自己修个陵墓做什么？假死脱身，还是另有缘由，比如定格时间在自己身上留下的痕迹？他能从第四纪活到第五纪，靠的是掠夺他人的生命？我原本猜他是序列3、序列2，今天再看，序列1也不是不可能，漫长的时光总会带来本质上的提升……克莱恩时而疑惑时而揣测，思绪如同沸水，咕噜冒个不停。

"人偶"霍拉米克扯了扯喉咙，不小心拉掉一块表皮，露出了里面异常复杂的机械结构。他的声音从那个位置外透，带上了几分漏风的感觉："你们搜寻地上的尸体，不要靠近这边。"

"是，大主教阁下！"伊康瑟等人明显松了口气。

地上的那些尸体上早已凝聚出非凡特性，有的甚至还和身体某个部位结合，形成了让人瘆得慌的神奇物品。另外，死者们还随身携带了各种事物。

机械之心这下收获不小啊，加上之前得到的"幽灵画框"、人皮幽影特性等物品，完全弥补了疯狂"洗地"的开销……大投资换来高回报……克莱恩的视线在地上流连了一阵。

他吸了口气，"拔"起目光，跟着未提马灯的"人偶"霍拉米克向棺椁另外一面的墙壁走去。

这个时候，魔镜阿罗德斯讨好地调亮了画面，让前方的事物变得清晰。

克莱恩看见对面的墙壁因刚才的急速"风化"出现了大片大片的斑驳，许多壁画因此被破坏，再也无法还原成之前的模样。唯一一幅较为完整的、能勉强看清楚的、有色彩的壁画位于墙壁顶端，并往上占据了小半个穹顶。

它描述的是一座巍峨连绵的山脉，最高的主峰上竖立着一个巨大的、比山还高的十字架，十字架上蒙着层层叠叠的光辉，显得异常神圣。

它的前方隐约呈现了一道雄伟高大的身影，山脉就仿佛匍匐于他脚下的宠物。

这身影四周簇拥着一位又一位背生双翼、四翼或六翼的天使，他们或拿着号角，或弹奏竖琴，或吹响长笛，看起来又虔诚又欢快。

山脉下方，两位背生十二翼的天使各自抱着一个婴儿，谦卑地向山顶走去。左侧的婴儿有微卷的黑发，右侧的那个则长着淡金色的头发。他们一个眼珠漆黑，一个眸子金黄。

在山脉别的地方，隐约描绘有戴着链铐的巨人，以及被束缚着双脚、永远无法落地的巨龙。

霍拉米克先是望向左侧的那个婴儿，原本慈和的表情愈发显得凝重。他嗓音很低很轻地念出了一个单词："阿蒙。"

紧接着，他转而看向右侧的婴儿，沉默了几秒才吐出一个姓名："亚当……"

阿蒙，亚当……克莱恩重复着这两个姓名，觉得笼罩于第四纪和第三纪历史上空的迷雾愈发浓厚了。

他结合自己听过的各种消息，在心里飞快地做出了一定的猜测：山顶上，光辉十字架前的人影有天使环绕，有巨人和巨龙臣服，肯定是代表位居序列0的真神……另一个爱用十字架做象征符号组成部分的是真实造物主……传闻最初的阿蒙是远古太阳神的后裔，山顶那位却不像纯粹的太阳神……难道，祂是白银城信奉的那位"创造一切的主，全知全能的神"？这符合白银城神话传说里，造物主苏醒，剥夺了巨人之王、空想之龙等古神权柄的描述……

所谓远古太阳神其实就是白银城那位创造一切的主？祂也许掌握着太阳和时间等领域。另外，巨人王奥尔米尔、空想之龙安格尔威德所属的权柄也应该回归了祂……这，这无法用序列0来涵盖了啊……

所以，最初的阿蒙是白银城那位"创造一切的主，全知全能的神"的后裔，继承了时间领域的非凡特性？这似乎能稍微解释他在白银城地牢安静地待了几十年的事情。

除他之外，"创造一切的主，全知全能的神"还有一位后裔，叫作亚当……最初的亚当继承了什么，是否还有后裔活着？如果存在，又会在哪里……

真实造物主和那位又是什么关系？单纯模仿对方，使用造物主这个称谓和十字架象征？或者，两者之间还有某种深层次的联系？

克莱恩没让自己的疑惑显露太多，毕竟魔镜阿罗德斯也许正在打量他。

霍拉米克凝望了那幅壁画一阵，忽然上前几步，伸出双掌，按在了墙壁上。

无声无息间，那恢宏的壁画解体了，化作片片石屑落地，就连色彩都像蒸发般飞快地消散。

蒸汽与机械之神教会在有意识地掩盖第三纪和第四纪的历史……其他教会也是这样？克莱恩皱了下眉头，跟着"人偶"霍拉米克走向另外一侧。

绕了半圈，他们又有发现：一扇只勾勒出轮廓的石门隐蔽地耸立在角落里。

此时，"人偶"霍拉米克的关节已持续性发出嘎嘎的摩擦声，但这并未阻止它快速靠近石门，伸出右手，尝试推动。

那石门之上，忽有水光浮动，凝聚出了一幅真实到似乎能直接触碰的场景：深蓝色的海浪一波接一波地向前方涌去，那里有着浓郁到仿佛是液体的黑色雾气。一座嶙峋的山峰从雾气里伸出，不断往下流淌黏液。这座山峰之后，黑色雾气无边无际，看不到尽头。它的底部同样没有极限，越是往深处瞧，越是感觉幽邃，似乎一旦有事物坠落，就永远都会在坠落。

这是什么地方？克莱恩表情不变地在心里嘀咕了一句。

霍拉米克收回双掌，看着那样的场景渐渐变淡，直至消失。他后仰了下脑袋，半是疑惑半是叹息地自语道："深渊……"

深渊？那就是一切堕落的源头，据说可以腐蚀真神的深渊？克莱恩颇感愕然，但曾经是"小丑"的他很好地保持了脸部和肢体的状态。他当即想到了一件事情，探索迷雾海的罗塞尔曾经偏离航道，然后留下了一句让人费解的话语："我看见了深渊。"

克莱恩回味着涌向黑雾的那层层海浪，隐约有了个推测：迷雾海的某处有深渊的入口？

紧接着，他又望向了石门，怀疑白银城出没过的那个阿蒙利用某种仪式弄好这座陵墓后，并未正常地离开，而是借助特殊的通道前往了深渊。于是在大多数人眼里，他已经真正逝去。

至于白银城或者说神弃之地是否就在深渊的某个地方，克莱恩无法肯定，毕竟这座陵墓的历史在一千五百年以上，阿蒙有充裕的时光借道深渊去别的地方。他是否还会偶尔回来，取走时间？要是发现自己的坟被人给挖了，脸上的表情肯定很精彩……克莱恩莫名有些高兴。

就在这时，"人偶"霍拉米克用右掌握住左手，猛地扭了一下。嘎吱的声音里，他的左手齐腕下折，却没有骨头戳破皮肤，带出血肉。

他的左腕内部镶嵌着一根黑冷沉重的金属管！

他的整条左臂就是一个小口径的神秘系火炮！

不愧是机械之心，藏着一摩尔的黑科技，不过这种东西要求太高、花费太高，明显只能提供给特定人员，无法武装军队……克莱恩觉得今天真是大开眼界，有幸见识到了另一个发展方向的神秘世界。

唯一的问题是，非凡特性守恒，"工匠"有限，很多东西无法量产。

"人偶"霍拉米克用左腕抵住了那扇石门，他的体内响起了齿轮咬合并转动的声音，并有强烈的灵性光彩爆发。

一抹宛若白昼的亮光乍现，随之消失。那扇石门霍然变成了纯粹的粉末，像是从来没有存在过。

把，把门给毁了？

"渎神者"阿蒙要是遇到紧急情况，试图返回这里，却发现开不了门，那就好玩了……克莱恩想象那样的场景，险些失笑。

对阿蒙家族陵墓的探索到此结束，克莱恩周围的画面急速收缩，变成了背景。

一面虚幻古老的诡异银镜浮现于半空，两侧眼睛般的黑色宝石有微光闪动，白色的单词迅速勾勒于镜面：

**您忠实的仆人阿罗德斯汇报完毕，并时刻准备着再次为您效劳。**

面对这太过热情的家伙，克莱恩本能地有些警惕和不适，轻轻颔首道："很好，你先离开吧。"

**是，灵界之上的伟大存在。**

阿罗德斯浮现出这行单词后，便让四周的场景彻底破碎。

确定它的力量已然离开自己的梦境后，克莱恩若有所思地自语道："灵界之上的伟大存在？它确实隐约察觉到了灰雾……这恶趣味的魔镜真的想投靠我，还是另有目的？先谨慎地观察观察，而且，它在机械之心那里，我可不想被炮火覆盖三轮……"

收起思绪，克莱恩开始憧憬明天。

机械之心整理完收获，应该就会让他去挑选物品！


皇后区，霍尔伯爵家的豪华别墅。

冰冷的空气被挡在了窗户与墙壁之外，屋内温暖如春，壁炉风格典雅。

奥黛丽·霍尔接受着时尚设计师吉尼娅太太的测量，以便对方根据她最近的身体和气质状态构想新年舞会的服装。

这个时候，贴身女仆安妮凑到她的耳边，压低嗓音道："伊思兰特女士来拜访。"

这么快就有反馈了？奥黛丽心中一喜，表面却没有明显变化，噙着浅笑道："请她在我的画室等待，唔，五分钟。"

"画室？"安妮诧异地反问了一句。

"对，我想请她欣赏我最近完成的那幅油画，她说放松状态下描绘的内容很容易展现内心的真实想法和情绪。"奥黛丽语速不快不慢地解释道。

安妮顿时恍然大悟："是，小姐。"

不到五分钟，奥黛丽进入画室，看见了正在欣赏墙上画作的伊思兰特。

"那是森西先生的《内心夜晚》，一幅让人感觉安宁的杰作。"她含笑为伊思兰特介绍了两句。

"森西的《内心夜晚》？《塔索克报》去年评选的百年百大画作前十？"伊思兰特显然是常看报纸的那类人，而作为一名"观众"途径的非凡者，她的记忆力足够出色。

"是的。"奥黛丽简单地回应，似乎这只是一件微不足道的事情。

"我竟然有幸看到正品……"伊思兰特再次抬头，望向那幅油画。她将"这至少价值一座庄园"的后续话语咽回了肚中，不想显得太庸俗。

奥黛丽未去介绍其他画作，找了个理由打发走安妮，并用眼神示意金毛大狗苏茜到门外"站岗"。

苏茜没有任何障碍地读懂了她的暗示，摇着尾巴，颠着屁股跑了出去。

伊思兰特关上房门，回到画架旁，在奥黛丽开口询问前，主动说道："人皮幽影的特性和'风眷者'的魔药配方，我们都有，但没有卖出的必要，除非对方能给出无法拒绝的回报。"

愿意谈就说明有希望！奥黛丽碧眸微转，轻声笑道："你们希望获得什么？"

伊思兰特捋了下发丝，早有准备地回答道："人皮幽影的特性两千五百镑，'风眷者'的魔药配方三千镑。"

溢价很多啊……奥黛丽并未觉得这昂贵，只是感叹心理炼金会的溢价幅度超过了百分之五十。

据"倒吊人"描述，正常情况下，序列6的魔药配方价格不到两千镑；但越往高序列靠近，魔药配方流通得越少，非常不容易买到，根本没有正常价格。更为重要的是，就算恰好遇上了，也很难确认配方的真假。

这时，伊思兰特又补充了一句："如果对方能拿神奇物品来交换，价值大致等同就可以。"

也就是说，你们更想得到神奇物品，为此能接受降价……心理炼金会属于最年轻的隐秘组织之一，这方面的积累明显不如其他组织啊……奥黛丽抿了下嘴唇道："我会反馈过去，但不保证他们能接受。"

她丝毫不担心心理炼金会发现自己最近根本没有参与非凡者聚会，因为她的日程安排颇为紧凑，下午茶、音乐课、晚宴、舞会、马术训练、语言课、舞蹈课等交替上演，有太多接触不同人群的机会。这样一来，也许某次晚宴就是非凡聚会的掩饰，也许音乐课的老师就是一位资深非凡者，藏在暗处不能光明正大行动的心理炼金会要想调查清楚几乎没有可能。

说到这里，奥黛丽略显好奇地问道："伊思兰特老师，我原本以为你们不会卖'风眷者'魔药配方的，它已经在序列6这个位阶了。"

"呵呵，有机会传播出去对我们来说也许更有用处。"伊思兰特含糊地回答。

在她心里，奥黛丽小姐虽然是备受组织重视的新成员，但依旧是新成员，很多事情是不能知道的。

为什么呢？奥黛丽压下疑惑，嫣然一笑，天真烂漫地问道："伊思兰特老师，如果这笔交易能够成功，可以算我做出的贡献吗？"

伊思兰特顿时失笑："算。"


克莱恩又"忙碌"了整整一个上午，直到返回明斯克街，填饱肚子，准备休息，才有空闲和机会去灰雾之上倾听祈求。

"正义"小姐那边也有人皮幽影特性了？这真是，要么不来，要么一下来两份……心理炼金会作为一个隐秘组织，资源方面还算合格……

克莱恩突然陷入了该怎么挑选的幸福的烦恼中。虽然算上"倒吊人"还未给予的五百镑，他也才只有一千三百三十五镑现金，但这不妨碍他认真考虑心理炼金会的交易请求。

想了十几秒，他先将"正义"的话语传达给了"倒吊人"，看对方会做出什么样的选择。

…………

三千镑？还在罗思德群岛首府慷慨之城的"倒吊人"阿尔杰·威尔逊仿佛被人狠狠敲了一棒。

得到幽蓝复仇者号、成为船长后，他时而扮演成海盗，时而以执法者的身份暗中剿灭了好几股海盗，但就算这样，总计获得的战利品价值也不超过两千镑，其中部分还得分配给底下的水手。当然，这没计算俘获的那些船只和火炮，那些必须上交给风暴教会。

这让阿尔杰时常叹息大部分海盗其实并不富裕，他们都习惯了刚收获就挥霍的生活，烈酒、烤肉、女人、违禁品和赌博榨干了海盗们的钱袋，除非遇上有非凡者的海盗队伍，否则真难暴富……阿尔杰来回踱了几步，迅速就下定了决心。

他从贴身的衣服口袋里取出了一张黄金制成般的面具，那面具之上勾勒有粗略的五官，它们组成的样子很有古老丛林里原始人的特点。

阿尔杰坐了下来，谦卑地低诵起"愚者"的尊名，末了道："……我愿意用这件神奇物品交换'风眷者'魔药配方。

"只要戴上这张面具，使用者就将变得极为冷静，没有情绪的起伏；使用者同时还能获得极强的恢复能力、夸张的速度和出色的力量，并掌握一定的黑魔法与原始诅咒术。它的缺点是随着使用次数的增加，佩戴者会越来越不像人类，越来越冷酷，最终将自己当成神灵。"

…………

克莱恩坐在属于"愚者"的位置上，看着面前的五百镑钞票、五根粗壮如同小蛇的深蓝色头发、一张黄金色古朴面具，手指轻敲长桌边缘，仔细思考起自己有什么可以拿来交换的神奇物品。

"全黑之眼"？肯定不行，这是序列5"秘偶大师"的主材料，就等着小"太阳"弄到去除精神污染的办法……

"黑皇帝"牌？这见不得光，而且价值不知比人皮幽影特性高了多少倍……

阿兹克先生的铜哨？它目前只有召唤信使的作用，是联络的重要道具，不可能卖……

在棺材内留下白色羽毛的灵教团成员的铜哨？同样只能召唤信使，信使联络的另外一边的对象似乎还很危险……

"太阳胸针"？这是我自己要用的，能有效弥补我的短板……

"万能钥匙"？涉及"门"先生，有太多的隐秘，另外，单纯从使用价值看，与人皮幽影的特性相差较远……

"生物毒素瓶"？这和我的灵体状态非常配，配合得好甚至能让我单挑一群非凡者……

猎魔子弹、净化子弹、驱邪子弹？这不是神奇物品，属于消耗性非凡武器，价值低很多……

《秘密之书》？这也不是神奇物品，心理炼金会应该不缺乏类似的知识……

目前来看，只有"审讯者"的非凡特性可以卖，但对方要的是神奇物品，并且交易场所在贝克兰德，容易暴露侠盗"黑皇帝"的情报……

克莱恩借此机会梳理了下自己拥有的东西，最终有了个完善的想法。

他先具现出"世界"先生，操纵对方摆好祈祷的姿势，嘶哑着回应道："……我接受两千五百镑这个价格，但给我两天时间筹集资金。"

紧接着，克莱恩把"倒吊人"和"世界"答复的影像丢进了象征"正义"小姐的深红星辰内。

得到"正义"小姐没有问题的回复后，克莱恩在明斯克街耐心等待了一个下午。

直至黄昏将近，机械之心成员卡尔森才拉响了他家的门铃。

克莱恩没有多问，跟着对方一路来到西拜朗船坞附近的杠杆教堂，进入了那栋建筑隔壁的三层房屋，这里的招牌是"贝克兰德机械研究会"。

好学术……克莱恩忽然想到了黑荆棘安保公司，扯着嘴角笑了笑。

在卡尔森的引领下，他穿过一些奇奇怪怪的装置，进入一个没有窗户的房间。

房间内的长桌上摆放着诸多灵性强烈的物品，包括人皮幽影的特性、蒙着黑布的"幽灵画框"，但没有那些非凡者死后留下的特性。

很显然，机械之心的高层不想让我知道非凡特性不灭和守恒定律……克莱恩毫不意外。

"你可以挑选一件。"未戴帽子的伊康瑟指了指长桌。

克莱恩"仔细"观察了几遍，叹了口气道："没有我想要的。如果折算成金镑，我能拿到多少？"

他已经想好了，不在这里获得人皮幽影的特性。虽然要材料能解释成制作某些神奇物品或尝试独特仪式魔法的需要，但终究有暴露他本身序列的概率。在出现更好选择的情况下，克莱恩不想冒这个风险，所以，他打算纯拿钱！而这不仅可以帮他凑够心理炼金会索取的两千五百镑，还能有效打消机械之心的戒备之心。

伊康瑟明显松了口气，理了下头发，微笑着回答道："一千五百镑。不过，我们鼓励你选金钱，所以，总计两千镑。"

克莱恩当即露出真心诚意的笑容："好！"

借助赐予仪式，克莱恩将两千五百镑现金和"倒吊人"提供的黄金色古朴面具交给了"正义"小姐，并利用"世界"祈求的影像，叮嘱对方尽快完成交易。

这两周内，我用了差不多五千镑，如果不离开廷根，这笔钱都足够养老了，而且平时的生活还能维持在房东太太一家的水准上……人偶毁一生，喝药穷三代啊……克莱恩望着已恢复寂静的无垠雾气和古老宫殿，颇有些怅然，像是丢失了什么重要的东西。

克莱恩平静了几秒，返回现实世界，拿起书桌上剩余的八百三十镑钞票，特意点数出了六张5镑面额的。然后，他把这三十镑现金放入完全瘪了下来的钱夹，郑重地塞进了衣服内侧的口袋里。另外的八百镑，他分成两沓弯折，左右衣兜各放一沓。

紧接着，克莱恩拉开抽屉，从预先带回现实世界的五根深海娜迦头发中抽取了两根，用纸张一层又一层地包好，小心翼翼地装进了衣服暗袋内。

做完这一切，他拿上帽子和手杖，于夜晚的煤气路灯光芒照耀中前往街口，乘坐马车，直奔贝克兰德桥区域的勇敢者酒吧。

热烈吵闹的环境里，克莱恩坚持着喝完了自己要的那杯南威尔啤酒，然后才慢悠悠地穿过一浪高过一浪的拳击手助威声，离开酒吧，上了一辆出租马车。

感受到车轮的滚动，他故意闭了下眼睛，耳畔突然响起了窗户被轻敲的动静。

克莱恩脸部肌肉微动，睁眼望向前方，看见脸色苍白、容貌精致的莎伦小姐已安静地坐在了对面。不等对方开口询问，克莱恩笑笑道："我把你上次提供的消息卖了个好价钱，阿蒙家族陵墓那个。"

莎伦没有说话，静静地平视着他。

克莱恩靠好手杖，从衣兜里取出了两沓现金和一小团纸。

"八百镑加两根深海娜迦的头发，总计价值在一千镑上下，这是你应该得到的。"克莱恩无声地吸了口气，含笑将现金和纸团递了过去。

莎伦看了他一眼，伸手接过了这两样东西。她低下脑袋，望着手里的物品，嗓音飘忽而虚幻地问道："你卖了多少？"

"两千镑，一人一半。"克莱恩轻笑了一声。

如果机械之心按照原定计划只给一千五百镑，那我就只能先欠一部分了……他颇为庆幸地想道。

莎伦没有血色的手掌一翻，现金和纸团都不知去了哪里。她抬起头，"嗯"了一声，简洁地问道："陵墓里有什么？"

"不知道，我没有去。"克莱恩未透露魔镜阿罗德斯的帮忙。

这个瞬间，他觉得自己如果详细地描述那段经历，莎伦小姐肯定会像之前那样，单手托腮，专注倾听。

这位"怨魂"小姐似乎有观看场景戏剧和听各种传闻的爱好……克莱恩总结了一下。

莎伦表情未变，沉默了几秒道："有人在挖掘去地下遗迹的通道。"

"啊？"克莱恩一时没能反应过来对方在说哪件事情，但很快他就明白了莎伦话语里的地下遗迹指什么地方。

两人都知道的地下遗迹只有一处，那就是第四纪图铎王朝的遗迹，里面存在着一个恐怖恶灵！

有人在挖掘通道，想进入那座地下建筑？克莱恩沉吟几秒，忽有灵感迸发："那个什么从男爵？"

他已经忘记了隐藏的那位图铎王朝后裔叫什么名字，只记得他还有个从男爵的爵位，住在贝克兰德警察厅所在的西维拉斯街。

"嗯。"莎伦给予肯定的回复。

"他想寻找什么？他不知道里面有个恶灵吗？他不知道他们家族之前的非凡者都死在了里面吗？"克莱恩自言自语般提出了几个疑问。

莎伦安静端坐，认真地回答道："我不知道他知不知道。"

"……他还有多久能挖通？"克莱恩斟酌着问道。

"两到三个月，他暂时只有一个人。"莎伦给出了自己的判断。

呼，克莱恩幅度很小地吐了口气道："这不需要着急，等我做好准备，我们一起去'拜访'他。"

说到这里，他笑着解释了一句："你知道的，我喜欢提前做好充分的准备。"

在晋升"无面人"前，我不会再掺和任何事情！他在心里告诫着自己。

"好。"莎伦没有问他要做什么准备，身影迅速变淡，消失在了车厢内。

克莱恩顺势往后靠住厢壁，只觉一身轻松。

"无面人"魔药的材料已经预定，就等"发货"……外债也全部还清，不需要再烦恼什么……他的心情仿佛沉淀的起泡酒，偶尔有一点欣喜无声上涌。

唯一的不好是……克莱恩摸了摸自己的左胸，那里有着干瘪的钱夹。

他叹了口气，自言自语道："只剩三十镑现金加五枚金币和一些零钱了……"


周四下午，奥黛丽·霍尔在书房内等待着伊思兰特老师的到来。

获得"倒吊人"和"世界"的回复后，她立刻就派仆人送了封信去伊思兰特那里。信的内容很普通，就是希望这周的第二次心理课提前到周四。

而实际上，奥黛丽早就和伊思兰特约定好，一旦她表达类似的意思，就说明交易的另外一方答应了条件。

嘀嗒嘀嗒，墙上的壁钟轻快地走着，长发及至腰部的伊思兰特拿着几本教材，进入了房间。

奥黛丽当即给了苏茜一个眼神，金毛大狗略有些不舍地蹿了出去，趴到附近的阴影里，观察起人来人往。

伊思兰特关上书房的门，缓慢地环顾了一圈，然后坐到白色小圆桌的对面，放下了教材。

"他们是付出金钱，还是神奇物品？"这位心理炼金会的成员压低嗓音问道。

"一个直接给了两千五百镑，一个提供了神奇物品。"奥黛丽语气轻快地从自己的橘黄色中型手提袋里取出了一个洁白的硬纸盒子，盒子的外面覆盖着一层灵性之墙。

解除掉灵性之墙，她打开盒盖，让黄金色的古朴面具显露了出来。接着，她将面具的缺陷和效果原原本本地复述了一遍。

坦白地讲，拿到这件神奇物品时，她很好奇，很想试一试效果，毕竟这是她正式接触到的第一件神奇物品。但最终，她还是克制住了自己，她不想变得冷酷。

"价值基本等同。"伊思兰特尝试了一番，舒了口气。

停顿两秒，她抽出最厚的那本教材，翻到了第四十八页。这本教材的中间部分已经被挖空，放着一个巴掌大小的铁制盒子和一张卷起来的羊皮纸。

"人皮幽影特性……'风卷者'魔药配方……"伊思兰特边介绍边展示着。

奥黛丽的目光投向了仿佛钻石般的人皮幽影特性，被里面光影形成的一张张面孔弄得颇为头晕。这，这有些克制"观众"的能力呀……这就是"世界"先生的序列途径？难怪……奥黛丽移开视线，打量起魔药配方。

序列6"风卷者"

主材料：蓝影隼的6根结晶羽毛，龙眼海雕的眼珠一对……

奥黛丽还未来得及审视辅助材料，伊思兰特已及时卷起了羊皮纸。随即，她重新弄好铁盒的灵性之墙，合拢了教材，将这本厚重的书籍推给了奥黛丽。

奥黛丽按住那本书，却未及时把黄金色的古朴面具和两千五百镑现金交给伊思兰特。

迎着对方疑惑的目光，早有准备的她浅笑着说道："对方担忧特性不吻合，害怕配方是假的，希望能先做验证。而验证完毕前，钱和物都由我保管，放在我这里。他们都认为我很有信誉，我也不想丢失这个名声。"

"我明白他们的顾虑。"伊思兰特顿了下道，"我们也同样相信你。"

反正钱和物都在自家成员手中，心里坦荡的伊思兰特完全不担心被骗。而且奥黛丽小姐又有钱又有地位，她做担保，值得信赖……伊思兰特放松地想着。

…………

灰雾之上，古老宫殿内。

克莱恩手持灵摆，占卜着"风眷者"魔药配方的真伪。

他可不想因疏忽失去塔罗会目前最有经验最有实力的成员，"倒吊人"先生。

睁眼看见黄水晶吊坠在顺时针转动，克莱恩松了口气，将意念传递给了象征"倒吊人"的那颗深红星辰。

…………

慷慨之城。阿尔杰先是看见了无边无际的灰白雾气，旋即听到了"愚者"先生低沉却高远的话语："'正义'小姐完成了交易。"

阿尔杰眼前当即浮现出一张虚幻的羊皮纸，上面书写着"风眷者"的魔药配方。

有了"愚者"先生经手，他对配方的真假毫无疑虑，恭敬俯首，道了声谢。

等到"幻觉"散去，他立刻找出纸笔，记录下了魔药配方。接着，他略显激动地来回踱步，无声自语道："蓝影隼……那座原始岛屿上就有……"

…………

忙碌完"倒吊人"的事情，克莱恩才有空检查属于自己的人皮幽影特性。

确认是真的之后，他放松地靠住椅背，愉快地吐了口气："总算……"

过了三秒，克莱恩猛地坐起，决定事不宜迟，今晚就调配"无面人"魔药！

明斯克街15号，潮湿阴冷的厨房内，克莱恩翻找出一个新买的大铁锅，灌入清水，认认真真地刷了几遍。

然后，他将几根火柴丢进里面，啪地打了个响指。赤红的火焰腾起，在他的操纵下，迅速烧干了残余的水滴却又未伤及铁锅表层。

这一次的魔药配方里没有纯水这种材料，所以克莱恩比之前两次更加小心，务求不额外增加辅助，免得出什么大问题。

虽然魔药调制成功与否，他能占卜出来，不至于危害到自己的生命，但那样的结果就是魔药报废，再想提炼出里面的非凡特性，相当困难，就像去除失控者精神污染一样，必须有对应的技巧、办法或者仪式，而他短时间内没法再凑齐第二份材料。

完成准备，看了眼整整齐齐摆放好的几个盒子，克莱恩吸了口气，最后回想了一遍魔药配方："'无面人'主要材料是千面狩猎者的脑部异变垂体、人皮幽影的特性，辅助材料有千面狩猎者的血液八十毫升、黑色曼陀罗汁液五滴、龙牙草粉末十克、深海娜迦的头发三根。

克莱恩最先拿起来自吸血鬼埃姆林·怀特的纸盒，将它打开，取出了里面装有一百毫升千面狩猎者血液的玻璃瓶。瞄了眼刻度线，他拧开盖子，腕部保持沉稳地向铁锅内倒入了那因光线变化而随时调整着自身颜色的黏稠液体。

因为是辅助材料，他没有太追求精度，没用化学实验的仪器来分液和滴定。

千面狩猎者的血液仿佛稀薄的蜂蜜，缓缓流淌在铁锅底层。克莱恩觉得差不多之后，停止倾斜玻璃瓶，让液体回流。

还剩差不多二十毫升，灵性直觉相当准啊……克莱恩将目光从玻璃瓶的刻度线上收了回来，郑重地拧紧了盖子——这二十毫升千面狩猎者的血液可以用于制作神奇物品、非凡武器、超凡卷轴，或在某些仪式魔法上负责勾勒象征符号，依然很珍贵。

将玻璃瓶放回塞满棉花的纸盒后，克莱恩依照顺序，陆续添加了黑色曼陀罗汁液和龙牙草粉末，看见铁锅内的液体咕噜冒起了气泡。

没有停顿，他用戴黑色手套的右掌拿起了三根如同小蛇的深蓝色头发，将它们稳稳地放至液体表面。

嗞！铁锅内腾起了淡淡的水雾，液体的颜色随之变得深蓝。

还没加主材料就有这种奇异效果……不愧是序列6的魔药……克莱恩伸手抓住了吸血鬼埃姆林·怀特赠送的银白带灰锡盒。

啪的一声，克莱恩打开盒盖，让里面剥壳胡桃般的物品呈现了出来。

他没有直接用手触碰这千面狩猎者的脑部异变垂体，而是直接将锡盒放至铁锅上方，把它倾覆了过来。

有大脑纹路式凸起和凹陷的黄棕色物品落了下去，与深蓝色的液体发生碰撞。这一刻，没有水珠溅起，不断变化着外形的垂体无声无息地熔化了。灰白、黄棕两色迅速与深蓝融合，咕噜冒起的气泡一下变大、变多。

到了这一步，克莱恩已经有些紧张了，但还是很好地控制住了自己。他将最后那个盒子拿起，把里面如同硕大钻石般的人皮幽影特性翻倒进了铁锅。

霍然之间，所有的水雾收敛，就连煤气壁灯的光芒都有被吸引和吞噬的迹象，四周一下暗淡了许多。

等到一切恢复正常，克莱恩才看清楚最终成型的魔药是什么样子。

它通体黑绿，时不时慢悠悠冒出一个眼睛大小的气泡，仿佛拥有生命，隔几秒钟就会打一次嗝。气泡到了表层会立刻破裂，并于这个过程中，在光芒映照下，反射出各种颜色。这些颜色共同勾勒成了不同模样的脸孔，五官仿佛在随机组合。

克莱恩单手端起铁锅，将里面的液体倾倒入了预先准备好的玻璃瓶内。因魔药的特性，锅内未有一点残余。

用占卜的办法确认危害程度可以接受，也就是魔药调配成功后，克莱恩拿着那瓶"无面人"魔药，步伐稳健地返回二楼，进入了早已拉上窗帘的卧室。

反锁住房门，他坐至床沿，借助冥想，平复了略显激动和焦躁的心情。

端坐几秒后，克莱恩拧开瓶盖，抬起右手，猛地将里面的魔药全部灌入了口中。略微刺麻的感受回荡于他的口腔和食道，最终发酵成了让人失去感知的麻痹。

克莱恩的精神就仿佛从自己的身体内抽离了出来，他用一种旁观者的姿态看见自己的嘴巴在熔化、鼻子在熔化、耳朵在熔化、眼睛在熔化，整张脸都在熔化！

仅仅两三秒的工夫，他的脸庞、他的头部就变成了受到火烤的白蜡，他的身体也有类似的异常，骨头和皮肤都像是在被血液溶解。

不能任由这样的情况发展！克莱恩知道自己如果控制不好，随时会失控。

"旁观"的他努力让思绪回到身体，努力观想起层层光球叠加的形象，努力保持住冥想的状态。经过短暂却反复的尝试，他终于又感受到了自己的身体，竭尽全力地控制起各个微小的部位，以此守住最后的底线。

熔化与溶解一次又一次来袭，克莱恩不知支撑了多久，终于等到了结束，重新找回了身体属于自己的感觉。

这一刻，他知道自己终于闯过了那个门槛，迈入了序列6，成了"无面人"！

克莱恩没有出汗，精神却异常疲惫。他勉强站了起来，走向全身镜的位置，试图观察自己现在的样子。

煤气壁炉的照耀下，他猛地退后了两步，踩得地面啪嗒作响。

镜中的景象异常骇人！克莱恩看见自己的脸部和裸露在外的皮肤上长满了密密麻麻的淡色肉芽，这会让所有正常的生物仅是目睹就全身发麻，就下意识抗拒，胆小一点的甚至可能失去理智。

懂得扮演法，已经彻底消化完"魔术师"魔药的我，晋升序列6都颇为艰难，距离失控只有两三步。那些靠时间积累才勉强有资格服食相应魔药的非凡者不知会承受多大的风险，失败的概率肯定不低……难怪各大教会内部序列7较为常见，担任着相对基层的队长和主教，而到了序列6，人数就开始直线下滑……克莱恩闭了闭眼睛，后退坐到椅子上。

他借助冥想的方式，收敛着溢出的灵性并恢复着状态。过了大概十分钟，他身上那些恶心的肉芽全部消退了，融入了血肉里。

呼，克莱恩吐了口气，重新走到全身镜前，端详起留着一圈胡须的自己。

忽然，那些胡须开始蠕动，血肉和皮肤就像半溶解的蜡块一样，发生着奇异的变化。也就是一两秒的工夫，克莱恩变回了以前的样子：黑发褐瞳，五官普通，脸庞干净，轮廓较深，身材略有些单薄。

他静静地注视着过去的自己，伸出右手，按在了脸上。

轻轻一抹，克莱恩的脸部又发生了改变：鼻梁高挺，嘴唇极薄，英俊里带着些许秀气，眉眼间有着隐藏不去的骄傲，正是吸血鬼埃姆林·怀特。

矮了点……他自嘲一笑。这个时候，他体内骨头和韧带发出咔擦的声音，整个人猛地蹿高了一截，从外形上来看，与埃姆林·怀特再没有任何区别。

我发现我能精准地回忆起认识的每一个人的外形和气质特点，并把握住他们独特的气味……克莱恩毛孔蠕动，体内发生相应改变，身上的气味随之变得不同。

他又一次望向全身镜，让发际线慢慢往后退去，让眼眸的颜色变成幽邃的灰。无声无息间，邓恩·史密斯似乎又活了过来，正注视着面前总是报告异常的队员。

缓缓地吐了口气，克莱恩变回了原本的样子，但嘴角还在往上翘起。

他略作思考，后退几步，望了眼为看时尚美女而买的《女士审美》杂志，记下了封面上那位戏剧演员的样子，然后，他回到全身镜前，用右手抹了下脸孔。

等他再看镜子，里面已经是一位黑发过肩、眉眼秀气、五官精致的年轻女郎。

真的能行……克莱恩低头望向胸口，发现那里没有丝毫凸起。

他竭力控制身体，移动脂肪和部分血肉，勉强弄出了一对"A"，而下身的不同，他完全无能为力。

也就是说，只是表面的变化，不牵涉实质……还有，我目前只能拔高和变矮十厘米，超过这个范围就难以办到……还有，头部的变大和缩小也有限度，像乌特拉夫斯基神父那个半巨人一样的脑袋，我根本没法儿模拟……

还有，只能瞬间观察出目标的外貌和气质特征，无法知晓他相应的事情，遇到"正义"小姐这种"观众"，很容易暴露……呵呵，在"小丑"阶段，是"小丑"克制"观众"，到了"无面人"阶段，却反倒有些被"观众"克制，有意思……

想到这里，克莱恩不再变化，回归了夏洛克·莫里亚蒂的形象。

占卜、格斗以及魔术师的非凡能力都有增强，但具体提升了多少，必须通过练习才能确认。明天抽空去一下克拉格俱乐部……克莱恩最后审视了一眼，下楼收拾起残局。

处理完手尾，他快速洗漱，钻入了被窝。躺在那里，望着窗外透入的绯红月光，有了些许底气的他渐渐变得安稳宁和。

就这样过了几分钟，克莱恩缓缓闭上眼睛，微笑着在心里对自己说了一句："晚安，无面人。"

# 第十一章
## CHAPTER 11

## ✦ 新年快乐 ✦

皇后区与西区交界的唐森德街。休·迪尔查站在一条黑暗僻静的巷子里，哪怕没有抬头，也能看见远处层层叠叠的华丽宫廷和高高耸立的哥特式钟楼。

那是整个贝克兰德地势最高的区域，也是鲁恩王室所在。它在南北大陆，在整个世界的地位等同甚至略高于因蒂斯的白枫宫和弗萨克帝国的奥尔米尔宫，但名称既不浪漫，也不古老——它叫索德拉克宫，在古弗萨克语里，这个单词的意思是"平衡"。

休将目光从著名的秩序之钟上面收回，望向了巷子的另外一边。

煤气路灯无法照亮的阴影里，缓缓走出了一道人影。

那人影戴着一张露出下半张脸的金壳面具，正是之前将"治安官"配方卖给休并时不时委托她一些任务的神秘人。

休和佛尔思私下讨论时，都怀疑对方是军情九处的人。

"这周有收获吗？"戴着黄金面具的男子按照惯例问道。

休摇了摇头："没有，事发前应该没有谁打听过卡平的事情。"她顿了一下，有些不舍地问道，"还要追查这件事情吗？"

面具男默然一阵道："不需要了，但之后如果听说了相关的情况，依然立刻联络我。今天我给你一个新的任务。"

"什么任务？"休完全进入赏金猎人的状态，准备着评估事情的风险。

面具男笑了一声："很简单的任务，也是你梦寐以求的任务。你在你所有的圈子里求购'治安官'和'审讯者'的主要材料，尤其是可以直接调配成魔药的那种特殊材料，如果有人回应，我们会垫付资金。"

"购买到的材料将属于我？"休脱口而出反问道。这是她最关注的问题。

"你相信这么简单的任务能有这么高的报酬吗？当然，如果能像钓鱼一样钓出我们想找的那个人，获得的魔药主材料归属于你，不是不能商量。"面具男低笑道。

"可我不知道'审讯者'魔药的主材料是什么……"休迟疑着说道。

"我等下会告诉你的，这也就是我们预付的报酬，即使没找到目标，你也有了序列7魔药配方的主体部分，价值超过六百镑。我想你已经充分认识到了我们的慷慨。"面具男用蛊惑的口吻说道。

确实慷慨……他们的目标是谁，为什么愿意花费这么大的代价寻找？呃，假设他是军情九处的人，趁这个任务回收市面上流通的"仲裁人"途径非凡材料应该也是目的之一，并不存在浪费金钱的问题……作为一个勉强算资深的赏金猎人，休本能地想到了一些事情。稍作权衡，她点了点头道："我接受这个委托。"

"很好。"面具男的语气变得轻松，环顾一圈道，"'审讯者'魔药的主材料是，闪纹黑蛇的角，湖中之灵的粉尘。"

说完之后，他缓步后退，重归阴影，消失在了巷子拐角处。

"真的告诉了我'审讯者'魔药的主材料……"休一时还有些发愣。直到这个时候，她才彻底看清楚面具男代表的那个势力对这次任务的重视。

"也不知道目标是谁，重点好像是可以直接调配成'治安官'和'审讯者'魔药的特殊材料……"想到这里，休忽然呆住。

她记起了一件事情，那就是自己晋升序列8"治安官"时，用的就是可以直接调配成相应魔药的特殊材料，通过佛尔思购买到的特殊材料！

这……这就是他们的目标？休本能地决定隐瞒下这件事情，绝不告诉面具男。

她揉了揉自己有着婴儿肥的脸颊，迈步往外面的街道走去，准备乘坐公共马车返回乔伍德区。

就在这个时候，她看见一辆棕色马车驶过，视线顿时被上面的纹章吸引。

那个纹章的主体是一朵花和两个指环，并没有太过特殊的地方，可休却直愣愣地看着，目光仿佛凝固。

等到马车远离，她才收回视线，情绪一下变得极为低落，哪怕已返回与佛尔思共同租住的房屋，也没有彻底好转。

发现好友情况不对，佛尔思倒了两杯红葡萄酒，端了过去。

"发生了什么事情？"她坐到对面，将其中一杯酒推给了休。

休俯视着红色的酒液，沉默了足足两分钟才用略显沙哑的嗓音道："回来的路上，我遇到了一个以前认识的人。"

"谁？"很配合地问道。

"斯特福德子爵。"佛尔思问一句，休答一句。

佛尔思仔细回想道："这位子爵似乎是宫廷侍卫长？"

作为一名畅销小说作家，她时不时能得到喜欢文学的贵族的邀请，参加下午茶和宴会等活动。而本着作家搜集材料的职业习惯，她肯定会主动对较为知名的贵族做一些了解。就是在这样的聚会里，她认识了格莱林特子爵。

"是的，他曾经，曾经是我父亲的副手。"休略显艰难地说道。

"你父亲？"佛尔思知道休来自破落的贵族家庭，有一些秘密，但不清楚具体的情况。

休端起红葡萄酒，咕噜喝了一口，呛得连咳几声。她缓了一阵道："我的家族属于宫廷贵族，最显赫时甚至担任过行宫伯爵。"

"行宫伯爵？这是什么职位？"佛尔思半是好奇半是让好友缓和情绪地问道。

"这等于是王室的对外发言人，是最靠近御座的贵族。"休脸现光彩地回忆道，"从那之后，我们家族有了真正的伯爵该有的封地。到了我父亲，虽然不再那么显赫，但依然受到前任国王、'强势者'威廉六世的信任，是王室卫队的统领和宫廷侍卫长。"

她语气逐渐低落，有着难以掩饰的痛苦："但七年前，他被控参与一场叛乱，最终被判处绞刑，被剥夺了爵位和封地。我的家族因此破落，许多成员甚至没有原因地死去。为了活着，我们改掉了姓氏，离开了东塔克郡……

"我不相信我的父亲会叛乱，他对王室是那样的忠诚，甚至超过了对女神的信仰！为了……总之，我离开母亲和弟弟，来到贝克兰德，寻找机会提升自己，是希望能恢复家族的荣光和父亲的名誉。"

在中间的一些事情上，休说得很含糊，但佛尔思并未在意，叹了口气道："这会非常非常艰难。"

她旋即扯出一抹笑容："但我会支持你的！"

而我背后还有一个神秘的塔罗会！她在心里补充了一句。


廷根市，夜里的水仙花街2号。

正在计算数学题的梅丽莎侧过头望向门口，看着刚摘掉半高礼帽的班森道："你去了哪里？不是明天才公布结果吗？"

"今晚就能打听到，而我刚好认识两位负责统一考试的市政府雇员。"班森勾了勾嘴角道。

12月初，他报名参加了政府雇员统一考试，挑选的是一个竞争相对不大的职位，并在这个过程中靠着口才和交际能力与几位政府雇员和不少考生建立了友情。

"结果怎么样？"梅丽莎不自觉地放下了手里的圆腹钢笔。

班森的表情顿时沉了下去，可就在梅丽莎开口前，他却露出了灿烂的笑容："通过！而且是靠前的位置！"

"这真是太好了……"梅丽莎站了起来，踱了两步，"你得开始准备1月底的第二轮考试了。考试在贝克兰德举办，得提前给你整理好行李……你打算什么时候出发？"

看着妹妹操心这操心那，班森走入客厅，微笑着说道："我的打算是，新年之后，我们一起去贝克兰德，在那里租一栋房屋。不管考试是否成功，我都准备留在贝克兰德，尝试着闯荡一下，而你可以趁新年假期转学至贝克兰德的技术学校，为6月份的贝克兰德工业与技术大学入学考试做准备。"

就在一个月前，贝克兰德技术学院改组完成，正式升级为工业与技术大学。

梅丽莎静静听着，不知不觉抿起了嘴唇。她留恋地环视了一圈，嗓音很轻地回答道："好。"


周五下午，克拉格俱乐部。

克莱恩走了出来，雇马车前往埃德萨克王子的红蔷薇庄园。

那里是塔利姆死前几天经常去的地方，作为一名合格的侦探，不去做一下调查，完全对不起拿的那一百镑经费。

不管怎么消极怠工，样子还是要做足……克莱恩坐在马车内，边欣赏窗外污染渐少的风景，边嘀咕了一句。

经过上午的练习，他大致把握住了各方面水准提升的幅度：操纵火焰、火焰跳跃等非凡能力变强了百分之三十左右，空气弹的威力和水下虚假呼吸的管道长度等甚至翻了倍，占卜与格斗等也得到了明显的增强。纸人替身和伤害转移未有太大的变化，只是因为灵性的增长，可以使用的次数相对变多了。

摇摇晃晃间，克莱恩终于抵达了红蔷薇庄园，向守在入口处的两名士兵说明了来意。经过通传，他见到了之前那位老管家。

"你可以询问这里所有的人。"白发一丝不苟的老管家顿了顿，补充道，"除了那位小姐。"

这也是我的意愿，我可不想卷入麻烦……克莱恩放松地笑道："好！"

红蔷薇庄园，摆满各种古董的奢华房间外。克莱恩立在门口，询问今天遇到的第六位女仆。

年轻的女仆穿着具有时代特色的黑白佣人裙，容貌姣好，青春正盛，棕发有些天然卷，带着几分小俏皮。

"塔利姆先生来这里拜访的时候，都会接触哪些人？"克莱恩表情麻木地重复着之前的问题。

女仆几乎没有停顿就回答道："塔利姆先生一般是求见王子殿下，或者陪他骑马，或者商量事情。如果王子殿下恰好不在，他会和那位小姐见面。他们是很好的朋友，得到了管家先生的允许。"

塔利姆和埃德萨克王子喜欢的平民女子是很好的朋友？时不时会私下碰面？他应该是在劝对方离开这里，免得影响王子的声誉……克莱恩若有所思地点了点头："他们，我是说，塔利姆先生和那位小姐会聊什么事情？"

提出这个问题的时候，克莱恩油然想起了塔利姆之前一段时间坠入爱河般的表现，凭借来自信息时代的丰富"经验"，他莫名脑补出了一段狗血到极点的言情故事。

女仆并不畏惧大侦探，露出微笑，摇头说道："这种时候我们都会被请出房间。"

这……克莱恩愈发无法克制自己展开联想，甚至觉得埃德萨克王子的礼帽和头盔等物品该换一种涂层了。

不等他再问，女仆轻笑道："莫里亚蒂侦探，如果您想弄清楚那位小姐和塔利姆先生具体聊了什么，您可以直接去问她。"

"老管家并不允许。"克莱恩理直气壮地推出了抵挡箭矢的盾牌。

他转而笑道："你似乎比前面几位仆人知道得更多，甚至知道称呼我为莫里亚蒂侦探。"

女仆左右看了一眼，保持着微笑道："因为我轮换伺候那位小姐，她一直想见见莫里亚蒂侦探您，毕竟她和塔利姆先生是好友，而那位小姐很在意他的死亡。可惜的是，她总是和你错过。"

"总是？"克莱恩对"总是""恰好""错过"这些单词非常敏感。

女仆认真地点头道："王子殿下第一次邀请您来做客的时候，她就故意发脾气，想趁下楼散步的机会与您见面，谁知道，您急匆匆地离开了。之后，她主动提议，代替王子殿下去塔利姆先生的墓前献花，但因为不清楚您的长相，没能找到您。而今天，她正巧到后面的高尔夫场地骑马散心去了，否则，即使管家先生不允许，她也会想办法见您一面。"

真是巧啊……克莱恩刚有感叹，忽然把握到了一个关键点——塔利姆葬礼那天，代替王子去献花的是他喜爱的那位平民女子！

而当天最让克莱恩在意的是那个脸罩黑色面纱、手戴蓝宝石戒指的女士，对方很可能身怀0级封印物，或者本身就是与0级封印物同层次的强大存在！

霍然之间，克莱恩脑海内闪出了当时的画面：那位手戴蓝宝石尾戒的女子身穿沉重的黑色长裙，在两位侍女的陪同下，逐渐远去……两位侍女之一有着棕色的天然卷发……

那侍女的形象迅速与克莱恩眼前的女仆重叠在了一起，异常吻合！

克莱恩的身体猛地紧绷，后背上的汗水一滴滴沁出，表情却未有丝毫的变化。

利用"小丑"的能力，他做出回忆的样子，微笑着问道："塔利姆葬礼那天，你跟着那位小姐？"

女仆毫不在意地回应道："是的。"

……真的是她！克莱恩保持着笑容："很好，下一个问题。"

他像是什么事情都没有发生过一样，按部就班地询问起别的事情，接着换一个仆人继续询问。

不过，克莱恩暗中缩短了流程，加快进度。他要抢在那位小姐骑马归来前离开红蔷薇庄园！

下午四点，天色还未暗下来的时候，克莱恩比预计时间提前很多就告辞了，乘坐老管家派遣的马车返回城区。

坐在车窗内，背靠用丝绸、棉布等包裹起来的厢壁，他总算松了口气，有余力去回味整件事情：咒杀塔利姆的是埃德萨克王子心爱的平民女子……她为什么要对付一个破落的贵族后裔，报复塔利姆想拆散她和王子的行动？

可是，她完全没必要亲自动手啊，找个机会，在床上把这件事情抖出来，埃德萨克王子有的是办法让塔利姆无声无息地消失……

塔利姆死前完全处于热恋的状态，嗯……最早出现迹象就是在他成功劝说那个平民女子离开埃德萨克王子之后……他们有了奸情？所以，重新被带回庄园的平民女子为了消除隐患，咒杀了塔利姆？

逻辑上说得通，但问题在于，一个身怀0级封印物，或者是与0级封印物在同层次的强者，怎么可能被埃德萨克王子限制住？即使奥古斯都是天使家族，拥有足够的积累，也得动用巨大的力量，采用特殊的办法，才能禁锢得住对方，这不是一个王子能办到的事情……而且，这种人物怎么可能看得上塔利姆？

她为什么一直想见我？察觉到我利用灰雾窥探了？不，如果是这样，塔利姆葬礼那天我就一起被下葬了……另外，她最早想见我的时候，我还没拿到血肉、头发和随身物品，未做任何占卜！

克莱恩疑惑不解地想着，最终决定将问题埋葬到心底，不去探究、不去调查！

希望机械之心有了我之前的提醒，能发现王室在这件事情上异乎寻常的重视。对，他们的重视也许不是为了埃德萨克王子的声誉，而是另有原因！希望王室继续地、好好地限制住那位女士，不让她来拜访我……过几天，时机恰当，我就把这个任务交掉，表示无能为力，然后以去南方度假为借口，变换身份，躲避一段时间！克莱恩的心情逐渐变得平静。

贝克兰德的黄昏总是会被暗淡的云层和淅淅沥沥的小雨代替，身体和精神都颇为疲惫的克莱恩手按半高丝绸礼帽，微埋身体，脚步飞快地穿过湿漉漉的街道，在煤气路灯的照耀下回到了明斯克街15号。

稍作休整，趁着昏暗的环境，他逆走四步，进入灰雾之上。

晋升序列6"无面人"后，他就一直想要检查下那片神秘空间有无变化，但碍于昨晚太累，半夜没能醒来，而白天都在外面"忙碌"，只能等到现在。

另外，克莱恩还要排除干扰，占卜一件事情。这次晋升后，灵性未稳时，他没再听到"霍纳奇斯……弗雷格拉……霍纳奇斯……弗雷格拉"这段虚幻的呓语！他想弄清楚这是提升到序列6以后自身自然发生的改变，还是有别的原因。

雄伟宏大的宫殿内，斑驳的青铜长桌和背有不同符号的二十二张高背椅安静屹立，似乎亘古未变。它们之下的灰雾，以及周围看不到尽头的空荡，同样如此。但克莱恩刚一进入这里，灵性直觉就敏锐地发现神秘空间与以往有了些许不同。

他没急于探索和尝试，而是平复好情绪，坐到最上首，具现出纸笔，写下了一段占卜语句：我晋升后未听到呓语的原因。

手握纸张，低念语句，克莱恩靠着椅背，借助冥想，迅速进入了梦境。

灰蒙蒙的天空与大地内，一幅幅画面闪烁，最终定格在了一幕场景上。那是脸部和身体还长满淡色肉芽的克莱恩，他的四周弥漫着一层虚幻、稀薄、别人无法察觉的灰白雾气。

梦境破碎，克莱恩睁开眼睛，大致明白了缘由：灰雾与现实交织，帮我屏蔽掉了不知来自哪里的呓语……

晋升序列6后，我与灰雾之上这片神秘空间的联系更加紧密了，于是带来了一定的变化，并可以自然地借助少许力量了？目前来看，应该是这样。嗯，尝试着探索周围，看具体有什么变化。

克莱恩缓缓起身，循着灵感，往古老宫殿之外的某个方向行去，脚下是如海水般铺陈开来的灰雾。

走了不知多久，走到他想要停止，并且放弃探索时，前方尽头忽有光芒闪烁。

克莱恩心中一喜，加快步伐，靠拢过去。

七八秒后，他看见了一座阶梯，一座通往天国般的阶梯！

那阶梯由纯粹的光芒凝成，神圣、通透、明净，能震撼每一个人的心灵。阶梯往上方虚空延伸着，只有四层，但每一层都相当高，像是为比巨人更加庞大的生物准备的。

克莱恩顺着它的方向抬头望去，看见了一层灰白色的雾气，它们凝于半空，似乎在托着什么，而光之阶梯和那里还有一定的距离。

四层台阶，代表我已经喝完了序列9、序列8、序列7和序列6的魔药？那一层雾气之上，究竟有什么？

克莱恩谨慎地前行，来到光之阶梯前，踩上了台阶。

台阶没有古怪，坚实得仿佛石制。

克莱恩顺着阶梯，连翻带爬地向上抵达了第四层，然后尝试着眺望那灰白色雾气的上方。可惜的是，他的视线根本穿透不过去。

他想了想，往前两步，努力地往上跳跃。然而，他刚一离开光之阶梯，就失去了往上的冲力和灵体飞行的本能，直直下坠，踩到了作为底层的灰雾。

看来还得提升两到三个序列才行，如果序列4确实是质变，那我成为半神半人后，应该就可以了……克莱恩望着上方，心中有所判断。

探索一圈，没有其他发现的克莱恩回到了那座由石柱支撑起的古老宫殿内。

他坐至青铜长桌最上首，半闭眼睛，检视起自身灵性的增长与可以拉入成员的数量的对比。

"算上之前未负担的，大致还能拉入四位新成员，不过暂时没有目标……"克莱恩摇头自语，不再停留，返回了现实世界，为美好的晚餐而忙碌。

切土豆，焯牛肉，下洋葱，翻炒一阵，撒入白糖、胡椒粒等调味品后，克莱恩将预备好的热水倒进炖锅内，盖上盖子，调小了火焰。

不得不说，"魔术师"操纵火焰的能力简直是厨房好帮手……自从有了它，我的厨艺明显有了提升……要是没有失控、没有怪物、没有搜查、没有邪神，大家都致力于这么无公害地应用能力，世界就和平了、美好了……克莱恩感叹一句，离开厨房，进入客厅。

煤气壁灯的光芒洒出，本打算翻杂志等待时机下土豆与胡萝卜块，并放入适量盐分的克莱恩却不由自主地思考起该怎么扮演"无面人"的问题。

今早刚醒，灵性彻底稳定下来，克莱恩就发现体内的"无面人"魔药虽然没出现消化的迹象，但却和他有了某种程度上的契合，这是之前服食"占卜家""小丑""魔术师"魔药后从未有过的现象……

想到这里，克莱恩抬头望了眼凸肚窗，因为外界天色已暗，它变得像是一面镜子，忠实地映照出了黑发褐瞳、嘴边留有胡须、戴着金边眼镜的夏洛克·莫里亚蒂的形象。

克莱恩若有所思地点了下头：这也许是因为，我一直在扮演克莱恩·莫雷蒂，嗯……从某种意义上来讲，夏洛克·莫里亚蒂只是克莱恩的伪装，并非另外的人。虽然接收了许多记忆碎片，拥有了原本的一些感情，但本质上，我依然是异世来客、地球"键盘强者"周明瑞。这近五个月里，我经历了太多的事情，有的时候，我甚至会认为我就是克莱恩·莫雷蒂。

沉默之中，一个个想法在克莱恩脑海内闪过，让他有了不少明悟。

然而，我始终是披着克莱恩·莫雷蒂皮的周明瑞……始终没有放弃回去的打算……他缓慢地闭上眼睛，再睁开时，凸肚窗上映照的人影已然有了变化。

那是眸子深棕、黑发较短的年轻男子，五官没什么特色，长得还算斯文，但眼袋明显，下巴已出现变为双层的前兆——这就是来自地球的周明瑞。

好久不见……克莱恩暗叹一声，抬起双手，揉了揉脸孔。等他放下双臂，他已然变回了夏洛克·莫里亚蒂的样子。

经过这么一番沉思和调整，他莫名觉得灵性与魔药之间少了许多隔阂，有缓缓交融的迹象。

难怪"秘偶大师"罗萨戈的老师，也许是老师，会说，'你能假扮成任何人，但你只能是你自己'……这应该就是"无面人"扮演法的核心守则。一旦遗忘了这点，就很容易在不断的变化中迷失自己，最终成为怪物。克莱恩回想之前通灵得到的收获，有所明悟。

他跷起右腿，往后一靠，迅速有了未来一段时间的安排：摸索和总结出"无面人"具体的扮演守则……在贝克兰德的非凡者圈子里、在塔罗会上搜集美人鱼相关的情报，为出海完成仪式做好准备……

直接或间接拿到"太阳神官"魔药配方，帮助小"太阳"晋升为序列7，让他有资格获得去除非凡特性内失控者精神污染的办法……但也不能完全寄希望于小"太阳"，我自己也要尝试搜集。

心情逐渐稳定的克莱恩打了个响指，让厨房内的炉火又小了一些，牛肉的香味开始弥漫。

就在这个时候，他听见了门铃被拉响的声音。

来访者是于尔根律师。哪怕小雨淅淅沥沥，地面湿漉有水，于尔根依然穿得一丝不苟，甚至佩戴了竖直硬领。

"有什么事情吗?"克莱恩和对方已相当熟悉，没有寒暄，直接问道。

于尔根收起黑色的雨伞，拍了拍双排扣长礼服上的些许水珠，道："夏洛克，我下周一就要离开贝克兰德，和我奶奶一起去南方度假，那里温暖的环境和干净的空气很适合她。"

"这是非常好的事情。"克莱恩主动做出推理，笑着问道，"你是想让我短暂领养布罗迪?"

于尔根严肃地摇头，道："我奶奶舍不得和布罗迪分开，坚持要带上它。我询问过了，只要放入笼子，买一张全额的票，它也能上蒸汽列车，但必须时刻注意清理笼子，不能污染上面的空气。"

事实上，三等车厢内的味道足以压过猫屎的臭气……克莱恩轻笑道："布罗迪应该很不乐意出门吧？"

"但它更舍不得我奶奶。"于尔根回应道。

他按了按帽子，转而说道："我是来通知你一声，如果这段时间需要保释和处理法律纠纷，你可以找我的同事。这是他的名片，我已经和他沟通好了，他今年不会离开贝克兰德。"

真职业啊，还专门考虑了这个问题……不过，我暂时应该不需要了，我现在是机械之心的线人，一般情况下不会被抓进警察局……克莱恩微笑着道谢，接过名片，塞入了衣兜里。

于尔根没有聊天和进门的想法，当即抬手道："我还要去拜访别的客户，夏洛克，明天见，不，明年见。"

"那我必须提前说一声了，祝你们一家新年快乐！"克莱恩笑着挥手。

目送于尔根律师撑伞离去，克莱恩关上房门，坐回了客厅。

此时此刻，除了厨房内嗞嗞舔舐锅底的火焰，房间内再没有别的声音，安静到克莱恩都能听见远处马车行驶的动静。他缓慢地环顾一圈，看见了茶几、合同、橱柜、钢笔、瓷杯、餐桌、椅子和墙壁。

收回目光，克莱恩身体往后靠住沙发的背部，望着窗外的黑夜和黑夜里散发氤氲光芒的煤气路灯，在深沉的阴冷和寂静里，叹息了一声："新年啊……"


闪电逐渐平复，黑暗变成了大地的主宰。

白银城的探索小队经过不长但也不短的跋涉和零零星星的战斗，终于抵达了目的地。借助兽皮灯笼无法照到远方的光芒，戴里克·伯格看到了几乎完全坍塌的城墙，看到了破烂却连杂草都没有一根的街道。

街道的两侧，房屋大半塌陷，只有少数还勉强支撑，但表面全都变得斑驳，布满时光的尘埃。那以白和蓝为主基调的涂层，那不同于白银城的尖顶建筑结构，也都已经变得灰暗，让人难以想象它们原本的样子。

不过，戴里克能借此窥探出这座城市曾经的模样，它肯定经历过漫长的岁月，有着相当多的居民，在暗淡的年代里发展出了属于自身的文明。

这里的人类服食魔药、修葺建筑、保卫城墙，五六个或者更多人一队，向外探索，狩猎怪物，寻找生存所必需的资源。他们会在短暂的安定里庆祝；会祭祀神灵，渴求得到回应；会诞生下一代，让希望得以延续。

然而，他们最终泯灭在了黑暗里，失去了所有的声音，只剩下一座废墟。这废墟就像是巨大的坟墓，埋葬了一个艰难求存却黯然消失的文明。

"猎魔者"科林环顾一圈，脸色有些凝重，就像看见了白银城的未来。他指着前面道："其他地方已经清理完毕，那座神庙在城市最中央。"

探索小队略有散开，但依然保持着足够的秩序，没有放松对周围的戒备。

穿过一处又一处不知被毁灭了多久的废墟，走过一条又一条安静到让人躁狂的街道，戴里克终于看见了一个纯粹由人工堆成的宽广高台。

高台之上，有一座半坍塌的建筑，它与白银城的神庙异常相像，都是石柱撑起穹顶，用拱券营造大门。

和这里其他建筑的风格完全不同，果然是后来改信的堕落造物主……戴里克刚闪过这么一个想法，队伍里的四盏灯笼就同时熄灭了！

霍然间，整个探索小队陷入了纯粹的黑暗里，天空没有闪电，地面失去烛火，周围人类的呼吸声也仿佛一下不见了。

戴里克的身体瞬间紧绷，只觉黑暗里似乎有某个怪物伸出了舌头，试探着在舔自己的头皮，但他的灵感却告诉他，并没有实际的东西出现。

这个时候，他耳畔响起了一道稚嫩无助、惶恐干涩的噪音。

那是一个小孩在低语："救救我……救救我……"

戴里克一时呆住，不知该做什么反应，但瞬息之间，他的眼前出现了一点点闪着微光的粉尘，那些粉尘相继炸开，燃起一抹抹银白的光芒，照亮了周围区域。

科林盯着戴里克，沉下嗓音道："你在想什么？"

戴里克顿时清醒，羞愧地交握双手，抵于嘴鼻前，如在祈祷。他的身上当即荡出一道道颇为明净的光芒，让四周的黑暗无声退去。其他队员抓紧时间，重新燃起了蜡烛。

因为"猎魔者"反应及时，这一次并没有队员失踪，也没有多出新的成员。

科林将目光从戴里克身上收回，望向高台上半坍塌的神庙，郑重地说道："现在开始，不能有任何疏忽，将戒备提到最高。"

半坍塌的神庙内，只有几根石柱还算完好，共同支撑起了小半个主厅。主厅的最前方有一座布满裂痕的圣坛，圣坛的中央竖立着一个漆黑的、巨大的十字架，十字架之上挂着一个倒吊着的赤裸男子，他的脚踝、他的大腿、他的身体有明显的锈色铁钉露出，并伴随鲜红的血迹。

戴里克清楚地知道这是堕落造物主的神像，但还是忍不住下移视线，打量起目标的脸孔。他看见神像的面部、鼻子、嘴巴、耳朵等都较为模糊，唯有眼睛被雕刻得异常清晰。

堕落造物主紧闭着眼睛，仿佛在承受着罪责和痛苦。

"移开你们的眼睛，不要研究邪神的雕像！""猎魔者"科林沉声提醒了一句。

"是，首席阁下。"几位探索小队队员连忙收回了视线。

——在今天之前，虽然白银城在历次探索里发现了不少被毁灭的城市，找到了一些指向邪神的文字记载，但大部分居民都未见过所谓邪神雕像。

神庙在地面剩余的部分并不宽阔，探索小队很快就以两三人一组的形式分头检查完毕，未发现任何异常情况。

六人议事团首席科林见状，斟酌了几秒钟道："前往地下。"

说话的同时，他唰地抽出了背负着的双剑之一，并往上涂抹了泛着银灰光彩的油膏。紧接着，他取下腰间皮带暗格里装着的一个金属小瓶，拔下塞子，咕噜喝掉了里面的药剂。

这个瞬间，戴里克觉得首席浅蓝色的眼眸似乎变得更亮了一些。

探索小队队员们相继做好了最慎重的准备，在四盏兽皮灯笼的照明下，沿着神像左侧的阶梯，一步一步往地下区域行进。

戴里克轮换到了提灯笼的位置，走在左前方，小心翼翼地深入黑暗。他听见自己和同伴们的脚步声从石制的台阶表面往外荡开，产生了悠远空旷的回音。

这回音没受到任何干扰，昭示着下方的绝对安静。可在各个探索小队队员的心里，它就像敲门声，在试图打开一个埋葬了不知道多少年的秘辛，这就让他们的精神不得不高度紧绷。

不知走了多久，戴里克终于看见前方的道路变得平坦，也看到了被污染的达克·瑞金斯描述的新发现的壁画。那些壁画大片大片地存于两侧的墙上，简单地上了些颜色，显得古老、沧桑、暗淡。

戴里克随意瞄了一眼，就被其中一幅壁画吸引了目光。

左前方的墙上，洁白的十字架屹立于最中央，周围是海水般的黑色，淹没了许多挣扎着伸出手臂的人类。十字架上是倒吊着的堕落造物主，生锈的铁钉、血色的污迹与外界的神像没有区别，但在这幅壁画里，堕落造物主正承受着黑色的侵蚀，以至于洁白的十字架都有部分地方变得漆黑。除此之外，十字架支撑着一片朦胧的大地，无数人类在向堕落造物主跪地祈祷。

画面的四周，黑暗最深处的地方，则藏有六道邪神一样的身影。

左上角是一个穿着黑色古典长裙的女郎。她的衣物层叠却不繁复，镶嵌着星星般的诸多辉芒；她的身体较为虚幻，有往外荡出涟漪的迹象；她的脸庞模糊不清，似乎戴着一张没有五官的面具；她的周围，黑暗呈涌动的状态，一只只诡异的眼睛若隐若现。

正上方是一个套着纯白长袍的年轻男性。他的脸部被涂成了纯粹的金色，长出了一根根光芒般的触须；他的双手分别握着腐绿色的书籍和光辉凝聚成的长矛；前胸与后背颠倒了位置。

右上角是手持三叉戟的怪物。它长着章鱼般的脑袋，眼睛圆睁，身缠闪电。无数鸟类的羽毛组成了它的披风，黑暗变成波浪，托住了它的双脚。

右下方是一位丰腴柔美的女士，她的胸口高高鼓起，赤裸在衣外，她的怀里抱着一个脸部腐烂的婴儿；她的脚下是黑色的麦穗、蠕动着肉块的泉水、流着脓液的草药和狂乱交配的动物。

正下方是戴着兜帽，露出嘴巴、皱纹和白色胡须的老者。这老者拿着翻开的书册，上方有一只象征"全知"的眼睛。乍一看，这老者最为正常，可他嘴角勾勒出的微笑却有种难以名状的邪异。

左下角是穿着破败盔甲的巨人战士。他执着长剑，坐于王座之上，背景是凄凉的黄昏。

这幅壁画的意思是，大灾变来临，邪神们从深渊里爬出，堕落造物主为了拯救世人，承受了绝大部分罪责和痛苦，并因此出现象征被侵蚀、形象有改变的情况……可是，我认为祂才是最大的那个邪神……

戴里克提着兽皮灯笼，边走边看墙上的壁画，发现这与达克·瑞金斯的描述基本一致，核心主题是所在的区域没有被神抛弃，反而受到了造物主的庇佑，在末日之中维持着文明。

当然，达克·瑞金斯之前只是简略一提，远没有壁画本身呈现的内容详细。

整个过程里，戴里克并没有放松自身的戒备，有了之前莫名呆住的教训，他始终提防着意外的发生，做好了第一时间应对的准备。

昏黄暗淡的烛光中，探索小队穿过一条条走廊、一处处厅堂、一个个房间，深入神庙的地下区域。忽然，他们的前方出现了一扇半打开的灰石大门。

大门的外面长着一丛丛蘑菇状的美丽事物，它们巴掌大小，柄把洁白，伞盖鲜红，晶莹里点缀着一个个暗金色的斑点。

一看到这些"蘑菇"，探索小队的队员们就涌现出强烈的食欲，只想冲过去，拔下一株，塞入口里。咕噜咕噜，不少人吞咽起了唾沫。

不过，能进入探索小队的人大部分都拥有丰富的经验和较为不错的序列，在事前得到过提醒的情况下，当即有人站了出来，低声说道："那是腐烂的血肉和带毛的头皮。"

戴里克认识这位队友，知道他叫约书亚，有一件在某次探索里获得并成功兑换下来的神奇物品。

约书亚伸出戴着赤红手套的左掌，对准了大门。流光一闪，熊熊燃烧着的火球飞快成形，射了出去，正中那些异常诱人的"蘑菇"。

轰隆！大地轻微震颤，焰浪向着四周扩散了两米。

等到火光平息，那些蘑菇已全部消失，只留下星星点点的肉块和血迹，看得之前险些控制不住自身的队员一阵恶心。

"猎魔者"科林并未干涉队员们的行动，只安静地在旁边看着，时不时点一下头。

"怎么会有血肉毛发变成的蘑菇？哪里来的血肉和毛发？"约书亚收回左掌，疑惑地自语了一句。

另一位队员大胆猜测道："这座城市原本的居民？"

有可能……也许他们的死亡就是变成了纯粹的血肉和毛发……戴里克在心里表示了赞同。

略作讨论后，探索小队又分成几组，清理起灰石大门外的厅房。做完这一切，他们重新集结，缓慢地通过了那扇大门，时刻准备着战斗。

大门之后，是一处祭坛般的地方。在祭坛四周，光芒难以照到的区域一片深沉幽暗，不知藏有什么。而在祭台上方，同样竖立着漆黑的十字架和倒吊的堕落造物主。

提着兽皮灯笼的戴里克离得最近，本能地扫了一眼。

他的目光突然愣住，因为他发现这里的堕落造物主神像与外界有所不同——它的眼睛是睁开的！

血色的眼白，黑色的眸子，就像有生命般直视着前方的闯入者。

嗒嗒嗒，戴里克听到了牙齿碰撞的声音。他原本以为这来自哪位队员，但很快就明白过来，颤抖的是自己！虽然他对邪神的危害了解得不够多，但这一刻牙关却本能地在打战。

嗒嗒嗒，他的队友们也有了类似的反应。

就在这时，一点粉末飘起，"猎魔人"科林握了下拳头。

轰隆！雷霆之声回荡，戴里克等人猛地清醒过来，摆脱了之前噩梦般的状态。

他们还未来得及审视四周，祭台背后忽地传出飘忽的哭泣声。

"呜、呜、呜……"

"呜、呜、呜……"

"……"

在一片让人牙酸的安静里，"猎魔者"科林不慌不忙地命令道："戴里克，约书亚，你们绕过去看一下。"

戴里克身体有些发冷地提着兽皮灯笼，握着飓风之斧，和约书亚一起缓步绕向了祭坛的背后。

随着黑暗逐渐被光芒驱散，他们看见祭台的后方蜷缩着一道黑影。

再向前两步，黑影呈现出了它原本的样子——那是一个七八岁的小孩，黄发柔顺服贴。他闭了下眼睛,似乎有些不适应光亮,嘴里则激动地喊道:"救救我,救救我……"

戴里克瞳孔一缩,想到了之前在纯粹黑暗里听见的求救声,下意识地就抬起了飓风之斧。

这时,已来到他们旁边的"猎魔者"科林上前一步,凝重地问道:"你是谁?"

那小孩停止求救,回忆般地说道:"我叫,我叫杰克……"


用过晚餐,克莱恩穿好外套,戴上帽子,准备出门。

他要去找莎伦小姐,解决某位从男爵挖地道的问题,顺便询问美人鱼的线索,力求在夏洛克·莫里亚蒂侦探南下"度假"前完成这件事情。

勇敢者酒吧外,一辆出租马车轻快驶过。车厢内,戴着半高丝绸礼帽的克莱恩和依旧一身黑色哥特式宫廷长裙的莎伦相对而坐。

望着前保镖小姐没什么表情的苍白脸庞,克莱恩实在无从寒暄,只能直奔主题:"我已经做好准备了。"

序列6"无面人"虽然只为他带来了一种新的非凡能力,但他之前具备的那些非凡能力也都有明显提升,实力因此得到极大增强,这就是最好的准备。

而"无面人"本身的能力,在某些场合、某些情况下,堪称神技!比如,被人追杀时;比如,想要潜入时……克莱恩忍不住在心里展开了畅想。

莎伦安静听完,简洁地开口道:"今晚?"她尾音略有上扬,以表示自己在询问。

"如果你没有问题,那我也没有问题。"克莱恩早有准备地回应。

"好。"莎伦点了下头。

场面短暂安静了几秒,克莱恩斟酌着再问:"你听说过美人鱼的事情吗?知道哪里能遇到这种传说里的生物吗?"

莎伦蓝眸一眨不眨地看着克莱恩,就像变身成了真正的人偶。

隔了一阵,她没有情绪起伏地说道:"人类足迹能够抵达的地方,已经没有美人鱼出没,只有加尔加斯群岛的渔夫们,才会在捕猎白尾鲸的远航里,于风暴中偶尔听见美人鱼的歌声。"

加尔加斯群岛位于苏尼亚海深处,是人类在这片海洋上最远的殖民点,以鲸油、鲸肉等产品为特色。

不知道这传闻是真的还是假的……克莱恩轻轻颔首:"我明白了。"

…………

夜里的钟声安静荡开,就像来自极为遥远的地方。

威廉姆斯街中部有一座废弃的小教堂,枯萎的藤蔓爬满了墙壁,灰色的石头落得到处都是。小教堂内部，粪便与杂物凌乱，石堆和枯草相间。

一个半坍塌的角落里，一个身穿黑色紧身衣物的中年男子搬开掩藏洞口的石头，携带着挖掘工具、照明器物和运土的筐、兜，小心又亢奋地钻入了地道内。

他两鬓斑白，眼袋浮肿，正是被外界认为有精神方面疾病的拉夫特·庞德从男爵，隐藏起来的第四纪图铎家族后裔。

这位总是和高级应召女郎纠缠不清的纨绔子弟此时表情郑重，眼睛发亮，完全看不出来沉迷于酒色的迹象。他以手肘支地，飞快地往斜下方爬着，就好像地道的尽头藏有他这一生最大也是唯一的希望。

没过多久，他触碰到了前方的潮湿泥土和冰冷石头。

这没有熄灭拉夫特·庞德的热情，他重复起了这段时间来已熟练至极的动作。挖着，搬着，运着……忽然，他前方一空，出现了一座黑沉的地下宫殿。

拉夫特·庞德的表情顿时激动到癫狂。他猛地向前一探，抓起了一枚黑铁纹章。那纹章之上有一只握着权杖的手，看得拉夫特·庞德眼睛放光，如在燃烧。

他刚把那黑铁纹章戴到胸口，眼前的一切就已霍然破碎，他还在狭小不规则的地道内，前方依旧是潮湿的泥土和冰冷的石头。

不，除此之外，还有一个人在那里静静地"看"着他。

那是一个没有眼睛、没有鼻子、没有嘴巴、没有眉毛、没有耳朵的人！

拉夫特·庞德瞳孔一缩，只觉麻痹之意从腰部以下升起，沿着脊椎直蹿后脑。他想都没想，当即丢下所有的器物，疯狂地向后退去。他的双肘咚咚撞着地面，撞得血肉模糊，他却感觉不到一点疼痛。

终于，拉夫特·庞德离开了地道，回到了废弃的小教堂内。因为马灯丢失，此时的他只能看到深沉的黑暗和笼罩于边缘的暗淡绯红。

突然，攀爬于墙上的枯萎藤蔓如蛇摇晃，一道身影从黑夜里走了出来。这身影穿着哥特式宫廷长裙，戴着黑色小巧软帽，有一张苍白到近乎透明的脸孔和不像人类的淡金头发、蓝色眼眸。

拉夫特·庞德险些大喊，这样的环境里出现这样的女子，和民俗传说中的鬼故事毫无区别！

噔噔噔！他连退几步，险些被石头绊倒。

就在这时，他似乎想起了什么事情，一下压住了恐惧的情绪，露出忐忑与希望交织、兴奋与期待共现的表情："你，你是地下宫殿内那个恶灵？是，一定是你！"

从男爵阁下，你好像误会了什么事情……"无面人"克莱恩从地道内钻出，悄然站立于阴影里。

他和莎伦的计划原本是装神弄鬼吓走拉夫特·庞德，吓得他再也不敢来窥探地下遗迹，但对方的反应却有些出乎他们的预料。

莎伦静止一秒，默认般问道："你想说什么？"

拉夫特·庞德悄然吐了口气，勾起嘴角道："经过这么多年的尝试，我想你应该已经明白，弑杀图铎家族的后裔是无法帮助你解除封印的，只有和流着图铎伟大血脉的我合作，你才有希望摆脱持续超过两千年的困境。"

图铎家族的人知道恶灵的存在，却还是死在了那个房间里……克莱恩疑惑地皱眉，抢在莎伦开口前，扯起嗓子，模仿出对方飘渺的声音："为什么今天才来？"

这是"无面人"非凡能力的分支——模拟目标的声音，只要听过，就能再现！

当然，克莱恩相信自己没法重复真实造物主的呓语和"门"先生的求救声，这个非凡能力目前还局限于普通人的领域。

莎伦隐蔽地侧过头，望了他一眼，没有揭穿。

拉夫特·庞德未曾察觉，呵呵笑道："因为'黑皇帝'出现了。命运告诉我，'血皇帝'的荣光即将再现！"

这有什么逻辑关系吗？克莱恩莫名觉得今天的拉夫特·庞德比之前更像疯子。他再次用莎伦的声音问道："黑皇帝？"

"哈哈。"拉夫特·庞德笑了一声，"是的，侠盗'黑皇帝'，他肯定和真正的'黑皇帝'有密切联系！"

我怎么不知道？克莱恩一阵好笑。

他想了想，不再开口，放弃了提问的权利。而莎伦不知为什么，也保持了沉默。

见此情状，拉夫特·庞德心中一喜，连忙追问道："所以，你的答案是？"

"我拒绝。"莎伦不带一丝感情地回应。

拉夫特压下焦急的情绪，试图再次劝说对方。

这时，他眼睛忽地发直，猛然向侧方走了几步，来到一面还算完好的石墙前。

这……克莱恩和莎伦同时察觉到了异常，各自做出了应对。他们一个拔出左轮手枪，瞄准了拉夫特·庞德；一个让废墟般的小教堂洒满了绯红的月华。

拉夫特·庞德看都没看他们，面朝石墙，腰背用力，将脑袋重重地砸了上去。

咚！咚！咚！他连撞了三下，额头流血地晕厥了过去。紧接着，他又爬了起来，眼睛不知为什么已满是血丝。

拉夫特·庞德抬起右手，抹了下额头，让掌心沾满鲜血。他伸出舌尖，舔着那猩红的液体，陶醉般地说道："图铎的血脉，真是美味啊，简直让人沉醉。这会让我的憎恶最大化，帮助我将封印的边界短暂地扩大。"

克莱恩用枪口瞄着对方，略显愕然地问道："遗迹内的恶灵？"

拉夫特·庞德脸上有一道道血液滑过，笑得颇为恐怖："你猜得没错。我之前判断你实力弱小，想污染你的精神，进入你的梦里，蛊惑你来解救我。谁知道，呵呵，你也是一个有秘密的人。"

不要说得这么直接……克莱恩下意识地瞄了莎伦一眼，发现她毫无异常。

"你想做什么？"克莱恩直接反问道。

那恶灵叹了口气："我只是因亚利斯塔·图铎的野心而被残害的无辜者，因为尸体的束缚，被困在那个地下遗迹里接近或者超过了两千年。我希望你们帮助我摆脱困境，让我成为自由自在的灵。我发誓，我不会去对付无辜的人。"

说到这里，他用满是血丝的眼睛看着莎伦："你应该是'异种'途径的'怨魂'，下一步就是成为半神的关键节点。我不知道你是否有'木偶'的魔药配方，但我可以帮助你获得，甚至成为你仪式的组成部分，这就是我允诺的报酬。"

"木偶"，异种途径的序列4叫"木偶"？奇怪的名字……克莱恩在心里咕哝了一句。

恶灵转而望向他："你同样也有报酬。那是一件足以称得上神奇和珍贵的物品，因为某种程度上的吸引，它的持有者来到了地下宫殿，死在了图铎后裔们的身旁。"

"这就是它的样子。"说话间，恶灵摊开掌心，让绯红的月华凝成了一幅画面。

画面之内，有一张正常大小的塔罗牌，上面的形象与其他种类的塔罗牌截然不同，坐在战车中的不是王者，而是一个穿着深红长袍的男性祭司。祭司的模样俨然便是罗塞尔·古斯塔夫！

这……亵渎之牌！克莱恩的目光瞬间移动，看见左上角的星辉凝成了一行文字——序列0："红祭司"！

序列0，"红祭司"……这是哪条途径的序列0？我又知道了一个序列0的真实名称……当然，前提是恶灵没有撒谎……

它说"红祭司"牌的持有者因为某种程度上的吸引，找到了图铎家族的地下遗迹，结果死在了那个房间里……这应该就是同一途径内非凡特性的聚合定律吧？不，罗塞尔大帝好像提过，晋升高序列后，手持对应的亵渎之牌，能微妙感应到后续所需的非凡材料……也就是说，那个封印恶灵的房间内，藏着"红祭司"途径的半神级特性……也许，恶灵生前就是这条途径的半神，甚至更强一点……

嗯……亵渎之牌提供的微妙感应，大概就是基于聚合定律的……

克莱恩瞬间想了很多，下意识地侧过头望了莎伦一眼，想看她是什么反应，以此判断她是否知晓亵渎之牌，是否明白序列0的意义。

然而，莎伦白到近乎透明的脸庞上没有一点表情的变化，仿佛恶灵展现的只是一张普普通通的塔罗牌。

但这反倒说明了一些问题，每一个非凡者初次听说序列0的时候，总会下意识地去思考它所代表的意思……或许只有"观众"途径的非凡者，才能看出莎伦小姐细微的肢体语言……克莱恩暗自感叹了一声。

见两人同时沉默，那个恶灵深深地看了克莱恩一眼，缓慢地让手中的亵渎之牌投影消失。

它再次用满是血丝的眼睛望向莎伦，声音低哑地笑道："如果你不愿意变成'异种'途径的半神，那我可以提供'深渊'途径的序列4魔药配方，节制的欲望与张扬的恶性一直很契合，不是吗？"

莎伦没理睬恶灵的反问，不快不慢地扭头看向克莱恩，示意由他来回应。

听恶灵的意思，"异种"途径和"深渊"途径是可以在高序列互换的相近途径……玫瑰学派和拜血教的外在表现确实颇为相似……克莱恩思索了两秒，望着满脸血污的"拉夫特·庞德"道："那应该怎么解除你的封印？"

恶灵笑了一声道："很简单，找到索伦、艾因霍恩和梅迪奇家族的直系后裔，分别取得他们十毫升的血液——可以多一点，不能少——然后将它们和圣水混到一起，洒入我所在的房间，这样一来，封印就解除了。"

很简单、很奇怪的办法，哪怕在神秘学领域内也不多见……为什么必须是索伦、艾因霍恩和梅迪奇家族的直系后裔？

后面那个我没听说过，索伦是因蒂斯的前王族，艾因霍恩是弗萨克帝国的皇室，两者的共同点是都曾经效忠于特伦索斯特帝国，是第四纪的天使家族，是最后的赢家，但鲁恩的奥古斯都和费内波特的卡斯蒂亚家族也符合这样的条件啊……

对了，索伦和艾因霍恩家族还有个共同点，那就是掌握着"猎人"途径！这就是被挑选的理由？结合前面的情况，"猎人"途径等于"红祭司"途径？

克莱恩心藏猜测，没掩饰自身疑惑地开口："我知道索伦和艾因霍恩家族，但从未听说过梅迪奇家族。"

"很正常，他们总是喜欢躲在阴影里。他们是被污染的天使，建立过一个极端隐秘的组织。"恶灵语带轻蔑地笑道，"那个组织叫作救赎蔷薇。"

这名字好熟悉……对了，白银城最新发现的废弃的真实造物主神庙内，某幅壁画的角落就书写着类似的文字，他们怀疑那是城邦或者神庙修建者的名称……现在看来，这标志着一个极端隐秘的组织，由被污染的天使们建立……他们信奉真实造物主？和极光会有什么关系？

克莱恩沉吟片刻道："和真实造物主有关？"

恶灵默然两秒，声音低沉地反问："你知道救赎蔷薇？"

"偶然听到过。"克莱恩说着绝对的真话。

恶灵想了想，忽然笑着说道："你的秘密比我想象的还要多。"

我们能不讨论这方面的事情吗？克莱恩控制着自己不去看莎伦的反应，表面淡然而坦荡。

恶灵的目光从两人脸上扫过，笑了一声："救赎蔷薇与真实造物主的诞生有着密切的关系，你们绝对无法想象的某些家伙都曾经是救赎蔷薇的成员，只不过他们后来脱离了这个组织。你们只要能找到信仰真实造物主的组织，并一路追查下去，总能接触到救赎蔷薇。"

听起来和黄昏隐士会有点像，一个正面一个反面……克莱恩直觉地做出猜测。

见恶灵没有深入介绍救赎蔷薇的想法，他笑笑道："你觉得以我们的实力能完成这样的事情吗？"

恶灵沉默了几秒道："也许你们可以去宾西镇碰一碰运气。"

"宾西镇？在哪里？"克莱恩连续追问，恶灵却再也不肯透露更多。

面对这种情况，克莱恩只好转而问道："第四纪的时候，'黑皇帝''血皇帝'和'夜皇'是在为序列0的位置而争斗吗？"

恶灵闻言，愣了一下，旋即笑道："曾经是，后来不是。在亚利斯塔·图铎疯了之后，就不是了。"

"亚利斯塔·图铎就是那位'血皇帝'？"克莱恩寻求着确认。

恶灵点了点头："对，'血皇帝'有且只有一位，那就是亚利斯塔·图铎这个疯子。呵呵，图铎家族的后裔们，都继承了那疯狂的血脉，平时狡猾、奸诈、小心、谨慎，关键时刻却容易头脑发热，什么后果都不顾及。"恶灵指了指拉夫特·庞德的脸庞，"他就是一个例子。不过，有了这次的教训，他肯定会正常很长一段时间……也不知道他是不是最后一个图铎，亚利斯塔遗留了不少好东西，需要后裔的血脉开启，你们最好不要现在就杀掉他。"

恶灵顿了顿，低声笑道："好了，等你们帮我解除掉封印，我再和你们讲述我经历过的那些故事。不，更准确的描述是，我经历过的那些历史。"

说到这里，拉夫特·庞德的眼睛霍然失去了焦距。他的身体抽搐了几下，软软倒在了地上。

莎伦静静看着这一幕，忽然往前踏了一步。

呜！风声激荡，地上的泥土和石块纷纷移动，落入地道，封闭了进口。

处理好后续，克莱恩和莎伦离开威廉姆斯街，在沉寂的黑暗里，绕行至另一片街区。

等克莱恩登上出租马车，莎伦显现身影，坐到了对面。她眼睛一眨不眨地望着克莱恩，嗓音虚幻飘渺地问道："你会帮它解除封印吗？"

"不会。"克莱恩毫不犹豫就做出了回答，旋即反问道，"你呢？"

莎伦摇了摇头，表示同样不会。

克莱恩暗中松了口气，展露笑容道："它已经死了两千年左右，现在只是残存的恶灵，消散或者归于灵界才是它应该得到的结局。我的想法是，等我们到了高序列，再联手清除它，给它真正的解脱。"

虽然"红祭司"牌、第四纪隐秘历史和恶灵许诺的种种报酬都非常诱人，但克莱恩对它没有丝毫的信任。他的脑海里总是会回想起恶灵的尸体低着脑袋坐在一张高背椅上的场景，回想起对方抬起头后，那张满是腐烂痕迹的脸庞。

莎伦"嗯"了一声，给予必要的回应。

你不是应该反问一句，为什么我对成为高序列强者那么有信心吗？克莱恩忍不住腹诽了一句。而那个问题的答案是，人要擅于梦想。

克莱恩不再纠结这个话题，转而问道："'怨魂'对应的序列4真是'木偶'？"

莎伦点了下头。

"你有魔药配方或者非凡材料吗？"克莱恩若有所思地问道。

莎伦摇了摇头。

克莱恩笑了一声："我会帮你在我的圈子里留意的。"

莎伦语气不变地说道："谢谢。"

克莱恩望了眼窗外，沉吟了一下道："我即将去南方度假。"

讲到这里，他就像面对于尔根律师那样，微笑着开口道："提前说一声，祝你和马里奇新年快乐。"

莎伦默然两秒，抿了抿嘴唇，用飘忽的嗓音回应道："新年快乐。"

她的身影逐渐淡化，消失在了车厢内。


看着祭坛后方的小男孩，听着他略显沙哑的稚嫩声音，戴里克却仿佛面对着最可怕的怪物，险些将手里的飓风之斧劈了出去。在他的常识里，能于纯粹黑暗里生存那么久的绝对不是人类——即使曾经是，那么久以后也肯定不是了！

"猎魔者"科林的眼睛似乎又亮了一些，他握剑的手掌紧了紧，嗓音平和地问道："你在这里做什么？"

自称杰克的黄发小男孩表情略显痛苦地回答道："我们在寻找主的圣所。"

"主的圣所？"科林追问了一句。

"对。"小男孩杰克侧过头望向了漆黑的十字架和倒吊的人像，"他们告诉我，只要往主目光所视的方向前行，一直前行，就能抵达祂的圣所。"

"他们？你还有同伴？"科林的眼睛仿佛某种怪物般自行转了一圈，将周围的情况尽数纳入了视线里，"他们呢？"

听到这个问题，小男孩杰克明显愣了一下。突然，他按住喉咙，表情茫然里有所扭曲地说道："我好饿……好饿……好饿……"

近乎梦呓的话语里，小男孩杰克抬高脑袋，望向戴着赤红手套的约书亚。

"好饿……"他嘴巴一下咧开，一直咧到了耳根位置，白森森的牙齿整整齐齐，略显黏稠的唾液不断外涌。

与此同时，他扑了出去，扑向了前方的约书亚，快得原地还留有残破的影像。

约书亚虽高度戒备，此时也有点反应不及。他甚至还没看清楚过程，小男孩杰克就扑到了他的面前。

咚！淡黄头发的身影似乎撞中了一堵无形的墙壁，停顿在了距离约书亚只有一步远的地方。小男孩杰克飘浮于半空，身上霍地涌现出黑中泛红的光芒，嗞嗞腐蚀起阻挡自身的透明障碍。

约书亚和戴里克的身后，"猎魔者"科林不知什么时候已单膝跪地，将手中涂抹着银灰油膏的直剑插入了地面。

紧接着，整个祭坛所在的区域瞬间变亮，像是洒满了最纯粹的晨曦。

科林猛然拔剑，身影诡异地分裂，化成重重叠叠的残像分布于祭坛四周。每一道身影都同时抬起了手中的剑，与附近的晨曦结合，绽放出明亮的光辉。

嗖嗖嗖！一柄柄直剑刺出，晨曦的光芒蜂拥汇聚，从四面八方将小男孩杰克围在了中间。

太阳升起般的灿烂中，透着黑与红的身影迅速蒸发，泯灭在了风暴似的攻击里。

祭坛所在的地下大厅内，光彩变得异常明亮，照得戴里克·伯格忍不住闭上了眼睛。他猛地晃了个神，从沉睡里醒来，看见了面前静静燃烧的火堆和尽职守卫着营地的队员。

盘腿坐在一根石柱旁的"猎魔者"科林睁开眼睛，沉声说道："五十次闪电后出发。"

听到这句话，戴里克抬头望向天空，发现闪电的频率还未明显提升，黑暗依旧是这片大地的主宰。

想到即将抵达的城邦，想到那座堕落造物主的神庙，他难以遏制地有些紧张。

花费一定的时间平复心情后，戴里克快速进食，找回了战斗的状态。

不知道在那座神庙里会发生什么……他握着飓风之斧，来到了队伍的中段。

营地内，蒙着薄薄兽皮的灯笼相继被点亮。

# 第十二章
## CHAPTER 12

✦ 奇迹 ✦

明斯克街15号。

克莱恩烧好热水，调和温度，舒服地泡了个澡。

带着沐浴后的懒散，他逆走四步，进入灰雾之上，打算用占卜的办法对恶灵之事做一次确认。

寂静无声的古老宫殿内，克莱恩往后靠住椅背，认真思考起该选择什么占卜方法、该怎么设计占卜语句的问题，这必须符合神秘学原则，不能涉及细分、排除，且必须有足够的信息。

短暂的静止后，克莱恩前倾身体，具现出纸笔，写下了想要确认的内容：遗迹内的恶灵对我和莎伦抱有强烈的恶意。

解下左腕的灵摆，克莱恩单手持握，开始冥想。反复的低念后，他睁开眼睛，看向前方。

这一次，黄水晶吊坠在疯狂地做顺时针旋转！

这表明那个恶灵的恶意比克莱恩原本以为的还要强烈！

当时我和莎伦小姐的灵性直觉都没什么异常……那恶灵也是干扰占卜和预言的强者啊……呵呵，他肯定想不到，我们一个节制欲望，不会被贪婪蒙蔽眼睛；一个经历过太多的事情，知道什么叫"与虎谋皮"……克莱恩感叹一声，返回现实世界，躺上了睡床。

可惜，"太阳胸针"带来的炎热只是心理上的感受，不能温暖被窝……临睡前，他闭上眼睛，遗憾地想道。

…………

大桥南区，月季花街，丰收教堂。

埃姆林·怀特擦拭好最后一张椅子，直起身体，迫不及待地对乌特拉夫斯基神父道："我做完今天的事情了！"

该死的老头子，不要再临时起意让我抄写圣典！埃姆林下意识地在心里祈祷了一句，而他祈祷的对象已不知不觉从月亮变成了大地母神。

乌特拉夫斯基神父站在那里，衬得吸血鬼就像一个小孩。他微笑着说道："你最近已经能体会到带着奉献精神和感恩之心劳动的快乐与放松了，回去吧，静静地感受生命本身的脉动，以及由此而来的纯粹喜悦。"

"我没有！"埃姆林条件反射般地否定道。

乌特拉夫斯基神父笑容慈和地看了他一眼，什么也没说，转过身体，找了个位置坐下，开始每晚固定的祈祷。

埃姆林·怀特嘴唇翕动，欲要反驳，但最终还是没有开口，默默地离开了丰收教堂，并习惯性地顺手拉拢了大门。

回到当前的住所，他发现房屋内一片冷清，父母都不见了踪影。

目睹这一幕，他才想起今晚有一个贝克兰德地区的血族聚会。

"那些家伙真是有失体面，作为高贵的血族就应该好好地睡在棺材里，或者待在自己的房间内，为什么要模仿人类，举行各种各样的聚会？甚至还要跳舞！"埃姆林鄙视地低语了两句。

说着说着，他摸了下肚子，吞了口唾沫，决定换上衣物去参加聚会。

奥德拉一家真是让人羡慕啊，竟然有纯粹的人类合作伙伴，开了好几家医院，每天都有新鲜的血液，想什么时候喝就什么时候喝，想喝多少就喝多少……埃姆林戴上高高的黑色礼帽，脚步飞快地走出了家门。

…………

西区，一栋灯火通明的别墅型房屋内。埃姆林端起装着猩红液体的玻璃杯，饥渴地喝了一口。

果然是挑选过的……他半闭眼睛，由衷赞叹。

此时，舞池内，一位位俊男美女在浪漫的音乐声里相拥着起舞，时而转圈，时而漫步。

"这有什么意思？"埃姆林站至二楼栏杆边缘，俯视着下方的同族。

作为全世界最大的都市，贝克兰德生活着不少吸血鬼，他们隐藏于各行各业，彻彻底底地融入了人类社会。

至于那些克制不住自身破坏和嗜血欲望的家伙，不是被送去了深山里的古堡，就是在内部被提前解决，以免值夜者、代罚者等官方非凡组织找到线索。

埃姆林看着那些"越夜越精神"的同族，愈发觉得和他们没有共同的语言。

就在这时，今晚宴会的主人，卡西米·奥德拉端着酒杯走了过来，微笑着问道："喜欢今晚的'酒'吗？"

"当然，它的主人足够年轻，拥有不错的活力。"埃姆林挺直腰背，摆出高贵的姿态。

仅从外表看，卡西米·奥德拉是位很有气质的中年绅士，但埃姆林知道，他已经超过了两百岁，曾经在因蒂斯见证过罗塞尔大帝统治下的因蒂斯。后来因活得太久，怕被邻居们发现不对，他才搬到了鲁恩。

听到埃姆林的赞语，他笑笑道："是的，它的主人是位年轻的女郎，被窃贼刺伤，险些失去生命。幸运的是，她遇上了我，而这是她为康复所付出的必要代价。你可以品尝下那边，还有那边的酒，它们的主人分别来自拜朗和费内波特，有不一样的风味。"

"费内波特？母神啊，那里的人类是如此喜欢辣椒，以至于血液都带着点让我无法忍受的辛辣，母神啊……"埃姆林说着说着，忽然停顿，表情瞬间呆滞。

卡西米嘴角抽动了一下，装作什么也没听到。

尴尬的安静里，卡西米清了清喉咙道："埃姆林，那只是你的错觉。对了，我的祖父想见你。"

"你的祖父？"埃姆林先是一愣，旋即睁大眼睛道，"尼拜斯大人？"

尼拜斯·奥德拉是位活跃于第四纪的强大血族，但漫长的岁月已经让他的生命变得腐朽，不得不长期躺在阴冷的棺材里沉睡。

卡西米郑重地点头："是的。"

说完，他转身走向了二楼另一处阶梯，没有考虑过埃姆林不同意的可能性。

埃姆林有些局促和不安地跟在后面，瞎想着尼拜斯大人召见自己的目的。难道他终于想明白了血族的荣誉更加重要，决定帮我去除乌特拉夫斯基神父的心理暗示？走着走着，埃姆林产生了强烈的希望。

沿着楼梯来到地下区域后，埃姆林经过几道秘门，进入了一个宽敞的灰色大厅，大厅中央摆着一具黑铁打造的沉重棺椁，上面绘刻有诸多象征符号和魔法标识。

卡西米·奥德拉汇报了一声后，那棺椁内缓缓地传出一道沉厚苍老的声音："埃姆林·怀特，你知道我为什么要召见你吗？"

"尊敬的尼拜斯大人，我想您是打算帮我去除心理暗示。"埃姆林毫不犹豫就回应道。

地下大厅内短暂变得静默，过了好几秒，躺在棺材内的尼拜斯·奥德拉才呵呵笑道："这是目的之一，但不是由我来帮助你。我刚从一场漫长的梦境里醒来，因为得到了始祖的启示。"

"始祖？祂，祂复苏了？"惊喜出声的不是埃姆林，而是卡西米·奥德拉。

大灾变之后，始祖不是只在某些大事上才给予回应吗？埃姆林有些迷惑不解。

"不，还没有。"尼拜斯声音低沉地说道，"始祖告诉我，末日已经很近，我们必须为此做好准备。而你，埃姆林·怀特，在始祖的启示里，是几个关键之一。"

"末日？"卡西米愕然地反问。

而埃姆林却只有一个想法：我，埃姆林·怀特，竟然，竟然被始祖提到了！我是血族渡过末日的关键！

尼拜斯没理睬孙子的疑问，继续说道："埃姆林·怀特，我现在交给你一件事情。"

"您讲。"埃姆林觉得自己真是太谦虚了，听到刚才的话语后，面对尼拜斯大人，依然没有产生傲慢的情绪。

尼拜斯·奥德拉语气严肃地说道："找机会向'愚者'祈祷。"

"啊？"埃姆林怀疑自己听错了。

尼拜斯声音低沉地补充道："就是最近才有尊名流传开来的'愚者'。"

虽然我一直有向"愚者"祈求的冲动，希望能借此摆脱乌特拉夫斯基神父种下的心理暗示，但我同样很清楚，诵念来历不明者的尊名相当危险，并不是所有的隐秘存在都会先给诱饵，慢慢引导。在这种事情上，祂们往往像海洋里的鲨鱼，一闻到血腥味，就会疯狂来抢……

结果现在……尼拜斯大人，不，始祖究竟想做什么？

埃姆林·怀特颇觉荒谬地开口道："这会非常、非常、非常危险。"

黑铁铸成的棺枢内，尼拜斯·奥德拉嗓音苍老地回应："是的，正常情况下是这样。但并不是所有的隐秘存在都充满恶意，在祂们之中，同样有着遵守规则、喜爱交易的类型，比如，灵界的那七道净光。

"既然始祖给了这样的启示，就说明'愚者'可能带来的危险不会太严重，甚至没有。而这个过程里，我会始终在旁边保护你的。你不想摆脱心理暗示吗？你已经成为大地母神的信徒，背弃了月亮吗？"

"不，我没有！"埃姆林急促地否定道。

他默然片刻，咬了咬牙齿道："我希望能有几天的考虑时间。"

"好，没有问题，我相信你会做出符合血族高贵身份的选择。"棺枢内的尼拜斯嗓音转为柔和，微笑着宽慰道。

送埃姆林·怀特回到二楼后，卡西米·奥德拉重新进入昏暗阴森的地下大厅，满是不解和疑惑地问道："祖父，始祖给予的启示里怎么会有埃姆林·怀特？他只是一个刚成年没多久的弱小血族。"

尼拜斯的声音穿透厚沉的黑铁棺材盖传出，有着几分自带的轰隆回响："不，始祖给予的启示里从来没有埃姆林·怀特。祂只是展现了末日降临的场景，展现了从红月而来的侵蚀，并提及了那位'愚者'和对应的尊名。在这个过程里，没有哪位血族出现，所谓关键者，只是我为了说服埃姆林·怀特虚拟出来的内容。不过，能为血族的未来冒险，本身也称得上关键。"

卡西米先是恍然大悟，旋即有了新的疑问："您为什么会选中埃姆林·怀特？他有什么特别的地方？"

尼拜斯·奥德拉忽然笑了一声："他不是一直叫嚷着要向'愚者'祈求吗？不是认为我们对他的问题不够重视，不愿意与乌特拉夫斯基神父为敌，想另外寻找帮助吗？我这次就满足他的心愿。"

卡西米愣在那里，许久说不出话来。

埃姆林·怀特立在二楼的栏杆边，俯视着不知疲倦的同族们，心情忐忑地喝了口"美酒"。

至少到今天为止，没听说过有谁因为向"愚者"祈祷而获得悲惨遭遇……也许正像尼拜斯大人说的那样，"愚者"与灵界七道净光一样，是守序、热心的隐秘存在……等等，灵界七道净光是什么东西？我怎么从来没听说过，似乎是善良阵营的？不知能不能帮到我……

总之，"愚者"不一定那么危险，而且还有尼拜斯大人守护我……或许我真能趁这个机会摆脱心理暗示……埃姆林有些畏惧又有些期待地自我宽慰着。


周一上午，乔伍德区，明斯克街15号。

克莱恩蹲在马桶前，拿着刷子，认真清理着里面的污垢。

按照预定计划，在周六和周日完成了全部"走访"后，他决定休整一天，等明日再去向埃德萨克王子汇报最终的结果，将任务交卸出去。但本该放松的时光里，他发现房屋已经杂乱肮脏得有些过分。

看到这样的情况，克莱恩才想起一件事情，自家的清洁是通过临时雇用隔壁房东太太的女仆来完成的，每周两次。而随着萨默尔一家前往迪西海湾的塞维亚城度假，女仆们一个跟随伺候，一个获得年终奖赏返回了乡下，他居住的明斯克街15号已经有很长一段时间没人清扫了。

克莱恩原本打算的是忍两天，反正自己即将"离开"贝克兰德，但空闲下来后，他怕惹怒埃德萨克王子，不敢忙里偷闲去克拉格俱乐部娱乐，只能待在家里，于是看哪儿哪儿不顺眼，干脆换上旧衣物，开始做新年前的大扫除。

刷马桶，洗浴缸，擦窗子，拖地面，抹器具，浆洗衣物……克莱恩从八点一直忙到十一点，才勉强完成了预定的清理工作。

当然，他就随便弄一弄，不是那么细致。

有的时候，房子租得太大，也不是什么好事情……克莱恩洗干净双手，用毛巾擦了把脸。

走出盥洗室，看着干净而整洁的客厅和餐厅，看着穿透云层的阳光照射在透明的玻璃窗上，显现出金色的斑块，他莫名有了些成就感，只觉心情都变得愉悦。

中午奖赏自己，出去找家好的餐厅……

克莱恩返回二楼，更换衣物。就在他翻看报纸，等待美好的午餐时光来临时，门铃突然叮叮当当作响。

都要新年了，还有人来委托任务？

克莱恩边起身走向门口，边打定主意拒绝对方。虽然他身上的现金只剩下三十四镑，但为了摆脱王室的倾轧，他必须尽快去南方"度假"，不能再接任何任务了。

出乎他意料的是，来访者并非陌生人，而是埃德萨克王子的那位老管家。

老管家穿着剪裁得体的长款燕尾服，不倨傲也不失身份地行礼道："莫里亚蒂侦探，王子殿下在街口的马车上等你，希望了解调查的进度。"

这么心急？也好，省得明天再跑红蔷薇庄园……克莱恩脑海内迅速重组了昨晚构想的说辞，沉稳地回应道："好的。"

他正要取下衣帽架上的帽子，肚子突然一阵疼痛，想蹲马桶的那种疼痛。

忍了忍，发现忍不住后，他抱歉地对老管家说道："非常不好意思，我先去一趟盥洗室，肚子不太舒服。"

老管家没有任何异常的表情："这是你的自由。"

一波接一波但还算畅快淋漓地解决掉肚中存留的残渣后，克莱恩清洗双手，回到门厅。

这个时候，他发现等待于外面的换成了有天然卷棕发的那位侍女。

"王子殿下让我给您说声抱歉，他还有事情，无法等待太久，请您明天或者后天下午去一趟红蔷薇庄园。"那侍女一丝不苟地行礼道。

还不到十分钟啊，我已经尽快了……平时拿着报纸，我能再蹲一阵……克莱恩微笑道："没有问题。"

得到回应，完成了任务的侍女顿时卸去了包袱，轻笑道："莫里亚蒂侦探，您又和那位小姐错过了。"

"啊？"克莱恩略感茫然。

侍女压低嗓音道："小姐这次和王子殿下一起前来，是她提议绕道拜访您的。"

结果，我因为肚子疼而错过了？这有些不对劲啊……克莱恩微皱起眉头。

…………

一个铺着厚软地毯的房间内，被持握着的羽毛笔停了下来，不再书写。

它下方摊开的笔记上有着一行行单词与不少涂抹的痕迹。

　　　　　　　　　　　　　　　　　　　　　（涂抹）

　　目标试图摆脱控制，但很遗憾，侦探夏洛克·莫里亚蒂在她下楼前就已经离开。

　　············

　　目标影响着周围的侍女，却被埃德萨克王子的管家芬克尔偶然间发现了问题，做出了处理。

　　············

　　　　　　　　　　　　　　　　　　　　　（涂抹）

　　目标再次脱离轨迹，代替埃德萨克王子参加塔利姆的葬礼，然而，很快恢复至正常状态的她发现自己无法识别谁是夏洛克·莫里亚蒂，只能可怜地错过。

　　············

　　夏洛克·莫里亚蒂前往红蔷薇庄园调查，但挑选的时机不对，目标恰好去了高尔夫场地骑马。

　　············

　　　　　　　　　　　　　　　　　　　　　（涂抹）

　　目标又一次战胜了安排，怂恿埃德萨克王子去拜访夏洛克·莫里亚蒂侦探，可惜的是，夏洛克·莫里亚蒂正好肚子疼，在盥洗室里待了七分四十五秒，而王子无法等待。

　　············

　　五官如同雕刻但瞎了一只眼睛的中年男子放下羽毛笔，望向侧面的女子说道："你们究竟在她身上放了什么东西？一次次地冲破限制会产生很大的问题。"

　　那女子低笑一声道："只是一个意外，不用太担心，不会有什么问题。"

　　她边说边绾起头发，露出白皙修长的脖子。然后，她动作缓慢地在脸上涂抹着各种东西，显得愈发明艳动人。

　　看着她姿态舒展地穿上衣服、戴上饰品，发色暗金的中年男子微皱眉头道："你要去哪里？"

　　那女子没直接回答，含笑说道："小心你手里的羽毛笔，上次你差点就和人互换了身体。"

　　"不用你提醒。"眼眸深蓝近黑的中年男子板着脸孔道。

　　那女子收紧腰带，让自己愈发纤瘦，然后幅度很小地伸了个懒腰，掩嘴打了个哈欠:"我去拜访一下极光会的A先生,希望他和传闻里一样疯狂。"

她说话间,瞎了一只眼睛的中年男子表情忽然变沉,因为那支普普通通的羽毛笔自己书写了起来,就像有一只无形的手在持握着它。

…………

灰雾之上,古老的神庙式建筑安静屹立着,因连续巧合察觉到一些异常情况的克莱恩,于午餐后进入这片神秘的空间,试图确认心里的某个猜测。

他拿起具现出的圆腹钢笔,停顿了两秒后写道:我又卷入了封印物0-08制造的一连串巧合里。

放下暗红色的钢笔,克莱恩左手持握银链,按部就班地展开了占卜。

到了最后,他睁开眼睛,看向近在咫尺的灵摆。

黄水晶吊坠静止不动,未有旋转,这表明占卜失败!

可能是条件不足,无法占卜;也可能是0-08做出了对抗……两种情况发生时都会出现类似的结果……克莱恩又换了不同的语句,指向不同的目标,可占卜最终全部失败了。

他手指轻敲起斑驳长桌的边缘,犹豫着明后天是否要去红蔷薇庄园。

如果确实没有0-08或相仿的力量安排这些事情,那我突然潜逃,肯定会引起埃德萨克王子怀疑。不,潜逃未必能成功,埃德萨克王子的人就住在隔壁……当然,已经是"无面人"的我在外出的时候找个机会逃跑还是很简单的事情,但有必要弄到这种程度吗?

明后天下午,老实拜见埃德萨克王子,把任务正常交掉,就能不引人瞩目地"离开"贝克兰德,而他一位王子殿下应该也不会强求我一个野生的非凡者能完成太高难度的事情……如果真有类似0-08的封印物或半神在影响最近的事情,那从我的遭遇来看,我应该只是一个误入舞台的配角,还没有获得足够的重视。在这种情况下,潜逃就等于告诉对方:我察觉到了"你们"的存在,我问题很大!

如此一来,靠"无面人"的能力未必可以摆脱已锁定了本人的注视……

最好的办法还是坦然地去红蔷薇庄园,用最正常的流程退出舞台,体面地谢幕,淡出不知来自何方的视线……

综合了两方面的要素,克莱恩最终决定,装作什么也没发现,按照预定的计划交卸任务,"离开"贝克兰德。


燃烧着火焰,始终有人值守的露天营地内。戴里克·伯格背靠一根石柱,沉睡着恢复体力。就在这时,他梦见了无边无际的灰白雾气,梦见了一张位于最中央、最高处的古老椅子,以及坐在椅子上俯视着一切的淡漠身影。

"'愚者'先生……"戴里克在心里以诵念的方式喊出了这个名称。

紧接着,他听到了来自"愚者"的声音:"准备聚会"。

"是,'愚者'先生。"戴里克无声应答,默数起心跳。

他的眼睛始终没有睁开,就像刚才发生的所有事情只是梦境的间奏。

距离出发还有很长一段时间,足够参加完塔罗聚会了……他颇为庆幸地想着——他原本以为,进入探索小队的自己会缺席这次的聚会。

一千次心跳后,戴里克又等待了少许时间,才感觉自己进入了那寂静安宁的神殿。他刚刚睁开眼睛,脑海内忽地回闪过一幕又一幕场景,就像有外在的力量瞬间将失去的全部记忆重新灌注入了他的头部。

那些场景有坍塌的城墙,白蓝交错的建筑,与白银城风格类似的堕落造物主神庙,详细描述了末日来临景象和堕落造物主抵抗六大邪神、庇佑残存人类的壁画,美丽又危险的"蘑菇",不知来自哪里的异常诡异的淡黄头发男孩杰克。

这样的场景一遍又一遍重复,足足五遍,但每次都有些细节上的不同。

第一次,在堕落造物主神庙外,所有的兽皮灯笼全部熄灭,险些酿成惨剧;第二次,有人控制不住自己,差点吞下"蘑菇",还好被首席科林及时阻止;第三次,小男孩杰克多讲述了一段内容,那就是他和他的父亲在看不到边际的海洋里追寻造物主的圣所,结果遇上了巨大的风暴;第四次,约书亚被毫无征兆异变的小男孩杰克重伤;第五次,神庙彻底坍塌,堵住了地下区域的出口。而每一次,都以"猎魔者"科林击杀小男孩杰克为结局,以在营地休息、准备进入废墟城市为开始,首尾相接,反复循环。

我们已经探索了五次神庙……我们一直活在这段经历里,没有办法真正地结束!戴里克越是理解自己突然多出来的记忆,越是觉得惊恐,越是觉得毛骨悚然。

坐在青铜长桌另外一边的"正义"奥黛丽原本想与往常一样,愉悦而轻快地向"愚者"先生和众人问好,但她目光一扫,立刻发现小"太阳"的情绪不对,当即开口问道:"'太阳'先生,发生了什么事情?探索真实,呃,堕落造物主神庙的行动并不顺利?"

"太阳"戴里克就像抓住了希望,赶紧将事情的经过大致描述了一遍,末了道:"那个小男孩被首席阁下清除后,我们全部闭了闭眼睛,然后苏醒在了城外的营地里,准备开始新一次的探索,再没有之前的记忆。这样的过程重复了五遍,仅仅在细节上略有不同,如果不是'愚者'先生提醒,我甚至不知道我这段时间一直在过重复的人生。"

他理所当然地认为来到灰雾之上后多出的记忆源于"愚者"先生的提醒,于是站起身,向坐在青铜长桌最上首的模糊人影郑重地行了一礼。

我还是听你描述，才明白发生了什么事情……"愚者"克莱恩从刚才到现在都有些蒙。

他保持着原本的姿态，轻轻颔首，作为回应。

在不明白缘由的情况下，上位者不能轻易表态，不能轻率开口……克莱恩暗中复习起上辈子做"键盘强者"时接触到的知识。

见"愚者"先生仿佛一口没有波浪的幽深古井，"太阳"戴里克一下安心了不少，觉得事情终究能解决。

他转而看向"倒吊人""世界""正义"和"魔术师"，诚恳地问道："你们知道问题的根源吗？该怎么解决？"

热心的"正义"奥黛丽本能地想要作答，却发现自己没有一点头绪，甚至连猜测都办不到。

"魔术师"佛尔思和她的状态类似。

克莱恩有着丰富的、源于地球的见识，看过不少停留于同一天类型的小说，本想操纵"世界"给出想法，让大家获得思考的灵感，但仔细想了想后，又选择了低调，准备先观察。

"倒吊人"阿尔杰听完"太阳"的描述，沉默了好一阵子，此时斟酌着说道："我只能想到两种可能性。一是你们遭遇了超过半神半人层次的'梦魇'或幻觉类能力，你在'愚者'先生的帮助下找回记忆后，一返回现实世界，应该立刻就能察觉出不对。这样一来，问题就很容易解决。

"二是你们在某个节点上被迫或主动地进入了某个奇特的空间或状态中，那里的时间保持着一定程度的流动，但又固定在某个范围内，循环往复，平衡延续，也就是相对静止。这种情况下，要想结束循环，办法并不多，要么有外在的力量强行打破那种平衡，要么找到将时间扭曲连接的关键点。"

用外在的力量强行打破那种平衡？听到这里，"正义"奥黛丽、"魔术师"佛尔思和"太阳"戴里克都下意识地看了青铜长桌最上首平静悠然的"愚者"先生一眼。

不，不能总是向"愚者"先生求助……祂没有直接开口，应该就是想考验我处理这类事情的能力……戴里克有所明悟，思索了下道："'倒吊人'先生，我们先假设是后一种情况，您认为将前后时间扭曲连接的关键点是什么？"

不等"倒吊人"回答，"正义"奥黛丽颇感兴趣地猜测道："那个小男孩杰克？面对他的时候，不能以杀掉的方式处理？"

"倒吊人"阿尔杰点了点头："有这个可能性。"

他斟酌了一下，犹豫着说道："'太阳'的描述，让我想起了一件事情。"

他转而望向"正义"小姐，说道："我是不是提过，我曾经在海上追捕一名极光会的'倾听者'，他出海的目标就是寻找真实造物主的圣所。"

奥黛丽仔细回忆，不敢确定地说道："好像是有这件事情。"

"倒吊人"阿尔杰当即沉声说道："那个'倾听者'同样带着他的孩子，年龄和'太阳'描述的杰克很接近。"

"您是说，杰克是从你们那里来到白银城周围的？""太阳"戴里克愕然地反问。

短暂的沉淀后，他的心里竟莫名有了些欣喜，因为这意味着白银城所在的区域没有被彻底封死，还有机会与"倒吊人""正义"他们所在的正常世界连通！

"我只能说有这个可能性。""倒吊人"无法做出肯定答复。

他想了想，建议道："你可以找机会在小男孩杰克面前提一提苏尼亚海、鲁恩王国和港口城市，也许他会有不一样的反应。当然，尽量避开你们白银城的首席。还有，关键点不一定在小男孩杰克身上，还要考虑别的可能性。你把具体的情况，比如壁画的详细内容讲述一遍，也许我们能发现些有用的东西。"

说到这里，阿尔杰开始期待起可以获得的情报。

和以往相比，"太阳"戴里克明显聪明了不少，没有笨拙地只靠语言描述。

在征得"愚者"先生同意后，他具现出了能够回忆起来的一幅幅画面，将探索的历程和自认为的重点以间断的方式展现于"倒吊人""正义""魔术师"和"世界"眼前，然后再辅以一定的讲解。

坍塌于黑暗里的城墙，从一座座被毁灭建筑间穿过的街道，兽皮灯笼光芒照耀下满是尘埃的白色和蓝色墙壁，被石柱支撑起的古老神庙，倒吊在漆黑十字架上的神像，描绘着堕落造物主代替人类承受罪责的一系列壁画，异常诱人的美丽"蘑菇"，神像眼睛诡异睁开的祭坛，以及躲在后方的黄发小男孩杰克等场景一一成形，以最直接、最真实的方式映入了塔罗会众位成员的眼中。

那阴森晦暗的风格，那步步危机的氛围，那充满诡异的发展趋势，让"正义"奥黛丽看得颇为激动，对白银城产生了异常浓厚的兴趣。

这就是白银城周围的状况……比我看过的所有小说都要吸引人……这就是神秘、未知和恐怖糅合的魅力……当然，对居住在那里的人类来说，这并不美好……奥黛丽思绪发散，恨不得立刻就能成为半神半人层次的强者，前往那片被黑暗和风暴统治的地域冒险。

"愚者"克莱恩则看得有些唏嘘和感慨。他唏嘘的是，白银城能在这样的环境下维持到今天，确实相当不容易；感慨的则是小"太阳"还是不够机敏，没什么见识，否则他要是能以纪录片或者电影的形式将经历的事情完完整整地呈现出来，绝对足够刺激，绝对足够吸引人！

不过，这样一来，讲述的时间就会变长，我的灵性可没办法支撑大家在这里看一场电影。而且,在灰雾之上待得越久,外界出现不好变化的可能性就越高……克莱恩突然有些庆幸。

"倒吊人"阿尔杰安静地看完,用心回味了一遍,让"太阳"将他挑出来的几个重点再次呈现于青铜长桌上方,其中就有堕落造物主对抗六大"邪神"的壁画。

"这是哪些邪神?"阿尔杰望着那身缠闪电、脚踏黑浪、背披鸟羽披风、手持三叉长戟的章鱼头怪物,心里莫名有些联想。

"太阳"戴里克诚实地摇头:"我不知道,我以为你们会认识。"

"正义"奥黛丽和"魔术师"佛尔思同时将目光投了过去,仔仔细细地观察了几遍,依然没有猜测的对象。她们原本以为这是白银城神话传说里八位古神之六,却找不到足够的对应,毕竟古神里有巨龙,有精灵,有巨人,有不死鸟,有毁灭魔狼,而壁画之上只存在一位巨人。

这……克莱恩认真一瞧,瞳孔险些收缩。他刚才顾及姿态,在小"太阳"第一遍"放映"时没怎么仔细看这幅壁画,现在终于发现了不对。

这和我在图铎家族地下遗迹内看到的六神雕像很接近啊,只不过一个是正常版,一个是黑化堕落版……真是有些让人不敢直视,尤其大地母神、风暴之主和永恒烈阳,已经不仅仅被黑成邪神,而更接近于丑陋的怪物……

克莱恩并没有找到真相的恍然大悟感,真实造物主诋毁六神、扭曲六神形象,是他意料之中的事情。

但是,也不能完全无视这幅壁画展现出来的可能性,就像我之前一直认为,正神没有人类形象,只剩符号,结果图铎家族地下遗迹内的雕像让我不再那么笃定。看来神灵形象的确立有着漫长的衍变,其中藏着不少秘密……克莱恩见"正义"小姐在专心地审视壁画,完全没关注"愚者"先生的态度,心中顿时松了口气。

因为这关乎小"太阳"是否能摆脱那重复着一小段人生的奇异困境,他决定把自己了解的情况讲述出来。当然,长篇大论介绍并展现地下遗迹内的六神形象不符合"愚者"的身份定位,他打算操纵"世界"来完成这件事情,而这也和他一直致力于将"世界"与夏洛克·莫里亚蒂画等号的想法吻合。

"愚者"就应该高深莫测地来一句"黑夜,太阳,风暴,智慧,大地,巨人",然后不作任何解释,不给一丁点儿多余的描述……克莱恩畅想了两秒,让"世界"嘶哑着开口道:"我见过类似的雕像。"

吸引到众人的目光后,他顿了顿,补充道:"在一次探索第四纪遗迹的冒险里。"

"正义"奥黛丽对此非常感兴趣,表面却维持着基本的矜持:"'世界'先生,那是什么样的雕像?能向我们展示一下吗?当然,如果你不愿意,或者需要报酬,都可以再商量。"

"不需要，因为这也能为我解开一些疑惑。""世界"阴沉地笑道。

他装模作样地向"愚者"先生提出了请求，于得到允许后，将见到的六神雕像和相应的圣徽一一具现了出来。

枕着圆月、衣裙层叠而不繁复的女士看似朦胧，却给人一种异常秀美的感觉。她的黑色长裙之上，同样有着点点星辉，仿佛深夜的天空，再加上那标志性的黑暗圣徽，"正义"奥黛丽当即就认出这是自己信仰的黑夜女神。

而这具雕像与壁画左上角的邪神有着七八分相像，只是脸孔更接近人类，四周的环境里也未藏着一只只诡异的眼睛！

亵渎！这是对女神的亵渎！奥黛丽霍然有些愤怒，但又迅速平静了下来。

作为最出名的邪神，真实造物主让信徒丑化女神是可以预料到的事情……可是，地下遗迹内为什么会有女神的人形雕像……不是说正神只有符号吗？奥黛丽微皱眉头，陷入了沉思之中。

"倒吊人"阿尔杰却是有些明悟，叹息般说道："原来壁画上是扭曲的六神形象，祂们曾经真的有人类形象……"

这也许就藏着几大教会一直想找到神弃之地的原因……而神弃之地大概真的在苏尼亚海深处。嗯，肯定不是以正常状态存在，否则神灵不可能发现不了……阿尔杰在心里默默地补了两句。

"太阳"先是一愣，旋即明悟："'倒吊人'先生，这是你们提过的黑夜女神、风暴之主等神灵？"

"对。""倒吊人"给出肯定的回应。

"祂们和末日有什么关系？和我们所在的大地被主遗弃有什么关系？""太阳"戴里克下意识地追问道。

可惜，没人能回答他。

"魔术师"佛尔思则有些疑惑地抬了下手："为什么没有蒸汽与机械之神？"

这是她信仰的神灵。在南北大陆，一向是七神并称！

"传闻蒸汽与机械之神，也就是原本的工匠之神，直到第四纪才诞生，看来这是真的。而且祂诞生的节点似乎在第四纪中晚期，而非早期和中期……""倒吊人"半是解释半是猜测地说道，他对类似的话题有种难以掩饰的热忱。

这样啊……佛尔思莫名有些心虚，因为她没认真看过《蒸汽与机械圣典》，信仰似乎只是一种生活习惯。

"太阳"戴里克未再纠结刚才的事情，转而问道："这幅壁画是关键点吗？"

"也许是，你可以尝试着打破它，但不要，呵，不要让首席怀疑。""倒吊人"本来想说不要试图诵念六神之一的尊名，否则祂或者祂们很可能直接降临于神弃之地，但他仔细考虑后发现，小"太阳"根本不知道对应的尊名。

"好的，谢谢您，'倒吊人'先生，您总是这么好心和热情。还有，'正义'小姐，'魔术师'小姐，'世界'先生，你们同样善良。"戴里克诚恳地感谢道。

好心？热情？"倒吊人"一时不知该做什么反应，这还是他第一次被人用类似的词语来形容。

见他们讨论完毕，克莱恩忽然想起一件事情，那就是之前对真实造物主半废弃神庙的探索中，白银城发现了救赎蔷薇这个名称，但这次似乎没再关注这点。

不能忽略……按照地下遗迹内恶灵的说法，这个极端隐秘、由堕落天使主导的组织，不会比黄昏隐士会逊色多少，"时间循环"也许就是他们的布置……想到这里，端坐高背椅的"愚者"悠闲地调整了下坐姿，用手指轻敲起斑驳长桌的边缘。

"正义"立刻转头，略显激动地望向"愚者"先生，颇为兴奋地等待祂给出提示。

"倒吊人""太阳""魔术师"和"世界"也相继将期盼的目光投向了"愚者"先生。

浓雾里的"愚者"克莱恩轻笑了一声道："救赎蔷薇。"

救赎蔷薇？这是什么……摆脱困境的关键点？对了，神庙上方某幅壁画的角落里就有这个名称！"太阳"戴里克似乎明白了些什么。

"倒吊人"阿尔杰、"正义"奥黛丽和"魔术师"佛尔思亦是回忆并重视起了救赎蔷薇这个名称，但无法透彻地理解"愚者"先生想要表达的真正意思。

"尊敬的'愚者'先生，救赎蔷薇代表着什么？"奥黛丽举了下手，主动提问。

这一次，克莱恩未作回答，只是笑了一声。

他的想法很简单，救赎蔷薇这个组织与真实造物主关系密切，发生在神庙内的事情不管怎么绕，都能以某种方式指向他们。至于这个名称是否就是所谓关键点，克莱恩并不确定，也不担心，反正解释权在他手里。"太阳"他们理解错了真正的意思，怎么会是"愚者"先生的问题？

见"愚者"先生轻笑不语，"正义"奥黛丽等人只好收回目光，不再发问。

对于这种只给提示、不加解释的情况，他们并不觉得有任何问题。神灵一级的存在往往都有类似的习惯，有的时候，给的甚至不是提示，而是启示。

在"愚者"先生这种大人物眼里，仅仅一个名称就足够了，我们不能理解是层次还不够，需要更加用心地揣摩和尝试……"正义"奥黛丽愈发期待起自己成为"心理医生"后的情况。

"……我记得那座半废弃的神庙里就有类似'救赎蔷薇'的文字？"倒吊人"阿尔杰侧过头看向"太阳"。

戴里克毫不犹豫地点头道："是的，在一幅壁画的角落，用由巨人语衍化出来的文字书写而成，我们用了一定的时间才破解。"

"巨人语衍化出来的文字……""倒吊人"阿尔杰上次并未在意这个细节，此时却不得不有所联想。那个小男孩杰克疑似从苏尼亚海过去的……巨人语衍化出来的文字……阿尔杰斟酌着提出请求，具现了一行单词。

那些单词属于古弗萨克语这北大陆诸国文字的源头，意思就是"救赎蔷薇"。

"太阳"戴里克仔细一瞧，顿时有些愕然："很接近，只是在词尾的处理上不太一样。'倒吊人'先生，这是你们那里的文字?"

说着，戴里克重现了壁画上的那些单词。

"对。"阿尔杰给出肯定的答复，"这种语言本身也有演变，你们发现的那种应该属于更早期的类型。"

在语言学界，这种类型的古弗萨克语被广泛认为是所罗门帝国的特征……历史学家克莱恩在心里给出了最正确的答案。

"倒吊人"阿尔杰停顿了一下道："对应壁画的内容呢?"

"我没负责那个区域，出发前也没有细看……""太阳"戴里克一下有些羞愧。

阿尔杰表情不变地点了点头："找机会弄清楚，这里面或许就藏着关键点。"

"好!"戴里克愈发觉得事情不是那么糟糕。

见他放松了不少，"正义"奥黛丽有点好奇又有点疑惑地问道："'倒吊人'先生，那个小男孩如果真是你描述的'倾听者'的孩子，他为什么能与'太阳'他们沟通?"

经过救赎蔷薇对应单词之事，她完全确定白银城使用的语言和鲁恩语、和南北大陆所有国家各自的通用语不同。而在灰雾之上，大家能非常流畅、毫无障碍地沟通，依靠的是"愚者"先生的伟力……奥黛丽在心里赞美了一句。

"倒吊人"阿尔杰看了她一眼，呵呵笑道："'正义'小姐，你没怎么经历过超凡事件吧? 杰克都已经变成那么恐怖的怪物了，还有什么不能改变的? 相信我，有的时候，语言的获得非常容易，只是一两秒钟的事情。"

奥黛丽眨了眨眼睛，觉得自己又暴露了在神秘领域没什么经验和见识的问题。

这件事情告一段落后，塔罗聚会开始按照往常的步骤继续往下进行，"正义"奥黛丽望向青铜长桌最上首道："'愚者'先生，这次又有三页罗塞尔日记，我还欠七页。"

听到这句话，"魔术师"佛尔思忙跟随道："'愚者'先生，我也收到了回复，下次就会有新的罗塞尔日记了。"

"很好。"克莱恩轻笑着回应了一声。

旁边的"太阳"戴里克突然又觉得羞愧，因为参加了探索小队，他上周都没时间去图书馆翻看资料，记忆历史的细节。

简单的流程之后，克莱恩拿起具现出来的三页日记，满含期待地开始阅读。

8月8日，第一次受到邀请，进入白枫宫，参加国王陛下举行的舞会。

这些贵族真是奢侈，食物则追求新奇，什么烤天鹅，什么羊睾丸饼……

不得不说，我最开始就很诧异，这个世界的贵族，嗯，仅限于贵族，还是非常爱干净的，洗澡相当频繁，厕纸更是早有雏形，和地球上的中世纪贵族完全不同。

我原本以为这是真神存在带来的影响，可后来有人告诉我，这是因某种威胁而不得不做出的改进。某个序列的非凡者能借助肮脏的习惯传播瘟疫，也不知道是哪条途径哪个序列的。

我当时第一个想法是，这帮贵族脑子有坑吧？既然害怕瘟疫流行，为什么不清理污水横流的街道，为什么不建立完善的下水道体系，为什么不改造贫民区？同在一个城市，那边有了瘟疫，这里就能没事？

呃，在水源、食物、人群隔绝不通或单向流动的情况下，也许真能没事……

但是，有的瘟疫是可以通过空气传播的！等我身居高位，一定要推动城市建设和环境清理，即使不考虑瘟疫，住在这么一个臭烘烘的城市里，也很不舒服啊！

对了，我今晚得到了国王陛下的召见。我以为，来自地球、接受平等教育的自己会不卑不亢、淡然镇定，可实际上，我依然很紧张、很激动，不自觉就弯下了腰、低下了头，当然，我知道我和国王在人格上是平等的……

这就是权势的魅力啊！

虽然整整一页都是日常，但大帝还是成功逗笑了我……他也是有追求的人啊……说来也是，即使出生在现代社会，面对高位者，面对能影响自己命运的人，依然会畏惧和讨好……克莱恩嘴角微勾，心情轻松了不少。

他翻到第二页，继续阅读。

11月10日，即将晋升序列4，即将成为半神。

这次之后，只要没有失控，我的生命层次就会出现质变，不再是短生种。当然，不同的途径、不同的序列有不同的状态。

我面对着两个选择，一是"通识者"途径的"炼金术士"，二是"窥秘人"途径的"神秘学家"。最终我还是没有更改道路，因为"隐匿贤者"是个很危险的存在。不过，我始终怀疑祂不是真正的神灵，位格也许要偏低一点。

  成为"炼金术士"后,我就能为自己制造的物品注入"灵魂",给予一定的生命力了。这是一种造物主般的感受,肯定非常非常棒,这也是我继续选这条非凡途径的原因。获得这个序列的非凡特性后,我应该能完成更多的构想。总有一天,这个世界上会出现"不是我们不努力,奈何别人有高达"这句话,那将是真正意义上的"高达"!

  唯一的问题是,"炼金术士"对应的仪式会抽取一定区域内的全部生命力,土壤将沙化,湖泊将干涸……这怎么就和邪教祭祀差不多……

  我一直觉得,魔药序列这个体系,有着太多灰暗疯狂的地方,偶尔甚至会邪异到让人绝望。

大帝也有类似的感受啊……看到这里,克莱恩忍不住感叹了一声。

有的时候,他也觉得这个世界的色调是灰黑和疯狂。什么非凡特性不灭与守恒定律,什么同一途径聚合效应,什么相近序列可以互换,都会带来残忍的演变。

"炼金术士"这个序列很有意思啊,生命炼成一听就是很禁忌、很接近神灵的领域……不知道大帝被刺杀前,有没有弄出"高达"……应该是没有……克莱恩的思绪一时有些发散。他对成为高序列、成为半神的仪式相当好奇,可惜的是,罗塞尔并没有记叙太多,毕竟这是日记,不是笔记。

"窥秘人"的序列4"神秘学家"听起来也很不错……克莱恩将第二页日记翻过,让第三页展露于眼前。

  4月23日,这群贵族真乱!我还以为凯伦夫人是看中我有内涵,才勾搭我上床。谁知道,她的丈夫香槟伯爵竟然就在隔壁偷窥,甚至很兴奋,还想与我……

  很抱歉,我实在接受不了,只能把他端出房间。

  和他们一家比起来,我就是个纯洁的孩子!

……克莱恩一时无言,只觉罗塞尔大帝的私生活真是太精彩了,而因蒂斯很多贵族也是足够荒诞。万一哪个贵族猎奇,找来只卷毛狒狒,那某种疾病也许就诞生了……克莱恩啧啧感叹着让视线下移。

  4月25日,修身养性,去天鹅湖钓鱼。

  希望有一天,能到海上钓一只美人鱼回来。

> 唉，最近有些堕落啊，我得振奋精神发明更多的东西，不能留下空白！
> 既然穿越一趟，那就要把这个时代打上我的烙印！

……大帝，你还是堕落下去比较好……克莱恩嘴角微抽，不想评论。

接着，他平心静气地看向最后一页纸的最后一则日记。

> 4月26日，查拉图过来串门，我故意找机会问了一句，什么是奇迹？
>
> 他反问我，你觉得呢？
>
> 我觉得？我心里的奇迹只有一种，那就是文明奇观！比如，弗萨克帝国的黄昏巨殿，巨人王奥尔米尔曾经的居所。
>
> 查拉图终于作出正面回答。
>
> 他说："什么是奇迹？死而复生就是奇迹！"

死而复生就是奇迹？

克莱恩突然想到了自己身上发生过的事情！

开枪自杀的人头部伤口神奇复原，被击碎心脏死亡的非凡者半夜爬出坟墓，这不就是死而复生吗？这不就是密修会首领查拉图口中的"奇迹"吗？而"占卜家"途径的序列2魔药名称就叫"奇迹师"！这个瞬间，克莱恩隐约觉得自己把握到了什么关键的东西，但怎么都无法将零碎的、不够全面的线索拼凑成真相。

正如我之前猜测的那样，我选择"占卜家"作为序列起始还有另外的因素在发挥作用……我最大的依仗——灰雾之上的这片神秘空间刚好能排除干扰，给"占卜家"最梦寐以求的环境……我"复活"的特性，好像也源于灰雾……

当我来到贝克兰德，"秘偶大师"罗萨戈参与的事情就自然地被吸引到了我的身边，符合同一途径内的非凡特性聚合效应，"质量"越大，吸力越强，间歇性发挥作用……安提哥努斯家族笔记突然改变风格，通过厄运布偶向我传递霍纳奇斯山脉主峰隐藏宝藏的关键信息，或许也有这方面的因素……结合其他零零碎碎的现象，是否说明这片神秘空间与"占卜家"非凡途径间有着非常密切的关系？它是对应序列留下的0级封印物？或者，或者它是该条途径序列0遗留的神国？

还有一种可能性，"占卜家"途径所谓唯一性……

克莱恩将目光从罗塞尔的日记上移开，愈发期待起自己晋升为高序列强者，让灰雾深处的光辉阶梯变得完整后，能在那被遮掩住的地方发现什么。

也许我穿越的原因和回家的道路都能在那里找到……他压制住内心的激动，让罗塞尔的日记从自己的手里消失。

与此同时，他对密修会的首领查拉图愈发戒备。这是位在很多年前就已经是"奇迹师"的"占卜家"途径的强大存在！有的时候，有的事情，背后或许就藏着他的影子！

一个个想法在脑海内沸腾，克莱恩却仿佛什么情况都没有发生般平和地开口道："你们开始交易吧。"

"魔术师"佛尔思当即转头望向同一侧的"正义"小姐，饱含期待地说道："我已经收到回信，我的老师那里有镜龙的眼睛一对，价格是一千镑。"

说到这里，佛尔思有些忐忑，因为多里安·格雷·亚伯拉罕的心理底线是八百镑，这已经比正常情况的五六百镑溢价了不少，而她在这个基础上又添加了两百镑。

参加这么多次塔罗聚会和各种各样的非凡者圈子后，我总算明白了一个道理，就像罗塞尔大帝说的那样，金钱不是万能的，可没金钱，什么也办不到……虽然新书的保底稿酬已经到账，我的存款又有三百五十镑了，但后续还有食灵者的胃袋，还有序列7、序列6、序列5，甚至序列4的各种开销……"愚者"先生隐约透露的意思是，到了高序列才能彻底摆脱满月诅咒，即使部分魔药材料可以找老师兑换，但也不能完全依赖他和亚伯拉罕家族。在这方面，仅靠节省是不够的，必须努力赚钱……一千镑这个价格确实很贵，"正义"小姐如果想还价，我会在之后告诉她，经过我反复的争取，老师同意将价格降低一百镑……等待回应的间歇，佛尔思胡思乱想起来。

"一千镑？""正义"奥黛丽没想到这么快就能有"心理医生"魔药材料的消息，下意识地以确认般的口吻反问道。

不等佛尔思回答，她欣喜地补充道："好，成交！"

虽然她还欠格莱林特子爵一笔尾款，还差"愚者"的眷者两千镑，但新年舞会上她就将正式宣告成年，不仅财产的自主权会比以往大不少，还会收到许多价值不菲的贺礼。比如，她的父亲霍尔伯爵几天前就承诺，等她成年后再给亲爱的女儿价值五万镑的贝克兰德银行股份以及超过两千镑的现金，所以，一千镑对她来说并不是什么值得在意的数字。

奥黛丽当初之所以向"愚者"先生请求，希望将两千镑欠款支付的期限宽限到2月或3月，一方面是准备先行清偿格莱林特子爵处的债务，并尽可能隐蔽地凑集现金，不引人怀疑；另一方面则是想为"心理医生"魔药的材料额外留出预算。

现在，正是动用预算的时候！

最多就是像之前几个月那样再节省一段时间，过了3月，就什么问题都没有了！奥黛丽一点也不烦恼地想着。

答应了？答应了……"魔术师"佛尔思又是高兴又是茫然。

请求"愚者"先生见证交易，约定好"正义"小姐先付款，自己周三再交付非凡材料等事项后，佛尔思一边决定拿到现金就直奔普利兹港，不在中间环节浪费时间，一边望向"太阳""倒吊人"和"世界"三位男士："有食灵者的胃袋吗？"

心情安定后，她发现有了扮演法经验的自己，在非凡特性没有超量太多的情况下，消化进度比预想中快不少，目前一周几乎等于过去两周的消化速度。再有十来天，她就能彻底消化了。等搜集齐材料，晋升为"戏法大师"，她觉得自己应该可以完美地通过老师多里安给予的第一次考验，获得更多的重视，不再只是对方因为感恩而收下的学生。

"太阳"戴里克点了下头："我正想告诉你，这次的探索过程中，我们收获了一些食灵者的胃袋。我可以在返回白银城后以低廉的代价兑换到，呃，前提是，我不再被监控。"

"好，但你似乎用不上金镑？"佛尔思直接问道。

经过拯救小"太阳"的行动，她对白银城已然有了初步的了解。

不等"太阳"开口，"倒吊人"插言道："你可以把对应的钞票或者金币给我，三百镑，这是很公道的价格，而我会将'太阳神官'的魔药配方展示给'太阳'。"

"'倒吊人'先生，您有'太阳神官'的配方了？"戴里克惊喜地反问。

在之前的巡逻和最近的探索里，他越来越觉得"太阳"途径的能力非常适合应对黑暗。虽然"巨人"途径的序列6"黎明骑士"已经能制造晨曦，但在神圣和光明领域，依然不如"祈光人"！

"倒吊人"轻轻颔首道："对！"

他之前就在罗思德群岛教区的秘宝库里找到了"太阳神官"的魔药配方，但直到最近才寻觅好机会，用足够正当的理由和足够满足条件的权限调阅了一次。

那个理由就是，苏尼亚海上出现了疑似永恒烈阳教会牧师的家伙，那家伙似乎暂时回不去因蒂斯共和国，只能在这边寻找"太阳神官"对应的魔药材料。而对永恒烈阳的憎恨，可以让仅是传闻的消息化为风暴教会的行动依据。

"太阳"戴里克先是一喜，旋即有些为难地说道："序列7魔药配方的价值超过了食灵者的胃袋，我，我没有你们说的金镑。"

"你可以用等值的材料来偿还。""倒吊人""嗯"了一声，"但我不清楚能从你那里获得什么……你先把白银城周围区域常见的怪物和对应的材料列一份清单出来，我从里面挑选。"

"没有问题，等这次探索结束，我就尽快去做。"戴里克明显松了口气。

旁边的克莱恩听得简直想捂住脸孔，但最终还是没有操纵"世界"破坏这桩交易，因为他也想知道白银城周围区域常见的怪物和对应的材料有哪些。

在"正义"奥黛丽暗中的叹息里,"倒吊人"环视一圈,提出了自己的请求:"我需要龙眼海雕的眼珠一对,我会付出相应的报酬。"

只提龙眼海雕的眼珠……也就是说,"倒吊人"先生有蓝影隼结晶羽毛的线索……他果然有很多渠道和资源……看过魔药配方的奥黛丽有所明悟地想着。

交易环节后,他们自由交流起所在区域的情报,这次的塔罗聚会迅速步入尾声。过程中,"世界"询问了美人鱼的线索,得到了和莎伦类似的答案。

等到一切行将结束,安静旁观的克莱恩想到了一个问题,觉得自己有必要提醒"正义"小姐和"魔术师"小姐一声。

埃德萨克王子的周围出现了疑似0级封印物的恐怖东西,甚至还可能涉及0-08,这绝对不会是简单的事情,而上次有类似状况发生时,廷根市遭遇了邪神子嗣的威胁,差点就从地图上消失!所以,如今的贝克兰德也存在这样的隐患!

克莱恩思索几秒,让"世界"声音沙哑着开口道:"女士们,先生们,我最近收到的一些消息表明,贝克兰德有大事在酝酿。这将带来极不安定的因素,也许会有惨剧发生。"

"是什么大事?""正义"奥黛丽关切地询问道,她的眉头不知不觉已轻轻皱起。

"不知道。""世界"坦然地摇头。

"那不安定的因素和可能的惨剧会出现在什么地方?""魔术师"佛尔思也颇为紧张地问道。从前面的聚会里,她确认"世界"先生的消息源值得信赖。

"世界"做出为难的样子,摇头说道:"那些消息彼此矛盾,让我无法给出肯定的答案。"

说到这里,他抬起脑袋,诚恳地望向隔着斑驳长桌的灰雾内的身影:"尊敬的'愚者'先生,您在贝克兰德的眷者,应该也察觉到什么了吧?"

众人的目光顿时集中到了青铜长桌最上首,他们有的好奇,有的担忧,有的期待,有的紧绷。

这样的注视下,"愚者"克莱恩身体向后微靠,平淡随意地说了一句:"埃德萨克·奥古斯都。"

埃德萨克·奥古斯都王子?他会与什么危险的、可能导致惨剧的大事有关系?而且,这件事情似乎已经得到了"愚者"先生的注视!"正义"奥黛丽瞬间将姓名与人物对应了起来,并产生了极大的忧虑和疑惑。

在她的认知里,能被"愚者"先生注视的事情或非常危险,或极端隐秘,或影响深远,绝对不会简单。比如,真实造物主试图借助兰尔乌斯和东区工厂区恶劣情况降临贝克兰德之事;比如,罗塞尔大帝的"黑皇帝"牌;比如,尼根公爵之死和黄昏隐士会。

类比这几个例子，奥黛丽有充分的理由相信，如果处理得不好，或者不够重视，与埃德萨克王子产生牵扯的大事必然会带来非常、非常、非常恐怖的风暴！

唔……埃德萨克王子有很长一段时间没再纠缠我了，我只是觉得庆幸，并没有多想。现在看来，这似乎有点问题……前面的舞会上，还热情地拦着我聊一些无趣的话题，开一些自以为是的拙劣玩笑，仅仅两三天后，就变得相当冷淡，甚至故意避开我……

我必须找机会向爸爸打听一下他的事情，但又不能表现得太好奇，否则爸爸很可能会答应王室的联姻要求……奥黛丽回想起了一些细节性的事情，忽然觉得自己的肩膀变得沉甸甸的。

她一直不喜欢埃德萨克王子，包括他的两位哥哥，从来没有想过要成为王妃。至于理由，非常简单，黑夜女神的信徒无法接受一代代信仰着风暴之主的奥古斯都们已经深入骨髓的那种对女性的傲慢、自大、轻视、偏激，很难再做出改变，而这是奥黛丽最无法容忍的事情。

一想到成为王妃后将置身于古老森严、极端保守的环境里，奥黛丽就觉得自己肯定会因此发疯，不顾一切地逃离，所以，面对王子们还算殷勤的讨好时，她没有一点感动，甚至非常排斥。

埃德萨克·奥古斯都……听姓氏是王室的成员，我隐约记得，这是一位王子？他要做什么危险的事情？我根本接触不到他啊……对了，可以请奥黛丽小姐和格莱林特子爵帮忙，但理由得提前想好，不能让他们怀疑……"魔术师"佛尔思微皱眉头，解读起"愚者"先生的那句话。

"倒吊人"阿尔杰对此颇感兴趣，但又不敢再问明显只做提示的"愚者"先生，只好沉吟两秒，对"正义""魔术师"和"世界"道："大海之上的气氛也不平静，这或许与贝克兰德产生了联动，就像那些机器一样。"

他这句话毫无根据，纯粹是想夸大危险程度，让三位身在贝克兰德的塔罗会成员积极调查。

# 第十三章

CHAPTER 13

### ✦ 前奏 ✦

不得不说，"倒吊人"先生配合得真好……旁观的克莱恩顿时放弃了让"世界"说类似话语的打算。

他之所以只提埃德萨克王子，不说那位疑似有0级封印物的戴蓝宝石戒指的女士，不讲可能也掺进了这件事情的0-08和因斯·赞格威尔，是因为不了解那些甚至可以毁灭一个国家的顶级封印物的情况，只能凭一些细微的线索做出不敢完全肯定的猜测。他害怕直接将关键点告诉"正义"和"魔术师"小姐后，她们刚开始有针对性的调查，就被目标察觉。

这也是克莱恩不找机会把自身遭遇告知机械之心的原因。基于对封印物0-08的某些猜测，他怀疑抱着这样想法的自己离开明斯克街，乘马车抵达杠杆教堂或蒸汽教堂时，会遭遇突如其来的、绝对无法抗衡的袭击，比如地下区域内的封印物大暴动，比如高序列强者的致命一击。

只有灰雾的屏蔽，能让克莱恩不用担心类似的问题，可以在一定程度上将此事告知"正义"和"魔术师"小姐，通过她们做更加柔和、更加迂回、更加不会被预先发现的提醒。

除此之外，克莱恩还有别的打算，那就是：让配角中的配角淡出舞台，"离开"贝克兰德，在无人注意的情况下变化容貌，悄然返回，于0级封印物的视线外联络机械之心！

希望能够成功，希望有机会揪出因斯·赞格威尔！嗯，前提是，如果他确实参与了这件事情……等等，阿兹克先生在追查因斯·赞格威尔的过程里，与军情九处发生了冲突，遭遇了暗中的通缉，而军情九处一向被认为是军方里的亲王室派……围绕埃德萨克王子有一系列的巧合，这与封印物0-08之前展现出来的特点相似……这似乎从侧面证实了因斯·赞格威尔的存在……

克莱恩闭了闭眼睛，脑海内又回闪出了那双崭亮的皮靴和苍白的手掌。

他靠住椅背，上翘嘴角道："女士们，先生们，我们下周再见。"

皇后区，霍尔伯爵家的豪华别墅内。奥黛丽站在全身镜前，看着里面的自己怔怔出神。

这次的塔罗聚会对她来说，既有好消息，也有坏消息。

好消息是，她即将得到"心理医生"魔药的主材料之一。虽然她已经不是当初那个用一千镑从"倒吊人"处买一些基础性非凡知识的无知少女，知道不少非凡材料的大致价格，但她并不介意为镜龙的眼睛支付溢价的部分。

在尼根公爵被刺杀后，她有了迫切地提高自身序列、获得相应战力的渴望和动力。为此，她不想再等待，愿意付出一定的代价——只要有材料出现，只要条件不算太离谱，她都会立刻接受，以免被意外干扰。

这就像一件被众多贵族夫人看中的珍贵首饰，和男人们喜好的、拥有奇特血脉的稀少马匹，相应的溢价是必然存在的、不可避免的，有的时候，在原本价格上翻两三倍都不是不可能……而且，佛尔思在中间忙碌，联络老师，肯定不能让她白白浪费时间，承担风险，唔……她也不知道我就是"正义"……奥黛丽无所谓地想着。

至于坏消息，毫无疑问是埃德萨克王子之事，这让奥黛丽少有地忧心忡忡。

幸亏有"世界"先生得到消息，还有"愚者"先生给予提醒，否则事情不知道会恶化成什么样子……奥黛丽，有了这么好的条件，你肯定能解决这个问题！加油！

女孩对着镜中的人影画了个绯红之月，努力让自己乐观起来。然后，她收敛了情绪，出门前往琴房，准备参与接下来的钢琴课，就像什么事情都没有发生过一样。

霍尔伯爵夫妇和希伯特·霍尔得晚餐前才能回家，她现在想要打听消息都没有对象，只能告诉自己，要冷静、要沉着、要有耐心。

家庭教师抵达前，奥黛丽随意地弹奏起乐曲，用美妙的旋律洗涤心灵。

弹奏告一段落，她发现金毛大狗苏茜不知什么时候已开门进来，蹲在了旁边，脖子上依然挂着那饰品般的金边眼镜。

"奥黛丽，你遇到了什么问题？你的琴声告诉我，你有烦恼的事情。"苏茜忽地开口说道。

唔……奥黛丽一下怔住，不知该怎么回答。

她忽然觉得家里有条"读心狗"不一定是好事……

…………

燃烧着篝火的营地内，闭着眼睛的戴里克·伯格静静地回想着塔罗聚会上发生的事情，确认自己没有遗忘反复经历同一段人生的记忆。

不知过了多久，饱含期待的他睁开双眼打量起四周，然而，映入他眸子的是与记忆里完全一致的火焰和队友。

就在这时，盘腿而坐，靠着石柱的"猎魔者"科林沉声开口了："五十次闪电后出发。"

这一刻，戴里克确定之前经历的所有事情不是梦境和幻觉。

乔伍德区，明斯克街15号。

克莱恩下至一楼，坐到起居室内，感受着壁炉不断外散的温暖。安乐椅上的他静静摇晃，没有看报纸，没有翻杂志，也没有阅读书籍。

这一切是如此的安宁与沉默，直到门铃的声音叮叮当当地传来。

穿着家居衬衣、羊绒背心的克莱恩起身走向外面，发现访客有些出乎自己的意料。他拉开房门，呵呵笑了一声："下午好，埃姆林，这个时间你不是应该在丰收教堂帮忙吗？"

来者正是头发斜着后梳、俊美得有些阴柔的吸血鬼埃姆林·怀特。

听到克莱恩的招呼，这眉眼傲慢的家伙表情顿时僵住，好不容易才恢复过来。

"我有事情想咨询你，夏洛克——莫里亚蒂——侦探！"埃姆林一个单词一个单词地吐出。

请他进入起居室后，克莱恩重回安乐椅，笑着问道："什么事情？咨询费用一镑，但不能超过一小时。"

埃姆林·怀特并未在意他的话语，沉思着说道："有位大人物让我去做一件事情……那件事情虽然能侧面帮助我解决隐患，但也蕴藏着很高的风险。我没什么朋友，又怕父母担心，而你是一位见识丰富的非凡者侦探……你有什么建议？拒绝，还是接受？"

解决隐患？清除心理暗示？克莱恩斟酌着说道："只有'事情'这个单词的情况下，我无法给出任何建议。"

埃姆林·怀特沉默好几秒，咬了咬牙，压低嗓音道："和那位'愚者'有关……"

"啊？"克莱恩险些抬手掏耳。

用一秒钟的时间确认之后，克莱恩交握双手，前倾身体，问道："具体是什么事情？"

"不，不能再说了。"埃姆林·怀特坚决地摇头。

担心被试探的克莱恩没再追问，单纯地根据吸血鬼刚才透露的信息分析起事情：与"愚者"有关……能帮助埃姆林·怀特解决隐患……有很高的风险……结合他之前的想法，这似乎已经表明，他打算举行相应的仪式，向"愚者"，也就是我祈求，以此消除心理暗示，获得久违的自由……但这不再是埃姆林自己的想法，而是来源于某位大人物的吩咐。

以这个吸血鬼的骄傲，愿意尊称大人物的，多半是同为血族的强者……血族大佬派后裔向"愚者"祈求是为了什么？他们和极光会有了合作？

满是疑惑的克莱恩抬起脑袋，望向一脸期待的埃姆林，在心里"嘿"了一声：你猜我会不会回应你的祈求？

他斟酌了两秒，没直接提出建议，转而说道："据统计，向不知情况的隐秘存在祈求，一百例里有三十例不会获得任何回应；有六十八例会遭遇各种可怕的事情，从而葬送自己的生命，或者活着不如死掉；仅两例有可能成功，得到想要的东西，但为此付出的代价未必是他们愿意的。"

作为前"键盘强者"，克莱恩一直认为，在证明一件事情或加强某个观点时，只讲个例、特例，不提整体样本和统计数据的，统统是在耍流氓，是在偷换概念。而一般这种情况下都伴随着相似的话语，比如：我有个朋友，我认识的某位姑娘，我身边的谁谁谁。

所以，为了说服埃姆林·怀特，他用心编了一些数据。当然，这也不是完全没有依据，至少克莱恩在值夜者小队时看过的许多卷宗说明了类似的情况。

"只有两例成功？六十八例出了问题？"埃姆林果然被吓到，忍不住抬手理了下头发。

"基本是这样，这就是你要做的那件事情的危险程度。如果你怀有恶意，风险甚至比这还要高。"克莱恩诚恳地回应。

埃姆林下意识地摇头："不，没有，没有恶意。而且，而且那位大人物会在过程里保护我的。"

没有恶意？呃，即使有恶意，你也未必会知道，你只是一个被推到前台的炮灰而已……

克莱恩抬起右掌，用手势加强着语气："这会让风险降低很多，但绝不会没有，那位大人物能真正地对抗隐秘存在吗？"

"……应该，不能。"埃姆林嗫嚅着回答。

"所以。"克莱恩摊了下手。

他忽然露出微笑道："埃姆林，其实你完全没有必要冒这个风险，就算彻底信仰了大地母神，也不会对你的生活造成什么影响。你看费内波特的民众，还不是爱吃什么吃什么，想穿什么穿什么，喜欢什么做什么。

"等到那个时候，乌特拉夫斯基神父大概率也不会再强行让你去丰收教堂做义工了，你将得到原本的自由。而且，我认为你对大地母神的教义适应得很好，没什么矛盾。"

埃姆林·怀特沉默了一阵道："因为喜欢祂的理念而成为信徒，和被人通过暗示强行转变为信徒，是完全不同的。即使有一天，我确实会背弃月亮，信仰母神，我也希望是我自由做出的选择，与别人没有关系，这是一个血族最后的骄傲。"

克莱恩略感诧异地看了埃姆林一眼，没想到对方还有这样的坚持。他考虑了两秒，没再劝说，"嗯"了一声道："问题其实很简单，那就是大人物的命令加摆脱隐患的诱惑，是否能让你有勇气面对一定程度的危险。如果你有为此付出生命的信念，那答案就非常简单。

"总之，这件事情最终得由你自己来权衡。"

埃姆林表情沉重地听完，本能地反驳了一句："如果我真的选择尝试，肯定不是为了自己，而是为了整个血族！解决隐患只是附带的好处！"

为了整个血族？我能有什么事情涉及整个血族？那个大人物是在骗你吧？

克莱恩呵呵笑道："一个实力不强的吸血鬼，却有机会拯救整个族群，你自己相信吗？"

"血族，血族！"埃姆林强调道，"而且，我的实力也不差，相当于你们人类的序列7，对了，还是擅长战斗的那种！"

"至于信不信，你不会明白的。"他站起身道，"虽然你的分析和建议没有实质的意义，但我还是得感谢你一句。呃，咨询费用就用上次的皮箱和锡盒抵扣。"

啊？克莱恩一时没能反应过来对方在说什么。

等到埃姆林离开，他才猛地明悟："一般情况下，大金额交易里的容器不都是赠送物品吗？这个小气吝啬的吸血鬼！"


闪电频率还未恢复的深暗里，白银城的探索小队"准时"抵达了那座半废弃神庙的外围。

戴里克记得第一次行动时，所有的兽皮灯笼都在这里熄灭，整支队伍陷入了纯粹的黑暗中，自己则听到了杰克从神庙深处发出的、让人毛骨悚然的"求救声"。

根据"倒吊人"先生、"正义"小姐他们的猜测，这也许就是我们开始循环的起点，但为什么苏醒时，是醒在城外的篝火营地，而不是这里？戴里克一边回忆塔罗会上的讨论，一边按照相应的建议，抬起手臂，暗自祈求。

他的身上突然绽放出纯粹明净的光芒，刺激得约书亚等探索小队队员飞快地摆出了战斗姿态。

"发生什么事情了？""猎魔者"科林拔下直剑，沉声问道。

戴里克"惊恐"地左看右看道："首席阁下，我刚才听见有小孩在喊'救救我……救救我……'"

他要试一试这是否为关键点！

"现在呢？"科林戒备地问道。

"现在没有了。"戴里克仔细地倾听了一下。

"猎魔者"科林用余光扫向约书亚等人："你们听到了吗？"

"没有。"探索小队队员们相继摇头。

科林只思考了几秒就做出决定，从皮带的暗格里抽出一个深蓝色的金属小瓶，将里面没有颜色的黏稠液体涂抹在了自己的直剑上，紧接着向上刺出了长剑。

半空霍然大亮，一道道银色细蛇般的光芒游走于上方，快速向着四周扩散。

银白的光彩瞬间笼罩住了所有探索小队队员，似乎彻底照亮了每一个人最阴暗的角落。

嗞嗞嗞，银色细蛇钻入虚空，不知奔向了哪里。一切很快平静了下来，只剩兽皮灯笼昏暗的光芒在静静地挥洒着。

科林半闭眼睛，不知在感应什么，过了足足五秒，才抬手指向前方道："现在开始，不能有任何疏忽，将戒备提到最高。"

好熟悉的话语……这里不是打破困境的关键……戴里克沉下心灵，一点也不懈怠地跟随队伍进入了半废弃的神庙。

这一次，他吸取教训，未再去看堕落造物主的脸庞，然后在检查地上部分的过程里，靠着主动和积极，争取到了探查那幅壁画所在区域的资格。

他提着兽皮灯笼，握着飓风之斧，和一位队友以小组的形式展开了行动。经过一面面或斑驳或坍塌的墙壁，他终于抵达了目的地。

随着兽皮灯笼的光芒由远及近，墙上的那幅壁画逐渐清晰。戴里克先是望向角落，找到了印象深刻的那行奇怪单词。

"救赎蔷薇……"他默念这个名称，举高兽皮灯笼，仔细审视起壁画的细节。

斑驳的墙上，最高处是模糊的、巨大的漆黑十字架，上面倒挂着一道难以看清具体形貌的影子。

这幅画面的背景是一片荒芜死寂的平原。平原中，行走着一列长长的队伍，他们的目标正是远处的高山，以及高山顶部的十字架与倒挂之人。

这列队伍内，有的成员还跪在地面，虔诚祈祷；有的则已站起身体，迎着狂风，往前行走。他们的面目都只是被简单地勾勒，似乎在突出衣物的破烂情况，唯有最前方的领头者颇为清晰。

那是一个身材瘦高、银色头发长至背心的男子，他五官柔和，脑袋低垂，眼睛紧闭，背后有着层层叠叠的光芒羽翼。

天使！传闻里的天使！戴里克暗藏激动地观察起领头者四周的状况。

很快，他发现那疑似天使的男子脚下有一道蜿蜒的、闪烁着波光的河流。河流不断拐弯，绕了回来，注入自己，成为源头！

循环！这形成了循环！戴里克顿时觉得自己抓住了某个关键。

在一段循环的经历里，墙上的壁画内竟然有一条循环的河流！后者明显在昭示或揭露着什么！

戴里克视线上移，只见那位羽翼难以数清的银发天使，面容温柔里带着些许淡漠，就像在俯视河流、俯视命运。

这就是"愚者"先生提示的真正含义？戴里克略一思考，决定尝试一下。如果成功，他打算把自身反常的缘由都推给小男孩杰克；要是失败，则不会有人记得他曾经做过什么！

在队友错愕的目光里，戴里克举起飓风之斧，狠狠劈向了那道河流。

刚好闪过的电光被引动，银白光芒落到了斧上。

砰！戴里克的斧头，缠绕着道道银芒，劈中了壁画上的河流，劈得墙体凹陷，石屑横飞。

这一击之下，那条首尾相接的河流彻底从中断开。

正当他期待着循环被打破，探索小队全体成员随之跳出神庙这个场景时，"猎魔者"科林身影一闪，来到他的面前，沉着脸孔道："你在做什么？"

这位半神的剑尖依旧垂向下方，但握住柄把的手却明显比刚才用力。

戴里克回想着集塔罗会众位成员智慧结晶于一体的说辞，半是"疑惑"半是"恐惧"地开口道："刚才有道黑影从这里闪过，首席阁下，真的！像是小孩的身影！"

科林·伊利亚特目光没有移开地问着另一位队员："海因姆，你看到了吗？"

叫作海因姆的探索小队队员下意识地往首席的方向靠拢，坚定地摇头道："没有，我什么也没有看到。"

科林浅蓝色的眼眸里顿时有微光在荡开，凸显出两个墨绿色的复杂符号。

他就那样静静地注视了戴里克四五秒钟。终于，他收回视线，没有异常地说道："这是你的第一次探索任务，因紧张出现幻觉是很正常的事情。接下来，你跟随在我的身边，我想这样你会平静一些。"

"是，首席阁下。"戴里克毫不犹豫就答应了下来。

经过刚才的尝试，他初步确认壁画与关键点没有联系。

"愚者"先生提示的救赎蔷薇应该还藏着更深层次的意思，不是那么简单……戴里克握着飓风之斧，沉默地走在首席科林的身边。

之后的事情与他记忆里的几次探索行动没有太大的区别，众人重复着过往，第六次抵达了布置有祭坛的最终大厅，发现了蜷缩在阴影里的黄发小男孩杰克。

听到"救救我……救救我……"这句话，看见明显的小孩身影后，"猎魔者"科林微不可见地点头，将投注在戴里克·伯格身上的注意力收回了大半。

就在他斟酌语言，准备开口的时候，戴里克却突然问道："该怎么救你？"

小男孩杰克露出激动的表情："救我，救我，送我回家！送我回家！"

"你家在哪里？"戴里克又好奇又害怕地问着。

见此情状，科林闭上嘴巴，紧了紧手掌。

小男孩杰克虚弱地抬手道："我家，我家在恩马特港！"

恩马特港……虽然"倒吊人"先生没提过，但从港口这个单词来看，杰克真的不属于我们这里，他很有可能来自外界，来自"正义"小姐他们所在的鲁恩王国！戴里克一阵欣喜，难掩激动。

他的反应并未引起"猎魔者"科林的怀疑，因为这位强大的六人议事团首席同样没有见过大海，只能从保存下来的一些典籍里知道这种比湖泊大了不知多少倍的水体，以及"港口"这个名词。

陌生男孩嘴里吐出的"恩马特港"仿佛在科林面前展开了一幅新世界的画卷，这让苦苦寻觅着白银城未来的他瞬间忘记了别的事情，脱口而出道："你，或者你们，是怎么来到这里的？"

小男孩杰克露出回忆的表情："我和我的父亲先是乘船，接着与他的同伴会合，继续乘船。一场很大很大的风暴之后，剩下的人登上陆地，循着主目光所视的方向前行，一直走到了这里。"

循着主目光所视的方向前行？"猎魔者"科林和戴里克等人同时望向了祭坛上的神像，分辨祂注视着哪里。

很快，科林就确定了大致的信息。

他们沿着神像目光所视的方向前行，来到这里，也就是说，只要逆转这个过程，我们就能找到海边，找到他们登陆的地点……这视线的反方向是……于不断探索中逐渐完善的白银城周围的地图浮现于"猎魔者"科林的脑海，让他初步描绘出了陌生男孩的旅途路线。

中间如果没有别的神庙，没有相应的雕像，一直这么延伸下去，那将，那将通过巨人王庭的废墟！科林的瞳孔霍然收缩。

那是曾经居住着古神巨人王奥尔米尔的神灵宫殿，距离白银城并不遥远！

长期被巨人一族统治的白银之国后裔们都明确地知道它的废墟位于哪个位置，但始终无法完成探索，因为那里极为危险，比没有光芒的纯粹黑暗还要危险！

而根据科林的回溯，陌生男孩一行人正是穿过巨人王庭的废墟才抵达了这里。

他们是怎么办到的？或许他们没有走纯粹的直线，而是绕过了巨人王庭……不管怎样，巨人王庭背面有着通往海边的道路，而大海的另外一端很可能有着人类的国度……那会是白银城的希望吗？科林难以遏制地想着。

这时，戴里克敏锐地发现小男孩杰克胸腹间的衣物染着暗红，似乎有液体在缓慢地渗出。

"你受伤了吗？"他小心翼翼地问道。

杰克垂下脑袋，语气飘忽地回答："长了些不好看的东西……"

说话间，他拉开衣物，露出赤裸的胸腹。在那里，镶嵌着两只眼睛、一个鼻子、一张嘴巴！

那不是画上去的，也不是宝石拼凑出来的，而是纯粹由真正的眼睛、真正的鼻子和真正的嘴巴构成，并且彼此不像一组，仿佛分属于三个人。

霍然之间，戴里克想象出了一个画面：小男孩杰克吃掉同伴后，用他们残余的眼睛、鼻子和嘴巴在胸腹间组成了一张怪异的人脸。

那人脸温柔淡漠，让戴里克莫名感觉眼熟。

只是一两秒的工夫，戴里克就弄清楚了熟悉的原因——这张人脸很像上方壁画内的那个天使，脚踩循环河流的银发天使！

果然，我们不断重复探索的原因就源于那个天使！戴里克心中一动，脱口念出了一个单词，就像要给出解除困境的咒语。

"救赎蔷薇！"他郑重地喊道。

小男孩杰克抬起脑袋，怔怔地望着他，嘴巴一点点咧开，咧到了耳根位置："我好饿……好饿……"

戴里克一下呆滞，看见了激烈的战斗。

等他再次清醒，又坐回了营地的篝火旁。

救赎蔷薇不是咒文……他深刻地检讨起来。

第七次探索很快开始，已做过尝试的戴里克不再有异常举止，只是主动争取去检查了那幅"救赎蔷薇"壁画。

一路照旧，探索小队又进入了那个有着祭坛和神像的地下大厅，发现了明显诡异的小男孩杰克。

类似的对话之后，戴里克再次看见了那张用别人五官拼凑出的人脸。

有了经验的他未做任何具备刺激性的举动，压低嗓音对"猎魔者"科林道："首席阁下，他胸前的人脸和上面壁画内的天使很像，就是有一头银发、脚下河流首尾相接的天使。嗯，角落写着'救赎蔷薇'的那幅壁画。"

"猎魔者"科林先是一怔，旋即皱起了眉头。他一边注视、安抚着小男孩杰克，一边用余光打量戴里克。

沉默了几秒，他低声说道："因为是你提到这件事情，让我产生了一些联想。"

不等戴里克询问，他自顾自地往下道："我们研究了那幅壁画很久，只是单纯地认为那描绘着一个领路的天使和一群朝圣的苦修士，他们这个团体的名称也许就叫救赎蔷薇。

"那条首尾相接的河流表示着循环，我们的解读是，朝圣之旅反复发生着。

"而现在看来，它也许标识着那个天使的身份。这是你让我产生的想法，因为阿蒙曾经藏在你的体内。"

"为什么？"戴里克一阵茫然。

"猎魔者"科林注视着小男孩杰克道："阿蒙遗留的那条小虫具备时间的象征符号，循环的河流往往与命运有关，两者放在一起，让我回忆起了少量典籍上提到过的不知真假的内容。

"'创造一切的主，全知全能的神'注视着这个世界的时候，祂身边环绕着诸多天使。其中，所有天使的首领、最接近神座的天使之王共有八位，他们的名号有的已经消失在了漫长的历史里，有的还有着一定的记录，或简略，或详细。

"传闻这八位天使之王里甚至有神灵的子嗣。其中，有两位天使之王的称号分别是'时天使'和'命运天使'。"

戴里克一下恍然大悟，确认般问道："您认为阿蒙是'时天使'，那幅壁画上的是'命运天使'？"

"暂时不能确定，'时天使'只有一个称号流传下来，而'命运天使'的记载相对详细……"猎魔者"科林忽然吸了口气。

紧接着，他沉声说道："命运天使，'吞尾者'乌洛琉斯。"

傍晚时分，奥德拉家族的地下建筑内。

埃姆林·怀特望着那具铁黑色的棺椁，对躺在里面的古老血族道："尼拜斯大人，我接受始祖的任务！"

尼拜斯用苍老的声音回应道："很好。你想什么时候开始？你有什么心愿没有完成？"

"……"听到尼拜斯大人询问心愿，埃姆林·怀特小腿肚一软，差点后悔。

他硬着脖子道："不需要！现在就可以开始。"

满是奇异花纹的铁黑色棺椁静静安放于中央，空气里仿佛有隐晦的波动在悄无声息地碰撞。

埃姆林·怀特立在角落里，按照正常的仪式流程，点燃蜡烛，滴下精油，烧灼对应的草药粉末。

烟尘氤氲飘忽的氛围荡漾开来，埃姆林回忆了下"人工梦游"的要求，低下脑袋，开始冥想，并反复诵念"愚者"的尊名。

"不属于这个时代的愚者，

"灰雾之上的神秘主宰，

"执掌好运的黄黑之王。

"……"

单调有节律的声音里，埃姆林逐渐进入了一种奇妙的状态，身体放松，意识内敛，如在沉睡；灵性却活泼轻盈，不断往外扩散。

这个时候，他有了自己在不断上飘的感觉。

灰雾之上的古老宫殿内，克莱恩坐在青铜长桌最上首，手指轻敲地望着旁边一圈圈荡开的光幕，没有表情地欣赏着祈求的人影。

虽然那很模糊，但克莱恩还是一眼就认出对方是吸血鬼埃姆林·怀特。

很有勇气嘛，拿出了去购买人偶的行动力……克莱恩感慨一声，未作回应。

他之前尝试占卜了血族的目的，无法得到有效的启示，唯一能肯定的是与极光会无关。

这让克莱恩颇为好奇，可他不会因此冒险，在一个高位血族就藏于旁边的情况下回应埃姆林·怀特。

他不知道对方是否能抓住痕迹，像"渎神者"阿蒙那样威胁到灰雾之上的神秘空间，也不想去确认，毕竟当时的阿蒙只是一个分身，现在的高位血族则大概率是本体。

没必要在无关紧要的事情上承担风险，就算再想了解血族真正的目的也一样……而且又不是没有别的办法……克莱恩看着"人工梦游"状态下的埃姆林·怀特，笑着自语了一句："我可以延迟响应啊……"

他打算等到明天或者后天，等到埃姆林·怀特离开保护，等到血族放弃此事，再突然回应！

不过，这有个前提——先用占卜确认风险程度。

"'吞尾者'……就像那条河流一样？"戴里克·伯格顿时产生了联想。

"猎魔者"科林郑重地点头："是的。这意味着我们可能已经踏入一条无法离开的、首尾相接的河流。幸运的是，这应该只是那位命运天使留下的一些力量，祂并没有藏在这里。"

不，不是可能，而是确定，而且早就……戴里克在心里回应道。

这个时候，科林取出了一个暗红色的金属小管，拧开盖子，咕噜喝下。

他浅蓝色的眼眸迅速变淡，染上了银色，到了最后，眸子甚至竖直起来，映照出了小男孩杰克的身影。

一点点火花般的银光在他的眼睛内闪烁，时而盘旋，时而碰撞，异常剧烈。

铮！"猎魔者"科林将手里的长剑插入了地面。他反手拔出另外一把直剑，为它涂抹上金黄得如同阳光的油脂。

发现这个动作，小男孩杰克的表情一下变化，就像脸上被笼罩了浓郁的阴影。

抢在小男孩张开嘴巴前，"猎魔者"科林动了，他抽出地上的长剑，于原地留下了一道模糊的身影。

金黄与银白闪亮，照彻了整个地下大厅，小男孩杰克身前的光芒最为浓郁。

一道凄厉的惨叫后，昏暗重新笼罩了祭坛。小男孩杰克站在原地，身体虽然没有移动半步，但胸腹间的那张人脸却已不见，只留下可以看见蠕动着的内脏的空洞。

杰克侧方几米之外，"猎魔者"科林半蹲于地，双剑斜垂。他的前面，那张人脸四分五裂，还原成了零散的眼睛、鼻子和嘴巴。

这些器官被电击般抽搐着、弹动着，很快静止下来，又极速腐烂，就像原本就该是这个样子。

瞬息之间，戴里克只觉周围有无形的、水墙似的屏障凸显，并无声破碎。几乎是同时，他仿佛离开了湍急的河流，回到了岸上。

看着阴森的地下大厅，看着倒吊着的神像，看着表情因痛苦而扭曲、一下昏迷过去的小男孩杰克，戴里克心中一喜，松了口气。

他知道自己这一行人终于摆脱重复的人生了。

戴里克很清楚，虽然最后的处理看起来并不复杂，但在预先不了解问题、未获得提示的情况下，也许得重复几十遍几百遍才有可能发现线索，找到办法。

这个过程里，有一点不谨慎、不小心，就会死人，而戴里克无法知道逝去的生命是否会重来，或者依然"复活"于篝火旁边，然后在彻底摆脱困境后死去。

更为严重的是，人总是会重复一样的选择。也就是说，如果人们第一次发现不了问题，在没有相应记忆和经验的前提下，第一百次、第一千次恐怕也察觉不出异常，他们会完全迷失于循环的河流内，直到外界的时光正常流逝至他们生命的终点。

一想到类似的可能性，戴里克就衷心地感激"愚者"先生，感激袖恢复自己的记忆，并给出提示。

侧过头望去，他看见约书亚等探索小队队员没有异常反应地检查起周围区域，就像前面的六次探索并不存在一样。

或许回到白银城，他们才能从日期的不对发现自己失落了一段人生……戴里克沉默地想着。

这时，"猎魔者"科林站起身，走回小男孩杰克旁边，取出另一个金属小瓶，将里面黑色的黏稠液体倒了对方空洞的胸腹间。

那些液体迅速凝成半透明的薄膜，贴住伤口，止住了流血。

"海因姆，约书亚，你们负责带上他。"科林压制住内心的悸动，沉声吩咐道。

在他眼里，这是白银城摆脱诅咒、战胜末日预言的希望！

呼……戴里克本想隐蔽地感谢"愚者"先生，却发现没有对应的祈祷手势。


皇后区，霍尔伯爵家的豪华别墅内。

丰盛的晚餐在诸多烛火的照耀下闪烁着诱人的色泽。

与报纸杂志想象中的描述不同，大贵族家庭的晚餐并不严肃，不需要保持沉默。这是家庭成员们少有聚齐的时候，他们边用餐，边随意闲聊着各种轻松的话题，以此交流感情，巩固联系。

奥黛丽切了块自己牧场出品的牛排，观察了下霍尔伯爵的表情，没有掩饰好奇地问道："爸爸，埃德萨克王子最近发生了什么事情吗？"

她的打算是，如果父亲说没有，就假装自己听到了一些不符合实际、不用负责任的流言。这在贵族圈子里并不少见。

霍尔伯爵的刀叉顿住，抬眉说道："你听说了什么？"

果然有！从父亲的反应读出想要信息的奥黛丽浅笑着回应："一些流言，这似乎是真的？"

霍尔伯爵揉了揉额角，道："并不是什么太严重的事情。奥黛丽，我知道你的想法，所以不需要隐瞒你。这涉及一起较为普通的王室丑闻，简单来说就是，埃德萨克王子喜欢上了一个平民女子。这导致了一位贵族后裔的死亡，王室封锁了事情的传播，不想造成太大的影响。"

伯爵夫人喝了口香槟道："看来他还不够成熟。"

妈妈的批评很委婉嘛……这听起来确实很可疑……埃德萨克王子真的卷入了危险的事端，并将为贝克兰德带来不好的变化？奥黛丽做出恍然大悟的样子，笑笑道："这让我有些疑惑，为什么自由与爱情的故事会涉及一位贵族后裔的死亡？"

希伯特·霍尔埋头切着香嫩的肉排，饶有兴致地猜测道："这让我想起了那些复杂的爱情故事。在风暴之主的信徒中，为女士、为荣誉决斗，是一件很常见的事情。"

"这是放进了博物馆的传统。"霍尔伯爵否定了长子的说法。

奥黛丽抓住机会，斟酌着说道："我印象里的埃德萨克王子不是这样的人，而且流言已经传出……他们真正想掩盖的或许不是这件事情。"

"或许不是……"霍尔伯爵咀嚼着这句话，眉头不自觉有些皱起。

奥黛丽适可而止，不再多说，自然地将话题引到了另一个方向。

她接下来准备找其他贵族朋友打听。作为曾经被埃德萨克王子追求过的女孩，想要了解事情的细节，是绝对正常的反应——无论好奇，还是不甘，都能驱使人做出这样的尝试。


"人工梦游"状态无法持续太久，埃姆林·怀特略显疲惫地回到现实，睁开眼睛，望向那具铁黑色的棺椁，半是松气半是失望地开口："尼拜斯大人，没有回应。"

尼拜斯沉默了好一阵子，才颇为沙哑地说道："好的。你今晚住在这里，预防意外情况的发生。"

"好！"埃姆林完全没有逞强。

这一晚，他在担忧和忐忑里度过。但夜色是如此宁静，毫无异样，直至贝克兰德少见的冬日阳光洒落在窗上，它才悄然退去。

"真是一个坏天气。"埃姆林离开奥德拉家的别墅，压低礼帽，嘟囔着走上了一辆出租马车。

他的目的地是大桥南区的丰收教堂。

马车平稳地行驶了一段时间后，埃姆林眼前忽地一花，看见了无边无际的灰白雾气。紧接着，他惊愕地发现自己置身于一座神秘雄伟的巨人宫殿内，坐在一张斑驳古老的青铜长桌旁。

而那长桌的最上首，有一道被浓郁灰雾笼罩着的人影正居高临下地注视着他。

有那么一个瞬间，埃姆林·怀特是僵硬的、没有思绪的，就像一尊坐在那里的大理石雕像。然后，他听见那悠闲地坐在浓郁灰雾中的身影淡然地问道："你为什么向我祈求？"

埃姆林的脑海顿时嗡了一声，他脱口而出道："这是始祖的启示，祂告诉我们，祂通过梦境告诉我们，末日将要来临，必须做好准备，而我，而我是几个关键点之一，我的任务是向'愚者'，向您祈祷！"

听到对方叽里呱啦、毫无隐藏的详细回应，预备好后续话术的克莱恩竟不知该从哪里问起——他想知道的，埃姆林·怀特这吸血鬼已原原本本地交代清楚了。

始祖的启示……古神莉莉丝不是已经在大灾变之前很久的第二纪元陨落，或是被那位造物主收回了权柄吗？正因为如此，不少吸血鬼才尝试着向原始月亮祈求，结果收获了极为凄惨的下场……而且，"门"先生也提过，"月亮"牌是空缺的，这一方面表明原始月亮很可能是哪位神灵或高位"恶魔"的化身，另一方面也间接证明古神莉莉丝已经失去了序列0的位置。一般情况下，这往往与死亡等同……克莱恩瞬间联想起了相关的线索。

他原本以为，会在某些特定事情上回应血族祈求的"莉莉丝"是那位古神的遗物，比如"月亮"途径的唯一性，所以呆板、僵硬、被动，限制极大，可现在，对方主动给予启示的事实让他否定了这个猜测。

两个可能性，一是"莉莉丝"是哪位神灵假扮的，提前占据关键点，挡住想要登临"月亮"途径序列0宝座的对手，本质上并不爱护血族，提供的启示只是一种试探。其中，嫌疑最大的是抢了"绯红之主"这个称号的女神，可祂已经是序列0了啊，对应亵渎之牌里的"星星"牌，为什么还会觊觎月亮？为了破坏敌人的好事？

二是古神死而未僵，只要没有别的强者成为"月亮"途径的序列0，祂就能以某种奇特的、难以理解的方式存在着，等待重新归来的契机，就像"黑皇帝"牌描述的那样。而女神将"绯红之主"的称号加在自己身上，也许就是为了在一定程度上破坏此事……

按照这个逻辑，莉莉丝最近做出的末日启示，就是为积蓄多年后的复活而努力，而我这个"愚者"在祂的预言里将扮演关键角色。如果真的是这样，那应该算某种程度上的"合作邀请"……但我一个才序列6的非凡者，拿什么和未消散的古神合作？

让埃姆林·怀特加入塔罗会？血族是一个生命漫长的种族，从第二纪元延续到今天，知道的秘密肯定不少……只是，那将冒不小的风险，嗯，可以每次开会前先占卜要不要拉埃姆林……

对了，《灵界见闻》那本笔记里也有类似的末日预言，来自"黄光"威尼坦，祂同时还指出，亚伯拉罕家族的诅咒将被一位得到隐秘存在帮助的"学徒"解除。这很符合"魔术师"小姐目前的状态啊，她是得到了我这个"愚者"帮助的"学徒"……这就有点意思了，难道所有擅长预言的高位者都看见了末日的不可避免，也看见了"愚者"的存在和可能发挥的作用？

克莱恩脑海内闪过了一个个念头，表情却没有丝毫变化。他靠着椅背，不快不慢地笑道："你们的始祖让你向我祈祷什么事情？"

平和的嗓音让埃姆林从那种僵硬到不知自己在做什么的状态里缓了过来，他略显呆滞地摇头："我不知道……"

这个时候，克莱恩看见埃姆林坐的那张椅子背面，凌乱的星辰飞快移动，迅速组成了一个象征绯红之月的符号。

果然，古神莉莉丝后裔对应的非凡途径指向"月亮"……克莱恩低笑一声道："在有七位正神和诸多隐秘存在的情况下，你们的始祖为什么会认为我将是末日的关键点？"

"愚者"的态度终于让埃姆林·怀特平复了下来，他明白自己真的遭遇了不可思议的事件，被一位隐秘存在强行拉入了一个神奇的地方！

祂就是"愚者"……祂竟然没有发怒……这是因为我代表始祖？我，埃姆林·怀特，确实是特殊的那一个，被始祖提及，且获得了"愚者"的回应……想到这里，埃姆林不由得坐得笔直了一些，斟酌着语言道："尊敬的'愚者'先生，始祖给予的启示是这样的，我，埃姆林·怀特，将成为拯救血族、战胜末日的关键，而这一切从向您祈求开始。"

他隐藏的意思是——末日的关键点，不是您，是我！

这家伙还有这么"中二"的一面……也是，他一直都挺傲慢的，自我感觉良好……克莱恩在心里用过去的流行词汇吐槽了两句。

他颇感好笑地开口道："同样的问题，为什么是向我，而不是向七位正神或其他隐秘存在祈求？"

"……不知道。"埃姆林诚实地摇头。

克莱恩想了想，故意说道："其实我大概明白你们始祖的意思，祂希望你在我的帮助下，成长为真正的高位者，从而在末日来临时拯救血族。"

"成长？"埃姆林疑惑道，"您知道的，我们血族没有办法自行成长，只有通过特殊的仪式得到长辈的馈赠和先祖的遗留，才能提升位阶。"

果然，同样得符合非凡特性的守恒定律……换句话说，必然有别的办法，只要符合基本定律……克莱恩呵呵一笑道："你的见识蒙蔽了你的眼睛，让你看不到更加宽广的世界。当然，这个问题不会由我来回答你，它的答案必须你自己去寻找，我只是提供给你一个机会。"

他停顿了一秒，如恩赐般说道："你希望有这样的机会吗？"

埃姆林毫不犹豫就起身行礼道："这正是我的愿望！"

呵，面对隐秘存在时，你的傲慢去了哪里，怎么只剩下谦卑？克莱恩腹诽了一句，手指轻敲斑驳长桌边缘道："但你必须遵守一些事情。"

"您讲。"埃姆林忍耐住内心的激动。

克莱恩微笑道："不能将与我相关的事情透露给任何人，除非得到我的允许，包括之前仪式进行时在场的血族。"

"可是……"埃姆林有些不能接受。

克莱恩非常笃定但温和地反问道:"莉莉丝应该没有让你在事后向谁汇报?"

这从血族获得的启示里连祈祷的内容都没有就可以推断出来!

莉……祂直呼始祖的名讳……听起来像是老朋友……埃姆林心头一颤,低下脑袋道:"没有。"

克莱恩语气没太大起伏地含笑再言:"这是一场隐秘的交易,所以我才在你离开注视后回应。同样,你不需要向莉莉丝汇报,那会让某些家伙察觉。"

见埃姆林有些明悟地点头,克莱恩又补了一句:"要想成为拯救血族的关键,就必须承受相应的"荆棘",比如不被人理解,受到污蔑和轻视,只能在黑暗里背负着沉重的使命,默默前行。"

这有针对性的话语顿时让埃姆林·怀特想象出了相应的场景:总是因喜欢人偶被同族嘲笑的自己;迷路进入丰收教堂,留下耻辱痕迹的自己;从来不被长辈重视和看好的自己;于角落里默默守护着族群,守护着大家,不为人知晓的自己……

很快,被自己感动的埃姆林恭敬地回应道:"您的意愿必将贯行于大地。"

克莱恩往后一靠,云很淡、风很轻般说道:"我默许了一个隐秘聚会的成立,就在这里。

"你是否愿意加入这个聚会,寻找强大起来拯救血族的办法?"

"我愿意!"埃姆林毫不犹豫就给出回答。

克莱恩满意地点头:"你还有其他事情想要请求吗?"

埃姆林顿感欣喜,慌忙地说道:"伟大的'愚者'先生,我想请您帮我解除心理暗示,这是一个大地母神教会的主教……"

"我知道。"克莱恩平和地打断了他的描述。

祂知道……不愧是一位隐秘存在……埃姆林的脑袋又低了下来。

克莱恩轻笑了一声道:"我可以帮助你,但你愿意为此付出什么样的代价?"

在灰雾之上,他有着非常强的灵视,刚才就发现埃姆林·怀特灵体内呈幽黑色泽的心理暗示不知什么时候已消散大半,稀薄到了脆弱的程度。

克莱恩原本还打算参照《秘密之书》上处理类似问题的仪式来解决,但现在的状况让他相信,一次密契仪式加"黑皇帝"牌的压制、"太阳胸针"的净化就能彻底驱散埃姆林·怀特体内的心理暗示。

代价?埃姆林想了一阵却想不出来自己有什么东西是"愚者"这位隐秘存在感兴趣的。

见此情状,克莱恩主动说道:"我对你们血族的某些历史很感兴趣,你可以用这方面的内容做交换。"

血族的历史?埃姆林略一思索,就答应了下来。

"你可以先想一想将要描述的内容。呵呵，在此之前，你需要选一个代号，从它们之中。"克莱恩在青铜长桌表面具现出了未被挑选的那些塔罗主牌。

埃姆林·怀特颇感有趣地仔细看了几眼道："月亮，我选'月亮'牌！"

灰雾之上，巨人居所般的宫殿内，"月亮"埃姆林认真地思考起该向"愚者"先生讲述血族的哪部分历史。

祂和始祖是老朋友，肯定很了解大灾变前的事情，不需要我再重复……第四纪和第五纪里，血族的荣光并不罕见，有太多值得讲述的历史，但最为重要最为关键的只有一点……埃姆林迅速就有了想法。

他现在的认知中，"愚者"很可能是大灾变前的哪位古神，因为某些缘由没有陨落，而是沉睡至今，并逐步复苏。

这能很好地解释在之前以千年计的漫长历史里，血族的记载中为什么从未出现类似的隐秘存在，直到对方的尊名突然传播开来。

略作斟酌，埃姆林挺直腰背道："大灾变之后，血族离开了南北大陆历史舞台的中央，以个体而非族群的身份成为不同帝国、不同王朝的贵族，或管辖一片领地，或看守关键区域的城堡。

"等到我们的女王，带领我们走出黑暗时期的血月女王奥尔尼娅成为特伦索斯特帝国那位'夜皇'的妻子，整个血族才凝聚起来，成为这个王朝的重要支持者。那个时候，鲁恩的奥古斯都、弗萨克的艾因霍恩都必须尊敬地称呼我们的女王为皇后陛下。

"在那个年代，奥尔尼娅女王就是美的象征，如果存在能回答问题的魔镜，那'世界上最美的女子是谁'的答案只能是她……"

埃姆林越说越是骄傲，越说越是自豪，从拘谨、慎重变成了滔滔不绝。

能回答问题的魔镜，这不就是阿罗德斯吗？也不知道机械之心有没有成员闲得慌，来上一句"魔镜魔镜告诉我，谁是世界上最美丽的女子"……阿罗德斯又会做出怎样的回答？克莱恩坐姿未变，嘴角含笑，思维发散地想着。

叽里呱啦地说了一堆后，埃姆林的表情转为严肃："这一切在四皇之战里破灭，'夜皇'陨落，女王陨落，血族遭遇了颇为沉重的打击。而在攫取到最终的胜利果实后，七神支持的奥古斯都、艾因霍恩、索伦和卡斯蒂亚这四大贵族瓜分了帝国，覆灭了缺少高位者的皇室，我们血族只能退入无人的深山，躲到阴暗的角落里，以保持族群的延续。"

和我预料的差不多……七神，四皇之战的时候已经是七神……克莱恩想到了图铎家族地下遗迹里的六神雕像。

"幸运的是，当时七神分裂，四国互相攻击，我们在付出一定的代价后，终于摆脱了厄难。"此时，埃姆林少见地精神抖擞。

他目光炯炯地望着克莱恩，道："尊敬的'愚者'先生，你还有空听我讲述血月女王的生平事迹和血族曾经具备过的荣光吗？那是由一页页光辉篇章组成的沉重典籍，我可以复述其中的每一部分。"

看起来你还能讲一天一夜……我曾经以为你是喜欢人偶的"吸血鬼之耻"，对历史不会太了解，想不到你竟然这么专业、这么有学术精神……难怪你一直认为血族是高贵的，并因此自豪……这种不爱出门的家伙，真对什么领域产生了兴趣，确实会做深入的研究，而且吸血鬼的生命也足够漫长……

克莱恩斟酌了下，准备婉拒埃姆林的好意。虽然他对那些历史并不缺乏兴趣，但时间并不允许他于这里听对方长篇大论。

"足够了。"克莱恩微微一笑道，"我喜欢等价交换，不会让你没有收获地讲述。等以后有机会，你再用相应的历史，从我这里换取想要的事物。"

"……好的。"埃姆林一时还有些失落。

这是他第一次有机会向别的存在讲述血族的荣光。平时，为了隐藏身份，他没法和人类炫耀这些，而血族内部，该知道的都知道了，且轮不到他负责新生儿的教育。

克莱恩不再多说，恢复了居高临下的态度："好了，你回去吧。"

埃姆林·怀特眼前顿时有深红的光芒亮起，迅速将他吞没。

短暂的眩晕后，他发现自己依然坐在行驶的出租马车内。紧接着，他看见了虚幻的羊皮纸，获得了怎么以密契仪式向"愚者"祈求帮助的知识。

等中午空闲下来，回到家里，就立刻举行仪式，请"愚者"先生解除我的心理暗示……埃姆林忽然有些激动。

等到马车抵达丰收教堂，他才平复下来，给予马车夫车资。

进了教堂，看见乌特拉夫斯基神父在那里为仅有的几位信徒布道，他不再像往常那样苦恼，内心颇为轻松。

这样的状态下，他莫名想到了一些事情：乌特拉夫斯基神父似乎从来没有阻止过我寻找解除心理暗示的办法……他究竟在想什么……

…………

东区，桌面油腻的咖啡馆内。

于预定时间抵达的克莱恩边享用蘸嫩豌豆炖羔羊肉汤汁的燕麦面包，边听老科勒讲述他最近一周内搜集到的消息。

可惜的是，里面并没有具备太大价值的情报。

等到对方说完，克莱恩想了想，又掏出总值两镑的钞票，推了过去。

"您刚才已经给过了！"老科勒吓了一跳，愕然摆手。

克莱恩轻笑道："这周以内，我就会去南方度假，辛苦了一年，是该休息一段时间了。我也许得两三周才能回来，所以提前支付你相应的报酬。呵呵，不要忘记帮我搜集消息。"

"好，好的！"老科勒又欣喜又感激地接过了那些纸币。

这个瞬间，他已经想好了该怎么度过新年。他打算买下之前舍不得买的那条腌制好的火腿，用它搭配自己的面包。

真是让人迫不及待啊……感谢莫里亚蒂侦探！他不自觉地吞咽了口唾沫。

克莱恩拿起帽子，斟酌了下道："你应该察觉得出来，最近东区有些乱。不要为了打探消息让自己承担风险，如果发现不对，立刻躲避，不要掺和。"

围绕埃德萨克王子的事情让他颇为担忧，所以才想着提醒老科勒一句。

"我明白。"老科勒拍了下自己的胸口道，"我很胆小的，我不会去冒险。"

"很好。"克莱恩称赞了一句。

他旋即想起浆洗女工丽芙和她那两个喜爱读书、希望改变命运的女儿弗莱娅与黛西，沉吟着说道："你留意下丽芙一家，不要让她们被欺负。如果东区发生暴动之类的事情，带着她们躲避到安全的地方。"

"暴动……您是指工人的抗争？"老科勒有些不解地反问道。

"差不多。"克莱恩含糊地回应。

这是他能透露的极限，否则很容易被人或封印物怀疑。

…………

有着大大小小人偶的房间内，趁中午时光回到家里的埃姆林·怀特坐在椅子上，享受着因窗帘遮掩而产生的昏暗。

他环顾四周，握了握拳道："为我加油吧！"

说完，他翻找出有灵性的材料，开始书写"愚者"的尊名和对应的象征符号、魔法标识。

一番忙碌之后，他尝试起密契仪式，灵性逐渐飘散，仿佛来到了无穷高处。

隐隐约约间，他看见了无数难以描述形状的影子，看见了七道似乎蕴藏着繁多知识的光芒，看见了高踞这些上方的灰白雾气。无边无际的灰雾之上，则有一座无法被看清的古老宫殿，宫殿内坐着一道笼罩着灰雾的人影。

然后，埃姆林看见了一抹威严神圣的金色身影，看见了对方背后那遮天蔽日的黑色羽翼。

他还没来得及细数那神秘的羽翼共有多少对，就感觉自己在飞快上浮，与那金色的身影发生接触。

"啊！"他惨叫出声，捂着脑袋满地打滚，身上竟有阵阵青烟冒出。

过了好一阵子，埃姆林才缓和下来，听见"愚者"低沉的嗓音在耳边回荡："你的心理暗示已解除。"

这就是解除心理暗示的感受？真痛苦啊……埃姆林坐在地上，大口喘气，他梳理得很整齐的头发已经凌乱下垂。

…………

灰雾之上，克莱恩若有所思地点头自语道："果然，'太阳胸针'的净化和驱散效果会同步伤害吸血鬼。"

他已经提前推算过，去除减弱后的心理暗示所需要的"阳光"不足以重创埃姆林，也就懒得更改为复杂的办法，现在看来，结果和预期一致。

处理完这件事情，克莱恩取下左腕袖口内的黄水晶吊坠，为接下来的打算占卜。

"今天下午适宜去红蔷薇庄园。

"今天下午适宜去红蔷薇庄园。

"……"

默念七遍之后，他睁开眼睛，看见灵摆静止在那里，没有旋转。

涉及0级封印物或相应的强者，占卜难度太高，无法得到有效的启示……克莱恩大致明白缘由，叹了口气。

紧接着，他又占卜起明天下午是否适宜去红蔷薇庄园，再次收获失败的结果。

一直说占卜不是万能的，现在就印证了这句话……得自己做决定了……这一步必须走出，否则没有办法不引人察觉地退出舞台，转入幕后……越早越好，不能拖延，要不然事情很可能无法收拾……思绪起伏间，克莱恩有了决断。

他当即回到现实世界，穿上双排扣长礼服，戴上半高丝绸礼帽，走出了明斯克街15号，目的地是埃德萨克王子的红蔷薇庄园。

# 第十四章

CHAPTER 14

## ✦ 贝克兰德大雾霾 ✦

红蔷薇庄园外，克莱恩提着手杖，走下了马车。

望着门口站岗的红制服士兵，他闭了闭眼睛，让自己保持平静。

既然那个疑似0-08的封印物一直在制造巧合，阻止戴蓝宝石戒指的女人和我见面，那么，今天也不会例外，不用太担心碰上她，只要能依靠表演骗过埃德萨克王子，那就没有任何问题了……克莱恩思绪沉淀，迈步走向了庄园入口。

上交枪袋和左轮手枪后，通过搜查的他在男仆的引领下，穿过铺着灰色石板的道路，绕过喷洒着清澈泉水的池子，进入主屋，来到二楼，抵达按照布局来看应该是日晒屋的房间外面。

这个过程里，克莱恩始终提着一颗心，害怕遇到意外，害怕局势往最坏、最恶劣的方向发展。

咚咚咚，轻敲房门后，男仆凑到门板前，压低嗓音道："莫里亚蒂侦探到了。"

安静了足足十几秒，房间内才有浑厚的声音传出："王子殿下请他进来。"

伴随这句话的是房门被嘎吱打开的声音，温暖的感觉往外散逸，房间内的温度比走廊之上更胜少许。

在两位高大护卫的注视下，克莱恩踏上了有花纹的暖黄色厚软地毯。

他向前走了几步，绕过隔断里侧和外侧的博物柜，看见埃德萨克王子坐在落地窗旁，享受着贝克兰德冬日少见的太阳。那张让人感觉亲切且印象深刻的圆润脸庞未带丝毫笑意，自然地营造出了严肃的气氛。

因为典雅壁炉和金属管道的共同作用，房间内比春末还要温暖，埃德萨克王子没穿外套，上半身仅着袖口如花朵般绽放的白色衬衣和浅黄色的马甲，附带的袖钉、领针、徽章等饰物不算显眼，却足够昂贵。

看到这一幕，克莱恩反倒暗中松了一口气，因为戴蓝宝石戒指的女郎没有陪伴在王子的身旁。于是，他赶紧上前行了一礼。

埃德萨克手里端着一杯冒热气的红茶，并未请克莱恩坐下。他维持着刚才的表情，沉声问道："调查有结果了吗？"

"没有，我的占卜、我的通灵、我的走访、我的探查都告诉我，塔利姆是突发心脏疾病去世的。"克莱恩表情沉痛中带着明显自责地回应，"无论哪一方面，我都太过弱小。王子殿下，您应该请更强大、更厉害的帮手。"

您还是另请高明吧……他在心里默默地补了一句。

这个瞬间，埃德萨克似乎才看清楚夏洛克·莫里亚蒂侦探的脸庞，只觉对方比之前老了好几岁，像是许久没能安然入眠。

这不是他的错觉，因为克莱恩出门前就利用"无面人"的能力微调了脸部状态，让皮肤看起来干涩没有光泽，让不在整体内的杂乱胡须星星点点地冒出，让眼袋变得更大、更黑、更加明显。

埃德萨克沉默一阵，放下手中镶着金线的白色瓷杯道："我知道了，果然还是太勉强了……我会让人接手后续事情的，你拟一份调查报告出来，不要有遗漏。"

好的！克莱恩在心里握了握拳头，迅速从衣兜里拿出了一沓折好的纸张："尊敬的王子殿下，您不需要等待，我一直都有书面记录的习惯。"

吩咐侍从拿过调查报告，埃德萨克王子随手翻了翻，放至一边道："你还有别的事情吗？"

"没有了……王子殿下，请允许我提出告辞。呃，对了，我将前往南方一段时间，我想用那里温暖的阳光融化我心里的痛苦。"克莱恩感叹着回应。

"这是许多鲁恩人的新年习惯。"埃德萨克王子轻轻颔首，扭头望向老管家芬克尔，"你送莫里亚蒂侦探出去，并派一辆马车给他。"

去红蔷薇庄园距离最近的小镇得步行十五至二十分钟，到了那里，才能雇到马车。

"是，王子殿下。"老管家一丝不苟地行礼道。

克莱恩没有放松警惕，赶紧告辞。

他跟随老管家一路向外，来到庄园入口，拿回了腋下枪袋和随身武器。不到一分钟后，他坐上了离开红蔷薇庄园的马车。

背靠厢壁，看着窗外的庄园越来越远、越来越小，克莱恩放松下来，缓缓地吐了口气，让吊着的心回到原位。

他明白此时的自己已经离开了舞台的中央。接下来，就是告别贝克兰德，前往南方，彻底谢幕……之后，换一张脸潜伏回来……他平静地思考起后续的计划。

就在这时，他灵感一动，灵性一紧，看见车厢的大门快速打开，又无声合拢！

在他做出应对之前，一道人影飞快地勾勒了出来，对方身穿沉重的黑裙，手戴蓝宝石戒指。

蓝宝石戒指！看到这一幕，本待进攻或跳车的克莱恩瞳孔一缩，又坐了回去，不敢轻举妄动。

那可是身怀0级封印物或者本身就是这个层次的半神级恐怖人物！

这……真是怕什么来什么……0-08或者别的什么，你制造的巧合呢？克莱恩的精神和身体瞬间高度紧绷，眼睁睁地看着那道身影彻底显现。

那位女郎的年纪与她穿衣的风格截然不同，也就十八九岁的样子，脸蛋略圆，眼睛细长，气质温文尔雅，暗藏甜美，是个极为出色的美女。

她……克莱恩先是一愣，旋即认出了对方，脱口而出道："特莉丝！"

这不就是从"教唆者"特里斯变成"女巫"特莉丝的那个家伙吗？被通缉的她怎么成了王子的女人？身为魔女教派成员的她是怎么混到埃德萨克王子身边的？而且还带着0级封印物或同层次的神奇物品！

仔细再瞧，他发现特莉丝与之前有了一定的改变，单看不够出色的五官愈发柔美精致，组合起来更是动人心魄。

听到他愕然的话语，特莉丝不惊反喜，露出甜美的笑容道："你认识我……我就知道你认识我！一位拥有非凡能力的侦探肯定特别留意各张通缉令！"

他，呃，她很高兴的样子……克莱恩谨慎中带着疑惑地问道："你想做什么？"

他清楚地记得对方不是什么善良之人：特里斯通过教唆，一手制造了苜蓿号惨案；特莉丝则在廷根市让诸多无辜平民提前身亡。

特莉丝抿嘴一笑道："很简单，你尽快去向值夜者、代罚者、机械之心举报我！让他们来这里抓我！"

自己报警抓自己？这，这人，呃，这女人疯了吧？克莱恩听得有点茫然。

很快，他品出了其中的意味——特莉丝宁愿被关在查尼斯门后，也不愿意留在红蔷薇庄园，她在努力地脱离这里！

简单来说就是，她认为这比被值夜者、代罚者他们抓住更危险、更绝望……克莱恩努力控制着自己的表情，沉声反问道："你在害怕什么？"

特莉丝呆了一秒，旋即睁大眼睛，眸子迷离没有焦距地说道："有人在操纵我的人生，总是有巧合发生，让我事后感到惊悚，而且我也越来越不像自己了。"

说到这里，她嘴角上翘道："你能想象吗？喜欢那些娇羞可爱的女仆的我，总会在天亮时发现自己从一个赤裸男人的怀里醒来，你能想象这种痛苦吗？"

我能，所以远离"刺客"，远离"女巫"……克莱恩忍不住想象了下那样的场景，一时心生寒意。

特莉丝用看似自嘲的笑容继续说道："我以为努力提升，变成'欢愉魔女'，就能摆脱那种古怪的状态，于是请人帮我搜集了相应的非凡材料，结果，更加严重了。有的时候，我会忘记很多事情，但它们又真真实实地发生了。我忍着恶心，引诱塔利姆，想让他帮我逃出这里，谁知道，我不知什么时候用诅咒杀死了他……你相信会有这种事情吗?

"呵呵，他们还给我改了名字，要让我完全抛弃过去的自己，不! 绝不会! 他们以为我只能在很短的时间内战胜巧合，很快就会回归正轨。哼，这是我故意为他们制造的错觉，所以，我见到了你，侦探先生!"

"欢愉魔女"……"魔女"……材料……

克莱恩霍然记起一件往事: 在"智慧之眼"老先生艾辛格·斯坦顿组织的非凡聚会里，有人求购过"欢愉魔女"魔药的主材料，有着这份配方的他当场察觉，却未去管，后续逐渐将此事遗忘。

原来那是特莉丝的帮手! 那个时候，她就在埃德萨克王子的身边了? 为什么我会莫名觉得她现在笑得很凄美……"欢愉魔女"有毒啊……克莱恩吸了口气，思绪一片杂乱。

整理想法的时候，他随意地问道:"他们把你的名字改成什么样子了?"

特莉丝皱起好看的眉头，眼睛有些迷蒙地回答道:"特莉丝奇克。"

特莉丝奇克……奇克……奇克!

克莱恩霍然抬头，再次有了全身发麻的感觉，整个人僵硬得仿佛大理石制成的雕像。此时此刻，他的脑海内只有一则罗塞尔日记在疯狂回荡:"6月5日，得到了一本古老的典籍，里面竟然提到了原初魔女的名字……祂叫，奇克……"

奇克……看着面前眉头轻皱、眸子迷蒙的美貌少女，克莱恩体表的鸡皮疙瘩不受控制地凸起，粒粒分明，且伴随冷汗。这个瞬间，他就像回到了廷根，回到了当初的黑荆棘安保公司，正打算开灵视观察梅高欧丝和她肚子里的婴儿之时。那种发自本能的畏惧是如此清晰，如同一只大手，紧紧捏住了他的心脏。

他终于明白，对抗灰雾、干扰占卜的不是0级封印物或相应层次的神奇物品，特莉丝体内藏着更加恐怖的东西 —— 末日的象征，原初的魔女!

不，她还不是原初魔女，否则仅是这样的相处，我就已经失控，已经变成蠕动的烂肉了! 她的状态很奇特……

特莉丝眉头平复，眼睛重新找回了焦距，看着不敢有丝毫动弹的克莱恩，轻抬右手，让纤白的指头从身侧缓慢滑下，带着点委屈、带着点诱惑、带着点恶趣味地笑道:"如果你能将这件事情告知值夜者、代罚者和机械之心，而我在被他们抓起来前，刚好能遇到你，我不介意让你明白什么叫真正的欢愉。"

克莱恩的视线不自觉地跟着她的手指移动，脑海内自然浮现出一处处惊心动魄的细节。

不算大，但非常挺……我在想什么……我在看什么！这就是"欢愉魔女"的诱惑能力？先不提你以前是个男人，就算是纯正的女士，且过往恶迹不多，让我没有心理障碍，我也不敢啊，万一突然觉醒为原初的魔女，"愚者"也扛不住……

克莱恩无声叹息，仰起脑袋，悲悯地望着马车顶部的木板道："你认为我一个中低序列的普通非凡者，有能力逃出王室的追捕？我想他们现在已经发现不对，即将展开行动……"

特莉丝见克莱恩不敢直视自己，竟有些得意。她轻笑一声道："我会尝试逃离，将追捕的主要力量引开，剩下的虽然还是很强，但不是没有办法解决。我相信你为了自己的生命，肯定会竭尽全力地抗争，希望不小！"

说完，她的身影急速消失，就像被人用抹布擦掉了一样。这和莎伦不同，她并非回归"怨魂"的正常状态，而是直接隐形。

砰！马车厢门先是敞开，旋即关上。

遗留的清甜香味钻入鼻端，克莱恩收回视线，沉下了脸庞。

直到这个时候，他的手臂都还有些轻微的颤抖，仿佛得了什么疾病。要不是他经验丰富，哪怕在现实世界也隔着肚皮直面过邪神之子，知道"特莉丝奇克"这个名字究竟代表什么的他刚才已经承受不住那恐怖的压力，当场崩溃了。这就像皮筋拉得太紧，终究会被扯断一样。

看起来特莉丝还不知道她身上发生了什么事情，也不清楚"奇克"这个称号的意义……克莱恩迅速平复思绪，望了眼窗外，估算着距离，默数起时间。

他的灵性直觉和相应的经历告诉他，这样的处境下，随便做点什么都比什么都不做要好！所以，在灭口的危险即将到来之际，他准备努力自救！

三，二，一……克莱恩突然睁开眼睛，啪地打了个响指。

道路边缘，一株只剩枯枝的树木燃起了不大的火焰，并迅速升腾拉高。

克莱恩衣兜内特意分出来的几根火柴随之爆燃，赤红的颜色瞬间将黑色的礼服彻底覆盖。他的身影消失在车厢内，从路边的火焰里走了出来。

啪、啪、啪，他左手连打响指，身影在稀疏枯黄的树林内不断闪现，乘着火光急速抵达了外面看不到的深处。然后，他停下来，抽出了悬挂在脖子上的饰物。

他一直很清楚这次拜访红蔷薇庄园，有意外因素潜藏。基于"魔术师"守则，他提前做了一些准备，比如将火柴分开存放，比如将部分神奇物品随身携带。

这里面，"生物毒素瓶"和"太阳胸针"等涉及卡平事件、"怨魂"事件，所以他谨慎地将它们留在了灰雾之上；而"秘偶大师"罗萨戈遗留的"全黑之眼"很难通过庄园守卫的检查，也得到了同样的待遇；最终，除了净化、猎魔、驱邪这三种子弹，他只带了两件神奇物品。

一件是可以让人穿越障碍的"万能钥匙"，它的迷路效果能通过卜杖法抵消，且平时看起来就是普普通通的钥匙，不会被人发现；另外一件则是克莱恩准备的核心要素——阿兹克铜哨。

简单来说就是，当危险靠自己无法对付的时候，请大佬帮忙！

有了刚才的相遇，不管我有没有认出特莉丝，都肯定会上灭口名单，且大概率已经被0-08盯上，找阿兹克先生不再有负面影响。嗯，如果一直制造巧合的确实是0-08……克莱恩拿起那枚冰冷古老的铜哨，放入口中，鼓气一吹。

无声无息间，开了灵视的他看见地面喷泉般涌出一根根白骨，看见身高近四米的巨型信使成形，低下脑袋，用燃烧着漆黑火焰的眼窝望着自己。

那庞大的体形给了克莱恩一定的安全感，他拿出随身携带的纸笔，唰唰写了个单词：救命！

紧接着，他将纸张折好，塞入了信使垂下的手掌里。

等到信使消失，他收起铜哨，故意摆出祈祷的姿势，快速诵念"愚者"的尊名："……伟大的'愚者'先生，我的调查有了结果，埃德萨克王子爱上的女人是魔女教派的'女巫'特莉丝，她现在已晋升为'欢愉魔女'，被高层改名为特莉丝奇克……"

飞快完成"汇报"后，克莱恩顾不得遮掩，当即逆走四步，进入灰雾之上。然后，他提取自己的祈祷影像，将它丢入了象征"正义"小姐的那颗深红星辰，并竭力伪装出戏谑的语气，用居高临下的"愚者"姿态补了一句："奇克，嘿，这是原初魔女的真名……"

做完这一切，克莱恩立刻返回现实世界，准备亡命奔逃。

他刚迈出几步，眼前霍然变亮。他下意识地抬头，看见几颗燃烧着熊熊火焰的陨石从天而降，划破长空，笼罩了这片树林！

"这……"这个瞬间，赤红的光芒映入克莱恩的眸子，让他有了根本无法抗衡的感觉。他完全没想到，对方会直接天降陨石来灭口！

…………

泛着黄色的笔记本上，一支看似普通的羽毛笔写道——

基于未知的、无法解释的原因，达拉斯科流星雨提前两天抵达了这个星球。

它们其中一部分的落地点恰好是夏洛克·莫里亚蒂侦探躲藏的树林。

对，恰好！

周二下午，独属于奥黛丽的书房内。

这位即将成年的少女正专心听着伊思兰特老师讲解"观众""读心者"能力和神秘学、心理学交叉领域的联系，她的脚旁，金毛大狗苏茜蹲坐得聚精会神。

突然，她看见了无边的灰雾，看见一道模糊的人影在疑似树林的地方摆出祈祷的姿势。紧跟着，话语传入了她的耳朵。

埃德萨克王子……魔女教派……"女巫"特莉丝……"欢愉魔女"……特莉丝奇克……奥黛丽自动过滤掉无关的细节，注意到了最关键的那些词汇。

原来是这样！埃德萨克爱上的是一个"魔女"……而很多"魔女"都是男人变成的……为什么我有些想笑……这就是他会为贝克兰德带来危机的原因？

唔，我得提醒爸爸……但该用什么办法，找什么借口呢……奥黛丽努力控制着面容和目光，内心却止不住地走神。

就在这个时候，她又看见了悠闲坐在青铜长桌最上首的"愚者"先生，听到祂语气平缓中带着些许戏谑地说道："奇克，嘿，这是原初魔女的真名……"

原初魔女的真名……原初的魔女！嗡的一声，奥黛丽的表情瞬间失控。

"怎么了？"身为观察力极为敏锐的"读心者"，伊思兰特立刻发现了奥黛丽小姐的不对。

奥黛丽念头一转，未作掩饰，忧心忡忡地说道："伊思兰特老师，我刚才想起了一件不好的事情，我本该之前就告诉我的父母，但我忘记了，这会导致非常严重、非常可怕的后果。"

比如，贝克兰德被毁灭，居住在这里的几百万人，不分贵族、中产和贫民，只有少量存活……奥黛丽抿了抿嘴巴，晶莹如同绿宝石的眼睛里是藏不住的担忧。

伊思兰特微挑眉头道："现在去来得及吗？"

"总比不去好。伊思兰特老师，你等我一会儿，不，你先离开。"奥黛丽进入"观众"状态，冷静地做出决定。她随即起身，离开书房，进入走廊。

爸爸去了上议院……只有妈妈在家里……可我该怎么说？奥黛丽微皱眉头，脚步没有放慢，也没有加快，她的旁边是贴身侍女和大狗苏茜。渐渐地，她有了个想法，等抵达伯爵夫人所在的起居室时，心里已然有了决断。

轻轻地吸了口气，奥黛丽只觉肩头异常沉重。然后，她没有犹豫地敲响了房门。

起居室内，伯爵夫人凯特琳坐在沙发上，面前站着副管家、管家助手和负责相应事务的执事。她条理分明、丝毫不乱地吩咐着今天晚宴的各种事情，直到女儿奥黛丽来到身边。

"妈妈，我有事情和你讲。"奥黛丽的目光扫过了房间里的其他人。

前来起居室的路上，她感觉地面轻轻地震颤了两下，但未发现别的异常之处。

伯爵夫人环顾一圈，轻轻颔首道："你们等下再进来。"

起居室迅速变得安静，就连金毛大狗苏茜都被奥黛丽用眼神支到了门外。

"你应该时常陪伴在我的身边，学习怎么处理事务。虽然你的家庭课程里并不缺乏这样的内容，但怎么将它们与实际有效结合，依然是一门高深的学问。"年过五十，看起来却只有三十出头的伯爵夫人微笑着教育了奥黛丽一句，"好了，我的小天使，你有什么事情？"

奥黛丽想露出在礼仪课上反复练习过的优雅笑容，却发现自己沉重紧张到翘不起嘴角。她抿了抿发干的唇瓣，直接开口道："妈妈，我有事情瞒着你们。"

"嗯？"伯爵夫人略微偏头，等待后续的解释。

奥黛丽的话语先是顿涩，旋即变得流畅："我已经，我已经是一名非凡者，就是拥有神奇能力的人，通过服食魔药而变成。"

金发碧眼的伯爵夫人凯特琳轻挑眉毛，不见诧异地回应："我知道，我和你的父亲都知道。"

"啊？"奥黛丽一下不知该怎么接话了。

伯爵夫人掩嘴笑了笑道："你从宝库里拿走了那么多神奇的材料，难道还天真地认为我和你的父亲没有察觉？

"你父亲的身边，这栋别墅内，家族的领地中，就有不少非凡者。他们或源于单纯的雇佣关系，或来自女神教会的派遣，或本身就是霍尔家族的成员。国王陛下默许了这些事情，而我们也默许了你的小小冒险。

"唉，你终究会长大、会成熟，我和你的父亲无法一直将你保护在自己的羽翼下。你总有需要独自面对某些事情的时候，有额外的神奇能力辅助可以让你的底牌更好。嗯，根据我知道的那些常识，最开始的阶段应该不那么危险，提升则需要一年、两年甚至三年的时间，所以，我和你的父亲并不着急，打算等你正式成年再告诫你几句，让你就停留于现在的位置。"

不，妈妈，你的常识是错误的，你并不知道扮演法的存在，如果材料凑齐，我新年前就能成为序列7的"心理医生"……而且，我不想停止，尼根公爵的死亡让我明白这个世界并不像我以为的那样安稳和平静，我想拥有在关键时刻保护你们的实力……

"愚者"先生逐渐复苏，一位位邪神试图降临，我虽然还不够成熟，缺乏必要的见识，但也能从这些事情上察觉到那潜藏的、难以言喻的危机……

奥黛丽一直很清楚，自己从宝库里拿走非凡材料是无法逃避的问题，但又侥幸地认为父母不知道那些物品的具体作用，顶多怀疑自己在神秘学爱好者的圈子里越陷越深。

卸下心头的负担后，她避开母亲的叮嘱，开口说道："妈妈，我后来加入了一个隐秘的组织，偏学术性、不崇拜邪神的那种。请原谅我不能说出它的名字和详细的情况，我已经为此立下誓言。"

不等伯爵夫人询问，她抢先步入正题："我今天收到一个消息，埃德萨克王子爱上的那个平民女孩是一名'魔女'，他们不知在策划什么阴谋。"

她前后两段话其实没有必要的联系，前者指的是心理炼金会，后面消息的来源却是塔罗会，是"愚者"先生。通过这样的语序编排，她每一句话都是真实的，能够通过占卜的确认，会让人相信她的消息来自心理炼金会这个隐秘组织。

凯特琳脸上的笑容逐渐消失，郑重地反问道："魔女？"她对神秘世界了解不多，但仅是这个名词就能让她感觉到邪恶和不安。

奥黛丽快速点头道："是的，一位'欢愉魔女'。而更让我恐惧的是，她的名字叫特莉丝奇克。"

"这有什么问题？"伯爵夫人疑惑地问道。

"那个组织内，有成员在一本古老的书籍上见过'奇克'这个名字。"奥黛丽说着刚才编好的谎言，无论语气、用词、表情细节，还是肢体动作，都没有破绽，"在第四纪或者更早，它属于原初的魔女。"

紧跟着，她凝重地补充道："那是位邪神！"

伯爵夫人凯特琳不明白"原初魔女"代表的意思，但很清楚邪神意味着什么。

她顿时有些坐不住了，语速加快地反问道："你确定吗？"

"……不确定。"奥黛丽没有一点怀疑地相信着"愚者"先生，可表面却不能这么说，"不管怎么样，我认为有必要请王室，不，请女神教会的非凡者做一定的确认，涉及邪神的事情，再怎么慎重都是正确的。"

凯特琳颇有些诧异地抬眼望向女儿："……奥黛丽，你长大了。"

要不是事情紧迫，被这样表扬的奥黛丽肯定会假装矜持，先谦虚地撒娇，然后回房间得意，甚至来一小段转圈舞。可现在，她根本顾不上这些，急着让担忧和紧张等情绪明显地浮现于表面："妈妈，能帮我隐瞒吗？我听说教会和王室的非凡者对不属于他们的隐秘组织极为憎恶。唔，你可以说是，说是爸爸拿到的消息，他应该有很多的渠道。"

凯特琳站起来，给了女儿一个拥抱："你放心，我和你的父亲都不会让你卷入这种事情。你父亲要到傍晚才能回来，我先让隐藏的守卫出现，假装是他传递了消息，然后再去找女神教会派保护我们一家的非凡者来。"

"好！"奥黛丽欣喜地回应。

这个时候，她终于舒了口气，因维持了一段时间的高度紧张而感到疲惫无力。

看着几颗燃烧着火焰的陨石高速落下，笼罩了整片树林，克莱恩竟有了无力抗衡、绝望等死的想法。

即使不断利用火焰跳跃，他也没办法在"流星雨"砸中地面前脱离树林、脱离危险的核心区域，而以"占卜家"途径非凡者脆弱的身体，也不存在硬扛陨石的可能性。

即使手枪无法击伤的活尸，在这样的攻击下，也会直接变成碎块或肉泥，并且是焦黑的那种……火焰跳跃……偏黄白色的光芒映入眼眸深处，未曾放弃的克莱恩迅速产生了一个想法。

这种以秒计算的场景内，他没有犹豫，想到就决定去做。

啪！默算好距离后，克莱恩打了个响指，让火柴盒内剩余的火焰同时被点燃。一道赤红的火光腾起，飞快地将他的身影包裹于内。

无声无息间，克莱恩消失在原地，闪现于陨石上方的火焰内。

轰！流星飞快下坠，他刚跃出火焰，就已离开陨石，陷入周围温度高到可怕的空气中。

用非凡能力跳跃的那一刻，克莱恩是不害怕普通火焰的，哪怕温度偏高了一些，但他脱离那种状态后，同样会被灼伤、会被烧死，只能竭力操纵火焰避开自己。另外，高温空气不在他"跳跃"的范围内。

啪！克莱恩又打了个响指，让处于临界点的空气瞬间爆燃。

他闪现于另外的火焰里，想避过陨石撞击地面产生的第一波冲击。可是，无论他怎么尝试、怎么冒险，依然无法脱离险境。他只剩下两个选择，要么跳跃至避开了正面冲击的树林内，承受陨石天降的波及；要么在上方表演杂技一样跳来跳去，等着"蘑菇云"将他吞没。

这个刹那，克莱恩仿佛看见自己四分五裂、体表焦黑、尤有余火的样子。

脑海内念头一闪，他眼前忽有变化，红的更红，黄的更黄，白的更白，各种色彩浓郁叠加，描绘出了一幅奇异的油画！

油画仿佛脱离了现实世界，让克莱恩旁观般地看着陨石"缓慢"下落，砸中地面。那片树林瞬间被摧毁，大地明显晃动了几下，夹杂着火光的烟雾则往上腾起，形成了一朵蘑菇状的怪云。

这样的冲击并未波及克莱恩，因为爆炸根本无法进入色块重叠、形似静止的油画世界。

克莱恩先是一愣，旋即看见旁边多了道人影。那人影身材中等，皮肤古铜，穿着黑色的长礼服，戴着半高丝绸礼帽，有一双流露出沧桑意味的褐色眼眸，五官颇为柔和，右耳下方则长着颗细小的黑痣。

"阿兹克先生！"克莱恩欣喜地出声。

他终于知道当初占卜获得的启示对应什么场景了，它对应的就是现在！"血海"代表必死的处境，"被阿兹克先生拉起"意味着自身因而获得解救！

他话刚离口，阿兹克却摆了摆手，抓住他的胳膊，向着各种浓郁色彩叠加的深处穿行而去。

⋯⋯⋯⋯⋯

那支外表很普通的羽毛笔不再自行书写，表面暗淡了一些。

只剩一只眼睛的严肃中年男子握住它，带着某种通灵般的状态飞快地写道：

> 阿兹克·艾格斯明显还未恢复全部的记忆和实力，他借助灵界和星界尝试的穿行在这个时候恰好因这方面的隐患出了问题，于是，他和夏洛克·莫里亚蒂落到了距离因斯·赞格威尔和他的朋友不远的地方。

四周的一切仿佛幻影，颜色浓郁，重叠相加，飞快倒退。

克莱恩刚回过神来观察和体会这种奇妙的穿行，就感觉抓住自己胳膊的阿兹克先生的手在轻微地抖动。还没来得及做出反应，他就有了强烈的失重感，身体止不住地下坠，甚至出现旋转。

周围的红、黄、白、黑等色彩迅速淡化，克莱恩重重地跌在了坚实的地面上，跌得脑袋眩晕，跌得内脏翻滚。在掺杂着点点金星的视线中，他所见到的一切都已恢复正常：左侧是看不到底部的幽暗深谷，就像是传说里的"恶魔"深渊；右侧是一直往上蔓延的灰石岩壁，似乎支撑起了整片区域。

这里没有太阳，没有云彩，也没有雾气，些许的光亮来自长在不同地方的发光苔藓，黑暗和深沉是这个世界的主色调。

克莱恩左手一撑，敏捷地跃起，发现脚下是铺着石板的规整道路，它能供两乘马车并行，绝非自然形成。这道路一端盘旋往下，深入幽暗裂缝；一端通向高处，时而能见位于岩壁内的、有着穹顶的走廊和大厅。

克莱恩抬了下头，却看不见最高点，他的视线完全被灰色的石壁遮掩。

忽然之间，他有了种明悟：自己和阿兹克先生"掉"入了地底，正置身于一个古老文明的残骸内。是别的区域，还是依然在贝克兰德附近？克莱恩念头刚动，就听见阿兹克先生沉声说道："你先离开这里，往上。"

啊？克莱恩还未领会这句话的意思，就看见侧方光芒闪现，瞬间勾勒出了一扇虚幻的对开大门。那大门仿佛由青铜制成，不够真实，却异常沉重，表面有着数不清的奇异花纹和不知意味的象征符号。

嘎吱一声，大门裂开了道缝隙，里面争先恐后地伸出一只只苍白的、血淋淋的手臂，除此之外，还有长着婴儿脸孔的青黑藤蔓、凸出眼睛的滑腻触手。

这和莎伦小姐那件神奇物品的效果很像……思索闪烁间，克莱恩发现那些手臂、藤蔓和触手不再疯狂，而变得安静下来，紧贴住了地面，与它们之前疯狂地将一名序列6"活尸"硬生生拉入门后的表现截然不同。

紧接着，那扇虚幻大门的缝隙开阔了不少，一道人影从里面走了出来。

那身影穿着纯黑色的神职人员长袍，五官如同古典雕塑，深刻分明。他发色暗金、眸子深蓝、鼻梁高挺，戴着顶老者喜爱的软帽，鬓角与中年外貌不太相衬地有些发白。

看着对方完全失去了光彩的一只眼睛，克莱恩心里油然浮现出了来者的姓名——因斯·赞格威尔！一手导演廷根事件、重创了值夜者小队的前大主教，封印物0-08的执掌者！

几乎是同时，克莱恩转过身体，遵循阿兹克先生的话语，向着道路的上方狂奔而逃。他很清楚，序列6的自己在半神级的对抗里只会拖后腿，只会让阿兹克先生分心。而这种争分夺秒的场合中，虚假的谦虚、矫情的话语都是不必要的，都是会害到自身和同伴的！

噔噔噔！因为地底没有东西可以点燃，克莱恩只能咬紧牙齿，用尽全身力气地奔跑，而他的耳畔则传来阿兹克平静温和的声音："一直逃出这里，不用担心我。我回忆起了不少事情，知道自己曾经待在一个序列很久，那个序列叫'不死者'。"

噔噔噔！克莱恩绕过崖壁，进入了有着穹顶的阴暗走廊，两侧的墙上绘刻着诸多斑驳的壁画。

就在这时，他听到之前所在的位置有威严沉哑的嗓音回荡："此地禁止传送！"

因斯·赞格威尔的身边，一道人影不知什么时候抵达，违反物理规律地飘浮于半空，脸上戴着张黄金铸就般的华丽面具。而因斯·赞格威尔却没第一时间发动攻击，反倒望了克莱恩身影消失的拐角处一眼。

黑夜女神教会序列4"守夜人"能在一定程度上给予别人厄运，但刚才无声无息地"祝福"了克莱恩的因斯·赞格威尔却发现对方竟未遭遇脚滑摔倒、跌入深谷等事情。不仅如此，因斯·赞格威尔眼前似乎还出现了幻觉，看见了些许稀薄虚幻的灰白雾气。没时间多想，他将目光收回，重新投向了阿兹克·艾格斯。

噔噔噔，吱……高速奔跑中的克莱恩突然刹车，他的灵性直觉告诉他，前方有人，有非凡者，且大概率是此地的守卫们！

略作思考，他伸出左手，在脸上抹了一下，与此同时，他体内发出阵阵脆响，整个人硬生生拔高了七八厘米。

等左掌离开脸部，他已经变成一个中年男子——发色暗金、鼻梁高挺的独眼中年男子，因斯·赞格威尔！

回忆了下对方的神态，用幻术修饰好衣物，克莱恩快步前行，绕过拐角，进入一座大厅。那里有着四位穿深黑全身盔甲的守卫，目光中皆是锐利。

克莱恩沉着脸庞走了过去，故意沙哑着嗓音，严肃地说道："有人潜入了这里，我正在寻找他。你们发现什么线索了吗?"

为首的守卫先是审视，旋即便低下头道："赞格威尔先生，这里没有任何动静。"

"嗯。"克莱恩轻轻地点头，越过他们，离开了这座大厅。

整个过程里，他虽然高度紧张，背后已有汗水沁出，却表现得沉稳内敛，与因斯·赞格威尔从外貌到气息没有一点区别。靠着"无面人"的能力，结合自身的奔跑，他迅速通过三道关卡，来到了这片建筑的尽头。

那里有一扇纯粹由幽蓝光芒组成的虚幻大门，除此之外，完全封死。

虽然忧虑着阿兹克先生与因斯·赞格威尔等半神的战斗，但克莱恩还是躲在房间外面的阴影里耐心窥探了一阵，发现有人通过那幽蓝光芒抵达，有人借此离开。

他注意到一点，离开的人必须先出示纹章似的物品，然后才能得到四个守卫的允许，进入光门。

没时间等待下一个有纹章的人，只能冒险了……那边的战斗随时可能结束……就算没有，对我的搜查命令很快也会传递到这里……克莱恩迅速决断，再次以因斯·赞格威尔的形象走入那个房间。

"外面出了事情。"他对前大主教的声音没有把握，只能刻意让声音变得沙哑，以示经历过一场激烈的战斗。

被消息扰乱思绪的守卫们直到克莱恩靠近，才反应过来，伸手拦住他："赞格威尔先生，您的通行证呢?"

"不要耽搁时间!"克莱恩边说边从衣兜里掏出一个纹章，塞入对方的手里，这坦然的表现让其余守卫顿时放松下来。

就在得到"通行证"的守卫低头查看的刹那，克莱恩忽然前扑!他刚一落地，迅速又接了个翻滚，直接钻入了幽蓝光门里!

然后，守卫才发现掌中的纹章迅速淡化，成了一张便签纸。这便签纸的左上方还印刷着最近常见的祝福语:新年快乐!


深渊般的幽暗裂缝里灌满了虚幻漆黑的液体，而且，水面还在不断上涌，有一条条皮肤苍白的手臂疯狂往外伸出。

因斯·赞格威尔大致了解阿兹克的水准，对此并不惊讶，也不畏惧，因为此时的他有个半神半人的帮手。他最忧虑的是另外一个问题，那就是强行推动故事发展后的0-08随时可能反噬自己。

这个时候，他余光一扫，愕然发现0-08那支羽毛笔不知什么时候已经离开了自己的口袋，飘浮在灰色的岩壁前，疯狂书写着一行行单词：

> ……激烈的战斗里，总会有各种各样的意外发生，比如，因斯·赞格威尔的皮带断掉，裤子落下。

幽蓝的光芒充满了克莱恩的眼睛，于深沉的黑暗和游弋的无形生物间构筑出了一条光层重叠的通道。

克莱恩没去观察环境，连翻带滚地抵达了通道的尽头。他站了起来，理了理衣物，恢复因斯·赞格威尔的严肃表情，踏入了水波般荡开的光幕里。

一阵恍惚之后，他发现自己置身于另一个房间内，这里同样有着为数不少的守卫。

"地底出了问题，看好这里，不要让任何人进入。"克莱恩沉稳地吩咐，不快不慢地走向门口。

"是，赞格威尔先生！"守卫们恭声回答。

就在这时，之前的守卫穿过幽蓝光芒而来，大声疾呼道："刚才的赞格威尔有问题！"

一道道视线随之望向门边，而克莱恩的身影已然不见。

噔噔噔，守卫们当即分出好几位，四散寻找目标，并通知其余同伴，场面一时颇为混乱。

其中一名刚绕过拐角，就看见了因斯·赞格威尔的背影。下意识地，他拔出闪烁着电光的佩剑，劈了上去。

噗！那身影没有重量地飘开，变成了分裂的纸人。

与此同时，乒乒两声连响，淡金色的子弹穿过未拉下的面甲，准确地射入了那个守卫的头部。

连惨叫都来不及发出，那守卫就哐当倒地，抽搐了两下。

克莱恩从角落的阴影里走出，没有表情地将左轮手枪塞回了腋下枪袋内。

他烧掉纸人，快速地将守卫拖到了一个无人的房间，换上漆黑的盔甲，变成对方的样子。接着，他拿起浮现电光的佩剑，走出房间，关上木门，"仓皇失措"地向着前方奔逃。

他要通知沿途的每一处守卫，因斯·赞格威尔有问题！

红蔷薇庄园，日晒屋内。

埃德萨克·奥古斯都站在落地窗边，脸孔阴沉，欲择人而噬般地望着对面一脸无所谓表情的特莉丝，愤怒得像是一座即将爆发的火山："你为什么又要逃走？"

特莉丝的目光越过他，投向窗外，轻笑一声，不答反问道："看见刚才的流星雨了吗？感觉到大地的震颤了吗？"

她的背后，博物柜上摆放的瓷器等物已然摔在了厚软的地毯上，老管家芬克尔则侍立于旁边。

"这并不是太罕见的事情。"埃德萨克沉声回应。

特莉丝微挑眉毛道："你很迟钝。那我就坦白地告诉你，我是一名'魔女'！"

埃德萨克王子的表情未有丝毫改变，他转而望向老管家道："你去门口守着，不让任何人进来。"

"是，王子殿下。"芬克尔冷漠地看了特莉丝一眼，转身走出了日晒屋。

听到房门关上的声音，埃德萨克缓缓地吐了口气："特莉丝奇克，呵，你更喜欢被叫作特莉丝。我知道你是'魔女'，帮你购买非凡材料的人并没有成功，你得到的那些都是我提供的！我不介意我的王妃是'女巫'，还是'魔女'，我甚至看过你的通缉令！"

特莉丝先是一愣，旋即露出戏谑的笑容："知道的很多嘛……那你是否清楚，我曾经是一个男人，我的真名是特里斯。"

"什么？"埃德萨克眼睛圆睁，略微偏了偏头，似乎不敢相信自己听到的内容。

特莉丝见状，顿时失笑，笑得前俯后仰，极为剧烈，状似疯子："哈哈，你没有听错，我曾经是个男人！我曾经和你一样，而且比你还长，比你还粗！但是，'女巫'魔药强制改变了我的性别！是不是很恶心？是不是已经起了一层鸡皮状的疙瘩？"她发泄般地说着积压了很久的话语，并往前走了两步。

埃德萨克本能地往后退开，喉头不自觉地上下蠕动了一次。

"不，不是这样……你是真正的女人……没有任何问题……我完全可以确认这点！"他先是喃喃自语，接着拔高嗓音道，"从我认识你开始，你就是真正的女人，你过去是什么样子，我并不想知道！我可以当作没有类似的事情发生！我喜欢的是，我爱的是，现在的你！"

特莉丝怔了怔，抬手擦掉刚才笑出来的眼泪："你真是一个可怜的人。你还不明白吗？我们的相遇并不是巧合，甚至你喜欢……"

她反胃般地顿了顿，继续说道："甚至你喜欢上我，也在别人的安排里，你不觉得一切太迅速了吗？

"我相信一见钟情，但我不相信它有如此大的魔力，你表现得就像一本三流爱情小说里的主角，仅仅因为见了一面，就痴迷地爱上，爱上陌生的我，忘记了曾经喜欢的目标，这太疯狂了！"

埃德萨克王子眼神发直，嘴巴张开，却没有说出话来。

他的身体忽然晃动了一下，就像终于从漫长的梦境里苏醒："你，你确实是我喜欢的类型……但我的反应，真的，真的，太夸张了……"

特莉丝嘴角上翘，侧过头嗤笑了一声："可怜的人啊，连喜欢这种事情都被别人安排好了，就像那牵着线的木偶。

"你还不明白吗？你属于可以牺牲的对象，而我，既是王室和魔女教派合作需要的人质，也是欺骗所必需的伪装。

"我带着魔女教派的重要物品，处在你们的严密监管下，随时会被摧毁，会丢失宝物，这就是我们展现的合作诚意。

"一旦事情暴露，被三大教会或军方另外的派系知晓，那事情的发展就会很简单——埃德萨克王子贪恋美色，偷养'魔女'，自知罪恶深重，于是吞枪自尽，然后，所有的问题都会被掩盖。"

"不！"埃德萨克脱口喊道。

接着，他脸庞扭曲地问道："他们在和魔女教派合作什么事情？"

"一个随时可能被放弃的人质怎么可能会知道？"特莉丝自嘲一笑，"这就是我想逃跑的所有理由。"

她埋下脑袋，连续低笑，笑得身体轻轻颤抖。过了几秒，她重新抬头，勾起嘴角道："你想怎么处置我？剥光我的衣服，将我丢到床上？不，你应该已经有心理障碍了。其实，我现在不介意给你些温暖，两个可怜人之间互相安慰并不是丢人的事情。"

埃德萨克王子阴着一张圆润的脸孔，沉默地看了特莉丝近一分钟。突然，他闭上眼睛，指着另外一边道："你离开吧，从那扇门离开。"

特莉丝愕然抬眉："你要放我走？"

"嗯。"埃德萨克转身望向窗外，缓慢地回答道，"我会阻止芬克尔的，至于能不能逃脱别的追捕，就看你自己的实力和运气了。"

特莉丝眸光迷茫了几秒，快步奔向了暗门。

离开之前，她忍不住回望了一眼："你呢？"

埃德萨克没有侧过头，依旧凝望着落地窗外，仿佛在找寻过去的影子。

他笑了笑道："我？就让我活在这个美好的故事里，迎接它最后的结尾，无论是好是坏。"

特莉丝吸了口气，不再停留，进入了暗门。

圣赛缪尔教堂，一个安静的房间内。

黑夜女神教会十三位大主教之一、贝克兰德教区的负责人、圣者安东尼·史蒂文森拿到了从霍尔伯爵府邸传来的紧急电报。

这位脸无杂须、眼睛深邃的老者外表极为干净，哪怕穿着黑色带红的大主教长袍，也不给人晦暗的感觉。可是，凡直面他的人，都会发自内心地战栗，仿佛被恐惧统治了灵性，或者感觉正在面对黑暗深处注视自身的未知存在。

特莉丝奇克……原初的魔女……圣安东尼轻拍了下纸面，当即站了起来。

四周的光芒突然消失，仿佛被房间内的昏暗所吞没。整座教堂内，所有祈祷的信徒都有那么一瞬间感受到了黑夜的降临。

一切迅速恢复正常，圣安东尼出现在了教堂地底的查尼斯门前。

今日率领小队负责值守的是"死灵导师"戴莉·西蒙妮。未等她开口询问，圣安东尼大主教就沉声吩咐道："做好准备，进入流程，我要唤醒一件封印物。"

他要利用的是0-17。他要借助那恐怖的封印物确认并处理特莉丝奇克相关的事情，而这是唯一一件保存在圣堂之外的0级封印物，整个教会只有两位高层知道它在贝克兰德教区。

"是，大主教阁下。"戴莉怔了一秒，当即做出回应。

等待的同时，圣安东尼闭了闭眼睛，脑海内自然浮现出了封印物0-17的部分资料。

编号：17。

名称：×××。

危险等级：0。非常危险，最高重视度，最高保密等级，不可打听，不可外传，不可描述，不可窥探。

保密等级：教宗、A组研究员及负责贝克兰德教区的大主教（注：大主教调离贝克兰德教区时，需用封印物1-29清除相关记忆）。

封印方式：通过1-29和1-80的配合，完成封印。

描述：这不是一件物品，这是一位活着的天使。祂外表秀美，头发和眼睛都是黑色，疑似年轻的女性，实际年龄无法估算。祂没有典籍里记载的羽翼，仅从外表来看，和普通人缺乏足够的区别。

祂没有思考的能力，失去了所有的灵智。

凡是靠近祂的人和物品，都会彻底消失。

通过占卜等手段，可以确认他们还活着，还真实地存在着，但始终无法找到，目前已尝试一千八百二十五种办法，全部失败。

0-17的影响范围会没有规律地扩大和收缩，目前已造成超过七十位的研究者消失。

……

警告，祂无法被利用！

附录一：这件封印物最早在第四纪苍白年代出现，具体年份：缺失；具体日期：缺失；具体地点：缺失。

附录二：资料显示，祂曾经被唤醒过五次。

借着传递"搜查假冒的因斯·赞格威尔"等消息，克莱恩在占卜手段的帮助下，战胜了"万能钥匙"的干扰，一路奔着启示里的出口位置而去。

他很清楚，在地毯式的搜索下，无人房间内的尸体很快会被发现，所以自己必须争分夺秒，尽快赶到出口。

"无面人"的能力得搭配可以毁尸灭迹的神奇物品啊……实践出真知的克莱恩没用多久就越过一处处关卡、一个个巡逻队，来到了占卜指向的出口。但让他分外惊讶的是，这里竟然没有守卫，只有一扇沉重的对开石门孤独地立在那里。

这是什么情况？为什么都没人看守出口？我的占卜被误导了，或者守卫在外面？思绪纷呈间，克莱恩找了个角落，脱掉身上的盔甲，恢复了轻便敏捷的状态。接着，他来到那扇对开石门前，摸索着移动至左侧墙壁的角落。

谨慎地用金币做了次确认后，克莱恩掏出那把形制古朴的黄铜色钥匙，将它抵在了墙上，轻轻一扭。

水波浮现，略微晃荡，克莱恩无声无息地穿过了墙壁，没走正门！当先映入他眼帘的是从穹顶垂落的自然光芒，这意味着此地确实是出口。

克莱恩谨慎地没有动弹，迅速适应了这里的光亮，看见脚下是整齐但斑驳的灰色石板，前方有一根根粗大的柱子。

这是一个大厅，中央位置围绕着疑似祭台的东西跪了四道戴兜帽的人影。紧跟着，清柔但低缓的女声传入了克莱恩的耳朵："A先生，你准备好了吗？"

A先生？极光会的A先生？本打算沿着墙边和阴影慢慢挪到门口的克莱恩无声无息地又缩了回去。

因斯·赞格威尔应该在和王室某个派系合作……能于贝克兰德附近发掘并隐藏那么大一个地下遗迹的势力必然是鲁恩王国的主导者之一……

因斯·赞格威尔和0-08的加入，可以直接排除女神教会这个选项；风暴之主的人虽然鲁莽了一点、大男人主义了一点，但也不太会和魔女教派合作，至少目前为止，没出现疑似"水手"途径的非凡者……基于同样的道理，蒸汽与机械教会的嫌疑也不大……极光会也卷了进来？他们究竟想做什么？

克莱恩背贴墙角，放缓呼吸，边思考边听着大厅中央传来的对话。

短暂的安静后，一道沉哑的声音响了起来："好了。"

这回答简洁到了极点，让克莱恩完全听不出他们在谋划什么。

先前那道清柔悦耳的嗓音低笑了一声道："你似乎还不太信任我们？"

"对。"A先生毫不客气地回应。

"呵呵，那我坦诚地描述下我们的目的，以及为什么找你合作。"清丽柔和的女声并无恼怒地说道，"我们做了些事情，留下了一定的痕迹，在被黑夜、风暴、蒸汽教会和军方发现前，必须做相应的清除，而这就需要你们提供帮助。呃，看来你还没有真正理解我的意思，那我举个例子。假设，假设我在一栋房屋内犯下了谋杀等严重罪行，消灭证据和线索的最好方法是什么？"

"并不需要，让别人目睹这样的行为正是我们的目的。"A先生漠然地说道。

不愧是极光会的人……都是一群疯子啊……克莱恩初步肯定说话的那位男性就是杀掉因蒂斯大使的A先生。

"……假设是我，不是你。"清丽柔和的女音中有不太明显的换气声。

过了一秒，A先生回答道："烧掉那栋房屋，将所有的线索都埋葬在里面。"

柔和的女声带上了笑意："这正是我们的想法。我负责'纵火'，你们则借助这个机会，扩大趋势，制造通道或容器，让你们那位主降临于世间。而你们付出的唯一代价是，背负上所有的恶名，获得军方和三大教会最大程度的仇恨，但我认为你们应该不会介意。"

"只要能迎接主的归来，即使被所有势力憎恶，我们也不会有任何的胆怯。"A先生的语气不再那么淡漠和疏离。

纵火？极光会趁机完成真实造物主的降临仪式？这是第三次了吧……怎么又被我遇上了……这是孽缘啊……克莱恩忍不住在心里用中文爆了句粗口。

此时此刻，他对王室某个派系与魔女教派、因斯·赞格威尔合作谋划的事情异常好奇又充满戒备，这已经可怕到需要用真实造物主的降临来做挡箭的盾牌了！

也许，他们留了后手，最后会破坏极光会的仪式，将除了自己之外的所有势力都坑掉……克莱恩又紧绷又冷静地想着。

"看来你已经没有疑问了。"那女声低笑道，"这里非常隐蔽，且有相应的布置，你可以放心地举行仪式，不用担心成功前会被人打扰。而外面的部分，我们也已经准备完毕，很早很早，就等着我点燃第一朵'火焰'。如果你还有疑惑，可以再检查一遍。"

就在A先生开口之际，克莱恩听见了哐当的声响，那是大门被打开的动静。

"谁让你进来的？我不是吩咐过，任何人都不能靠近这里吗？"清丽柔和的女声压抑着怒火道。

"'绝望'女士，有紧急情况！地底被人潜入了！上面派我进去安排后续，关闭相应的通道。"一道带着明显贝克兰德口音的男声语速极快地回应。

所谓"绝望女士"沉默了几秒，似乎在与未知的存在沟通，确认情况。终于，她嗓音和语气不变地说道："进去吧，不要再出来了，也不要让任何人出来，等待后续的通知。"

"是，'绝望'女士！"那男人噔噔跑动，直奔这边的石门，背景音是一声哐当。

从克莱恩躲藏的地方可以较为清楚地看见通往后面区域的石门，他等待了七八秒，一道身高普通、不胖不瘦的人影就出现在了那里。

呼……男子喘了口气，伸出双手，龇牙咧嘴、表情狰狞地推开了沉重的石门。

这个瞬间，克莱恩已将他的长相和特点完全纳入视线，没有丝毫遗漏——这正是"无面人"附属的非凡能力！

那男子皮肤棕红，有着明显的南大陆血统，五官毫无特色，让人难以记住。因为龇牙咧嘴的关系，他的牙齿显露了一部分出来，左上方第三颗闪烁金光，是颗假牙。

这……拥有"占卜家"灵性直觉的克莱恩眉头一皱，莫名觉得熟悉。

很快，他就利用技巧，回想起了熟悉感的来源——"倒吊人"曾经拜托塔罗会成员寻找一个肤色棕红、缺少了左边第三颗牙齿、有浓厚贝克兰德口音的男子。那男子叫作巴伦，与诸多殖民岛屿奴隶逃亡和失踪案有关！

而此时此刻，克莱恩眼前的男子与"倒吊人"描述的巴伦近乎一致！

殖民岛屿有奴隶失踪……南大陆诸多部落凭空蒸发……巴伦出现在了这里……把持着地下奴隶贸易很大份额的卡平有疑似"仲裁人"途径的四位非凡者保护，其中最强的有序列6，甚至序列5……卡平坚持绑架的目标是较为纯洁的天真少女……

《谷物法案》通过，纺织机改进，造成大量的失业……不少纺织女工得到新的活计，悄然离开东区，没留下什么线索……

一个个零散的点瞬间在克莱恩脑海内串联成了一条线，直指地底深处！

他们在做什么，竟需要如此大量的人口以及许多纯净的少女？仪式？一个可怕到极点，必须隐蔽地进行且需要很长时间的仪式？克莱恩的瞳孔霍然收缩。

吱……砰！石门合拢，巴伦消失在了他的视线里。

大厅内静默了几秒，A先生低沉嘶哑的嗓音再次响起："我闻到了意外的味道。

开始吧，抢在它到来前。"

"绝望"女士低缓地回应："这正是我的想法，但我需要你将我送到东区。"

东区？克莱恩又有了不好的预感。

"没有问题。"A先生情绪缺乏起伏地回答道。

戴着兜帽的他，身前迅速浮现出一本透明模糊的书册，并伴随悠远飘渺的吟唱："我来到，我看见，我记录。"

书册飞快地翻动，定格在了其中一页，旋即绽放出浅蓝而虚幻的光芒。那光芒将穿着纯白长袍的"绝望"女士包裹，让她的身影先是模糊，继而变得无形。

"绝望"女士瞬间看见了数不清的、难以描述形体的透明影子，发现最高处有一道道蕴藏着无穷无尽知识般的明净光华。她的身体被奇异的力量拖着前行，快速穿梭，没用多久就离开原地，来到一个僻静无人、肮脏恶心的巷子角落。

她拉下面纱，遮住脸孔，抬头望向半空，只见午后的太阳重被云层和雾气遮掩，变得苍白暗淡。淡黄色的雾气不算特别浓厚，弥漫于贝克兰德每个地方，带着略微呛人的味道，冰冷而湿润。

可惜，没有等到雾霾最严重、最静止的时候……特莉丝身上发生的意外，0-08突然而短暂的失控，阿兹克的出现，"黑皇帝"之前的破坏，都让事情变得越来越大，变得引人注意，行动只能提前到今天……"绝望"女士环顾一圈，走出了巷子，进入街道。

她的步伐很慢，仿佛正徜徉于雾气的海洋里。她所经过的地方，雾气难以察觉地浓了一点，染上了些许铁黑的颜色，可见距离悄然变小。

她离开这条街道后，一个穿着陈旧夹克、脸色蜡黄的流浪汉突然开始咳嗽，咳得剧烈无比，咳得倒在了地上。

与流浪汉相隔很近的两位贫民惊恐地退开，旋即捂住喉咙，发出嗬嗬嗬的声音，似乎得了严重的肺部疾病或支气管炎，已经喘不过气来。

铁黑与淡黄交杂的雾霾降临于东区，降临于码头区，降临于正喷薄烟气的工厂区，不断地往整个贝克兰德蔓延。

远处的各种景象被雾气淹没，就连高耸的钟楼都只剩下淡淡的影子。一个个工人、一个个贫民相继有了难受的感觉，艰难地对抗着寒冷和困顿的流浪汉沿着那个女士途经的路线一个接一个发病倒下，人命就像浆洗衣服时的泡沫一样脆弱。

"绝望"女士的表情沉静而柔和，仿佛在完成一件艺术品。

她没有异常地行走于路人中间，嘴角微勾，低声笑道："鲁恩王国的历史将铭记这一天。

"贝克兰德大雾霾事件。"

幽暗的深谷已被漆黑虚幻的水面完全覆盖，但0-08的书写并未停止。

它在任何可以落笔的地方疯狂地编排着荒诞可笑又惊悚恐怖的故事：

> ……裤子的掉落并未影响因斯·赞格威尔的发挥，因为他穿的是长袍，也许他早就预料到了会有类似的意外……
>
> "律令法师"将阿兹克·艾格斯震慑于原地，临时剥夺了他两种强大的非凡能力，是真正意义上的好帮手，但灵界与冥界重叠的大门被阿兹克的特性吸引，被他们战斗的力量敲动，发生了难以预料的变化。
>
> 这个时候，一个未知的存在被吸引，路过了这里。祂借此将自己的手伸到了现实世界，哎呀！祂抓住了因斯·赞格威尔！

半空之中，穿神职人员黑袍的因斯·赞格威尔身后突然探出了两条布满蠕动烂肉的血黄手臂！

它们抓住因斯·赞格威尔的肩膀，一把将他拖入了虚空，拖入了灵界。

因斯·赞格威尔消失的地方，光芒突然不见，染上了最浓郁、最深沉的黑暗。黑暗之中，有吟唱诗歌的声音传出，安宁静谧，催人入眠，就连漆黑水面下不断上抓的无数苍白手臂都因此变得缓慢，不再疯狂，仿佛获得了心灵上的救赎。

在这样的"黑夜"里，一道人影走了出来，正是刚才被拖入灵界的因斯·赞格威尔。

与之前相比，他失去了头顶的软帽，左肩衣物破烂，被硬生生地撕下了一块血肉，并有淡黄的脓疱一个接一个地咕噜冒出。

他的眼神不再淡漠，充满了痛苦，似乎正承受着别人无法想象的折磨。

0-08这支羽毛笔继续写道：

> 有人遗憾，有人庆幸。
>
> 因斯·赞格威尔身上有一根"邪神脐带"，那来自梅高欧丝肚子里的婴儿，来自真实造物主。通过使用脐带，他顺利摆脱了未知存在的禁锢，强行返回到现实世界，但他也彻底失去了那件神奇的物品，并将在短时间内承受邪神子嗣无法降生的怨恨。
>
> 这让他的实力就像百货商店换季时的某些打折商品一样，只剩原本的百分之五十五。
>
> 嗯，这个数字非常精确。

东区深处的一条街道上，老科勒抱着装于纸袋内的火腿，急匆匆地往租住的公寓返回。

他警惕地四下张望，害怕那些饿得像狼一样眼睛冒出光芒的家伙会扑上来抢走自己的新年馈赠。还在乡下的时候，他曾经见过狼，可没想到，在贝克兰德还能体会那熟悉的感觉。

还是太贵、太大了，只能和人合伙买一条，锯成几份……这足够我新年假期吃了，每一顿都能有两片……三片，不，至少五片的火腿肉。我还能切一些下来，和土豆一起炖汤，甚至不用放盐……

想到这里，老科勒望向怀里的火腿，看着那夹杂不少白色的红肉，喉咙忍不住蠕动了一下，吞了口唾沫。

走着走着，他感觉四周的雾气浓了不少，远处还算清晰的教堂钟楼逐渐被淡黄与铁黑混杂的颜色吞没，就连周围的行人，超过十步的距离，也只剩下模糊的影子。

老科勒瞬间有了被世界遗忘的感受，抬掌捂了下口鼻。

"今天的雾气怎么这么难闻？"他嘀咕一句，加快了步伐。

一步、两步、三步，老科勒觉得自己的脸庞在发烫，额头似乎烧了起来。他胸口发紧，喉咙不适，很快有了呼吸困难的症状。

"生病了吗？该死，我还想过个美好的新年，现在只能把积蓄送到诊所送到医院了……不，也许睡一觉就好了，盖上我的被子睡一觉就好了！"老科勒无声自语，脑袋越来越烫，意识越来越迷糊。

嗬、嗬、嗬，他听见了自己艰难的喘息声，他双手一软，装着火腿的纸袋重重地落到了地面上。

老科勒下意识地蹲身拾取，却一下摔在了那里。

他按住装火腿的袋子，努力地把它往怀里收。这一刻，他认为有浓痰涌起，堵住了自己的喉咙，于是，努力抗争，发出风箱拉动般的声音。

扑通！

老科勒的视线开始模糊，他看见几步之外同样有人摔倒，喘不过气来，年纪和他差不多，也是五十来岁，鬓角斑白。

忽然之间，他有了明悟，知道自己即将死亡。

这让他想起了自己的妻子和儿女。他们也是这样，突然染上了瘟疫，很快就死去了。

这让他想起了自己因病住院治疗的那段时间，同房的病人当天晚上还能笑着聊天，次日清晨就已被送去了停尸房。

这让他想起了做流浪汉时认识的朋友。一个冬天过去，他们消失了很多，最终在桥洞或能避风的街道角落僵硬着被发现，还有少量的人则死于突然获得食物。

这让他想起了自己还是不错的工人那会儿，街区的邻居们也会如此突然地死亡。他们有的头疼抽搐而死；有的不小心掉进了刚出炉的钢水里；有的全身骨骼疼痛，浮肿着死去；有的甚至无声无息就倒在了工厂里，一批又一批。

这让他想起了之前打探消息时在酒吧里听一个醉鬼说的话："我们这样的人，就像地里的秸秆，风一吹来，就会倒下。甚至没有风，自己也可能倒下……"

风来了……老科勒一下闪过了这样的念头。

他一边抱紧装火腿的纸袋，一边伸手摸索陈旧夹克的衣兜，想要拿出那一直舍不得抽的、已经皱巴巴的香烟。

他不能理解的是，为什么身体健康的自己会突然染病，这样的浓雾又不是没有经历过。

他想不明白的是，自己的生活刚走上正轨，正往足够美好的方向发展，并且收获了莫里亚蒂侦探提前支付的报酬，买到一块想了很久的火腿迎接新年，正期待着品尝它的美味，为什么却突然倒下了。

老科勒掏出了那根皱巴巴的香烟，手臂却再也无力抬起，重重地撞在了地面。

他用尽最后的力气，想要喊出心里积攒的话语，却只能让虚弱的单词在嘴边徘徊，无法传出。

他听见了自己的遗言。

他听见自己在问："为什么？"

…………

东区边缘的一栋公寓内。

丽芙将浆洗好的最后一件衣物挂了起来，等待晾干。

她看了一下外面的天色，被不知什么时候变得浓郁的雾气弄得有些判断不准时间。

"总之，还很早，而我们的浆洗工作已经全部完成……"丽芙的表情渐渐变得沉重。

太早做完活计并不是好事，这不意味着能够休息，它只表明开工不足，收入不足。

丽芙吸了口气，转身对旁边擦拭着双手、目光直往隔壁房间的单词册望的大女儿弗莱娅道："快新年了，我们的大多数雇主离开贝克兰德，去别的地方度假去了，我们不能再这样下去，得找新的工作。"

她边说边往门口走："这样的节日里，那些有钱人会举办一场又一场的宴会，他们的仆人不一定足够，也许会雇用临时的厨房清洗女工。我打算去问一问。

"弗莱娅，你待在家里，到时间去接黛西。我们需要收入，那些婊子养的小偷、强盗、人口贩子也需要收入迎接新年。"

在东区，每一名未进入工厂的妇女要想存活，手艺或泼辣必有其一。

弗莱娅轻快地回答道："好的。"

她的心思已经飘到了隔壁的小桌和单词册上。

丽芙刚拉开房门，忽然踉跄一下，跌倒在地。喀喀喀！她发出剧烈的咳嗽声，脸庞涨得通红，身上每一处关节都酸痛难忍。

弗莱娅惊慌地跑了过去，蹲了下来："妈妈，你怎么了？妈妈，你怎么了？"

"没有……喀喀，我没有问题。"丽芙的呼吸逐渐艰难。

"不，你生病了，生病了！我立刻带你去医院！"弗莱娅努力搀扶起妈妈。

"太贵了，太，贵了……喀，去，慈善医院，慈善医院，我能等待，没，没什么大问题。"丽芙喘息着回答。

弗莱娅流出了眼泪，视线飞快变得模糊。

就在这时，她感觉自己的肺部烧了起来，身体一下软倒，连带丽芙也重新摔在地面。

"弗莱娅，你怎么了？喀喀，你也生病了？"丽芙焦急地喊道，"钱在，喀喀，在柜子挡住的，喀喀，墙壁破洞里，你，快，快去医院！找好的，好的医生！"

弗莱娅想说些什么，却发不出声音，她的目光斜着往上，看到了隔壁的房门。

那是她们的卧室，那有属于她们的高低床，有她喜爱的小桌和单词册。

她的身体突地抽搐了起来。

丽芙的咳嗽戛然而止。

…………

东区边缘的公立初等学校内。

雾气还不算浓厚，但已有不少学生开始咳嗽。当值的老师受过培训，当即吩咐道："快，去教堂，去旁边的教堂！"

黛西惊恐慌乱地站了起来，跟着人群往学校旁边的教堂跑去。忽然，她心头一悸，有了失去某些重要东西的恐慌感。

妈妈……弗莱娅……

黛西猛地扭头，想逆着人潮冲回家里。但是，她被阻止了，她被老师们抓住，强行往教堂拖去。

黛西竭力挣扎，撕心裂肺地喊道："妈妈！弗莱娅！

"妈妈！弗莱娅！"

在东区，在码头区，在工厂区，那些或年纪老迈或身有隐疾的人如同被砍伐的树木，在雾气里相继倒下，而此时接触他们的人，则感染上瘟疫，飞快地死去。身体还算健壮的成年人和孩子们也有了轻微的不适。

在他们的眼里，那淡黄与铁黑交杂的雾气就像是降临的死神。


1349年最后一周的周二，贝克兰德大雾霾。

# 第十五章
## CHAPTER 15
### ✦ 新时代 ✦

大厅的墙角，克莱恩紧贴着石壁，不让自己被A先生发现。

很快，他听到了一声声闷哼，闻到了血肉糜烂的味道。

"为主的降临献出生命吧。"A先生的嗓音突然响起。

扑通，扑通，人影沉重倒下的动静传入了克莱恩的耳朵，强烈的灵性波动浮现，不断回荡。

A先生献祭了他的四位侍者？克莱恩刚刚浮现这样的想法，耳畔就传来了虚幻层叠的哭泣声，有人在喊妈妈，有人在剧烈咳嗽，有人在痛苦呻吟。

作为半个神秘学专家，克莱恩似乎看见了一道道带着不甘的怨念的虚幻透明的身影，那些身影前仆后继地进入仪式，而工厂区、码头区和东区沉积多年的麻木、绝望、痛苦、愤恨等压抑情绪也随之如潮水般涌来。

正式开始了吗？克莱恩闭着眼睛，背贴墙壁，右手猛地握紧，又松了开来。

对他来说，此时最好的选择是，趁A先生专注于仪式，溜出大厅，逃奔远方。

他的右手松了又紧，紧了又松，连续多次。

七八秒之后，克莱恩睁开了眼睛，嘴角浮夸地上翘。他伸手握住左轮手枪，猛地一个转身，冲了出去。身穿黑色双排扣长礼服的他抬起右手，瞄准了祭坛。

当先映入克莱恩眼帘的是被层叠光辉环绕着的祭台，以及立在祭台内的高瘦人影。那人影取掉了兜帽，露出漂亮妖异宛若女性的脸孔，左胸、肩膀、腹部、大腿四个位置则覆盖着蠕动的、黏稠的、恶心的血肉，他的四周，光层内充斥着虚幻透明的身影，洋溢着麻木、绝望、痛苦、压抑等感觉。

而在祭台之外，先前祈祷的四道人影已然倒下，他们皮肤干瘪，紧包着骨头，像是风化多年的尸体。

整个大厅的上方，一道道辉芒穿透虚空而来，顺着布满象征符号和魔法标识的石柱、地板、空气，飞快投入了祭台。

克莱恩刚从躲藏处出来，A先生就已睁开眼睛，望向了克莱恩所在的位置。

他的瞳孔染着血色，冷漠里蕴藏着极致的疯狂。

换作别的非凡者，此时恐怕已经下意识地移开目光，不敢与他对视，但克莱恩直面过永恒烈阳，见识过"渎神者"阿蒙，对此并未感到恐惧。他冷静地扣动扳机，让一发铭刻诸多花纹的银色猎魔子弹激射而出，奔向祭台。

目睹这一幕的A先生下意识地想要抬手，但最终停了下来，漠然地看着银色的子弹钻入了祭台四周的光层。

无声无息间，满是花纹的猎魔子弹在层叠的光辉内熔化了、消失了，被那难以数清的不甘怨念和负面情绪吞没。最终，它彻底分解，没留下丝毫痕迹。

克莱恩眼眸一缩，乓乓连扣，将左轮手枪内剩余的子弹全部射了出去，淡金色的净化子弹、黄铜色泽里绽放金芒的驱邪子弹首尾相接，先后贯入了祭台周围的光层里。然而，它们同样分解了、消失了，未能制造丝毫涟漪。

A先生声音嘶哑着笑了起来："没用的，小爬虫，仪式已经正式开始，以你的力量是无法打破和中断的，即使是序列5的非凡者，也办不到！但你也是幸运的，你将活着见证我主的降临，融入祂的身躯。"

说完，A先生不再理睬克莱恩，重新闭上了眼睛，似乎对方确实就只是一条渺小的虫子。

这位"牧羊人"半举起双手，做出敞开怀抱的姿势，用古赫密斯语高声喊道：

"创造一切的主，

"阴影帷幕后的主宰，

"所有生灵的堕落自性。

"您虔诚的信徒祈求您的降临，

"我愿意奉献我的身躯，让它作为容器，承担您伟大的意志！"

祈祷声里，A先生头顶忽有光芒从未知处降临，将他完全笼罩。四周凝成人影的不甘怨念和沉积的负面情绪如潮水般涌入了A先生体内。

砰、砰、砰！克莱恩连打响指并操纵火焰，竭力攻击着祭台，但它们依旧不可抗拒地在周围光层内分解了、熄灭了、熔化了，没有一点效果。

怎么办？我其他的神奇物品都在灰雾之上，要想取出来，必须先举行仪式，这至少会浪费一两分钟的时间，而且没有保护的肉身会非常危险……怎么办？克莱恩理智地停止了尝试，站在那里，思绪急转。

而且，无论是"太阳胸针""生物毒素瓶""全黑之眼"，还是只提升位格的"黑皇帝"牌，似乎都无法突破那祭台的屏障！

难道只能等待"正义"小姐那边及时找来援军？或者眼睁睁地看着真实造物主降临？克莱恩精神紧绷，念头飞快地闪过，快速地思考着自己能有什么对策。

他一件件地过滤着身上的物品，掌心已不自觉地沁出冷汗。

突然，他想到了某样东西！来不及考虑后果，他将手伸入衣兜，抓住了一件充满金属质感的物品。

噔噔噔！克莱恩前跨几步，用力甩动胳膊，将攥在掌心的那件物品扔了出去，扔向祭坛。黄铜色的辉芒一闪，那物品进入了层叠的光层。

那是一把形制古朴的钥匙，那是"万能钥匙"。

光层之内，黄铜色的"万能钥匙"开始分解，开始熔化。而当它的外壳不见，内里蕴藏的诅咒便直接显现了出来，连接未知之处的"门"先生。

…………

皇后区，霍尔伯爵的豪华别墅内。

奥黛丽立在落地窗边，忧虑地望着远处。她看见天边的雾气逐渐浓郁，淡黄染上了铁黑，并慢慢往自己所在的方向弥漫而来。

"这有些不对劲。"金毛大狗苏茜蹲在她旁边，同样眺望着那原本常见的雾霾。

嗯，希望来得及阻止……奥黛丽并不清楚那雾气代表什么，只默默地在心里向女神和"愚者"先生祈祷，请求祂们不要让原初魔女降临。

忽然，她发现窗外的树枝开始摇晃，玻璃出现了轻微震颤。

"风来了……"奥黛丽莫名地感觉喜悦。

…………

乔伍德区，圣风大教堂。它的外面忽地刮起肉眼可见的恐怖风暴，然后向着东面鼓荡起了难以想象的飓风。

呜！沉积的雾气被吹散，浓郁的黄色与铁黑飞快淡化。

呜！一根根干枯的树枝掉落于地，粉尘与泥土扬上半空，随着雾气远去。

呜！许多行人的帽子离开了自己的头顶，身体摇晃得必须扶住树木或墙壁才能站稳。

码头区的水手们仿佛回到了港口城市，正亲历一场台风的袭击。

东区和工厂区的烟气变淡，健康民众的轻微不适得到缓解。

轰隆！轰隆！闪电跳跃，雷声炸响。它们很快平息，哗啦啦的雨水开始清洗大地。

风暴教会这次的反应很快嘛……也有我们提前行动，准备不太充分的原因……呵呵，那些中产、那些富翁，如果没有相应的保护，在这样的"大雾"里，和平民们毫无区别，都是待宰的羔羊……"绝望"女士坐在一辆出租马车内，悠然地听着雨点敲打玻璃窗的声音。

哪怕被及时破坏，根据她的估算，刚才的"雾霾"也能直接造成两万人以上

319

的死亡，而后续还有蔓延的瘟疫。

这样一来，我的魔药也消化得差不多了，但这只是顺带的收获……大量人口失踪的痕迹将被抹去，指向极光会，指向真实造物主，没谁能猜到王室真正想做什么……我该离开了，带走特莉丝……"绝望"女士心情不错地想着。

她行踪隐秘，事前还做了处理，所以短时间内完全不担心自身会被贝克兰德的半神们堵住。等对方找到痕迹，她已经远离了这座城市！

就在"绝望"女士准备离开马车时，突然眼前一花，看见了一道人影。

那人影坐在她的对面，是个年轻的女性，披着带兜帽的古典长袍，眼睛和头发都为黑色，面容秀美但呆滞。

…………

扔出"万能钥匙"后，克莱恩又握住了阿兹克铜哨，接着屏住呼吸，等待结果。

如果他的构想未能实现，祭台的屏障仍然没有被打破，那他就将使用阿兹克铜哨，看是否能获得信使的帮助。

再不行，他就进入灰雾之上，将"黑皇帝"牌等物品搬出来，尝试每一种可能，拼到最后一秒！

此时此刻还是下午，没有绯红之月，更别提明澈的满月，所以，克莱恩对"万能钥匙"内蕴藏的诅咒缺乏足够的信心，只希望祭台屏障的消解作用对它的存在产生威胁，让它本能地做出反应，比如反向沟通"门"先生，将祂的求救声传递出来。

也就一两秒的工夫，克莱恩看见"万能钥匙"分解成了最微小的光粒和一片虚幻扭曲的绯红。

那抹绯红在快速变淡的同时竭力挣扎，猛地爆开！

刹那之间，克莱恩失去了听力，看见光层内怨念和不甘化成的无数身影齐齐仰头，发出惨叫。

它们飞快变化，染上了黑绿，长出了第二个脑颅、第三只眼睛或者第五条腿……它们交汇成洪流，涌入了A先生体内。

A先生霍然睁开了眼睛，淡漠的血色下是不敢相信的惊愕。

紧接着，整个祭台四周的光层扭曲了，坍塌了。轰隆！巨大的爆炸从祭台中央往外扩散，掀起了恐怖的风浪。

咔嚓！最近的四根粗大石柱瞬间折断，远处的克莱恩只来得及做出翻滚的动作，就被冲击波拍飞了出去。

砰！他撞在墙上，一下变得扁平，化成了薄纸。

那薄纸迅速被后续的风浪撕碎，撒向四周。克莱恩本人则浮现于角落里，借助墙壁，对抗着爆炸产生的风浪。

"万能钥匙"制造的破坏效果超乎了他的想象！

被强行消融的诅咒确实有了本能的反应，将"门"先生的呐喊传递了过来，而这位至少天使级的被放逐者的声音污染了仪式需要的不甘怨念和麻木绝望，于是，祭台失去平衡，走向了自我毁灭的道路！

风浪稍有平息，克莱恩就冲了出去，确认成果。半空传递来的虚幻人影和压抑感觉已然消失不见，整个祭台只剩些许残骸。

A先生身体前倾地跪在倒塌的石柱旁，少了条手臂，少了半张脸孔和诸多内脏，仅剩的那只眼睛内则充满刻入骨头般的仇恨。但是，那些伤口很快就被蠕动的血肉覆盖了。

瞧了这么一眼后，克莱恩毫不犹豫，拔腿就跑。

对他来说，破坏掉真实造物主的降临就算达成了终极目标，此时不走，一个序列6难道还要留下来和"牧羊人"A先生共进晚餐，迎接新年？

…………

一看到对面出现陌生人，"绝望"女士掌中顿时就凝出一根尖锐晶莹的冰枪，并将它投向了目标。借助反冲之力，她试图向后撞破车厢，进入街道。

对于这突然发生的状况，对于那诡异冒出的敌人，她并不是没有疑惑。正好相反的是，她非常不解，不明白为什么有人能如此快地找到行踪隐秘的自己，这难度不亚于毁灭一座大都市，或者从贝克兰德直接传送至南大陆东拜朗。

但作为一名序列4的"绝望魔女"，一步步从"刺客"成长而来，她明白关键时刻不能分心，不能废话，所有的问题事后再考虑也不迟。所以，她选择直接进攻，想趁机脱离。

她已经能够想象，冰枪所过之处，白霜凝聚，寒封世界，黑发黑眼的奇怪女子被冻结在层层晶莹之内，必须艰难地破开阻碍，才有余力追赶自己。而那个时候，她肯定已脱离这条街道，混入了人群。

可是，她所期待的画面并未呈现，晶莹梦幻的冰枪刚脱手，就无声无息地消失在了半空，不知道去了哪里。

天使！"绝望"魔女目光一凝，周身霍地腾起黑焰，将疾病散播了出去，并打算点燃周围的一切，制造大规模的火灾。

这个刹那，她的身体奇异地颤抖了一下，凝固在了原地。她看见自己的左手在一厘米、一厘米地消失，并急速往上蔓延，难以遏制。

她的眼眸里，对面面容秀美、表情呆滞的女性瞳孔幽深浓黑，仿佛藏着一片纯粹的无光之暗。

"你不是！你是……"

"绝望"魔女的话语戛然而止，她整个人就像一幅素描被橡皮擦悄然抹掉了一般，未留一点痕迹。她最后的眼神充满惊惧与绝望，她所在的位置空空荡荡，像是从来没有坐过人。

面容秀美、表情呆滞的女性拉了拉古典长袍的兜帽，嘴角几乎难以察觉地动了动，身影瞬间消失不见。

…………

皇后区郊外，一辆无轨公共马车上。

特莉丝戴着有面纱的帽子，安静地坐在角落里。

她没有像别人认为的那样直奔塔索克河，顺水而逃，或者前往最近的铁路，攀爬火车，她选择的是重返贝克兰德。只有这人口超过五百万，各种隐秘势力、诸多非凡者混杂的大都市，才能帮助她躲过魔女教派后续的追踪！

此时此刻，她精神高度紧绷，时刻戒备着那可怕的老管家芬克尔。

突然，她脑袋眩晕了一下。等视线恢复正常，她发觉自己竟神奇地离开了公共马车，正站在郊外泥泞的道路旁边。

特莉丝瞳孔急速收缩，戒备地打量起四周。

然后，她看见了一道披古典长袍、戴黑色兜帽的人影，注意到了对方藏在阴影里的黑色眼眸。

不知为什么，特莉丝就像回到了婴儿时期，柔弱到完全没有反抗之力。她的额头沁出了冷汗，她的双腿剧烈地颤抖，但整个人却无法动弹。

这是我面对过的最可怕的敌人……哪怕之前见到的高位"魔女"，也没让我有类似的感受……我就要死在这里了吗……一次次直面失败都不愿意放弃的逃跑行动就要彻底结束了吗……浓浓的绝望感和难以遏制的悲哀情绪占据了特莉丝的心灵，让她似乎陷入了最深、最沉的噩梦。

忽然，她眼前幽蓝光芒一闪，那不能行动的诅咒被解除了。

特莉丝再看前方，已然没有那恐怖到极点的身影，刚才的一切就好像最真实的幻觉。但当特莉丝低下头，却惊愕地发现左手小指上的蓝宝石指环不知什么时候已四分五裂，失去了全部的光彩。

啪、啪、啪，戒指和宝石的残碴相继掉落。


克莱恩连滚带翻，绕过了坍塌的石柱和受伤颇重正在治疗的A先生，奔跑到了对面的入口处。至于"万能钥匙"留下的正缓缓凝聚的点点特性，他看都没看一眼，以免被A先生堵住。

他很清楚，拿齐神奇物品、做好充分准备的自己都未必是"牧羊人"的对手，更何况身上只有阿兹克铜哨和三种非凡子弹、连火柴都没剩下一根的自己。

即使A先生已经重伤，克莱恩也不敢冒险，他听说"牧羊人"前置序列的"蔷薇主教"极为擅长血肉魔法，在治疗肉体层面的伤势上不比能转移伤口的自己差多少！

嘎吱！他拉开了沉重的大门，外面的自然光芒照了进来，天空的云层染着稀薄的淡黄，太阳苍白而暗淡。

克莱恩冲了出去，发现自己所在的位置竟是山中，四周高峰耸立，让此地异常隐蔽。

噔噔噔，他疯狂奔跑，甚至没走山路，而是凭借"小丑"的身手，直接沿着斜坡往下，时而翻滚，时而借助树木荡起。

哗啦啦！他听见了大河流淌的声音，它就在前方，就在下面！

可这个时候，一道烈风吹来，卷向了他的背后。

克莱恩当机立断，膝盖一软，向着斜前方做出翻滚的动作。

嗖！嗖！嗖！他原本站立的位置和前进的方向，被一道道风刃切割出了深深的沟壑。

A先生从风中落下，身上披着还在蠕动的鲜血披风。他将手一指，身上顿时有肉块飞出，并于半空膨胀，猛地炸开。

轰隆！一滴滴血液和一点点肉末横飞，克莱恩手撑地侧翻，躲掉了大半，躲到了一株巨木的后方。那巨大的树木被溅射出了一个个血孔，腐烂的痕迹以它们为中心，迅速往四周蔓延。

克莱恩刚才奔跑之时，已经为左轮手枪上好子弹，他正要抬手，射击A先生的眼睛，就看见对方眸子里有深沉的黑暗浮现。

霍然之间，克莱恩知道四周的景象虽然没有一点改变，但自己已被强行拖入了梦境。

他曾经杀过一个"梦魇"，至少是"梦魇"……克莱恩保持住清醒，看见A先生违反逻辑地闪现至旁边，化作血色长毯，让人无法躲避地笼罩了下来。

想依靠噩梦，直接吓得我心脏停止跳动？克莱恩念头一闪，给予了回应。

这是他的梦境，清醒的他可以模拟任何事物！

于是，原地出现了一轮纯粹的、耀眼的金色太阳，明净而灼热的火焰瞬间点燃了周围的一切——克莱恩假想的是当初梦境占卜里见到永恒烈阳时的画面！

几乎不分先后，他脱离梦境，听到了一声闷哼。

A先生则退后了一步，鼻端有两缕鲜血流出。那血肉织成的长袍表面正在缓缓地流淌，仿佛有所熔化。

啪！克莱恩打了个响指，点燃了三四十米外的树木。他的脚下，早就枯黄的杂草焚烧，向上腾出火焰，包裹住了他的身体。

A先生本就漂亮到不像男性的脸孔突然多了几分女性的柔美，手里凝聚出一把晶莹寒冷、没有重量般的冰枪，并将它投向了几十米外燃烧着的树木。

克莱恩刚从那堆火焰里跃出，瞳孔中就映照出了梦幻透明的枪尖。那枪尖越来越大，越来越清晰，占据了他整个眸子。

克莱恩猛地侧扑出去，体表覆盖了一层薄薄的白霜。

那透明之枪随即泯灭了火焰，并让厚厚的冰层急速往四周蔓延，眼见就要将克莱恩包裹于内。

身在半空的克莱恩猛地缩成一团，半转身体，让脑袋朝下。他伸出左手，轻轻在冰层上一按，再次腾空而起，脱离了寒冷的界域，但手掌的表层皮肤却被冻在了接触处，哧溜一声被撕扯了下来。

翻滚站起，克莱恩将手探入衣兜，抽出了自制的"沉眠符咒"。就在他张开嘴巴，准备吐出开启咒文时，鼻子忽然一痒，硬生生地打了个喷嚏。

阿嚏！阿嚏！阿嚏！他头痛脑热，连打喷嚏，根本无力反扑。

生病了？被感染疾病了？克莱恩刚有明悟，就感觉到无数肉眼难见的丝线卷了过来，将自己缠绕成了某种意义上的木乃伊。

类似的经历，他并不陌生，清楚这是"欢愉魔女"的非凡能力。当初他是依靠使用符咒，让敌我双方同时陷入沉眠，然后借助自身的特殊之处，才摆脱了控制。而现在，A先生和他保持着二十米左右的距离。

不过，克莱恩已不只是"小丑"，他还能动弹的手指啪地打出了脆响！

腾的一下，他周围的蛛丝全部被点燃，仿佛化成了巨型火炬。

克莱恩刚从赤红里跳跃出来，又开始打喷嚏，并伴随剧烈的咳嗽，许多他想要使用的非凡能力，都因此自行中断。

这时，A先生脸庞的女性柔美感消失，多了几分高高在上的威严。他伸出右手，轻轻一握，克莱恩顿时就有了自己如果逃跑，只会在原地打转的预感。

披着血色长袍的A先生露出残忍的笑意，他的面前浮现出一本透明虚幻的古老书册，飘渺高远的声音随之响起："我来到，我看见，我记录。"

阿嚏！喀！喀！克莱恩想要躲避，却无能为力。

此时此刻，他前所未有地体会到了"牧羊人"的强大，这不愧是半神之下最全面、最没有短板、堪称最强的非凡者！即使他未做准备，很多神奇物品也没能使用，但被压制成这个样子，毫无还手之力，也足以说明很多问题。

郊外荒芜的田地里，老管家芬克尔正飞快地奔逃。他失去了帽子，梳理得一丝不苟的斑白头发凌乱垂下，衣物表面满是泥泞。

呼，呼……他稍有停顿，喘气望向后方，发现来处空无一人，略微安心了一点。可他扭过脑袋，准备改换方向时，却发现面前不知什么时候多了一道人影。

那人影穿着戴兜帽的古典长袍，黑色的眼眸藏于阴影之中，面容呆滞，没有表情。

芬克尔瞳孔一缩，当即张开嘴巴，试图念出一个古赫密斯语单词，却愕然察觉自己的鼻子在消失，自己的声音已不见。

他的表情里顿时多了几分绝望，然后整个人如同虚空内的污迹，被抹布擦得干干净净，再没有丝毫残余。

…………

阿嚏！阿嚏！喀！喀！

A先生即将发动致命攻击，克莱恩却身染疾病，头痛脑热，难以操纵火焰进行跳跃。这个时候，他连空气弹都制造不出来。

对未知结果的恐惧占据了他的心灵，来自"小丑"的危险预感让他看见自己霍然分裂，崩解为最微小的光粒，也许连复活都不再有机会。

刹那之间，克莱恩将手探入衣兜，握住了一件物品。

这是他预先考虑过的最危险情况下的应对方案！再怎么仓促，"魔术师"也是有一定准备的，不会在战斗里慌乱无措。

克莱恩拿出了阿兹克铜哨，将它凑到嘴边，在咳嗽声里艰难地吹了一下！

没有任何前置动静的情况下，他通过灵视看见白骨喷泉般涌出，飞快地勾勒成眼窝有漆黑火焰在燃烧的巨大信使。

而这个时候，A先生面前的书册也停止了翻动，远处传来的悠长声音戛然而止。

一阵绿蒙蒙的光华涌出，近四米高的白骨信使一下裂开，裂成了无数纯粹的光点。它的身后，让克莱恩只能原地打转的力量率先崩溃，穿黑色双排扣长礼服的人影随即被笼罩，变成了黄沙铸就般的雕像，被风吹散。但那散去的是白色的斑点，就像撕到最极致的纸屑。

克莱恩的身影浮现于另外一侧，半跪于地，控制不住地大声咳嗽。

如果不是有白骨信使先挡了一下，他根本来不及短暂地压制疾病，使用纸人替身！而经过这么一番折腾，他的病更严重了，几乎快失去反抗的能力。

就在这时，致命一击未能成功的A先生突然也咳嗽起来，咳得比克莱恩还要剧烈。

他痛苦地匍匐下来，嘴角涌出了血沫。

喀喀喀！他咳出了一堆破碎的内脏和蠕动的血肉，然后艰难地张嘴，试图将它们舔入口中，强行吃回去。

怎么回事？克莱恩一时有些蒙。但这不妨碍他忍住咳嗽，抬起右手，用左轮瞄准A先生的脑袋。

这个瞬间，他隐约有了些明悟，那就是A先生肉体层面的伤势可以靠血肉魔法来治疗、来维持，但精神和灵性受到的冲击与反噬却无法用这种方式弥补。

A先生本该切换成另外的非凡能力，缓慢地治愈灵体的创伤，可他却被仇恨驱使，强行压制伤势，追赶过来，于是在连续消耗并动用超过自身负荷的非凡能力后，情况恶化，伤势一下爆发。

乒！乒！乒！克莱恩射出了左轮手枪内的所有子弹，黄铜、淡金、银白等流光飞快地越过了两人间不算长的距离。

让他遗憾的是，这个过程里他无法克制打喷嚏与咳嗽，子弹未能全部命中，只有两发打在了A先生的身上，一发钻入额头，一发射进躯干。

嗞！烧灼的声音传出，A先生的脑袋却仿佛没有骨头，只是一堆烂肉的组合，让淡金色的子弹深陷其中，很快停顿，未能造成致命的伤害，只能绽放阳光般的金芒。

A先生抬了下脖子，出现破洞的脑袋内，血肉正疯狂蠕动。

他没有死，甚至没有遭遇重创，他曾经是生命力顽强的"蔷薇主教"！

看到这一幕，克莱恩当机立断，扭头就跑，不再尝试攻击。A先生则嗬嗬喘气，再次低头，舔舐起自己咳出来的碎肉和内脏。

喷嚏和咳嗽交错，克莱恩跑得东倒西歪，时而翻滚。终于，他逃到了最边缘的地方，那是超过五十米的崖壁。

悬崖之下，略显浑浊的塔索克河奔涌不息，宽阔但平静。

克莱恩没有犹豫，脚下用力，跳了出去。他急速下坠，感受到了自由落体带来的强烈失重感。

身体撕裂空气，他试图于半空调整姿势，变成跳水的标准动作。

喀！阿嚏！

疾病让他的团身翻滚三周半中途停止，身体的打开和双掌的调整也未能到位。啪叽一声，他摔在了水面上，摔成了一张薄薄的白纸。那纸人迅速变得湿润，半沉半浮。

不远处的水底，克莱恩身影被勾勒出来，有所颤抖。他的衣物已经被浸湿，里面剩余的纸张和皮夹内的钞票同样如此。

远离A先生后，疾病得到了缓解……克莱恩心有余悸地想道。

如果不是最后关头咳嗽和喷嚏平息了不少，他甚至来不及使用纸人替身法，会摔得内脏出血，直接死掉。当然，要是那样的死法，他觉得自己能够复活。

双脚蹬水间，克莱恩在嘴里制造出了一根无形的、空心的管子，让它伸出水面，为自己带来新鲜的空气。

这是"魔术师"的水下呼吸表演！

克莱恩嘴巴吸，鼻子呼，不让浑浊的气体污染管道，而是让其直接进入水中。与此同时，他悄然向着岸边游走，希望以这种方式避开A先生后续的追踪。

可惜，这里不是城市，"无面人"的能力没法得到有效发挥，否则一旦脱离，A先生就肯定再也找不到我了……游动间，克莱恩本能地闪过了这样的想法。

这一想，就让他想到了一个问题，那就是A先生之前用过控风的非凡能力。

一般来说，这属于"风暴之主"那条途径……这途径的特点除了风，还有水，尤其擅长水下活动……水下活动……"牧羊人"太全面、太可怕了！念头闪烁中，克莱恩的心脏几乎停止跳动。

他猛地上游，不再掩饰！

他刚浮出水面，靠近岸边，就看见了A先生那张漂亮到妖异的脸孔，看见上面长满鱼类的鳞片，裂出了鳃口。

鲜红长袍漂于水面的A先生嘴角勾起，眼眸里是宛若实质的仇恨。

拼！只能拼！争取支撑到教会的援军抵达，或者阿兹克先生脱困！疾病缓解的克莱恩毫不犹豫地抬起右手，准备打出响指。

就在这个时候，几乎是本能的反应，两人同时望向半空。

那里迅速勾勒出了一道有着女性柔美感的身影。那身影戴着兜帽，穿着深色长袍，目光呆滞地望向A先生。

然后，克莱恩就看见A先生似乎变成了铅笔画，被橡皮擦飞快地抹掉，毫无反抗之力，只留下茫然里带着不甘、疯狂中藏着绝望的眼神铭刻于现场唯一观众的脑海内。

这……这是什么样的位格、什么样的实力？克莱恩念头刚动，就发现那身影侧过脑袋，望向了自己。

那是一张秀美的脸庞，但没有丝毫的表情，黑色的眼眸幽暗深邃，却缺乏灵性。

就在克莱恩的心脏狂跳，以为自己也会无声无息地消失，不知道有没有机会复活时，那女子的嘴角缓缓扯动，向上勾起，露出了一个微笑。

微笑？克莱恩一阵愕然，怀疑自己在做梦。

他还没回过神来，那身影就瞬间淡化，消失在了原地，只有四周水流的哗啦一声回荡在寂静之中。

克莱恩迷茫疑惑地游到岸边，爬了上去，环视四周，发现这里异常偏僻，没有道路，也没有活人，只有略显浑浊的河水在永不改变地流淌。

这就结束了？A先生就这样死了？刚才那位女士是谁，竟然强到A先生连惨叫都来不及发出的程度……

她还对我笑了笑……笑了笑……也许是"祂"？可三大教会除了教宗这个层次的人物，哪还有天使行走在地上，而教宗那个层次的人物显然不会在贝克兰德……克莱恩不敢相信自己这就摆脱了危险。

沉了沉心神，他终于找到了几分真实感：应该是教会派出来的强者，她及时赶到，成功地解救了我。

如果我没有提前通知"正义"小姐，他们未必来得及行动，那我今天大概率会死在A先生手上，还不知道能不能复活……嗯，也有我一直坚持，将战斗拖延到现在的因素。还算不错……

克莱恩松了口气，咳了两声，开始寻找出路。

…………

"放逐！"戴黄金面具的男子指着阿兹克·艾格斯，将他的身影丢入虚空，不知扔向了哪里。

旋即，他转身面对皱眉看着自己的因斯·赞格威尔。

"没时间了，我们没办法那么快解决他！我们必须尽快隐藏这里，只能放逐！难道你想被教会的人发现我们的秘密？"戴黄金面具的男子恼怒地沉声说道。

因斯·赞格威尔收起疑惑，点了点头，转身来到停止了书写的0-08旁边，一把将它抓住。

他的身影有些蹒跚，脚背上堆着在战斗里几乎撕裂的裤子。

…………

红蔷薇庄园内，埃德萨克王子坐在落地窗边，眼神异常空洞。

"王子殿下，请尽快。"一道声音在他的身旁响起。

埃德萨克的眼睛活了过来，他吸了口气，拿起桌上的左轮手枪，抵住了自己的太阳穴，那里面有一颗能泯灭灵体的子弹。

他回过头，眷念地望了眼外面的高尔夫场地和正在散步的马匹。

乓！

他扣动了扳机。

…………

石柱断折的大厅内，只剩残骸的祭坛周围出现了一群穿黑色风衣、戴丝绸礼帽的值夜者，为首之人正是黑夜女神教会在贝克兰德教区的大主教圣者安东尼·史蒂文森。

"被人破坏了？"他低语一句，未再停留，直接来到通往内侧的石门前。

浓郁的黑暗浮现，石门无声无息地敞开，圣安东尼领着部分值夜者进入里面，往深处前行。沿途他们没有发现一名守卫和任何有价值的事物，这里就仿佛被强力清扫了一遍。

终于，他们抵达了最深处的房间，可那里除了墙壁和石柱，依然什么也没有，克莱恩出来时的幽蓝光门早已消失不见。

几位值夜者手中的马灯突然失去了光芒，黑夜笼罩了这个房间。

等到一切恢复正常，他们发现四周的墙壁不知什么时候已消融不见，但后方并未有暗门和地道等东西，要么是厚实的泥土石块，要么是来时的走廊。

圣安东尼沉默了十几秒才开口道："尝试占卜，搜索附近。"


阿嚏！克莱恩穿行于没有道路的峭壁和树林之间，悲哀地发现自己似乎真的生病了。

A先生非凡能力残余的效果加上冬日浑身湿透的状态，让他可耻地感冒了。不过，他不敢停留下来搜集枯枝，点燃火堆，烘烤衣物，晾干钞票，因为他害怕被教会的非凡者找到。

哪怕他已经在机械之心那里经由斯坦顿·艾辛格的背书，获得了半官方的身份，但此事涉及原初魔女苏醒、真实造物主降临两件最高等级的案子，他必然会接受严格的调查，比如，轮流到机械之心、代罚者、值夜者那里品尝红茶，主动或被动地复述全部的过程。

这其中有两大隐患，一是他在值夜者内部有熟人。虽然大侦探夏洛克·莫里亚蒂的长相和殉职的克莱恩·莫雷蒂有了不小区别，靠照片几乎无法分辨，但真要面对面，他还是没什么信心。二是因为途径相近，黑夜女神教会对与死神有关的人和物都不太友好。上溯至第四纪末尾的苍白年代，死神正是陨落在七神围攻之下，而夏洛克·莫里亚蒂侦探关键时刻"召唤"来的帮手却是强大的死神后裔，这是怎么都洗不掉的问题。

刚才那位位格极高的强者也许是赶着处理因斯·赞格威尔和0-08，没空理会我这种友方小角色，但我不能因此大意，该跑还是得跑！嗯，有机会可以写信给机械之心，阐述下我不得不暂时离开贝克兰德的第二个原因，这样一来，以后说不定还能有合作的机会。

当然，必须先暗中观察机械之心是否对死神后裔抱有强烈的敌意……不知道阿兹克先生现在怎么样了……呵呵，也许在官方的通告里，夏洛克·莫里亚蒂死于陨石天降，算是没辜负这个身份、这个姓名……克莱恩忍着发烧和寒冷交替的状态，想尽快找个小镇，进入人群。

只有处于人类社会，"无面人"的能力才能发挥到极致。

和A先生合作的那个女人，呃，应该是"魔女"，去了东区……从仪式的情况看，那边恐怕有大规模的死亡，不知道……有着占卜家灵性直觉的克莱恩忽然心头沉甸甸的。

就在这时，他眼前所有颜色变得浓郁，像是被神灵泼洒了油彩。

这感觉一闪而逝，克莱恩发现自己已远离了原本所在的位置，看见肤色古铜、五官柔和的阿兹克·艾格斯出现于旁边。

"阿兹克先生，您受伤了吗？"他难以遏制地松了口气。

"是的。"阿兹克坦然回答，旋即笑笑道，"但对'不死者'而言，这不是什么大问题。"

克莱恩放下心来，转而问道："因斯·赞格威尔和0-08呢？"

"因斯·赞格威尔还活着，依然执掌着那件0级封印物。"阿兹克边走边说。

克莱恩努力跟上，忍不住叹了口气："真是可惜啊。"

"不用在意，他受了不轻的伤。"阿兹克郑重地说道，"而更关键的是，我们知道了他在和王室进行秘密的合作，不用担心之后找不到他。这样一来，你可以专心提升自己，而我也能先试着去已经回想起来的几个地方，唤醒更多的记忆。

"呵呵，你运气不错，我一直在暗中观察军情九处和王室的人，想以此确定因斯·赞格威尔的行踪。这里面，红蔷薇庄园是一个重点，所以我总是在那附近徘徊，否则没那么快赶来救你。"

说起这事，克莱恩顿时有些尴尬："阿兹克先生，您不疑惑我为什么没死吗？"

"我也常常进了棺材又苏醒，这是我之前回想起来的事情。"阿兹克毫不在意地笑道，"而在我残缺的记忆里，类似的事情在别人身上虽然罕见，但也不是没有先例。"

常常进了棺材又苏醒……常常？克莱恩突然发现自己担忧的问题，在真正的大佬眼中，都算不上事情。

不愧是"死神"途径的"不死者"……呃，阿兹克先生之前说，他曾经在这个序列停留了很久，言下之意就是，他早就晋升了……克莱恩想了想，有些忧虑地问道："阿兹克先生，因斯·赞格威尔会不会发现我就是克莱恩·莫雷蒂？"

他害怕对方报复班森和梅丽莎。

"他应该没有发现，最多认为我们早就认识，或者你干脆就是我的……我的，用警方的说法是，我的线人。"阿兹克回想了下道，"但那件0级封印物可能会察觉，不过你不用担心。"

"为什么？"克莱恩追问道。

阿兹克不知记起了什么事情，神色忽然变得有些古怪，似乎又想笑又感觉惊悚："那件0级封印物会一直尝试写死自己的主人，这应该是它的本质，不会改变。所以，这种关键时刻能让因斯·赞格威尔吃大亏的信息，我不认为它会主动透露，除非涉及绕不过去、没法解释的地方。"

见阿兹克先生说得如此笃定且有理有据，克莱恩吐了口气，仿佛感冒都好了一点。

阿兹克见状，补了一句："你近期最好远离贝克兰德，因斯·赞格威尔可能会用那件0级封印物报复你，依靠你的假名。只要不在贝克兰德，就没有问题，那件0级封印物的影响范围不会超过一座大都市。"

和我猜测的一样，有范围限制……否则因斯·赞格威尔完全可以躲到南大陆某个小镇，悠闲地安排所有目标的命运，根本不用担心被人找到……克莱恩斟酌着问道："短暂回贝克兰德待一天，或者半天，没有问题吧？在变换了身份和容貌的前提下。"

说完，他揉了揉脸，瞬间变回了自己在廷根时的样子。

阿兹克眉毛微动，点了点头："问题不大。"

他回首望了已看不见的远处一眼："我似乎被黑夜教会的强大存在盯上了，你最好不要跟在我的身边，以免遭受波及。呵呵，他们对死神有关的非凡特性很感兴趣。"

"嗯，我准备出海，一边消化魔药，一边寻找美人鱼。这是我晋升需要的条件。"克莱恩阐述着自己的计划。

阿兹克侧过脑袋："美人鱼？变成死灵的美人鱼可以吗？我至少能找到四条。"

"应该，不可以吧……"克莱恩伸手抹了下额头。

他的直觉告诉他这肯定不行，但他打算之后还是到灰雾之上占卜一下，以做确认。

阿兹克没再提死灵美人鱼，转而说道："有什么事情，通过信使联系。"

信使……克莱恩突然感到心虚和惭愧："它，它在我和A先生的战斗里阵亡了，它救了我一命。"

阿兹克看了他一眼，摇头笑道："不用在意，只要不是被天使级的强者杀掉，或者用特殊的办法，只要冥界还存在，它都能在那里缓慢地重生。而在此之前，类似的信使有，有，呃，我也数不清有多少。"

看起来那么强、那么巨大的信使有一个军团？克莱恩张了张嘴，说不出话来。

他的羞愧消散了不少，好奇地问道："阿兹克先生，冥界，也就是地狱，究竟在哪里？"

"灵界，准确的描述是，它是远古死神在灵界内开辟出来的特殊地方。"阿兹克没有隐瞒。

远古死神？那应该就是不死鸟始祖格蕾嘉莉这位古神……原来冥界从属于灵界，难怪神秘学里的基本架构是"现实世界—灵界—星界"，不包含冥界和深渊……

克莱恩正要询问有关的问题，忽然记起一事，连忙说道："阿兹克先生，我获得了一张罗塞尔大帝制作的亵渎之牌，里面包含高序列的秘密，我认为它能帮助你唤醒更多的事情，不过你得等待一阵，它藏在贝克兰德。"

克莱恩没提悬赏，害怕因此泄露塔罗会、灰雾之上神秘空间和"正义"小姐的秘密，所以只能用这种委婉的方式感谢阿兹克先生的帮助和付出。

阿兹克略感诧异地望了他一眼，但最终什么也没说，轻轻颔首道："等你取回，让信使带给我。我研究之后就立刻还给你，或者你直接抄录相应的内容给我。"

他顿了顿，似乎也想起了什么事情，于是从衣兜里拿出一只轻薄得仿佛人皮制成的手套，递给克莱恩道："有关的记忆我已经唤醒，不再需要它。呵呵，它是那个海盗中将的遗物，我做了一些封印，让它平时不会饥饿，但每使用一次，就必须用一个人类的血肉和灵魂喂饱它，否则，它将吞噬你。"

"蠕动的饥饿"？源于某位"牧羊人"死后的遗留？克莱恩当即回想起那只手套代表了什么。


贝克兰德郊外的一座小镇内。

换上干爽洁净衣服的克莱恩将浸湿的钞票一张张摆在桌子表面，等待它们在温暖的室内自然晾干。这个过程中，他动作小心翼翼，非常轻柔，就连感冒发烧带来的喷嚏和咳嗽都强行压制了下去。为确保没有失误，他没有自己控火烘烤。

做完这一切，他走向旅馆房间的角落，那里摆着一面全身镜。镜子内的克莱恩黑发整齐地斜梳着，有一双深棕色的眼眸，脸庞颇为消瘦，棱角分明；他的鼻梁上架着金边眼镜，嘴边没有胡须，看起来既年轻，又阅历不浅——这是他根据北大陆人种特点改造过的周明瑞长相，而且是读大学那会儿朝气蓬勃未被社会催胖的样子。

他打算等事情稍有平息就回贝克兰德转一圈，顺便为现在的模样弄一套合法的身份——与离开廷根那会儿相比，如今的他并不缺乏相应的渠道，比如勇敢者酒吧内的伊恩，比如莎伦小姐的圈子，比如艾辛格·斯坦顿大侦探。

"真是怀念啊……"克莱恩低语一句，在窗帘早已拉拢的房间内忙碌起仪式，准备将"蠕动的饥饿"带入灰雾之上，做万无一失的研究。

寂静无人的古老宫殿内，克莱恩浮现于青铜长桌最上首，拿着人皮制成般的轻薄手套，身体向后靠住了椅背。紧接着，他闭上眼睛，将灵性延伸入这件需要被封印的物品。

他立刻感受到了那手套的饥饿，它仿佛有一个永远无法填平的胃袋，但是，它在灰雾之上是如此的温驯，连一丝恶意都不敢流出，仿佛趴在那里一动也不敢动的猎犬。

然后，克莱恩听到了不甘的呐喊和痛苦的呻吟。一张张扭曲的、狰狞的、哀号着的透明脸孔旋即浮现于他的灵感内，洋溢着让人不忍目睹的悲哀与疯狂。

这些脸庞与不同颜色、不同状态、不同表现的非凡特性深度融合在了一起，克莱恩的灵性蔓延到哪里，就能与那里相应的脸孔结合，使用它所具备的能力。

这就是使用方式？克莱恩一次次尝试，并结合占卜，大致弄清楚了"蠕动的饥饿"目前放牧的是哪五个灵魂。

一是"无面人"，但只有改变容貌和身材的能力。

二是"心理医生"，可以让目标陷入狂乱的状态；可以进行一定的心理暗示；可以模拟龙威，震慑个人和群体，制造混乱。

三是"审讯官"，能让手套的佩戴者精通各种武器的使用技巧，成为爆破专家，并具备凝聚精神、穿刺目标灵体的能力。

四是"梦魇"，只有一个能力，就是无声无息地拖人入梦。但与相应的非凡者不同，这种能力主要依靠"蠕动的饥饿"来完成，所以，佩戴者在进入梦魇状态后，依然可以移动自己的身体。

五是"光之祭司"，能产生光环般的效果，净化一定范围内的死灵和污秽类生物；同时，还具备"歌颂者"的能力，能产生增强自己和同伴的歌声，召唤比阳炎弱一些的神圣之光。

放牧数量的极限是五个灵魂，初次放牧时会固定下可以使用的能力……可使用的能力并非自己能够决定，纯粹看运气，也许有三个，也许只有一个……

克莱恩若有所思地点头，叹了口气，对那些痛苦的灵魂道："无论你们以前是什么样的人，我都将逐渐让你们脱离禁锢，得到彻底的解脱。而以后我放牧的灵魂，只会来自罪恶深重、无法饶恕的人，每杀死一个这样的非凡者，我就让你们其中一个被替换，得到解脱，不管他的能力是否被我需要。"

他郑重但柔和的嗓音回荡在古老的宫殿内，那些哀号着的痛苦魂灵安静了下来，不再那么扭曲和狰狞。

呼……克莱恩吐了口气，睁开眼睛，用手指轻敲起古老长桌的边缘，无声自语道："那个'无面人'的能力和我自身重叠，完全没有价值，等有了替换，就最先释放他。嗯，到时候可以试着通灵，和他对话，也许能得到'占卜家'途径高序列的消息，以及美人鱼出没在哪里的线索……不，不用等待有替换，过几天感冒痊愈，状态恢复，就可以尝试……

"'光之祭司'对应的灵魂，应该能补全我之前获得的配方，并且他还会留下相应的非凡特性，这样一来，小'太阳'就不用担心后续的晋升了。嗯，他将是第二个得到解脱的……

"至于每使用一次就要用一个人类的灵魂和血肉喂饱'蠕动的饥饿'这件事，倒是不需要在意。正常情况下我肯定不会动用它，需要它的时候必然面对着可怕的敌人，那样的战斗里，肯定不缺乏可以收割的生命。即使没有，我也能将'蠕动的饥饿'丢到灰雾之上，不用担心它反噬，也就不会去伤害无辜者，最差的结果就是无法再使用而已……"

收起思绪，克莱恩尝试着利用"蠕动的饥饿"这件神奇物品占卜"牧羊人"魔药配方，但最终只收获了失败的结果。

担心招惹来不好的存在，他没有占卜"蠕动的饥饿"的来源。虽然有灰雾隔断和阻挡，他不害怕危及自身，但那样一来，"蠕动的饥饿"也许会被损坏。

等不再需要它的时候才考虑做相应的尝试……克莱恩身体前倾，让肘部支撑在了桌面之上。

他迅速回忆起先前的事情，敏锐地注意到了一个细节："万能钥匙"泯灭后，非凡特性并未消失，而是成为光粒，努力聚合……可以预见，最终成形的"学徒"特性不再有源于"门"先生的呐喊。换句话说就是，通过这种方式，能去除非凡特性内的精神污染！

但问题在于，正常情况下，根本没法破坏固化为物品的非凡特性。当时依靠的是一个可以让真神降临的仪式，需要的前置工作包括大量的、无辜的生命……而且，"全黑之眼"一旦被粉碎，里面深藏的真实造物主精神污染必然会爆发，到时候，谁能承受？难道在灰雾之上举行仪式？

想法纷呈间，克莱恩想起了东区可能的遭遇，忙具现出纸笔，做相应的占卜。

得到启示之后，他失去了表情，缓缓地，慢慢地，往后靠住了椅背。

他的下方，无垠的灰雾亘古不变般地寂静沉浮。


奥黛丽站在窗边，看着淡黄与铁黑交杂的雾气飞快消散，看着不属于冬日的大雨磅礴而落，心情平稳了不少。

不知过了多久，她和苏茜终于等到霍尔伯爵回家。

"爸爸，怎么样了？"奥黛丽关切地问道。

霍尔伯爵一边将外套和帽子交给侍者，一边露出温和的笑容："解决了，但具体过程还不清楚。我的小公主，你这次真是帮了大忙，你值得一吨重的勋章！"

这样就好，这样就好……多亏了"愚者"先生提醒，多亏了祂的眷者冒险调查……我们塔罗会又一次阻止了邪神降临，又一次拯救了世界！奥黛丽的心里充满了自豪。

霍尔伯爵接过女仆手里的毛巾，擦了下脸庞，叹息道："但这次依然造成了较为严重的伤亡，贝克兰德的雾霾竟然能变得如此致命……

"虽然统计结果还没有出来，可我估计东区、码头区和工厂区有超过万人因此而死亡，并且瘟疫还在蔓延，你最近尽量不要出门。"

超过万人？

这是一个奥黛丽能够理解却无法想象的数字，只有每年立国日，花车游行时，她才能看到成千上万人聚在一起的场景。但是，这不妨碍她心头沉甸甸的，情绪一下变得低落。

…………

黛西站在公寓外面，看着穿白大褂、戴大口罩的医生护士进入里面，抬出一具具尸体。

她早已知道结果，表情麻木，眼神空洞，下意识地往门口靠近着。

这时，负责警戒线的警察拦住了她："不要过去，你想感染瘟疫吗？"

黛西停在了那里，看着两具尸体被抬出，看着妈妈丽芙紧紧抱着姐姐弗莱娅，看着她们被抬到围着黑布、临时征用的送货马车上，看着被盖上白布的她们消失在自己眼前。

马车缓缓行驶，向着街道另外一头。这个时候，黛西才仿佛从梦中醒来，她转过身体，飞快地奔跑，追逐起马车。

雨后的地面异常泥泞，她几次摔倒又几次爬起，弄得身上都是污迹。然而，她还是没能追上那辆马车，眼睁睁地看着它消失在拐角处。

黛西放慢了脚步，身体有些摇晃，表情异常呆滞。她扶住了街道旁的树木，目不转睛地看着马车离开的地方。

突然，她整个人软了下去，嗓子里挤出了一道哭泣声："妈妈……弗莱娅……"
那声音细细的，低低的，尖锐又虚弱，徘徊而不绝。

而这一刻，在东区，在码头区，在工厂区，有数以万计的人正同样地悲鸣着，哭喊着。

皇后区，索德拉克宫。

戴着王冠、脸庞坚毅、留着两撇小胡子的乔治三世坐在御座上，看着面前的行宫伯爵，久久不语。

"陛下，三大教会的人都在外面等待您的解释。"行宫伯爵额头冒汗地问道。

"解释？埃德萨克王子受'魔女'诱惑，与邪教勾结，试图谋反，这就是解释！他阴谋败露，已经自裁，他们还要什么解释！"乔治三世忽然暴怒。

他吸了口气，恢复了往常的严肃："你告诉他们，不管用什么方式得到相应爵位的人，都可以获得上议院的议席，关于选举的财产限制将放宽，无效选区也将得到清除，这是对那些工厂主、银行家的安抚。

"同样，大气污染调查委员会将立刻给出结论，有关的法案将很快得到通过，对工人们最低保障和工作时长的规定也将在最近以法律的形式呈现！

"济贫法将按照他们的要求改革……允许三大教会派遣人员进入军方！"

"陛下……"行宫伯爵听得吓了一跳，这样的让步简直超乎他的想象，尤其最后那条。

乔治三世再次暴怒："就这样告诉他们！既然他们想要新秩序，那我就给他们新秩序！"

"是，陛下。"行宫伯爵不敢再说，退出了这座宫殿。

乔治三世端坐在那里，许久未动，就仿佛一座石像。

不知过了多久，他的表情突然柔和。

…………

12月31日上午，大桥南区，丰收教堂。

埃姆林·怀特穿着教士袍，站在厨房内，时而往大铁锅里丢着不同的草药，并辅以一定的搅拌动作。等提前准备好的所有材料放完，他又耐心等待了十分钟，然后才用铁勺舀起里面墨黑色的液体，分别装入旁边的玻璃瓶和玻璃杯中。

四十八，四十九，五十……埃姆林瞄了一眼空下来的铁锅，点数起调制好的药剂。确认过数量，他端起大托盘，将一瓶瓶墨绿色的液体送到了大厅。

大厅里面，用于祈祷的座椅被拆掉了大半，地上铺着一个个破烂的被窝，里面躺着或沉睡不醒或痛苦呻吟的瘟疫感染者。埃姆林和乌特拉夫斯基神父合作，各自端着部分药剂，从两个方向开始分发。

排在第一位的是个脸色蜡黄的中年男子，他忙半撑起来，接过药剂，咕噜喝下。

递回瓶子，他感激地对埃姆林道："怀特神父，真是太感谢你了，我感觉自己好多了，又有点力量了！"

埃姆林扬起下巴，不屑地回答："这只是一件非常渺小的事情，并不值得感谢，你们真是太没有见识了。"

说完，他加快了发放药剂的速度。

过了十来分钟，他回到大地母神的圣坛边，对乌特拉夫斯基神父抱怨道："你应该再找两个义工！"

乌特拉夫斯基神父没有回应，望着那些病人，温和地笑道："再有两三天，他们应该就能痊愈了。"

"你怎么知道的？"埃姆林诧异地侧过头。

乌特拉夫斯基神父面容慈和地低下头，看着他道："草药本就是母神的领域之一，作为祂的信徒，虽然不在'大地'途径内，但还是要懂得基本的常识。"

埃姆林啧了一声："我对宗教不感兴趣，没有太多的了解。"

虽然我最近几个月常常抄大地母神的圣典……他在心里略显愤恨地补了一句，于是随口说道："神父，我没想到你会接收异教徒。他们之中只有两三个是母神的信徒。"

乌特拉夫斯基神父毫不在意地笑道："他们同样是生命，无辜的生命。"

埃姆林呆了几秒，吐了口气，转而说道："神父，我已经找到解决心理暗示的办法，也许很快就会离开这里。"

等等，我为什么要提这件事情？我竟然被他感动了一下，要是他又把我关到地下室怎么办？埃姆林突然紧张。

乌特拉夫斯基神父的表情没有任何变化，低头看着埃姆林道："其实你不需要寻找办法，再有一段时间，心理暗示就能自然解除，你可以自由选择是否来教堂。"

"再等一段时间，我就成为母神，不，大地母神虔诚的信徒了！"埃姆林脱口而出道。

乌特拉夫斯基神父动了下眉毛，略显诧异地说道："我并没有强制你改变信仰，我留的心理暗示只是让你每天回到教堂，希望你能借此充分体会生命的可贵，丰收的喜悦。"

"那心理暗示的唯一作用是让我回到教堂？"埃姆林的表情一下呆滞。

乌特拉夫斯基神父坦然点头："是的。"

"……"埃姆林嘴巴半张，动作缓慢而机械地回头望向圣坛，望向大地母神的生命圣徽，仿佛刹那间变成了人偶。

…………

12月31日傍晚时分，廷根市，水仙花街2号。

班森进入房屋，边摘掉帽子，脱去外套，边呵呵笑道："我已经订好1月3日去贝克兰德的蒸汽列车车票，二等座。"

餐厅内，面前摊着几份报纸的梅丽莎略显忧虑地说道："班森，贝克兰德的空气太差了，之前几天才因为大雾霾造成的中毒和疾病，死了好几万人……"

"这真是一件让人遗憾和悲痛的事情。"班森走向餐厅，叹息着说道，"但上下两院已经通过大气污染调查委员会的报告，即将有相应的立法，规范烟雾和废水的排放，迎接我们的将是新的贝克兰德，你不需要太担心。"

说到这里，他讥讽地笑了笑："刚才我从铁十字街回来的时候，发现不少来自贝克兰德的工厂主或他们的雇员在那里招人，说着因为雾霾和瘟疫，那里的工厂出现了人手不足的情况，所以，他们愿意承诺工作时长和最低报酬，会比现在的通行标准强不少，呵呵。"

"你认为不可能实现？"梅丽莎敏锐地反问。

"当越来越多的人涌向贝克兰德，那就注定不可能实现，除非上下两院能通过相应的法案，直接做出规定。"班森摊了下手，指着餐桌道，"好了，我们该迎接新年了。"

餐桌上摆了三副刀叉，三个空的瓷盘，以及三个杯子。

三个杯子里，一杯是啤酒，两杯是姜啤。

…………

12月31日，晚上。

盛装打扮的奥黛丽站在休息室内，等待着新年晚会的开始，但从她的表情上，却无法看出即将迎接成年礼的激动、兴奋和喜悦。

她的面前摆放着一份报纸，上面写道：

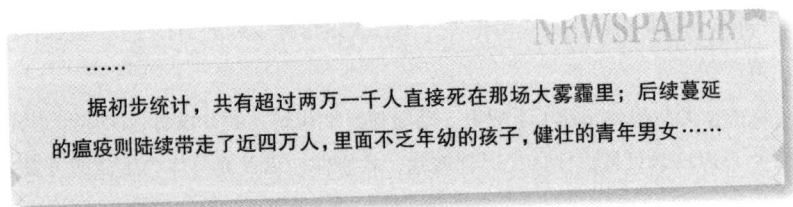

NEWSPAPER

……

据初步统计，共有超过两万一千人直接死在那场大雾霾里；后续蔓延的瘟疫则陆续带走了近四万人，里面不乏年幼的孩子，健壮的青年男女……

呼，奥黛丽忍不住闭上了眼睛。

就在这时，她的父亲霍尔伯爵和母亲凯特琳夫人敲门进来，同声赞美道："你的美丽胜过今晚的所有人，宝贝，该出去了，王后正等待着你。"

奥黛丽缓缓吐了口气，绽放出优雅明丽的笑容，在父亲和母亲的陪伴下，走出休息室，进入晚会大厅。

她一路走上最前方的高台，在一道道惊艳的目光里，将戴着及肘白纱手套的手递给了王后。

王后牵着她，走向高台边缘，面对所有宾客。稍作停顿，王后微笑道："虽然这是贝克兰德历史上的黑暗时段，但我们依然有一颗足以照亮整座城市的宝石。她的智慧，她的美貌，她的品格，她的礼仪，都无可挑剔。

"今天，我将她正式介绍给你们。

"奥黛丽·霍尔小姐。"

砰！砰！砰！落地窗外，烟花升空，炸出一片又一片梦幻的光亮。

1349年最后一天的晚上，奥黛丽在社交意义上正式成年了。

…………

1350年1月3日下午，东区郊外，一座新开辟的墓园内。

克莱恩利用占卜，找到了老科勒和丽芙母女的坟墓。这并不是真正意义上的坟墓，而是存放骨灰盒的柜子，一个接一个，一排连一排，一重叠一重。

克莱恩立在那里，看见老科勒的柜子上不仅没有遗照和墓志铭，而且连姓名都缺失。

类似的情况并不少见，这里有太多太多找不到亲属和朋友的无主骨灰，他们生前叫什么名字、长什么样子、有过什么样的经历，无人知晓，也没人感兴趣，只有柜子上的编号能区分他们。

克莱恩闭了闭眼睛，抽出一张便签纸，将它抖成铁片，于柜门上刻下了一个单词。

> 科勒

接着，他又补了行墓志铭。

> 他是个不错的工人。
>
> 他曾经有过一个妻子和一对儿女。
>
> 他努力地活着。

收回手腕，甩了一下，黑发棕瞳、面容消瘦的克莱恩让纸张在手里燃烧了起来，仿佛在祭奠这里所有的魂灵。

对于失去母亲和姐姐的黛西，他没有直接出面帮助，而是匿名写信给迈克·约瑟夫记者，详细地描述了那位少女的困境，免得因自身的事情牵连对方。

迈克记者见过黛西，知道她的事情，并热心地推动了相应慈善基金的建立，所以，克莱恩相信他会帮黛西争取到更多的救助，让她能完成基本的学业，找到足以养活自身的稳定工作。

退后两步，克莱恩环视一圈，将此地只剩下姓名和照片，甚至连这些都没有的遇难者们收入了眼底。

他扬起脑袋，缓慢地吐了口白气，转过身体，离开了这座墓园。

…………

开往贝克兰德的蒸汽列车上，梅丽莎专心地看着课本，班森则很快和周围的乘客聊起了天。

"太贵了，太昂贵了，整整十苏勒，半镑！"一个不到三十的壮年男子发自内心地叹息道，"如果不是最近都买不到三等座和船票，我根本不会花这个钱，这等于我大半周的薪水了！"

"确实，新年后有太多的人前往贝克兰德。"班森附和道。

那壮年男子收起心疼的表情，满怀期待地说道："因为他们承诺一周发二十一苏勒，承诺每天工作最多最多不超过十二个小时，我们签了合同的！等我租好房子，拿到第一笔薪水，就让我老婆也到贝克兰德，她应该也能找到不错的工作，一周有十二或者十三苏勒那种，贝克兰德据说非常缺人！到时候，啊，我们加起来每周有一镑半以上的薪水，可以经常吃肉了！"

"你的愿望肯定能达成，国王已经签署命令，允许规定最低报酬和工作时长的法案施行。"班森真心诚意地祝福了一句，旋即笑了笑，"那里可是'希望之地'。"

呜！蒸汽列车带着无数饱含希望的人抵达了贝克兰德，此时天色还亮，半空的雾气也稀薄了不少，站台之上悬挂的煤气灯不再早早被点亮。

班森很有经验地护着妹妹和钱夹，提着皮箱，顺着人潮，走出了车站。

忽然，他们同时感觉有一道视线扫过。

循迹望去，班森和梅丽莎看见了一位黑发整齐、眼眸深棕的年轻绅士。那戴着金边眼镜的绅士按了按礼帽，目光越过他们，投向了远方。

班森和梅丽莎也收回视线，望向街心花园内喷着烟雾的柱子，期待着见识贝克兰德的地下交通。

克莱恩提着皮箱，面无表情、身体挺直地从他们旁边经过，迎着涌入"希望之地"的大量人群，迎着忐忑中蕴藏美好期望的人们，进入了出发车站。

这是最坏的时代，这是最好的时代。

（第二卷·无面人卷·完）

# 后记
## EPILOGUE
### ✦ 《无面人》卷总结 ✦

编者按：本篇后记原载于《诡秘之主》网络连载原文第二部"无面人"第二百六十九章之后。

第二部写了大概八十五万字，算是架构里的超长篇了，在我印象里，好像只有《一世之尊》的第三卷和第四卷比它长。每天思考、每天写作，虽然很开心，但真的很累，尤其是后面这个月还附加了健身，差点连看小说的时间都没了。

这一部的名称是"无面人"，预想的是有三层含义。注意，注意，以下是阅读理解标准答案。

一是指小克晋升为"无面人"，这个最简单、最容易就想到。

二是代表小克在贝克兰德的生存状态。用假的面容、假的姓名、假的身份，和人认识、处理事情、卷入风波，但回到家里，却依然是孤独的、冷清的。

三是指那些在大时代里或被碾成粉末，或匆忙涌来的人们。在历史书里，他们没有姓名、没有样子、没有过去、没有生活，只存在于简简单单的数字或描述中，从某种意义上来说，这不就是"无面人"吗？最简单的龙套，最不引人瞩目的炮灰，谁会关心他们的脸孔是什么样子？

就像那句"岁大饥，人相食"，简简单单的六个字蕴藏了多少悲伤、痛苦、残忍、血腥和绝望，又浓缩了多少没有脸孔、没有姓名的活生生的人？数以万计，数以十万计，数以百万计！

所以，我尝试着给时代浪花里的老科勒、丽芙、弗莱娅一些描述，尝试着还原这些"无面人"的希翼、艰难和悲剧，让他们看起来像是人而不是数字。虽然这是第二部零散的一大原因，但却是暗藏的主线。

随着他们的逝去，更多的和他们一样的人涌入，"无面人"始终存在。他们是时代的垫脚石，也是时代的开辟者，更是让整个故事真实沉厚不可缺少的角色。

考虑到这些，我摈弃了更悲伤、更有震撼感的收尾，毕竟这一部叫"无面人"，最坏的时代、最好的时代颠倒后的前后呼应，就能很好、很有力地表达我想要的东西。时代推进，无情无奈，但车轮底下却永远躺着、簇拥着数不清的"无面人"。

第三部的名称就不会有这么多的象征意义，因为主线很清晰、很直接。呃，第三部的名称是"旅行家"。

望文生义，大家应该能想象出一些东西，但我们还是将重点放回第二部。

贝城其实还有很多线没有收，比如与"水银之蛇"相关的，比如与地下恶灵相关的，比如王室真正的图谋，比如0-17，比如与吸血鬼相关的，比如与心理炼金会相关的，这既是因为需要给贝城的奥黛丽、佛尔思、休、埃姆林他们展现自己的机会，也是因为贝城是整部小说最重要的舞台，小克肯定会回来，肯定会待很久。

第二部说是零散，其实最终很多事情串起来后也还好，对我来说，零散但写得有吸引力，也算不错。真正存在的问题其实是另外一点，那就是故事节奏一直比较绷、比较紧，没松下来。换句话说就是，不断地遭遇事件，不断地解决问题，中间缺乏足够长、足够轻松的过渡，读起来会让人有些疲惫和烦躁。虽然这有引出非凡特性聚合效应的原因，但也确实是从设定上就存在的一些问题。

这个问题是塔罗会每周举行一次，于是时间线就被切割为一周接一周的状态，很容易有重复、呆板感，也必须保持每一周都有一定的事情，所以超凡事件的节奏上就会有些紧，我目前考虑的解决办法就是将一些不太重要的塔罗聚会直接跳过，在时间的控制上更自由一点。

当然，塔罗会本身也是主体，肯定不会少，像埃姆林加入后的第一次聚会，我没有忘记。还有很多朋友提到的各种各样的事情，比如教会的反应，比如另一枚铜哨，我都记得，但故意压着没去写，准备留到第三部的开头。

这是因为不想让细枝末节的事情将最后收尾的两章的整体画面感和情绪的推进给冲淡甚至破坏掉，所以只能进行一定的技术处理。

第二部写完，很高兴的是树立起了一个个角色，让大家还算喜欢。用0-17来暴力收尾并不是没办法，一方面是侧写出教会还是很厉害的，能作为统治阶级那么久，不是没有原因；另一方面是这本身不是收尾，只是一个接续，一个承上启下、指向着后续的一些东西。具体就不提了，免得剧透。

最后说一下文笔。一本本小说写下来，我越来越追求简单和刺穿，就是说能用最朴实、最简单的词汇精准描述的，就尽量不长篇大论，不用华丽的东西来填充。我希望靠最冷、最客观的白描一步步地堆积情绪，在最合适的时候，用最精准、最简洁的语言一下刺穿屏障，刺到心里最柔软的地方。现在看来，虽然还有不少问题，但勉强算是上路了。

当然，网文的写作特点注定我只能在最重要、最有需要的章节这么弄，不可能每一章都这么写，很多东西只能等以后老了、空闲了再来修改。平常状态下，我的词汇量其实不少，但都很生疏，毕竟都是后面一步步积累的，且没怎么用。也就是说，码字的时候会习惯性地用大脑常用列表里的那些，所以很多时候难免出现用词重复的问题。

还有，类似一些形容词乱用的问题，是希望把脑海里的画面最清晰、最直观、最体现重点地呈现出来，所以我在文字上试图做一些创造，但还有待摸索、有待改进。

以上就是第二部的技术总结。

写文是一件很辛苦、很折磨人的事情，但写出来，受到表扬受到称赞，又特别愉快，特别满足，最近大家夸得我简直心花怒放。

诸君，我喜欢写小说！

我喜欢给你们讲故事！

我喜欢塑造一个个丰满的人物！

我喜欢给你们呈现一个有趣新颖的世界！

写小说真是一件让人高兴的事情！

诸君，第二部结束，我想求下表扬。

第三部，"旅行家"，尽请期待。

——首发于 2018 年 11 月 18 日